遇见你时，微风正暖

·上册·

黎珍妮——著

江苏凤凰文艺出版社
JIANGSU PHOENIX LITERATURE AND ART PUBLISHING

图书在版编目（CIP）数据

遇见你时，微风正暖：全 2 册 / 黎珍妮著 . -- 南京：江苏凤凰文艺出版社，2022.8
ISBN 978-7-5594-6918-2

Ⅰ . ①遇… Ⅱ . ①黎… Ⅲ . ①长篇小说 – 中国 – 当代 Ⅳ . ① I247.5

中国版本图书馆 CIP 数据核字 (2022) 第 108189 号

遇见你时，微风正暖：全 2 册

黎珍妮 著

责任编辑	周凯婷
特约编辑	崔　悦
装帧设计	蒋　晴
责任印制	刘　巍
出版发行	江苏凤凰文艺出版社
	南京市中央路 165 号，邮编：210009
网　　址	http://www.jswenyi.com
印　　刷	北京润田金辉印刷有限公司
开　　本	880 毫米 ×1230 毫米　1/32
印　　张	15
字　　数	403 千字
版　　次	2022 年 8 月第 1 版
印　　次	2022 年 8 月第 1 次印刷
书　　号	ISBN 978-7-5594-6918-2
定　　价	65.00 元（全 2 册）

目录［上册］

Chapter 01	初　遇	1
Chapter 02	再　遇	17
Chapter 03	三　遇	49
Chapter 04	过　往	84
Chapter 05	相　亲	133
Chapter 06	反　目	165
Chapter 07	搬　家	200

目录

[下册]

Chapter 08 闪 婚 237

Chapter 09 夫 人 292

Chapter 10 沉 沦 331

Chapter 11 吃 醋 386

Chapter 12 圆 满 440

Chapter 01
初 遇

S 市是座几乎没有冬季的南方城市，冬天总是稍纵即逝便过渡到早春，绵绵的细雨，湿漉漉的街道，春寒料峭，却也冷到了骨子里。

这样的周末最适合懒洋洋地躺在被窝里，什么也不做。

景无双在盛大广场顶层的咖啡厅里坐了好一会儿，手托着腮帮子，葱白的手指抚在白皙的脸庞上，澄澈的乌眸出神地俯瞰着被烟雨笼罩着的摩登城市，整个人美好得像只误入人间的小精灵。

穆宇浩进门时便捕捉到了这样的风景，连整个咖啡厅都来不及打量，便迫不及待地走向她。

“抱歉，路上有些堵，让你久等了。”他一边说一边拉开她对面的椅子，脱掉外套随意地挂在椅背上，坐了下来。

景无双慢慢地收回视线，淡淡地开口道：“不碍事，我也刚到。”

穆宇浩这些年游走在各式环肥燕瘦的女人之间，见尽人间绝色，唯独被景无双吸引。

她身上有一种难以言喻的吸引力，眉清目秀，清雅出尘。她在一众都市丽人中也许不是最漂亮的那个，但你第一眼看到的人肯定是她。

公司里的其他女人总会以各种理由绕着他转，可她不会。他总能在她那双波澜不惊的星眸中看到一个词，那就是众生平等。他心底总有一个声音在说，她是不同的。

穆宇浩伸手拿过一旁的菜单，绅士地递给她：“饿了吗？来点儿甜品吧？”

景无双拿过一旁已经有些冷掉的咖啡抿了一口，淡淡地开口道：“不必了，我用过早餐才过来，这会儿还不是很饿。你约我出来有什么事吗？”

她单刀直入，只想尽快把事情处理好，回到温暖的被窝里补眠。

这样的天气，这位副总大清早把她约出来，实在大煞风景。

穆宇浩绅士一笑，像是听不懂她语气中的疏离，径自收回菜单，边翻阅边说：“这里的提拉米苏好像不错，黑森林蛋糕的水准也可以，我可是早餐都没吃就赶过来了呢。”

“穆总大清早叫我过来陪你吃早餐吗？”景无双轻蹙着秀眉，淡淡地问。

她不认为自己和穆宇浩算得上是朋友，他们仅仅是上司与跨部门的下属的关系，一无业务上的往来，二无私交，她实在想不出他约她见面的理由。

穆宇浩笑得人畜无害，露出一贯颠倒众生的笑容：“虽然本少爷纡尊降贵陪你吃早餐，但是你不必觉得太荣幸。”

景无双单手撑在桌子上，轻轻合上眼睛，揉着有些痛的眉心，一时间不知道怎么回应这位不按常理出牌的大少爷。

“我去趟卫生间。”景无双丢下这么一句话，拿过一旁的手袋便起身走向卫生间。

穆宇浩这才缓缓地抬头，若有所思地锁定她婀娜多姿的背影，勾魂的桃花眼里闪过一丝志在必得的幽光。

景无双进到卫生间，往脸上拍了些冷水，手袋里的手机蓦然响起熟悉但久违的铃声，让景无双的心轻颤了一下。

她怔怔地听着这个铃声，目光有些迷离，有些不确定，还有些痛苦。她咬了咬唇，到底还是拉开手袋的拉链拿出手机，看着屏幕上那个让人心痛的名字，屏住呼吸按下接听键，轻颤着手把手机放在了耳边：“喂……”

她仿佛用尽了全身的力气才吐出这么一个字。

“无双，是我。”

这个声音……景无双的身体摇晃了一下，眩晕感袭来，她眼前一黑差点儿栽倒在地上，迅速伸手扶住洗手台才好不容易稳住身子。

许是知道景无双不会搭话，电话那一端的人继续说：“我和暮白回来了，周末有家宴，希望你能出席。我亲口告诉你，是不想你从其他人口中听到我们回来的消息。无双，感情没有对与错，只有爱与不爱、珍惜与不珍惜，这个男人不是我抢过来的，而是他本来就不爱你，他就是属于我的。经过这两年的时间，你想明白这一点了吗？”

这人还是和小时候一样，无论做了什么，抢了她的什么东西，永远能如此理直气壮。

景无双握紧拳头，微微仰起小脸，轻轻闭上双目。她以为早已尘封在心底的过往，因为这一通电话瞬间翻涌而起，无力感如潮水般袭来。

然而真正让她崩溃的是电话另一端传来的那个一如既往好听的男声，隔着电话，她都能感受到那种她熟悉的温润谦逊，还夹杂着她不熟悉的温柔宠溺。他说：“宝贝儿，跟谁聊电话呢？”

夏子薇嗲着声音轻轻说了一句什么，景无双已经听不清楚，自己怎么挂的电话，也不知道。

景无双咬紧下唇，紧拽着胸口的衣服，企图驱赶这种突如其来的窒息感，身子缓缓滑落，跌坐到地板上。

地板的冰冷终于让她些许清醒，都快两年了，怎么只是听到他们的声音她就要崩溃了呢？

景无双，你这些日子千锤百炼的那些坚强呢？你怎么还如此放不下呢？

她不知道自己在冰冷的地板上坐了多久，调整着呼吸，准备压下心上那些排山倒海的情绪。

身后忽然传来推门声，她本能地仰起白皙得令人心痛的小脸看向门口，表情瞬间变得有些错愕。

进来的居然是一个男人，一个眉目精致得有些过分的男人。她极少痴迷于一个男人的长相，在见过唐暮白那样精致的男人后，她以为自己不会再看到更令她惊艳的男人了。

这个男人最让人惊艳的除了长相，还有身上那股气场，英俊的脸上似是有一丝旁人无法拥有的高贵感，深邃的目光透着一股沉稳和睿智。然而，他看向她的目光似乎有些不悦，还有他拧得紧紧的眉头。

他蓦然闯了进来，不悦的难道不应该是她吗？

她开口道："你……"

男人瞥了景无双一眼后，单手抵着门，退后一步，抬头看向门上的标识，确认无误后又推门进来，锐利的目光在她身上扫过一圈后缓缓地开口："小姐，这里是男厕。"

景无双所有的情绪瞬间转换为尴尬，白皙的脸蛋青红交加。她听到了什么？这里是男厕？她居然在男厕里待了这么久！

她撑着洗手台站了起来，抓过手袋挡住自己的脸向门口方向移动，经过他身边的时候才低声说了一句："对不起。"

"等一下。"

就在景无双要逃离现场的时候，男人浑厚的声音再一次传来。他似乎习惯了发号施令，反正等景无双反应过来的时候，她已经站定不动了。

她转过身，只见他走到她刚才坐着的位置，弯腰捡起一个东西又朝她走过来。

直到他修长漂亮的手把东西递到她跟前，景无双才发现原来她的手机不知道什么时候掉在了地上。她伸手接过手机，感激地道："谢谢。"

男人没等她说完就转过了身，景无双愣愣地看着他的背影，许久没动。

经此一役，方才那些令人窒息的情绪倒是被打散了，景无双恢复了平时冷静自持的头脑。她自嘲一笑，一个电话就能让自己溃不成军，那等她真正面对他们的时候呢？

这两年，她已经尽量不去回忆往事，以致以为自己真的忘了那段过去。

当有一天参与那段过去的人毫无预兆地将往事揭开，她就瞬间接受不了了。

她沉淀了两年多，也是时候正面面对过往了。

景无双快速调整呼吸，慢慢地走回自己的座位，坐下去的时候，又恢复了冷静自持的模样。

穆宇浩跟前已经放了两块甜点，他紧皱着眉头："怎么才回来？我以为你出了什么事，差点儿到女厕去找你了呢。"

景无双无奈地笑笑，心想，幸好他没来，否则明天整个宸宇国际都该知道她进错男厕了。

穆副总裁身为"宸宇国际大喇叭"并非浪得虚名。

穆宇浩看着她的笑靥，有些愣了。

她笑起来真的很好看，那水洗般的眸子澄澈透亮。她不常笑，但是总有些上挑眉眼，好像只要微微弯一下嘴角，便有春暖花开的感觉。

"穆总？"

"啊……不好意思，你刚才说什么？"穆宇浩有些懊恼，自己居然会被一个女人的笑容迷住。

景无双自然不知道他在走神，重新说了一遍："我说，如果你没什么事，我就先回去了。"

"不、不，有事，我的早餐刚到，你等我吃完再跟你说。"穆宇浩说完就拿起小勺子有一口没一口地吃着甜点。

事实上他也不知道该怎么开口，平生第一次想对一个女人表白，还真不得要领。他来之前就在花店门口徘徊了许久，又觉得用花表白太俗，怕唐突了佳人，纠结了半天，还导致自己迟到了。

景无双还能说什么呢？

她拿起完全冷掉的咖啡抿了一口，苦涩冰冷的感觉一点儿一点儿地在舌尖上蔓延开，最后一点儿一点儿地汇聚在心窝上。

她放下杯子，出神地看着旁边的长廊。有人说，失恋的人会恋上黑咖啡的味道，这两年她彻底爱上了这个味道。

她双目毫无焦距地注视着远处，倏然，静谧的长廊尽头传来皮鞋鞋跟与地板接触的声响，她循着声音望去——

是他！

景无双抿了抿唇。她从来没见过存在感如此强烈的人，好像连脚步声都比旁人霸道几分。

“无双，我有件事想跟你说。”

“嗯？”穆宇浩成功地把她的注意力拉了回来。听到“无双”这个称呼，景无双还是忍不住皱了皱眉头，公司的同事一般称呼她“景小姐”或者“无双姐”。

穆宇浩清了清嗓子道：“是这样的，我们相识也有一段时间了，你觉得我怎么样？”

景无双有些茫然，不明所以地看着他。这位大少爷约她出来就是为了跟她讨论一下他的人品如何吗？

穆宇浩好像也觉得自己在废话，脸上泛起红晕。二十三岁的大男孩儿，按道理早就过了脸红的年纪，可对着景无双，他就是没有办法像对别的女人那般游刃有余。他将拳头抵在唇边又轻咳了两下，掩饰好脸上的不自然，继续说：“其实我想说，我挺喜欢——”

穆宇浩话音未落，就被身后一个忽然拔高的女声打断，景无双已经把注意力转移到他身后的人身上。

“为什么？我们门当户对、男才女貌，明明性格很合适，我又那么喜欢你，为什么不能尝试着在一起？”那是一个近乎失控的女声，所说的内容像是相亲失败，又像是分手谈判，这样失态的叫喊在清晨客人本就不多的咖啡厅内格外清晰。

景无双之所以会特别注意那边，是因为背对着她的那个女人失控的对象，是她刚刚在卫生间遇上的那个男人。

“抱歉，我们性别不合！”男人性感的嗓音带着早春的寒意。

景无双含在嘴里尚未来得及咽下去的黑咖啡差点儿喷了出来。性别不合，好强大的理由。

男人的嗓音如他的人一般，有着令人无法忽视的强烈存在感，低沉、磁性、浑厚，让人无法抗拒。

女人像是见鬼一般，睁大眼睛，一脸不可思议，颤抖着手指着他：“你……”

景无双注意力过于集中以致错过了穆宇浩惊讶的表情及迅速转头的动作。

只见他蓦然起身，在景无双诧异的眼神下，走向那对“性别不合”的男女。

“舅舅、李小姐好。”

舅舅？！

这回轮到景无双“见鬼”了，那个男人居然是穆副总的舅舅？！

他们的年纪看起来明明相差不大啊。

男人几不可察地点了点头，抬眸的瞬间撞上了景无双探究的视线。

景无双下意识地移开视线，端起面前的黑咖啡抿了一口，像是窥见了不该窥见的秘密。

男人微眯的深邃眼眸带着危险的意味，修长的手指有一下没一下地轻敲着桌面，表情有些严肃，问穆宇浩：“你怎么会在这里？”

“约了个同事出来谈点儿事情。”穆宇浩回答得很快速，指了指景无双的方向，像是怕男人误会什么。

穆宇浩看着这个自己从小崇拜的舅舅，精致的五官、优雅的气度、让人无法忽视的强大气场，穆家的基因本来就好，自己的长相也算上乘，可是跟舅舅比，穆宇浩感觉自己还是差了一截儿。每一次他都忍不住感慨，舅舅长得真是好看，就连身为男人的他都挑不出一点儿缺点。

穆宇浩的父亲算是一个上门女婿，穆宇浩随母姓，当他还是个小男孩儿的时候就喜欢在穆靳宸身后当小跟屁虫。男人从小就有英雄情结，对比自己出色、强大的存在有着本能的崇拜心理。

穆靳宸虽然比穆宇浩大不了几岁，却长了一辈，穆靳宸是穆宇浩从小崇拜的对象、他发誓要超越的假想敌，虽然这么些年来他从来没有成功过。

穆靳宸这些年游走国外，才回国几天。

穆宇浩昨天听见母亲说介绍对象给舅舅，舅舅好像不愿意，两个人还为此争执了几句，直到母亲掉眼泪舅舅才妥协。

可穆宇浩事前真不知道舅舅的相亲地点是约在这里："我事前不知道舅舅也在这里，我来这里跟我妈没有关系。"

因为这件事，舅舅和母亲的关系闹得有些僵，穆宇浩真的怕舅舅误会是他妈妈派他来跟踪舅舅的。

穆靳宸扬了扬轻敲桌面的手，打断了他的话，眼睛却一直看着景无双的方向，开口道："我知道了。"

他在洗手间就碰见了穆宇浩的女伴，她那一副梨花带雨、楚楚可怜的样子与现在这副模样判若两个人。

"她叫什么名字？"

"呃？"穆靳宸的声音压得极低，穆宇浩没反应过来，就见穆靳宸的下颌朝着景无双的方向抬了抬。

"景无双。"穆宇浩虽然不知道舅舅为何问这个，但还是如实回答。

"景无双……"穆靳宸声音低沉浑厚地重复了一句，并没有再说什么，随即又把手举高，招了招。一个身着黑色西装的年轻人马上出现，毕恭毕敬地站在穆靳宸跟前。

"祁东，先把李小姐送回去吧。"

"是。"祁东回答完，侧身对李莉莎做了一个"请"的动作，"李小姐，请！”

李莉莎好像才从震惊中回过神来。她喜欢眼前的男人那么多年，当年对他一见钟情，等了几年，好不容易才盼到他回国，又好不容易通过层层关系搭上他的姐姐，才寻得这么一个见面的机会，她怎么可能这么轻易地放过？

“不、不，我不走。性别不合吗？我变性好不好？你喜欢什么我就变成什么。”

景无双又差点儿被咖啡呛到。她很想忽视那边的动静，可是，这是哪里来的女人，男人说出这样的话，如果不是真的喜欢男人，那一定是打发她的借口，她怎么就听不明白呢？

“李小姐，你变成什么样我都不喜欢。”一开始穆靳宸还想留点儿情面，看在姐姐与李莉莎父亲的情分上，给李莉莎一个台阶下，现在看来，没这个必要。

他非常不喜欢这种动不动就失态，不顾场合拔高声音说话的女人，哪怕她貌若天仙。

他似是不经意地瞥了一下景无双的方向，一个女人的修养和气质才是最重要的。

李莉莎似是现在才意识到自己的失态：“对不起，靳宸，对不起。我平时不是这样的，我太在乎你了，靳宸，我——”

“我不会在意，今天到此为止吧。”不难听出他的语气比刚刚多了一丝不耐烦。

祁东跟在穆靳宸身边已有十年之久，一听这语气，再一次伸出手：“李小姐，请吧。”

他心想，这样的女人怎么可能配得上少爷呢？连他都看不上她。大小姐看女人的眼光真是越来越差了。

李莉莎看也不看祁东，恢复了名媛淑女一贯的姿态，将声音放到最柔：“我不走，我好不容易才等到你回国。靳宸，你愿意出来见我，代表我们是有机会的，对不对？”

李莉莎眼里的爱意简直满溢了出来。

她爱了眼前这个男人这么多年，念了他这么多年，爱慕几乎成了一种执念，她就是没有办法从他口中听到拒绝的话。

“李小姐，舅舅等一下还有会要开，要不我先送你回去？”

穆宇浩熟知自家舅舅的秉性，若这个女人再这般死缠烂打只会更惹他生厌。舅舅一向成熟稳重，不容易发火，可若真惹怒了他，怕是不好收场。这个女人也算是有身份的人，穆宇浩只好又给她找了个台阶。

舅舅刚回国母亲就押着他过来相亲，对象居然还是个不怎么靠谱的人。名媛圈里谁不知道这位李小姐爱慕舅舅多年，不少名媛还被她威胁过，她甚至动过手。

舅舅忍了她这么久，已经是很有风度了。

“靳宸……”李莉莎没理会穆宇浩，顾盼生姿，痴痴地等着穆靳宸开口。

穆靳宸原本半眯着的眼眸瞬间睁开，他缓缓地站了起来，收起有些慵懒的姿态，释放全身的气场，如海般深邃的眼眸看也不看李莉莎一眼，蓦地开口道：“失陪了，以后请不要让我再见到你。虽然我们应该没有再见的机会，但是我比较习惯外人叫我一声穆先生。”

他的名字岂是随便一个女人都可以直呼的？

穆靳宸路过穆宇浩身边的时候，丢下了一句“回去如实禀告你母亲”，便头也不回地走出了咖啡厅。

穆靳宸原来打算把咖啡喝完再走的，然而这个女人半点儿不知进退，他也就没有再喝下去的欲望了。

不知道为什么，景无双有种感觉，那个男人的视线总是有意无意地从她身上扫过。

李莉莎一边喊着穆靳宸的名字，一边追出去。穆宇浩赶紧侧身挡在她跟前：“李小姐，还是我送你回去吧。”

“我不用你送，我要找靳宸。”

“舅舅最讨厌别人死缠烂打，李小姐何必如此？”

不知是不是他敏感了，他总觉得舅舅有意无意地在看景无双。舅舅刚回国，和无双应该没什么交集才是。

他舅舅是最注重教养、最有风度的绅士，能够从他舅舅口中说出这样的话，可见眼前的女人多令人抓狂。

“我不是死缠烂打，我是爱他。”

穆宇浩无语地抚额，几乎是气急败坏地道：“李小姐，请你注意一下自己的形象。你不顾自己的身份，也请顾及一下我舅舅的身份，你这是何必呢？”

他只能拦住她。喜欢舅舅的人多了去了，舅舅能喜欢每一个说爱他的女人吗？这个女人这样大呼小叫的，她自己不怕丢人现眼，他都觉得有失身份。

“让开，我很快就会是你舅妈。”李莉莎顾不得其他，抓起穆宇浩的手张口就咬。

穆宇浩吃痛，本能地收回手臂。趁着这个时候，李莉莎快步追向了穆靳宸。

穆宇浩甩了甩手，看着她追过去。罢了，罢了，他尽力了。

大清早看了这么一场闹剧，景无双不免觉得好笑，心情也愉悦了不少。性别不合，这倒是个很强大的拒绝理由。

她似乎还远远地听见男人跟助手说，禁止李莉莎靠近他三米以内云云。

“抱歉，让你笑话了。”穆宇浩有些无奈地坐回自己的位置上，“我舅舅就差在额头刻上‘生人勿近’四个字了，那气场明明挡掉了许多桃花，还是有那么多女人试图靠近他。”

生人勿近吗？景无双没有答话，回想着那个男人的气场，嘴角往上扬了扬，的确如此。

景无双的眉眼相对一般人稍微上挑一些，她不常笑，却总给人一种未语先笑的感觉。不知道是不是咖啡厅的灯光过于柔和的关系，她微微上扬嘴角，好像一不小心让时光惊艳了。

穆宇浩咽了咽唾液，清了清嗓子，决定豁出去了："无双，我也不拐弯抹角了。我知道你没有男朋友，我也没有女朋友，我挺喜欢你的，从第一次见到你就开始喜欢，你做我女朋友好不好？"

穆宇浩一口气说完，像个十七八岁的小男孩儿向初恋女孩儿表白那样心如鹿撞，目光灼热、眼睛一眨不眨地盯着景无双，等着她的答复。

景无双没有太过惊讶，反而生出一种果然如此的感觉。不是她自恋，其实这很好猜，一个单身男同事约一个女同事出来，不为公事，还能有什么？

嘴角的弧度扯得更大了一些，葱白的手指摸着白瓷杯的边缘，景无双抬眸迎上他灼热的目光，突然问道："我听说穆总今年二十三岁？"

穆宇浩不知道她为何如此问，点了点头。

"我已经二十五岁，没有谈一场姐弟恋的打算，而且我喜欢成熟稳重型的男人。"她的言下之意：穆副总裁，你不是我的理想型。

"可是……"

"没有可是，再可是，就是'性别不合'了。"她想起了那个男人用的强大的拒绝理由，难得地开了句玩笑。

穆宇浩直白就好办，她就怕他用公事搪塞，那样她反倒不好处理。

景无双举起白瓷杯，将剩余的咖啡一饮而尽，冰冷苦涩的味道瞬间充盈整个口腔。

窥见她不经意皱眉的动作，穆宇浩心想，爱喝黑咖啡的人真的自虐，他光看着，内心就有些苦涩："无双，我知道自己有些唐突，你别急着拒绝我，给我一个机会好不好？"

景无双拿过一旁的纸巾轻轻擦拭了一下嘴角："穆总，方才你也看到了，感情的事是不能勉强的。我也想让自己这颗心能再为谁跳一次，然而并没有。所以，我只能说抱歉。如果你没有其他事的话，我真的要回去补眠了，春困秋乏，我困得很。"

景无双起身，拿过一旁的大衣穿上，把压在衣领里的头发拨了出来，再拿过手袋挽在手上："穆总，下次约女生尽量别选这种天气下的周末，气氛会大打折扣。"

对方已经把话说到这份儿上，穆宇浩还能说什么？这是他第一次主动约女生，第一次主动表白，没想到失败了。

"下次找个阳光明媚的日子再约你，我可是拿了号码牌的，别忘了我有优先权。"

景无双莞尔一笑道："穆总，我想你是没有办法让时光倒流，让你比我早出生两年的，还是把机会留给其他姑娘吧。"

"无双……"

景无双俏皮地眨了眨眼睛，将食指竖在唇边点了几下，示意这个话题可以不必继续了。

穆宇浩无奈地站起来，拿过自己的外套搭在手上："我送你回去吧。"

景无双从自己的大衣口袋里摸出一把车钥匙扬了扬："不必了，我开车来的，再见。"

"再见。"

穆宇浩看着景无双远去的背影，眼眸内那一抹志在必得的幽光更加浓烈。

二十三岁的男人，说是男孩儿也不为过，到底还是年轻，听不得拒绝。若不是刚刚舅舅那边上演的那一出死缠烂打的戏码，穆宇浩未必肯轻易放弃。

不得不说，这个女人很特别，他忽然觉得，以前倒贴上来的那些女人都索然无味。

女人，果然要自己追来的才有意思。

穆靳宸接到穆之岚的电话时已经是午饭过后，想必穆宇浩向她报告过情况了。

"宸儿，我不知道李莉莎会是这个样子。她在我跟前都是大家闺秀的做派，知书达理，温柔可人。我本以为我们两家门当户对，她对你又痴心，或许你们能成，你若不中意便罢了。这些年你一个人在国外，观念上有些西化，姐也不是泥古不化的人，如果你在外面……有伴侣，也可以带回来给我们瞧瞧。父亲那边我帮你斡旋一二，只是你爷爷……都说三十而立，我们还是希望你能找个女性伴侣成家，生儿育女，说到底我们都是希望你能幸福的。”

穆之岚的用词很小心，穆宇浩那小子想必把那句“性别不合”也汇报了。

穆靳宸从小没有母亲，母亲大概是生他的时候难产过世的，这是穆家的禁忌，几乎没有人敢提起。

他想，他的父亲很长情，这一生大概只爱过他母亲一个女人，不然不会正值壮年，却独居三十多年。

穆之岚长穆靳宸二十岁，都说长姐如母，可以说他是这个姐姐一手带大的，说穆之岚把他当儿子养也不为过。他丝毫没有怀疑过她对自己的用心，她对自己的用心哪怕比起对她的亲生儿子，只会多，不会少。

穆靳宸此时在宸宇国际自己的办公室内，他的身份周一才会公布，现在过来熟悉一下环境。

这间办公室是一百八十度无死角的江景房，全透明落地玻璃窗设计。他正眯着眼睛靠着大班椅，面朝窗外，双腿优雅地交叠着，双手撑着太阳穴，有一下没一下地揉着，耳朵里的蓝牙耳机偶尔闪烁几下。

他似乎钟爱黑衬衫，或者说钟爱冷色调的衣服，精致的面容在冷色调衣服的衬托下更加冷峻逼人，哪怕只是优雅从容地坐着，周身气场还是很强。

三十二岁，他认为这是一个男人最好的年华，刚回归国土就被安排相亲，还是和那么不靠谱的对象，虽有些不满，但让他姐内疚也不是他想看到的。因此，他冷淡醇厚的嗓音染上了几分暖意：“你不用担心，以后她都不能靠近我三米以内。我没有伴侣，也不是你们想的那样，也请你们不必再操心这件事。这种事勉强不来，遇到中意的，我自然知道怎么做。”

穆之岚唯有轻叹一声：“看在你李伯伯的分上，让祁东安排几个人盯着点儿就是。宸儿，你是不是还想着蓝儿？蓝儿都已经……”

“没有的事，你不要胡思乱想。别担心，这些我都会处理好。”

“罢了，罢了，我不会再勉强你。晚上回家吃饭吧，我让吴叔做了你最爱吃的火爆双脆和糖醋鲤鱼，这些菜你在国外很难吃到。”

穆靳宸深锁眉头，那是他十几岁时爱吃的食物，不知为何，他姐姐总记得他爱吃这两道菜。

“姐，我现在的口味清淡了许多，没那么重，这些都不必准备。晚上我约了君翔和暮白他们，就不回去吃了。”

“瞧瞧我这记性，老记得你上高中以前爱吃的食物。宸儿，上了大学以后，你回家吃饭的次数就越来越少了，我一年都见不到你几次。罢了，罢了，你去见见那几个小子吧，你也有些日子没见他们了。”穆之岚说得有些无奈，在这个弟弟面前，她总是无底线地妥协。

他从小性子偏冷，目无下尘，能入他的眼的朋友没几个，五个手指头都数得过来，也就那几个小子与他合得来。

穆靳宸闻言，手上的动作骤然停止，双腿也换了个姿势。好像这些年他与家里老爷子们的沟通越来越少，尤其是自他二十岁开始，家里两位老爷子把海外业务拓展这块全权交给他后，他跟家里的沟通更少了。

宸宇集团与宸宇海外的业务几乎没有重叠，每年出的年度报告也是独立核算，因此，他们连业务上的沟通也不多。

这些都是他的骨肉至亲，他是不是太过冷漠了？穆靳宸深深地呼了口气才道：“我晚些时候会回去，你们不必等我，明天我陪你们一起用早餐。”

“好、好，那你早些去忙，忙完了早点儿回家。”一贯温柔端庄的穆之岚因为弟弟要回家与他们共进早餐，显得有些激动。

穆靳宸挂上电话后，转动大班椅，伸手拿过一盒烟，抽出一根在桌面上轻敲，深深反省了一下，也许以前他为家人做的事真的太少。

他把烟咬在嘴里，身子向前移动了一下，伸手拿过打火机啪嗒一声点燃。蓝色的火苗倏地升起，他将火移到唇边把烟点燃，起身站到窗前。

祁东敲门进来的时候，房间里弥漫着淡淡的烟草味，自家少爷正背对着他，指间闪烁着火星，身边烟雾萦绕。

祁东见怪不怪，少爷有烦心事的时候抽烟抽得特别狠，烟瘾却不重。

“少爷，车已经准备好了，现在启程到西郊工地吗？”

“一来一回需要多长时间？”

祁东知道少爷晚上约了君少他们，于是说：“得四五个小时，算上堵车可能要再多一个小时，赶得上与君少他们的聚会。”

穆靳宸转过身，把手里的烟掐灭，重新坐回大班椅上：“今天不去西郊，打电话给君翔他们说把时间提早到晚餐吧，晚餐后直接回老宅。”

祁东诧异不已，几位少爷的聚会总是在夜场时间，极少在晚饭时间。

老太爷早已经搬到乡下去颐养天年，没有特殊情况，少爷是不回老宅的。老太爷最疼少爷，昨天少爷回来后已经第一时间去看望过老太爷了，姑爷是个外派的官，长年不在S市。

老宅只住着老爷、大小姐与大小姐生的小少爷。老爷也是极疼少爷的，只是那件事以后，两个人之间似乎有了隔阂，尤其是最近几年，少爷一般能不回去就不回去。

不过祁东知道这些都不该他来过问，少爷的命令，他只需要执行就好。

Chapter 02
再 遇

不知道大家身边有没有这样的死党兼闺密——相识超过十年，从中学开始“狼狈为奸”，哪怕你已经三天三夜没有睡觉，只要她一个电话，无论多天方夜谭的理由，你都会义无反顾地从被窝里爬出来陪着她哭，陪着她笑，陪着她闹，陪着她发疯……

苏苒之于景无双就是这样一个存在。

景无双回到公寓补了一觉，醒来时已经接近傍晚，刚刚梳洗完毕，便接到了苏苒的电话：“双双，快过来，十万火急啊。”

苏苒的性子跟景无双的性子可谓天差地别。苏苒风风火火，说风就是雨；景无双冷静自持，外柔内刚，很难想象两个人能够成为多年的好朋友。用苏苒的话说，她们是不打不相识，是一起对付流氓时混出来的“革命友谊”。

景无双习惯了苏苒说风就是雨的性子，拿着手机走到落地玻璃窗前，拉开上面的帘子，不紧不慢地问：“发生了什么事？去哪里？”

窗外还是迷蒙一片，毛毛细雨下了一整天，丝毫没有停下来的意思。S 市的早春很惹人生厌，景无双的情绪并不高涨。她倒是很羡慕苏苒一年四季都像个小太阳般的性子，好像自然界的任何因素都影响不了苏苒的心情。

“大事，那浑蛋明明约了我吃晚饭，不是，是我总算答应那浑蛋一起吃个晚饭，他现在居然放我鸽子，说什么两个兄弟同一天回国。姐从小就认识他，他那破性子，谁想不通要跟他做兄弟啊？我严重怀疑他去会‘小三’了，现在要出门去捉奸。我的车前天送修，明天才能取，我现在在汇景湾南门，他马上要出来了，你快过来，这破天气，我打不到车啊，冻死姐了。”

难得听到她抱怨一句天气，景无双默默地听好友噼里啪啦地说了这么一大段话，脑补着她躲在大门外鬼鬼祟祟偷看的模样，嘴角向上扬了扬。其间景无双已经把大衣穿上，拿了车钥匙，拎着包准备出门：“等我十分钟。”

汇景湾是这个区赫赫有名的高档小区，离她住的小区并不远，加上取车的时间，她十分钟足够到达汇景湾。

苏苒一边急得直跺脚一边催她：“你快点儿，我听到他说约的六点半，现在都快六点了。”

“我知道了，我现在到车库取车，先挂了。”

“别挂，南门你知道吗？就是有个回转音乐喷泉的那个门。小区门口装什么音乐喷泉，生怕别人不知道里面住了什么人啊……”苏苒又在吐槽。

苏苒有个指腹为婚的未婚夫，据她说她对他各种不满意，从来没有承认过，景无双对“那浑蛋”却如雷贯耳，虽然从来没有见过，但是已经不知听苏苒念叨过多少遍。

“好啦，你再吐槽我就不保证十分钟能到了。”

“好、好，我挂了，你开车小心点儿，等你啊。”

这种天气出门的人还是比较少，道路意外地畅通，景无双一路上连红灯也没遇到，六七分钟后便到了汇景湾的南门，远远地便看见苏苒撑着小伞躲在喷泉后面，那鬼鬼祟祟的模样看得景无双直想笑。

景无双按了按喇叭，苏苒才回过头。看到景无双的车，她一支箭似的跑了过来，将伞一收，拉开副驾驶座的车门便跳了上来，看也不看后座就把伞扔到后面，一边扯安全带一边说："宝贝儿，让姐亲一个……"

苏苒凑过去，真的在景无双白皙的脸上亲了一口："这鬼天气太要命了，让姐知道那浑蛋约了哪个女人，看我不撕了她。"

景无双显然习惯了她这副模样，看着她气急败坏的样子，忍不住揶揄了一句："苏大小姐要撕了谁呢？"

"当然是那个女人啊，不知好歹，敢肖想姐的男人。"

"你男人？"

"哎哟，双双你讨厌不讨厌，明知道我不是那个意思。"

"哪个意思？"

"讨厌……"苏苒作势便要去掐她，却眼尖地瞄到一辆熟悉的车从小区里面驶出来，马上停下手里的动作，改摇景无双的手臂，"双双，快跟上，就是那辆车。"

"大小姐，我在开车，别一惊一乍的。"

苏苒松开她的手，眼睛一眨不眨地盯着前面的车子："双双，快跟上。"

景无双踩下油门说："知道了，我的技术你还信不过吗？"

夜色渐浓，烟雨迷蒙的街道两旁华灯初上，为这座湿漉漉的冰凉城市添了几分暖意。

景无双的车一直跟着"那浑蛋"的车来到了同区的一家高级会所前面。

景无双问："这家会所是会员制，我们不是会员，连车都进不去，接下来怎么做？"

"竟然敢约在这么高档的地方，他都没带我来过这里！"

苏苒说得咬牙切齿，又忽然想起什么，在包里翻了半天，掏出好几张卡递给景无双道："看看这里有没有一张是。"

景无双接过那些卡，一张张地翻着，发现这些都是一些高级会所、俱乐部的会员副卡："那浑蛋给你的？"

苏苒点了点头，指着其中一张卡说："这些都是那浑蛋硬塞给我的，除了这张和你一起去健身用过，其余的我一次都没用过。"

景无双抽出那张印着"本色"logo（标志）的卡扬了扬："这张就是，你确定要跟上去吗？"说着，她把其余的卡塞回给了苏苒。

"当然要去。"

景无双其实想说，这家会所是他们公司旗下的，她今天出来并没有带员工卡，否则她能自由进出的。这家会所并不适合情侣约会，而是成功男士的聚集地，适合三五知己过来小聚。但是她了解苏苒的个性，不亲眼看到，必然不会死心。

景无双二话不说便把车开到停车场前面，拿着卡嘀一声刷了一下，电动栏杆缓缓升起。她开着车子从栏杆下穿过，把车停稳后又问："你知道他在哪个包房吗？"

苏苒跳下车，伸手抓了抓乱糟糟的头发："不知道，到大堂问问吧。"

景无双不再说什么，锁上车便跟在她身后到了大堂。跟踪男友这样的事情她是不会做的，但是跟苏苒一起，好像算不得什么。

苏苒到了一个前台小姐跟前，直接问道："君翔那浑蛋在哪个房间？"

前台小姐看着眼前这个穿着打扮与他们会所环境格格不入的粗鲁姑娘，似乎不愿意理会她，故意别过脸，抬起两只手欣赏起自己的水晶甲来。

苏苒拿着手中的卡敲了敲台面："喂，我在跟你说话呢。"

前台小姐眼尖地瞄到那张卡，慢慢地从指甲上收回视线，不情愿地说："小姐，我们这里是高级会所，请你不要大呼小叫。我们不能随便透露客人的信息，想攀附君少的女人不知道有多少，别不自量力。我不管你是怎么混进来的，如果这张卡是你捡来的，麻烦你把它交给我们处理。"

"你……"苏苒气不打一处来。这人居然说她的卡是捡来的，还说她要攀附君翔那浑蛋？

“睁大你的狗眼看清楚，我是君翔的未婚妻！”

苏苒吼完，前台小姐对她鄙视得更厉害了。这样的女人她见过不少，懒得再与苏苒多说，扬手叫道：“保安……”

景无双原本不想出面，但没想到公司旗下会所的服务人员竟然是这个素质，她冷冷地扫了一眼那前台小姐说道：“叫张经理出来见我，就说景无双要见她。”

说完，她把名片往桌上一放。

前台小姐拿起名片，眼睛睁得老大，不确定地叫了一声：“景小姐？！”

前台小姐没见过景无双，但传说中总公司直属管理层的老大是个姓景的老处女啊，不会是眼前这个年轻貌美的姑娘吧？

而此时，张经理已经端着一张笑脸从里面走了过来：“方才在监控里看到景小姐，我还以为是自己老眼昏花了呢，不知景小姐过来有何贵干？要不您先到办公室坐坐？”

张经理自然认识景无双，宸宇国际S市的文化及娱乐产业负责人要定期向景无双汇报业绩，张经理到总部开会，偶尔会是景无双主持会议。虽然张经理和景无双的助理接触较多，但是和景无双也算熟悉。

“不必了，我这次来是有点儿私事。我的朋友有点儿急事要找她的未婚夫，只想知道他在哪个房间。”

张经理将视线转向苏苒：“不知道这位小姐的未婚夫是？”

苏苒马上接话道：“君翔！”

“君少？没听说君少有未婚妻啊。”张经理很是诧异，看着这个阿拉蕾一般的“小豆丁”，一脸难以置信。

君少是城中排得上号的“钻石王老五”，什么时候多了个未婚妻？对象还这么嫩，君少不嫌酸啊？

“我骗你做什么？喏，这是他给我的副卡。”

张经理接过卡一看，果然是君少的副卡，这样的卡全城不过发出去几十张，每一张都是她经手办的，她不可能认错。

“好，那我先知会君少一声？”

“别，我就是想给他个惊喜嘛，不然我不会直接打电话给他吗？”

“那好吧，君少在1808房，两位请随我来吧。”张经理做了个“请”的动作，另外一只手还不忘给那个前台小姐做手势，让她知会君少一声，这样两边不得罪。

景无双神色平静地开口道：“张经理，本次前台接待的业务素养还是有待提高。前台可是企业的第一门面，我不记得宸宇的员工守则里，接待员可以如此目中无人。不轻易透露客人信息是对的，可这态度……来者是客，客人永远是对的，这是服务人员最基本的素养，张经理，需要我亲自给她们上课吗？”

张经理脸上一僵。那个前台小姐是她家的亲戚，小姑娘长得漂亮，就想着借这个地方钓金龟婿，上岸后在家里当少奶奶，确实没有接受过系统的培训就上岗了，因为其目的本就不是在这里长久工作。

前台小姐听了，不屑地撇了撇嘴。

张经理则连声说是，是她工作失职，会加强培训云云。

说话间一行三人便到了1808房间，没等张经理敲门，苏苒抬腿便踹向大门，嘴里还大声嚷嚷道：“姓君的，胆敢背着老娘偷吃？”

她动作之快，让景无双想拉住她都来不及，只得伸手抚额。苏苒这性子还真是……

张经理抬手捂着嘴巴，不安地看着景无双。这样做万一得罪里面的权贵，别说自己这个经理做到头，就是景无双的人生怕也到头了啊。

随着这一声叫唤及大门的开启，偌大的包间内的情景一览无余。

景无双的视线正好落在正中央豪华沙发上的男人身上。他身穿墨黑色的丝质衬衫，颀长的身躯慵懒地倚在沙发上，长臂随意地搁在沙发扶手上，指间还有半截儿燃着的香烟，双腿随意地交叠着，宛若一头正准备进入丛林捕杀猎物的美洲豹，慵懒而危险，彰显着一个成熟男人的力与美。

男人精致的面孔上，半眯的眼眸如黑夜下的海般深邃，眉宇间沉淀着些许岁月的痕迹，睿智，内敛，深沉，高冷华贵，身上的每一处都像是经过了上帝的精雕细琢，雕刻出了一个成熟男人极致的魅力。

怎么又是他？！

景无双的心跳瞬间加速，这样的男人，她见过后当然不可能忘记，况且他们是早上刚见过的。

穆靳宸一直将视线锁定在景无双身上，最初皱眉，有些不悦，看清女人的面容后，姿态更显慵懒，连眼神都带着审视的意味。

四目相对的瞬间，景无双感觉心尖一颤，下意识地错开视线，还是觉得头皮一阵阵发麻。这个男人的气场太强大，她的心绪很容易受他影响。

苏苒看见几个大男人，先是愣了一下，然后决定先发制人，对着君翔一通乱吼："姓君的，为了几个男人放本小姐鸽子，你下次别求着老娘陪你吃饭，哼！双双我们走！"

"回来！"原本暴怒的君翔见到苏苒马上反应过来，长腿一迈，便把她拽到了怀里。

"你这个浑蛋！"

景无双的神志被苏苒拉了回来，可当她将视线转移到另一个方向的时候，映入眼帘的那个身影让她身体僵硬。

她做梦也没有想到会在这种情况下再见到他。

两年不见，他还是那谦谦君子般的样子。

诚然，他似乎一直是这副模样，符合所有情窦初开的少女关于另一半的幻想——书香门第出身，知书达理，学识渊博，风度翩翩，温润如玉。

但只有她知道，他到底有多残忍。

那一年，B 大的樱花开得特别烂漫，那是她大学的最后一学期，身为代课老师的他对她说："无双，你是我的举世无双……"

那一年……那一年发生的事太多，她唯一记得的就是，她喜欢他，他也正好喜欢她，他们在一起了……

也是那一年，他们分开了……

其实他们的感情没有多深刻，连相拥都是浅尝辄止。她对其记忆深刻，也许是因为那是她最美的年华里唯一的印记；也许是因为背叛，也许那连背叛也谈不上，他只是不爱了，甚至他可能根本没有爱过她。可为什么会是她？

唐暮白也没想到会在这里遇上景无双。仅两年不见，她脸上的稚气就已经全数褪尽，整个人出落得温婉大方，她本就是一个柔顺的美丽女子，如今给人的感觉越发温柔恬静。

无双，他的举世无双……

也许因为早上已经崩溃过一次，也许因为有了足够的心理准备，景无双没想到自己再见到唐暮白的时候，心情能够如此平静。她虽有所触动，说不上心如止水，却也游刃有余。如果不是苏苒和君翔还纠缠着，她或许可以好好地上前对他说一句"好久不见"。

"你给我好好解释一下你为什么会在这里？"钳制住怀里的小女人后，君翔开始审问苏苒。这丫头的性子有多恶劣，他从小就知道。

"来找你吃饭啊。"苏苒说得理直气壮，这种时候她当然不能承认自己是来"抓奸"的啊。

"吃饭？那为什么不给我打电话，嗯？"君翔长了一双好看的凤眸，染上薄怒后，越发显得流光溢彩。

"我懒得跟你说，放开我，你这个浑蛋。双双救我！"

景无双没有理会苏苒，权当两个人在打情骂俏。她在另外一道高压的目光下，稍稍调整呼吸，落落大方地走近唐暮白道："好久不见，唐教授。"

唐暮白起身，还是那般温润如玉、谦谦君子："好久不见，无双。"

苏苒听到“唐教授”三个字，手上的动作戛然而止，一双圆溜溜的杏目怒瞪着唐暮白：“唐教授？你就是那个曾经伤害双双的禽兽？”

“苒苒……”

“苏苒，怎么说话的？”

景无双和君翔同时出声制止她。

“怎么，我说错了吗？把一个单纯少女的芳心扰乱以后，又搭上另外一个狐媚的熟女，关键是这个狐媚的女人还是这名少女的表姐，这难道不是禽兽所为吗？亏你还长得人模狗样，我呸！虚伪，明明就是头披着人皮的狼，简直枉为人师。你知不知道当年双双差点儿——”

“够了，苒苒！都过去了。”

“双双，你就是这么好欺负，怎么能这么轻易地放过这种禽兽？他把你害得那么惨……”

“苒苒，谁年轻的时候没遇上过个把人渣呢？何必那么在意？”景无双云淡风轻地说着，语调淡然，姿态轻描淡写，仿佛那就是一场简单的过往、一次成长中无足轻重的历练。

她没想到自己这么快就能够做到这一点，自嘲般弯了弯嘴角，今天自己似乎进步了不少。

景无双是认真地盯着唐暮白的眼睛说出这句话的，他脸上的表情似乎带着不忍，似乎又是不甘，但最终他握紧了双拳，什么都没有说。

苏苒差点儿拍手叫好：“嗯嗯，双双说得好，咱们才不为那些人渣费神。”

她说完，倏然往君翔身上最脆弱的地方用力一坐，说道：“还有你，物以类聚，人以群分，你也是人渣！”

君翔吃痛，连忙松开苏苒，她趁机快速跳到地板上，还不忘往君翔擦得闪闪发亮的皮鞋上踩一脚，跑过去拉起无双的手：“双双，我们走，不要他们，让这些人渣自己玩儿去。”

“咦？”苏苒这会儿才认真地看了穆靳宸一眼，“这个还挺好看的，你离那两个人渣远点儿，对你有好处。”

丢下这么一句话，她推着无双的肩膀离开了包间，留下了一脸兴味、优雅地吐着烟圈的穆靳宸，隐忍的唐暮白和忍受痛苦的君翔。

君翔看着苏苒的背影，咬牙切齿地吼了一句：“小浑蛋，下次不收拾你，我就不叫君翔！”

苏苒回头朝他做了个鬼脸：“光说不练伪君子，来啊！”那叫一个有恃无恐。

景无双回头，又撞上了穆靳宸如海般深沉的黑眸，心尖又不由自主地轻颤了几下。她伸手捂住心脏的位置，极不喜欢这种身不由己的感觉。当年在樱花树下第一次看到唐暮白时她的感觉也没有这么强烈。

这个男人的气场太强大。

她相信人与人之间是有磁场的，会很容易知道哪些人吸引自己，尤其是女人。她的第六感告诉她，如果不想受伤害，尽量离这个男人远一些，对方太危险了。

一场原本相谈甚欢的男士聚会，被两个女人乱入扰乱了气氛。

张经理知情识趣，半句话都不说就退了出去。关上大门后，她才伸手拍了拍小心肝，她的饭碗没丢吧？

包间内的穆靳宸熄灭手里的烟，又恢复一贯慵懒优雅的姿态，拇指轻轻按了一下嘴角，揶揄地开口道：“两位……人渣准备发表点儿什么获奖感言？”

君翔丢了一个抱枕过去，咒骂了一句，然后说：“没什么好说的，我家那小浑蛋从小就这样，今天倒让兄弟见笑了。被她拉过来的那个美女应该就是她常常挂在嘴边的好闺密，叫什么无双来着。倒是暮白，说起来S市还真小，无双好像与暮白有点儿猫腻。”

君翔一脸八卦地看着唐暮白，说起苏苒不自觉地露出宠溺表情。

君、苏两家几代交好，总想着联姻，谁知道两家连续三代都只有男孩儿，没有女孩儿，直到第四代，苏家才出了苏苒这么个女孩儿。据说苏苒刚出生，两家直接把婚事定了下来。

君翔比苏苒大了七岁，很早就知道自己有个小不点儿未婚妻。苏苒抓周的时候，满桌子的东西不抓，就揪着君翔的衣摆不肯放手，一拉开她就哭，两家人认为这是天作之合。

此后好多年，苏苒一直是君翔的跟屁虫，哪天见不到君翔她就哭个不停，君翔就差住到苏苒家里去了。

直到苏苒渐渐懂事，才开始对君翔各种嫌弃，各种不待见。据说君少原本智商一百六十以上，如今还这么幼稚，就是因为智商在和这个未婚妻斗智斗勇的过程中被拉低了。

当然，这些事都是两家人自己知道，没有对外公布。

“你家的？”穆靳宸调侃了一句。

“嗯，我家的。”君翔听懂了，这个好友的杀伤力有多大他不会不知道，别说女人，穆靳宸若有心要一个人，就是男人也挡不住其魅力。

君翔平生没有欣赏过什么人，除了眼前这个好友。

穆靳宸微微一笑，颠倒众生，拿过桌子上的烟盒抽出一根点燃：“这样的‘豆芽菜’你也下得去口，不嫌酸吗？”

“你不问问暮白酸不酸？”

唐暮白恢复一贯的儒雅样子，眉目间皆是温润之色：“问我？我还没来得及好好品尝，不知道。”

“是吗？我家小浑蛋没少在我面前咒骂你。当然，之前不知道那是你，否则，我早就打电话恭喜你一番了。不过，无双当年应该挺惨的，光我知道的就有喝酒喝到胃出血，还差点儿让人给欺负了。”君翔点到即止。苏苒不是一个记仇的人，她有多痛恨伤害景无双的人，那个人就伤景无双多深。

唐暮白拿过威士忌抿了一口，颇为自责：“我的错，如果可以选择，我不会伤害她。人很多时候会身不由己，有时候想要保护一个人，就会造成另外一种伤害。不管怎么说，终究我是负了她。”

穆靳宸听罢，几不可察地皱了皱眉头，深深吸了一口手上的烟，尼古丁的味道一点儿一点儿地传递到四肢百骸。他似乎不想继续这个话题。

唐暮白也是，于是他换了个话题：“说说你吧，这次回来，准备大展拳脚了？”

穆靳宸开拓海外市场已有十年之久，这次平了天下班师回朝，自然是要开始新一轮的角逐。相信不用多久，S 市的市场份额将会重新划分。

穆靳宸点了点头道：“有这个打算，不过这些年 S 市的格局变化了不少，要捡起来还得花些心思。”

君翔忽然想到了另外一件事，调侃道：“听说你早上相亲去了？”

穆靳宸抚额。他们被外界评为“钻石王老五”，可在自家长辈的眼里就是“剩男”，都面临着被催婚的命运。

“你哪里来的小道消息？”

君翔拿出手机，调出一个视频：“《S 市公主相亲失败，哭求不弃》。怎么样？标题够劲爆吧？”

视频很短，哭得梨花带雨的女人哀怨地看着对面的男人，嘴里说着：“不、不，我不走，性别不合吗？我变性好不好？你喜欢什么我就变成什么。”

这一句话后，视频中一个保镖打扮的男人对女人做了一个“请”的动作，boss（领导）打扮的男人不发一言，始终没有看女人一眼。女人正面对着镜头，视频中的两个男人只有背影。

很显然，视频中的人正是早上在咖啡厅的李莉莎、穆靳宸和祁东。

君翔不会放弃难得嘲笑好友的机会：“怎么样？被 S 市公主表白的感觉如何？”

穆靳宸轻吐着烟圈，瞥了好友一眼，薄唇轻启缓缓地吐出两个字："无聊。"

"这个圈子里谁不知道李莉莎爱慕你多年？你还亲自送货上门，真有勇气。"

"我姐的意思。"

"岚姐？你家老爷子怕也知道你现在只听岚姐的话吧。"

穆靳宸想到他姐姐听到他晚上回老宅时那种雀跃的语气，有些气闷："我如今只听自己的。"

唐暮白举了举手里的威士忌："我们几个好不容易聚一回，来，走一个。"

另外两个人拿起酒杯与他碰了一下，默契地一口干了。

君翔给大家满上酒，又开始八卦："暮白，前些天听我家老爷子说你小子要结婚了？你把未婚妻藏那么紧，哥儿几个都没见过。"

君翔的爷爷不知道从哪里听说唐暮白要结婚的消息，回来莫名其妙地把他训了好一通。

大家当年都是同一个大院里的，无论谁家孩子要结婚，他爷爷回家后必然要训他一顿，这是这几年不断上演的戏码。唐暮白没事结什么婚啊，他订婚那么多年了都还没结婚呢。

提到这个问题，唐暮白的太阳穴也开始隐隐作痛。从他回国开始，家里也不断催促这件事，而他自己暂时没有结婚的打算。

他习惯性地托了托并没有下滑的眼镜，慢条斯理地说："不提这些煞风景的话题了。"

君翔喝了口酒，又一脸看戏的表情道："话又说回来，如果我结婚，苒苒肯定请无双当伴娘，你肯定当不成我的伴郎。"

唐暮白闻言，脸上的笑容一僵，片刻后耸了耸肩道："稀罕，我又不止你一个兄弟，靳宸结婚我也可以当伴郎啊。"

君翔幸灾乐祸的时候通常是口无遮拦的："难说，万一靳宸娶的是你的某一任前女友呢？"

君翔绝对没有想到，自己会一语成谶。

穆靳宸姿态优雅地吐着烟圈，微微蹙眉，不知道在想什么。

唐暮白看似是几个人当中最儒雅的那个，其实是他们之中最滥情的，不知多少无知少女被他那张温润的脸、谦谦君子的做派给蒙蔽了，二十出头的唐暮白处处留情，自古才子多风流，就是他最好的写照。

反观穆靳宸，那张迷倒万千少女的外表下藏着一颗冷硬的心，似乎从那个人以后，他就没有对谁动过心，连花边新闻都没有，难怪岚姐他们会着急。

“靳宸，这些年都没有遇到过让你动心的女人吗？你是不是还放不下？”君翔不想提那人的名字。

放不下？

他的家人、他的兄弟都是这么以为的？穆靳宸从容一笑，并没有多解释：“没有的事。咱们这么久不见，就不能谈些男人的话题吗？”

“咦，男人在一起不谈女人谈什么啊？”

其余两个人失笑。

而同一时间，景无双与苏苒出了会所，便接到了外公夏荆山的电话，夏荆山让景无双周末无论如何都要回去一趟。

景无双自从参加工作便在外面租了一套小公寓，前不久存够首付就把它买了下来，工作忙的时候一个月也不会回家一趟。

并不是说夏家的人对她不好，事实上除了她的舅妈与表姐，其他人对她是极好的，尤其是外公，可以说是把她捧在手心里，所以她不会忤逆他的意思。

她七岁时父母离异，母亲带着她回到夏家生活，之后母亲云游四海，常年不见踪影，那时候她常常想，自己还不如跟着父亲生活。

无论外公一家对她多好，她始终有种寄人篱下的感觉——她终究是姓景的。

她不知道一直恩爱的父母为什么要突然分开，而且离婚是母亲提出的，父亲同意离婚的唯一要求就是她不能改姓。

父母离婚后，父亲一直一个人，住在老宅和爷爷一起生活，父子俩深居简出，她经常会去看望他们。

在她心里，景家才是自己的家，可是她必须跟母亲一起生活。小时候她怨恨过母亲，为什么不能给她一个完整的家？

随着年龄的增长，她慢慢懂得了母亲的苦，也明白这大概算一种相爱却不能相守的感情。

景家三代单传，往下三代只有爷爷、父亲和她了，真是人丁单薄，她每次步入那所曾经盛极一时的老宅时都有种萧索的感觉。

不知道什么原因，爷爷也一直没让父亲再娶，哪怕到了这一代景家只有她一个女儿。

她想，爷爷心里也明白，父亲其实一直惦记着母亲。

“双双，想什么这么入神呢？都叫你好几声了，接了个电话跟丢了魂似的。”

苏苒的话把景无双的思绪拉了回来。

“没什么，外公叫我周末回去一趟。”

“回去就回去呗，回一趟家有什么问题？”

“苒苒，她回来了，早上给我打过电话。”如果说这个世界上还有什么人让景无双最不愿意与之同在一个屋檐下，那么这个人非这个表姐莫属。

苏苒打了一个激灵，惊讶地叫道：“你是说夏子薇那个贱人回来了？”

“好了，苒苒。”

“怎么，难道我说错了？她难道不是贱人啊？她从小到大就没少欺负你，凡是你看上的东西，她通通要抢过去。你小学的书包、你新买的裙子，喏，你脖子上的这条链子，要不是它是你奶奶留给你的，你哭着找你外公，能要回来？东西也就算了，再买就是，可男人她都要抢。全天下的男人死绝了？你看上的就是最好的？她这分明就是故意的，她不是自封‘S市中校花’吗？不是说男人从S市中排到大富豪任她挑吗？她抢你的人干吗啊？”

提起夏子薇，苏苒就一肚子火，压都压不住。

景无双不是那种小媳妇儿的受虐性格，可是碰上夏子薇就诸多忍让，一想到景无双这些年的隐忍，苏苒就忍不住怒火爆发。

“苒苒，每次提到她你就这样，不知道的人还以为被她欺负的人是你呢。”

苏苒豪气地搭着景无双的肩膀：“你是姐的人，欺负你和欺负我有什么两样？”

好友的维护令景无双心里很暖。都说人生得一知己足矣，她这辈子有苏苒这个知己已然无憾。

“知道你疼我。我是好欺负的吗？她每一次都是光明正大地来，我输，我认。真要比手段，苒苒，你知道的，我不输谁。打架更不用说，我要是真的动手，几个她是我的对手？”

苏苒扑哧一笑道：“我就是见不得你在她跟前一副小媳妇儿的模样。”

“姐姐，她姓夏，我姓景，我住在她家里，难道好意思天天大吵大闹，闹得鸡犬不宁让外公为难？大家抬头不见低头见，逞一时之快有什么意思？外公疼我不假，她心里有气。”景无双不是无所谓，而是真的不想外公为难。她现在情商这么高，她的表姐居功至伟。

“可也不能她抢你的男人你也一声不吭啊。”对这件事，苏苒一直耿耿于怀，尤其刚刚见了那个负心汉。以前她没来得及帮无双过目，没想到第一次见他，居然是在这种情况下。

“苒苒，我恨过她的，可是如今我想明白了，能被抢走的男人本就不是我的，我们不提了好吗？而且，他也没那么好。”

都说二十五岁是女人人生的分界点，很多女人到了二十五岁才知道自己要什么，喜欢的男人类型也和以前完全不一样，景无双想自己也会是这样。

“你敢说你不惦记他？这些年你根本没有忘记过他。”

景无双挽着苏苒的手臂向前走着："今天之前我也认为自己没有放下，我不敢说对他完全没有感觉，毕竟那也是我的过去，是我人生中重要的组成部分，再怎么样我也不能回到二十二岁重来一次。可人就是这么奇怪的动物，好像一个瞬间我就想通了，豁然开朗，不难过、不计较了，真的。"

她不知道怎么跟苏苒解释这件事，到今天才知道，是她把一些原本无关紧要的事情看得太重，以致压得自己喘不过气来。

放过自己，原来是这么轻松愉悦的事情。

苏苒止住脚步，认真地盯着她的星眸："真的？"

景无双当年有多悲伤，苏苒是知道的，那是一种心如死灰的绝望。景无双的初恋来得快，陷得深，分手更快，快到苏苒还没来得及见到那个男人，景无双的家人还不知道她已经恋爱了一次，失恋了一次，除了她的表姐。

景无双认真地回视好友，重重地嗯了一声，反搂着她的肩膀继续往前走："好啦、好啦，我大晚上陪你来'抓奸'，饭都还没吃呢，饿死了，我们快去吃饭吧。"

"我暂时相信你，这顿你请！"

"为什么？"

"庆祝你重生啊。"

"有道理。"

"只吃最贵的，不吃最好的！"

"我刚发了工资。"

"这还差不多。"

苏苒所谓的吃最贵的菜，就是去一家高级的餐厅吃龙虾刺身。两个人吃了不少，又喝了不少清酒，正如苏苒说的，景无双重生了，要喝个痛快。

两个人摇摇晃晃地走出餐厅，回去的时候自然是不能开车了。

苏苒的未婚夫打来电话说，他们马上也散了，他过来接她回去。

苏苒很骄傲地说不用，她自己打车回去。

把苏苒送上车后，景无双一人走在湿漉漉的街道上，昏黄的街灯和不远处五光十色的朦胧霓虹灯似是给这座快节奏的南方城市披上了一件浪漫的外衣，让人不由自主地放慢了脚步。

景无双深深地吸了一口清爽的空气，感觉格外心旷神怡。

她没有马上叫的士，而是沿着街一直走，一直走，不时抬头看看远处朦胧的灯光。她很喜欢街灯照出的那一束暗黄的光，显得很温暖、很浪漫。

她突然冒出一个想法，爬上一旁的花圃，张开双臂，走独木桥似的慢慢前行。她难得这样俏皮。

她也知道，这样的动作其实很危险，身边偶尔会有车辆呼啸而过，甚至有人鸣喇叭吓她一跳。

她正准备跳下花圃，高跟鞋的鞋跟居然卡在了缝隙里。她使劲拔，却怎么也拔不出来，一个重心不稳，身体不受控制地向前扑倒。前面一辆车眼看就要到了，车灯的光刺得她眼睛都睁不开，她本能地用双手交叉挡在脑袋前面，脑袋里顿时一片空白。

这样被车撞死实在是冤枉啊，她一个大好青年，还有太多事来不及做。

在一阵刺耳的刹车声中，她感觉到自己的手臂已经碰到了车身的保险杠，惯性作用下，车子未能一下子停稳，还是撞上了她，她的身子不由自主地向后倒去。

卡在缝隙里的鞋跟来不及拔出，她的脚硬生生地崴到了另外一边，痛得她叫出声来。

坐在后座上闭目养神的穆靳宸身子前倾，撞向前面的椅背，不悦地蹙起眉头道："祁东，怎么回事？"

"少爷，好像撞到人了。"祁东吓了一跳。他跟在少爷身边开车已经快十年，至今没有出过事故，开得一手好车一直是他引以为傲的事，这样的事故还是头一遭，虽然是那个人忽然冒出来。

他连忙解开安全带，下车查看。

穆靳宸把车窗摇下来，思考着需不需要亲自下去处理，就听到祁东呀了一声道："无双小姐，怎么是你？"

景无双不认识祁东，也痛得说不出话来。不知道是手痛还是脚痛，反正哪儿哪儿都不舒服，她今天总算领教到什么是不作死就不会死，童心大发走个"独木桥"都差点儿交待在这里。

穆靳宸听到这个名字，眉心蹙得更紧。

他打开车门下车，站定在数步以外，透过昏黄的街灯看着那个身穿卡其色大衣的女孩儿。女孩儿眼眶红红的，脸蛋也红红的，一副小可怜的模样，一身狼狈地跌坐在湿漉漉的地上。

他紧锁着眉头，几步便走到景无双边上："哪里不妥？"

听到这个声音，景无双连疼痛都忘到了一边，来人特有的嗓音磁性浑厚。

她抬起眼眸，男人仅穿了一件黑色衬衫，上面两颗扣子是解开的，在春寒料峭的深夜里颀长的身躯，那样霸气挺拔。

景无双一时间说不出话来，偶尔抽噎一下，模样越发可怜。

祁东已经把她卡在缝隙里的鞋跟拔了出来，思绪回笼，她这才痛得叫出声来。

"少爷，无双小姐的脚崴着了，我们送她去一趟医院吧。"

景无双这会儿痛得额头冒汗，胡乱点了点头，也不逞强，想借着祁东的手撑着站起来。

谁知道她手上好像也伤了，起身的时候重心不稳，眼看着就要跌坐在地上，穆靳宸眼明手快，扶住了她的肩膀。

一股清爽夹杂着些许烟草味的浓烈男性气息扑面而来，景无双的小心肝又不由自主地颤了颤。耳边是男人低沉浑厚的嗓音，几乎贴着她的耳郭，她都能感受到他的呼吸频率："景小姐，冒犯了。"

下一秒，景无双才知道他为什么这样说。她被他拦腰抱了起来，往车的方向走去。

这毫无预兆的动作令景无双愣住，不知道该怎么反应。她没想到他会忽然抱她。

祁东也愣住了。少爷不是那种同情心泛滥的人，一般这种情况，都是自己出面处理，少爷是不管的。

更何况对方是个女孩儿，少爷有多少年没这么靠近过女孩儿了？

被抱起的刹那，景无双下意识地抱紧了他的脖子，半晌才反应过来，想松开手，又怕掉下去，最后唯有红着脸、垂着眸，轻轻地说了一句："谢谢！"

男人似乎笑了一下，因为她感受到了他胸腔的震动。

她从来没有被男性公主抱过，她离他的脸庞只有几厘米，连呼吸都不敢用力，生怕一个呼吸，热气就喷洒到他的脸上。

湿漉漉的午夜公路上，暖黄的街灯灯光把那对亲密男女的身影拉得很长、很长……

许是画面过于美好，祁东愣在了原地。

"祁东？"

直到穆靳宸的声音传过来，祁东才回过神，急忙过去拉开后座的车门。

穆靳宸弯着腰，小心翼翼地把景无双放进车子，两个人靠得更近。

女孩儿身上有种甜甜的味道，不像是香水味，更像是自然散发出来的体香，很好闻。

景无双不敢看那张近在咫尺的俊脸，不知道是车厢内的温度太高，还是酒精的后劲作用，景无双尴尬地低着头，连耳根都是红的。

十二个小时内，在不同的场合，她遇上了他三次。

每一次她都狼狈不堪，这大概是她这辈子过得最难堪的一天了。

"景小姐怎么会大半夜一个人摔倒在公路上？"穆靳宸磁性的嗓音在狭小的车厢内响起，显得异常性感。

景无双从自己的思绪中回过神，抬起头，睁着黑漆漆的眼看他。

她已经不是十几岁的小姑娘，早已过了看到英俊的男生会紧张的年纪，可是对着他，她就是会不由自主地紧张，小心肝也不受控地乱颤。

“我和苒苒喝了点儿酒，想着走一走，散散酒气。”

穆靳宸挑眉，表示不赞同：“这么晚了，一个女孩子不安全。”

景无双又低下头，像个被家长训斥的孩子：“下次不会——”

话音未落，祁东来了一记急刹车。

穆靳宸一手撑着前面的椅背，一手扶住无双的肩膀，女孩儿才没有撞向前面的椅背，但脚不小心着了力，痛得她直冒冷汗。

她死死地咬住嘴唇，才忍着没叫出声来。

祁东从后视镜里不安地看着穆靳宸说：“抱歉，抱歉，刚刚有一只小猫冒出来。”

接二连三地出状况，祁东今天有种千年道行一朝丧的感觉。

“很痛？”穆靳宸沉声问身边眼泪汪汪又死死忍住不敢哭的女孩儿。

她的样子真的特别可怜，鼻尖和眼眶都红红的，无半点儿妆容的小脸却煞白。

他很少见女孩儿的皮肤白得这么剔透。

景无双摇了摇头。

穆靳宸没有再说什么，倏地凑到景无双面前，景无双不自觉地向后仰，不解地眨巴着大眼睛与他对视。

昏暗的车厢里，她几乎能感觉到自己的睫毛碰到了男人的脸庞。男人的侧脸很好看，精致中透着成熟男人的阳刚之气，每一个毛孔似乎都散发着成熟男人的魅力。

景无双的脸又不争气地红了。

啪嗒一声，安全带被扣上，男人低沉浑厚的嗓音再度响起：“这样安全一些。”

温热的气息喷洒在景无双的额前，薄荷的清爽味道混合着淡淡的酒精与烟草味，组成了成熟男人特有的味道。

她大气不敢喘，幸好男人说完便移开身子，她才得以顺畅呼吸。片刻的缺氧使得她的脸更红了。

又是啪嗒一声响，他为自己也扣上了安全带。

祁东的神色可以用震惊来形容了，少爷居然帮一个女人扣安全带，一定是今天事故出得太多，他出现了幻觉。

车程不长，十几分钟时间车子便到了医院。

景无双开始犯怵了。她走不了路，众目睽睽之下，难道还要让他再抱一次？

穆靳宸好像看穿了她的心思，吩咐了祁东一句："打个电话给肖院长。"

祁东马上会意。

不多时，几个医生和护士模样的人抬着担架过来。

祁东连忙下车吩咐了几句，其中一名护士打开了后座车门。

穆靳宸倏地凑过去，景无双条件反射地转过头，唇瓣不小心擦过了穆靳宸的脸颊，两个人同时愣了一下。

"帮你解安全带。"

景无双的呼吸再一次停滞，这是个很容易让人精神紧张的男人，不仅仅因为那霸道的气场，更主要的原因是这个男人太有魅力。

她轻轻吸了一口气，保持气息平稳地道："今天谢谢你们，本是我的错，耽误你们这么长时间，真的不好意思。"

她的语气带着几分疏离，景无双说完这么一句话，便伸手让护士搀扶着她坐上了担架。

穆靳宸没有再说什么，盯着她痛得发白的小脸，心底莫名其妙地闪过一丝怜惜。这么晚她应该不会通知家人过来了，她一个人能行吗？

看着她进了医院的大门后，穆靳宸沉思了一下，掏出手机拨通了君翔的电话，没响几下，电话就被接起。

“哟，使不得，使不得，才分开这么一会儿就想我了？”电话的另一端，君翔戏谑地道。

穆靳宸问：“你家那位在边上吗？”

“没有，她倔得很，自己回家了。出什么事了？”

穆靳宸：“你打个电话告诉她，她的好朋友刚刚住进了人民医院。”

“谁啊？”君翔没反应过来。

“景无双。”

“呃，景无双？你怎么知道？喂，喂，老白，你干吗抢我的电话……”

“你说无双住院了？在哪里？怎么回事？”

听见唐暮白的声音，穆靳宸皱眉，忽然觉得自己这通电话好像打错了，眼底闪过一抹暗沉之色，修长的手指摩挲着有些胀痛的头：“在人民医院，我刚刚差点儿撞到她。”

“我马上过去！”

“老白、老白……老大！怎么回事啊？老白怎么一溜烟儿跑了啊？咦，无双？！完了完了。”

“还是让苏苒过来一趟吧。”

穆靳宸不想再多说什么，挂上了电话。他思考着自己该不该进去，没想到唐暮白和君翔在一起，这并不是他的本意。

祁东看着自家少爷神色懊恼地捏着鼻梁。

少爷是多果断的人，他是知道的，少爷脸上极少出现这种类似挫败的神色。

“少爷，我们？”

“回老宅吧。”

末了，穆靳宸又加了一句：“给院长打个电话吧，安排最好的房间，所有的费用都挂到我的账上。”

“刚才我已经吩咐过，院长知道怎么做。”

穆靳宸平静地点头，不再说什么，只是紧蹙的眉头证明他的内心不如表面这般平静。

景无双被送进了 VIP 病房，同时赶到的还有最好的骨科医生。

她看着一字排开的院长、医生，还有几个护士，这阵势也太夸张了吧。

“医生，我大概只是扭伤了脚，嗯，手上可能也有点儿小伤，不必如此。”

肖院长是个五十岁左右的中年男人，笑得一脸和蔼可亲，慈祥地看着景无双道：“别担心，祁助理跟我说了你的大概情况。小刘，你过去好好检查一下。”

那名被唤作“小刘”的医生点了点头便过去帮景无双做检查。

“扭得挺厉害的，脚踝的位置有点儿脱臼，正一下位，敷几天中药应该就没什么大碍了。如果不忙，你还是直接住几天院吧，这样比较方便换药，配合着按摩手法，恢复得快一些。手上没什么事，有点儿小瘀伤，擦点儿药油就能好。”

景无双转头观察了一下四周，见这里几乎是星级酒店的配置，于是道：“院长，我这点儿小伤，不必住这么好的病房，帮我转到普通病房就行。”

她有理由相信在这里住一个晚上不会比住五星级酒店便宜。

“没关系的，景小姐安心住着吧，我先去忙别的。小刘，这里交给你，你们几个照顾好景小姐。”

肖院长交代一番后才走出病房。

景无双一脸茫然。她连那个男人的全名都不知道，只知道他是穆宇浩的舅舅、唐暮白的朋友，有一个叫作祁东的助理。

也罢，医药费什么的到时候她让穆宇浩还给他就行。

“景小姐，矫正的时候会有些痛，你忍一忍，忍不了痛的话，可以先打麻药。”刘医生看着这个娇滴滴的姑娘，估摸着她忍不了正骨的痛。

“没关系，我可以。”

“景小姐是哪里人？”

“嗯？”景无双没想到这个医生忽然转移话题，还转移得这么快。

“我看景小姐长得很可人，是我们本市人吧？”

虽然不知道对方为何如此问，但出于礼貌，景无双还是如实回答道：“是的，土生土长的本地人。”

“景小姐看起来年纪不大，满二十岁没有？”

“呃？”

只听见咔嗒一声响——

随即景无双发出一声尖叫，刘医生已经正骨完毕：“稍微活动一下，看看是不是好多了？”

景无双双手扶着腿，慢慢地活动了一下脚踝，感觉确实好了许多，没有刚刚那种绷紧的痛了。

她咬着下唇，点了点头：“谢谢医生。”

与此同时，病房门口出现了一名儒雅学者模样的男人，他应该是一路跑过来的，发型有些凌乱，呼吸也不平稳。

然而，站定在门口以后，他没有再动过。

刘医生拿过一旁的毛巾擦了擦手，对一旁的护士说：“帮景小姐上药吧，拿那个带镇痛成分的药包。”吩咐完他又转过头对景无双说：“晚上会有些发热，还会胀痛，我给你开些止痛药，明天应该就可以消肿了。”

“谢谢医生。”

“不客气，那我先出去了，有事叫我，直接按铃就可以。”刘医生觉得这个如花似玉的姑娘还挺坚强的，不似外表那样娇滴滴。

景无双再次道了谢。

“这位先生，你是景小姐的朋友？”刘医生正想着这么好看的姑娘受伤了男朋友怎么不陪在身边的时候，就看见病房门口站着一个儒雅的男人。

男人后面还有一个横冲直撞、火急火燎的小姑娘，小钢炮似的冲了过来，把刘医生都推到一边，嘴里还不停地喊道：“开水！开水！麻烦借过。”

刘医生看着她，笑着摇了摇头，再回过头看去，那个英俊儒雅的男人已经不知所终。

有人来了就好，刘医生带上房门，踱步到别的地方巡房去了。

景无双看着气喘吁吁的苏苒，诧异极了。她没有通知苏苒啊。

“苒苒，你怎么会来？”

“我说双双你这是怎么回事？才分开这么一会儿，脚怎么就成猪蹄了呢？”

景无双抽了抽眼睛，看着自己红肿的脚丫子，猪蹄这个形容还真贴切。

“没事，就是摔了一跤。”

“随便一摔，脚能成这样？无双姐姐，你也太能干了，痛不痛啊？”

“好多了，说吧，你怎么会在这里？”

“你还好意思说，君翔在电话里说得不清不楚的，我以为出人命了呢，吓死我了。”苏苒大口呼吸，酒劲儿还未退尽，一脸薄红。

君翔打电话给她，她本来不接的，后来他发了条微信说无双在人民医院急救，吓死她了。那浑蛋怎么传的话？

“君翔？你的未婚夫？”

苏苒翻了个白眼：“能有几个君翔？”

景无双猜到是谁给君翔打的电话了，弯了弯嘴角。

“扭成这样还嘴角含春，老实交代，你什么时候跟穆靳宸好上的？你受了伤，我还不知道，他居然先知道。”君翔说是穆靳宸说的，苏苒当时也没联想那么多。

“他叫穆靳宸啊。”景无双默念着这三个字，一丝丝暖意涌上心头。

靳，有吝惜、舍不得的意思；宸，北极星的所在地，王者之意。靳宸，这两个字还挺配他的。

他身上总有一种霸气天成的王者风范，属于男人中的上品。

苏苒夸张地抚摸着双臂：“咝，还叫得这么温柔。老实交代，你们是怎么搞到一起去的？”

“苏小姐，你好歹也是名门望族出身，是受过高等教育的大家闺秀，说话能不能顺耳点儿？”景无双虽然习惯了苏苒简单粗暴的说话方式，但有时候还是会吃不消。

苏苒假装生气，话冲口而出：“你还想好听呢，这不公平，我有未婚夫一早就告诉你了，你有男人居然不告诉我，上一次也是这样……”

话音未落，见景无双微变脸色，她就后悔了：“无双，我不是故意的。”

初恋是无双的禁忌，不是无双故意不告诉她，而是他们开始恋爱的时候，她还在国外上学，回来的时候他们已经分手。

景无双淡淡地笑了笑，摇头道：“没关系。”

“对了，我刚刚在门口好像看到了唐暮白，不过我没看清，不知道是不是他。”

景无双变了变脸色，随即又浅淡一笑道：“你肯定是看错了，他不会来这里，来了也跟我没关系。”

都说多情的人绝情起来更狠心，那样的狠心，景无双一辈子都不想经历第二次。

“也许是我看错了。不提了，累死姐了，我去找护士姐姐帮我在这里加张床，我晚上睡这里。”

景无双听到她说要睡这里，心里暖暖的，可又觉得没必要：“我没事，你不必在这里陪我，这里还有这么多医生和护士。”

“没关系，你看这里哪里像病房？要不是怕压着你，我都想跟你睡一张床。我特别怀念我们睡一张床聊天的日子。”

景无双会意地笑了笑，随了她。

事实证明苏苒留下来是正确的。一整个晚上，景无双扭伤的位置都在发烫，胀痛得很难受，景无双根本无法入睡，两个人就这样一直聊天。

穆靳宸回到老宅的时候，穆之岚还在客厅等他。她腰板挺得笔直，坐姿端正得像个小学生，头却不由自主地一点一点地打瞌睡。

他的姐姐是他见过的最端庄的女人，活得相当精致，总是把自己收拾得很妥当，哪怕是在家里也化着精致的妆容，穿着一身得体的旗袍加高跟鞋，永远那么优雅迷人，语速永远不紧不慢，声音很轻柔，从不对人发脾气，哪怕对用人也是和和气气的。她大约是他见过的最像大家闺秀的大家闺秀。

也许是受到姐姐的影响，他对婉约一点儿的女人更容易产生好感。

雅致的客厅内只亮着暗黄的射灯，用人们已经歇下，只有容姨在一旁站得笔直，时不时抬头看一下墙上的老式挂钟。

有什么样的主子就有什么样的用人，容姨也是一个端庄、礼数周全的人。

看到他回来，容姨福了福身，轻轻说了句：“少爷。”

穆靳宸点了点头。

穆之岚从梦中惊醒，轻唤了一声：“宸儿回来了？”她声音还有些迷糊，连门口的方向都搞错了。

穆靳宸蹙紧眉头，走到她身旁坐下：“不是叫你不用等我吗？累了就早些去睡，要是我三更半夜还不回来呢？你准备等到几点？”

他的语气里没有责备，只有淡淡地心痛。他们虽是平辈，他却是她一手带大的，长姐如母，她从小到大就是这样操心他的事，他怎么说都不听。

“不累、不累，让姐姐看看你。”穆之岚伸手碰了一下旁边的地灯，周围骤然亮了起来。

她伸手抚上他的眉心：“瘦了些，别老蹙着眉，像个小老头似的。你饿吗？要不要吃点儿夜宵？”

穆靳宸轻轻地叹了口气，拉过她的手放在手心里，轻轻地拍了拍她的手背：“姐，我不饿，你先去休息吧，容姨都站累了。”

穆之岚回过头看了一下容姨，语气带着淡淡的责备感：“小容，都说没有客人的时候不必站着，你就是不听，你的腰还没好全。”

“小姐，规矩不能坏，少爷回来了，我们上去休息吧。”容姨说着就要过来搀扶穆之岚。

穆之岚对穆靳宸想念得紧，刚眯了一会儿没那么累了，这会儿说什么都不愿意去睡觉：“我想跟宸儿说会儿话呢，你累了就先去休息吧。”

“这……”容姨为难地看了穆靳宸一眼，少爷真是小姐的命根子，比什么都重要。

“姐，我累了，我们明天再聊，好吗？”

“瞧我这记性，你才回来，还忙了一整天，肯定累坏了。你快上去洗个澡，好好睡一觉，有什么事明天再说。”穆之岚又交代道，“你屋里的暖气开着呢，洗澡的时候注意点儿水温，别冻着啊，晚安了。”

“我知道的，晚安。”

等穆靳宸说完晚安，穆之岚把手搭在容姨的手臂上，这才回房间休息。

穆靳宸还在倒时差，这会儿正是精神的时候，哪里睡得着。可他不这样说，他的姐姐就会撑着眼皮跟他说话。

他慵懒地将双臂搭在沙发边上，头向后靠，微黄的光折射在头顶设计华丽的水晶灯上，煞是好看。

他环顾四周，这个家的所有装饰都是他姐姐的手笔，头上的水晶灯是她亲自去意大利找一名艺术家设计，再找工厂定做的，全手工制作，全球只此一盏。

新区这边，大到装潢、餐桌，小到一件小摆设，都是世界上独一无二的。有时候他会想，一个女人，到底要多爱这个家才能做到如此用心？

老区那边如今他很少过去，那边是百年传承，一草一木都有历史，古色古香，他的父亲从不让人动。父亲常说，那里承载着他和母亲太多的记忆，草木皆有情。穆靳宸又想，一个男人，多爱一个女人，才会在她死后三十多年都不让别人动他记忆里的一草一木？

穆靳宸点燃了一支烟，任由尼古丁的味道慢慢地在舌尖上蔓延。尼古丁真是好东西，尤其是在深夜的时候。

他有一口没一口地吸着，任由尼古丁的味道传递到四肢百骸。整座老宅都是满满的爱，可为什么他就是爱不起来呢？

“舅舅，你回来啦？”穆宇浩睡了一觉，从楼上下来找水喝，却没想到这个时间舅舅居然出现在客厅里。

“嗯，还不睡？”

穆宇浩伸了个懒腰：“刚刚被信息吵醒，顺便下来喝口水。”

穆靳宸没有再说话，半眯着眼睛抽着烟。

穆宇浩心想，他从来没见过比舅舅更有魅力的男人。

“来一根？”穆靳宸把烟盒扔到他跟前，错过了他从男孩儿成长为男人的几年，穆靳宸不确定他抽不抽烟。

穆宇浩摇了摇头：“我不吸烟，不过舅舅，你抽烟的样子真是太帅了。”

穆靳宸轻轻勾了勾薄唇，虽然差了一辈，但他只比穆宇浩大了八岁多，两个人之间的谈话相对来说还是比较随意的。

他可以说是看着穆宇浩从嗷嗷待哺的粉团子长成如今只比他矮两厘米的英伟男子的，他很疼这个单纯的外甥，只是后来他去了国外几年，错过了这个外甥的一段成长经历。

穆宇浩拿过杯子，喝了一口水，喃喃自语道：“不知道今天是不是把她吓着了，这么晚她居然发信息来说明天、后天、大后天都请假，这是从来没有过的事。”

穆靳宸倏地睁开半眯着的眼眸，他起身弄灭手上的烟，淡淡地问道："怎么？"

穆宇浩有些懊恼地道："就是今天你看到的那个女同事，景无双，我今天对她表白了。"

穆宇浩说到这里神色有些雀跃，下一秒却又懊恼了："可她说不接受姐弟恋。明明她只比我大一岁多，却装作多大似的，不接受也不必请假啊，我还能吃了她不成？"

穆靳宸看着这个在他眼里还是个大男孩儿的外甥，应了一句："或许人家真的有事。"他打电话给君翔已经是失误一次，因此不打算把景无双受伤的事告诉自家外甥。

"不可能，无双是工作狂，听李炎说她上次发烧到39℃都没有请假，这次肯定是在躲我。舅舅，这是我第一次主动对人表白呢，居然失败了，不过我不会放弃，这么好的女人值得我多追几次。"

穆靳宸抬了一下眼睛，瞥了外甥一眼，高大帅气、开朗阳光、皮肤姣好、五官精致、眸色澄澈的二十三岁大男孩儿，每一方面都符合时下对"小鲜肉"的描述，按道理说是不应该表白失败的。

"舅舅，你干吗这么看着我？难道发现我又长帅了吗？放心，我怎么都帅不过你。对了，成熟稳重？！"穆宇浩忽然认真地打量着自家舅舅。

要说成熟稳重，谁比得过他舅舅呢？

"她说她喜欢成熟稳重型的男人，不正是舅舅这样的吗？我决定了，从今天开始，我要学习舅舅的一言一行，努力变成一个成熟稳重的男人。"穆宇浩一直在自说自话，还下了个重大决定。

穆靳宸的脑海中瞬间出现那个很容易脸红的女孩儿的影子。她喜欢成熟稳重型的男人？

果然还是小女生心性，她是缺乏安全感吧？

他无意打击自己的外甥，但他十几岁的时候都比二十三岁的穆宇浩成熟，于是他语气淡淡地道："成熟稳重指的是心智。"

“我也很成熟啊，舅舅觉得我的心智不成熟吗？”

“比起唐暮白，你觉得自己如何？”

丢下这么一句，穆靳宸便撇下思考着怎么能够变成熟一些的外甥，径直上了楼。

“唐大哥？舅舅干吗忽然提起他？”

穆宇浩见舅舅起身上楼，不回答他的问题，冲着自家舅舅的背影大喊：“舅舅，先说好了，景无双这个女人是我先看上的，是我的，你可不能喜欢她。”

穆宇浩清楚自家舅舅的魅力，女人喜欢上舅舅是件太容易的事，舅舅给同类的危机感太重。自家舅舅就是他的头号假想敌，他必须防患于未然。无双喜欢上舅舅没关系，只要他确保舅舅不喜欢她就没问题。

穆靳宸没有理穆宇浩，对这种幼稚的话，他一般不予理睬。

喜欢上景无双吗？

那个女人？

她对他来说只能算个女孩儿吧，连女人都算不上。

心动于穆靳宸而言，不是件容易的事。

Chapter 03
三 遇

S市的春天总是阴雨连绵，经常十天半月连续地下。今天是个好日子，虽然依旧不见太阳，天气还是阴冷，雨却停了。

清晨六点三十分，住在别墅里的三个人收拾妥当，准时出现在大厅里。

穆之岚早早便在客厅里等候，容姨依旧在一旁站得笔直。

看见穆靳宸下楼，穆之岚笑着起身迎了上去，一边细心地帮他整理领带，一边温声细语地询问："昨晚睡得可好？"

穆靳宸也将声音放得很轻柔，面对温柔的穆之岚，每个人自然而然就变得温和起来："在自己家里，怎么会睡不好。"

事实上他还在倒时差，昨夜没怎么合眼，然而穆之岚爱听这样的话。

穆之岚脸上的笑意更浓，主动挽着他的手臂道："又骗姐姐，眼下还有些瘀青，时差还没倒过来吧？"

此时一阵牢骚声插入："妈，我上次摔伤了手，您好几天才发现，舅舅眼下有瘀青您都知道，怕是连舅舅脸上有几个毛孔您都数清楚了吧？您不关心儿子，只关心弟弟，我吃醋。到底舅舅是您儿子还是我是您儿子？"在老宅会这么讲话的，恐怕只有穆宇浩了。

“你这皮猴，还好意思说，摔断了手怕被我念叨，故意藏着掖着，要不是小容发现，你怕是要一直瞒着我呢。你还有理了？”

穆宇浩笑得跟朵花似的，快步上前，搂着穆之岚的另一边肩膀：“嘿嘿，现在不一样了，舅舅回来了，我要多刷存在感。您是有弟万事足，都快忘记自己有儿子了。”

穆之岚没好气地笑骂了他一句：“净胡说八道，你要是有你舅舅一半懂事，我也就省心了。”

穆宇浩撇了撇嘴：“别老拿我跟舅舅比行吗？您看这世界上有几个人比得过舅舅呢？”

“是你自幼便什么都要跟你舅舅学，连衣服、鞋子、书包都要同款，日后在公司也要多跟你舅舅学习学习，别总贪玩。”

穆宇浩小时候确实很崇拜穆靳宸，什么东西都要跟穆靳宸的一样才行。

穆宇浩推着穆之岚的肩膀向前走着：“那是小时候，现在不一样了，我的母上大人，咱们快过去，外公该等着急了。”

“你这孩子……”

一阵欢声笑语中，三个人手挽手走在青石小道上，容姨紧随其后。

小道两旁的木棉只剩下了光秃秃的树干。

木棉花也叫英雄花，老爷子酷爱木棉，在他们很小的时候便指着木棉教导他们，穆家的子孙都要像木棉树一样，阳刚正直，顶天立地。

扩建别墅的时候，老爷子也不允许伤到院子里的一草一木，于是别墅与祖屋相连的这条小道两旁，每隔不远就有一株参天木棉。

S 市是一座四季变化并不分明的南方城市，一年四季繁花似锦，绿树成荫，唯独从木棉身上能够看到些四季的变化，这也是老爷子酷爱木棉的其中一个原因。

小道的尽头便是传承了几百年的主屋，与别墅的摩登感截然不同，无论翻新多少次，主屋始终保留着原貌。主屋所有的家具均是由祖上流传下来的黄花梨木和酸枝木打造，显得古色古香。几百年的传承，每一张桌子、椅子都被人摸得光滑发亮，墙上清一色挂满了水墨画，整座宅子透着一股历史遗留下来的古代贵族的厚重感。

客厅的主位上坐着精神抖擞的老爷子穆振华，穿着一身深蓝真丝唐装，正襟危坐，没有一丝古稀之人的老态龙钟，炯炯有神的眼睛彰显着这位老人年轻时候是多么有魄力，像极了古代静候群臣来朝拜的君王，作为多年的上位者，自有一股不怒自威的气势。

老管家沈坤一丝不苟地微弯着身子站在穆振华身边不远处。

他和容姨一样，都是穆家的老人，世代为穆家服务，他们在穆家也服务了半辈子了。

三个人分别与穆振华打完招呼，准备入座。

容姨帮穆之岚拉开椅子后，自然地退到一边，微弯着腰站定。

老爷子锐利的目光扫过众人，最后锁定在穆靳宸身上，他语气有些不悦地说："越来越不懂规矩，回国怎么不第一时间回家？"

穆靳宸不卑不亢地迎上老爷子的目光："第一时间到乡下看望爷爷去了。"

穆振华哼了一声，又转移到另外一个话题上："李家那丫头是怎么回事？相个亲闹得沸沸扬扬的，娶了那丫头对你、对穆家都有帮助。你也老大不小了，差不多该定下来了。"

"父亲，我与爷爷他老人家早就有过约定——婚配自由。我对李小姐并无爱慕之意，等找到情投意合的人，我自然会定下来，请父亲不要再操心此事。"

穆振华微眯着眼睛的模样与穆靳宸如出一辙，尤其是那种不怒自威的气场："怎么？你的事我还过问不得了？还是说你眼里只有你爷爷，没有我这个父亲？"

"父亲言重了。"穆靳宸难得回来一次，无意与父亲争吵，可是面对如此强势的父亲，他未免还是觉得有些疲惫。

穆之岚见状，连忙打圆场道："父亲，您看宸儿难得回来，有什么事吃完早餐再说吧。小容，你到厨房看看有没有父亲最爱的鱼茸烧卖，没有的话，吩咐厨房做一些。"

穆振华是标准的"女儿是宝、儿子是草"思想，他对这个女儿十分宠爱，她说什么，他基本上都不会反驳，于是只轻哼了一声便说："起筷吧。"

老爷子夹了一筷子菜后，其余的人才纷纷起筷。

穆家到底是名门望族，动了筷子以后，便没有人再作声，连夹东西都是轻拿轻放，真正做到"食不言"，优良的餐桌礼仪传承得很好。

十五分钟过后，众人陆续放下筷子，管家见状，吩咐人把东西收了下去。

穆振华拿过手帕擦拭了一下嘴角，开口道："今天是你第一天接任董事长一职，从今往后，公司的事我不会再过问。公司之所以更名为宸宇国际，其深意不用我多说。公司以后就是你与浩儿的，虽然你是董事长，但浩儿与你的股份占比差不多，以后谁能真正执掌宸宇，各凭本事。"

"外公，瞧您说的，舅舅那么厉害，我哪儿能跟他比呢？"

这个世界上最可怕的事情是本就比你优秀的人还比你更加努力，穆靳宸便是这一类人。

"长他人志气灭自己威风，我是这么教你的？"

都说人心是偏着长的，穆振华就偏爱这个自幼聪明的外孙。

并不是他对穆靳宸不满意，相反，他心底最疼的还是这个儿子。

只是一个公司想要健康发展，少不了良性竞争，有竞争才有进步，他也希望自己中意的外孙能更有出息，最终得益的还是公司。

穆靳宸打小想学他爷爷穆百川从军，却被硬逼着从了商。他们家族在军政界不是没有人，但不知道什么缘故，穆百川并不想后辈从军。

宸宇国际并不全是祖业，穆百川退休后成立了一个影视公司，不过几年时间就成了当年影视界的龙头。穆百川六十多岁才扬名商界，是当年商界的一个传奇。

穆振华隔代接掌穆氏祖业，十年前老太爷退下来以后，穆振华将自己创立的公司与穆氏合并，把穆氏推上了一个全新的台阶，使其雄霸S市商界，才有了今天的宸宇国际。

“父亲如果属意宇浩当这个董事长，何不现在就传给他？”

穆宇浩一听，立马哭丧着脸道：“别，千万别，舅舅，你可不能这样害我，那是你的责任。”

两个人又是这种态度，别的大家族的人为了家产抢破头，他们穆家的家业就好像烫手山芋，真是岂有此理。

S市CBD的地标是一栋高耸入云的写字楼，这种低压天气下，基本是看不见楼的顶端的。

这就是穆氏大厦，在不久前更名为宸宇大厦。

这一日，宸宇国际的高层在写字楼大堂里一字排开，等待着他们的新董事长上任。

所有员工已提早一天被通知今天必须提早半个小时上班，所以，中层及以下的员工早早便到了公司，高层们在一楼大堂一字排开，迎接新任董事长。

八点四十五分，三辆豪车同时抵达，为首的是一辆大气稳重的奥迪派克峰，后面跟着一辆红色超跑，最后面是一辆黑色迈巴赫。

“来了，来了，穆先生来了。”秘书吩咐过，为了区分开穆靳宸和老董事长，一致称呼穆靳宸为穆先生。

“听说穆先生最守时，果然不错。”宸宇的上班时间是九点整，一旁的运营总监以为自己还要多站十五分钟。

祁东拉开车门的时候，还在闭目养神的穆靳宸倏地睁开眼，深邃的目光透着锐利的光芒，他缓缓地起身下了车。

他身姿颀长，在晨光里宛若天人，通身散发着凛冽的气场。

穆靳宸看到一字排开的高层后，马上紧蹙起俊眉。

祁东马上开口道："公司的高层在大堂恭迎少爷呢。"

穆靳宸点点头，大步流星地走进大堂，在众人开口以前，低沉醇厚的嗓音传出："形式化的东西可免则免，九点钟，我要看到所有经理级以上人员都在会议室。"

他一边走一边说，没有停留半步，话音刚落，人已经进了董事长专用电梯。

众高层前一秒还在慨叹新任董事长的气度风华，后一秒马上上去准备开会资料，他们只有十分钟的时间准备。

从骚包的跑车上下来的穆宇浩刚进大堂就看见众高层在等电梯："这么快就散了啊？"

"穆总来啦。"

"穆总早。"

看见穆宇浩，众人连忙寒暄几句，被穆靳宸那身气场震慑过后，这位穆总显得平易近人多了。

"舅舅呢？"

"穆先生已经上去了。"

穆宇浩显得有些懊恼，本来还打算和舅舅一起走红地毯，由他介绍舅舅给大家认识，结果他接个电话的时间，舅舅已经上去了。

"居然不等我。"

几名高层人员隐晦地对视一眼，似乎嗅到了一丝内部矛盾的味道。

穆宇浩丢下这么一句，毫无压力地走进董事长专用电梯。

宸宇大楼最大的会议室内，会议桌四周密密麻麻地坐满了人，平时开会前众人总要相互寒暄几句，今天会议室中鸦雀无声，有些庄严肃穆的感觉。

八点五十九分，会议室的大门打开，一个冷峻矜贵的男人步伐沉稳地走进来。

首次见穆靳宸的人都倒吸了一口气，外界对穆靳宸的评价只有七个字：神龙见首不见尾。

媒体从未刊登过他的任何照片，也未提及过他的容貌，没想到他长得这么令人惊艳。

接收到个别女高层忘记收回的视线，穆靳宸不悦地蹙起眉头，狭长的眸子冷冷地扫了一圈，目光带着初春的寒意，吓得那些女高层赶紧收回视线，大气都不敢喘。

穆靳宸在主位上坐下以后，看到不远处还有一两个空缺，又皱了皱眉头，一直盯着他的穆宇浩开口："舅舅，那是景无双的位置，她请了病假。"

景无双……

穆靳宸听到这三个字，眉头皱得更厉害："除了她以外，经理级以上的人员都到齐了吗？"

一旁的刘副总赶紧说："负责与澳门莎莎娱乐城合作项目的吴总监还在澳门开会。"

宸宇国际中高层人员不下百号，穆靳宸又冷冷地扫了一下全场的人，并没有再说什么："开始吧。"

穆靳宸身侧的秘书率先拿起桌子上的iPad，展示到大家面前："请各位拿起自己面前的iPad，连线本次会议的所有议程，下面开始第一项议程……"

在肃穆的气氛中，从副总到总监再到各个项目的负责人，一一汇报了手上工作的进度。

穆靳宸时而点头，时而拧眉，时而提出几点疑问、几点建议。

会议进行得如火如荼的时候被一阵急促的手机铃声打断，穆靳宸狭长的眸子倏地半眯，释放全身的气场，整个会议室的气压变得很低。

开会不关手机是穆靳宸的大忌，祁东都替手机的主人捏一把汗，请他自求多福吧。

“抱歉，接个十万火急的电话。”

穆宇浩一点儿都没有感觉到威压，一脸喜悦地去接电话：“什么？找到了？在哪里？啊，医院？这么严重啊，我马上过去……”

穆宇浩接电话的时候没有关门，众人只见他挂上电话，头也不回地跑了。

会议厅内众人面面相觑。大家都知道这位副总平时随性惯了，又是东家少爷，没人敢说什么。

中高层人员开始自行发挥想象，脑补穆董第一天上任，穆总就给他一个下马威，东家甥舅果然不和云云。

大家都以为穆董要大发雷霆，心都提到了嗓子眼里。

谁知道，穆靳宸只是皱了皱眉头：“继续，下一个议程。”

见众人还在发愣，他又说了一句：“都愣着干吗？走了个副总脑袋都不会转了？”

众管理高层正襟危坐。

会议在十一点的时候准时结束。

新上任的穆董脾气好像不坏，不是借题发挥的人，看问题一针见血，很少废话，往往简单的一两句话就能直指问题核心，令人茅塞顿开。

祁东跟着穆靳宸回到了董事长办公室里。

穆靳宸拿起桌子上的烟盒点燃了一根，性感的薄唇轻轻含着过滤嘴，连吸了好几口，才将烟拿在手上弹了弹烟灰。

见惯穆靳宸各种风情的祁东觉得，自家少爷抽烟的样子是最有魅力的，香烟真的能把一个男人成熟的魅力发挥到极致。

穆靳宸坐到大班椅上，手指轻敲了几下桌面，开口道：“派人查一查宇浩去了哪里吧。”

“少爷，小少爷应该是去找景小姐了，早上我就听到征明说，小少爷昨晚三更半夜叫他查一个叫景无双的女人在哪家医院。”

征明是穆宇浩的助理，与祁东交情甚笃。

“景无双啊……”穆靳宸轻启薄唇，缓缓地说出这几个字，好像回国以后接触到最多的便是这三个字。

他吸了一口烟，勾了勾薄唇又说：“又是她，倒是起了个好名字。她的工作表现怎么样？”

身为金牌助理，祁东早已弄清楚公司所有中高层人员的背景。

“景小姐倒是个能干的人，没毕业就到公司来实习，三年的时间从一个实习生晋升到经理的位置，是集团近年来晋升得最快的员工，也是所有实习生的标杆。对了，她来公司实习是老太爷亲自引荐的，据说她是老太爷部下的孙女。但也止于引荐，她有今天的成绩，全凭个人努力，是个可圈可点的人物。”

穆靳宸摁灭手上的烟，拇指碰了碰嘴角，说了一句：“倒是看不出来。”

那个动不动就脸红、咬一口都嫌酸的女孩儿居然是个经理，她平时与人谈判，是不是也这般动不动就脸红？

“其实，景小姐不似表面这般柔弱。她的爷爷与外公都是军人，她本人参加过‘高校杯’女子散打比赛，拿过冠军，还参加过市内的业余赛，也是拿过名次的。”

其他人的背景祁东没有调查得这么详细，他是昨晚看到穆靳宸对景无双的态度后才临时补的课，有备无患，果然，今天就派上了用场。

“人不可貌相。”穆靳宸嘴角的弧度更大了。他想到了自己抱她时感受到的重量，她娇小玲珑，细胳膊细腿的小身板，长了一张很好欺负的脸，如此倒也不担心被人欺负，有意思。

祁东看到少爷脸上那意味深长的微笑，更加确定景无双是不同的，除非是商场上的对手，否则少爷不会对一个女人的话题感兴趣。

“下午有什么安排？”穆靳宸忽然转移了话题。

“盛大集团的郭总想请你吃饭，另外你昨天说想视察一下宸宇影视城的落成情况，影视城这两天应该能竣工。”

穆靳宸边敲着桌子边说道：“郭总的饭局安排在晚上，现在马上到影视城走一趟。”

“是。”

说完，祁东交代了秘书几句，便与穆靳宸出发去影视城。

与此同时，满腔热血地飞奔到人民医院的穆宇浩却扑了个空。

护士小姐脸红红地告诉这个高大帅气的男人，景小姐出去了。

“她不是受伤很严重吗？怎么能擅自离开？”穆宇浩颇为担心，眉头皱得不成样子，极度不满景无双擅自离院。

护士小姐看着他担忧的神色，以为他是景无双的男朋友，心里好一阵失落：“你女朋友没告诉你，她只是扭伤了脚踝吗？她有朋友陪同，随时可以出去的。”

“女朋友？对、对、对，那她有没有说去了哪里？”听到这三个字，穆宇浩一扫方才的不悦，喜上眉梢。

他这一笑倒是把护士笑愣了：“先生，你不如亲自打电话问问？”

穆宇浩一拍额头，脸上一阵懊恼。他怎么连这个都忘记了呢？

“瞧我这脑袋，谢谢你，我这就问问。”说着，他便径自走到一边，掏出手机给景无双打电话。

护士小姐在一旁轻轻摇了摇头，这就是所谓的关心则乱吧，连最基本的常识都能忘。

电话打过去，没响几下就被接了起来，穆宇浩劈头就问：“无双，你去了哪里？怎么不在医院？”

景无双皱了皱眉头。这个时间接到他的电话，她还以为公司有什么事呢，但就算有事也该是他的助理找她吧？

“我在外面，穆总有什么事吗？”景无双的语气中带着几分淡淡的疏离感。

“我听说你受伤了，过来看看你。你在哪里？我过去找你。”

景无双一听这话，眉头皱得更紧了。她不是跟他说得很清楚了吗？他怎么还一副跟她很熟的样子？

“不必了，我的手机快没电了，如果不是公事的话我先挂了。”

“无双，其实你没必要如此拒绝一个普通朋友的关心，我真心把你当朋友。”穆宇浩退而求其次，重新给自己定位一个身份。

“不是，我的手机真的快没电了，我在影视——”嘟嘟嘟……

这真不能怪景无双，她都一天一夜没给手机充电了，电池能撑到现在算不错了。

“谁呀？我听到了大帅哥的声音，莫非你又惹了什么烂桃花？”苏苒推着轮椅，贴在她耳朵边问。

景无双苦笑了一下道：“公司的一个副总，昨天莫名其妙地向我表白，我已经拒绝过了。”

“哇，副总哦，听起来不错。人怎么样？跟我说说？”苏苒堪比狗仔的鼻子嗅到了一股八卦的味道。

景无双看着好友闪闪发亮的眼睛和一脸八卦相，未免觉得好笑。其实苏苒求八卦的样子挺可爱的，她最喜欢八卦别人。

“没怎么样，比我们还小两岁呢。”

“喔，那没戏了，谁都知道你喜欢唐暮白那样成熟——”苏苒中途发现自己说错话了，连忙改口，“双双，我错了，我不该提这个名字。”

景无双知道自己刚失恋那会儿吓着苏苒了，别说苏苒，她回想起那时候的事情都觉得不像自己做的。也许是再见唐暮白后，那个人已经不能给她记忆中的感觉，也许是旁边站了气场特别强劲的外人……种种原因，那种倏地释怀的感觉，她很难解释给苏苒听，就连她自己都不知道是怎么回事，反正那是一直紧拧着她的心脏的那只手，忽然松开的感觉。

她不否定与唐暮白过去的种种，毕竟那是她回忆的一部分，再怎么样她也不可能回到过去把它抹杀掉，只是从今以后，她不会再回头，只会向前看。

“苒苒，我失恋那会儿是不是吓着你了？”

苏苒听景无双的语气不像是悲伤，松了一口气：“可不，那鬼样子，我毫不怀疑你下一秒就会死掉。那时候我就想，到底什么样的男人值得你如此？昨晚一看，不过如此，还不如我家那浑蛋。”

景无双轻笑，反手搭在苏苒的手背上：“是，不过如此。我说了，大多数女人年轻的时候会遇到个把人渣，你没出生就遇到君翔，那是你命好。”

她停顿了一下，轻轻拍了拍苏苒的手背，接着说：“所以苒苒，以后提起这个人时，你不必如此小心翼翼，其实也不必再提起他。”

苏苒转到景无双的跟前，圆溜溜的大眼睛眨巴了几下，像要把她盯出个洞来，确定她的眼底没有一丝伤怀，好一会儿才开心地说：“我相信你放下他了。”

然后苏苒又转到景无双的背后去推轮椅：“走走走，我们从现在开始物色个好男人谈恋爱。”

景无双扑哧笑了一声。她最怕苏苒这种说风就是雨的做派，搞不好明天苏苒就要给她安排相亲了。

果不其然，景无双又听到苏苒说：“要相信缘分是天注定的，从现在开始，你必须跟我们进入影视城后碰到的第三个未婚男人谈一场恋爱，否则你脱离这个市场太久，都不知道恋爱法则了，就当这是你回归市场的第一个试炼。”

苏苒说着就兴高采烈地推着景无双进入了影视城。

这个提议太坑爹，景无双不依：“哎，不带这么坑闺密的，万一第三个男人是负责搞卫生的大伯呢？”

苏苒听毕哈哈大笑：“大伯肯定结婚了，万一没结婚，那也是你命不好，走起！”

景无双摇了摇头，也知道苏苒只是逗她开心，找对象又不是去菜市场买菜，哪儿有这么草率的。

这两天是影视城竣工的日子，只剩下最后的收尾工作。

苏苒在医院闷得慌，看到景无双在处理影视城的收尾工作，便嚷着要来。景无双只是伤了腿，既然有人陪同，就也想过来看看竣工情况，两个人一拍即合，所以才会出现在这里。

“双双，看来你的运气不怎么样哦，你看前面两个，一个是刷油漆的工人，一个是送外卖的小哥，哈哈，第三个搞不好就是个刷马桶的员工。”

景无双笑着摇头，苏苒爱闹便让她闹，景无双不想扫了她的兴。

两个人正好到了一个转角处，苏苒说：“都说转角遇到爱，来，前面就是转角，双双，你的爱来咯——”

苏苒的话音刚落，啪的一声，还真撞到了人。

“哪个不长眼的，敢撞姑奶奶我？”苏苒一如既往地剽悍且不分青红皂白。

景无双只能看到一条熨烫得笔挺的西裤和一双擦得锃亮的皮鞋，她赶紧开口道：“对不起，我们不是故意的。”

景无双抬起头，与被撞之人四目相对，顿时石化了，怎么又是他？

一天半的时间，她和这个人已经遇到四次了，这到底是什么鬼缘分？

苏苒也看清了来人：“咦，这个长得不错，双双，就他了。”

“苒苒，不要再胡说。”听到苏苒的话，景无双原本白皙的脸蛋又染上了淡淡的红晕，赶紧阻止苏苒胡说八道。

“好巧，景小姐，我们又见面了。”祁东接话。

说来也巧，他跟少爷回国才三天时间，这两天总是在不同的场合碰上景无双，换了李莉莎那样的女人，祁东都要怀疑是她刻意为之了。

景无双礼貌地点头：“是，昨晚还没来得及好好谢谢你们。”

穆靳宸的视线在她的脚踝上停留了片刻后，蹙起眉头，“这个时间你不是应该在医院里好好休息吗？”

从景无双的角度看，穆靳宸的五官似乎更加立体，白天的光线比晚上要好太多，连他又长又翘的睫毛她都看得一清二楚。虽然这个男人气场强劲，但她接触过他几次后，感觉已经没有之前那么大的压力了。

景无双淡淡地扬起笑脸，对准他深邃的目光轻声说：“谢谢穆董关心，我已经好很多了，在医院挺闷的，就让朋友陪着过来看一下竣工情况，我之前负责过这座影视城的一部分工作。”

景无双看过公司发出的邮件，知道他今天接管宸宇，以后还是她的头号大 boss。这个世界还真是小。

穆靳宸没问她为何知道他的身份：“既然我们来这里的目的一致，那就一起走吧。”

丢下这么句话，他便率先迈开步子，向前走去。

转角的位置风特别大，景无双的黑发凌乱地散在脸上，这里确实不是个说话的好地方。

苏苒推着景无双跟在穆靳宸后面，不改八卦本色，开口道：“穆董？哦，穆靳宸，你俩什么时候这么熟了？”她昨天晚上在包间里和穆靳宸只匆匆打了个照面，君翔说是穆靳宸把无双送到医院时，她差点儿没对上号。

“苏小姐。”穆靳宸点了点头，回了一句。

“咦？你居然认识我？这么说我在 S 市还是小有名气的嘛。”苏苒往自己脸上贴金，笑得眯起圆溜溜的大眼睛。

穆靳宸淡淡地开口道：“久仰大名，君翔常挂在嘴边。”

祁东其实很想笑。他们几个总笑话君少家有悍妻，传说她是个孔武有力、简单粗暴的女人，只是很少有人见过。如果见了她本人，大家估计都会大跌眼镜，苏苒这长相也太可爱了，性子也很活泼。

“别跟我提君翔，我跟他没有半毛钱关系。”

穆靳宸勾了勾唇，没有再搭话，只是放慢了脚步，双手负在身后，和景无双并排向前走。

他们走的这一段是民国时期的背景，这是专门为宸宇娱乐下半年的一部重头戏搭建的。

几个人仿佛一下子穿越到了二十世纪三四十年代的S市，古朴的街巷两旁是古色古香的茶楼，还有渗透着岭南文化的露天大剧院，不远处是充满沧桑感的铁轨，上面卧着老式的绿皮火车……

此时天空中飘来绵绵的细雨，像轻柔的喷雾，也像棉花糖轻轻拂过脸庞，轻柔又潮湿，带来很舒服的感觉。

四个人安静地穿行在青石小道上，耳边只有轮椅轧过地面的声响，谁也没有说话，很默契地想多享受一会儿这种静谧的时光。

两个女孩儿都是那种骨架纤细的江南女子，景无双本就是婉约的女子，苏苒不说话的时候，那张脸也是能骗人的。

在这么宁静美好的画卷里，祁东有种错觉，以为少爷的气场也收敛了不少。少爷已经很久没有这般放松过了，脸上的神色也柔软得不像话。

“浪奔，浪流，万里滔滔江水永不休。淘尽了，世间事，混作滔滔一片潮流。是喜，是愁，浪里分不清欢笑悲忧……”

倏地响起的激情澎湃又应景的《上海滩》像是把人带回了民国时期的夜上海。

苏苒停下推车的动作，从包里拿出手机“喂”了一声。

不知道电话那头的人说了什么，她没听几句就脸色大变，神色十分担忧：“等着，不要动它，也不要乱喂东西，我马上回去处理。我回去之前谁也不许再动它！”

她挂了电话马上对景无双说：“双双，初一病了，那个昏庸的兽医居然说它没救了。昨天出门的时候初一还好好的呢，我得回去看看，先送你回医院。”

说着，她就要推着景无双离开。

初一是君翔送给苏苒的一只纯种折耳猫的名字，因为它是君翔某年正月初一送给她的，她懒得想名字，干脆就叫它初一。初一金贵得不得了，三天两头生病。

景无双还没开口，一个磁性醇厚的嗓音传来："苏小姐有急事就先走吧，我会送景小姐回去。"

苏苒一拍脑袋，一副恍然大悟状："我怎么把你给忘了呢？那么双双就暂时交给你保管了，第三号绅士，你可要把她照顾好了啊。"

说完她还闭起一只眼睛，另一只朝景无双眨巴了一下，然后一溜烟儿跑了。

"喂，苒苒……"什么叫"暂时交给你保管"，还"第三号绅士"，这个不靠谱的女人，那只肥猫难道比她这个大活人还重要吗？早知道她就不跟苏苒出来了。

苏苒向后摆了摆手，跑得更快了。

穆靳宸淡淡地开口道："景小姐很怕单独面对我？我有这么吓人吗？"

他发现，每一次景无双单独面对他的时候都会很紧张，甚至脸红。

他不了解女人，知道自己性格偏冷，但自诩不是什么洪水猛兽，不至于有女人每次见他都战战兢兢，一副如临大敌的模样。她这样的表现令他很有挫折感。

景无双赶紧摇头，抬起眼眸，勇敢地对上他的视线："不是，没有，穆董不要误会，我并不是怕你，只是个人原因，不习惯跟陌生男性走得太近。"

景无双盈盈的水眸认真地盯着人看的时候特别美，带着江南女子特有的婉约，眉眼弯弯，微扬嘴角，有一种超出年纪的淡然气质。

穆靳宸的心像被一根柔软的羽毛轻轻扫了一下，有些痒，他勾了勾唇道："我们见过那么多次，不算陌生人了。"

许是此刻他的眉眼太过柔和，景无双觉得他的声音也比平时暖和了几分，驱散了一些她的拘谨，也许这个男人并没有看起来那么难以相处。

景无双没有接他的话，转移开视线道："穆董回国不久，这个基地我倒是来过好几次，不如就由我带着两位走一趟吧。"

"荣幸之至。"

穆靳宸说着便扶过轮椅的手柄，自然地推着景无双向前。他听到"穆董"这个称呼，皱了皱眉头，她已经不是第一次这样叫他。

祁东没想到少爷会亲自推景无双，之前他手里拿着大量资料，正准备把资料交给少爷，自己去推轮椅。

不过祁东又想了想也就释然了，少爷都抱过景无双了，如果少爷不想推她，自然会叫他推的。

看到穆靳宸皱着眉头，祁东会意。

金牌助理说道："景小姐，少爷比较喜欢别人称呼他'穆先生'。"

景无双怔了一下，穆靳宸是新上任的董事长兼总裁，她以为叫"穆董"可以跟"穆总"区分开来，没想到大家会叫他"穆先生"。

也罢，不是所有人都喜欢某某总、某某董这样的称呼，一个本身就足够出色的人不需要这些光环。

"穆先生。"景无双的眉眼弯得更厉害了，她轻轻地叫了一声。

穆靳宸听着这一声"穆先生"，神色更加柔和。轻柔的声音从前面传出，穆靳宸觉得湿润的空气中都带着甜糯的感觉，仿佛茫茫人海里，他穿越百年，只为听她甜甜地喊一声"穆先生"。

穆靳宸的情绪总能迅速被祁东察觉，祁东觉得少爷这一次回国定居的决定做得十分正确。

或许少爷很快就能彻底摆脱原来那种苦行僧般的生活。祁东一直以为少爷无欲无求、无悲无喜，但也许少爷只是还没有找到那个能轻易牵动他情绪的人。

穆靳宸与祁东根据景无双的指引小范围地转了一圈，基地太大，不可能靠着走路看完，加上天气的原因，不宜在室外长时间逗留。

最后他们回到了基地的办公室与负责人接洽，负责人见过景无双几次，但是第一次见到大boss，心里很是激动。

负责人详细地讲解了基地的情况，敲定最后的竣工时间，其间景无双提出了好几点注意细节，负责人连连称是，说还是景小姐细心。

穆靳宸也微微点头，景无双提出的注意细节倒是跟他看到的问题不谋而合。

他没想到景无双工作的时候会是这个样子，她异常认真、干练，看问题也能一针见血，倒是出乎他的意料。她长得柔柔弱弱的，看起来不是能干的女孩子。

敲定所有细节后已是下午三点，三个人都没有吃午饭。这对穆靳宸来说是常有的事，景无双却早已经饿得不行，见另外两个人没有吃饭的打算，也不好提出来。

“吃饭去吧。”穆靳宸看着景无双有些青白的小脸，这才想起来他们还没有吃饭。

景无双倏地捂住胃部，额头已经开始冒冷汗：“穆先生，你可能要先送我回医院了，我的胃……好痛。”景无双咬着牙把话说完。

方才胃一直隐隐作痛，她没去管，没想到一下子痛得这么厉害。

穆靳宸一听，变了脸色：“怎么忽然痛成这个样子？祁东，快，命人把车开过来。”

还在核对资料的祁东一听这话，马上吩咐下去。他何时见少爷如此着急过？他回过头，看到景无双已经弯着腰抱着腹部，自家少爷则一脸心痛地站在旁边。

几分钟之后，车开了过来，穆靳宸赶紧抱起景无双坐到后座上，此时景无双已经痛得缩成一团，低着头，话都说不出来。

穆靳宸觉得自己的大腿上有湿意传来，有什么东西在一滴一滴地往下掉。

他知道她掉眼泪了，把她整个人抱过来放在自己怀里，轻拍着她的后背：“没事，一会儿就到医院了。”

事实上他不知道怎么去安慰人，只知道滴在他大腿上的那些眼泪很灼热，一下子就灼伤了他的心，精明的大脑还来不及思考身体就做出了这样的举动。

景无双也真的痛得难受，顾不得其他，趴在他的肩头默默地掉眼泪，似乎这样温暖宽厚的肩膀能让她的痛楚减轻一些。

穆靳宸扳过她的小脸，看到她脸色青白得不成样子，她为防止自己哭出声音还死死地咬着下唇，他都看到她唇上的血丝了。

穆靳宸的眉头皱成了一团，他伸手捏了捏她的下巴："别咬了，嘴唇都出血了，咬这里吧。"说着，他把景无双的脑袋往自己的肩上按了按，又对祁东说了句："开快些。"

祁东一路上都震惊得不行，凭少爷刚刚那番举动，不知道的人绝对会以为景无双是少爷的爱人。少爷是瞧不见自己脸上的神色，那是一种感同身受的、心痛的表情。

他应了一声"是"，又加大了油门。

穆靳宸总算领会到"女人是水做的"这句话的意思，没一会儿，他的整个肩膀都湿透了。

他不知道要多痛，才会让一个女孩儿哭成这个样子。

好在影视基地附近有宸宇投资的医院，他们十几分钟就到了。

车一停稳，穆靳宸就把景无双抱了出来。她全程一声没吭，就是手一直按着胃部，不停地掉眼泪。

穆靳宸抱着人火急火燎地到了急诊室，祁东追了进来，急忙向院方表明身份，说明来意。

很快就有护士把急救床推了过来。

穆靳宸轻轻地把景无双放上去，这时候才发现，女孩儿很轻，轻到只有那么一点儿重量。这么年轻、这么鲜活的生命，前不久还对着他笑得跟麦芽糖一样甜，如今却狼狈无力地躺在白色的病床上。他第一次知道，原来他也有无能为力的时候。他不知道该如何形容此刻的心情，只知道心中一阵慌乱，仿佛有千军万马踏着五脏六腑跑过了一圈。

到了以后的以后，他才明白，原来从那个时候开始，景无双有任何不好，都是他生命中不能承受的。

他伸手摸了摸她的脑袋："乖，没事的，一会儿就好。"然后他看着护士把她推走。

他又有了吸烟的冲动，但想到这里是医院，忍住了。

"祁东，无双会不会有事？"

"无双"两个字就那么自然地从他口中说了出来，就好像他们真的认识了很久、很久。

"少爷，不用担心，一般来说，急性胃炎是小问题，很容易解决。"

穆靳宸蹙紧了眉头："那她怎么痛成那个样子？"

"这……"祁东又不是景无双，哪里知道她为什么痛成那个样子？

可是少爷，对一个才认识两天的女人，你恨不得痛的是自己，这样的关心是不是有些过了？

"少爷，每个人的体质不一样，有的人痛觉神经特别敏感，一点儿痛都会觉得特别痛。"

"肯定是很痛了，昨天晚上她扭到脚也没哭吧？"

祁东也不好再说什么。说起来这个景无双也够倒霉的，昨天才进了医院，今天又进了，两次都是被他家少爷送过来的，真让人不知道说什么好。

幸好没过多久，医生就出来了，否则祁东可能要一直与少爷讨论女人怕痛不怕痛的问题。

医生拿着病历过来，厉声道："病人本身就有胃病，你们不知道啊？平时就该好好注意饮食习惯，这都几点了？午饭都没吃，能不发作吗？"

穆靳宸沉着脸，一言不发，祁东赶紧接话："是、是，我们的错，现在病人是什么情况？"

“做了急性处理措施，胃痉挛有些严重，现在在输液，这两天暂时只能吃流质食物，平时注意保养。你们年轻人就会折腾自己的身体……”

医生絮絮叨叨地又说了一通。

祁东看着少爷越来越沉的脸色，觉得差不多了就插了一句：“那我们现在可以去看她了吗？”

“去吧。”

“谢谢医生。”

穆靳宸和祁东到病房的时候，景无双正虚弱地躺在病床上，手上插着管子，倒吊的输液瓶一滴一滴地往她的血管里输送着液体。

她此时的脸色已经跟白纸差不多，看到他们，她动了动身子，不好意思地笑了笑：“不好意思，又给你们添麻烦了。”

穆靳宸走过去，动了动她身后的抱枕，让她靠得舒服一些：“什么麻烦不麻烦的，好好躺着吧，你的胃不舒服怎么不说？”

他刚刚听医生说她本来就有胃病，顿时感觉不舒服。

昨晚君翔说，她因为唐暮白喝酒喝到胃出血，估计是那时候落下的病根。

“老毛病，本以为没什么大碍，总之不好意思，又给你们添麻烦了。穆先生，你们去忙吧，这里有护工，会照顾我的。你们肯定有很多事情要忙，可别因为我耽误了。”

她的胃一直不好，但她真的没想到会这么严重，本以为痛一阵子，吃点儿东西就没事了，哪儿知道会这样。

穆靳宸想，自己一个大男人也确实不会照顾人，便吩咐祁东：“去把吴妈叫过来吧，让她顺便带点儿胃病患者能吃的食物。”

祁东应了声“是”，便出去安排。

吴妈是穆家的用人，从老宅调过去的，看着穆靳宸长大，专门照顾他平时的饮食起居，穆靳宸在国外的时候她就一直负责打理穆靳宸的房子。

“其实不必这么麻烦，这里有护工。”景无双是个特别怕麻烦到别人的人，也许是从小到大任何事情都习惯独立完成，除非是苏苒这样的好朋友，否则她很少麻烦别人。

“你一直这样逞强吗？”穆靳宸看着她苍白但坚毅的小脸，不知怎么的，心底有股很怪异的感觉，于是语气称不上好。

他以为女孩儿在生病的时候起码依赖性会强一点儿，但是她没有，除了真的动不了，需要别人帮忙，任何时候，她都表现得特别隐忍。按道理，一个长得这么娇滴滴、家境还不错的女孩儿，不应该如此。

她到底吃了什么样的苦，才练出这一身的坚强？

景无双听了他这话，神色有些委屈。哪个女孩儿不想做象牙塔里的公主？谁不想不谙世事，被人呵护着长大？

但是，她能吗？

景无双想着想着，语气变得更加疏离：“我怎么样，好像跟穆先生没有关系，但我还是要谢谢你，请回吧。”

看着景无双那倔强的表情，以及一点儿血色也没有的、紧抿的唇，他没来由地语气重了些：“景小姐可以拒绝别人的好意，只是这一次你算是因公受伤，吴妈会一直在这里照顾你到你痊愈为止。不管你愿不愿意，别忘了我是你的老板，我说了算。”

穆靳宸丢下这么一席话便转身走了出去，还差点儿撞上准备进门的祁东。

祁东觉得怎么自己才打了一个电话，这气氛就变了？刚刚还好好的，少爷平时虽然很严肃，可是绝对不是一个容易有情绪的人，到底发生了什么事？

祁东也顾不得问原因，对着里面说了声：“景小姐好好休息。”转头就跟上了穆靳宸的步伐。

一走出医院大门，穆靳宸便从口袋里掏出烟和打火机，单手叉着腰，倚在车头，对着天空吞云吐雾，猛地连吸了好几口烟才平复了情绪。

穆靳宸不知道自己为什么有些气恼。他不是一个情绪容易波动的人，多久没有体会过这样的心情了？

祁东出来时就看到这幅画面，男人的刘海被霜糖般的细雨洒满，不像平时那样干净整齐，他紧蹙眉头，猛地吸烟的样子似是遇上了某些烦恼。这样的少爷，就好像从过去不苟言笑的工作机器变回了一个有情绪起伏的正常男人。

回来才几天时间，少爷已经会开心，会笑，会担心，会生气……这样的少爷，真好。

“少爷，我们现在去哪里？”祁东等穆靳宸手上的烟抽得差不多了才开口问道。

“先去吃点儿东西吧。”

祁东听到穆靳宸说出这句话，神色有些错愕。

穆靳宸又问：“跟着我，是不是很苦？”

他经常食无定时，工作到三更半夜，心血来潮，一个电话又会把祁东叫过来。

可是跟了他这么多年，祁东一点儿怨言都不曾有过。

“不会，能够跟着少爷，祁东觉得很荣幸。”

“才半天时间，就把一个好好的女孩儿弄得进了医院，你跟着我有十年了。”

“少爷……”祁东也不知道说什么好。

穆靳宸的确是个工作狂，认真工作起来真的是“六亲不认”，经常食无定时，三四点吃午饭是常有的事，如果祁东不帮他叫外卖，有时候他一天也顾不上吃饭。在穆靳宸身边工作的少吃一顿饭就进医院的人目前只有景无双一个，这叫祁东如何说？

“以后到了饭点儿就提醒我，不管在做什么都先停下来，吃完饭再说，你也是。”

祁东闻言，自然是高兴的。他都担心一直这样下去，少爷的身体会出问题："是的，少爷。"

祁东心想，得好好谢谢景无双，她这次进医院算是给他谋了福利，也算是拯救了少爷的身体。

穆靳宸走了以后，景无双一个人躺在病床上，美丽的眼睛失神地注视着白色的屋顶，偶尔眨巴两下，巴掌大的小脸白得吓人。

她决定以后碰上穆靳宸就绕着路走，好像碰上他就没好事，一次比一次狼狈。

她不知道他在气什么，不接受他的好意怎么了？为什么别人对她好她就一定要接受？

这根本就是强盗逻辑。

她的手机没有电了，她暂时又不能通知家人。

家人？

她摇了摇头，外公年事已高，不能让他担心。最亲的人各奔东西，她不知道该通知谁。

景无双有些沮丧，然而负面的情绪一闪而过，她马上又为自己打气："景无双，加油！"

正当她百无聊赖的时候，门被敲了几下，随即便是开门的声音，一个和蔼的女声随之传了进来："景小姐，我是吴妈，我进去了啊。"

吴妈？景无双恍了下神，穆靳宸好像通知了人过来照顾她。

吴妈是个自来熟、亲和力十足的中年妇女，一边放下手里的东西，一边笑着说："少爷让我过来照顾景小姐呢，怪不得少爷让我过来，原来是这么个好看的姑娘。"

"你好，吴妈，麻烦你了。"

不知怎的，看着这个和蔼可亲的中年妇女乐呵呵地忙碌，景无双一时间觉得很温暖，便不再拒绝，让吴妈留了下来。

"景小姐不必客气，少爷的朋友就是吴妈的贵人，难得少爷肯关心朋友。"

景无双柔声道："吴妈误会了，我不是穆先生的朋友，我是他的下属。"

"好、好、好，下属，就算是下属也肯定是独一无二的下属，少爷从来不关心下属。"

景无双："……"

她真的觉得自己有理说不清了。

吴妈把保温瓶里的粥倒在碗里，给她挪了一下小桌子，才把碗端过来给景无双："景小姐快吃点儿吧，这是山药粥，对胃最好了。只是时间太赶，我熬开了便倒进这个焖烧锅继续焖着呢，这会儿正好。"

看着碗里热腾腾的、正在冒蒸汽的粥，景无双一下子有了食欲，拿过勺子舀了一小勺放到唇边吹了几下，迫不及待地放进嘴巴里，软糯的口感果然很不错。

"很好吃，谢谢吴妈。"

"景小姐喜欢就好，不过一下子不能吃太多，要少吃多餐，吃完这碗就行，剩下的我继续焖着，晚点儿再吃。"

景无双乖巧地点了点头。

吴妈慈祥地看着景无双。她只生了一个儿子，看到这么个水灵灵的姑娘，恨不得这姑娘是自己的闺女。

"景小姐长得真好看，就是瘦了点儿，等你胃好了，吴妈好好给你补补，保准你更加水灵。"

景无双笑了笑，被她看得有些不好意思。

吴妈看出她不好意思，又笑着说："瞧我这老婆子，没吓到你吧？"

她心想着少爷真是好福气，找到这么一个水灵灵的姑娘，一看就很乖巧、很有教养，对着她丝毫没有那些官家小姐的盛气凌人，把她当普通长辈一般看待。

景无双摇了摇头说："没有，吴妈很热情，我很喜欢。"

吴妈笑得越发慈祥，越看景无双越喜欢："没吓着就好，慢慢吃啊。”

景无双又笑着点了点头，继续吃碗里的粥，与吴妈有一搭没一搭地聊着天。

此时的穆宇浩已急得像热锅上的蚂蚁，在医院里的走廊上来回走着。景无双的手机没电了，他一直打不通，到现在她还没有回医院，不知道是不是出什么事了。

这么等也不是办法，他想起最后好像听到她说“影视”两个字，灵机一动。听说影视城就要竣工，无双这个工作狂会不会去了那里？

想到这里，他拔腿就跑。

穆宇浩到了影视城，负责人说穆董和景小姐来过，可是又走了，好像景小姐忽然病倒了。

穆宇浩一听，变了变脸色。舅舅和无双怎么会在一块儿？

想了想，他马上拨通了穆靳宸的电话，电话响了好一会儿才被接起来。

“舅舅，你早上是不是见过无双？”

刚用过午餐回到办公室的穆靳宸听到外甥的话，又皱起眉头，没有回答他的问题，沉声反问道：“你丢下这么重要的会议就是为了去见景无双？”

穆宇浩愣了一下，早上是自己做得不对，当着那么多人的面落了舅舅的面子，他确实是听到无双住院就昏了头：“抱歉舅舅，早上是我不对。你可不可以先告诉我无双现在在什么地方？”

穆靳宸很了解这个外甥，从小被女生众星捧月般长大，身边的女孩儿也是来来去去，他倒是从来没有主动对一个女生上过心。

这次穆宇浩像是有几分真心，穆靳宸捏着隐隐作痛的眉心，景无双、景无双……这个女人，不，女孩儿到底有什么魅力？

“穆宇浩，作为一个成年人，你是不是应该先把事情分个轻重缓急？我不反对你追女孩儿，可是能不能先把本职工作做好？一个男人连最基本的担当都没有，何谈其他？”

穆宇浩一听对方这个语气就知道他不悦了，也知道自己不该那样做，可是无双也很重要，于是压低声音说：“舅舅，我不比你能干，公司有你就行了。你能不能放手让我做我喜欢的事情？我真的很喜欢无双，她是不同的。”

“这是你应该说的话吗？做你喜欢做的事情就是要丢下工作不管去追女孩子？穆家就是这么教导你的？”

穆靳宸越是动怒，语气越是平静，越让人听不出他有情绪，穆宇浩是知道这点的，可还是奓着胆子说：“舅舅，工作于我没那么重要，真正姓穆的人是你，我没有你那么强的家族使命感，也超越不了你。抱歉舅舅，你不告诉我，我就自己去找，再见。”

穆宇浩说完就挂了电话，神色有些颓然。他极少顶撞穆靳宸，这个舅舅是他从小无法超越的对象，他一直很尊重对方。

这次不知道为什么，他总觉得自己一定要有什么超越了舅舅的话，那就是他比舅舅先遇上景无双。景无双是无法复制的，他有景无双而舅舅没有的话，单凭这点他就比舅舅强。

这大约是穆靳宸有记忆以来第一次被外甥挂电话。穆家对男孩子的教育没那么多规矩，但绝对不会允许晚辈对一个长辈如此无礼。虽然他比穆宇浩大不了几岁，但穆宇浩一向是尊重他的。

穆靳宸将手撑在桌子上，不停地揉着额头，伴随着“景无双”这个名字出现的次数增多，事情好像越发复杂了。

打完电话，穆宇浩问了负责人一些细节问题，大约知道景无双是胃病发作，猜想着她应该在附属医院。

此时的天空已经灰蒙蒙一片，雨渐渐大了起来，穆宇浩不管不顾地走到自己的车子前面。他并没有马上上车，而是微微昂起头，任由雨水冲刷着脸庞。除了如此，他不知道还有什么方法能让自己清醒一点儿。方才，他失控了。

当穆宇浩出现在景无双的病房里时，景无双惊讶得不知道怎么形容自己的心情。

“穆总？你怎么来了？”

穆宇浩眨了眨狭长的桃花眼，反问道：“怎么？我不能来吗？”

都说外甥多像舅，他的五官有那么几分穆靳宸的影子，尤其是眼睛的形状。两个人都长了一双好看的眼睛，只不过穆靳宸的眼睛比较深邃，穆宇浩的比较明亮。

景无双看到他，不自觉地想到了穆靳宸，神色恍惚起来。穆宇浩的五个手指头在她眼前摆了摆：“跟我说话怎么能够走神呢？”

“抱歉，对了，你怎么会在这里？”

“我找你半天了，应该是我问你怎么会在这里吧？”

“谢谢穆总关心，我没什么大碍，老毛病发作了，养一养就好。”景无双无意跟他多说什么。

穆宇浩环顾了一下四周，嫌弃地撇了撇嘴：“跟我客气什么？这里的设施看起来不怎么样，算是个应急医院，还是转回市区的医院吧。”

“不必了、不必了，我只住一个晚上，明天就能出院。”

“一个晚上就算了，你没人照顾，我留下来照顾你吧？”

景无双差点儿咬到自己的舌头。这大少爷抽什么风，她都已经跟他说得很清楚了，他还翘班到处找她？

“穆总，我有人照顾的，真的谢谢你的关心，但我真的不需要。公司很忙吧，你还是回去吧。”

穆宇浩不是听不懂她的拒绝，有些受伤。他为了见她连舅舅都顶撞了，可她……

“无双，你一定要拒我于千里之外吗？我是真的关心你，朋友之间的关心也不行吗？”

她到底比穆宇浩长了两岁，不会看不出他有“曲线救国”的意思。

她觉得感情这种事，最忌讳的便是拖泥带水。她的感情世界里没有灰色地带，她也不享受这样的暧昧过程。

她眼神澄澈地看着穆宇浩的眼睛，认认真真地说："穆总，我想上一次我已经把话说得很清楚了，我们之间真的只是上司与下属的关系，你真的不必如此。你还是回去忙吧。"

穆宇浩自嘲地笑了一声："工作，工作，你和他一样都是叫我工作。难道你们都没有看到我一直在认真工作吗？无双，我真的一点儿机会都没有吗？"

景无双听到穆宇浩说的那句"你和他一样"很惊讶，那个"他"难道就是……

罢了，他们家怎么样都跟她没有关系。

景无双眨巴了一下眼睛，笑着摇了摇头说："我很抱歉。"

"景小姐，我总算弄到了一个插花的东西，你看这个怎么——"

从外面拿着花瓶进来的吴妈连"样"字都还没说出来，便看见了坐在一旁的穆宇浩，随即惊讶地道："小少爷，你怎么也在这里？"

"吴妈？"穆宇浩喊了一声，比吴妈还惊讶。

外婆是难产死的，吴妈的儿子比舅舅大上几个月，舅舅是吴妈奶大的。舅舅从小到大都是吴妈在照顾，舅舅懂事以后就把她当干妈看待，粗重活都不让她做，连穆宇浩都要对吴妈敬上三分，现在吴妈居然被派过来照顾景无双。

他的目光不停地来回流转，带着几分审视，又有几分不确定，最后他闭上眼睛问了一句："无双，你跟舅舅到底是什么关系？"

"舅舅？穆董？"

穆宇浩没答话，眼睛直勾勾地看着景无双。

景无双诧异极了，不知道他为什么这样问："和你一样，也是上司与下属的关系啊。"

穆宇浩目光转冷，沉声问道："那吴妈为什么会在这里？"

景无双头痛极了。她都说了不用人照顾，可穆靳宸硬要让吴妈过来，吴妈来了，她很喜欢，又不想把人撵回去，她要怎么解释这件事呢？

“小少爷，你别这么凶，会吓着景小姐的，她还病着呢。是少爷让我过来照顾景小姐的，吓坏了景小姐少爷会心痛的。”吴妈看着娇滴滴的景无双被穆宇浩厉声质问，忍不住开口道。

景无双不知道吴妈之于穆靳宸的意义，穆宇浩怎么会不知道？吴妈居然说舅舅会心痛，舅舅会心痛……

“无双，你可真是双重标准。舅舅这个上司能心痛下属，我这个上司就不能？还是说——”

“穆宇浩！”景无双开口打断了他的话，美眸中带着薄怒的神色。她不知道吴妈为什么会这么说，但是她不觉得穆宇浩有权利质问她。

“请注意你的身份和态度，我不认为你有权利过问我工作以外的任何事情。”

穆宇浩一听这话就像是泄了气的气球般沮丧下来。是啊，他有什么权利质问无双？

他一厢情愿地喜欢她，她从来都是拒绝他的，连半点儿余地都没留。除了是她的上司，他还有什么身份？

“总算从你口中听到了‘穆总’以外的称呼，我很荣幸。”穆宇浩的语气缓和了下来，带了点儿受伤的意味。

“记住你说过的话，他和我一样与你都是上司和下属的关系，否则……”后半句话没有说出口，末了，他丢下一句，“我知道你不需要我的关心，抱歉打扰到你了，希望不会给你带去困扰。你好好养病，我会好好工作的。”穆宇浩说完便走了出去。

景无双看着他远去的背影，总算松了一口气。

“景小姐，小少爷怎么了？我刚刚说错话了？”吴妈忧心忡忡地问景无双。看小少爷的态度，怎么好像他也喜欢景小姐的样子啊？

“吴妈，像刚刚那样的话请不要再说了，我跟穆先生真的只是上司与下属的关系。”景无双无意责怪吴妈，吴妈也是为她好，一个刚认识的人能这么维护她，她高兴都来不及。

“唉，景小姐，少爷是我看着长大的，跟自己的孩子一样，我怎么会看不出他对小姐不同呢？”

“吴妈，请不要再说了，我认识你家少爷不过两天时间，谈不上其他的。你还是叫我无双吧，不然叫双双也行。”景无双真的很头痛，这话她说了无数次，吴妈就是不肯听。

吴妈一听，摆了摆手：“使不得，使不得。”她顿了一下，又乐呵呵的，像是在自言自语，“才两天就能这样好，日子长了不得了啊。”

景无双抚额，真的被她打败了。她家少爷到底是多久没见过女人了啊？

苏苒回到家才发现是君翔那个浑蛋故意说初一生病了，利用用人骗她回去。

然后君少免不得被苏苒臭骂了一顿。她吩咐用人煲了一锅汤，拿了几件衣服，想起自己有无双公寓的钥匙，又匆匆到了无双的公寓取了些无双可以换洗的衣物，找到充电器，才急忙赶回人民医院。

结果苏苒发现景无双还没回来，顿时觉得不对劲。这都大晚上了，外面还下着雨，穆靳宸没理由这么晚了还不把人送回来，无双的手机又没有电，不知道穆靳宸是不是直接把无双送家里去了。

苏苒只好打电话给君翔要穆靳宸的电话号码，君翔又调戏了她一番才把号码给她。对苏苒来说，为了无双，她在君翔面前简直就是“割地赔款、丧权辱国”了。

她拨打了穆靳宸的电话号码，没人接听，不死心地接着打第二次，电话响了很久才被人接起。

穆靳宸正在和盛大集团的郭总吃饭，一看是陌生号码打来的电话自然就按掉了，结果对方又打了第二次。看号码不像是推销电话，他才回国，知道他的电话号码的人不多，穆靳宸正好想出去透透气，便跟郭滔说了一句：“我去接个电话。”然后他走出了包间。

他姿态优雅地拿着一根烟，坐在休息区的沙发上，漫不经心地“喂”了一声。

电话刚接通，他就被电话那头的“机枪”一通扫射：“穆靳宸，你终于肯接电话啦？我让你照顾一下双双，你把她照顾到哪里去了？”

电话对面的人声音干净，又带着点儿孩童的甜美，拥有这样声音的人非君翔家那个不大听话的“小浑蛋”莫属。

好像今天很多人打他的电话找景无双，他半眯着眼睛，吸了一口烟。他到底是从什么时候开始跟“景无双”这三个字扯上关系的？

等到尼古丁的味道在舌尖上一点儿一点儿地蔓延开，穆靳宸才一字一顿地问道：“苏小姐是来兴师问罪的？”

“小钢炮”苏苒最受不了这种“淡定帝”：“什么兴师问罪？你真是急死人了，我到人民医院没看见双双，她的手机又没电，我联系不上她才问一下你。你把她送到哪里去了？”

穆靳宸挑着眉，中指和食指夹着香烟，拇指轻轻地按着眉心，如实告知：“景小姐胃病发作，我只好送她到影视城的附属医院。”

“什么？双双胃病发作？我就忘记交代她一句记得准时吃饭，结果就出事了？你知不知道，她胃出血动过刀，这半年好好养着才好一点儿？说起这件事我就想宰了唐暮白那个人渣，好好的人都被他折磨成什么样子了……”苏苒义愤填膺，絮絮叨叨地说了许多。

穆靳宸没有打断她的话，蹙着眉头听着，直到苏苒再见都没有说就挂了他的电话。

他定了定神，单手插在裤袋里，慢悠悠地往回走着。

回廊上，不少人对他行注目礼。他知道自己长得不错，然而他一直不喜欢这样的目光。在国外的时候，东西方的审美存在差异，这种事发生得相对比较少，回国以后却不时发生。

这是他今天第二次被别人挂电话，在过去这是从来没有发生过的事情，他一直是掌握主动权的那一方。

他倏地明白，也许在S市，他需要重新适应的事、让他无能为力的事还会陆续发生，看来他必须学着习惯了。

苏苒挂了穆靳宸的电话，马上赶去影视城附属医院，到的时候已经是晚上十点。

此时的景无双正百无聊赖地躺在床上看杂志，吴妈已经被她打发回去休息。

看到苏苒再次出现，景无双惊讶极了，随即又转为感动。这个世界上没有血缘关系、对她掏心掏肺不图回报的人也只有苏苒了。

景无双张开双臂，眉梢眼角全是笑意："苒苒，亲人，快来。"

她不必问苏苒为什么知道她在这里，是她疏忽了，应该借一部手机给苏苒打个电话。她以为苏苒起码明天才有空。

苏苒迎上去，眼睛红红的，嘴巴却不饶人："景无双，你的胃要不要了？跑死本小姐知不知道？住到这里来怎么不告诉我一声啊？"

"是我的疏忽，我以为你今天都不会有空。"

"你的事情就是我的事情，你说我有没有空？这回又是怎么弄的啊？"

"就是忘记了吃饭时间，没事，我这不是挺好的吗？"景无双看着苏苒发红的眼睛，自己也禁不住红了眼，只有闺密才会如此心疼自己。

"穆靳宸也是个王八蛋，自己是工作狂，当人家跟他一样是铁打的吗？"苏苒护短，这回骂上穆靳宸了。

"好啦，不关他的事，人家怎么知道我的身体状况呢？是我自己疏忽了。好了，我们不提其他人，好好跟我说会儿话，你就先回去吧。这里简陋，不方便过夜，明天你也不用过来了，我有人照顾。"

苏苒听她这么说，不依了："你能住这里，我就不能住啊？都叫你到我的公司上班，你偏不听，我那里轻松。宸宇给你多少工资？我往上加百分之五十，你非得留在那里，成天忙得跟个陀螺似的，你说你到底是为了什么？”

景无双被这“小钢炮”一番扫射，中了不少弹药。

“好了，苒苒，你爱住便住下，但这话我不爱听。我在宸宇上班哪儿是钱的问题？经过这两年的打磨，我学了多少东西你不是不知道，跟着你成天吃喝玩乐我能有现在这么能干吗？再说了，是外公让我到宸宇锻炼的，我能拂他的面子吗？”

“你直接说我不务正业、不思进取，你要奋发图强，当新一代女性标杆得了。”

景无双拉过苏苒的手：“苒苒，你就别埋汰我了，我为什么这么拼命别人不了解，你还不了解？不是人人都能像你这么好命，从小就集万千宠爱于一身，在蜜罐里长大。”

“胡说，你的家庭条件和出身哪点比我差了？要不是夏子薇那个贱人……”

景无双语重心长地说：“不是她，苒苒，你还不明白吗？从物质上来说，你有的我都有，就算我没有，我也不羡慕，我要什么，可以靠自己的双手去争取。但我羡慕你能在父母的关爱下长大，完完整整地拥有父母的爱，拥有一个完整的家，这些都是我没有的。”

“好啦，好啦，我都知道。我才羡慕你呢，长得比我好看，念书成绩比我好，还比我能干，连这里都比我大。”苏苒恶趣味地笑着捏了捏景无双的胸部。

景无双连忙拍开她的手，躲到一边去，两个人都咯咯大笑。苏苒接着说道：“还有啊，我父母都那么喜欢你，恨不得你是他们的女儿呢，我才不想要那对唠叨的活宝呢。”

“我想要家人的唠叨还没有呢。”

“你这是嫌我不够唠叨？”

“你就免了吧。”

“夏阿姨还是没有消息吗？”苏苒想到了景无双那个风华无双、云游四海的艺术家母亲。

景无双摇了摇头，黑亮澄澈的星眸里闪过一丝黯然的神色：“快半年没有她的消息了，我都快忘记她的样子了。”

“其实吧，双双，父母健康快乐地活着不就是我们最大的心愿吗？夏阿姨能过得这么自在，我们不应该替她高兴吗？”

景无双叹了口气，头压在苏苒的肩上：“可是苒苒，我想她了。”

轻轻的一句话，堵得苏苒一个字都说不出来了。

她拍了拍景无双的后背，没有再说什么。她从小生活在父母身边，父母天天唠叨她，她恨不得飞得高高的，离他们远远的。

也许这也是人的劣根性之一，拥有的，不珍惜；得不到的，去遗憾。

因为要连着打三天点滴，景无双只好又请了一天假。

第四天早上打完点滴以后，景无双便出院回到自己的公寓休养。

她一大早就打过电话给吴妈，叫吴妈不用再去医院了。

吴妈很喜欢这个娇滴滴、水灵灵的姑娘，说她没人照顾，吃不好，怎么都要过去看她。景无双拗不过吴妈，只好把公寓地址告诉了她。

苏苒次日一早便回去忙她的事情，时不时过来看一下景无双。碰上吴妈的时候苏苒诧异极了，景无双解释一番后，苏苒对穆靳宸的怨念总算消散不少，起码他还知道找个信得过的人来照顾无双。

Chapter 04
过 往

一晃到了周五的晚上，景无双接到外公的电话，这才想起来周六有个家庭聚会。

最近发生那么多事，她倒是把这件事忘得一干二净。她的脚还没有完全好，本想推掉的，可她想着自己也有好长一段时间没见外公，又不想别人误会她心存芥蒂，只好作罢。

因为脚没有痊愈，景无双自然是不能开车的。一大早苏苒便过来送她去上班，可苏苒晚上有事，不能来接她。

然而，下班高峰期，这样的天气要在公司门口等到一辆的士几乎是不可能的事，助理帮她叫的士，好半天都没车。

她的小助理唐小棠是个刚毕业的小姑娘，在公司实习了快一年，不久前景无双升为项目经理，才把唐小棠调到身边当助理。

而此时，唐小棠正在给景无双介绍滴滴打车这个软件，教了景无双怎么使用，还帮她叫了车，约好了时间。

也实在没有别的办法，景无双只好试一下这种新兴的玩意儿。

落下了好几天的工作，这一天她加班到很晚，大周末，大家约会的约会，狂欢的狂欢，办公室只剩下她一个人。

景无双穿着平底鞋一瘸一拐地走到公司门口的时候，已经快晚上九点。天空还飘着雨，漆黑的天幕，朦朦胧胧的街灯，不远处是S市的标志性建筑，有个很矫情的名字叫“小蛮腰”，它的造型和它的名字一般，像极了姑娘家不盈一握的楚楚细腰。它的顶端已经淹没在雨雾之中，只有腰身的位置不停地转换灯饰，闪烁着五颜六色的霓虹灯光。

景无双看着它出了好一阵子神，当她回过神来时一看表，已经是九点十分，也就是说距离约定的乘车时间已经过去了十分钟。

她打开软件，只见车辆的位置和她下楼之前看到的位置一样，不知道发生了什么事情。

她看到上面的联系电话，直接拨了过去，还没开口说话，对方只说了一句“这里堵死了，过不去，你找别的车吧”便挂了她的电话。

景无双被他说得一愣一愣的，她脚上有伤，本就不能站太久，结果现在已经站了快二十分钟，对方才说不过来，严重不靠谱，差评!

她懊恼不已，准备单脚跳回大堂，谁知道刚转身就撞上了一堵“肉墙”。

她皱着生疼的鼻子，眼泪都快掉下来了，却还不忘给对方说：“对不起，对不起，我不是故意的。”

鼻间传来有些熟悉的冷香的味道，夹杂着淡淡的烟草味，她抬起头，水雾氤氲的眸子盈盈地盯着眼前的人。

这一抬头，景无双又愣住了。自从那天在医院不欢而散后她再也没有见过他，是的，她撞到的人就是她的顶头上司——穆靳宸。

穆靳宸条件反射地伸手，稳住这个撞入他怀里的小女子，看清楚她是谁以后，忍不住蹙眉。她真的很小，身高只到他胸膛的位置，可爱地皱着小鼻子，鼻头红红的，眼睛红红的，微微张着樱桃小嘴，水洗过一般的眸子正一眨不眨地盯着他，眼眶里似乎还有泪水在打转，眼泪好像随时要满溢出来一般，小模样怎么看怎么可怜。

好像他好几次看到她，她都是这副楚楚可怜的模样。

真是个小可怜。

景无双眨巴一下眼睛，一滴眼泪真的顺着眼角就这样流了下来。她回过神来，赶紧挣脱他的手臂，站直了以后，拿手背擦了擦脸。她真的不是想哭，是刚刚被撞得太疼了，这纯粹是生理反应。

景无双心想，他们果然八字不合，每次她碰上他总要或多或少受点儿伤。

“这么晚了你怎么还在这里？”他看见她滴下来的那一滴泪珠，眉蹙得更紧了，微凉的声音也如这初春的夜一般带着寒意。

这话问得一点儿水平都没有，她难道还在这里吃夜宵不成？

“穆先生，在公司自然是加班。”退到一个安全距离以后，她又是那个冷静自持的景无双。

“你不是该在医院休养？”吴妈每天都兴高采烈地做营养食品，时不时会在他面前提几句。穆宇浩这几天也在认真上班，没有再问他关于景无双的事，他以为她还在医院。

景无双实在不想跟他在一个空间待太久，来自他身上的不怒自威的气场不管她怎么忽略，存在感还是很强：“谢谢穆先生关心，我已经好多了，失陪。”

景无双说完便单脚往大堂的休息区跳去。

她并不是第一次这样刻意保持疏离态度，他一直是高高在上的人，阿谀奉承抢着巴结他的人多的是，像这样视他如洪水猛兽的人她倒是第一个。他脸上的表情更为冷峻，眉峰染上了些许不悦。

而此时祁东已经把车开到门口，停在一边等着他。

穆靳宸的目光始终没有离开过景无双，只见她坐到沙发上，揉了揉自己的脚，又看看手机，神色有几分懊恼，他本想一走了之，双腿却比他的大脑反应更快。当他站定在景无双跟前的时候，他的大脑停止转动了一秒钟，还没来得及思考，话已经出口。

“我送你回去吧。”

景无双茫然地抬起头，他高大的身影挡住了光线，她有些看不清他的容颜。她以为他已经走了，他这样的人物听不得拒绝，她以为刚刚那句“失陪”已经表达得足够清楚，没想到他还跟了过来。这似乎不是他会做的事情。

她默默垂下眼帘，想了想，又对上他的视线，声音轻柔却带着几分疏离：“谢谢穆先生的好意，等一下我朋友会来接我，你先走吧。”

她无意跟他有过多交集，这些天两个人莫名其妙的交集已经够多，可以避免还是尽量避免。她不是不谙世事的小女孩儿，一个人也许会无缘无故地对另一个人好，但那个人绝对不会是穆靳宸这样的男人。

“请景小姐不要再侮辱我的智商，也不必觉得我另有所图，我想你身上应该没有值得我费心思的地方。”

简简单单的话语从穆靳宸的薄唇中吐出，平铺直叙的语气带着一贯的冷漠，却没有丝毫盛气凌人之感。他只是在陈述一个事实，从来只有别人在他身上费尽心思，她身上的确没有值得他费心思的地方。

这样的话语听在景无双的耳朵里是不舒服的，她抬眸对准他的视线，温婉一笑，开口道：“穆董也许会觉得我不识抬举，也许能够坐到穆董的车里是很多人梦寐以求的事情，但是我不接受这样的好意。我想，我是有不接受别人的好意的权利的。”

景无双不想跟他有交集并不是简单地说说的。

第一、第二次，两个人不期而遇，她无法控制。

第三、第四次，她受伤发病，这是逼不得已的。

短短一个星期，他侵入她的生活太多，想到他抱过自己两次，她的脸上不由自主地热了热。她不想和他再有工作以外的第五次接触。

然而这一次，还是避免不了。

先不说他是她的顶头上司，他的外甥还追过自己，光他是唐暮白的好兄弟这一条，她就有理由跟他保持距离。

穆靳宸第一次见识到她的牙尖嘴利，软软的语调却堵得他一个字都说不出来。

前面几次见着他就脸红的狼狈模样已经不复存在，她声音轻柔，态度和语气也没有丝毫挑衅之意，她只是在陈述一个事实。

有点儿意思。

也许她真的没有他以为的那般柔弱。

他勾了勾唇，逆着光的容颜似乎柔和了些，声音也比方才温和了些许："景小姐请自便。"

丢下这么一句话后他便转身走了出去。他没有拿自己的热脸贴人家冷屁股的习惯。

景无双对着他高大的背影暗暗舒了一口气。她已经做好了与他对抗到底的打算，穆靳宸是个习惯发号施令的人，不会允许别人说不，没想到忽然这么有绅士风度。

其实景无双真的错怪他了。穆靳宸给人的感觉一向是疏离，绅士到毫无瑕疵，只是女人在他眼里都是透明的，他对着空气需要发挥什么绅士风度？

景无双拿着手机想了想，给苏苒发了一条语音消息："苒苒，你忙完没有？"

苏苒很快回复："还没有，你到家了吗？"

"差不多了，那你先忙去吧。"

"等等，你是不是还在公司？"苏苒感觉到了不对劲儿。

景无双尽量放松语气道："我打车呢，马上到家了。"

"真的？这鬼天气你能打到车？"

"小棠帮我叫了滴滴车，你别太晚了，忙去吧。"

"那好吧，你自己小心点儿。"

景无双没有再回复她，自己研究那个软件，选了个专车服务，没一会儿真的有车来接她，虽然费用贵了不少，但她好歹回了家。

第二天醒来，她脚上的伤总算好了不少，基本上消肿了，虽然她还不敢把重心往那只受伤的脚上放，仍然需要一瘸一拐地走，但是已经不怎么痛了。

她打开衣柜，开始为今天穿什么衣服发愁。她只能穿平软的鞋子，这样的雨天鞋子却很容易湿，也不好搭配。

她拉开窗帘，外面没有下雨，但是天阴得似能滴出水来，空气倒是非常清新。

她低头看着自己的脚丫子，觉得它怪可怜的，想了想，管那么多干什么，还是舒服最重要。

最后，她选了一件白色的羊毛衫、一条紧身牛仔裤，配了一双浅绿色的雪地靴，将顺直的头发披散在肩上，抹了一点儿润唇膏，随手拿了件长外套便出了门。

到了电梯里，景无双借着反光的镜面全方位审视了一下自己，这样的穿着打扮真像刚进校门时的自己。大学的时候她就经常这样穿，如今尽管容貌未改，心境却沧桑了许多，相比之下，她更喜欢如今这个一往无前的自己。

她对着镜子握了握拳头：景无双，你只会越来越好。

她依然叫了滴滴专车，大半个小时过后回到了夏家。

夏家位于老城区的一个别墅区中，独栋别墅，高三层半，前面有个大院子，绿草如茵，还有四季常开不败的各种花草，院子里架了个秋千。外公退休后很喜欢打理各式各样的花草，如今这个院子更加花团锦簇。

这是她生活了快十年的地方，自高中开始她就选择住校，一直到现在，偶尔才回来看看。

景无双刚踏入院子，就听见一个笑得很爽朗的声音：“哟，外公的小心肝回来咯，来来来，过来让我瞧瞧。”

“外公，是我，我回来了。”

景无双露出一个灿烂的笑容走近夏荆山，亲昵地挽过他的手臂。

夏荆山此时刻意虎着脸，拍了拍她的手背：“不乖，怎么不回家？还有，你的脚怎么回事？”

他刚刚注意到她走路的姿势很不自然。

“没什么大碍，前几天扭到了，如今好多了。”

夏荆山一听这话，脸板得更厉害了，刚刚是想吓唬吓唬她，如今却是真的："怎么受伤了都不回家？现在才告诉外公？"

说着，他让她的重心偏向自己一些："当心那只脚，没好全先别用力。"

景无双心里一暖，外公是真的心疼她的。她撒娇似的蹭了蹭他的手臂："知道的、知道的，这不是怕外公担心嘛，又不是什么大事。"

"唉，外公这么一个娇滴滴的小心肝一个人在外面住，就是不放心，以前学校里那么多同学也就罢了，现在搬回家里住好不好？你那个不靠谱的妈也真是……"每次看到外孙女受罪，夏荆山就开始埋怨自己的女儿。

这样的话，景无双自从大学毕业以后就听了无数次。

景无双知道，外公这埋怨的背后也许是想念她的母亲了。她换了一种更轻松的语气说："我知道外公疼我，母亲过得好就行，我住公寓更方便上班。难道您忍心我每天开一个小时的车上下班？这还没算上堵车的时间呢，我这不是好好的吗？"

"好、好、好，你是外公最乖的心肝宝贝，你说什么都行。"对着最喜爱的外孙女，夏荆山总是无底线地妥协。

"爷爷，你的心肝宝贝在这里，我姓夏，人家姓景，我们才是一家的呢。"

声音妖娆中不失爽朗，说话做事总是不顾别人感受，说自己想说的，做自己想做的，不仅个性张扬，长相也张扬，妖娆艳丽，像极了一朵午夜里肆意绽放的蔷薇花，这便是景无双的表姐夏子薇。

夏子薇从小就这样，不停地重复这句话，提醒着景无双，她姓景，严格来讲不算这个家的一分子。

"薇薇你怎么说话的？都多大的人了，说话怎么一点儿分寸都没有？我都跟你说过多少遍了，双双姓景姓夏都是我们家的人。"

说话的正是景无双的舅妈刘芸，从小就是夏子薇奚落她，刘芸在边上打圆场，然而并没有多少真心。都说小孩子的感受是最真的，景无双从小就知道这点，只是不会去计较，毕竟她始终是寄人篱下的那个。

早些时候她不明白，她与夏子薇身上都流着外公的血，从血缘关系上来讲，她们的亲疏度是一样的，姓氏不同怎么就这么重要呢?

“薇薇，这样的话我不想再听到。”夏荆山的脸上已是乌云密布。

他不是不知道这两个孙女从小不对盘，无双内敛，子薇张扬，无双还比子薇小两岁，却一直对子薇诸多忍让。小时候活泼开朗的子薇就爱表演这个，表演那个，然后接受长辈的赞誉。无双本该是个含着金汤匙出生、集万千宠爱于一身的小公主，却因为有着一个任性的母亲，只能一个人躲在角落里默默地看着子薇表演，不哭不闹。每当看到无双希冀的眼神，夏荆山就心痛不已。

她很小的时候就会睁着黑葡萄似的大眼睛搂着他的脖子说：“外公，没有爸爸妈妈在身边的孩子是没有资格任性的，我会乖乖的。”

夏荆山一直把无双当心肝宝贝来疼，时不时小心肝、小心肝地喊，多分一些爱给这个懂事的孩子。

夏子薇从小占有欲、好胜心都强，觉得这个家的一草一木都是她的，结果来了一个柔柔弱弱的妹妹抢了爷爷的爱，还抢了部分爸爸的爱，连爸爸亲手做的秋千都要跟这个妹妹分享。对方姓夏也就罢了，偏偏人家是姓景的，于是夏子薇明里暗里处处为难她，两个人的梁子就是这么从小结下的。

夏子薇看着爷爷的脸，收敛了不少，就像一个率真的孩子开了一个无伤大雅的玩笑：“开个玩笑而已嘛，难道我不是爷爷的心肝宝贝？”

景无双无所谓地笑了笑，这样的话，她从小听得太多太多，早已经麻木。

她打过招呼，便乖巧地在外公身边坐下，自发地泡着工夫茶，陪着老人家聊天。

没一会儿，夏荆山总算又眉开眼笑起来。

然而在夏子薇眼里，这样的景无双是让她最恨的，总是装乖巧，博取长辈的好感，自己倒成了没教养的坏孩子。

她刚回国，爷爷稀罕得很，景无双回来之前她就是爷爷的心肝宝贝，景无双一回来，她就什么都不是了，叫她如何不恨？

夏子薇挤了过去，端起景无双沏好的茶抿了一口："表妹，你这讨好爷爷的手艺真是越来越好了。"

景无双不紧不慢地继续着手上的动作："表姐，我不是为了讨好外公才学沏茶，是因为外公说会沏茶的女人特别有气质。我长得没有表姐漂亮，就想着做个有气质的女人也挺好。"

夏荆山拿起小茶杯，一口饮尽，哈哈大笑："不错，薇薇你该好好学学，修身养性，女孩子家别这么毛毛躁躁的。"

夏子薇坐到夏荆山旁边，在心里嘀咕了一句"白莲花"，面上却嘟着嘴撒娇道："爷爷，就您偏心，无双什么都是好的，我什么都不好。"

夏荆山其实也知道这个孙女心直口快，没什么坏心眼，难得她小女儿心性，便安抚道："你们都是爷爷的心肝宝贝，我能偏心？但是薇薇，下次说话的时候注意一下别人的感受，家人包容你，外人可就不一定了。"

夏子薇撇了撇嘴。他还说不是偏心，说的每一句话都是向着景无双的。

她嘴上却还是说："知道了爷爷，我不就是知道表妹不计较才口无遮拦的吗？反正我说什么表妹也不会怪我，是不是啊双双？"

景无双还是那个无所谓的笑容："表姐说什么便是什么。"

在夏子薇眼里，景无双就是朵"白莲花"，夏子薇特别看不惯她这种做派，宁愿景无双跟自己针锋相对。

夏子薇从小就挑衅她，试探她的底线，然而她好像没有底线一般，从不在人前正面与自己发生冲突，哪怕自己抢了她的男人，她也忍了。

夏子薇恨得牙痒痒，幸好唐暮白是她要的那个人，否则如此煞费苦心地抢来还打击不到景无双，她就郁闷了。

景无双要是知道自己的一味退让、隐忍在夏子薇眼里是这个样子，估计会怄得吐血。她何尝不想跟夏子薇大干一场？然而有这个必要吗？

“舅舅呢？”景无双回来这么久还没看见舅舅夏锦荣。

“我还以为你眼里只有爷爷呢。”夏子薇皮笑肉不笑地说，“我爸爸和我男朋友去湖边钓鱼了，应该快回来了。”

景无双听到“男朋友”三个字，手上的动作明显一滞，很快又恢复正常，脸上神色未变，若无其事地继续替夏荆山斟茶。

夏子薇一直盯着她看，那个小动作自然是看见了的，拿过小茶杯慢慢抿了一口。

景无双，其实你没有表面看起来那么平静，我倒要看看你这朵“白莲花”什么时候破功。

祖孙三人有一搭没一搭地聊着天，快到中午的时候，夏锦荣回来了，一起回来的还有那个温文尔雅的男人。

景无双的前任男友、夏子薇的现任男友——唐暮白。

景无双远远地就看见他温润地浅笑着，熟络地和夏锦荣说着什么。在她的记忆中他并不是主动的人，性子也不算热情，然而对待女朋友的家人能做到这样，他必定是很爱这个女人的吧。

夏子薇见唐暮白进门就迎了上去，孔雀蓝的长裙裙摆随着她轻快的步伐飞扬，活生生就是一只快乐的孔雀，这样的画面很美。

夏荆山看见景无双似是有些失落的眼神，开口道：“双双不用羡慕，外公给你介绍一个更好的。”

景无双回过神来，对夏荆山柔声道：“不必了外公，我目前事业为重，三十岁以前不考虑婚姻问题，晚几年再说吧。”

“那可不行，现在开始谈，谈个两三年结婚生小孩儿正好。哪个女孩子家三十岁才开始谈恋爱啊，那都成老姑娘了。”夏荆山一听就急了，外孙女在自己眼皮底下长大，可不能长成老姑娘。

景无双停下手里的动作，坐到夏荆山边上，认真地说道："外公，这件事让我自己做主好吗？"

"那不行，其他事情可以让你自己做主，唯独这件事不行，你必须听外公的。"夏荆山难得地对景无双黑了脸。她从小到大都太乖巧，没有长辈舍得对这么乖的孩子黑脸。

景无双一听夏荆山的语气就知道没有商量的余地了。她不想忤逆他的意思，介绍对象的时候她去见见吧，回来说不合适便是。

"爷爷，什么事双双必须听你的呀？"

说话间，夏子薇笑意盈盈地挽着唐暮白的手走了过来，两个人怎么看都是郎才女貌，好一对璧人。

唐暮白原本淡定优雅的微笑在抬眸看到景无双的瞬间凝固了一下，很快又恢复正常。他礼貌地和夏荆山打了招呼，又宛若老朋友般笑着与景无双打招呼："无双，我们又见面了。"

景无双被这一对男女硌硬得胃里的隔夜饭菜都在翻腾。

女人一脸骄傲地说：景无双，这个男人是我的，你抢不过我的。

男人翻脸无情地说：景无双，你的表姐成熟妩媚，我更中意她一些。

时隔两年多，这对男女若无其事地在她跟前秀恩爱，她都快怀疑当年错的人是她了。不，也许他们都没有错。

一个注定是她人生路上的绊脚石。

一个注定是她年轻时候要遇到的人渣。

如此而已。

景无双笑得更坦然，像是无害的邻家女孩儿："是呢，前几天才见过面，没想到这么快又见面了，未来姐夫。"

唐暮白完美的笑容总算出现一丝裂痕，她终究还是恨上他了吧。

也许景无双不记得了，但那对他来说历历在目。景无双今天穿的这一身衣服正是当年樱花树下，他第一次见到她时她穿的那一身，从来没有人能把白色穿得这么耀眼。

那时的她清丽脱俗，身上每一个地方都透着江南女子的诗情画意；如今的她比两年前多了些化不开的愁绪，更增添了些神秘感，比过去更迷人。

是他不小心在这幅完美无瑕的江南水墨画上失手落下了浓浓的一笔，怕是世界上最伟大的画师也无法将其修复。

“你们居然背着我偷偷见面？双双，这是你的姐夫，你可不能跟我抢啊。”夏子薇理直气壮地说。

她就是这样，抢了别人的东西，还冠冕堂皇地说这东西是自己的，谁也不能抢，全然不觉得自己从别人手上抢东西有什么不对。

这就是强盗逻辑。

夏荆山爽朗地笑了起来。他也是人精，看着这气氛有点儿不对，便开口解围道：“怎么？双双跟暮白是旧识？”

“是的外公，我在B大上学的时候，未来姐夫恰好是代课老师，我上过几节他的课，说起来我还得叫他一声唐教授。”

夏荆山捋了一下为数不多的花白胡子，哈哈大笑道：“原来还有这等渊源，听子薇说他们也是在学校的时候认识的，没想到暮白还是你的老师啊。”

夏荆山说着，又指了指夏子薇道：“还有你，你这脾气也就暮白受得了，谁跟你抢来着？双双我自有安排，你安心守着暮白过日子吧。”

夏荆山对这个性格温和的孙女婿也算满意，对方长得也周正，与夏子薇的性格正好互补，唯一的不足就是眉梢眼角间总有那么点儿风流才子的韵味，不过自己的孙女也是压得住场的。

如果无双找个这样的男人，他就怕无双会吃亏，这个娇滴滴的外孙女值得一个正气凛然、没有那么多花花肠子的男人，他那天见到的那个就很不错。

“爷爷，我的脾气怎么了？我这叫真性情，比那些装模作样的

‘白莲花’好太多了吧。”

景无双脸上笑意不改。夏子薇从小就是如此，把率真直爽到尖酸刻薄当成真性情，含沙射影地说她是“白莲花”。

知书达礼、处事谦逊在她眼里就是装，以她这样的评判标准，景无双都不知道她是如何看上唐暮白的。温文尔雅、衣冠禽兽的唐暮白不正是她眼里最装的那一类人？

夏子薇还真是双重标准。

景无双小时候对外公的好有刻意的成分，要在这个家里生活得舒心，就必须讨得外公的欢心，这是她从小就懂得的道理。但是，她对外公的每一分好都是出自真心，她相信拿真心能换回真心。

况且她真的喜欢外公，外公身上有属于军人的刚正不阿、率直爽朗的特性，这才是真性情。

而这样的外公又正好喜欢她这种婉约柔软的性子，所以外公真心疼她。她的娇滴滴不是装的，她长得就是一副娇滴滴惹人怜惜的模样。

只是在夏子薇眼里，这样的景无双就是表里不一、别有用心的“白莲花”。

景无双也没想去解释什么，解释在夏子薇的眼里就是一种掩饰。

所以，景无双还学会了一种技能，就是屏蔽那些难听的话，不跟对方一般见识。她也不想跟夏子薇说：“你这不是真性情，是尖酸刻薄，苏苒那样才是真性情。”

如果她敢这样说，夏子薇一定会撕了她。

所以两个人之间这样的相处模式一直延续到了今天。

夏子薇越刻薄，她越隐忍；她越隐忍，夏子薇越刻薄，形成了一个恶性循环。

她不知道唐暮白为什么能前后喜欢上性格反差如此大的两个人，或许他没有真心喜欢过她。她置身事外再来看整件事，总觉得有些蹊跷，唐暮白真不像是会喜欢她表姐这种性格类型的人。

他说分手的时候她总觉得他有难言之隐，然而这些都已经不重要，她又何曾真正了解过他呢？

当初她喜欢他不假，分手时难过不假，然而更多的是愤怒、不甘。他爱上谁不好，为什么是夏子薇呢？为什么偏偏是这个从小到大什么都要跟她争上一争的表姐呢？

景无双不知道怎么形容自己当时的心情。她不知道多羡慕表姐能在父母的羽翼下长大。她不贪心，只要分得外公的一点儿爱，还有某年某月的某一天，拥有一个男人完整的爱就够了。

所以，当知道她的表姐抢走唐暮白的时候她怎会不崩溃呢？

幸好，一切都过去了，都过去了……

“双双，为什么眼睛红红的？我又没说你是‘白莲花’。”

景无双回过神，继续手上冲茶的动作，瞥一眼那对让她硌硬的男女，在这一刻觉得他们真般配：“水蒸气熏的，来，都喝茶吧。”

此时，夏锦荣放完鱼竿换好衣服过来，慈祥地看着景无双，温厚地说道：“双双越来越不乖，这么久才回家一次，都不想舅舅了。”

景无双也喜欢这个敦厚老实的舅舅，就是耳根子软了一点儿，舅妈稍微吹一下枕边风，他就没了主心骨。

“舅舅哪里的话，我就是最近有些忙罢了。”

夏锦荣很开心，女儿归国不再离开，还找了个这么好的男朋友，外甥女也回来了，他今天真的格外高兴：“一个女孩子总在外头住始终是不好的，你表姐也回来了，你干脆就搬回家住吧。”

“舅舅，我在外面住比较方便，公寓离公司比较近，这里远了些。”景无双找了个借口推托，她实在没有兴趣和夏子薇待在同一屋檐下。

“爸爸，您就别操心了，我们家家教这么严，住外面多方便啊，随便哪个男朋友要来过夜都行。”夏子薇插了一句。

她这话一出口，所有人的脸色都变得难看极了，尤其是夏荆山，脸色黑得跟墨汁差不多了——夏子薇说这话实在是太没教养了。

任凭景无双脾气再好也受不了这样的诬蔑，绷着脸加重了语气说：“表姐口无遮拦也要有个度啊，外公和舅舅都在呢。”

“薇薇，你怎么说话的？双双是这样的人吗？我们家的家教可没有教你这么说话。”温柔敦厚的夏锦荣黑着脸训斥道。

“爸爸何必如此生气？如果是两情相悦又有什么问题？我和暮白在国外的时候不也住一起——”

“够了！”夏荆山大喝一声，阻止夏子薇继续胡说八道，继而又朝夏锦荣吼了一句：“你教出来的好女儿！”

下一秒他又想起还有外人在，语气缓和了一点儿，对唐暮白说：“暮白啊，子薇从小被我们宠坏了，缺心眼儿，你多担待些。”

唐暮白连声说“不会”。

夏子薇不服气，看到景无双那副小家碧玉的模样就忍不住想刺一刺景无双，本来还想说什么，但顾虑到唐暮白的面子，终究没再作声，一脸委屈地挽着唐暮白的手，倒像是大家合起来欺负了她。

此时，刘芸过来说午饭准备好了。

于是众人移步到饭厅，开始吃午饭。

夏子薇学乖了，长辈在的时候不再和景无双对着干，这一顿饭倒吃得其乐融融。

饭后不久，夏荆山与夏锦荣夫妇上楼午睡，楼下只剩下景无双、夏子薇和唐暮白。

景无双不想午睡，便起身到花园走一走。她晚上是要住在这里的，明天是周日，总不好今天回来吃顿饭就走，她终究在这个家住了快十年。

虽然脚还不算利索，但是她出来走走总比对着那两个人好。

景无双抬头看了看天空，见空中还洒着绵绵细雨，便沿着围廊走。

围廊两旁的茶花、海棠都开得不错，姹紫嫣红，甚是好看。

围廊的尽头便是秋千所在，它挂在两株几十年树龄的梅树之上。

南方的梅花并不常开，最多不过零零散散的几朵。许是今年的冬天特别冷，早春比往年更加寒冷几分，正是梅花怒放之时。一红一白的两株梅树枝头上花团锦簇，白的欺霜赛雪，红的烈焰似锦，相得益彰，煞是好看。

一场场春雨并没有把花朵打落，雨雾洒落在花瓣之上，春风轻送，丝丝寒香袭来，沁人心脾。

景无双走近梅树，手执一枝梅花轻嗅，满足地闭上了眼睛。她很喜欢这种清爽的香气。

“我以为你最喜欢樱花。”

一个温润的声音传来，景无双倏地睁开眼睛，手里的动作也是一顿。她自然知道来者何人。

定了定心神，她并没有接他的话，而是反问道：“唐教授不在屋里陪自己的女朋友，来这里做什么？”

唐暮白看着眼前的白衣女子，她在或红或白的梅花之中，像个灵动的小精灵，比当年樱花树下的她还要美上几分。

恍了恍心神，他忍不住靠近了些：“你的脚怎么了？”

唐暮白注意到她的脚依然行动不便，便趁着夏子薇午睡的时间追出来看看。

景无双淡淡地说道：“唐教授有心，并没什么大碍。”

唐暮白微微叹息了一声：“无双，我们一定要用这种方式说话吗？”

景无双倏地笑了，放开手里的梅枝，抬眸对上唐暮白的视线：“唐教授，我们之间本就没什么好说的，何谈方式？”

唐暮白闭了闭眼睛：“无双，我们还可以做朋友吗？”

景无双笑得更欢了，像是听见了什么笑话一般。她无意跟他多谈：“我想我们之间的关系应该定义为亲戚比较准确，未来的姐夫。”

丢下这么一句，她便从他身边绕了过去。

唐暮白倏地出手扣住她的手腕。

景无双被他的这个举动吓了一跳，怔怔地看着他。温润的五官，俊美的容颜，细框的金丝眼镜更衬得他一身才子风华，当年她便是被他这一身气度吸引。

中学时她读徐志摩的诗歌，无数次想象过那个才子的风华。

那一日，在樱花树下，她仿佛看到了徐志摩徐徐向她走来。她当时就想，那大概就是心动的感觉吧。

如今她想的却是，她当时大概被表象蒙蔽了，他的出现正好圆了她少女时代的一个梦，所以她才沉沦得那么快。

收回思绪，她瞥了一眼自己手臂上那只骨节分明的手，冷冷地抬眸对上他的视线："唐教授这是什么意思？"

他眼中那过分明显的挣扎，是在演戏吧？

"无双，不要对我这么冷漠好吗？"

她成熟了，不再是那个远远看到他都会脸红心跳的小女生，面对如今的她，他不知该怎么办。

他能感觉到她离他越来越远，只能本能地伸出手把她抓住，不想让她离自己太远。

景无双像是听到了世界上最好笑的笑话："我没听错吧，唐教授？当年那么决绝，如今说这样的话，你不觉得很可笑吗？"

唐暮白缓缓地松开手，表情却轻松了许多："无双，你还恨我对吗？"

她恨就好了，恨就对了，恨起码能证明她心里还是有他的。

景无双嘴角的笑容更加讽刺："唐教授哪里来的自信觉得自己值得我惦记？"

唐暮白非常不喜欢她这样笑，那感觉糟糕透了，以前的景无双婉约动人，不会这般尖锐。

他不自觉地抬高了音量："你若真的不在乎，就不会一口一个'唐教授'地叫，更不会刻意这么冷漠地对我。你还爱着我是不是？是不是？"

景无双简直觉得可笑至极。她本来觉得两个人各不相干、形同陌路就罢了，如今却觉得有必要说清楚：“我不否认你曾经在我的心上划了一刀，我痛了很久。但那仅仅是一道伤疤罢了，总会痊愈的。我不记得执刀的那个人，但我记得那种痛。我记住的不是你，而是看到你会不自觉地想起那种被背叛的痛的感觉。”

景无双的视线转了一下，她继续缓缓地道：“别说是人，就是狗咬了我一口，我日后看到狗也会躲得远远的。

“唐暮白，你们两个郎才女貌也好，男盗女娼也罢，都与我无关。在公共场合我们寒暄几句也就罢了，大家总得有个台阶，好聚好散，私底下我真的不愿意和你有交集。我做不到对着你这么个大活人能保持漠然，但是你也不必高估自己在我心里的分量。

“我很不喜欢看到你，尤其是只有我们两个人的时候。我相信我的表姐没有大方到让你单独来见我的地步，暗度陈仓这样的事情不是每个人都做得来的，做得来也不见得人人都愿意去做，起码我就做不来这样的事。”

景无双停顿了一下，目光转到还扣在自己手臂上的那只手上，转而又对上他的视线。

“我不知道你如今这副悔不当初的嘴脸是要做给谁看，坦白地说，就算你现在跪在我面前说你后悔了，一切也不可能重来，我们不可能回到过去。当然，我只是打个比方，我也没有自恋到认为自己能让好马吃回头草，所以，唐暮白，请你自重。”

最后景无双加重了语气，唐暮白如今的行为自然称不上“自重”，她确实很不想和这样的人再有交集。

“日后你私底下见到我，能绕道走最好，倘若不能也不必打招呼，公共场合之下仅止于寒暄。坦白地说，你是我连应酬都欠奉的极少数人之一。我说完了，我可以走了吗？”

景无双每说一句，唐暮白的脸色便难看一分、沉痛一分，最后他半个字也说不出来。他从来不知道景无双的口才这么好，伶牙俐齿到他无法反驳半句。

景无双不再理会他，用力挣脱他的钳制，转过身便看见夏子薇一脸愤恨地站在她身后，也不知道听去了多少。

身正不怕影子斜，景无双无所谓地笑了笑：“表姐，请看好我未来表姐夫，他的行为令我很困扰，我会自恋地以为他对我这个前任女友念念不忘的。”

夏子薇皮笑肉不笑地看着景无双：“怎么，勾引姐夫不成，恶人先告状吗？还是说你这朵‘白莲花’总算露出真面目了？”

她明明听到了自己跟唐暮白说了些什么，还给自己安上这样莫须有的罪名，景无双算是服了：“我勾引他？我现在都恨不得回到两年前抽自己两个耳光——眼光实在太差。如今他在你眼里是宝，在我眼里可是连草都不如，你把心放回肚子里吧。”

隐忍的景无双讨人厌，可这样据理力争的景无双好像镀上了一层金子，闪闪发光，更加惹人讨厌。

“狐狸总算露出尾巴了，想不到你竟如此牙尖嘴利。在我爷爷和爸爸跟前装了这么多年你不嫌累啊？你敢不敢把这副嘴脸到爷爷和爸爸面前重现一次？”

景无双笑得更欢：“我是什么人、什么态度，端看对方是什么人、什么态度，我何必装？你回来时给我打的那通电话，我还以为你在国外这两年有所长进，没想到还是如此。夏子薇，你抢我的东西我不跟你计较，买回来便是了。”

她指了指唐暮白：“这种货色，你喜欢要便拿去，我懒得跟你计较，可不代表我会永远这么沉默下去。看在你是我表姐的分上，我送你一个忠告，凡事适可而止，你总有一天会撞得头破血流的。”

景无双深深地吸了一口气，空气中还弥散着梅花的冷香，说完这样一席话，她觉得从里到外特别舒畅：“你们好自为之，别打扰到我的生活就行。告诉外公和舅舅，我公司临时有事，先回去了。”

“景无双，你凭什么摆出这样一副受害者的嘴脸？我和暮白在一起的时候，你还是高中教室里不修边幅的豆芽菜呢，你才是我们之间的第三者，我还为他——”

唐暮白脸色大变，大喝了一声：“够了，夏子薇！”他转身对景无双说：“无双，事情不是她说的那样，你先回去吧。”

景无双听到这些话有些震惊，不知道夏子薇说这话是什么意思。她看看这个，又看看那个，夏子薇的意思是她先跟唐暮白在一起的？自己插足了他们之间的感情？

那当年唐暮白疯狂追求自己是什么意思？景无双亲口问过他是否单身，他说是。

景无双稳了稳心神，沉声问道：“你到底是什么意思？”

夏子薇看了震怒的唐暮白一眼，到底没有再说什么，只冷冷地扫了景无双一眼：“字面上的意思，以后离我的男人远一点儿。我也送你一个忠告，别总是一副‘白莲花’的模样，我看了觉得恶心。”

丢下这么一句话，夏子薇便拉着唐暮白的手从景无双身边走了过去。

脚没有好全的景无双被夏子薇碰了一下，一个趔趄差点儿栽倒在地上，她赶紧扶着一旁的柱子把自己稳住。

她咬了咬唇，不管如何，错不在她，那都是过去的事，就算夏子薇先跟唐暮白在一起，那只不过更加证明唐暮白是人渣罢了。她当年对此事毫不知情，如今还是不知情，才不会傻到拿别人的过错来惩罚自己。

她深呼吸，决定不再理会夏子薇的话，以后不和他们有过多交集便是。他们爱如何便如何，她的生活终归是要恢复平静的。

她慢慢走回客厅，外公与舅舅他们还没有起床，她交代了用人一声，便拿起自己的包包，慢慢地走了出去。

大院门前，她抬头看着围墙右边，墙上写着“夏园”两个苍劲有力的大字，那是她外公的手笔。她姓景，原本就不属于这里，以后还是少来吧。

唐暮白被夏子薇拖着到了她的房间后，狠狠地甩开了夏子薇的手。

两个人都看着对方没有说话。

良久，夏子薇先开口："你为何还对她如此念念不忘？"

唐暮白单手撑着额头："没有的事，其实你不必对无双如此。"

夏子薇的性子远远没有表现出来的那么鲁莽，她对着景无双总是会不自觉地竖起全身的刺，只是因为景无双是她一辈子的克星。

"怎么？心疼？我不管你心里有没有她，记得你答应过我的事情，否则……"

夏子薇深深地看了他一眼，没有再说下去。有些话不必说得太清楚，她相信唐暮白明白她的意思。

唐暮白没有理会她的话，一改温文尔雅的姿态，神色有些颓然，疲惫地问了一句："薇薇，我们这样下去有意思吗？"

夏子薇倏地一笑，性感得如午夜里盛放的蔷薇花："不管有没有意思，我都要和你在一起一辈子的。你说过要宠我一辈子、爱我一辈子，我记着的。"

"薇薇……"

"不必再说了，有些话，我不想说得太绝，这样很伤感情。"

唐暮白踢了一下旁边的椅子，拿出打火机，烦躁地点燃了一支烟，不停地吞云吐雾。

夏子薇站在一旁，不知道自己看他的眼神有多么痴迷。

这一次的家庭聚会算是不欢而散。

景无双出了老宅后并没有回公寓。她忽然很想回家看看爸爸和爷爷，然而想到脚上的伤，为免他们担心，只好作罢。

她站在车水马龙的十字路口，忽然不知道该何去何从，看着各式各样的车子来来往往，她倏地觉得自己微小得像被车轧过后又扬起的尘埃。

人之所以悲伤，是因为经常把自己的悲伤放大，其实它就是那么一点儿，就是尘埃里的一颗微粒。

她到公司的时候已经是下午三点，偌大的办公室里空无一人。景无双舒了一口气，泡了杯咖啡，把椅子挪到了飘窗边上。

坐在八十八楼的高楼层，几乎能傲视四周的一切建筑物，她俯瞰着丝丝细雨笼罩下的一栋栋高楼大厦，目光毫无焦距地把自己放空。她很享受这样的静谧时光，好像从来没有从这样的角度好好地观赏过这座城市。

她中午吃得不是很饱，此时有些饿，便打电话叫了一份下午茶，想了想，又把手机打开，放了音乐，最后干脆脱了雪地靴，背靠着飘窗坐下。

就这样，她屈着一条腿，手按摩着受伤的位置，出神地远眺着窗外的景色。

穆靳宸打开八十八楼的大门时看到的就是这样一幅画面。

那个娇小玲珑的白衣女子，下巴抵着膝盖，手上有一下没一下地抚摸着自己的脚踝，身体不自觉地随音乐摆动，散落在脚边的顺直长发也随之舞动，遮住了她美好的容颜，一杯飘香的咖啡在边上冉冉冒着热气。

眼前美好的一切，配上这不应该出现在办公室里的重金属摇滚乐，竟没有让穆靳宸感到丝毫违和。

不知道为什么，穆靳宸一眼就认出那是景无双。

穆靳宸微微弯起嘴角，这个女人的品位真让他意外，他以为她应该更喜欢像爵士那样高雅、轻柔的音乐。

他批核项目的时候恰好要用到一份资料，一直打项目部的电话没人接，便下来碰碰运气看有没有人在，结果看到这样一幕。

想到昨晚两个人的针锋相对，他看了一眼里面，正准备转身出去，结果差点儿撞上一个送东西过来的前台小姑娘。

小姑娘没想到会在这里碰上大 boss，慌乱得差点儿把手上的东西都扔出去，连忙喊了一声：“穆……穆先生。”她连声音都带着颤抖。

穆靳宸想阻止小姑娘已经来不及，只好点了点头。景无双已经听到了这边的动静，此时他留也不是，走也不是，只得在原地站定。

小姑娘越过穆靳宸把东西拿到了景无双跟前：“景小姐，你的下午茶。”她顺便还说了一句，“穆先生在门口呢。”

景无双点了点头，说了声谢谢，便从钱包里取了钱给前台小姑娘。

小姑娘接过钱，低着头从穆靳宸身边走过。

这么个大活人，景无双自然不能当看不见。她起身穿好自己的雪地靴，朝外面礼貌地喊了一句：“穆先生有事吗？”

穆靳宸也不扭捏，他本来就是来找资料的，便越过门槛走了进去。

景无双见他愣是将一身休闲的服饰穿出了严谨的味道，他单手插在裤袋里，面孔精致如神祇，眉宇间贵气天成。

在她的印象中，他总是穿一身大气利落的正装，很少穿得这么休闲。

他低沉醇厚的嗓音带着不容忽视的华丽：“我来找一份资料。你怎么会在这里？”

景无双怔了一瞬，拿过手机关掉音乐，一点儿都没有被上司抓包的窘迫，指了指桌子上的外卖，淡淡地说道：“如你所见，我路过公司，回来吃个下午茶。你找什么资料？需要我帮忙吗？”

穆靳宸习惯性地蹙了蹙眉，对她的话一个字都不信。脚伤都还没好，她怎么会到处乱跑，还路过这里？

然而，这些都不是他应该过问的：“嗯，跟 B 市擎天集团合作的项目少了一份预算表，你知道在什么地方吗？”

“是合作搞娱乐城的那个项目吗？”

穆靳宸点了点头道：“是的。”

“你稍等一下。”话音刚落，那道小身影便忙碌起来，只见她在自己的电脑里捣鼓了几下，不消一会儿，便调出了几个文档。

她一直盯着电脑屏幕，小手朝穆靳宸招了招，示意他过去。

穆靳宸看到她的这个动作，蹙了蹙眉。在他的记忆中，从来没有人对他做过这个动作，准确来说是那些人不敢对他做这个动作。

这个小女人不是该不好意思地脸红吗？

怎么几天不见，她好像又坚强了一些？

穆靳宸弯了弯嘴角，这人真是一棵生命力顽强的小草。

不知不觉他已经走到她身旁，大手撑在她椅子的扶手上。她应该刚刚洗过头，头发上的味道很清新。

“你看，是不是这份？”景无双葱白的手指指着其中一份预算表问穆靳宸。

因为宸宇国际跟擎天集团合作的项目有很多，每一个项目都独立核算，最后还有汇总核算，她不知道他要的是哪一份。

“打开这个我看看。”男人指了指边上的文件，清冽的气息在景无双的头顶喷洒着，她一呼一吸间鼻子里全是好闻的味道。

景无双觉得有些眩晕，不着痕迹地向里面滑动了一下椅子。

穆靳宸单手撑在椅子的扶手上，景无双这一移动，他自然会重心不稳，趔趄了一下，下巴直接磕到了景无双的脑袋上。

“抱歉。”穆靳宸出于绅士风度，先跟她道了歉。

景无双龇牙咧嘴地捂着脑袋，转过头怒瞪了穆靳宸一眼。

她真的与此人八字不合，刚靠近一点儿，“血光之灾”又来了。

穆靳宸站直了身子，忍不住勾了勾唇。他无辜极了，哪里知道她会忽然移动椅子。

不过她杏目圆瞪、似怒非怒的样子真是……可爱至极，比起昨晚那个张牙舞爪的小刺猬真是可爱太多。

穆靳宸又解释了一句：“抱歉，我不知道你会忽然移动椅子。”

“你的意思是我的错吗？”

“倒不是这个意思，我只是想说我不是故意撞你的。”

景无双的两颊又染上了些许红晕，这好像确实是她的问题，她有些不好意思，别扭地转过头继续为他找文件。

她让鼠标停留在刚刚他指的那份文件上道："你看一下这份，这份应该是娱乐城那个项目的独立数据，我看了一下日期，是最新的版本。我是拷贝给你还是发到你的邮箱？"

"不必如此麻烦，你直接发到我 QQ 上吧，我在线上。"穆靳宸说着又顺口念了一串数字。

景无双没听清楚，只知道这串数字里有好多"8"，被噎得不上不下的。她能不能不加大 boss 为好友呢？她的电脑上登录的是私人 QQ，她想留点儿隐私呢。

可她总不好当着大 boss 的面又登录另外一个 QQ 吧？

景无双只好硬着头皮说："麻烦你再说一次。"

穆靳宸似笑非笑地看了她一眼，薄唇轻启，又念了一遍 QQ 号码。

他哪里看不出她的小心思？这个什么都写在脸上的小女子，就差没说出"穆先生，我不想加你的 QQ"了。

别人梦寐以求的东西在她这里一文不值。

景无双点击"添加好友"，把那一串数字输进去，发现穆靳宸的头像居然是一张黑黝黝的大狗的照片。景无双虽然对狗狗没有太多研究，但很喜欢，她觉得这条狗特别威风，目测有小马驹那么大，一看它锐利的目光就是训练有素的。

不消一会儿，穆靳宸的手机便传出嘀嘀的提示音。他点击"通过"，看了景无双一眼，将她那一脸懊恼及不情愿尽收眼底，想了想，又把微信打开，通信录里果然有添加好友的提示。他默不作声地点击了"添加"。

"好了，文件已经发到了你的 QQ 上，你接收吧。"

穆靳宸颔首，余光瞥了她的下午茶一眼，这才想起来，自从上次交代过祁东以后，每到饭点儿，祁东就会准时提醒他吃午饭。今天祁东没过来，好像没有人提醒他吃午饭。

景无双自然也看见了他的眼神，想到去影视城视察那一次，猜想这个大 boss 估计又忘记吃午饭了。

“我叫了下午茶，不介意一起吃点儿？”

穆靳宸抬眸，投去询问的眼神。

景无双笑了笑，径自拿过外卖袋子，把东西从里面拿出来。

“今天特惠，买一送一，喏，有两份三明治。”她说的倒是真的，如果不是他在，她应该会将其中一份送给刚刚拿外卖上来的前台小姑娘。

穆靳宸没有回答，只看着她神采飞扬的小脸。她似乎很适合笑，那眉眼弯弯的样子比梨花带雨的样子好太多。

见他难得发愣，景无双干脆直接问：“你喜欢什么口味的？这里有一个金枪鱼的，还有一个鸡蛋沙拉的。”这两种口味都是她平时经常吃的，味道挺不错。

“鸡蛋沙拉吧。”

景无双把左手拿着的三明治递给他，穆靳宸接过的时候碰到了她冰冷的手指。他从来不知道春天的时候女人的手指也会这么冷。

景无双又问：“这里还有一杯柠檬茶，一杯奶茶，你喝什么？”

“柠檬茶吧。”

景无双把柠檬茶递给他，指了指办公室另一端：“我们到休息区那边吃吧。”

穆靳宸颔首，拿着手上的东西准备过去，想起什么又回过头，拿过景无双手里的东西，然后默不作声地走过去。

景无双先是怔了一下，随即弯了弯嘴角。这位穆先生其实挺有绅士风度的嘛。

穆靳宸到休息区坐下，看见无双一瘸一拐地走过来，又皱起俊眉，醇厚的嗓音响起：“脚到现在还没好？”

他记得都过了一个星期了。

“差不多了，我只是不想那么早把重心分到这只脚上，多养两天再说。”

穆靳宸点了点头，没有再说什么，等景无双坐下，便拿起那份鸡蛋沙拉三明治吃了起来。

景无双拿过自己那一份三明治也吃了起来。

女人一小口、一小口地吃着，时不时喝一口奶茶。

男人一大口、一大口地吃着，并没有喝那杯柠檬茶。

景无双注意到，他吃东西很豪迈，但吃相还是相当优雅的。她心想，长得好的男人就是可以任性，做任何事、任何动作都是好看的。

当景无双吃到一半的时候，男人已经吃完，他这才拿过那杯柠檬茶喝了几口，从纸巾盒里抽了张纸巾擦拭了一下嘴角。

男人扫了景无双一眼，声音透着淡淡的温和之意："谢谢你的午餐。"

丢下这么一句话，他拿起一旁的手机就要起身。

和人共同用餐时，在别人还没有吃完的时候就起身先走，这是很不礼貌的行为。但是穆靳宸相信，如果他一直坐在这里，对面的女孩儿那份三明治是吃不完的。

"穆先生，请等一下——"正当穆靳宸要离开的时候，后面传来了女孩儿娇俏又有点儿急促的声音。

穆靳宸转过身，只见景无双快步走到自己的座位边，翻出什么东西来，然后拖着那条并不灵活的腿又快步到了他跟前。

穆靳宸见状俊眉拧巴得不成样子，刚刚她不是说要养养脚吗？这又是做什么？

景无双从钱包里取了一沓现金出来："我一直想把上次我住院时你垫付的费用给你，现在总算找到机会了。我不知道一共是多少钱，你看这些够不够？"

女孩儿灿如星辰的眼眸一眨不眨地盯着他，仿佛汇聚了万千星光。她目光真诚，看得穆靳宸的呼吸都为之一窒。

他对现金没什么概念，几乎没怎么使用过现金，他需要什么自然有人送到他跟前，也自然有人会结账。如今有个女人拿着现金说要还给他，还问他够不够的时候，这种感觉很奇妙。

"景小姐，那是我不小心撞到你，我本该支付医药费。"

景无双听罢却一个劲儿地摇头："不是的，是我自己不小心摔倒的，还要感谢你们送我去医院。"

说着她又把现金往穆靳宸跟前送了送。

穆靳宸推了推眼前葱白的小手："这点儿小事，我素来不管，你也不必在意。"

"可是……"

"景小姐，我没有让女人付账的习惯，更没有拿女人的钱的习惯。如果你心里过意不去，那么刚刚那顿午餐算是相抵，就这样吧。"

说罢，穆靳宸推门走了出去，留给景无双一个高大的背影。

到底是懂得人情世故的人，景无双只能把现金放回钱包里。

他那样的人物确实不会在意那么点儿小钱，意思表达到了就行，她也不必坚持，再坚持倒显得她小家子气了。

景无双走回休息区，继续有一口没一口地吃着刚刚没有吃完的三明治，随后她拿起自己的手机，打开微信想刷朋友圈，却发现通信录里有个新朋友。她点开一看，差点儿被金枪鱼肉呛到。

穆靳宸居然添加了她的微信，她愣愣地看着那只大黑狗，看着"接受"那两个绿色的大字，不知如何是好。他们之间算不上朋友吧？微信好友难道不是朋友之间互相添加的吗？

她暂时没有理会这个好友请求，翻开自己的相册，前前后后浏览了一下，好像也没有什么不可告人的秘密。罢了，通信录里多个联系人而已，她又不是非得和对方联系。

于是，景无双返回通信录，点击了"接受"。

刚刚回到办公室的穆靳宸看到微信的界面上多了一条信息，打开一看，发现联系人是景无双，头像是一幅水墨画，还有一条系统信息："我通过了你的朋友验证请求，现在我们可以开始聊天了。"

穆靳宸点开并放大那幅水墨画，画的笔墨很纯熟，最后看到右下角的印鉴，他不由得勾了勾薄唇。

景无双没在办公室待多久，因为穆靳宸走后不久，她就接到了苏苒的电话。苏苒说过来接她出去“放风”，她欣然答应了下来。

可一到地方她就知道自己被苏苒卖了。苏苒带她来的是她们偶尔会去的一家茶艺馆，那里早已有人候着。其中一人景无双并不陌生，正是苏苒的未婚夫君大少，另外一个人斯斯文文，戴着眼镜，手里拿着茶杯，一派从容优雅的学者模样，侧脸很英俊，低着头不知道在跟君翔说什么。

景无双蹙着眉，事情最好别是她想的那样。她低声问苏苒：“这是怎么回事？”

“什么怎么回事？我就是想着这么久都没有正式介绍君翔给你认识，恰好今天有空，叙一叙嘛。”苏苒说得一脸无辜。

“旁边那个呢？”

“喔，那个是君翔高中的师弟，听说是普林斯顿大学法律系的高才生，前几年才回国。S市最大的律师事务所就是他们家的，他现在在着手接管。”

景无双抚额，正要再说什么，君翔已经看见她们，远远地朝她们招手。

苏苒也朝他招了招手，笑着挽着景无双过去。

景无双发誓，这是她见过的苏苒对着君翔笑得最甜的一次。

君翔起身帮她们拉开椅子后，自己一坐下便开口道：“无双，正式介绍一下，我是君翔，苒苒的未婚夫，这是我的师弟许亦城。亦城，这是我的未婚妻苒苒，你见过的，这是苒苒的闺密，景无双。”

许亦城点了点头，继而对景无双说：“景小姐，你好。”

“许先生好。”

几个人寒暄了一番，算是认识过。

景无双若是早知道苏苒所谓的“放风”是这样的场合，她是肯定不会来的。

君翔和苏苒都是调节气氛的高手，十几分钟下来气氛倒也融洽，他们就像几个好朋友聚会那般，天南地北地说着话。

“听说景小姐是茶道高手？”许亦城的声音很温和。他学识渊博，时常让人有种如沐春风的感觉，加上他是律师的关系，才思敏捷，会让人觉得此人很聪明睿智。

景无双放下手里的杯子，温婉地笑了笑。她的情况苏苒估计都告诉过他，她倒也不谦虚：“外公喜欢喝茶，我从小耳濡目染，高手谈不上，知道些许门道罢了。”

许亦城眼里闪过一丝欣赏之色。她身上本就有着江南女子那种娴静婉约的气质，穿一身旗袍亲自沏茶的模样该是何等风华？他知道她是苏苒的闺密，以为她也是苏苒那一类人，本不抱什么希望，就是出于礼貌过来见一见，毕竟苏苒那样的女子只有君翔能驾驭，他自认无福消受。

但是，这个景无双……一身闲适得像刚出校门的大学生的装束，愣是被她穿出了一番滋味，谈吐举止一点儿也不落俗套，相貌端庄甜美，是个难得的佳人。

这样的景无双是在他的意料之外的，方方面面都符合他的期待，因此，他更是殷勤、主动了几分。

“景小姐过谦了，不知何时才有机会喝上一杯景小姐亲自沏的茶？”

“好了，亦城哥你也别景小姐、景小姐地叫了，就叫无双吧。”

景无双从来没有这么头痛过苏苒的性子，苏苒没经过她的同意，就把她卖得够彻底。

“好，无双，你不介意我这样叫你吧？”

“一个称呼罢了，许先生随意。”景无双找机会瞟了苏苒一眼，她能说介意吗？

苏苒眨巴了一下无辜的大眼睛，无视了景无双的眼神，紧接着做了一个让景无双更措手不及的举动。

“君翔，我们不是约了君妈妈吗？该走了吧？”

君翔哪里会不知道这小妮子打的是什么主意。虽然看到景无双已经笑得勉强，指不定等一下就要发作了，可是他可不敢拂苏苒的意，立刻做恍然大悟状，装模作样地看了看手表："是该过去了，等一下我妈得着急了。"他又对许亦城说，"你们再坐会儿？等一下麻烦你送无双回去，她的脚前几天扭伤了，还没好利索，我们就先走了。"

说着君翔便拉起苏苒扬长而去。

苏苒挽着君翔的手起身时，朝景无双作了个"拜拜"的手势，还眨巴了一下眼睛。

景无双："……"

"防火防盗防闺密"就是这么来的吧？

许亦城审时度势，替景无双倒了杯茶，开口道："无双，你看都快到饭点了，我知道附近有一家不错的餐厅，我晚上没什么事，如果你也没事的话，我们用过晚餐再回去，你看如何？"

绅士的邀请，诚恳的态度，让景无双没有半点儿不舒服，也不好意思拂他的意，她只好点了点头。

许亦城笑得更加绅士，又领着景无双进入了下一个话题……

"苒苒，你确定无双不会生气？"他们一点儿预兆都没有地直接把景无双丢给一个男人，这事靠谱吗？

苏苒嘟着嘴巴甩开了他的手："什么苒苒，我跟你很熟吗？"

"小浑蛋，你怎么这样？过河拆桥，用完即弃是吧？"她这态度转变得也太快了，刚刚还一副小女人的模样。

"要不是为了我闺密的终身幸福，我才懒得理你呢，哼！"苏苒在君翔面前一向有恃无恐，傲娇得很。

君翔一看她这模样就气得牙痒痒。

"喂，那个许亦城真的靠谱吗？我看着还挺顺眼的。"

"不确定他靠不靠谱你就敢把无双一个人扔那里？"

"我那是相信你，还不是你说他不错，我才——"苏苒没往下说，因为她已经看见了君翔那张笑开了花的脸。

“口是心非，我说苏苒，咱们都老夫老妻了，你别这么作行吗？”她分明对他很信任依赖，还经常一副“我不待见你”的模样，君翔真觉得她作死了，偏偏他还爱死了她这副小模样，分不清到底是谁在作。

苏苒恼羞成怒，用粉拳打他：“讨厌，你这个大浑蛋！”

君翔哈哈大笑，三两下把她锁在自己的怀里，还趁机香了一口，想香第二下的时候，口袋里的手机骤然响起。

苏苒趁着他分神，踩了他一脚，然后挣脱他的束缚。

君翔看着来电显示，松开了苏苒的手。

苏苒眼尖地看到了“穆靳宸”三个字。

“喂，老大。”

电话那一端的穆靳宸正背靠着大班椅，双腿从容地交叠着架在飘窗的阳台上，姿态优雅地俯瞰着S市最核心的商圈。

“出去喝一杯？”

“今天太阳打西边升起来了吗？老大你居然主动约我，我好荣幸啊。”穆靳宸刚刚接手国内事务，君翔不用想也知道他有多忙。

穆靳宸弯了弯嘴角，拇指碰了碰唇：“今天没太阳，少废话，在哪里？”

君翔这么回答问题，那肯定是有空了。

“离你的公司不远，双城国际附近，陪苏苒当月老呢。”

“月老？”能让苏苒出马当月老的人大概没有几个吧，不会是……

果然，他听见君翔说：“苏苒看上我们的一个师弟，说要介绍给景无双。你也见过他的，就是许亦城，家里开律师事务所的那个。别说，两个人挺配的，一个婉约，一个儒雅。”

穆靳宸放下双腿，在脑海里开始搜索这个人，好像有些印象，他们在军校受训的时候那人来找过君翔几次。穆靳宸问道：“许立程的儿子？”

“对、对，就是他。他家老爷子最近赢了几场官司，风头大盛，前几天不是上了财经版头条嘛，他趁着这个机会说要荣休，让儿子接班。许亦城就是那个接他的班的儿子。”

说到这个穆靳宸倒是有点儿印象，最近法务部在处理一个纠纷案，对家的律师就是许立程事务所的。那天看报纸时穆靳宸多留意了一下，那个戴着眼镜站在许立程身边的小伙子倒是有几分学者的风骨。穆靳宸随即联想到唐暮白，这两个人倒是同一个类型的，都是温文尔雅的才子风范。

苏苒大概也觉得景无双会中意这款，才把许亦城介绍给景无双吧。

穆靳宸把椅子转回来，手撑在桌子上，捏着隐隐作痛的眉心道：“我看他们一点儿都不配，小姑娘心思单纯，律师能言善辩，别轻易让人骗了去，你好好把把关。你大概也没有时间喝酒了，就这样吧。”

穆靳宸说完便挂断电话，微蹙俊眉，绝色倾城的五官染上了些许寒意，忽然没有了喝酒的心思。

听着这么不冷不热的几句话，耳边响着嘟嘟嘟的忙音，君翔有些茫然。这是怎么回事?

“聊完没有?你们聊天扯双双干吗?”苏苒一字不落地听了他们的聊天内容。

“苒苒，你说靳宸是什么意思?听到景无双在相亲他就挂了我的电话，还让我把好关，别让她被人骗了。”穆靳宸有多凉薄，没人比他更清楚，对方居然关心起一个外人的事来，这也太不可思议了。

“我哪里知道?那是你的兄弟，又不是我的兄弟，我只关心我的姐妹。快看，出来了，他们出来了。”苏苒眼尖地看到景无双和许亦城从茶艺馆走了出来。许亦城双手负在身后，一副保护者的姿态落后景无双半步，很有绅士风度，两个人看上去还挺配。

“我们要不要跟着他们?”

君翔眉头皱得可以夹死苍蝇，他对苏苒的这些爱好不敢苟同：“跟踪人家干吗?”

苏苒白了他一眼，义正词严地说：“不是跟踪，我是关心进度。

你不是不知道双双受过情伤，我好不容易才看到一个气质跟唐暮白相仿的人，这次我必须严格把关。我就猜双双喜欢这种类型的人。”

“你别管了，我们走吧。”都说女友的闺密是男人最大的情敌，果然如此。他们好不容易出来一趟，苏苒的心思全在景无双身上，要不是他还有点儿利用价值，她指不定一脚把他踹得远远的。

苏苒摆了摆手，眼睛一直盯着那两个人看：“我不走，要走你自己走吧。”

君翔不管三七二十一，直接把苏苒整个人扛在肩头，看这女人还怎么无视他。

苏苒吃了一惊，又不敢大叫，只得拍他的后背低声吼道：“君翔，你这流氓，快把我放下！”

君翔恶狠狠地威胁道：“再不住手我就打你的屁股！”

苏苒果真不敢再动，君翔从小到大最会这招，她一不听话他就打她的屁股。可她现在长大了，现在还在大庭广众之下，她苏苒还真丢不起这个脸，只得咬牙切齿地道：“君翔，你这个浑蛋，你死定了！”

“先管好你自己吧。”君翔一点儿都不怕她。小浑蛋也就嘴巴凶，干不出什么出格的事情。

“君翔，你这个浑蛋，我要退婚！”

君翔掏掏耳朵，直接无视了她的话。从小到大，她都不知道说了多少次要退婚，还不是顶着“君翔的未婚妻”的头衔过了这么多年。

景无双回到公寓时已经快晚上九点，刚进门就接到了夏荆山的电话。

“小心肝，你怎么就走了呢？我给你打了好几个电话你都没接，怎么回事？”

外公的声音没有平时那么和蔼可亲，已经有了点儿气急败坏的意味。

“抱歉，外公，我的手机被我不小心调成了静音状态。”要不是正好拿手机出来，她都还不知道他打了那么多次电话给她。

“才回家，怎么就走了呢？明天不也放假吗？是不是薇薇又欺负你了？你跟外公说，外公给你做主。”

老人家的语气还是有些急的，景无双心里不由得一暖。外公是真心疼她，凡事以她为先，她觉得有这样一个外公足以抵消在夏家受到的所有委屈。

景无双的声音越发柔软：“没有人欺负我，我走的时候外公睡得正香呢，是我不舍得叨扰外公。正好公司有些急事，我回去处理了一下，很抱歉后来忘记给您打电话了，我得空会再回去的。我这里有些不错的陈年普洱，这次都忘记带回去了，下次带回去好不好？”

夏荆山听到这里，语气才缓和了一些：“这还差不多，外公还有一件很重要的事情没说呢。上午我不是要给你介绍个人来着？我帮你约了明天下午，你的电话号码我已经给过对方，他明天一早会把见面地址发给你，你到时候别迟到了啊。”

景无双没想到还有这么一出，外公的动作还这么快。她揉着发痛的太阳穴，有些无奈地道：“外公，我不是都跟您说了，这事不急，我脚上还伤着呢，怎么好去见人？再说，苏苒今天才给我介绍了个人来着，我看着挺不错，想先相处一下再说。”

“哪儿来那么多借口？刚刚你还说回公司加班来着。再说，苏苒那丫头介绍的人能有我看上的好？我不管，你明天必须去见一见他。”

都说老人家年纪越大，心性就越像个孩子，面对如此胡搅蛮缠的外公，景无双有些应付不来，暗暗叹息了一声，说道：“外公……”

“我不听，撒娇也没有用。双双，这人是我首长的亲孙子，人品、相貌、性情、能力各方面都是一等一的。他要不是在部队历练了几年，后来到国外开拓市场，哪儿能留到现在？最近他才回国，不知多少姑娘抢着要呢。老首长在你小时候还抱过你来着，我每次去看他老人家的时候也时常提起你，每次都带上你的照片，他也知道你的脾性。前几天我去看望他老人家，是他亲口问起你的呢。这难道不就是缘分吗？”

景无双一听，头痛得更厉害：“外公，我记得首长爷爷比您还长一辈，他老人家的孙子不就是舅舅那一辈的吗？这年纪合适吗？我不喜欢年纪比我大太多的，我们不要了好不好？”

外公这辈子最敬佩的人就是这个他时常挂在嘴边的老首长，他本身也是老首长一手提拔上来的，对老首长相当敬重。景无双觉得哪怕老首长他老人家的孙子是个歪瓜裂枣，在外公眼里也是一等一的，可别给她介绍一个跟舅舅一般大的男人，她可没有恋父情结。

“不大不大，对方只比你大七岁。不都说女大一，男大七吗？这年龄差距正好。再说了，年纪大点儿的男人懂得疼人，我跟你外婆不就是差了七岁？感情多好啊。这么说来，你们还真是天作之合。说好了，明天你必须给我去见见他，还必须全力以赴地拿下他。你倒也不必做什么，我家双双这么好，他哪儿能不中意啊？”

夏荆山越说越起劲儿，好像景无双要去执行什么不得了的任务一般。

景无双手抚着额头，无语极了。

话都说到这份儿上了，她还能说什么？夏荆山又千叮万嘱，直到景无双最后答应了一定会去，还会穿得漂漂亮亮地去，他才肯挂电话。

景无双挂了电话以后，双手抱膝在客厅发了好一阵呆，感觉自己的人生好像越来越身不由己，脑海里还盘旋着苏苒刚刚说的话：

“双双，人都是群居动物，你不可能一个人过一辈子。一年可以，十年可以，可是一辈子说长不长，说短不短，几十年的光景，总要找个人陪的。

“我再怎么陪着你，也不可能天天跟你住在同一屋檐下，睡同一张床，吃同一锅饭。你不能因为遇到过一个人渣就以为天底下的男人都是人渣，这世界上好男人也不少。

“我家那浑蛋虽然常常欺负我，我会跟他唱反调，跟他作，可我知道我离不开他，他也不会离开我。我不知道什么是爱情，也不知道一辈子只有这样一个男人是幸或者不幸，可我这辈子还是需要他来陪的。

“双双，总有一天你也会遇见这样一个人。女人过了二十五岁，总会知道自己要什么。许亦城也许不是你想要的，可是还有陈亦城、刘亦城，你总会遇到自己想要的人。

“你信不过自己的眼光，没关系，我们帮你把关。初试我们来把关，复试你来，不行就算了。我想，这就是相亲的意义，所以你不能从一开始就拒绝，好吗？”

这么推心置腹的一番话，景无双都不敢相信这是出自那个大大咧咧的苏苒之口，然而她的一席话确实给了景无双不少启发。

呆坐了许久，直到身下传来丝丝凉意，景无双才发现自己是坐在地板上的。

她深吸一口气，撑着沙发的扶手站了起来。去看看吧，像苏苒说的，这个世界有人渣，可也不全是人渣，只是她对许亦城那样的男人都没有感觉，明天去见的那个人能比许亦城更好吗？

而此时的穆靳宸正在城南郊区的故居与爷爷穆百川下象棋，他放弃与君翔一起喝酒后，决定回故居看望爷爷。

穆百川已经九十岁有余，除了几年前做了一次白内障手术，以及耳朵不大灵光以外，身体还算硬朗，身形瘦削，头发、胡子和眉毛都已经白花花一片。他收起锐利的目光后，一手捋着胡子，慈眉善目的模样颇有几分仙风道骨的味道，不知道的人都看不出这是军界曾经的第一把手，退休后叱咤商界的风云人物。

“爷爷，我输了，时候不早了，您去休息吧。”

穆靳宸的棋子被爷爷吃了个精光，穆百川的棋子也只不过剩下一兵一将。

穆百川捋着胡子哈哈大笑：“好小子，下得很累吧？如今你棋艺比爷爷精湛太多，要控制着每一盘都只输我一子，又让我下得畅快，下了不少功夫啊。”

被爷爷戳破，穆靳宸没有半点儿窘迫之意。他的棋艺本就是穆百川所教，幼时开始就不时陪穆百川下棋，于是他只微微一笑回了一句：“爷爷教导得好。”

穆百川听罢又哈哈大笑：“好、好、好，是爷爷的乖孙子，今天爷爷很高兴。乖孙儿，能不能让爷爷再高兴一点儿？”

“您请说。”

穆百川两只深陷进去的眼睛里闪过一丝精光，不难看出，穆靳宸那双深邃明亮的眼睛就是隔代遗传自眼前的老者。

“乖孙儿，不瞒你说，自从你三十岁开始，爷爷就一直给你留意着媳妇儿，我的孙儿可是天上的月亮，一般人够不着。前几天有个老部下来看我，他家那外孙女是被我从小看到大的，留意好几年了，如今出落得亭亭玉立，当初我也一眼就看中她做我的孙媳妇儿。你还小，可爷爷已经老咯，恐怕很快就会到阎王爷那儿跟你奶奶会合了。所以乖孙儿，能不能在爷爷合眼之前让我见一见我的孙媳妇儿？”

穆百川动之以情，晓之以理，说得穆靳宸眼角一抽一抽的，他老人家想要孙媳妇儿，需要做这么多铺垫吗？

“爷爷，您许过我婚配自由。”当年他被逼着从商，拗不过爷爷，就趁机提了这么一个要求。

“记得，记得，只不过我见这个女娃子实在太称心。这样，你明天下午去见一见她，不合适，爷爷绝对不逼你，可好？”

穆靳宸揉着隐隐作痛的太阳穴，无奈地叫了一声：“爷爷……”

“哇，原来都这么晚啦？不行，我得去睡觉了，不过爷爷该失眠了，我连叫自己的乖孙儿去见个人都做不到。哪天我的部下过来，指不定要怎么笑话我，对我的身体肯定不好、不好。”穆百川半是自言自语，半是威胁地说着。

穆靳宸对这个老顽童备感无力，爷爷除了逼着他从商，其他事儿乎顺着他，每每想达到什么目的就会这样，说自己会不好，让他乖乖就范。

“好了，您去休息吧，我去便是。”

穆百川一听，深陷的老眼中闪过一道精光：“真是爷爷的乖孙儿。”

说着，他从口袋里掏出一张有些皱的字条，上面写着一串数字：“这是那个女娃子的电话号码。那头是答应了的，时间是明天下午，具体的时间、地点你定，定好了以后告诉人家姑娘一声。乖孙儿，爷爷虽然老眼昏花，可心里还是很清楚的，这个女娃子真的不错，你可要好好看看。你若是不中意，我就让浩儿去相相，浩儿这么听我的话，肯定会同意的。我们家可是有两个未婚男娃子，可不能便宜了别家。”

老太爷越说越像那么回事，好像这个女娃子不是他孙媳妇儿就必须是曾孙媳妇儿，必须拿下。

穆靳宸精致的脸上写满了无奈，他已经不知道说什么好。如老爷子所说，老爷子心里清楚着呢，这些年几乎没有人入得了老爷子的法眼。穆靳宸倒是有些期待了，想看一看这位姑娘到底是何方神圣，能让老爷子如此看重。

“你瞧不上人家就只能证明你的眼光不如爷爷，说起来对方还真和你奶奶有那么点儿像。宸儿，如果是人家瞧不上你，你可要多下几分功夫，当年那么多姑娘排队等着我，就你奶奶瞧不上我。你不知道，为了讨得你奶奶的欢心，我可是费了不少功夫，当年啊……”

提起亡妻，活了将近一个世纪的老人沧桑的眼睛里仍然闪着灼热的亮光，不难想象当年两个人何等相爱。

老人苍老的声音娓娓道着大半个世纪以前的爱情，这个故事穆靳宸已经听了无数次。

穆家的男人都很长情，爷爷如是，父亲如是，他却很冷漠。他的性子从小就冷，他时常觉得自己是游离于尘世之外的人，尘世间的情爱他从不涉足，不是刻意清心寡欲，只是动心太难。

最近自己的情绪总会被某个女孩儿牵动，似乎有什么东西在悄无声息地脱离他的掌控，这种抓不住的感觉让他觉得还挺新鲜。

穆靳宸不自觉地勾了勾唇。

“乖孙儿，你有没有在听我说话？莫非你已经有了中意的女人？”乖孙儿一向性情冷淡，如今上扬的嘴角却明显带有暖意。

“没有的事，爷爷您该休息了。”

十点钟是爷爷的休息时间，如今已经快过去半个小时了。

“好、好、好，我去休息。明天下午记得给我汇报情况，可别忘记了啊。”精神松懈下来，穆百川的眼皮开始上下打架，他有些撑不住了。

穆靳宸搀扶着老人家，赵志良在另一边搀扶着，送老人家去休息。

老人刚刚沾到床就睡了过去，穆靳宸替他掖了掖被角，与赵志良轻手轻脚地退了出去。

“赵叔，爷爷的身体状况如何？”

赵志良是老爷子的私人医生，今年已经快六十岁，照顾老爷子的身体已经将近二十年。以前他是随传随到，近几年直接住到故居，贴身照顾老爷子的饮食起居。

他是老爷子年轻时助养的孩子，老爷子一直供他读书。他曾经被送到国外学医，回国后在公立医院做了几年医生，后来开了自己的私人诊所，做了几年全科医生，之后开始研究中医和养生之道，学成后，一直照顾老爷子。

老爷子九十多岁，身子骨还如此硬朗，都是这位赵医师的功劳。

“宸儿放心，老爷子的身体不错，加上他生性豁达，不会有什么问题。”

“那就好，赵叔也早些去歇着吧，我自己出去就行。”

赵志良顿了一下脚下的步伐：“宸儿，你别怪赵叔多嘴。这些年老爷子最惦记的人就是你，你回国以后他每顿都能多吃小半碗米饭。生性再豁达的人也希望儿女承欢膝下，能够看到孙子娶妻生子，抱抱重孙，长长辈分。赵叔知道你眼光高，也不好说什么，但如果有好姑娘不妨多多把握。人无完人，娶妻求淑女，既然你谁都不喜欢，不妨找个好妻子，好好过日子便是。”

穆靳宸勾了勾唇，敢跟他说这样的话的，左右不过四五个人，他自然知道赵叔的好意：“赵叔，爷爷二十多年前已经抱过重孙，要长辈分的话，您这些话得去跟宇浩说。”

赵叔一拍额头，哈哈大笑道：“瞧我这脑袋，我总觉得你跟浩儿是一辈人。反正就是这么个意思，你也别挑我的语病了。”

“好了，我都知道，你回去歇着吧，得空我再来看爷爷。”

“好嘞，你路上小心，抽空多回来，老爷子稀罕着呢。”

穆靳宸颔首，迈开步子，大步流星地出了大门。

赵志良看着穆靳宸的背影，脑海里闪过很多画面。时光飞逝，转眼便是三十多年了，呱呱坠地的孩童已经长成了一个英伟无匹的男子汉，举世无双，顶天立地，然而还是少了一些温情。他暗暗叹息了一声，转身进入内宅。

穆靳宸回到市区时已经是凌晨。

双城国际不是一个十分适合居住的小区，在寸土寸金的 CBD 商圈圈出这样一个带花园的小区可谓大手笔。

这里面住的人多是高端人才，小区保全严密，全部是一梯一户的设计，非常适合注重隐私的人居住。

当年这里开盘的时候穆靳宸就入手了几个楼层。祁东住在二十六楼，吴妈住在二十七楼，二十八楼则是他自己住，二十九楼他在国外期间，穆之岚没经过他的同意，租了出去，他回国后第一时间收了回来，准备将上下两层打通，做成一个复式套房。

穆靳宸一打开家门就有一个黑色身影扑了出来，人还没站稳，只听见嗷嗷两声叫，小牛犊般大小的大丹犬直立起来，将前爪搭在他的肩膀上，显得比他还要高上许多。

“黑狼，站好！”

黑狼闻言又嗷嗷叫了两声，虽然有些不情愿，但还是乖乖地把爪子从穆靳宸的肩膀上拿下来，摇着大尾巴不停地围着他转圈圈。

穆靳宸在玄关处换好鞋，坐到沙发上，才冲着黑狼招了招手。

黑狼嗷嗷叫了几声，撒欢地几步就跑过去乖乖趴在他的脚边，张大嘴巴流着口水，一脸渴望地看着他。

大丹犬全身无一丝杂色，从头到脚毛发黑亮光滑得像一匹上好的绸缎，常年跟在一身黑色西装霸气天成的穆靳宸身边，它越发跟主人一般威风凛凛。

这是一只德国友人家里纯种大丹犬生下的小犬崽，刚出生就被送给了穆靳宸，请了专人训练。在德国的时候祁东和它的相处时间更多，可不知道为什么，黑狼就是跟穆靳宸特别亲，特别认主。

穆靳宸伸手拍了拍它的脑袋：“很晚了，去睡吧。”

黑狼接收到他的指令，噌噌地跑到自己的窝里去趴着，小眼神却一直忧郁地盯着主人。

黑狼在国外的时候经常撒欢跑，长得特别壮实，回国以后却经常被关在家里，吴妈偶尔带它出去散散步，又不能放开腿跑，所以它很忧郁。

穆靳宸看到这个威风凛凛的家伙居然露出那样的小眼神，未免觉得有些好笑：“明天带你去跑步，过两天再带你出去。”

黑狼听懂了，嗷嗷叫了两声，便把脑袋枕在自己的前腿上，闭着眼睛假寐。

穆靳宸不再理会它，拿了一根烟点燃，静坐了一会儿，昂着头想了想，掏出手机编写了一条短信，发送到穆百川给他的那个号码上。

景无双刚刚躺下就听到手机信息的提示声响了起来，她拿过手机打开来看。

“明天下午三点，竹韵居恭候。”

这个电话号码她不认识，连署名都没有，这也太简单了吧？什么意思？

景无双感觉脑袋瓜子一下没转过来，点开号码一看，好多“8”啊，应该不是骗子吧？

脑袋里一道灵光倏地闪过，她想起了外公跟她说的话，应该是外公说的那个人吧。

她撇了撇嘴，这人这么冷酷，一点儿诚意都没有，十二点都过了，明天下午三点是什么时候？今天下午还差不多。

差评，她给这人的印象分打负分。

她闭上眼睛想了几秒，最后回了两个字：“收到。”

比酷是吧，她也可以很酷。竹韵居，对方连地址都不发一个，也不怕她找不到地方。

等等，竹韵居？今天她不是才去过那里吗？

这是什么巧合？还是说竹韵居本来就是相亲圣地？

景无双乱糟糟地想了一通，不消一会儿便陷入了昏睡。

另一端的穆靳宸看着“收到”两个字，弯了弯嘴角。他以为对方已经睡下，或者起码会问一下他是哪位、竹韵居在哪里、怎么辨认身份之类的，结果人家什么都没问。

倒也是个干练的人，对方怕是跟他一样，不抱任何希望，被逼着相亲的吧。

如此甚好，大家都知道相亲流程，不必拘泥太多。

一夜无梦，穆靳宸还是早上六点就醒了过来。这是他在部队里养成的习惯，无论几点睡觉，早上六点都会准时醒过来。他需要的睡眠时间本来就少，别人睡八个小时，他只要保证五个小时睡眠时间就行。

洗漱完毕，他身着一身简约的运动服刚走出客厅，便已看见吴妈忙碌的身影。听见穆靳宸的脚步声，吴妈笑得跟花似的："少爷，早安，你昨天那么晚回来不多睡一会儿？"

穆靳宸应了一句"早安"。

看了一眼开放式厨房案板上那一堆东西，穆靳宸淡淡地道："不碍事，早餐不必准备太多，我这会儿不是很饿。"

"晓得的，就明火白粥与几个小菜，饺子先放在冰箱里冻着，你晚上饿的时候可以下一点儿当夜宵。"吴妈知道穆靳宸的习惯，晚上过了一点钟睡觉，早上是没什么胃口的，倒是晚上可能会想吃点儿夜宵。

吴妈是北方人，包饺子的水平是一流的，饺子确实是夜宵的最好选择，煮起来方便快捷，零技术含量。

吴妈见穆靳宸没有搭话，又像是自言自语地说："我得多包一点儿素菜饺子，景小姐爱吃素菜馅的。"

景小姐？景无双？

他想起之前派吴妈去照顾景无双的事，问了一句："你跟她还有联系？"

吴妈见穆靳宸有反应，高兴极了，双手在围裙上擦了擦，眉开眼笑地邀功似的走出来说："有啊，我还去了几次景小姐的公寓呢，收拾得可利索了。少爷，你说景小姐那么可人，怎么还是一个人呢？"

穆靳宸不知道说什么，他本也不是多话之人。吴妈也没指望他回答，只是更凑近他，笑得有些讨好："少爷，你今天不去上班是吗？"

吴妈见他穿一身运动装束，知道他肯定是要出去运动。

吴妈是和蔼可亲之人，可极少这么高兴，平时也极少过问他的行踪。

虽然不知道她因为什么事高兴，又为什么会这样问，穆靳宸还是淡淡地应了一句："嗯，今天不去公司。"

吴妈更高兴了，一脸希冀地看着穆靳宸道："那你能不能帮我送点儿饺子给景小姐？"

穆靳宸："……"

"是这样的，司机今天休假，景小姐很喜欢吃我做的饺子，如果少爷顺路就帮我送过去好不好？免得老婆子又是公交又是地铁地来回挤，我挤坏了没关系，就怕把我的饺子挤坏了。"

这借口找的，饺子放在容器里，还能被挤坏？他还能说什么吗？

"她住得远吗？"

吴妈摆了摆手道："不远不远，就在过几个街口的金碧花园。"

穆靳宸沉默了一下，吴妈刚刚说要挤公交、挤地铁，还会把她跟饺子都挤坏，这会儿又说不远了？

吴妈像是知道自己被看穿了，笑得有些不好意思："少爷，主要是我们这里是高档小区嘛，一般是开车子出入，离地铁站和公交站都太远了。"

穆靳宸点了点头，下午去竹韵居的时候稍微绕过去也不是不可以。

"下午我会出去一趟，你把地址和电话号码写给我吧。"

这下吴妈简直乐开了花："哎，那我再去包点儿胡萝卜鸡蛋饺，景小姐最爱吃这个……"说着，她又兴高采烈地走回厨房继续捣鼓。

穆靳宸想，景无双长得娇柔就是讨喜，长辈们都喜欢她这样的姑娘。

他没有再多说什么，走到玄关处准备换鞋。

窝在自己的地盘上的黑狼长腿一迈，三两下跃到穆靳宸跟前，将前腿搭在门把手上，意思很明显：主人要出去可以，可是必须把它带上，否则它不开门。

穆靳宸本来就是要带它出去的，拍了拍它的脑袋，取过一旁的狗嘴套给它戴上。

黑狼爪子一用力，拉开门，率先跃了出去。

到了电梯口，黑狼抬起一只爪子按在电梯的下行键上，动作纯熟，显然是受过严格训练的，然后它左右晃动着尾巴，眼睛盯着上方屏幕那一闪一闪的数字。

穆靳宸过来的时候，电梯门正好叮的一声打开，黑狼一跃而入，按住了开门键，朝穆靳宸嗷呜了几声，意思大概是：主人你怎么这么慢呢?

穆靳宸走进电梯的时候，看见里面还有一个人，那人似乎被吓到了，一动不动地躲在角落里。

穆靳宸按了关门键，伸手拍了拍黑狼的脑袋，示意它安分一点儿。

黑狼讨好似的蹭了蹭穆靳宸，又摆摆大尾巴，就乖乖地蹲在他身边一动不动了。

电梯很快到了一楼，黑狼迫不及待地撒腿跑了出去，穆靳宸则慢悠悠地跟在它身后。

电梯里的人还没回过神来，看着眼前威风凛凛的一主一宠，难以置信地揉了揉眼睛，以为自己看到二郎神带着自己的哮天犬下凡间了，颤抖着手给自己的女朋友打了个电话："老婆，我看到二郎神跟哮天犬了。"

电话另一端被从睡梦中吵醒的女人骂道："大清早的，你做噩梦也就算了，还吵醒老娘，还二郎神跟哮天犬，老娘保证你很快就会去见玉皇大帝！"

二十八楼的吴妈笑得一脸得意。她太聪明了，知道怎么给两个人制造见面机会，让少爷多多发现景小姐的好，两个人准能成。

早春的清晨六点，天还是灰蒙蒙的一片，路灯尚亮着朦胧的光，空气冷得人手脚发僵。穆靳宸本想去会所的健身房运动，但考虑到黑狼想撒欢，也就罢了。

他只好戴上运动服上的帽子，稍微活动了一下手脚，开始沿着小区的绿道慢跑。黑狼早就没了影子，不知道跑到哪里去了。

小区的绿道并不长，一圈下来也就半公里的样子，慢跑完几圈，穆靳宸觉得自己热身得差不多了，叫了一声："黑狼。"

不消一会儿，黑狼就从某一处树丛里冒了出来，以为要回去了，小眼神似乎有些哀怨。

“我们去江边。”

黑狼听了立马欢快地奔跑起来，它来这个小区也就一周多，吴妈平时就带它下来转转，它根本没出去过。“江边”这个陌生的地方好像很远的样子，它能不欢乐吗？

它一个劲儿地往小区门口跑，还不忘一步三回首，看到主人没有喊停，它又继续往前跑。今天它的大长腿总算能稍微活动活动了。

小西江两岸的垂柳刚刚抽芽，初春的早晨的确寒冷，连人哈出来的气都是白色的。穆靳宸沿着江边跑上半个多小时，黑狼已经撒腿跑了好几圈，穆靳宸觉得差不多了，直接原路返回。

穆靳宸回到公寓的时候，吴妈已经收拾好回了自己的公寓。案板上放了些小菜，锅里温着粥，边上有一个保温壶，底下压着一张小字条。

“少爷，饺子被我放到急冻室了，你下午出去的时候把它们装到保温壶里就可以带去给景小姐了。我约了姐妹打牌，也不知道你几点出去，干脆就不准备你的午饭了。你饿了的话，也可以吃些饺子。景小姐家的地址是：金碧花园 ×× 栋 ×× 号，她的电话号码是 136××××……吴妈。”

穆靳宸大概扫了一眼字条，也没细看，上去洗了澡，用过早饭，直接待在书房里工作。

一直到下午备忘录响起，他才想起来今天约了人相亲。

穆靳宸收拾整理完毕，全身镜里的男人精神奕奕，穿着没有上班时那么正式，身姿修长挺拔。他简单地穿着黑色西裤、深蓝衬衣，外加一件薄薄的黑色长外套，衬得他五官精致，宛如神祇。

到了楼下，他想起了吴妈的嘱托，取出冰箱里的饺子，拿过一旁的字条，又倒了些狗粮给黑狼，才准备出门。

黑狼一看穆靳宸的架势，马上摇着大尾巴跑到门前，伸出爪子把门打开，想跟着主人出门。

穆靳宸拍了拍它的脑袋："今天不行，下次。"

黑狼听罢，快快地跑回自己的窝里趴着，狗粮也不吃了。

竹韵居离双城国际不远，走路也是可以到的，可现在要绕路到金碧花园，他就必须开车去。

十分钟的时间他就到了金碧花园，把车停在一旁，准备叫景无双下来取饺子。

穆靳宸拿出手机输入吴妈给的那一串数字，莫名地觉得这号码有些熟悉，越输入越觉得不对劲儿。这不就是昨天晚上爷爷给他的那个号码吗？

他摸着口袋找了找昨晚爷爷给他的那张字条，想起今天自己换了衣服，又低着头在车子的储物柜里找，以致错过了景无双刚刚开出去的车子。

最后他翻开了昨天发信息的记录，对着吴妈给的字条，一个数一个数地对了三遍。

这就是同一组号码，换言之他爷爷给他安排的相亲对象就是景无双。

他单手撑在车窗上，抚着额头失笑，俊美的脸上写满了喜悦。

景无双……居然是她。

嘴角的弧度越来越大，他都快以为整个S市只有一个女人了。

穆靳宸还是给她打了个电话，电话响了几声就被接了起来。

景无双正在开车，用的是蓝牙耳机，看也没看来电显示就接了起来："你好，我是景无双。"

"在家吗？"

景无双愣了一下，对方的声音低沉浑厚，辨识度很高，可她没往穆靳宸身上想。对方问得这么熟稔，声音她也熟悉，定是她许久不联系的朋友，她不好意思问对方是谁，当下也没多想，只说："不在，刚刚出来了。”

“知道了！”

对方丢下这三个字就挂上了电话。

景无双好一阵错愕，这莫名其妙的电话到底是怎么回事？这行事风格她也觉得好熟悉。

短短几分钟的路程后，她就到了竹韵居，环顾了一周，她的相亲对象似乎还没到。

她找了个卡座坐下来，拿出手机，还在想刚刚打电话的人是谁。

她翻开刚刚的来电显示，号码居然有一串霸气侧漏的“8”，她忽然想起昨晚那条信息的号码。

景无双翻出消息记录对比了一下，一个数字也不差，那么这串数字的主人就是她今天的相亲对象。可是为什么她会觉得对方的声音如此熟悉呢？

景无双不停地转动脑筋，直到面前站着一个人，挡住了光线，她才回过神来。她先看到一双闪亮的皮鞋，抬起头来，就看见了来人逆着光的绝色五官，对方嘴角微弯似乎在冲着她笑。

等到看清楚对方的容貌，她瞪圆了眼睛：“穆先生？！”

Chapter 05
相 亲

穆靳宸从容地把手上的保温饭盒放到桌子上，脱掉身上的外套，径自拉开椅子坐了下来。

景无双这下子连眼珠子都快瞪出来了："抱歉啊，穆先生，我今天约了人。"

穆靳宸看着景无双的表情觉得有些想笑。

她今天倒是稍微打扮了一下，脸上依然未施粉黛，但是点缀了一点儿淡淡的唇彩，头发放了下来，卡其色的大翻领外套给她平添了几分成熟的味道。

她好像很喜欢卡其色，他记得第一次见她的时候，她穿的也是卡其色的衣服。

他定了定神，淡然地开口道："我知道。"

景无双总算知道电话里那熟悉的声音的主人是谁："刚刚是你给我打电话？"

穆靳宸颔首。

"昨天晚上的信息也是你给我发的？"

穆靳宸再度颔首，开始娴熟地摆弄面前的茶具。

"所以，你今天来这里是和我相亲的？"

穆靳宸看着她瞪圆了眼睛，表情越来越难以置信，其实很想笑。

他把拳头抵在唇边，轻咳了一声：“景小姐先别急着问问题，容我先喝口水。”

丢下这么一句话后，他开始娴熟地沏茶。

他嗅了嗅面前的茶叶，开始温壶，洗茶具，润茶，冲泡，再用开水浇了几下壶顶和杯子，还把茶壶沿着茶船运行了几圈，最后才把茶倒在两个杯子里，缓缓地把其中一杯推至景无双跟前。

此时的景无双已经震惊得说不出话来，呆呆地看着眼前的小杯子，不知道是因为穆靳宸娴熟的泡茶技巧，还是因为他居然是她今天的相亲对象。

总之，她觉得玄幻极了。

半晌，她才用葱白的小手缓缓地拿起紫砂杯子，抿了一小口茶，开口道：“你为什么来和我相亲？”

穆靳宸慢条斯理地喝着茶，通身强烈的气场在悠闲雅致的茶居里收敛了不少，多了点儿人间烟火的气息。

“与你一样。”

“与我一样？”景无双不解，这是什么意思？

“难道你不是被长辈押过来的？”

“所以你从一开始就知道相亲对象是我？”不知道为什么，见到这个熟人景无双居然感觉松了一口气，总比像昨天那样再一次应付陌生人好。

“不知道。”穆靳宸喝了一口茶，指了指桌子上的保温饭盒说道，“今天早上吴妈让我拿给你饺子，她给我留了你的电话，我打电话给你的时候才知道，所以我也很诧异。”

景无双再一次无语。吴妈对她很好，隔三岔五给她捎吃食，嘘寒问暖，她都快有些吃不消了，又不好意思拒绝这样真心待她的阿姨。

“你是不是见过我外公？”既来之则安之，景无双总算放下悬着的心。

她非常担心遇见什么歪瓜裂枣、人间极品之类的人。

“如果你说的是夏荆山叔叔，我们有过几面之缘，他是我爷爷的好战友。”

穆靳宸是知道爷爷的这个旧部下的，他很小的时候就见过对方跟着爷爷，爷爷对其赞不绝口，不久前还在爷爷的住所碰见过对方，寒暄了几句。

“所以，你爷爷就是那位我外公经常挂在嘴边的老首长？”

穆靳宸勾了勾唇，也大概明白了是怎么回事：“我想，是的。”

景无双已经大概知晓这是怎么一回事了。穆靳宸的爷爷就是她外公经常提起的崇拜了一辈子的老首长。她外公见过穆靳宸，对穆靳宸极为满意，于是两位老爷子安排了这么一出相亲。

景无双抚额，摇头笑了笑：“好吧，穆先生，这又是一个美丽的误会。我们见过面，可以回去跟各自的长辈交差，是不是可以散了？”

“那景小姐回去打算怎么交差？”

景无双歪着脑袋认真想了好一阵子才道：“我就说穆先生天人之姿，小女子不才，入不了穆先生的法眼？这样可好？”

景无双明亮的双眸一眨不眨地盯着穆靳宸，一字一顿说得很认真。

景无双如果从一开始就知道相亲对象是穆靳宸，是打死也不会来的。

穆靳宸又推了一杯茶给景无双，自己也拿起一杯喝尽，才淡然开口道：“景小姐如何得知自己入不了穆某的法眼？”

景无双也不客气，拿起茶来小口小口地喝光。穆靳宸泡茶的功夫确实不错。

“入不入得了法眼都不是重点，不过是一个说辞罢了，穆先生你说呢？”

不知道为什么，景无双是越来越不怕他了，忽略他那一身强大的气场，其实他是个很有绅士风度的男人。

或许最近一段时间两个人的交集确实太多，她已不会像开始那般，动不动就脸红。

她本来也不是一个容易害羞的女孩子，只不过是他那一身气场太强罢了。

穆靳宸并没有回答她的问题，优雅地冲着茶，有条不紊地重复着一整套动作，缓缓开口道："景小姐有没有想过，你把这个答案告诉家里长辈，接下来要做好什么样的准备？"

景无双不解，乌溜溜的黑眸一眨不眨地盯着他。

穆靳宸见她没有回答，微微抬眸，从那双澄澈透亮的眸子中看见了两个一身闲适的小小的自己。他垂眸，勾唇，接着说："你要准备着迎接大大小小的各种相亲，你我都到了适婚的年纪，今天这样的事情还会陆陆续续发生。"

景无双皱了皱眉头，想到自己两天的时间经历了两次相亲，太阳穴就开始生疼。

穆靳宸看了看她的神色，接着又说："我回国短短一个星期的时间，已经被安排了两次相亲。我当然可以不去，可是面对真心为自己好的长辈，又不愿意拂了他们的好意，只好委曲求全，是不是？"

景无双点了点头，非常认同他的这个观点。

"既然如此，我们何不将计就计，跟家里人说觉得对方不错，可以继续深入了解？"

景无双摇了摇头说："这不是欺骗家人吗？"

穆靳宸又倒了一次茶，推了一杯到她跟前："景小姐刚刚不是说，这只是一个说辞？再说，你与我难道不是不错的人吗？难道不可以深入了解？这怎么能算欺骗？而且只是第一印象不错，日后如何，那是造化问题，这种事谁说得准？"

景无双听罢，紧紧蹙着秀眉，有些不赞同地道："穆先生的意思是我们做对方的挡箭牌？可是这种事瞒得了多久？始终是要被拆穿的，到时候我们又如何解释？"

穆靳宸喝了一杯茶："我倒是没有想那么长远，只想着解除燃眉之急，能过几天清净的日子是几天，再者——”穆靳宸停顿了一下才又道，“凡事皆有可能，你我男未婚，女未嫁，我们真爱上对方也不是不可能。”

景无双没想到他会这么说，瞪了他一眼，脸颊上又不争气地泛起了两朵红云。

“如此，景小姐是不反对我的提议了？”穆靳宸淡淡地问着，眼角眉梢透着淡淡的柔和，不似往常那般冰冷。

景无双的确不反对。她也不想继续这种到处相亲的日子，堵住“悠悠众口”最有效的方法就是她有对象了，并且是穆靳宸这个级别的对象。

她瞥了穆靳宸一眼，似乎也找不出比他更好的挡箭牌，但有些话还是要摊开来说的。

“我的情况你也知道，唐暮白的确是我的初恋，而穆宇浩确实也对我表白过。上次在医院，他碰上过吴妈，好像情绪有些不好，我看他还挺执着的，不知道这样的关系会不会对你造成困扰。”

景无双说这些话时反倒有些不好意思。她没有丝毫炫耀自己行情好的意思，只是这两个男人都恰好跟他有密切的关系。人世间的缘分就是这般玄妙，她与穆靳宸本是风马牛不相及的两个人，如今却有着千丝万缕的联系。

听到这样的话，穆靳宸正在冲茶的手一顿，看着景无双道：“你之前不想跟我有交集就是怕这些错综复杂的关系？”

他记得她对他总是带着几分疏离，若只是因为他的身份，她不至于如此。

景无双点了点头说：“我确实不想让这样的关系对大家造成困扰，少接触自然最好。”

穆靳宸紧紧蹙着俊眉：“你现在跟他们还有关系？”

景无双也皱了皱秀眉，随即摇了摇头道：“前者早在两年前就没有关系了，后者我没有答应，一开始就没有给过他任何希望，真要说关系，那就是上司与下属的关系了。”

穆靳宸眼中闪过一丝幽光，她很坦荡，行事作风也如她的性子一般干脆。

他继续优雅地冲茶，淡然开口道：“已经过去的事不必理会，更不要拿自己的过去为难自己或者别人；已经处理的关系更不必理会，既然这些关系你都已经处理好，又何来困扰？”

“只怕……”景无双为难地看了他一眼，有些话不知道怎么说出口。她不是给自己抬身价，她明确拒绝了穆宇浩那么多次，他好像还是不死心的样子，她是真的怕。

穆靳宸似乎料到她要说什么一般：“宇浩那边你不必担心，感情始终是两个人的事情，他不是不明事理的人。像这样襄王有梦神女无心的事情，他不至于想不明白的，况且我们的事是爷爷做的主，他不会恼你与我。”

话都已经说到这份儿上，景无双也没有什么好顾虑的了，举起小茶杯，歪了歪脑袋对穆靳宸说：“那穆先生，合作愉快。”

穆靳宸弯了弯嘴角，用自己的杯子碰了碰她的小杯子：“合作愉快，以后我可能要改口叫你无双，你可介意？”

景无双放到唇边的茶杯顿住，这两个字从他的口中说出，有点儿缱绻之意。

随即她笑了笑道：“不介意，一个称呼罢了。”

穆靳宸点了点头：“如果你不介意，也可以直接叫我的名字。”

景无双连忙放下茶杯，摆了摆小手：“这恐怕不妥，穆先生比我年长许多，我想还是叫……”景无双想了一下道，“还是叫穆先生吧。”

祁东说过他比较喜欢别人叫他穆先生，她叫过一段时间，可有的时候还是改不了口，时不时地脱口而出叫他“穆董”。

穆先生比我年长许多……

穆靳宸似乎看见一支小箭直接射向自己的心脏。他从来没有在意过自己的年纪，无论是弱冠之年、而立之年，还是不惑之年，年龄于他，不过像年轮一般，每一年都在原有数字上加一罢了，都是他最好的年华。

可如今，眼前这个女孩儿觉得他比她年长许多。

七年的差距对很多人来说并不算什么，然而他是个早慧的人，从小就比同龄人早熟，不知道这样一道不深不浅的鸿沟，眼前的小女子是否愿意跨过去。

穆先生……她之前也这样叫过他很多次。

为什么同样的称呼从她口中叫出来，都会有种和别人不一样的感觉？

她的声音有些甜，但不是那种嗲的感觉，而是尾音有一点儿延长，依稀有些旖旎之感。

或者，她可以一直叫他“穆先生”，这条鸿沟直接由他这个比她年长许多的穆先生引领着她跨过去。

穆靳宸勾了勾嘴角，喝了口茶才缓缓开口道：“景无双，其实穆先生虚长你六七岁罢了，并没有比你大很多。”

丢下这么一句话，他便又去摆弄那些茶具。

景无双的脸唰的一下红了。她并不是想说他老，说实话，无论他多少岁，她都没有见过比他更有魅力的男人。

只是在她的潜意识里她与穆宇浩同辈，而穆靳宸长穆宇浩一辈，从外公那边来算，穆靳宸也应该与她的舅舅是同一辈的，所以她才会有穆靳宸比她年长许多的错觉，这样失礼的话也就脱口而出了。

“抱歉，我不是那个意思。”景无双憋红了脸，却不知道该怎么解释。

“其实穆先生长得好看，人又风度翩翩，很有魅力，绝对看不出年纪，真的。”景无双极力想挽回，越说脸越红。

听女孩儿说完，穆靳宸已经笑出声来，这个小女子真是个可人儿。

“好了，不必解释，年龄于我不过是一个数字罢了，我从未介意过，可你也千万别把我放到长辈的位置，我们之间不存在这一层关系。”关于这一点，他必须纠正。

景无双葱白的小手又伸到跟前摆了摆：“不会，不会。”

穆靳宸颔首，为彼此添了些茶水，不再继续方才的话题，将其转到其他应景的风雅逸事中去。

竹韵居的装潢如它的名字一般雅致，坐落在广场的一角，三面种满了各式各样的竹子，整座S市只此一家。这里环境十分清雅，清茶的香味混着竹香，不远处还有专人轻拨着古筝，颇有飘逸出尘的意境。

尤其是此时，外面的绵绵细雨洒落在青翠的竹叶之上，叶子不堪重负，让水珠一滴一滴地滴落地面。

看着这些竹子，景无双才觉得总算不辜负这一场春雨。

两个人一人娴熟地参悟着茶道，一人出神地望着春雨洒落在竹叶之上，时不时回过神拿过刚刚换上的茶水嘬上一口。两个人偶尔说几句话，没有主题，却没有丝毫尴尬的感觉。

景无双没有想到能跟穆靳宸在茶居坐这么久。他们刚刚离开茶居，夏荆山的电话就打了过来。

她下意识地看了穆靳宸一眼，说了一句：“外公。”

穆靳宸点了点头，淡淡地道：“就按我们商量好的说吧。”

景无双按了接听键，没有避开穆靳宸接电话。

电话另一端的人没等景无双说话，劈头就问：“小心肝，外公给你介绍的男朋友不错吧？”他爽朗的声音染着几分愉悦之意。

景无双往穆靳宸的方向瞧了一眼，此时他的电话也响了起来，他看了看来电显示，抽了抽眼角，以口型对景无双无声地道：“我爷爷。”

然后他便走开一些去接电话。

景无双觉得好笑。万一她与穆靳宸没有事先商量好，两个老爷子都不会放过他们吧？

“小心肝？小心肝？你在听吗？”夏荆山隐约听到景无双笑了一

下，却没有回答他的问题，有些不高兴了。

景无双回过神来：“噢，外公，我在听。”

夏荆山又提高音量道：“我问你，他人怎么样？”

“嗯，还不错。”景无双看着穆靳宸的方向，柔声说。

夏荆山都乐开花了：“哈哈，那是，外公的眼光是极好的，留意了这么多年，我一眼就看中了他。小心肝啊，别的不说，这孩子的眼神很正，那一身气度很不凡，不像时下那些花花肠子的公子哥儿。虽然性子有些冷，但你要相信外公的眼光，这样的人若也看中了你，必然是不会错待你的。”

“外公……”景无双欲言又止，想着要不要告诉他不要抱那么大的希望。

想了想，她转移话题道：“外公，您是不是早就知道我们认识？”

“哈哈，你们在同一个公司上班，我想着你们可能见过面，没有事先告诉你，一是怕你不肯去见，另外也是给你一个惊喜。你们公司有很多小姑娘喜欢这个小子吧？你是不是有被馅饼砸中的感觉啊？”

景无双抽了抽眼角。外公的意思是，大 boss 看上谁，谁就应该感恩戴德吗？

景无双也不知道该怎么接他的话，只好说：“外公，我们刚刚从茶居出来，迟些给您打电话好吗？”

“好、好、好，时间还早着咧，你跟宸小子去吃晚饭、看电影吧。时下的小年轻谈恋爱不都这样吗？别那么早回家。”夏荆山很高兴，就是舍不得挂电话。

这是她的亲外公吗？

外孙女与单身男子外出，身为外公不是应该一个小时一个电话地把人催回家吗？

景无双瞥了穆靳宸的方向一眼，只见他也是拧着眉头，耐心地在说什么。她倏然觉得这种感觉有些说不出的微妙。

“外公，我们才第一次正式见面，您不是说女孩儿要矜持些吗？”

“别人不可以，宸小子没关系，他懂得规矩。你们找个时间一起到家里来吃餐便饭，我也好过过家长的瘾，哈哈……”夏荆山越说越像那么回事，平日里穆靳宸见到他都是客气疏离的，假如成了他的孙女婿，那可就不一样了。

面对外公的双重标准，景无双抚着额头，不知道该说什么才好。她打个这样的幌子，好像后续也有不少麻烦事。

“外公，您这是双重标准，这八字还没一撇的事，瞧您说到哪里去了。”

“好、好、好，等我家小心肝把那一撇画上，再带人回来正式拜见外公。不过你动作要快了，外头指不定有多少姑娘家惦记着他呢。”

“不跟您说了，您多注意身体，挂了啊。”

夏荆山又硬扯着景无双说了几句才挂上电话。

另一边的穆靳宸也好不到哪里去。

穆百川硬要穆靳宸带景无双去看他。

“爷爷，无双本来就是您安排进宸宇的，您不是早就见过了吗？”

穆百川可不是那么好糊弄的：“那不一样。她之前的身份是我战友的外孙女，现在的身份是我未来的孙媳妇儿，哪里能一样啊？我不管，总之周末我要见到她。”

“爷爷，您这样会吓到她的，我们今天才第一次正式见面。”

“第一次正式见面怎么啦？多少人见一次面就扯证结婚了。你把电话给那个女娃子，我来说，我就不信她不肯来见我这个半只脚踏进棺材的老头子。”

穆靳宸无力地抚额道：“好，我与她说，这样行了吧？”

“这还差不多。你这慢吞吞的性子，我不添一下火，都不知道什么时候才能喝上这杯孙媳妇儿茶。”

穆靳宸：“……”

老爷子大概是这个世界上唯一说他性子慢吞吞的人。

最后，他又签下了许多“不平等条约”才得以挂断电话。

他往景无双的方向看过去的时候，景无双也正好挂断电话看过来，两个人对视一眼，都无奈地勾了勾唇。

“怎么样？都安抚好了？”

景无双点了点头，笑着反问他：“比谈一笔大生意还劳心劳力吧？”

经过这一个下午的相处，景无双对他有了新的认知。他在她心中也不再是那个高高在上、无所不能的穆董，也吃五谷杂粮，也有窘迫与无奈的时候，比如此时。

穆靳宸点了点头：“老人家上了年纪，都返璞归真成孩子了。”

说着，他又将拳头抵到唇边轻咳了一下，有些不好意思地开口：“无双，我有个很唐突的请求。爷爷周末想见你一面，我推不过去，你看？”

景无双眨巴着黑溜溜的眼睛看着他，难得看到他脸上出现这样的表情。

他的爷爷比她的外公还大上一辈，估计已经是一位超过九十岁的老人了吧。

这位老人家还是自己的外公敬重的人，能让他开心一点儿也不失为一件好事，于是景无双一口应了下来：“好，我替外公去看望一下老首长爷爷，外公可是成天将老首长爷爷挂在嘴边的。”

穆靳宸弯了弯嘴角，心情很是愉悦，淡淡地说了一句：“谢谢。”

两个人到了车库，景无双提着保温饭盒在穆靳宸眼前晃了晃：“帮我谢谢吴妈，让她以后不必这么麻烦了。”

穆靳宸勾了勾唇，停车场昏暗的灯光下，男人精致的五官更加立体：“这恐怕要你自己跟她说，她不喜欢闲着，爱做些吃食，我阻止不了。”

景无双耸了耸肩：“那好吧，保温饭盒我周一带给你。”

他上了车，直到看着那辆红色的车子驶离停车场，才缓缓地发动车子。

景无双刚进家门，把饺子取出来放进冷冻室，就听到一阵急促的门铃声。

她几乎没什么客人，从猫眼看了一眼，就看到了苏苒那张放大的脸，对方的表情似乎有些愠怒。

景无双一打开门就被苏苒莫名其妙地噼里啪啦一顿痛骂。

“景无双，你脑子进水了是不是？老娘昨天苦口婆心地跟你谈人生、说未来，你都当我在放屁是不是？是你中文没学好，还是老娘表达得不够清晰？你居然一声不响地就拒绝了许亦城，这可是老娘好不容易物色到的青年才俊，你好歹多观察观察再下决定啊！你们这才见过一次面，你哪里知道合适不合适？还是说你打定主意当老姑婆？”

似乎骂得口渴了，苏苒跑到客厅，顺手拿过景无双的杯子就往嘴巴里灌水。

被她抱在怀里的那只折耳猫“喵”了一声，嫌弃地蹿到了一边去。作为“喵星人”里高贵的品种之一，它似乎有些嫌弃这个粗鄙的人类。

景无双被她骂得一头雾水，朝她竖起了大拇指：“苒苒，你太厉害了，一口气能说这么多话还不带喘的。”

“景无双，注意你的态度，少跟我耍贫嘴。”苏苒骂完，堵在胸口的那口气似乎消散了不少。

“苒苒，我对他没感觉。”大家都是成年人，所以分别的时候她才把话点明，许亦城也很绅士地表示理解。

“感觉，感觉就是个屁，那都是骗十八岁小姑娘的，聪明的女人就该在适婚的年纪抓住个好男人再说，先婚后爱的人多的是。”

景无双扶着她的肩膀，感觉一阵无力：“好啦，苒苒，我心里有数。许亦城真的不是我的菜，你就别掺和了。”

“胡说，我就是照着唐暮白那一款选的，你居然说他不是你的菜？”

景无双用一副果然如此的表情看着苏苒。

“我就知道，苒苒，我要说多少次你才明白？当年我喜欢唐暮白不过是青葱岁月时的一个偶然，如今我真的不喜欢那种类型的人。我看到许亦城就像看到唐暮白一样硌硬，许亦城的种种行为都在不断地提醒我年少无知时犯下的错误，我对这类人真的产生不了好感，你就别再管我了好吗？”

苏苒沉思了片刻道：“双双，我错了，是吗？”

景无双摇了摇头：“你没有错，我知道你是为了我好，我很感激你。这么多年来你为我做过的所有事情我都铭记于心，你的出发点都是为了我，是我自己不争气，一朝被蛇咬十年怕井绳。”

她伸手捂住自己的心窝：“日后我也许会找个老实巴交的男人过日子，把自己的心守得固若金汤，不再乱动。但与我度过余生的绝对不会是许亦城这类人。”

苏苒抿唇不语，没想到那一场短暂的初恋给景无双留下了这么深远的后遗症。

景无双拉过她的双手，转移话题道：“苒苒，我今天去相亲了，你猜猜跟我相亲的人是谁？”

“你这么问肯定是我认识的人咯。”

景无双点了点头：“穆靳宸。”

苏苒本就圆溜溜的眼睛此刻瞪得更圆了：“什么？第三号绅士？这真是见鬼的缘分啊！你怎么又跟他撞到一块儿了？然后呢？”

景无双对苏苒没有丝毫隐瞒，把所有的细节说了一遍，最后才笑着说：“苒苒，相亲遇上熟人的感觉很奇妙。”

苏苒一动不动地看着她，总觉得哪里不对。君翔对穆靳宸极为推崇，并且穆靳宸目无下尘，哪里需要和一个小女人做这样的事情？他不是那种别人可以左右的人。

“他提出来的？”

景无双点了点头：“我附议。”

苏苒歪着脑袋想了一下，灵光一闪，眨巴着眼睛，抽出手捏着景无双的下巴端详了好一会儿。

景无双被她看得心里发毛，伸手拍掉她的手："干吗这样看着我？"

苏苒点了点头说："的确有红颜祸水的资本，行了！"

景无双被她没头没脑的话弄得一愣一愣的："苒苒，你到底在说什么？"

苏苒伸手抓过她的折耳猫蹂躏："景无双啊景无双，傻人有傻福说的就是你这种情况。行了，我再也不担心你了，以后也不会给你介绍男人了，你爱咋样咋样。"

景无双简直哭笑不得。苏苒到底是什么意思啊？

看着她迷茫的小眼神，苏苒都懒得鄙视她了："双双啊，幸亏这些年有姐罩着你，否则以你这张迷死男人的脸配上你这颗高智商、低情商的脑袋，你早就栽了不知道多少次。这不，我出国两年你就栽在唐暮白那浑蛋手里了。"

"苒苒！"

"好了、好了，我不说了。你好自为之，好好跟那个第三号绅士折腾去吧，愿赌服输，履行诺言跟他谈一场恋爱，此人还算靠谱。"

说着苏苒便起身到厨房去翻冰箱："都饭点儿了，家里有什么吃的啊？"

"咦，居然有饺子？我怎么不知道你会包饺子？"苏苒拿起吴妈让穆靳宸送来的饺子扬了扬。

景无双脱口而出道："穆靳宸送过来的。"

"呀，看不出来，那个只适合待在神坛上的高冷总裁居然会送你这么接地气的东西。"

"不是，你记得上次在医院照顾我的那个吴妈吗？这饺子是她包好了让穆靳宸顺路送过来的。"

"这有什么差别？他若不愿意，有几个人能请得动他当司机？"

"行了，跟你说不通。"

“那就别说，晚上就吃它了，穆董送的饺子，可金贵咯。”

景无双：“……”

又一周过去，景无双的脚踝已经大好，她敢蹦蹦跳跳了。

周六的清晨，天空虽然还是灰蒙蒙的一片，却有几缕阳光俏皮地从云层的缝隙中跳跃而出。

这样的阳光在阴雨连绵数天后的春天，显得尤为珍贵。

这一天是景无双与穆靳宸相约去乡下看望穆家老爷子的日子，景无双早早便起床准备好了一切。

七点五十五分，她的手机准时响起，电话那一端传来穆靳宸那陈年佳酿般的醇厚嗓音：“无双，我是穆靳宸，五分钟后到你的小区门口。”

景无双回了声“好”，便拿过一早收拾好的背包下楼。

八点整，那辆低调奢华的奥迪派克峰准时停在了金碧花园的南门处。

祁东下车，喊了一声“景小姐”便为她打开了后座的车门。

景无双点头说了声“谢谢”，便钻进了后座。

印象中，这个男人好像并不喜欢自己开车。

这一周他们各忙各的，倒是没有碰过面，狭窄的车厢里，景无双感觉有些窘迫。

“用过早点了吗？”穆靳宸问。

景无双点了点头：“用过了。”顿了顿她又说，“吴妈送过来的饺子足够我一周的早餐。”

说了这么一句，她又从背包里掏出一个蓝色的保温饭盒在穆靳宸眼前晃了晃：“这个帮我还给吴妈。”

穆靳宸点了点头，示意景无双在后面找了个位置放好。

祁东惊讶得说不出话来。他才一周多不见景小姐，她怎么忽然就和少爷这么熟了？

话匣子一打开，气氛就没那么尴尬了，况且前面还有个祁东。

“从这里到南城郊有多远？”

“差不多两个小时的车程。”

景无双点了点头。她从来没去过南城郊外：“S 市还真大，从市中心到南边居然要两个小时。”她歪着头想了想又问，“对了，穆爷爷有什么忌讳没有？”

她知道上了年纪的老人家多多少少有些忌讳，像她外公就最不喜欢别人动他院子里的花花草草。

穆靳宸勾了勾唇：“没有，爷爷很好相处。”

景无双点了点头：“那我先睡一会儿，到了叫我。”她说着，头偏向一边开始闭目养神。

“好。”

穆靳宸应着，拿过一旁的报纸翻开财经版。

都说春困秋乏，习惯周末睡懒觉的景无双还真是困了，车里的暖气开得很足，没一会儿她居然真的睡着了。

穆靳宸翻着报纸，时不时瞥她一眼。女孩儿今天穿了一件白色的毛衣，下面是一条灰色的打底裤，脚上是一双黑色的短筒皮靴。她还背了个大大的双肩包，不知道里面装着什么，高高扎起的马尾看起来青春有活力。

这样的她与平时在公司里穿一身职业装的样子截然不同。

车厢里的温度很高，她睡得脸蛋都红扑扑的，真是个可人的女孩儿。

穆靳宸时不时看着景无双，祁东时不时看着穆靳宸，边看边不停地往边上挪，最后实在挪不动了。

祁东觉得自家少爷一脸柔和地盯着人家女孩儿看的样子还真是惊悚。

他是不是应该递一面镜子给少爷，让少爷看看此时的自己表情有多么温柔?

穆靳宸又看了看那个睡得东倒西歪的姑娘，笑而不语。

过了一个多小时，景无双悠悠转醒，睡得有些迷糊的脑袋有些分不清楚今夕是何年，运动着的车子告诉她，如今她还在车上。

她偏头，发现自己居然枕在一个肩膀上，视线往上移，她看见一张好看得有些过分的脸。

她一下子就清醒过来。

她脸蛋红红的，不知道是刚睡醒的缘故，还是其他。她懊恼地抓了抓头发，本想眯一会儿，结果在有两个大男人的车厢里睡得这么沉，还睡到人家的肩膀上去了。

穆靳宸刚睁开眼睛就看见女孩儿抓着头发，脸红红的，一脸不好意思地看着自己。

她那染上水雾的双眸像极了两汪清晨山间雾气缭绕的清泉，明澈得不成样子，他心头闪过一丝异样的感觉。

“你醒来得正好，马上就到了。”他许久没有出声的嗓子带着些许沙哑，声音听起来更浑厚。

“那个……抱歉，谢谢。”她很抱歉睡到了他的肩头上，谢谢他当她的枕头。

穆靳宸勾了勾唇，淡淡地说了一句：“无碍。”

车子在这样柔和的气氛中缓缓停了下来。

“少爷、景小姐，到了。”

景无双点了点头，正要推开车门下车，穆靳宸叫住了她：“无双。”

景无双不解，回头看着他。

他指了指她的头发：“整理一下吧。”

说完这么一句，穆靳宸径自打开车门下车，祁东也起身下了车。

景无双反应过来，拉开背包掏出镜子——

她差点儿尖叫起来，那个头发乱得像鸡窝一样的女人绝对不是她，坐长途车扎马尾果然是女人的大忌。

景无双好一会儿才平复心情，掏出梳子将头发梳理得一丝不乱，再三照了照镜子，才打开门缓缓下车。

“进去吧。”

两个男人脸上没有任何异样，好像刚刚那一幕不存在。

这两个人的教养真好，景无双心想。

景无双哪里知道，之前从来没有女人坐过穆靳宸的车，所有出现在他们视线范围内的女人都化着精致的妆容，装也装得仪态万千，从来没有女人会像景无双这样。他们都不是肤浅之人，见惯了各种戴面具的女人，这样的景无双反而让他们觉得真实、亲切，他们并不觉得她失礼。

三人刚进院子，就听见穆老爷子声如洪钟地在喊：“这一步不算，我不走这个，我要走这个。”

紧接着是赵叔略带揶揄的声音：“穆叔，您这一盘已经悔三次棋了，咱们不是说好了，最多只能悔棋三次？”

“没劲，跟你下棋就是没劲，你看我家宸小子，我怎么走都能赢，还能赢得很艰难。”

赵叔爽朗的笑声传了过来：“我哪里能跟宸儿比。”

“赵叔想要跟我比什么？”穆靳宸领着景无双进屋，回了一句。

老爷子闻言，苍老的眼里闪过一丝精光，看也不看穆靳宸，直接看向他身后的女孩儿：“哟，这个女娃子可是荆山小子的小心肝？”

荆山小子？

景无双看着眼前鹤发童颜的老者，自家外公在他跟前确实算是个“小子”。

“穆爷爷好，我是无双。”

穆百川立刻丢掉手上的棋子，朝景无双招手：“好女娃子，来来来，到爷爷跟前来。”

景无双一点儿都没有扭捏，大大方方地走过去，坐到老人家的边上。

穆百川拨了拨垂在眼前的雪白眉毛，一个劲儿地盯着景无双看。

“女大十八变啊，这才十几年不见，你长这么大了啊？那天看你的照片我差点儿认不出来了。嗯，不错，比照片上看到的样子还要有灵气些，荆山小子不对，把外孙女藏得这么紧，我今日才见到。”

才十几年不见……

祁东掩面而笑，要是一个人十几年都没有任何变化才不正常吧？

景无双不知道怎么回答，被他老人家瞧得有点儿不好意思，只是笑着说：“谢谢穆爷爷夸奖，穆爷爷也像外公说的那般风采依旧。”

穆家三代才出了穆之岚一个女孩儿，穆百川戎马一生，却最喜欢娇滴滴的女娃子。

穆百川哈哈大笑，捋着胡子问：“怎么不与你外公一起过来？”

景无双又不知道该如何回答了。她这次过来连外公都不知道。

“爷爷，您不是着急见无双吗？我们这次过来夏叔还不知道的，您先让无双喝口水。”穆靳宸及时解了围。

“瞧我这记性，宸儿戳在这里当桩子呢，快去把我的茶具端出来，用那套最好的紫砂茶具，你带回来那套。”穆百川说着又拉过景无双的手：“来，我们去茶船边上坐着等喝茶。”

穆百川平日里最疼的就是穆靳宸，如今见了景无双，穆靳宸都被抛到一边去了。

景无双任由老人拉着她的手。老人的手很瘦，只有薄薄的一层皮包着骨头，也很凉，布满了颜色深浅不一的老人斑，与自己嫩白小手的对比令景无双一阵唏嘘。

不一会儿，祁东拿着一套茶具出来。

这一看就

是上好的紫砂茶具，色泽光润，自然油亮，足以媲美上好的玉石，上面雕刻的图案也栩栩如生。

全套茶具以梅干为造型设计，一个主壶配上六杯六碟。主壶壶嘴呈喇叭式，苍劲有力；壶把乘势而起，蜿蜒而上，端拿舒适；壶身更是点缀着点点梅花，雕刻技艺高超，花瓣纹路清晰，栩栩如生，气韵高雅。这一看就是不可多得的上品。

穆百川小心翼翼地接过茶具，在景无双面前献宝：“双儿快来看看我的乖孙儿送我的宝贝，才开壶不久，我每天都用上好的铁观音养着，瞧着这色泽越来越好了。”

“这一看就是极好的紫砂，收藏几十年了吧？”景无双感叹了一句。

“双儿好眼力。茶壶当然是用来泡茶的，这么好的茶壶，都不知道那些人藏起来干什么。”

这套茶具确实被收藏家藏了几十年，听说是因为资金周转不灵才被拿出来拍卖，穆靳宸偶然见之，便拍下来送给了老爷子。

老爷子生性豁达，哪怕是天价拍卖得来的茶具，到了他这里也不过是孙儿送他的一个冲茶的容器罢了，拿到手就用来沏茶。

景无双想起什么，拉过自己的背包，拿出一个报纸包着的东西。

只见她一层层地将报纸打开，里面是一个只有小碟子那么大的普洱茶饼：“穆爷爷，我们喝这个好不好？”

老爷子眼睛和耳朵不算灵光，鼻子却还是很灵光的，这纸包一打开他就闻到了扑鼻的陈旧醇香。

老爷子接过茶饼嗅了几下：“嗯，好东西，是好几十年的陈年普洱，这送给爷爷是不是太贵重了？”

景无双摆了摆手道：“这只是借花献佛。茶饼是一个朋友给的，我外公与爷爷都爱喝，我想着穆爷爷应该也爱喝，便拿了些过来。”

说着她又从背包里掏出几样东西，腼腆地递给穆百川：“这是我闲来无事编织的围巾与手套，请穆爷爷不要嫌弃，我是按照外公的尺寸编的，毛线是极好的羊毛，就是手工一般。S 市的春天太冷，正好给穆爷爷捂一捂。”

穆百川乐呵呵地接过东西，这辈子收到过太多贵重的礼物，却都远不及眼前的礼物贴心。

他一连说了几个“好”，便爱不释手地将围巾与手套拿在怀里，又往脖子与手上套着，乐得见牙不见眼：“正合适，谢谢双儿，还是女孩儿贴心，这些小子哪里想得到这些啊。”

景无双没有讨好穆百川的意思，闲来无事也会给自己的爷爷和外公编织这些，就连袜子都有。都说春捂秋冻，她觉得S市最冷的时候是现在的早春，而不是冬天。

普洱茶则是苏苒给她的，家里还有好几个，她给外公和爷爷都准备了。

她过来看望老人家也不好两手空空，这样的老人家什么贵重的东西没见过？这些东西也就是个心意罢了。

穆靳宸没想到她那个大背包里面装的是这些东西，看着爷爷开怀的模样，也跟着弯了弯嘴角。正如吴妈说的，景无双真是个贴心的可人儿。

说说笑笑间，几个人围着茶船喝起茶来，赵叔吩咐厨房弄了些小食过来，穆靳宸负责沏茶，气氛倒也其乐融融。

穆百川说起了当年与夏荆山的军旅生涯、穆靳宸小时候的许多糗事。老人家上了年纪后对久远的事情记忆犹新，对近期发生的事反倒记得没那么清楚。

景无双没想到一向高冷的穆先生对老人家相当有耐心，时不时会逗爷爷开心。

她之所以答应过来看望老人家，一是因为她对这位外公一直挂在嘴边的老首长很好奇，二是因为觉得老人家寂寞，后辈能陪伴一些时候便多陪陪。

几个人一直聊到晌午，用了午餐，直到穆百川去午休，三人才准备回市区。

三人临走前，老爷子往景无双手里塞了一个东西。都说长者赐不可辞，景无双下意识地看了穆靳宸一眼，见他朝她点了点头，才说了句谢谢，将东西接了过来。

出了院子，穆靳宸双手背在身后与景无双并肩前行，祁东先行一步去发动车子。

景无双这才打开穆百川刚刚塞到她手里的东西。

东西不起眼，被一条陈旧的男士格子手帕包裹着。她把帕子打开，映入眼帘的是一块玉佩，一块晶莹剔透、并无半点儿瑕疵的弥勒佛造型的玉佩，精雕细琢，栩栩如生，一看便知价值连城。

玉佩入手微凉，表面光滑润泽，应该是年份久远的上好古玉。穆爷爷的见面礼是不是太大手笔了？

她抬眼看着穆靳宸："穆先生，这么贵重的东西我不能收吧？"

穆靳宸看了她手里的东西一眼，眼中有一抹幽光流转而过。那是奶奶的遗物，爷爷常年带在身边，时不时会拿出来摸一摸，缅怀往昔。

如今爷爷却把如此有纪念意义的东西给了景无双，可见他老人家对景无双的看重。

"这是奶奶的东西，爷爷给你，你就收着吧。"

景无双一听，葱白的小手连忙抓过穆靳宸的大手，把东西放里面，再合上他的手："这么有纪念意义的东西，我更不能要了，你帮我还给穆爷爷。"

手上传来冰凉细腻的触感，源于景无双那双葱白的小手。女孩儿的手的触感原来是这样的。

微微流转了一下目光，穆靳宸勾了勾唇，拉过她的小手将玉佩塞了回去："东西是爷爷给你的，要还你自己还。你见过长辈收回赐晚辈东西的事情吗？再贵重、再有纪念意义的东西在爷爷眼里，都是他给喜欢的晚辈的一件普通的小玩意儿，你收着吧。"

那小手冰凉滑腻，他竟然有些不想放手。

景无双怔怔地看着手里的小玩意儿，呢喃道："这万一是穆爷爷留给他的孙媳妇儿的呢？"

穆靳宸看着她的小模样，手掌握拳移到唇边，轻咳了一下，嘴角的弧度大了许多："那穆某只好委屈无双当他老人家的孙媳妇儿了。"

景无双这才意识到自己刚刚说了什么，脸上微微一热，别过头去，不再跟他说话，倒是拽紧了玉佩。

清晨那几缕难能可贵的阳光早就缩回云层里去了，这会儿天阴得像能滴出水来，眼看又要下雨了。

穆靳宸看着边上恨不得把整个人缩在白色毛衣里的娇小女孩儿，又不自觉地上扬嘴角。

“谢谢。”他倏地开口道。

景无双乌黑明亮的眼睛望进他的眼睛，她怔了一下，随即明白他在说什么。

“不必，我挺喜欢老人家的。都说老顽童老顽童，人上了年纪，看透了一切，倒是返璞归真了，与老人家相处也挺舒服的。”

穆靳宸点了点头，所以这些看透世事的老人家都喜欢她这样简单纯洁的女孩儿。

“你哄老人家倒是有一手。”

景无双笑了笑：“这也不是什么哄不哄的，小孩子和老人家心思单纯，都知道哪些人真心对待他们。你真诚地对待他们，他们自然就开心。”

穆靳宸又点了点头，感慨了一句：“成人的世界确实很复杂。”

“只要不忘初心，任何人都可以很纯粹。”

“看来你还没有被这个社会同化。”

“穆先生是在变相地说我涉世未深？”

两个人像普通朋友一般，上一次在竹韵居还不是如此闲适。景无双越发觉得，穆靳宸真的不是一个难相处的人，只是高处不胜寒，他很难找到自己的同类，给人一种身处红尘外的错觉。

穆靳宸把景无双送回金碧花园后便直接回了老宅。回国后，他尽量不让自己成为一个工作狂，有周末有假期，能陪陪家人，也不想再像在国外那样工作。

祁东把穆靳宸送到门口后，穆靳宸便说："你回去吧，周一直接到公司。"

祁东有些讶异，这几乎是从来没有过的事。自从他做了少爷的特助，就不知道放假是什么滋味了。

"不必惊讶，以后你都会有周末。"穆靳宸丢下这么一句，径自走了进去。

祁东一脸震惊。

穆之岚正在客厅与容姨讨论到底是满天星好看还是情人草好看。

用人见到穆靳宸说："少爷你回来了。"

穆靳宸点了点头。

穆之岚停下手里的动作，把剪刀交到容姨手里，快步迎了上去："宸儿回来啦？"

穆靳宸把手里的外套放到用人手上，边解开袖子上的纽扣边说："刚去看望爷爷回来。"

"我晓得。我前天过去的时候，爷爷说你周末会过去，还说你要带上他给你安排相亲的女孩儿，叫无双？怎么样？爷爷还满意吗？"穆之岚眉目温柔地看着他。

穆靳宸把袖子挽起来，拉过穆之岚坐到一旁的沙发上。

"是爷爷先看中无双的，若是不中意，就不会把她介绍给我。"

穆之岚轻拍额头："瞧我这脑袋，那你对这个无双中意吗？"

"姐，现在说中意与不中意是不是太早了？"

"宸儿，这些年你都一个人，姐姐担心啊。起码你不排斥这个无双，对吗？"这个弟弟的性格她还算了解，若是不中意，他必定像上次对李莉莎那般，闹得李家与穆家生意上的往来都断了。

穆靳宸点了点头："不排斥，相处起来还舒服。"

"我听说她在公司上班，工作表现也不错。"穆之岚悄悄打听过景无双的。

"嗯，她是爷爷引荐进来且通过了考核的。"

说到这里，穆靳宸倏地想起了什么，蹙了蹙眉头：“宇浩之前似乎对无双也有意思，只是无双没那个意思。

“这事爷爷事先不知道，我开始也不知道相亲对象是她。今天我与她一同去看爷爷，看得出爷爷对她十分喜爱，如今却怕宇浩心里有芥蒂。”

之前他觉得这个外甥似乎对景无双动了心思，而最近穆宇浩一门心思地工作。穆宇浩对什么事都三分钟热度，也不知道对景无双死心没有。

穆之岚听了这话也拧了拧眉头，很快又松开：“感情的事，讲究的就是你情我愿、两情相悦，如果无双愿意接受他，怕也没有相亲这一出了。再说，浩儿对女孩儿哪里真的上过心？”

穆之岚刚刚说完这几句话，穆宇浩受伤的声音就从身后传了过来：“妈，您怎么知道我这次不是真的动心了？您问过我了吗？”

说着他又愤恨地转向穆靳宸，厉声道：“舅舅，我说过无双是我先看上的，你不许跟我抢，你怎么能出尔反尔？”

“浩儿，怎么跟你舅舅说话的！”穆之岚吓了一跳，脸上的神色严肃起来。她没想到穆宇浩会在身后听到她和穆靳宸的谈话，更没想到他的反应会如此激烈。

“妈，您能不能别插手了？从小到大，您哪件事不是偏帮着他？就因为他比我优秀、比我出色？他只是您的弟弟，我才是您的亲生儿子！”

穆之岚捂着胸口，难以置信地看着穆宇浩。这个儿子平日里调皮，与长辈相处也轻松，可从来没说过这样的话。

穆靳宸扶着穆之岚，眯着眼睛看着外甥，语气微沉地开口道：“宇浩，适可而止！”

穆宇浩看到穆之岚的神色，心里有些愧疚，但是家里人居然不顾他的意愿，把景无双推给穆靳宸，他的心情自然非常抑郁。

“妈，对不起，但是我仍然要说，无双是我先看上的，舅舅不该横插一脚。他还是我的长辈，又比无双大那么多，不能老牛吃嫩草！”说到这里，穆宇浩又理直气壮起来。

“你……”穆之岚怕是平生第一次如此生气，气血翻腾，一阵眩晕袭来，居然有些站不稳。

容姨连忙过去站在她身旁，把她的身子扶住。

穆靳宸厉声道：“穆宇浩，够了！你还知道我们是你的长辈的话就给我住口！”

穆宇浩激烈的言辞是不能带给穆靳宸太多情绪上的起伏的，穆靳宸不是沉不住气的人，但不能容忍穆宇浩伤穆之岚的心。

穆宇浩没想到他妈妈会这么脆弱，被穆靳宸这么一说，也有些吓到了。

“妈，我……”

穆之岚并没有看穆宇浩，虚弱地对穆靳宸说：“宸儿，姐姐教导无方，我对不起你。”

“姐，宇浩一时情急，不怪他。容姨，先扶小姐上去吧。”穆靳宸认为他应该提早找个时间做好穆宇浩的思想工作，那就不至于像现在这样了。他能理解穆宇浩一时间接受不来的心情。

穆宇浩一听穆之岚的语气就急了：“妈，我错了，我不是故意的。”

穆之岚扫了他一眼，并没有说话，闭了闭眼睛，扶着容姨的手回了房间。

“小姐，你别这样，小少爷不是故意的。”容姨看着穆之岚有些痛苦的神色，于心不忍地道。

“小容，你说我当年是不是错了？这些年亏欠宸儿这么多，我是有些向着他，可浩儿……”

“小姐，你把少爷、小少爷都教育得很好，我从来没见过别人家的少爷这么好的。”

穆之岚叹了口气说：“这些年我是忽略了浩儿一些，小容，无双的事我确实一心向着宸儿，宸儿不是个容易动心的孩子，浩儿不一样。”

容姨递了一杯水和几颗药丸给她。

穆之岚接过药，一口服下，心头的郁结似乎消散了不少。

容姨接过她手里的杯子：“小姐莫要多虑，小少爷的性子你还不知道？他的脾气来得快去得也快，你留出空间给少爷处理，现在指不定两个人已经勾肩搭背了呢。”

“但愿如此吧。小容，我就是见不得宸儿有一丝不好，这么多年了他才遇到一个这么称心的女孩儿，可我心底也是疼浩儿的，但你看浩儿的情绪……”

容姨抚了抚她的后背，连声说：“晓得的，晓得的，小姐莫要多虑了，少爷会处理好的。”

楼下客厅。

穆宇浩倔强地不肯看穆靳宸一眼，却也没有跑掉，就直直地站在那里，一动不动。

穆靳宸自然知道这个外甥的倔脾气，平时嬉皮笑脸，看似什么都无所谓，可若真的被触碰了逆鳞，这人却比谁都要倔上几分。

“你觉得我抢走了景无双？”穆靳宸率先开口。

“你说过不跟我抢的。”

穆靳宸坐回沙发上，从桌子底下摸出一包烟，抽出一根，啪嗒一声把它点着，瞬间释放出那一身不怒自威的气场。

尼古丁的味道一点儿一点儿从舌尖蔓延至全身，穆靳宸感觉脑袋清醒了不少，低沉的嗓音慢慢地在这个早春寒意也入侵不了的温暖的家中散开。

“宇浩，从小到大，我极少在你面前端长辈的架子，大多数时候我拿你当兄弟而非外甥。我知道自己性格上有些缺陷，有的事情我不爱表达，更不爱解释。这一次无双的事，虽非我个人意愿，我仍然要说声抱歉，我不知道你刚刚听去了多少，如今我就一五一十地告诉你。

“第一，关于跟她相亲的事，我事先并不知道爷爷安排的人是她，爷爷更是不知道你对她的心意，这一点上你不能怪爷爷。

“第二，无双确实是一个不错的女孩子，我一点儿也不惊讶你会中意这样的女孩子，也明白你当初那么对我说的苦心，她确实是一个很容易让人动心的女子。但是有一点，你单方面对她有好感，她的意思呢？你认识她比我早太多，如果她愿意和你在一起，爷爷连安排这次相亲的机会都不会有。

“第三，无双的个性我相信你也了解，如果她不愿意，别人是拿她一点儿办法都没有的，这一点无双也对我坦白过。如今，你明白我的意思了吗？”

穆宇浩总算听出了重点，舅舅的意思是说，如果自己喜欢景无双，景无双也喜欢自己，他们早就在一起了，而非现在这样，自己单方面地追求景无双。

另外，景无双对舅舅也是有好感的，才会答应去相亲，才会和舅舅一起去看望太姥爷？

穆宇浩轻轻地闭了闭眼睛，最害怕的事终究还是发生了。

他感觉喉咙有些发涩，半晌才找到自己的声音：“舅舅，你也动心了是吗？”

穆靳宸半眯眼眸，精致的五官染上了一贯的凌厉，倒是收敛了一些身上那不怒自威的气场。

他能感受到这个从小在自己眼皮子底下长大的男孩儿身上那股想要压抑下去却又不得法的情绪，也许下一秒穆宇浩就会爆发。

其实，此前穆靳宸并没有真正思考过这个问题。

动心于他而言不是件容易的事。

过去三十多年，唾手可得的东西实在太多太多，以致他根本不知道有什么东西是需要自己极力争取才能得到的。

或者，此生他还渴望什么？

有时候他也会想，如果人生能具现为一本书，他一定要翻到最后一页，看一看和自己到白头的人是谁，最后他手里还抓住了什么。

如果景无双只是一辆他喜欢的车，哪怕全世界只此一辆，独一无二，他也会毫不犹豫地让给自己的外甥，不会去触碰半分，任何物件亦如是。

然而那是景无双，这个世界上独一无二的女孩儿，她不仅仅是令自己外甥动心的女孩儿，还是最好的兄弟的前女友。

而他从未压抑过自己，从未不允许自己靠近她。

所有的触碰都来得那么顺理成章，他甚至从来不知道人生可以有那么多次不期而遇。而每一次，她都如此狼狈，勾起自己心底为数不多的怜惜。

男人微微弯了弯嘴角，冷峻的面容染了一抹淡淡的柔和之色。

或者，如果诚实一点儿，他早在回国第二天的那个清晨，在那个咖啡厅的男厕里，就已经对那个跌坐在冰冷地板上一脸梨花带雨的女孩儿起了恻隐之心。

这就是动心吗？

他不知道。

但是他清楚，景无双不是物件，不是那辆他虽然喜欢但也可有可无、能随手让给穆宇浩的车子，更不是这个外甥喜欢，他让给自己外甥，自己外甥就能够得到的东西。

对自己最亲的人，他不会选择欺骗，哪怕伤害穆宇浩，他也不会去欺骗。

"宇浩，我不知道什么是动心，你知道的，我从未动过心。但是我不会隐瞒你任何事情，我与无双之间有太多不期而遇，三言两语也讲不清楚，诚实一些来说，就是没有爷爷安排的这次相亲，我们也许也会碰到一起。我也不骗你，如果无双愿意，我也是愿意与她一直走下去的。"

这也是他刚刚得出来的答案，如果之前还有地方想不通的话，那么现在，他脑海里一片清明。

如果此前景无双选择的人是穆宇浩，穆靳宸不会任由这种想法滞留半分。

景无双是个很纯粹的女孩儿，如果她对他穆靳宸没有好感，也必定会像对他的外甥那样，不允许他靠近半分——她的世界没有灰色地带。

正如他所说，他们之间有太多不期而遇，多得有时候她就是想躲也躲不过。

穆宇浩的心瞬间沉到了谷底，全身散发着冰冷的气息，这样的答案像是理所当然的，又像是在他的意料之外。

诚如他母亲说的，这些年他被不少女孩子追过，也对一些女孩子产生过好感，却没有一次是真心的，更没有哪一次像这次这般用心。

从在公司看到景无双的第一眼起他就喜欢上她了，她身上有很多他母亲的影子，优雅、娴静，有着江南女子特有的婉约气质。那一次，他以为她是从画卷里走出来的人儿。

几次接触下来，他更发现她与别的女孩子不一样，不会主动奉承他，他主动靠近她，她也是干脆地拒绝。他承认，他起了征服她的心思。

后来他却真的动了心。他很清楚自己的心。

他知道自己从来都在用舅舅的眼光欣赏事物，对女人也一样，以前那些女人连他都不会动心，所以他不担心她们被舅舅抢走。

这是从小到大养成的习惯，想改也改不了，他看到景无双的第一眼也在想：舅舅会不会喜欢这样的女人？

等他发现景无双无论从哪一个角度来说都符合他的审美时，就开始害怕，于是早早地告诉自己的舅舅，她是他先看上的，让自家舅舅不许抢。

他太清楚，如果舅舅也喜欢景无双，自己真的一丁点儿胜算都没有。

他甚至天真地以为哪怕舅舅也喜欢景无双，也会像自己从小到大无数次经历的那样，总会让给他的，没有什么是舅舅割舍不得的。

然而他忘了，景无双不是死物。过去他喜欢的那些物件，只要他喜欢就好，不需要它们也喜欢他，他才能得到。

因此，如今舅舅把人让给他也没有用，因为景无双不喜欢他。

可这并不代表他就能心无芥蒂地接受景无双当他的舅妈，她明明和他差不多大，怎能当自己的舅妈?

舅妈啊。

穆宇浩心中千回百转，然而他的脸上什么都没有表现出来，只有手背上暴起的青筋暴露了他此刻的情绪。

他低低地说了一句：“我知道了。”

男孩儿的声音压抑得让穆靳宸觉得很心痛，自己终究还是伤害到了这个从小到大活泼开朗得跟小太阳似的男孩子。

“宇浩，如果无双的心思与你一样，我必定不会逾越半分的。”

穆宇浩点了点头，不管怎么样，这都是他暂时接受不了的事实：“那些话，我不是故意那样说的，也不是真的那样想的。”

他深深呼了一口气，平复心中的情绪：“帮我照顾好我妈，我约了朋友，出去一趟。”

视线自始至终没有对上穆靳宸的眼睛，穆宇浩转身一步一步走向了大门。

穆靳宸心中也是感慨万千，中指与食指之间的那一点儿红光早已熄灭，他却不知道痛一般，一直拿着烟。

这个外甥从小到大没有受过任何挫折，如今成长路上的第一节课，却是自己亲自给他上的，穆靳宸说不出心中那种滋味。

半晌，他把手上的烟蒂扔进烟灰缸，掏出手机给征明打了电话，让其务必看好穆宇浩，又派出两个保镖暗中跟着穆宇浩，这才作罢。

他走上楼，轻轻敲响了穆之岚的房门。

容姨开门，轻唤了一声“少爷”。

穆靳宸点了点头，让容姨先出去，有些话他想单独跟穆之岚说。

“姐。”

穆之岚正一动不动地坐在梳妆台前，面容有些憔悴，眼睛也氤氲着些许水雾。看到穆靳宸过来，她马上强颜欢笑，拍了拍旁边的椅子：“来了？坐吧。”

穆靳宸坐到那张椅子上面，拉过穆之岚的手。这双手从小抱过他无数次，如今早已不是记忆中嫩白的模样，瘦削得骨节分明，上面多了许多细纹。

“宇浩也让我跟你道歉，对不起，我没有先做好他的思想工作，是我的错，你就不要恼我们了，好不好？”

穆之岚看了他一眼：“我这哪里是恼你，你有什么错？分明是浩儿那孩子不懂事，他呢？”

“出去了，说是约了朋友，我派人跟着呢。”

“这孩子，真不让人省心。你说他都这么大了，还跟个小孩儿似的，你这么大的时候早就独当一面了。”

穆靳宸轻轻吸了口气。他在他姐姐眼里什么都是最好的，他时常想，他怎么会有个这么好的姐姐？

“姐，宇浩这样就很好，别再拿我跟他比较了，他会不高兴的。”

“让他不高兴去，人小脾气可不小，你别惯着他。”穆靳宸虽然性格偏冷，但很少让长辈操心；穆宇浩性子活泼，闯祸却是经常有的事。

穆靳宸没有接她的话，良久，在穆之岚温柔的注视下说了一句：“姐，谢谢你，从小到大对我这么好。”

穆之岚声泪俱下。

Chapter 06
反 目

景无双被夏老爷子召回了夏园。

夏家所有的成员都知道她被老爷子安排去相亲了，对方还是个不错的男人，具体是谁，直到景无双回来众人才知道。

老爷子介绍给景无双的人居然是老司令家的孙子，近日才回国的商场新贵，穆家的大少爷穆靳宸。

传说他很低调，媒体连他的半张照片也捕捉不到。

刘芸以为，还是自己女儿的男朋友最好，家世和容貌都是一等一的，那个连照片都不敢曝光的传说中的人物指不定是个很丑的男人，年过三十，或许还有啤酒肚、“地中海”。

老爷子是看重人品不看重外貌的人，当初就说过唐暮白眼带桃花，长得儒雅过之，周正不够。

在刘芸看来，唐暮白是极好的。

因此，她越发肯定，老爷子给景无双介绍的男人肯定没有唐暮白这样出色。

看着景无双在一旁跟老爷子下棋，刘芸切了些水果端过去，顺便坐到一旁看能不能打探到些消息。

“双双怎么不把穆少爷请回家里坐坐？”刘芸的声音有些尖细，

会给人一种尖酸刻薄的感觉。

景无双不软不硬地说："舅妈，我们也才见过一次面，什么都没有确定，就带到家里来，不合适吧？"

"就是啊，才见一次面就带回来，这不合礼数，多处些日子，觉得差不多可以定下来了再说不迟，我看这孩子就很不错。"

夏荆山得知两个人都互相有好感，认为这是一个好的开始，心情很不错，一副人逢喜事精神爽的模样，显得容光焕发。

刘芸连忙接口道："爸，我这不是想给无双过过目、把把关嘛。无双一向听您的话，万一您瞧漏眼，无双日后可就遭罪了。"

夏荆山一听这话，立即板起脸，有些不满地看着她道："胡说些什么，说谁遭罪呢？是人是鬼我一眼就能看出来，无双的事你少操心，我自有分寸。"

夏荆山就是听不得别人说景无双不好。

"爸，瞧您说的，我知道您宝贝无双，可我这当舅妈的还能害无双不成？也罢，我就不掺和了，到厨房那边看看晚饭准备得怎么样了吧。"刘芸碰了一鼻子灰，怏怏地起身走去厨房。

刘芸走后，夏荆山落下一子，语重心长地对景无双说道："双双，不必理会你舅妈，她也就是小家子气一些，没有坏心眼儿。你好好跟穆家那孩子处着，那孩子我是见过的，为人沉稳，办事妥当，适当的时候，这些礼数他会考虑周全的。

"我也不逼着你们一定要怎么样，相处过以后觉得合适或者不合适我都算了了这个心愿。我中意与不中意他并不是最重要的，重要的是你喜欢，不要因为我而勉强和他在一起。

"只是外公到底多做了几十年人，还是有些看人的眼力的，这孩子确实不错，与你的性格倒是互补的，我也就帮衬着把把关罢了，日后如何，你们折腾去吧。"

景无双没想到外公会这么说，一时间有些怔住，原来外公如此开明、如此通情达理，他逼她去相亲的时候明明还很强势的，原来他只想逼她踏出第一步。他所做的一切，无非想她好。

她放下手里的棋子，走到夏荆山身边，紧紧地抱住他："外公，谢谢您。"

夏荆山拍了拍她的后背："双双，说到底，还是外公对不住你。当年如果不是我强逼你母亲嫁给你父亲，若是同意她与那个艺术家在一起，或许你能在一个完整的家庭中长大。你的性子如此温顺，这些年你在这个家所受的委屈，外公都知道。你的性情与你母亲又如此相似，外公真的很怕你走她的老路。说到底，你母亲还是恼我的。"

"外公，您别这样说，母亲一定很骄傲有您这样的父亲。在我眼里，父母一直相亲相爱，他们分开并不是这个原因，母亲或许有别的理由。我没有觉得自己这样长大有什么不好。年少时确实羡慕过别的同学能在父母亲的羽翼下长大，可后来我一点儿都不羡慕他们了，因为这样成长起来才能使我的性格变得坚韧。我还有全世界最好的外公，很知足。"

景无双说到最后，声音哽咽了起来。她从来不知道外公心里有这样的包袱。

"外公，我答应您，一定找一个真心待我之人，爱我所爱，嫁我所爱。"

"好，这样外公就放心了。"

"景无双，你这是做什么？一回家就把爷爷弄得这么不开心。"

夏子薇一进屋就看见景无双跟爷爷在抱头痛哭，不由分说地拔高了音量，矛头直指景无双。

景无双闻言吸了吸鼻子，回过头便看见夏子薇牵着唐暮白的手进来。

她没有理会他们，回到自己的位置坐下。

夏荆山确实有些感触，却不是不开心，抬头看见夏子薇他们，开口道："是暮白来啦？来，这边坐着。"

唐暮白彬彬有礼地向夏荆山问了好，又跟景无双打了声招呼，把手上的礼物递给夏荆山，说了句什么。

景无双只是微微颔首，看到唐暮白的礼物才想起自己包包里的普洱茶。

她没听他们在说什么，从自己的背包里翻出了一包东西。

“差点儿忘记了，外公，苏苒给了我一些上好的普洱茶，我们到那边喝上几杯？”

夏荆山接过茶饼嗅了嗅：“嗯，不错，三十年的陈年普洱，有价无市啊。”

唐暮白一听，愣了一下，随即想到自己拿过来的礼物。

“哈哈，双双与暮白倒是心有灵犀，居然带来了一模一样的礼物。”

夏荆山瞧了一下唐暮白的礼物，也是一个一模一样的普洱茶饼，还有几瓶好酒。

夏子薇目光转冷，冷笑了一下，讥讽地看着景无双：“你倒是很会借花献佛，这茶饼可是暮白高价从拍卖会上得来的。”

景无双来了这么久都不把茶叶拿出来，唐暮白刚把礼物递过去，她就马上拿出来，还是一模一样的，这样的行为在夏子薇眼里就是别有用心。夏子薇在心里啐了一句“白莲花”，什么都要跟唐暮白扯上关系。

景无双真的无意在这样的小事上争执，觉得完全没有必要。她很珍惜跟外公相处的时光。

她笑了笑，柔声道：“表姐说得是，我确实不懂欣赏普洱茶，唯有借花献佛送给懂得欣赏的人才能体现出它的价值呢。”

景无双说着便要把自己带来的茶饼拆了拿去沏茶。

夏荆山连忙制止她，乐呵呵地说道：“双双，这个先不拆好吗？这茶难得，外公想留给更懂得欣赏它的人。”

“外公说的是？”

夏荆山居然有点儿难为情的样子，伸手抓了抓胡子：“老首长他老人家对普洱茶很有研究。”

她的外公一辈子唯老首长马首是瞻，几十年的革命感情，有什么好东西必然是第一时间送去跟老首长分享。

而这次景无双真有点儿哭笑不得："外公不必，我今天一早去看望过他老人家，已经给他送去了一块，这个咱们留着喝吧。"

夏荆山目光一亮，有些不敢确定地问："双双，你见过老首长了？"难道是老首长来不及给他报信？如果景无双已经去见过老首长了，他老人家没理由不告诉自己啊。

景无双一看夏荆山的神色便知道他在想什么："外公，不是您想的那样，是穆爷爷想见我。您一直把他挂在嘴边，说他老人家小时候抱过我，可我都不记得了。"

夏荆山连连点头："应该的，应该的，如果我早些把你带过去，或许你跟穆家那孩子早就……也不是，他之前一直在国外，老首长之前倒是没那个心思。"

"外公，不提这个了，顺其自然好不好？"

唐暮白闻言，呼吸一窒。

穆爷爷、穆家那孩子、之前一直在国外、老首长，这不就是……

夏子薇哼了一声，景无双最好赶紧嫁出去，免得在这里碍眼："都说女生外向，这才相亲一个星期，这么快就向着外人了。爷爷，您的小心肝要飞走咯。"

夏荆山捋着胡子，笑得见牙不见眼："就你多事，什么外人？老首长也是我的亲人，双双替我孝顺他，我高兴都来不及呢。"

相亲？

唐暮白的脸色变得不自然起来，他强打着精神故作漫不经心地问了一句："不知道夏爷爷说的老首长是不是穆百川老司令？"

"是他老人家，这S市还有其他首长姓穆不成？"夏荆山退休前的军职本就不低，能让他喊"首长"的无非那几个人。

唐暮白觉得自己快不能呼吸了："那与无双相亲的人是穆靳宸？"

夏荆山见他如此惊讶，挑了挑眉毛："你认识宸儿？"

"不只认识，从小学到高中，我们是很好的朋友，说是兄弟也不为过。"

夏荆山哈哈大笑："看来还是有缘分哪，S市说大不大，说小可也不小的，这都能撞到一块儿去。"

夏荆山顿了一下，又捋了几下所剩无几的胡须道："想起来了，唐、穆两家也有些渊源。我记得老首长从军以前跟唐家当时的家主唐启宏老先生学习过一段时间，唐老先生去世以后老首长才弃文从军的。"

唐暮白其实不知道夏荆山说了什么，脑袋里乱哄哄的一片，不断浮现景无双与自己最好的兄弟在一起的情景，内心天人交战，怎么也平复不了胸膛里翻腾的情绪，面上却云淡风轻地回答着那个他根本没有留意的问题："是的。"

夏荆山笑得更加爽朗："好、好、好，以后我们三家人的关系会更加亲密，首长的老师也是我的老师，不错。"

唐暮白只是面上笑着，不知道应该怎么回答。

吃晚饭的时候，刘芸觉察到他心不在焉，问了一句是不是哪里不舒服。

他笑着说，可能有些着凉，胃口不大好，表情云淡风轻，温文尔雅，众人也看不出什么异常。

夏子薇却是知道的，一直压抑着心底的怒火和嫉恨，用筷子戳着饭粒，像是要把碗底戳出个洞来。

在国外的时候，他们远离景无双，一切都好好的，快乐率真的自己、温柔体贴的唐暮白过着神仙眷侣般的日子。

可为什么他们一回国什么都变样了呢？

为什么他们碰上景无双后什么都变了呢？

她看着对面的景无双。景无双优雅地扒着碗里的米饭，时不时给夏荆山添一筷子菜，似是一点儿也不知道对面两个人内心的翻江倒海。

两年后的景无双出落得更加大方婉约，人也更加沉稳，那淡雅如菊的气质让夏子薇一看就想把她撕碎。

刘芸正准备给唐暮白弄几个开胃的小菜。

夏子薇倏地用力把筷子放了下来：“我饱了，你们吃吧。”

在座的人都被她吓了一跳，刘芸道：“薇薇，你这怎么能行？这饭都没吃几口。你等着，妈去弄几个开胃点儿的小菜过来。”

自古慈母多败儿，指的就是刘芸这样的母亲，夏子薇今天的骄纵蛮横可以说是她一手造成的。

夏锦荣是个“妻奴”，一直觉得把女儿当公主养着并没有什么不妥，也在一旁劝说：“是啊，薇薇，吃这么点儿晚上会饿，多吃点儿。”

父母一劝说，夏子薇语气就更不好了：“看‘白莲花’看饱了，我吃不下！”

景无双是这个家里最小的孩子，从来都没有发言权。她也不作声，只是吃着自己碗里的饭。

其实这样的戏码在她小的时候不知道上演了多少次，尤其是外公在部队的时候，她习惯性地把自己的存在感减到最弱，不招惹是非。她不是长在父母身边的公主，没有任性的资格，她从小就是这么跟自己说的。

夏子薇需要舞台，需要观众，景无双就安心当个观众，让夏子薇当主角。

夏子薇这样的行为相当没教养，尤其当着唐暮白这个外人的面，夏荆山也觉得自己教导无方、脸上无光，脸色变得很难看。

夏荆山一拍手上的筷子道：“都给我住口！她今年是二十七岁，不是七岁，再这样，以后也不必上桌吃饭了。”他又对唐暮白说，“我这个孙女被她父母惯坏了，让暮白见笑了。”

面对如此失礼的夏子薇，唐暮白脸色也相当不好看，尤其是在景无双面前，两个人的气质及教养的对比无疑时刻在提醒他，他当年做了多么错误的决定，错过了怎样的珍宝。

然而，就算有天大的理由，他也回不到过去，当什么也没有发生过。

这一次，他怎么也压不下心头的苦涩，排山倒海的情绪一波接一波地涌上心头，千愁万绪只化作了两个字——无双……

“抱歉，我身体有些不适，先回去了，各位慢用。”

丢下这么一句，唐暮白便拉开身下的椅子，准备告辞。

他也知道这样的行为有多失礼，然而他顾不得这么多了，只知道自己要马上离开这个令他压抑得无以复加的地方。

“我送你出去吧。”夏子薇被爷爷吼了一句，回过神来也有些懊恼。她也不是傻的，当然知道唐暮白不高兴了，却不认为是自己的行为惹他不高兴了，而是从他知道景无双与穆靳宸相亲以后就一直如此。

所以，罪魁祸首还是景无双。

夏子薇一直忍到大门口才开口：“唐暮白，你这是什么意思？”

唐暮白不想跟她吵架，这些年他躲避、退让、隐忍、逢场作戏，连自己都分不清戏里戏外，误以为自己爱上了戏里的角色。

然而，景无双的出现总能给他当头棒喝，他终究是骗不了自己的。

看着这个女人，听着这个声音，他感到前所未有的疲惫。

“我今天不想吵架，先这样吧。”丢下这么一句，他便转身想要离开。

夏子薇拉着他，声音缓和了些：“我也不想吵架，这些年我们不是好好的吗？你为什么一见到景无双那个贱人就非得如此？”

唐暮白听不得她说景无双是贱人，厉声道：“够了，她是不是贱人你比谁都清楚，你一直这样针对她有意思吗？”

“你还是护着她，你心里还有她是不是？我们都躲开她两年多了，还不够吗？”

“薇薇，你就别再逼我了，好吗？”

夏子薇觉得自己才是要被逼疯的那个人。两年多的时间，她用尽力气还是未能将景无双从他心底拔除，为什么？

这么多年来，两个人之间那么深的感情，抵不过他和景无双相处的短短两个月？

“唐暮白，是你在逼我。你照过镜子吗？你见过自己看景无双的眼神吗？你知道自己见到她时那个失态的模样吗？我不是傻瓜，是有血有肉有感觉的女人，你想过我的感受吗？”

强悍如夏子薇说着说着也哭了起来。

“既然你都懂，当初为何不肯放过我？为何不肯成全我们？你只要我的人，我一直在你身边，我以为这就是你想要的结果。”

唐暮白疲惫地说完之后，拿出一根烟想要点燃。门口的风有些大，他迎着风，怎么也点不着烟，春风带着寒意，寒了他的烟，更寒了他的心。

“不是，暮白，我爱你，你知道的！我不仅要你的人，更要你的心。”夏子薇觉得人前人后他们都应该是相爱的一对，正如过去的许多年那样。

为何景无双什么都没有做，哪怕一句话也没有对唐暮白说过，就能轻而易举地破坏这一切？

“我还有心吗？你真的要的话，我只能在胸口开一刀，看看我还有没有。如果有，我就取出来给你，别的，我也无能为力。”

唐暮白的声音一点儿一点儿地在风中消散，那样疲惫，那样苍白无力。

夏子薇心头大震。她想到了什么，说道：“我们回美国好不好？像过去那样，我们相亲相爱，快快乐乐地过日子，我也不吵架了，好不好？我马上回去拿护照、收拾行李。”

她说着，真要往院子里走去。

“我不会回去的。你认为我给不了你想要的感情，要么放了我；要么我们就这样相互折磨到死。你自己选择。”

唐暮白说完这么一句，不再管夏子薇，转身逆着风向前走去。

夏子薇到底没有再追上去，闭着眼睛，抱紧自己蹲在一个角落里，无声抽泣。

唐暮白离开夏园后没有回家，而是找了一家酒吧喝酒。

他一个人坐在吧台边，几杯火辣辣的高度数伏特加下肚后，总算驱走了不少心头的寒意。

他翻开通信录想叫些朋友来陪，一个个名字滑过，最后停留在“穆靳宸”三个字上面。他很想叫穆靳宸出来质问一番，为什么要和景无双去相亲？

然而，他清楚这位兄弟的脾性，只要他与景无双现在已经没有关系，如果穆靳宸想要，便什么都不会在意；如果他跟景无双还有一丝一缕的关系，穆靳宸一定不会去触碰景无双。

这位兄弟比他好太多，一直洁身自好，从未留过情，连他都欣赏的人，景无双又怎会不欣赏？

接二连三地灌了几杯伏特加，再海量的人也非醉不可，果然是酒入愁肠，无论怎么喝他都平复不了心头的情绪。恍惚间，他好像拨通了景无双的电话。

他勾了勾嘴角，两颊绯红，眼内一片清明，神志却是不清醒的，拿起手机，柔声说了一句：“无双，我想你了。”

电话另一端的穆靳宸好一阵错愕，抿紧薄唇，蹙起眉峰，精致的五官在书房的暖黄灯光之下也不显柔和，反添了几分凌厉。

他没有作声，就听见唐暮白继续说：“双双，我真的好想你。当年我不是故意要抛下你的，我有迫不得已的苦衷，你原谅我好不好？我不该隐瞒我和夏子薇的关系，也不想伤害你，可是遇上你以后，我真的只爱你一人，没有别人。原谅我好不好？好不好？”

唐暮白说着，委屈得像个孩子，一直压抑在心底的这些话，他也只有醉酒后才敢坦露，平日里不敢说，也没有资格说。

在国外这些年，他一直不敢聆听自己心底的声音，一直逃避。回国后，他看见景无双娇俏的模样，不知多少次午夜梦回，依然觉得心痛。

尤其在听到她和穆靳宸相亲，知道她可能会跟穆靳宸那样性格与他截然不同却不输他分毫的男人在一起后，他觉得自己再不找一个宣泄口，一定会把自己逼疯。

“暮白，你喝醉了，你打的是谁的电话？”

穆靳宸揉了揉眉心，心情有些抑郁，不想再听这些话。

白天是外甥，夜里是兄弟，他们喜欢同一个女子，如今一个求而不得，一个曾经得而不惜。他们似乎都走不出这些或得不到或错过的遗憾。

“你才喝醉了，我打的当然是无双的电话。”唐暮白大着舌头，说话都不清楚了。

连他的声音都听不出来，唐暮白还敢说自己没醉？

“你在哪里？我过去找你。”

唐暮白在酒吧醉成这样，可别出什么事。

其实唐暮白、君翔与他在部队受过系统的训练，都是特别自律的人，一般情况下不会允许自己在外面醉成这样。

“双双，你要来接我？你真的要来接我？我好高兴。”唐暮白以为是景无双要来接他，高兴得像个孩子，可下一秒又说，“不对，双双，你的声音不对。你是穆靳宸？怎么会是你？你怎么会接双双的电话？对了，你们相亲了，你们这两个……”

他好像想不到形容词，毕竟受过高等教育，本身也是家教非常好的人，想了半晌才又说：“你们怎么能相亲？你们一个是我的女人，一个是我的兄弟。穆靳宸，兄弟妻不可欺，你怎么能够跟双双相亲呢？双双，你怎么能够跟我的兄弟相亲呢？”

唐暮白果然醉得不轻，在他的潜意识里，景无双还是他的女人。

都说酒后吐真言，原来在唐暮白的潜意识里他是这样看待这件事的。

穆靳宸知道无论自己说什么，唐暮白都是听不进去的，但是又不能挂电话，总要问清楚唐暮白在哪里，过去把人接回来。

“先告诉我你在哪里。”

“我在哪里？我在、我在……你抢了我的女人，我为什么要告诉你？”

穆靳宸：“……”

果然醉得不轻，清醒的唐暮白一定不会如此说话。

穆靳宸也不指望唐暮白能告诉自己地点，想了一下，对他说：“你把手机给酒吧调酒师或者旁边的人……”

他的话还没说完，唐暮白那端已经没了声音。

穆靳宸的眉头皱得很厉害，他把手机扔到书桌上，闭了闭眼睛，还是打了祁东的电话：“找人定位一下唐暮白的手机，看看他在哪里。”

祁东回答了声“是”，穆靳宸便挂上了电话。

他起身，拉开落地玻璃窗的窗帘，院子里的路灯映照着光秃秃的木棉树干，给这个本应春意盎然的园子平添了几分萧瑟之意。

此刻穆靳宸眼底最深处那些浓烈的情绪尚未消散。

原本这件事应该没那么快传到唐暮白的耳朵里。穆靳宸白天才做完外甥的思想工作，结果带回来一个醉得人事不知的穆宇浩，如今还在穆靳宸的房间里昏睡。

现在又多了一个人事不知的唐暮白。

一切尚未确定，他与景无双也没有到非卿不可、情比金坚的地步，他并不想太多人知道这件事，太多外界因素的干扰、破坏很容易让这件事夭折。

他当时也不知道为何会提出那样的约定，白天与穆宇浩分析的过程当中倒是渐渐明朗起来。他对景无双有好感，这一点毋庸置疑。

也许比好感还多一点儿，他从来没试过被一个女人如此牵动情绪。

感情不比其他，就算他退让，景无双也不一定会接受穆宇浩。

想明白这一点，穆靳宸就没有什么可纠结的了，无论日后他与景无双走到哪一步，他都准备好承受这些后果了，只是他原本可以将此事处理得更好一点儿的。

过了不久，祁东回了电话，说唐暮白在本色。

穆靳宸交代了一句“开个房间，把人送上去”便挂了电话。

唐暮白知道去熟悉的地方买醉，还不算太失理智，在本色没人敢动他。

穆靳宸的心中也是千愁万绪，但他很清楚一点，如今的景无双与唐暮白和穆宇浩之间没有任何关系，那么这段感情就值得他坚持。

正如他说的，任何人都不应该拿自己的过去为难自己或者别人，谁都有过去，他要的是她的现在与未来。

睿智的男人总能够把事情的本质分析得透彻，如穆靳宸，再复杂的事情，到了他这里也不过小事一桩。

他转动着手机，屏幕上闪过的微信标识令他想起自己那天加了景无双的微信。他走回去在椅子上坐下，点开她的相册大概浏览了一遍。她不是特别爱发朋友圈的人，并且大多时候是转发别人的东西，其中关于旅行和狗狗的最多。

最近一条原创的朋友圈大概是十天前发布的，照片内容是一个破烂的花瓶里插了些他不知道名字的花，文字内容是：“好喜欢吴妈，她总让我想起我的母亲，我的母亲也是如此温柔的人。又大半年没见了，您好吗？”

再前一条是一张猫咪的照片：“苒苒家的初一，好可爱，喜欢动物，可是很怕养，大概是害怕失去吧，那干脆就不要拥有。”

之后是一红一白两株梅花的照片，两株梅树相得益彰，很是好看，穆靳宸扬了扬嘴角，看到她配的文字是：“美好的回忆总是用来被破坏的，好想回到过去，狠狠地抽自己两巴掌，以后打死我我也不站在樱花树下，只站在梅花树下。”

然后是一张苏苒挥着的拳头的照片：“苒苒，你一如既往地剽悍，感谢今生有你。”

…………

穆靳宸往前翻，大概有一年多的时间她只偶尔转发别人的信息，并没有发一点儿个人的感受。

再之前是一些旅行的照片，看不出来女孩儿那么喜欢旅行，还专挑西北面一些人烟稀少的地方旅行，还喜欢登雪峰、滑翔、参与许多极限运动。

他翻到她两年前的一张独照，女孩儿穿着一件红色冲锋衣，背着一个巨大的专业背包，脚上蹬着登山鞋，脸上的皮肤被晒成健康的小麦色，头顶架着一副墨镜，马尾高高地扎起，右手举起遮住阳光，脸上洋溢着幸福的笑意，露着完美洁白的八颗牙齿，背景是已经被大雪覆盖的雪山。

雪山像是梅里十三峰，阳光正好，在雪山顶部镀了一层金粉似的光，美不胜收：“赫赫有名的日照金山，可遇不可求，听说只有运气特别好的人才能遇见。听到这种说法后我打消了从高处跳下去，把自己葬在雪山里的念头。方才许了个愿，希望厄运从此远离我。”

他看了一下日期和定位，哑然失笑。

穆靳宸放下手机，整个人靠在大班椅上闭目养神，脑海里总是浮现女孩儿开怀大笑的样子，那样年轻，那样朝气。

他认识的景无双总是笑得很婉约，有时甚至有些腼腆。这两年她变化有些大，气质更加淡雅，似乎也很有主见，属于外柔内刚的类型。

他会心地勾了勾嘴角，又伸手拿过手机，头顶暖黄的水晶灯光照射在他精致得像雕刻而成的容颜上，好看得惊心动魄。

景无双回到公寓，把自己埋在沙发里，美眸看着天花板，不停地转来转去。想起今天在夏园的种种，她越发觉得自己应该少回去，夏子薇回国以后每次自己回去都是不欢而散。

可是外公他们什么都不知道，她怎么舍得放任一直疼爱自己的外公不管？

景无双长长地舒了一口气，不知道接下来该怎样与夏家的人相处。

她是不是也应该找个男人，组建一个属于自己的家，今后才不用像如今这般夹在中间为难？

景无双的脑袋正乱哄哄地瞎转着，手机响了起来。

她拿过手机，看着那一串霸气侧漏的“88888”，微微抽了抽眼角。穆先生，中国移动是你家开的吧？

她撇了撇嘴，按了接听键：“你好，我是景无双。”

“无双，是我。”

穆靳宸的声音磁性低沉，像陈年佳酿，短短的四个字让景无双的心不由自主地颤了颤。

好半晌她才稳住心头的颤动，淡淡地问道：“穆先生这么晚有什么事吗？”

电话那一端的人沉默了一阵，穆靳宸也不知道自己为什么想到打电话给她。看完景无双的朋友圈他就想听听她的声音，看看她现在在做什么。

但他敢肯定，如果这么说，肯定会吓得她马上扔掉手机。

到底是沉稳内敛的人，短短的时间内，他已经找到了借口：“你今天回去，家里人怎么说？”

景无双有些错愕，一时间不知道该怎么回应了。

另一端的穆靳宸则弯了弯嘴角，脑补着她此时的表情。

柔和的灯光下，男人嘴角的弧度大了不少：“我是想着你今天回去他们一定会问关于我们的事情，夏叔与爷爷肯定会通电话交换情报，所以我们也最好交换一下情报，更有利于日后的部署。”

交换一下情报？部署？打仗吗？知己知彼，百战不殆？

景无双又不由自主地抽了抽眼角，亏他大少爷想得出来。

说起这个景无双也是别扭的，只能硬着头皮说："没问什么，按照我们商议好的说的，会再多接触几次看看，就是外公对你的评价很高，我总觉得骗他老人家不是很好。"

景无双一边组织语言，一边磕磕巴巴地说着。

穆靳宸已经明白了她的意思，接过她的话道："无双，我家里这边已经处理好，虽然宇浩一时间有些难以接受，不过我知道是他单方面的意思，他明白事理，相信很快就会没事。暮白那边，我会找时间跟他谈谈，你不必觉得困扰。"

说到这里，穆靳宸顿了顿，声音越发温柔："至于你外公那边，我个人是这样想的，我们顺其自然，都不要给对方贴上标签，或许你会渐渐发现我是个不错的人，当然你也是个不错的女孩儿。我们认真地考察一下对方，看是否真的适合在一起，这样可好？"

听着这番话，景无双已经震惊得说不出话来，整个人都蒙掉了。

穆靳宸这话是什么意思？她没听错吧？他是准备弄假成真吗？

电话另一端的穆靳宸全身放松，姿态慵懒，像是很享受自己说出来的话达到的效果。知道景无双不会回答他的话，他继续说道："你无须有任何心理压力，所有的外界因素我都会处理好，你只需要管好自己，问自己的心愿意不愿意。你也不必马上回复我，然而不管你愿意与否我都会按照自己说的去办，其他的就看你了。"

景无双听着这话，从震惊中回神。这话听着怎么这么像"霸王条款"啊？

他的意思就跟"我爱你，与你无关"差不多了。

我愿意怎么做是我的事情，你接受与否是你的事情，你接受最好，不接受，我也不强迫你一定要接受。

大家都不是没脑子的人，这种看似绅士风度下变相的霸王条款，亏他想得出来。

景无双心乱如麻地想着，只听穆靳宸磁性的声音又传了过来："好了，你好好想想，我也不耽误你太多的时间。对了，你拍的日照金山很美，比我拍到的要美，我们曾经一起看过最美的风景，你会有好运的，晚安。"

说完，他便挂了电话。

景无双这辈子目瞪口呆的次数加起来都没有今天这么多。

他怎么知道她去看过日照金山？

对了，微信，景无双想起了之前加过穆靳宸的微信。

她把手机扔一边，不满地撇了撇嘴："还有没有隐私了？"

景无双脱了鞋，在沙发上打了个滚，拿过手机，趴在沙发上，两只脚丫子晃来晃去，开始刷朋友圈。

其实她并不热衷于刷朋友圈，偶尔心血来潮才刷一刷。

朋友圈里都是些八卦，她一点儿兴趣都没有，想了想，找到那个大黑狗的头像满怀期待地点了进去，结果好一阵失望。穆靳宸的朋友圈里都是些行业的资讯、公司的宣传之类的内容，一点儿八卦都没有。

想想也对，穆靳宸这样的男人怎么会有闲情逸致写八卦呢？

她退了出来，又刷新了一下，呀了一声。穆靳宸居然马上更新朋友圈了，还是图文并茂的："原来早在20××年×月×日，我们曾经擦肩而过。"

她点开配图，是梅里雪山主峰卡瓦格博峰日照金山的照片。

她马上找到自己朋友圈的同一张照片对比了一下，看了一下定位和日期。

两张照片几乎一模一样，只是角度有些偏差，她细看才发现雪山顶部日照覆盖的范围上有一点儿偏差。然而日照金山持续的时间只有短短二十分钟，说明这两张照片的拍摄时间前后相差不超过二十分钟，也就是说，两年多前他们有可能在德钦县见过。

景无双撑着下巴想了想，那是她送给自己的毕业旅行，为了祭奠那段痛苦万分的初恋。

同学都去了巴厘岛，她不想去，便一个人当背包客到了云南，一路往西藏走。那一天，她正好路过德钦县，早早地去看日照金山。她记得那一天的日照金山特别美，隐约听见拼车的师傅说，许久没见过这么美的日照金山了，但是那一天看日出的人并不多。

不过按照她当时的心情，就算旁边只有他一个人，她也未必会注意到。她当时还沉浸在自己的世界里，谁也走不进她的视线。

她歪着脑袋想了想，打开电脑，翻开了当时旅行的相册，专业单反相机照出来的照片用大屏幕放大了以后更美。

翻过一张张照片，一幅幅画面在脑海里回放，她会心地笑了笑。如果没有那一场旅行，没有那一天的霞光，她也许走不出那一场失恋，至少不会那么快走出来。

她倏地瞪圆了眼睛，居然在某一张照片里看到一个熟悉的身影。

她难以置信地放大照片。她拍这张照片的时候是蹲下去拍的，那精致得如上帝亲手雕刻的侧脸绝美，颀长挺拔的身躯如天神般屹立在雪山脚下，景无双第一次体会到何为“君临天下”。

她当时应该不是想要拍他，一定是画面太美，她才忍不住按下快门。回来以后她也一直没有整理过相片，几乎忘记了这件事。

原来20××年×月×日，他们已经在梅里十三峰脚下见过。景无双继而又想到他们这段日子的各种不期而遇，无语地抓了抓脑袋。这到底是什么鬼缘分？

另一端的穆靳宸发完这条朋友圈以后却有些发愣。他一向没有这些小矫情，一个大男人发朋友圈，内容还这么矫情，怪别扭的。

他想把它删了，可又觉得景无双可能会看见。他的本意就是让景无双知道他们之间的缘分早在两年以前就已经开始，希望能多给她一些信心。他心里明白景无双不会那么轻易答应他的提议。

经历过唐暮白的事以后，她心防有些重，穆靳宸要攻破她的心防恐怕不是一件容易的事情。

同时，他又有些抑郁。他穆靳宸居然有一天会对一个小女子筹谋，还是从这么细微的事情做起。

他放下手机，捏了捏有些生疼的眉心。假如确定是她，他是不是应该拿出些商场上果断的手段，不用这么小心翼翼？

都说流氓追女人会比绅士追女人快，他是不是不必这么绅士？

也不见得，君翔那个流氓追了一个小女生那么多年也没见追到手。

追？

这对穆靳宸来说是个新鲜的字眼。

他正胡思乱想，被他扔在一旁的手机振动起来。他扫了一眼，刚刚他正在腹诽的男人的名字跃上了屏幕。

穆靳宸淡定地拿过手机，慵懒地“喂”了一声。

伴随着这一声冷得如梅里十三峰顶上积雪的声音，君翔越发肯定自己的猜测：“老大，你快看看你的微信号是不是被盗了？我刚刚居然发现有个傻帽在上面发了一张雪山的照片，还写了句什么某年某月某日什么擦肩而过的，如此破坏老大你高冷的形象，真是够了。”

穆靳宸的神色变幻莫测，有几分深沉的意味：“很傻？”

“咦，老大，你不是应该先关心一下自己的微信号被谁盗了吗？”君翔纳闷了，怎么穆靳宸反倒关心起内容来了？这逻辑关系怎么都不通吧？

“没有被盗！”

“你是说那朋友圈是你发的？”君翔差点儿咬掉自己的舌头。

“有问题？”

“当然有问题。我说了，这会破坏你那不食人间烟火的高冷形象。”

“你可以闭嘴了。”

“那不行，你得先告诉我什么擦肩而过，你和谁擦肩而过啊？你、你思春了？”君翔真的觉得春天花会开，这美好的春天，连穆靳宸这样的男人也开始思春了。

穆靳宸揉着胀痛得不成样子的眉心，冷冷的声音传到电话的另一端：“我说君翔，你身为一个大男人能不能不要这么八卦？”

君翔一听这话，爹毛了：“我这哪里是八卦，分明是关心兄弟，你可别不识好人心啊。”

“谢谢，我不需要。”穆靳宸很想结束这没营养的话题，继而又想到另外一个问题，说道，“你以后别给景无双介绍男朋友了。”

这下君翔瞪圆了眼睛，总算明白了：“你看上景无双了？可她是暮白的前女友啊。”

大家都是一个军区大院里长大的兄弟，就亲密度而言，君翔对穆靳宸和对唐暮白是一样的，而穆靳宸是跟君翔亲近一些，与唐暮白相对疏离。但穆靳宸的朋友不多，唐暮白也是穆靳宸为数不多的朋友之一。

穆靳宸反问：“前女友有什么问题？前女友不就是以前有关系，现在没有关系吗？”

如果说他原来还有那么一丝忌讳，那么经过爷爷的介绍，他什么忌讳都没有了，一切变得那么顺理成章。

就好像原本并无意有交集的两个人，被一根线牵引着走到一起，让这种相遇有了光明正大的理由。

这与自己刻意制造这种交集有着本质的区别。

君翔没有说什么。他极少这么沉默。

穆靳宸想了想，决定还是跟君翔解释一下：“无双的外公是我爷爷以前的战友，两位老人家安排我们相亲，我们事先都不知道相亲对象的情况，见面的时候才知道是对方。”

“老大，S市也太小了吧，还有这种事啊？”君翔忍不住吐槽了。

“嗯，刚刚那条朋友圈的意思是那一天我们同一时间在同一个地方拍过日照金山。君翔，无双怎么想我不知道，但是这样的缘分，我想把握一下。”

穆靳宸与景无双的几次不期而遇君翔是知道一些的，听到这个从不曾为女人动过心的好友说出这样的话，他心底很是触动。

穆靳宸这些年的苦行僧做派没有人比君翔更了解，君翔做梦也没有想到这个世界上还会有女人能得到穆靳宸的一句“我想把握一下”。

穆靳宸还那么用心地发了朋友圈，君翔不用想也知道，穆靳宸与景无双肯定互相加了好友。

君翔轻轻地呼了一口气，缓缓地说道：“无双在苏苒心目中的地位比我还高，我没少听苏苒提起她。她是个好女孩儿，所谓‘窈窕淑女，君子好逑’，这本没什么，只是你不知道，当年无双为了暮白真的差点儿……我当时也不知道那人是暮白，苏苒每次见到我就是骂他怎样无情，说无双怎么凄惨。

“我说这些也并没有给你添堵的意思，只是想告诉你，感情始终是两个人的事情，你这样，还不一定有结果。”

君翔这样一席话也是推心置腹了。

穆靳宸抬起头，半眯狭长深邃的眸子，回想起每次遇见那个女孩儿的情景，弯了弯嘴角。不一定有结果吗？他想未必。

这些事他也无意跟君翔探讨太多，只是不希望日后君翔从他人口中得知这情况，预先给君翔交了个底。

穆靳宸又想到了什么，换了个话题：“暮白许是知道我与无双相亲的事了，喝得不省人事，你有空去看看吧。”

电话那端的人又是一阵沉默，然后开口道：“靳宸……”

穆靳宸：“是兄弟，就什么都不必说。”

是啊，大家都是兄弟，君翔最不愿意看到的就是兄弟两个人为了一个女人反目成仇的狗血桥段，他觉得不值得。

然而那是穆靳宸，一个内敛沉稳、冷静自持、从未对女人动过心的男人。他好不容易动一次心思，对象却被君翔一语言中，是唐暮白的前女友。这该死的乌鸦嘴，自己说点儿什么不好，这下成“预言帝”了。

挂上君翔的电话，穆靳宸靠在大班椅上陷入了沉思。

他拿过一旁的打火机点燃了一根烟，弯了弯嘴角。他穆靳宸从任何一方面来看都不输这天下男儿，倘若连他也没有办法攻破景无双的心防，怕是这个世界上也再没有人能做到这点。这点儿自信，他还是有的。

唐暮白是被一阵电话铃声吵醒的。他数不清自己昨晚喝了多少杯伏特加，完全还在茫然中，不知道自己身在何处。

手机的铃声还在不断地响，他起身拿过手机，看到上面的名字，烦躁地将手机扔到一边，躺回床上望着天花板出神。

然而铃声还在响，他知道如果他不接电话，铃声一定会响到手机没电为止。

唐暮白侧身顺着声音传来的方向摸到手机按下接听键“喂”了一声，发出来的声音像是另一个人的，喉咙像冒烟了一般，十分难受。

“暮白，你在哪里？我打了十几个电话给你，你怎么现在才接？”夏子薇的声音很温柔，同时也很急促。

就像曾经发生过的无数次一样，无论两个人如何争吵，第二天她总能若无其事地站在他面前，温声细语，嘘寒问暖。

这种情况周而复始，他觉得无比疲惫。若当初不是她玩笑着说分手，他当真了，他与景无双又怎么会开始？又怎么会造成如今这个局面？

唐暮白：“你找我有什么事？”

唐暮白的声音不大，语气绝对算不上好。

夏子薇：“没有，我只是想知道你在哪里，听唐阿姨说你昨晚都没有回家。”

只要不是涉及景无双的问题，夏子薇都会对他诸多忍让。就像现在，询问男朋友的行踪应该是每个女朋友应有的权利，唐暮白是这样的态度，她也默默地承受着。

夏子薇仅有的温婉，全数给了唐暮白。

唐暮白没有回答她的问题，蹙着眉头问她：“你打电话到我家里去了？”

夏子薇：“是，我打你的电话你不接，我只是怕你出什么事。”

唐暮白揉了揉疼痛不已的太阳穴：“我能有什么事？只不过跟客户喝酒喝得晚了些，在外面过了一夜。”

果然，这会儿又有电话打进来，他将手机拿离耳朵，对着话筒说了一句：“先不跟你说了，家里来电话了。”

说着他便不管那一端的夏子薇，接听了家里的电话。

电话那一头的夏子薇听着听筒里传来的忙音，轻轻闭上眼睛，痛苦不已。

为什么事情会变成这样？为什么他们之间的关系会变成这样？她以为出国两年，一切都会好起来，在国外的时候一切也好好的。

结果两个人一回国，一切好像又回到了原点。不，两个人的关系比当年更糟糕了。

景无双这个女人真是她命中的克星。

唐暮白昨天没有回来，该不会是……

夏子薇慌了神，马上打了景无双的电话。

景无双正在上班的路上，一手扶在方向盘上，一手撑在车窗上支着脑袋。这样的阴雨天能见度低，也不知道是不是出了车祸，前面堵成了一条车龙，她的车像个夹心饼一样，前后左右全是车，她在中间动也不能动。

此时手机振动起来，眼看上班就要迟到，她以为是助理小棠催她，看也没有看来电显示，直接按下蓝牙耳机的接听键说了一句：“我马上就到了。”

夏子薇：“你马上就到哪里？”

景无双愣了一下，对方态度这么恶劣啊，她拿起手机一看，撇了撇嘴：“表姐，你有事吗？”

夏子薇：“这里没有别人，你不必叫得这么好听。我问你，你昨晚去了哪里？”

夏子薇的语气是一如既往地理所当然、尖酸刻薄。

景无双皱了皱秀眉，这样的语气让人很是反感，尤其是在本就烦躁的堵车的早晨："我想我不需要向你汇报行踪吧？"

夏子薇像是听到了鸣喇叭的声音，缓了缓语气说："景无双，我警告你，要是让我知道你敢缠着唐暮白，看我怎么弄死你。"

耳边传来一阵阵忙音，景无双深吸了一口气："简直就是莫名其妙。"

结果没一会儿电话又响起来，她立马按了接听键："你到底有完没完？"

"无双，是我。"对方的声音低沉浑厚，如陈年的佳酿，通过话筒传出来更是性感了几分。景无双知道自己搞错人了，只得道歉说："抱歉，刚才接了一个骚扰电话，我以为又是她打过来的。穆先生这么早有事吗？"

"也没什么事，我今天早上出门晚了些，来不及吃早餐，想问一问你方不方便帮我带一份上次吃的那个鸡蛋三明治？"

景无双把手机拿过来看了一眼，没错，是那串霸气侧漏的"8"。

所以，穆大董事长大清早打电话给她，就是为了让她帮忙买早餐吗？

景无双诧异得都快说不出话来了。她又不是他的助理，为什么他会让她跑腿？

景无双："穆先生没吃早餐怎么不让助理去买？"

穆靳宸："祁东不知道在哪里买，如果你不顺路那就算了，开车小心。"

穆靳宸很绅士地没再说什么便挂了电话。

景无双这次连蓝牙耳机都摘下来扔到一边去了。大清早的一个两个都跑来抽风，她决定到公司以前谁打电话来都不再接。

她又等了一会儿，车龙总算开始缓缓移动，过了差不多二十分钟她才到公司。

景无双停好车，准备从停车场的电梯直接上办公室，想了想，烦躁地抓了抓头发，又回头从后门上了地面。

当景无双拿着早餐到董事长办公室，让秘书把东西交给穆靳宸的时候，秘书小姐的眼珠子都快掉出来了。

秘书小姐的第一反应就是：景小姐居然不怕死，敢给董事长送早餐。

要知道，穆先生从不收人家的东西，尤其是吃的东西。

可她也认识景无双，知道对方不是那种会想走捷径的人，于是委婉地说："景小姐，穆先生从来不收这些东西，你还是留着自己吃吧。"

景无双一看这眼神就知道对方在想什么，把东西放在桌子上，淡淡地说道："不是你想的那样，这是穆先生要的东西，还有这个，你一并给他就可以，我先去忙了。"

景无双说完便转身走向电梯。

秘书小姐看着她婀娜的背影，疑惑地拿过东西翻了翻，一个三明治、一杯饮料还有一张名片。

她依然半信半疑，因为穆先生从来不会在上班时间吃东西。

可她还是信得过景无双的人品，于是把东西送了进去。

穆靳宸看着秘书小姐拿进来的东西，淡淡地问了一句："她人呢？"

"景小姐说她下去忙了。"

穆靳宸摆了摆手，示意秘书小姐出去。

偌大的办公室内，穆靳宸拿着那张外卖卡片来回转动。他的本意只想找个借口见她一面，殊不知她直接把东西扔给秘书就走人，还慎防有下一次，直接连外卖的联系方式一并送了过来，心思倒是很细腻。

他拿过三明治尝了一口，随即将其扔到一边，拿过纸巾吐了出来。三明治里有少量的芥末，他其实不是很爱那个味道。

他又拿过柠檬茶抿了一口，同样将其丢在一边。相对这种饮料，他更愿意喝黑咖啡或者清茶。

同样的东西，与他上次吃时的感觉和味道却完全不一样。

他背靠在椅子上，轻轻转动了一下脖子，想了想拿过手机给景无双发了一条微信："早餐很好吃，谢谢。"

周一的上午是工作状态最差的时候，"双休日综合征"还没有过去，大多数人进入不了状态。

景无双却已经忙得不可开交，被他们私底下称为"女魔头"的吕总监一大早就召集部门的所有人开例会。

"女魔头"素来六亲不认，开会期间是不允许任何人开小差的，带手机更是头等大忌，偷偷带手机进去的人也只会悄悄地将手机调到静音模式，此刻会议室里却有收到微信的嘀嗒声响起。

"都把我的话当耳边风了吗？谁把手机带进来了？"吕总监用导读棒轻敲着桌面厉声问道。

这样的大忌，景无双是第一次犯，刚刚忙着帮穆靳宸买早餐，匆匆忙忙间竟然忘记关手机。

"抱歉，总监，我的错。"

吕总监瞟了景无双一眼，见是这个办事能力不俗的爱将，脸色缓和了一点儿："下次注意点儿。"

"我会的。"说话间，景无双已经把手机调到静音模式。不经意地瞥见那个威风凛凛的大黑狗头像，她知道罪魁祸首是谁了。

景无双抽出时间把三明治送上了"天庭"，自己还没来得及吃早餐，五脏庙早就在抗议，尤其是她的胃，隐约已有些不舒服。

而吕总监还在口沫横飞，丝毫没有停下来的意思。

"无双，说说你最近负责的与 G 城海天集团合作项目的进度。"

好半晌没有回应，吕总监拿着导读棒重重地敲了敲桌面，不悦地皱起眉头。

平日里这爱将做任何事情都认认真真、一丝不苟，怎么今天开会完全不在状态呢？

“景小姐？你怎么了？”坐景无双旁边的助理小棠发现了景无双的异样。

景无双将一只手按在胃部，脸煞白煞白的，一脸痛苦。

“小棠，我胃病发作，送我去医院。”景无双很努力才把话说完整，胃痛得像是五脏六腑都移了位。

吕总监很快也发现了景无双的异状，当机立断，指了指景无双旁边的两个姑娘说：“你们两个扶无双出去，小棠直接到车库把车开到大堂门口候着。”

众人连连应是，关键时刻还是能看出这位总监的魄力的。她虽然工作态度严谨，可也不是没有人情味的人。

会议室的门被打开，扶无双出去的人差点儿撞上正准备敲门的秘书小姐。

“吕总监，刚刚董事长办公室的秘书来电话说董事长有事请景小姐上去一趟。”

吕总监听着，眉头皱得可以夹死苍蝇。她是景无双的上司，部门中几名项目经理负责的项目一向是统一由她去汇报的，董事长怎么会跨级让景无双上去呢？

她扭头看看景无双痛苦的样子，开口道：“会议暂停，你们先送她去医院，我上去看看穆董有什么指示。”

吕总监快速到了董事长办公室，穆靳宸抬头看到她的时候皱了皱眉头。

说实话，吕总监再怎么虎，到了穆靳宸这里连只小猫咪都不如。看着眼前这位帅气的董事长大人不悦地皱眉，她禁不住咽了口唾沫。

穆大董事长的气场实在太强，这样的威压，就是她这样见惯大风大浪的人都有些㞞了。

“请问穆先生找无双什么事？我是她的直属上司吕慧，无双刚刚胃病发作，正被送去医院。”吕总监毕竟是见过世面的人，稳住心神后总算把话说清楚了。

穆靳宸自然不会回答她的问题，眉头皱得更厉害了：“她胃病又发作了？”

吕总监一时之间不知道该怎么回应，这个“又”字信息量还是挺大的，穆先生是见过景无双胃病发作吗？

穆靳宸并未再说什么，倏地起身，迈着步伐向门外走去，吩咐祁东：“马上备车。”

丢下这么一句话后，他径自走向专属电梯。祁东快步跟了上去，只留下一脸错愕的吕总监茫然地站在原地。

好一会儿她才回过神来，走出来问秘书小姐：“穆先生这是什么意思？”

秘书摇了摇头道：“我也不知道，不过景小姐和穆先生的关系应该是不错的，吕总监先回去忙吧。”

秘书小姐是从穆靳宸欣然接受了那份早餐来判断的，只能透露这么多信息。

专属电梯的速度比公用电梯快上许多，当景无双到达大堂的时候，穆靳宸也到了。

只见两个女生扶着一脸痛苦的景无双，景无双青白的脸上全是冷汗，连身子都直不起来，看得穆靳宸的心都有些刺痛。

“扶到一旁的沙发上，你们先上去。”低沉浑厚的嗓音忽然响起。

两名女生第一次见到穆靳宸，吓得连话都说不出来。见他从专属电梯里走出来，她们大致猜到了他的身份，这想必就是那个刚上任不久、低调淡漠的穆董了。

景无双听到这个声音，也微微抬了抬头，微红的水眸一眨不眨地看着穆靳宸，隐约间还有那么点儿控诉的意味。

这样的眼神看得穆靳宸心头又是一颤，小丫头知不知道她此刻的眼神多么惹人怜惜？

两名同事把景无双扶到沙发上坐下后，穆靳宸挥手示意她们先上去。

景无双并没有跟他打招呼，弯着身子，双手抱着腹部。

“很疼？”穆靳宸居高临下，皱着眉头问了一句，本就低沉浑厚的嗓音此刻更是压低了不少，煞是好听。

景无双并没有回答，只是抬眸赏了他一个“这不是废话吗”的眼神，似嗔非嗔，似嗲非嗲，穆靳宸彻底恍了心神。

穆靳宸把声音放到最柔：“忍一忍，祁东马上就来。”

说话间，祁东的车正好到了门外。

穆靳宸二话不说，弯腰便把景无双抱起来走向门外。

景无双没想到他的动作这么突然，吓得连痛都忘记了，伸出手环上他的脖子，顺带瞪了他一眼。

穆靳宸低着头，弯了弯薄唇：“抱歉，没有事先征求你的意见，特殊情况，左右不是第一次，我想你也不会介意。”

说话间，穆靳宸清冽中带点儿烟草味的气息扑面而至，曾经景无双闻到这样的气息会慌乱、不知所措，不知道是不是这样的次数多了，如今她只有淡淡的局促感，更多的却是心安。

景无双没有理他，放开双手抱住自己疼痛的腹部，头靠在他的肩头，整个人缩在他的怀里。这种状况下她懒得去矫情。

感受到怀里女孩儿的乖巧安分，穆靳宸唇角上扬的弧度更大。

祁东远远就看见高大威猛的少爷迈着稳健的步伐一步一步地向他走来，怀里抱着一个娇小玲珑的女孩儿。这幅画面好像在这段时间里已经出现过许多次。然而每一次少爷怀里都是同一个女孩儿，看着少爷从面无表情到如今嘴角带着温软的笑意，祁东感觉非常震惊。

穆靳宸就像一个已经坐拥天下、世间万物都掌握在自己手里的君王，在感觉高处不胜寒，以为自己再无所求的时候，偶然间遇到一位柔情似水的美人，于是百炼钢化为绕指柔。他抱着美人走来，嘴角带笑的模样看起来比每一次赶走敌寇、打了一场胜仗还要来得满足。

祁东此刻是这样想的。

“祁东？”转眼间穆靳宸已经抱着景无双来到车前。

听到君王的叫唤，噢不，少爷的叫唤，祁东才回过神来，迅速上前打开后座的车门。

穆靳宸弯着腰，小心翼翼地把景无双放进去，自己走向另外一边，打开车门坐进去。

祁东快速上车，熟门熟路地驾着车到人民医院。

祁东心想，这位景小姐也真够脆弱的，短短一个月的时间，他前后已经送她进了三次医院。

他从后视镜里偷偷看了景无双一眼，这弱不禁风、楚楚惹人怜的模样怪招人稀罕的，难怪连一贯凉薄的少爷都一脸痛惜。

还是老太爷眼光毒辣，一眼就知道什么样的女人适合少爷。

所谓铁汉柔情，少爷这样目无下尘、沉稳刚毅的人跟这样娇滴滴的女孩儿真是相配。

后座上的两个人自然不知道祁东已经在心里嘀咕了半天，穆靳宸帮景无双和自己系上安全带，便把她的脑袋按在自己的肩膀上，嗓音低沉地问道：“这次又是怎么弄的？”

景无双缓了口气，低声说道：“没时间吃早餐。”

穆靳宸皱着眉头，似乎想到了什么：“因为我让你去买早点，所以耽误你吃早餐了？”

祁东差点儿把油门一踩到底，默默地看了一下后视镜，这不是他的工作吗？

如果少爷来不及吃早餐出门，吴妈都会第一时间叫他把早餐带上，或者提醒他到外面买一份。

可是，今天早上少爷明明吃过早餐才出门的啊。

少爷，你腹黑了。

景无双虚弱地点了点头。

穆靳宸听着有些内疚，想到她所在的部门周一都是要开例会的，按照吕慧的作风，景无双自然是没有时间吃早餐的。

“抱歉，我的错，下次不会了。”

景无双没有再说什么，只是靠着椅背，轻轻地闭上了眼睛。

穆靳宸掏出手机给吴妈打了个电话，告诉她景无双的胃病发作，让她准备点儿食物到人民医院。

吴妈好一阵心疼，絮絮叨叨地说怎么好端端的又发作了，却不忘赶紧去准备流质食物。

景无双睁开眼睛，抬眸看着穆靳宸，缓缓地说道：“别总是麻烦吴妈，她年纪大了，来回跑不方便。”

穆靳宸开始明白为什么那么多爷爷奶奶辈的人喜欢眼前的女孩儿了。她倒是个很贴心的可人儿，并没有因为吴妈的身份觉得这件事是吴妈应该做的。

穆靳宸轻启薄唇：“吴妈一向稀罕女儿，怪你自己。吴妈中意你，喜欢做东西给你吃，我管也管不住。”

景无双一个字也不信。他不打电话给吴妈，吴妈能知道她生病了？

但她没有心力跟他争执，又靠在一边闭目养神，闻着熟悉的气息。许是他身上的气场过于强大，总会给人一种很安心的感觉，觉得有他在，便什么也不用担心，她居然有些昏昏欲睡。

她已经好多年不曾有过这种想要依赖别人的感觉。其实景无双看似娇弱的外表下，有一颗无比坚强的心。

否则，她怎么能够在夏子薇的眼皮底下，安然无恙地过了这么多年而没有吃过大亏呢？

当然，唐暮白的事除外，人心本来就是最难估算的，她怎么输都不算冤枉。

对方心不诚罢了。

不知道过了多久，也不知道其中发生过什么事，反正当景无双再次醒来的时候，手上输着液。

吴妈在边上细心整理她那娇艳欲滴的百合花。

穆靳宸与祁东早已不知所终。

窗外的天色有些阴暗，分不清是阴天还是时候晚了。

景无双漂亮的水眸盯着天花板。她失神了好一阵子，什么也想不起来，然后伸手拍了拍脑袋，不知道自己为什么会睡得这么沉，记忆像是断片了一样，怎么也衔接不起来。

她扭过头，轻唤了一声："吴妈。"

吴妈见她醒了，瞬间放下手里的工具朝她走过来，扶她坐起来，帮她垫一个枕头在身后："哎哟，我的好小姐，你总算醒了，可把我急坏了。"

景无双听着吴妈关切的语气，心底一暖，虚弱地冲她笑了一下："吴妈，我睡了多久？"

吴妈捏捏她的手，又抚上她的额头，确定她的体温正常了才说道："小姐睡了大半天，这都傍晚了，少爷跟祁东也是午后才走的咧。"

这都傍晚了？

她到医院的时间应该不会超过十点钟，居然毫无知觉地一觉睡了这么久，吴妈一直在这里照顾她吧。

"辛苦你了，吴妈。"

吴妈摆了摆手道："不辛苦不辛苦，我一个老太婆待在家里才无聊呢，多出来走动走动身体才会好。小姐，医生说了，你的胃必须好好养着，不能再这样三餐不定时了，吃东西也得多注意，要小心养一段时间才能完全好起来。"

景无双点了点头。她也知道胃病必须仔细养着，可是她一个人住，厨艺也不算精湛，很多时候是随便吃点儿东西对付的。

苏苒又是个马大哈，还是个超级吃货，两个人出去吃饭的时候就更加不会注意，所以景无双的胃病一直好不了。

但是只要她按时吃饭，也不至于发作得这么严重。

为了不让老人担心，景无双只得点了点头："我以后会注意的，吴妈不必担心。"

谁知道她这样回答，吴妈还是不满意，神秘兮兮地凑到她跟前道："小姐，其实你也不必瞒我。我去看过老太爷，你和少爷的事情他老人家都告诉我了，我们迟早是一家人。我的意思是你要不然搬过来和我们一起住？这样你就可以天天吃到我做的饭菜，好好养胃，自然就好得快了。"

景无双一听，大吃一惊。什么一家人，什么一起住，这都哪儿跟哪儿啊？

怪不得吴妈连"景小姐"都不叫了，直接一口一个"小姐"。

景无双急得两只手都伸出来摆了摆："不是那么回事，使不得，使不得。"

吴妈连忙按住她输液的那只手："瞧把小姐给激动的，其实也不是一起住。少爷在双城国际本来就有四套房子，少爷自己住一套，我和祁东分别住一套，还有一套被大小姐趁着少爷出国的时候租了出去，少爷不喜欢，回来不久后就收了回来，刚翻新完毕，漂亮着呢。没别的意思，我问过少爷了，能不能把那里当员工宿舍，让景小姐去住，这不，少爷想也没想就答应下来了。"

这居然还是吴妈的主意，景无双简直就是一个脑袋两个大。住在双城国际的人非富即贵，不是董事长就是总裁，要么就是祁东和吴妈这样的人，谁钱多没地方花，会把那里当员工宿舍呢？

"吴妈，真的不用，我现在的公寓挺好的。"

吴妈"唉"了一声，有些沮丧地说道："我知道自己这个要求过分，可是我年纪大不中用，又不会开车，每天找人接我给小姐送饭也麻烦，看来只有每天走路送过来咯。"

这下景无双更是无奈："吴妈，不用，你不用每天给我送饭，我自己会做的。我会照顾好自己，我保证。"

这话一出，吴妈的表情更是哀怨："许小姐也嫌弃我年纪大不中用了？怪不得少爷这不让我做，那不让我做，连打扫卫生和洗衣服这些活都专门从老宅叫了个人过来帮忙。人老了，真的一点儿用都没有了。”

吴妈说着，眼睛居然湿润起来，拿起自己的衣角擦拭了一下眼角。

都说老人年纪大了经常会找不到自己的存在价值，有时候让他们闲着，他们心里反而会觉得很难过。

景无双连忙摇头道：“吴妈，我真的不是这个意思，只是不想你太操劳了。而且我与穆先生并不是你想的那种关系。”

吴妈又拿起衣角擦了擦眼角：“不操劳，不操劳，只要你们不嫌弃我就好了。我问过老太爷的，我能不能做饭给小姐吃，老太爷都说可以的。我才不管你跟少爷是什么关系呢，反正老太爷说小姐以后就是自己人，如果小姐不愿意，我是没脸见老太爷咯。”

景无双无语了，连老首长爷爷都被搬出来了，这真的让人不知道该说什么好，怕是整个穆家的人都把她当穆靳宸的女朋友看待了吧？她这算不算是没事找事呢？

吴妈见景无双半晌不吭声，继续说道：“小姐，你想想，我们住的地方离宸宇大厦比较近，天气适合的时候还可以走路过去，加班晚了也不怕。既然少爷都说了这是员工福利，又不要钱，小姐就答应了吧。”

景无双被吴妈说得有些心动了。她当初买那套公寓就是图它离公司近，可是每天必须走的那条路是S市整个东边的交通要道，本来十分钟的车程，每次愣是要花超过四十分钟的时间在路上。

S市的交通状况让人很烦躁，她其实考虑过把公寓卖了，在公司附近买一间单身公寓或者租一间公寓，然后可以直接走路上班。

吴妈见景无双犹豫，知道她心动了，最后拍板道：“好嘞，就这么说定了，小姐把家里的钥匙给我，我过去帮你收拾东西。其实也就带些衣服，二十九楼什么都有的。”

景无双今天被吴妈吓到了太多次。吴妈这性格是不是太干脆了？

“不必，不必，等我输完液自己回去收拾。”

景无双这是答应了？吴妈的脸上早已乐开了花，她连声道：“好、好、好。”

吴妈又拿过一旁的保温瓶道：“说了这么多，小姐也该饿了吧？来吃点儿粥吧。”

说着，她把保温瓶里的粥倒到碗里。

景无双郁闷极了。她要是不答应，就连饭都吃不上了吗？

祁东推开董事长办公室的大门便看见神色漠然的少爷戳在窗边，一手拿着烟，一手插在裤兜里，远眺着万家灯火。

这样寂寥的背影，祁东不知道见过多少次，而这一次祁东总觉得有什么地方不一样了，至于什么地方不一样，他一下子又说不上来。

“少爷，刚刚吴妈打来电话说景小姐同意搬到二十九楼了，明天收拾完东西就搬过去。”

穆靳宸闻言，转过身弹了弹手上的烟灰，一脸高深莫测，眼中闪过一丝志在必得的幽光，似乎这些都在他的意料之中。

“我知道了，这件事尽量低调，我不希望传出任何风言风语。”

“我知道怎么做。”祁东说完，径自退了出去。

穆靳宸此时才微微扬起嘴角，他好像已经找到把这个吃软不吃硬的小女人纳入囊中的门路了。

早知道S市的生活如此让人期待，他两年前就该留下来。

Chapter 07
搬 家

唐暮白并不知道自己只是喝醉酒，在本色留宿了一夜，家里便闹得天翻地覆。

唐母一向拿夏子薇当儿媳妇儿看待。在唐母看来，两个人恩爱有加，尤其是唐暮白出国回来后，比过去更加沉稳，处事也更有分寸，她认为这都是夏子薇的功劳。

今天夏子薇大清早打电话来，说从昨天凌晨到现在都找不到唐暮白，唐家父母乍一听，可急坏了，发动人手到处找人，直到后来夏子薇打电话说人已经找到了，唐家父母才放下心。

唐暮白早上醒来以后觉得还是难受，又昏睡了过去，直到傍晚再次醒来才回家。

谁知道他刚进家门就是这样一副“三堂会审”的架势，唐暮白的父亲唐朔已经气了一整天，看到这个夜不归宿的儿子现在才回来，还一身酒气，没有完全醒过来的模样，气就不打一处来。

“你还知道回家！你说昨晚怎么回事？”唐朔教了半辈子书，如今虽然混到领导的位置，可身上的学者风范半分未减，甚少像现在这样气急败坏。

唐暮白在接到夏子薇的那一通电话以后就料到会是这样，只淡漠地道："就是和几个朋友出去喝了点儿酒，在会所过了一宿，是子薇不明就里地瞎操心。"

唐朔指着他劈头就骂："胡闹，我们唐家世代书香门第，偏生出你这么个不务正业的孽子，竟然夜宿烟花之地。你说说，回国这大半个月你都做了些什么？你还打算这样不务正业下去？"

唐暮白打算回国时唐朔就已经在着手安排唐暮白和自己共事，以后好有个照应。结果唐暮白不肯，说是回来后再做打算，打算了大半个月都打算到什么会所里喝花酒去了。

唐朔能不勃然大怒吗？

面对父亲的怒火，唐暮白却一脸从容，开口道："爸，这件事我本来想迟点儿再跟你谈，我跟部队联系过了，下个月一号我想回到部队当教官。现在能不能先让我回房间洗个澡，换件衣服？"

说完他径自上楼，留下怒不可遏的唐朔。

唐朔指着他的背影骂道："放肆，简直放肆！你瞧瞧他什么意思？什么意思？他竟然想回部队？在这本该结婚生子、接替我的事业的最好时机，他居然想回部队？"

妻子郭碧青一边拍丈夫的后背帮他顺气，一边说："都一把年纪了，火气还这么大，儿子的性格你不是不知道，有什么话不能好好说，非得发这么大的火？"

"这都是什么事啊，我不打他已经是脾气好了。"

唐朔已经气得上气不接下气了。这个儿子从小到大都不用他操心，秉性也不错，顶多就是有点儿风流才子的气性。两年前儿子一声不响地带着夏子薇回来说这是他女朋友，后来说要一起到国外深造，唐朔他们怎么劝都不听。

后来唐朔了解清楚，这夏子薇的爷爷居然是夏荆山，夏家的名声与家境也不错，与他们家倒也相配。

这夏子薇本人也不错，唐朔他们也就没再说什么。

亏得女孩子家细心，和唐暮白在国外这两年多，夏子薇会定时打电话回来汇报情况，对唐朔他们各种嘘寒问暖，他们对这个准儿媳也就更加满意了。

一眨眼，人家姑娘都已经二十七岁了，唐家父母本想着两个人回来就该把婚事给办了。

这下好了，唐公子说要去部队当教官，你说这到底是什么意思？

儿子不继承他的事业也就算了，郭碧青是独女，郭家的生意做得也不小，郭家老爷子那边也是指望唐暮白能接手郭家的公司，再不济，唐暮白回到大学当教授也不是不可以。

可偏偏唐暮白什么都不选，一心想去部队当教官，唐朔如何能不气呢？

这婚结不结了？

“要不，我给子薇打电话问问是什么情况？”郭碧青想着小两口儿指不定商量来着，搞不好正是为了这件事闹开，儿子才想着去喝酒解闷。

唐朔挥了挥手，也只能从这个准儿媳妇儿那里套到些情报了。

郭碧青拨通了电话，柔声道：“薇薇啊，我是唐阿姨，暮白方才回家了。”

此时的夏子薇已经在夏家的公司上班了。夏锦荣是个没什么主见的人，就指望着尽早把一切交到女儿手里，他好脱身过些闲散的日子。

夏子薇刚刚还在与助理商讨事情，一看是郭碧青的电话，马上打发了助理出去，转动着手上的钢笔，甜甜地说：“嗯，回家了就好。唐阿姨，早上是我不懂事，干着急惊扰了你们。我后来跟他通过电话的，他是约了朋友谈事情才拖到现在回家，你们可不要怪他了。”

“瞧你这丫头，还帮着那小子说话，我们都知道了，是不是因为他要回部队的事情，你们吵架了？”

夏子薇马上停止了转笔的动作，腰板直了起来：“什么？唐阿姨你说什么？他要回部队？”

郭碧青一听就知道坏事了，原来夏子薇还不知道这事，这下不好收拾了，便马上改口道：“可不是，一回来就嚷着要回部队看望以前的教官，那里可是边境，如今也不太平，我们说他，他还不高兴了。”

夏子薇半信半疑，唐母刚才好像并不是这么说的：“郭阿姨，真的是这样吗？”

郭碧青：“是啊，我给你打电话就是想让你劝劝他，等边境平安一些再回去。原来他还没有和你说啊，那估计是随口说说，这样的话，你可要装作不知道啊，否则他可要怪我多嘴了。”

夏子薇虽然还是半信半疑，可也不好质问长辈，只得顺着对方的话说：“我知道的，唐阿姨放心。”

郭碧青：“还是薇薇招人疼，我也没别的事了。总之，你们两个人好好过日子，一点儿小吵小闹那是常有的事情，你也别太放在心上，往后还有好几十年要过呢。那我就先挂了啊，你多注意身子，有空常来吃饭，就这样啊。”

夏子薇：“嗯，谢谢唐阿姨，我会的，再见。”

夏子薇挂了电话，靠在椅子上陷入了沉思。唐暮白肯定是动了回部队常驻的心思。

郭碧青以为她知道，还因为这件事和唐暮白吵架，所以唐暮白才去喝酒，刚刚本来是想了解情况的。如果不是她过于着急反问，郭碧青肯定什么都说了。

夏子薇化着精致妆容的脸倏地有些扭曲。唐暮白啊唐暮白，这才刚回国，你就想着一脚把我踹开，没那么容易。

别说他躲到部队，就是躲到天边也休想抛下她夏子薇。

商场上的夏子薇算得上是一个精明能干的人，也是做生意的一把好手，假以时日不失为一个女强人。

然而每个人都有自己的逆鳞，而她的逆鳞恰好就是唐暮白与景无双这件事。只要触碰到这个逆鳞，她就会失控，智商与情商瞬间降为零甚至负数。

那一端的郭碧青挂上电话以后更是忧心忡忡："老唐，子薇根本就不知道这件事，你看……"

唐朔摆了摆手："说都说了，还有什么好看的？知道了更好，让她跟那小子闹去，看他还去不去得成。我们治不了他，总有人治得了。"

还真让唐朔说中了，夏子薇生来就是治唐暮白的，至少唐暮白自己也这么认为。他原本过得春风得意，在花丛中如鱼得水，就因为招惹了一个夏子薇，让自己落到如今这个境地。

"唐阿姨说你想去部队？"每一次面对这样理直气壮的质问，他都觉得前所未有地疲惫，哪怕她的声音是柔软的，听在他的耳朵里都像是禁锢他自由的枷锁。这样的感觉，太糟糕了。

他咬了咬牙关，尽量保持心平气和，本也不是浮躁之人，没必要每一次都弄得如此针锋相对："是有这个想法，我感觉自己心智不够成熟，想再去历练几年。"

夏子薇耐着性子问："那我呢？"

唐暮白深吸一口气道："薇薇，我最多去两年，两年后，如果你等我，我们再说；你若有其他选择，你随意。"

"再说？随意？唐暮白，你这是什么意思？想方设法地躲开我是不是？"听到他说离开，夏子薇又开始失控。

"薇薇，我们能不能心平气和地谈一次，何必每次说话都如此针锋相对？我们并不是仇人。"温文如唐暮白，回国后每次都被她逼得不像自己，"你不觉得我们需要分开一段时间沉淀一下、冷静一下吗？"

"不需要，我为什么需要？只要你在我身边，就是最好的沉淀。"夏子薇听不得他说离开，一点儿也听不得。

唐暮白："可我需要。薇薇，就当我求你，放开我，容我先喘口气行吗？"

夏子薇："唐暮白，你有心吗？你怎么能这样说话？你说这样的话置我们在国外的两年多时光于何地？你不想想我们那些开心快活的日子，非要回来看到景无双，给我们添堵。我说我们回美国，你不要，如今你却要一个人去部队，分明就是想一脚踹开我，你当我是傻子吗？”

夏子薇越说声音越大，最后放声哭了起来。

又是这样！

唐暮白心烦得想杀人！

世界上怎么会有这样的女人？当初他以为她是玩得起的人才去招惹她的，从来没想过跟她长久地在一起。

他若要娶妻，定然是找景无双那样的女人。

若他早知道夏子薇是这样的女人，沾上了怎么都甩不掉，打死他他也不会去碰夏子薇的。

两个人在国外时还好些，哪里会像现在这样？

这个世界上会有人愿意一辈子生活在沙漠里，整天对着一颗浑身带刺的仙人球吗？

除非那人是自虐狂。

唐暮白的声音透着前所未有地疲惫：“好了，今天不谈了，我没有睡好，先去休息了，晚安吧。”

“暮白，你说过的，你会爱我一辈子，你永远不会丢下我的是不是？”夏子薇吸着鼻子问得楚楚可怜。

她何尝不知道这样的自己很难看？可是，有时候她就是控制不住自己的情绪。

“等我睡醒再说吧。”

唐暮白丢下这么一句话便挂上了电话，实在是没有精力再与夏子薇纠缠。

话虽如此，唐暮白躺在床上怎么也睡不着。经过夏子薇这么一闹，他是肯定去不成部队了。

先别说夏子薇手里的东西，就她这个态度，必然是要闹得天翻地覆的，最后必定会把东西拿出来威胁他。

其实就是家里的长辈们，他也说服不了。

回国这么久，他却是第一次如此认真地思考自己的前程问题。

政府与事业单位肯定不考虑，他不知道自己能忍耐到什么时候，可知道自己总有一天会爆发的，所以这些部门去了也白去，最后他还是要打道回府，还会闹得尽人皆知，可能连带着父亲也会受到牵连。

经过一番思量，最后他也只有从商这一条路可走了。

他不可能为一个夏子薇什么也不做，荒废自己的人生，但前提是得把一切安排妥当。夏子薇毁了他不要紧，但是其他人不能因此受到牵连。

他将双手枕在脑后，如果……如果一切能回到三年前，那该多好。

往事如烟，每当樱花树下那个娇俏的身影浮现在自己的脑海中时，他都刻意回避这些过往。

他很想拥有那样的美好，想得心肝脾肺肾都在痛，然而他知道自己大概已经没有资格去拥有她了。但只要仍有一丝希望，他都想尽全力去争取。

他想，再糟糕的人心底也是有一束白月光的，而每个人都有追求属于自己的白月光的权利。景无双恰好就是他的白月光。

吴妈是个行动派，言出必行。

第二天，景无双也是告了假的，刚打完点滴，就被吴妈拉着回公寓收拾东西，随行的还有一名司机，说是老宅派过来负责接送吴妈出入的。

景无双好一阵无语，吴妈不是用人吗？

吴妈似乎知道景无双在想什么："小姐是不是很奇怪，为何东家会对老婆子这么好呀？"

景无双轻轻一笑，也不骗她："是有些好奇，可吴妈不必告诉我。”

吴妈拍了拍她的手背，笑得很和蔼：“小姐有所不知，少爷的母亲是生少爷的时候难产去世的。少爷是早产儿，出生之后身体很虚弱，又吃不进牛奶，东家上下都很着急。我那会儿正好刚生产完，我是个没福气的，孩子还在肚子里的时候我先生就出车祸走了，儿子生下来又夭折了。”吴妈说到这里，眼眶也湿润起来。

景无双连忙搂着她的肩膀道：“好了，吴妈，过去的事我们都不说了好吗？”

吴妈摇了摇头，继续说道：“那时候，大小姐派人找到我，问我能不能奶少爷，我自然是愿意的。后来少爷一直由大小姐带着，我从中帮衬，少爷也算是我和大小姐带大的。少爷小时候很可爱，虽然也像现在这般不爱笑，总爱板着个脸装小大人，可是小模样长得招人稀罕得紧。”说起穆靳宸小时候，吴妈会心地笑了起来，骄傲得像是在说自己的孩子一般。

“少爷从小就聪明伶俐，家里的长辈都当他是掌中宝，可他没有沾染一点儿纨绔子弟的习性，学什么东西都快，心地又善良，小小年纪就已经拿了好多奖项，是所有同龄人的榜样，更是穆家的骄傲。

“后来不知怎么的，少爷跟老爷闹了些意见，就去国外了，这一走啊，便是七年。少爷念旧，我一直是跟着少爷的，他也把我当长辈看待。小姐，你说我们做用人的，为东家做什么不是应该的？可穆家不是这样，除了少爷，其他人对我也很好。不仅是我，穆家上上下下的用人都各司其职，尽心尽力，没有一点儿怨言，与其说穆家是我们的东家，不如说穆家是我们的第二个家。”

景无双点了点头。她见过穆家所有的人，都是非常好相处的人，并没有高门大户人家的架子。

最难相处的大概就是穆先生了吧，可人家天性如此，并非刻意制造距离感。

“小姐，少爷真的很好，虽然性子有些冷，可并不是冷心的人，就是太孤单了，聪明又早熟，很难找到知心的朋友。年纪小的时候他还被老太爷扔去部队历练了几年，老太爷说千锤百炼方成男人，你看少爷如今顶天立地的模样，是从小练就出来的。”吴妈说着说着又是会心一笑，在她眼里，穆靳宸什么都是极好的。

吴妈一路上喋喋不休地说了许多穆靳宸小时候的趣事，连带着还说了很多穆宇浩的糗事，这些都是景无双很难与那个高冷董事长联想到一起的。

原来他也有如此可爱的一面。

欢声笑语间两个人很快便到了金碧花园。

正如吴妈所说，景无双真的没有什么可带的，就是衣服、护肤品与一些日常用品之类的东西，两个箱子就够了。

吴妈绕着公寓走了一圈，嫌弃地说道：“小姐，把这里卖了吧，反正你也不回来住了。”

景无双以为自己昨天已经被吴妈吓得够呛了，没想到吴妈今天还有这么一出，连忙摆手道：“不行、不行，我还要回来住的。”

吴妈立马拉下脸道：“小姐，你不是都答应在二十九楼住下了，怎么还想着回来？”

景无双简直哭笑不得，怕她再说什么，安慰道：“吴妈，我去二十九楼住也不代表我要卖掉房子呀。”

吴妈不理会她，还在那里喃喃自语道：“卖掉好，卖掉你就不会再回来咯。”

后面她越说越小声：“再说，要是你跟少爷结了婚，也该住到大房子里去，不会回来住这套小房子呀。万一有了小小少爷，那更住不下了。”

景无双没有听到她后面的嘀咕，前面那句倒是听到了，生怕她再说什么卖房子，赶紧说：“这是我自力更生买的第一套房子，很有纪念意义，所以无论如何我都不会卖掉的。”

其实景无双想过把房子卖掉，可肯定不会是现在。

吴妈这才撇撇嘴，没再说什么。

两个人收拾完毕，司机过来帮忙搬行李下去，几个人一起回了双城国际。

景无双拿着吴妈给的钥匙打开二十九楼的大门，惊讶极了。这房子好雅致的装潢，简约又淡雅，给人一种很温馨、舒服的感觉，不得不说装修这房子的人太有品位了。

“小姐，这里不错吧？”

景无双点了点头：“挺不错的，我很喜欢这个风格。”

吴妈笑着说道：“少爷的眼光自然是极好的。少爷原本是打算将上下两层打通，住到二十九楼的，前些天不知道为什么，只是把原有的家具全部换了，再动了些摆设，其他地方也就没有动了。”

吴妈将房间挨个儿给景无双介绍了一遍，然后帮她把行李推进房间。

房间的风格与客厅同一格调，简约为主，只是更为清雅一些，用色偏暖，总之是景无双喜欢的风格。

就这样，景无双心安理得地以“伤患员工福利”的名义，住进了双城国际二十九楼。

穆靳宸接到吴妈的电话，得知景无双已顺利地搬到二十九楼，“嗯”了一声，问道：“她对装修满意吗？”

吴妈眉飞色舞，绘声绘色地描述了一通无双小姐对新居的满意程度。

穆靳宸听着，嘴角弯起了好看的弧度，脑海里闪过景无双那张清新秀丽的小脸。

那样的装修，她岂会不喜欢？

“我晚上回去用餐。”

穆靳宸丢下这么一句话便挂上了吴妈的电话，随即又拨通了秘书的内线：“通知各部门，下午五点的会议提前到四点，时间压缩到一个半小时内，五点半以前必须结束会议。”

傍晚五点多的时候，吴妈便已经开始准备晚餐。少爷主动打电话对她说要回来吃饭，这是从来都没有过的事情，可把她乐坏了。

少爷怕是醉翁之意不在酒，让无双小姐过来住是正确的，看来少爷以后会常常回家吃饭。吴妈这么一想，嘴边的笑意怎么也抑制不住了。

六点刚过五分，吴妈就听见了开门的声音，黑狼闪电般扑到门口。

穆靳宸刚进门，黑狼就甩着大尾巴咬过一旁的嘴套。主人真好，两天前答应带它出去玩，今天这么早下班回来带它出去。

吴妈诧异极了："少爷今天这么早下班？"平时他就算回家吃饭也没这么早的。

他一边拍着黑狼的脑袋，一边回答："今天没什么事，就早些回来。"

"少爷，今天小姐会下来吃饭，所以直接在这里做饭了。"吴妈解释了一句。

穆靳宸家的厨房一般只有早餐的时候才会用到，平时都是吴妈在二十七楼做好饭送上来，二十八楼是开放式厨房，这样免得弄得到处是油烟。

穆靳宸"嗯"了一声，没有多说什么，环顾了一圈，不见那个娇小的身影，也没多问，在玄关处换了鞋子便走进客厅。

黑狼叼着嘴套跟着他，还不停用身子蹭他，穆靳宸这才想起答应过带它出去的事情。

"抱歉，改天再出去。"

黑狼不依，"汪汪"几声表示抗议。

主人居然骗它。

穆靳宸从它嘴里拿过嘴套说道："过几天带你去一个不需要戴嘴套的地方。"

黑狼嗯呜一声，绕着他转了几圈，又用肥大的身躯蹭了蹭他的腿，才回到自己的窝里趴好。

“吴妈，开饭再叫我。”

丢下这么一句话，穆靳宸径自向自己的书房走去。

景无双被吴妈拉到了二十八楼，当她在玄关处看到那些男士鞋子，以及那位威风凛凛的大黑狗同志的时候，便有种不祥的预感。

“这里是穆先生住的地方？”

吴妈点了点头，笑着道：“少爷住这层，我住在二十七楼。”

景无双的第一个反应是拔腿就跑，她以为吴妈就算不把晚饭送过来，也会到她那里吃，谁知道对方直接带她来了穆靳宸家里。

景无双委婉地道：“吴妈，他那么喜欢私人空间，我在这里吃饭怕是会打扰到他吧？”

“无双怎么知道我喜欢私人空间？”吴妈还没来得及回答，一个低沉华丽的声音响起。

景无双有些不好意思，又不知道如何回答，只好喊了一句：“穆先生。”

幸而穆靳宸没有追问什么，而是问了吴妈一句：“是不是可以开饭了？”

吴妈掩面而笑，“哎”了一声便走向厨房。

景无双说了句“我来帮你吧”便快步跟了上去。

穆靳宸望着那颇有落荒而逃意味的娇小身影，眼里闪过一抹意味深长的笑意，深邃的眼睛里似是汇聚了万千星光，格外明亮。

吴妈做了四菜一汤，都是些容易消化、对胃比较好的清淡菜，连主食都是山药枸杞粥。

景无双在厨房低声问吴妈：“不必如此迁就我，这样清淡，穆先生吃得惯吗？”

吴妈笑了一下，音量却没有压低：“小姐放心，少爷平日里口味就偏清淡些，这些也是他平常爱吃的小菜，你们俩口味挺一致的。”

“嘘……”景无双想阻止也来不及了。

这里本就是开放式厨房，离饭厅也不远，这话肯定被穆靳宸全部听了去。

景无双低着头脸红红地端着两盘菜到饭厅，穆靳宸已经在饭桌边摆好碗筷，看到景无双手里的菜，连忙接过来放到桌子上。

吴妈也端了两盘菜过来，穆靳宸放下手里的菜，又接过吴妈手里的盘子，开口道：“都坐下来吃饭吧。”

吴妈连忙摆手道：“你们吃，我回二十七楼吃。”

景无双听到吴妈这么说，有些着急。吴妈不在这里吃饭，干吗拉着她过来？

吴妈可不要抛下她一个人在这里与穆靳宸吃饭啊，她哪里受得了单独与他共处一室？

“吴妈，一起吃吧。”景无双的语气带着央求的意味。

“小姐，我知道你们对我好，可规矩不能坏。穆家有规定的，用人不上桌。你们吃啊，天冷，汤我就不端过来了，让它在锅里热着吧。吃好后碗筷也放着，我会来收拾的。”吴妈边说边脱掉身上的围裙，眼看就要往门外走了。

“吴妈，无碍，一起吃吧，我这里没那么多规矩。”穆靳宸也皱着眉头开口，相信吴妈一走，眼前的女孩儿是吃不好饭了。

吴妈固执地摆了摆手道：“少爷对我好，我都知道，只是规矩不能坏，你们就别为难老婆子我了。”

景无双就这样眼睁睁地看着吴妈走了。她也不是矫情之人，两个人总归也不是第一次同桌吃饭，只是在人家家里到底有些难为情。

“过来吃饭吧，吴妈很固执，我说服不了她。”穆靳宸边说边从砂锅里盛山药粥。

景无双见状，轻声说道：“我来吧。”

穆靳宸没有理会她，把盛好的那一碗粥推到她跟前，又给自己盛了一碗。

“吃饭吧，吴妈的手艺挺好的。”说着，穆靳宸夹了一筷子菜到景无双面前的小碟子里。

“我自己来吧。”吴妈的手艺景无双尝过很多次，吴妈的菜做得很精致，味道也极好，她自然知道。

景无双夹着菜，就着粥一小口一小口地吃着。她本以为气氛会很尴尬，甚至可能吃不下饭，然而并没有出现这种状况。

许是对面那个男人换了一身家居服，收起了一身气场，许是吴妈的手艺真的太好，她觉得胃口比平时都要好。

穆靳宸吃饭很快，但并不是狼吞虎咽那种，给人的感觉很豪迈，吃相却是很优雅的。

穆靳宸夹菜的时候还不忘时不时看一眼对面的女孩儿。

饭桌的一侧是落地玻璃窗，虽然才傍晚六点半，外面已是华灯初上，客厅里的灯也早已打开。

头顶那一束灯光如月华倾泻，坐在他对面的女人恬静婉约，优雅地托着小碗，拿着勺子，把粥凑到樱桃小口前吹几下，才慢慢地送进嘴巴。

穆靳宸觉得女孩儿的吃相很美。

景无双不经意间抬眸，便撞上了他灼热的视线，脸上热了几分，迅速错开目光。

穆靳宸勾了勾唇，淡淡地开口道：“无双，你不必怕我，我并不是洪水猛兽。平日里吴妈不肯上桌，我一个人吃饭挺冷清的，日后我们搭伙吃饭，这样吴妈可以多烧几个菜，我吃着胃口也好些。”

景无双听着，差点儿被尚未来得及咽下去的山药呛到。说实话她并没有每天都跟他一起吃饭的打算，但也不打算道破，下次找借口不来便是。

穆靳宸见状，不声不响地起身到厨房盛了一碗汤放到她跟前：“别噎着。”

景无双连喝了两口汤，顺了口气才柔声道：“谢谢。”

穆靳宸又说：“也请你别怪吴妈，她大概也是见我一个人吃饭有些孤单，又中意你，才如此安排。嗯……我也觉得与你相处很舒服，当然，如果你觉得拘谨，那就不必勉强了。”

景无双没想到他会这么说。她平日里回到家，独自面对冰冷的房子，一个人逛街、吃饭、看电影也很孤单。这里倒是有他，有吴妈，甚至有那条大黑狗，她觉得不知道有多温暖。

景无双并没有回答他的问题，而是问了一个她想问很久的问题，指了指安静地窝在一旁的黑狼道：“我好喜欢那条狗狗，它是什么品种？好威风。”

穆靳宸有些怔住，没想到她会问这个。一般女孩子会喜欢贵宾、西施等可爱的小型犬，他没想到她会喜欢黑狼。

他往上扬了扬嘴角，果然不能被她的外表所蒙蔽。

“它叫黑狼，纯种的德国大丹犬，是一个德国朋友送给我的。”

“原来那就是大丹犬啊，怪不得这么威风，这么大一条。它多大了？”

“今年三岁多了，体格基本定型，不会再长了。”

“那我们吃完饭带它出去遛遛？”

女孩儿闪闪发亮的乌眸里透着纯洁的亮光，没有人能够拒绝她的要求。

“好。”

这么湿冷的天，穆靳宸原本是不打算出去的，可面对这样的目光，他却一口应了下来。

景无双的眉梢眼角都洋溢着笑意：“那我们赶紧吃饭吧。”

穆靳宸心里倒有些不是滋味了。他的魅力不如吴妈，甚至不如从她进门就没有正眼瞧过她的黑狼，他想要与她多接触还要靠着这些“神助攻”，还真是憋屈。

用过晚餐后，景无双与穆靳宸一起收拾碗筷。虽然两个人的家庭条件都不错，可都不是那种衣来伸手饭来张口之人，自然不会将碗筷留给吴妈收拾。

景无双负责收拾桌子，把碗端进厨房，穆靳宸已经打开水龙头开始洗碗。景无双看着他熟稔的动作，他怕也不是第一次做这样的事情了。

“穆先生洗碗还蛮有水平的嘛。”景无双收拾好外面，手里捧着水杯，就见他往洗碗布上挤了些洗洁精，将碗碟刷了一遍，然后一个个放到清水池里，她忍不住调侃了一句。

“这种活又没有技术含量，需要达到什么水平呢？”

景无双一直看着他的动作，见他的衣袖已经快沾到水了，便放下手里的杯子，走到他旁边说：“手抬起来一下。”

穆靳宸闻言愣了一下，但还是停下手里的动作，听话地把手抬起来，结果手抬得有些高，眼看水都要往衣袖里面流了，景无双赶紧按住他：“不要抬这么高，放平就好，你看水都流进去了。”

说着，她便把他的袖子一层一层地往上挽。

女孩儿身上总有一股甜甜的味道，不知道是洗发水还是润肤乳的味道，淡淡的、甜甜的，很好闻。

女孩儿睫毛很长，轻轻地颤动着，眸子一直盯着他的袖子，樱唇微张，白皙的小脸上净是认真的神色，葱白的小手在他的手臂上轻柔地动作着，似是在做一件不得了的大事。

穆靳宸的脑海中有一些念头闪过，也许以后的日子，他身边陪着这样一个小女人，也不失为一件美事。

他眼内闪过一丝幽光，此前他便认准了的事，在景无双这样一个细微的动作下，坚定了几分。

“好了，这样就不会弄湿袖子了，继续吧。”

女孩儿扬起笑脸，好像真的做了一件了不起的大事。

穆靳宸将目光从女孩儿白皙的脸上转到自己的手臂上，两边的袖子都被她整齐地挽到了小臂处，这是他之前从来不曾注意到的细节，平常他都是直接三两下挽起袖子，掉下来也不管的。

他扬了扬嘴角："嗯，谢谢，不会湿了。"

景无双说了一声"不客气"，便不再看他洗碗，而是跑到角落处看黑狼。黑狼受过专业训练，不会随便攻击人类，但也不会对一个陌生人有好脾气。

景无双一踏入它的警戒线内，它就"汪汪"叫了几下，不许她再靠近。

景无双仰着小脸："嘿，黑狼先生，不要这么凶好不好？"

黑狼先生，穆靳宸嘴角的弧度更大了，他沉稳的声音带着喜悦传了过来："黑狼，安静。"

黑狼不屑地瞥了景无双一眼，嗷呜一下，喷了她一口气，便别开脸不再理会她。

这人太弱小了，怎么配得上它强大无比的主人？怎么配做它黑狼的朋友？它黑狼只和强者做朋友。

景无双哭笑不得。她怎么从这家伙身上看到了类似人类的傲娇的神情？还有那不屑的眼神，它这是在鄙视她吗？

"穆先生，它好像很懂事呢。"景无双站在它的警戒线外，不敢再前进一步。

穆靳宸抬眸，看见女孩儿想靠近黑狼又不敢靠近的那种胆怯又渴望的眼神，内心一片柔软："嗯，它受过系统训练，就是不太友好。"

说话间，穆靳宸已经把最后一个碗擦干净放入消毒碗柜，朝这边走来。

黑狼看见穆靳宸过来了，立马一跃而起，跑到旁边叼起嘴套，走到他的脚边，一改方才的神情，一脸讨好，哪里还有半点儿方才的骄傲？

景无双笑得更开怀了："它还真是个见风使舵的家伙。"

黑狼对着她凶得不行，对着穆靳宸却装小绵羊。

穆靳宸拿过嘴套给它套上，拍了拍它的脑袋，指了指景无双："以后对她友好一点儿。"

黑狼嗷呜了一声，虽然一脸不情愿，却也走到景无双的脚边蹭了蹭她。

景无双开心极了，这傲娇的家伙居然主动向她示好。她蹲了下来，摸着它的脑袋说道："正式认识一下，黑狼先生你好，我是景无双，你好威风啊。"

站着的黑狼比蹲下来的景无双高多了。

黑狼又嗷呜一声，摆了摆尾巴，表示它喜欢"黑狼先生"这个称呼和"威风"这个词。

穆靳宸宠溺地看着眼前的小女子与黑狼，心底不自觉地闪过一丝柔软的情绪。他想要这样的感觉，这一刻，他对此更加确定。

"去散步。"

黑狼闻言，高兴地汪汪几声，便跑去开门，率先跑了出去。

景无双跟着它，看到它熟练地把前爪按在电梯下行键上，惊奇地睁大了眼睛："穆先生，黑狼是不是太聪明了，会开门，还会按电梯？它不用套绳子吗？"

穆靳宸关了门走过来："它是很聪明，不必套绳子，它受过非常严格的训练，走吧。"

在景无双的连连惊叹声中，俩人一宠来到楼下的小花园散步。

时间尚早，穆靳宸不想让黑狼疯跑惊扰到其他住户，黑狼只得慢慢地跟在穆靳宸的右侧，景无双走在穆靳宸的左边，这样的画面很是美好。

"穆先生，我住到这里，会不会引起不必要的非议？或者对你造成什么困扰？"景无双拉了拉身上的衣服，把小手藏到衣袋里，看着身边高大英俊的男人完美的侧面轮廓，柔声问道。

她喜欢吴妈，喜欢黑狼，甚至也不排斥跟这个男人相处，只是不知道她搬进来到底是吴妈的意思，还是他的意思。

穆靳宸侧首，深邃的目光落在景无双白皙秀丽的小脸上。她真的很娇小，穿着高跟鞋也只到他的肩膀往上一点儿。

女孩儿声音柔美，除了偶尔的倔强，身上无半点儿尖锐的地方，还很会为他人着想。她从来不希望自己的存在对别人造成一丝一毫的困扰，这也许跟她常年住在外公家里有关。

穆靳宸听着这样懂事的问话，心中闪过一丝莫名的钝痛感。如此美好的女孩儿不应该活得这么小心翼翼，她值得被任何男人放在心尖尖上疼惜。

她该像君翔那个并不懂事的未婚妻一般，任性、张扬、肆意、洒脱……却内心善良，让人捧在手心里疼。

男人顿住脚步，深邃的目光撞入她的视线："无双，我上次那个提议并不是随口说说而已，我是真的希望你认真考虑一下我。至于我，从来不是莽撞之人，提出这样的要求，必定会给出肯定的答案，所以你不必怀疑我的诚意。

"让你住到这里是我的意思，我希望你能近距离地了解一下我这个人，缩短一些你想象中的我与真实的我之间的差距。这样一来，你也许会对我有所改观，从而觉得我是个不错的人，甚至是个值得你托付终身的人。你只要记住一点，天大的事情到了穆先生这里也没有什么大不了的，我这样说，你可明白？

"当然，若你了解过后仍然觉得我们不合适，我也不会勉强你。但是穆先生有这个自信，你若选择了我，这一生都不会后悔。"

穆靳宸宛若陈年佳酿般低沉的嗓音回荡在春意渐浓的夜风之中，看进她眼底的目光深不可测，眼睛如一汪波澜不惊的深潭。

景无双觉得眼眶有些发热，难过得有些哽咽，道不明那是什么情绪。

过去二十多年来，从未有人对她说过这样的话，唐暮白也不曾。

她不会怀疑这个男人说出来的一字一句，从见到他的第一眼起，她就有了这个认知，这是一个值得信赖的男人，弘毅宽厚，顶天立地。

她知道，他许下这样的承诺，并不是说说而已，他说得出来，就一定做得到。

曾经的唐暮白也对她许下过不少承诺，而她只觉得那是情人间的甜言蜜语，内心甜蜜，却没有太多触动。

同样的承诺从不同的人口中说出来，有的轻如鸿毛，有的却重如泰山。

如今，她心底波涛汹涌，似是有股控制不住的狂潮要爆发出来，又生生地被她压抑着。

她不会再轻易下任何判断，也不会再轻易将心交给任何男子，更不许自己在情绪并不稳定的情况下做出任何决定。

虽然千愁万绪，但是最终她只平静地说了一句："我会认真考虑。"她连声音都带着哽咽，却不允许自己有过多的情绪外泄。

穆靳宸转过身，扶着她的肩膀，用微凉的薄唇在她的额头落下一个圣洁的印记，不带任何色彩，只是单纯地亲吻他内心最珍贵的天使。

景无双怔怔地站着，抬头轻眨着如水的眸子，诧异地看着眼前宛若神祇的男人。

穆靳宸低下头抵着她的额头，轻启薄唇："抱歉，我情不自禁。谢谢你，无双。"

景无双回过神正要说什么，却被一个带着压抑情绪、不大友好的声音打断："看来我很快就要有舅妈了，是不是，舅舅？"

两个人迅速向着声源处望去，景无双退开了一步，白皙的脸上尚有些红晕未退，有些不知所措地看着来人。

穆靳宸面色如常，轻轻拍了一下她的后背，柔声道："跟黑狼去散一下步吧。"

说着，他又弯腰抚着黑狼的脑袋："带着无双去散步，走慢些。"

黑狼闻言晃了晃脑袋，摆了摆尾巴，迈开步子向前走去，景无双站在原地不动，不知道应不应该去跟穆宇浩打招呼。

穆靳宸见状，又轻拍了一下她的肩膀：“去吧，宇浩找我有事，我先去处理一下。”

景无双到底不是不谙世事的小女孩儿，情绪很快恢复过来：“那穆先生跟穆总忙去吧，我和黑狼走走。”

丢下这么一句，她才去追黑狼。

穆靳宸望着她的背影勾了勾唇。她似乎只会在他面前有些不知所措，大多时候还是个坚强大气的女孩儿。

“舅舅还没看够呢？怎么人家还叫你穆先生，没改称呼啊？”在穆宇浩看来，眼前的两个人碍眼极了。

穆靳宸蹙了蹙眉头，沉声开口道：“宇浩。”

穆宇浩如今可是不怕他了，连自己看中的女人都被舅舅抢走了，自己还要怕他吗？

穆宇浩挑衅地看着穆靳宸：“做都做了，还怕人家说不成？”

穆靳宸沉着脸，虽然对穆宇浩的态度十分不悦，语气却如往常一般淡然：“你有什么怨气，冲我来，不要让无双难堪，她是无辜的。”

“我看她一点儿都不无辜，谁让她不喜欢我，害我还以为自己哪里不好，努力改正，原来她是早就看上你了。我还能跟你比不成？我怎么比得过？”

他这话说得有些孩子气，口气虽然算不上好，还有些怨气，穆靳宸却听得出来他已经开始放下。

穆靳宸暗暗松了一口气。

他就怕穆宇浩一个劲儿地钻牛角尖，怎么拉都拉不回来。

看来穆宇浩大醉了一场以后想开了，穆靳宸也就不需要大费心思了。

“你过来做什么？”

穆宇浩听见这话，虎着脸不乐意地道：“舅舅，你这话我可不爱听。怎么，有了舅妈就不要外甥了？我跟你说，门儿都没有。我今天晚上还要在这里蹭饭，就见不得你们过二人世界。”

穆靳宸无语地抚额，这家伙怎么醉了一场以后像是幼稚了许多？以前他也不见得多成熟，可不至于胡搅蛮缠。

“你来晚了，饭已吃过，没看见我们正在散步吗？”

穆宇浩瞪大眼睛，一脸难以置信：“不得了，你哪天不是八点以后才吃晚饭？今天才七点多，你就吃过饭了？宸宇最近这么闲？要破产了吧？”

“穆宇浩，少跟我阴阳怪气的，到底过来做什么？”

“不做什么，我本来就是打算过来蹭晚饭的，现在没的蹭了，考虑一下要不要蹭夜宵。”

“我没有吃夜宵的习惯。”

“谁稀罕。喏，妈让我送过来的。”穆宇浩说着，往穆靳宸的怀里塞了一个保温桶。那是一个有两只小白兔耳朵的、很可爱的保温桶。

穆靳宸蹙着眉头问：“什么东西？”

“女人吃的东西我哪里知道？拿这个东西真是有损我的气质，走了。”

穆宇浩丢下这么一句就转身走了。

“穆宇浩，你越来越目无尊长了。”

“抱歉，我对抢外甥看中的女人的长辈尊重不起来，拜！”说着，穆宇浩还举起手往后挥了挥。

穆靳宸修长的手指抚上额角，只觉得这个外甥的叛逆期好像又延长了。

“对了，舅舅，跟那个没眼光的女人说，错过我穆宇浩是她的损失，我可比你这个无趣的男人懂情趣多了。”

穆宇浩回头又丢下这么一句，便大步流星地向前走去。

穆靳宸在原地怔了一下，随即皱了皱眉头。他很无趣吗？

景无双被黑狼溜了一圈回来，发现穆宇浩已经不在了。穆靳宸手上拿着一个很可爱的东西站在那里，颀长的身躯靠在亭子的一根柱子上，另外一只手插在裤兜里，若有所思地看着不远处的锦鲤池。

暖黄的灯光似碎金般洒下，他整个人被笼罩其中，气质华贵，从景无双的角度只能看见他的侧脸轮廓，完美得宛若神祇。

她灵光一闪，掏出手机，把如此美好的画面拍了下来。

穆靳宸直到闪光灯闪烁的时候才回过神来，看向闪光的方向，就见景无双漾着天使般的微笑，朝他举了举手里的手机。

毛色黑得发亮、威风凛凛的大丹犬张着嘴巴蹲坐在娇小玲珑的女孩儿旁边，一人一宠，和谐美好，相得益彰。

女孩儿甜美的声音随着夜风送进穆靳宸的耳内："穆先生，有没有人说过你很帅？"

穆靳宸回过神来，微微勾了勾唇："许多人说过，但是我很高兴无双能这么说。"

说完这么一句，他便大步流星地向她走去。

景无双摸了摸鼻子："那个，穆总呢？"

"回去了。"说着，穆靳宸把手上的保温桶递给景无双。

景无双不解，水眸迎上他的视线。

"我姐让宇浩送过来给你的，大概是些吃食吧。"

闻言，景无双瞪圆了眼睛："你姐知道我住这里了？"

穆靳宸看着她惊讶的表情，心底有些好笑，她都住过来了才开始怕别人知道，是不是有些晚了？

"许是吴妈说的。"

景无双伸手捏了捏额角："穆先生，我想这个消息大概最晚明天就能传到我外公的耳朵里了。"

都怪她一时心软，答应了吴妈的请求，又忘记提醒吴妈一句先别告诉别人，以吴妈对穆家的忠心，怕是穆家所有人都知道这件事了。

穆老太爷知道了，她外公肯定也就知道了。

穆靳宸瞥了她一眼，这种消息要传到夏家还需要等到明天？

她是不是太小看现在的通信技术了？

果不其然，此时景无双的电话响了起来，屏幕上闪烁着“外公”两个字。景无双瞥了穆靳宸一眼，也不避开他，直接按了接听键。

电话刚接通，景无双还没说话，那一端的人便一通咆哮：“小心肝你在哪里？我看你也不是什么小心肝，你简直就是缺心肝。我说穆家那小子正气，你不必太矜持，可你也不至于那么快就住到人家家里去啊。这成何体统？你让外公的老脸往哪里搁啊？你马上给我回来。”

景无双听到这样的话，脸上青一阵、红一阵的。这确实是她考虑不周，只得硬着头皮说：“外公，您别忙着生气，先听我说。”

“你还有什么好说的？这都是老首长告诉我的，他老人家还能骗我不成？你什么都别说了，快给我回来，回到家里来住，这是命令！”夏、穆两家在S市都是有头有脸的家族，夏荆山虽然很开明，但有些传统的东西还是不能废，还无名无分的景无双就这样住到人家家里去自然是不行的。

这么冷的天气很少有人下来散步，花园里非常安静，景无双就在穆靳宸旁边接电话，夏荆山的这些话自然也都让穆靳宸听了去。

他指了指景无双的手机，用口型对景无双说：“我来说。”

面对如此火暴的外公景无双确实有些应付不来，只能看这个“救兵”能不能帮忙灭一下火了。等电话那一端的人咆哮完，穆靳宸才接话：“夏叔您好，我是穆靳宸。”

夏荆山把电话拿离耳朵看了一下号码，又贴回耳朵，语气缓和了一些，却更是郁闷——两个人这都形影不离了：“宸儿，你跟双双在一块儿啊？”

夏荆山这是典型的“岳父心理”，一方面很满意这个外孙女婿，另一方面又不想让自己养了这么多年的外孙女轻易让人得了去，非常矛盾。

穆靳宸尽量使声音平稳，回答道：“是的，我们刚吃过晚饭下来散散步。夏叔，无双最近犯了胃炎，我的乳母对食疗有些研究，所以我把无双接过来养养胃。事出突然，很抱歉没有事先知会您一声，这是靳宸的疏忽，您莫要怪无双。但我跟无双并不是住到一块儿了，我在双城国际有几套房子，她只是住进其中一套，我们像邻居那般，方便照顾。夏叔放心，我很珍惜无双。”

穆靳宸说这话的时候，眼神很认真地盯着景无双。

景无双点着头，然后又摇了摇头，最后有些不好意思地别开脸去。

夏荆山一听这话闹了个大红脸，可听到景无双胃病发作，又担心不已：“这丫头没事吧？好端端的，怎么就闹了胃病？那就好生养着吧，家里太远，每天回来折腾也辛苦。就让她安心住下吧，有你看着她，我也就放心了。”

穆靳宸连连应着，再闲聊了几句，便挂了电话。

他把电话递给了景无双：“你外公让你安心住着，放心，凡事有我。”

“我明天还是搬回去住吧。”

看着她低着头，抿紧嘴唇，有些委屈的小模样，穆靳宸伸手揉了揉她的发顶道：“刚刚说好了，近距离了解我，怎么一下子又变卦了呢？我跟你外公也说好了的，不用担心。”

景无双想到外公怎么都不肯听自己解释，却被穆靳宸三言两语打发了，有些负气地道：“是我考虑不周到，贸然就住过来，不知道的人指不定怎么埋汰我轻浮呢。”

穆靳宸轻笑出声：“还在介意你外公的话？你要是轻浮，我就直接把你拐到二十八楼了。他该恼的人是我，是我没经过他老人家的同意，就把他的乖外孙女拐到我这里来了。周日我跟你一起回去看望他老人家，好不好？”

景无双错愕，怔怔地看着他道：“这么快就见家长，不好吧？”

说完，她似乎又觉察到自己说错话了，懊恼极了，白皙的脸蛋迅速红了起来。她说的是什么话？什么见家长？她又赶紧改口道：“我不是那个意思。”

穆靳宸把拳头抵在唇边轻咳了一下：“我知道。这些年夏叔时常会去看望爷爷，我却从来没有正式拜会过夏叔，于礼不合，就这么定了。”

说完这么一句，他抬头望向天际，只见天空黑压压的一片，偶尔还有零星小雨飘落：“回去吧，马上要下雨了。”

穆靳宸也不等景无双回答，一只手自然地搂过她的肩膀，一只手遮在她的头顶，拥着她向大堂走去。

这样的动作他做起来如同过去演练过无数次那般自然，景无双没有闪躲，任由他拥着前行。

男人高大的身影几乎覆盖住女人娇小的身影，昏黄的街灯下，两个人亲密的影子被拉得很长很长。

春天的夜晚，万物复苏，俩人的心间似乎也有些东西要破土而出，在这个渐渐暖和的春日里萌芽、滋长……

相对于穆靳宸的渐入佳境，唐暮白觉得自己回国后简直就是生活在地狱里。

直到跟外公商量好接管弘基集团，他才找回那么点儿生活重心。

唐家的长辈们也总算舒了一口气，他们都以为这是夏子薇劝说后的结果，越发看重夏子薇这个未来儿媳妇儿。

这一日，唐暮白坐在总裁办公室内，直愣愣地盯着手机的通话记录陷入沉思。

他完全不记得自己醉酒那一晚打过电话给穆靳宸，通话时间还长达十几分钟，他一点儿都不记得自己说了什么。

他捶了捶脑袋，那晚的记忆像是断片儿了，他一点儿印象也没有。

这几天忙着上任的事，他倒是把这件事抛到脑后了。

唐暮白拨通了穆靳宸的电话，也不跟他绕圈子，直接问：“靳宸，我那天喝醉酒打电话给你都说了些什么？”

穆靳宸正在和祁东安排明天的行程，最近几天下班他都准时回家，因为景无双每天都要下来蹭饭，所以晚上的饭局他基本上都推掉了，尽量把行程安排得紧凑些，好早点儿回去。

听到唐暮白这样问，穆靳宸蹙了蹙俊眉，那一天……

“没什么，你喝醉酒，大着舌头，我压根儿听不清你在说什么。怎么现在才想起来问？”

唐暮白也蹙起了眉头。他记得自己似乎没有喝醉酒就大舌头的毛病：“真的？那怎么说了十几分钟？”

“我总得确认你是否安全，看看怎么处理再挂电话吧。”

穆靳宸不打算把谈话的内容拿出来说，清醒时的唐暮白不会说那样的话。

唐暮白松开了些紧蹙着的眉头：“谢了。”定然是穆靳宸吩咐人把自己送去房间的。

唐暮白转而又问：“靳宸，你跟无双……”

穆靳宸沉思了一阵，不想隐瞒诚心待他之人，坦然道：“双方老爷子的意思，接触下来后，我发现她确实是个不错的女孩儿，打算和她深入交往。”

说到这里，穆靳宸顿了顿才又说：“我知道她曾经跟你交往过，但是我不介意。”

唐暮白听到这样的话，呼吸一窒。他从未从穆靳宸的口中听过对方如此评价一个女人。可是穆靳宸不介意，他介意啊，他根本就没有放下过景无双，又何来“曾经”？

唐暮白深深地吸了一口气：“如果我说我从未放下过无双呢？”

穆靳宸扬手示意祁东先出去：“你不是已经有未婚妻了吗？”

唐暮白：“我不爱她。”

穆靳宸：“暮白，我没资格评价你做男人如何，但身为一个男人，在对一个女人还有责任的时候，就不该去招惹另外一个女人。你若珍惜无双，更不应该如此对待她。当年你错过无双，这是不争的事实，如果无双至今还是属意你，我无话可说，可并没有。”

唐暮白听着他的话，内心很着急，可一向性子温文，于是依然语速不紧不慢地道：“靳宸，我当年有逼不得已的苦衷，我会处理好手上的事情，再把无双争取回来。我不会就这么放弃，如果你决意跟我一较高下，那我们就各凭本事吧。”

穆靳宸听着这话，眉头皱得厉害：“暮白，无双不是物品，我不需要跟你较量什么，只会真心待她好。她的世界很纯粹，从来没有灰色地带，我无权批判你曾经对她做过的事情，但是以我对无双的了解，她不会回头。我希望你不要再给她带去困扰。”

唐暮白：“靳宸，我遇见无双在先，相信我比你了解她。我过去如何，无双说了算。我也不想为了一个女人跟你翻脸，但是你非要跟我争的话，我只能说奉陪到底。”

唐暮白表明了自己的态度后便挂了电话。虽然穆靳宸不肯说那天自己说了什么，但是他敢肯定跟无双有关，他记得那天自己为何喝酒。

在国外的时候，他也准备与夏子薇过一辈子就算了，日子虽然不算十分满意，但也不至于是折磨，两个人互相迁就、互相包容便是。

回国这段时间，重遇景无双以后，他发现不是那么一回事，无论是他还是夏子薇都无法忽视自己心底的声音。

夏子薇之所以介意景无双，是因为夏子薇比他更能觉察到景无双于他的重要性。

在国外的时候，他可以回避，可以忽略那些回忆。

回国以后，每每午夜梦回时他都在懊恼，自己当年错过了怎样的珍宝？如果当年分手后他不受夏子薇的各种手段魅惑，如果当年他能意识到景无双对自己的重要性，如果当年他不跟夏子薇一走了之，如果当年他足够坚持，如果……

只是世界上哪里会有这么多如果？

他以为当年景无双那样深爱他，如今不过是心里有怨气，等他想办法结束掉与夏子薇的一切，总会有办法挽回景无双的。

一定是这样，他已经错失过一次，如今景无双还是单身，他不能错失第二次，绝对不能。

哪怕对手是穆靳宸，唐暮白也不认为自己输对方半分，因为他遇到景无双比穆靳宸早，穆靳宸才是插足进来的那个人。

况且那件事，他也有逼不得已的理由。

唐暮白双腿交叠着，看着远处黑压压的天幕，陷入了沉思。

景无双没想到自己休息两天回来，公司就接到这么一个项目。众所周知弘基集团“堇色牧歌”的开发案是个相当有前景且前瞻性非常强的项目，只是实施起来怕是不容易。

早在两年前弘基集团就在寻找合作伙伴，开始大家以为筛选严格只是个宣传噱头，后来好几家S市排得上号的地产上市公司上门寻求合作，弘基集团觉得合作理念不相符，都将其拒之门外。

于是大家才知道弘基集团对这次的合作伙伴十分看重，这两年上门寻求合作的公司也通通被拒绝。

也有发展商认为这个项目过于冒险，在寸土寸金的S市，这样的建筑理念过于理想化。

就这样，“堇色牧歌”这个项目就空置了两年。

景无双当年正好到宸宇上班，对这个项目是略有耳闻的。

昨天不知道怎么的，吕总监忽然就接到弘基集团的电话，说他们公司与宸宇国际在商讨合作，吕总监所在的部门会直接参与到这个项目里面。

吕慧当时就愣住了，他们部门负责的项目并不是住宅这一块，对方怎么直接找到她这里来了？

况且弘基集团不应该先找上面的人吗？怎么会轮到她？

吕慧去弘基集团谈了才知道，原来是弘基集团新晋的“太子爷”

指定景无双负责这个项目，吕慧也不过是个烟幕弹，对方醉翁之意不在酒。

这不，吕慧看景无双的眼神都相当不友善了。

“无双，我还不知道你与弘基集团的新晋总裁是旧识呢，这么大的合作项目人家竟然指定你一个小丫头负责，也不怕噎着。”

景无双接过吕慧手里的资料，有些茫然，皱了皱眉头道：“总监，你误会了，我并不认识什么弘基集团的总裁。”

“行了，别装了，好好看看吧。我看了一遍，重点都给你标出来了，你先看看，这个案子还没有跟董事会报备。算了，我先向穆先生报备一下再说，免得出什么岔子。”

吕慧说着又从景无双的手中把资料拿过去，留下了一脸莫名其妙的景无双。

而此时温文尔雅的唐暮白正以弘基集团总裁的身份出现在穆靳宸的办公室里。

“我很意外。”穆靳宸道。

穆靳宸以为以唐暮白的个性，他更适合去教育局或者直接回大学当教授，当初他也是以学术交流的名义出的国，没想到回来后会选择从商。

“你不是神，岂能事事都在你的意料之内？”

唐暮白的态度让穆靳宸皱起了眉头。穆靳宸向来与君翔亲近一些，而这次明显感觉到了唐暮白的疏离：“说吧，这次你来的目的是什么？”

有关私事的话，两个人在电话里已经说得差不多了，唐暮白这次亲自登门想必是为了公事。

唐暮白知道他的工作习惯——决不拖沓，也快言快语地道：“‘堇色牧歌’的开发案你有没有兴趣？”

穆靳宸倏地眯起了眼睛，深邃的目光还是那般波澜不惊，语气也一如既往地平静：“你外公筛选过合作伙伴，据我所知，宸宇不在名单内，我们的侧重领域也不在住宅上。”

宸宇国际并不是传统的地产商，涉足地产业还不足十年时间，只是在当年地产业腾飞之际分了一杯羹，至今主流项目仍然不是地产。

唐暮白的外公郭启柱对这个项目有很深的执念，希望找一家理念完全一致的公司合作，至于合作的公司有没有名气、赚多少钱倒是其次。

唐暮白姿态从容地道：“现在的弘基我说了算，合作可以，我只有一个要求——”

“暮白，我做生意从来不附加私人条件，希望你公私分明。”唐暮白还没说完，穆靳宸已经打断了他的话，不用他说穆靳宸也知道他希望景无双负责这个项目。

唐暮白优雅一笑，和聪明人说话往往能节省许多时间，但这种被看穿的感觉也让人不悦。

“靳宸，我还没有说完，你能不能别这么武断？我是准备让无双负责，我承认我有私心，但你对无双的了解又有多少？当年无双在学校主修经济学，然而她母亲是赫赫有名的天才建筑师，无双喜欢画画，特别喜欢建筑设计，在没有告诉任何人的情况下辅修了建筑专业，成绩比主修专业要好得多。我当年也是她的辅导老师之一，评价过她的不少作品。

“当我在弘基看到‘堇色牧歌’开发案的时候第一时间便想起了她，我不知道这些年她有没有放弃建筑，但她的设计理念与‘堇色牧歌’不谋而合。‘堇色牧歌’要的就是这样一位灵魂设计师，而这个设计师背后有宸宇这样的团队，我认为我们的合作会无懈可击。”唐暮白不紧不慢地把话说完，眼睛一直盯着穆靳宸。

穆靳宸有些诧异，倒是真不知道那个小女子还喜欢建筑设计。她似乎总是喜欢一些与她的外表并不相符的东西。

看来他对她的过去还是了解得太少。

他暗暗吸了一口气，眼中闪过一丝幽光：“资料先放在我这里，我看过以后再与无双商量，然后给你答复。”

唐暮白点了点头，站起身来：“要尽快，这是我上任后的第一个项目，我还是想留个好印象。无双那里我已经让人送去了一份资料，我相信她会答应的。靳宸，这个项目有多少人盯着，我相信你知道，于公于私我都觉得你不应该拒绝。”

“暮白，我有我的原则，我做生意向来不设附加条件，只要是好的合作案我都不会拒绝。至于无双，我会征求她的意见，如果她是合适的人选，而她本人又同意的话，我不会干预。我向来公私分明。”

唐暮白再次点头道：“如此最好，那我等你的好消息。”

穆靳宸颔首，唐暮白转身走向门外。

快到门口的时候，他又回过头道：“靳宸，无双真的很有设计天分，当年夏氏在地产界久负盛名，靠的就是她母亲的设计，国内外不少城市的地标性建筑都出自她母亲的手，无双遗传了她母亲的天分。”

唐暮白丢下这么一席话，便头也不回地走出了穆靳宸的办公室。

唐暮白走后，穆靳宸陷入了沉思。他从来没有刻意去调查过景无双，与景无双的相遇并无半点儿刻意成分，他也准备一直这样顺其自然下去。

可这样似乎会错失许多景无双的重要信息。他是不是也该好好调查一下景无双？

这样的念头在脑海里一闪而过，很快又被他自己推翻。关于景无双的一切，他还是希望自己去挖掘，或者景无双亲口告诉他。

至于唐暮白，穆靳宸想自己与对方的关系或许再也回不到过去了，并不是因为景无双的出现，而是小到对很多问题的看法、处理手法，大至人生观、价值观，他们之间都存在很大的分歧。

其实以前他们的关系也一直是君翔在维系，若是没有君翔，穆靳宸与唐暮白必定走不了那么近的。

突如其来的敲门声把穆靳宸从沉思中拉回来：“进来。”

吕慧手捧着资料进来，偷偷观察了一下董事长的表情，目测今天穆老板的气场更盛了，她越发小心翼翼。

“穆先生，这是弘基集团差人送过来的关于‘堇色牧歌’开发案的资料，对方让我直接交给无双，您看？”

穆靳宸瞥了一眼她手上的资料，修长的手指抚了抚额角，继而淡淡地开口道：“让她主要看设计理念的部分吧，这个案子我还没有决定接不接，你让景无双看完了以后直接上来见我。”

吕慧内心暗暗吃了一惊。

让景无双看设计理念，这没搞错吧？这不是设计师的工作吗？景无双一向只管项目总策划和统筹的工作。

她看了穆靳宸一眼，欲言又止，算了，这位穆先生心思难测，他怎么安排，她就怎么做吧。

景无双看到“堇色牧歌”的企划案的时候惊呆了。这不是她大学时期梦想中的房子吗？

当时她还画了一大堆设计图，结果被专业老师批评为不符合经济原则，说她是理想主义者，现实中没有开发商愿意建这样的房子。

可是“堇色牧歌”的设计理念不就是集环保、安全、舒适、美观……于一体吗？其中环保是最大的卖点，这不正是她心目中的理想家园吗？

可是，为什么让她看设计的部分？她递给公司的履历中没有说自己辅修了建筑专业。

带着这样的疑问，景无双来到了穆靳宸的办公室。

“穆先生，‘堇色牧歌’的开发案我看完了。理想中的家园，我很喜欢这样的设计理念，只是不知道穆先生是什么意思？”

气质华贵的穆靳宸从一堆文件中抬头，看着眼前穿着一身职业装与自己认真谈公事的女孩儿。

现在的景无双严谨、干练，如今单独面对他时再无半点儿胆怯之意，真是个坚强的女孩儿。

“无双，我原本是不知道你还辅修过建筑专业的。”

穆靳宸停顿了一下，盯着女孩儿清澈的眸子，继续说道：“这个项目是唐暮白主动找上门的。他接手了弘基集团，觉得这个项目的设计理念与你当年的想法相符。他认为你担得起这个项目，希望你能负责。你的意思呢？”

景无双好半晌没回过神来，没想到竟然是这样，随即唇角勾起了微凉的笑意。当年唐暮白就是建筑系的代课老师，她原来的老师休产假，对她的设计理念不认可，唐暮白却非常认可，还说有朝一日会帮她实现这个梦想，让她住进自己设计的房子里。

三年过去，她已经不是那个渴望住到象牙塔里面的公主。当年她学建筑确实是因为兴趣，很大一部分原因是受到母亲的影响，可她知道自己几斤几两，爱好与职业始终是两码事，也没想过真的把兴趣当作职业。

一张图纸关乎成千上万人的生命安全、百亿甚至千亿的资金投入，这样的项目，岂能儿戏？

“穆先生，这不是我的专业范畴，术业有专攻，当年我喜欢建筑设计不假，然而我并无半点儿经验，担不起这个大任，代我谢过唐总的赏识，请他另请高明吧。没什么事，我就先出去了。”

景无双说完，看也不看穆靳宸便要起身出去。

穆靳宸听她这语气，她似是有些不悦。

他马上起身，长腿一迈便从办公桌后面出来拉过她的手腕，扶着她的肩柔声道：“我们谈谈？”

景无双抬眸，表情波澜不惊地看着他说：“没什么好谈的。”

穆靳宸深邃的目光里蕴含着笑意，他看着她愠怒的小脸，正式道：“我觉得很有必要谈谈。”

这样明显的笑意看得景无双一阵窝火，她怒瞪着他，抿紧嘴唇，也不说话，就是一脸倔强地瞪着他。

穆靳宸眸子内的笑意更浓。他拉着她的手到一旁，靠坐在桌子上与她平视，浑厚的嗓音带着低调的华丽：“无双，我很遗憾你的过去我没有参与，所以从唐暮白口中得知这些事，我是有些不高兴的。我希望自己慢慢了解全部的你，可在这慢慢了解的过程中，跟你的过去有关系的人来告诉我这些，我才知道，原来我没有那么大度，我的占有欲也很强的。你好好跟我说说，是真的不想接那个项目，还是因为赌气不想接？”女孩儿到底还是年纪小了些，处事不是很圆滑，情商也没有高到毫无破绽的地步。

景无双似乎意识到自己的情绪有些激动。这些事本也与穆靳宸无关，她却是有些恼怒的，不知道是恼他想放任自己与唐暮白接触还是其他，内心总有股不舒服的情绪蔓延，令她迫不及待地想要发泄出来。

她深吸了一口气，目光倔强地迎上穆靳宸的视线，从他深邃漆黑的眸子里看见两个小小的自己，愠怒的脸相当难看。

“对不起，情绪不是冲你来的。”

穆靳宸手上微微用力，把她拉得离自己近一些：“你是恼我放任他入侵你的世界，还是恼他如今还惦记着你当年的梦想？”

景无双有些怔住。她一直知道这个男人很睿智，洞察能力也比一般人强，方才连自己都没有想通的问题，却被他一语道破。她想，她恼怒的原因还真是这两点都有。

她微微低下头，有些不敢看他洞悉一切的眼神：“这样的建筑理念是我当初的理想家园，他说过总有一天会让我住到自己设计的房子里，我不知道他如今是什么意思。

“我不会天真地以为自己一个辅修过几年建筑专业的人能够负责这么大的工程，先别说我毫无经验，专业已经丢下了几年，就是当初的想法也有许多不成熟的地方，我就算毕业后当了建筑师也不会接这个项目的。”

景无双说到这里顿了一下，抬眸看着穆靳宸，继续说道：“我不会给他机会再靠近我，并不是说我还没有放下那段过去，而是我不愿意再与这样的人有过多接触，更不想引起表姐的误会，只想今后的日子能过得平静一些。”

说最后一句时，景无双将音量放得极低，听在穆靳宸的耳朵里，更像是一种低低的诉求。

她那样与世无争、温婉娴静的女子本该过些平静的日子，如今这却成了一种请求。

穆靳宸的心尖泛起一丝类似怜惜的感觉，他把她整个人圈到了自己的怀里：“抱歉，听他那样说，我原本也以为那可能是你的梦想。他还说你的母亲也是知名的设计师，我以为——”

穆靳宸顿了顿，然后继续道：“我不知道你是这样想的，现在我知道了，也很高兴你能告诉我你的想法，这些我会替你挡掉。日后也是这样，有什么不舒坦的地方你可以直接与我说。”

景无双抬眸，眼底的慧光隐约可见：“穆先生，我不是你的责任，至少现在还不是，你不需要为我做太多事。只是聪明如你，不会不知道，这个项目于公于私都不应该由我来接手。”

遇见你时，微风正暖

黎珍妮 著

·下册·

江苏凤凰文艺出版社
JIANGSU PHOENIX LITERATURE AND
ART PUBLISHING

Chapter 08
闪 婚

穆靳宸扶正了她的肩膀，认真地看着她澄澈的眸子，说道：“无双，这样的话我以前说得很少。我有时候觉得一个男人多说些什么，不如多做些什么。这些日子以来，我是如何想的，想必你也是清楚的，从我的角度来讲，我并不介意少赚点儿钱、多担一些风险来成全你想做的事情。

“这件事我会处理好，不会让你为难。只是暮白对你可能还有些余情未了，你可能还会受到一些打扰，但是我相信你能处理好。当然，我更希望的是你能尽快敞开心扉，安心跟着穆先生过平静的小日子，这样会是解决这些麻烦的最快方式，你考虑一下。我想好了，这辈子就是你了。”

景无双尚未从他上一次表白的震撼中回过神来，又被他震了一次，心像是要从胸口处蹦出来一样。如果说上一次只是尝试在一起的表白，这一次他已经是在求婚了，她怎么能不觉得震撼？

景无双伸出葱白的小手抚上他的额头，讷讷地道：“穆先生，你没发烧吧？我都还没答应跟你在一起呢，你怎么就说到这个份儿上了呢？”

怎么说着说着，他又说到这上面去了呢？

不过他倒是把她心中那点儿郁闷之气给说没了。

这是景无双第一次主动触碰他，穆靳宸很开心，把她的小手拉下来放在自己的大手里轻轻揉捏着，声音越发温和：“周末我与你一同回去见外公，顺便把我们的关系确定下来，好不好？”

景无双抽出自己的小手，脸上一热，但坚持把自己要说的话说完：“穆先生，你或许会觉得我矫情，但是我暂时什么都不能答应你，我不敢。请你给我点儿时间。”

景无双极其不喜欢这样的自己，许是矫情，许是惧怕，她的内心还是有些恐慌的，越是穆靳宸这样优秀的人，她越是怕。

她不想再轻易交出自己的心，哪怕她知道自己可能早已经动了心。如果穆靳宸不给她这个过渡的时间，那就证明他们之间并不是真正有缘分。

轻易交心这种事，她年幼无知时做过一次就够了。

“无双，我知道你被伤害过，要一下子敞开心扉接纳我不是件容易的事情。我会等你，但是穆先生年纪已经不小了，我希望你不要让我等太久，也不要把自己的心守得太紧，起码给我留一条缝隙，这样我才会知道从哪个位置可以走进去。”

这样的景无双在穆靳宸看来是坦荡的，单单“我不敢”三个字就足以把穆靳宸原本冷硬的心软化。他会给她足够的时间去适应。

景无双已经不知道说什么好了，眼角温热，那些情绪已经跳到了嗓子眼，却被她生生地压抑住了，半晌她才低声说了一句：“谢谢你，穆先生。”

穆靳宸点了点头，什么都没再说，只伸手揉了揉她的秀发。

事实上，他已经一点儿一点儿地入侵了她的生活，只是她自己没有察觉到罢了。

那一天他有应酬，没有回去吃晚饭，吴妈说景无双神不守舍地只吃了小半碗饭，还闷闷不乐地在黑狼身边发呆许久才回去。

他要做的就是让她渐渐习惯他的存在，直到有一天让她像离不开空气一般离不开他。他认为自己有足够的耐心去做这件事。

谁要是认为景无双是小白兔，他就输了。她更像一只聪慧的小狐狸，有着非常敏锐的感觉，在没有完全放下警戒心的情况下，一遇到危险，马上就会逃走，再也不会给人机会逮到她。

唐暮白就是一个最好的例子，他现在想要接近景无双怕也是难的。

这就像是一场漫长的狩猎游戏，穆靳宸决定一步步让这只可爱的小狐狸失去警觉心，心甘情愿地为他画地为牢。

同时得知弘基集团想把“堇色牧歌”的项目给景无双负责的还有坐在夏氏副总裁办公室里的夏子薇。她恨得把手上的圆珠笔都给折断了，直到掌心传来阵阵痛意，她才扔掉手上的断笔。

景无双，又是景无双……

她想也不想便拿起手机拨通了景无双的电话：“中午见个面，我在竹韵居等你。”

回到自己办公室的景无双一阵郁闷，一句话都还没有说，电话里便传出了嘟嘟的忙音。对方也不管她有没有空，怎么知道她一定会去？

这个表姐，一如既往的专制、蛮横。

午饭时间，天气倒也风和日丽，春光极好，景无双到底还是出去了一趟。

十几分钟的脚程，景无双直接走到了竹韵居。

夏子薇穿着一身名牌戴着大墨镜，化着精致的妆容坐在竹韵居一个僻静的角落里。

景无双坐下后，夏子薇才把眼镜摘下来，随手扔到桌子上，一副盛气凌人的模样。

景无双知道她不会无缘无故地找自己，一看这架势，连寒暄都免了：“你找我有什么事？”

夏子薇反问：“没事就不能找你？”

景无双素来懒得与她进行口舌之争，看了一眼手表道：“我一点四十五分之前要回去上班，你还有一个小时，自己掌握时间吧。”

“景无双，我好歹是你的表姐，你总是一副不待见我的样子算怎么回事？”

景无双淡淡地看了她一眼，这人永远理直气壮、盛气凌人，自己是哪根筋搭错了才会待见她吧？

要不是知道她还是自己的表姐，景无双真想躲这种人躲得远远的，惹不起，总躲得起的。

景无双不想为难自己的胃，招来服务员道：“来一碟藕酥和苦瓜饼，再要一份莲子羹，剩下的问对面的小姐。”

景无双也不看菜单，上一次与穆靳宸来了以后才知道这里的点心、粥品不错。

面对景无双的淡定从容，夏子薇有气没地方出，气冲冲地对服务员说：“什么也不用，别再来烦我。”

景无双却语气淡淡地对服务员说：“不好意思，她今天心情不好，就这些，你先下去吧。”

夏子薇嘴角扯起一抹冷笑，从声音到表情都充满了蔑视，目光像足了在看一个跳梁小丑：“景无双，你从小到大一如既往地虚伪。”

景无双无所谓地说：“我确实从小到大都无法做到像表姐这样盛气凌人，有话直说，不要再浪费大家的时间。”

反正夏子薇从小就认准了她景无双是虚伪的人，她也没必要去辩驳什么。从夏子薇的角度来看，她确实是虚伪的，至少在家人面前她做不到与夏子薇针锋相对。

“景无双，我都想撕下你这张虚伪的面具，让唐暮白看看你真实的嘴脸，看他还会不会对你如此念念不忘。说吧，你到底耍了什么手段，让他把‘堇色牧歌’的项目给了你？”

景无双猜了很多个夏子薇来找她的理由，万万没有想到居然是这个。唐暮白要把“堇色牧歌”项目给她负责，她几乎是最后一个知道的，夏子薇却来责问她，真是可笑至极。

景无双摇了摇头，不以为然地笑了笑："你怎么不直接去问他？如果我说我事前一点儿都不知情，你肯定不会相信，但是事实如此。而且我已经拒绝接手这个项目了，这样的答案，你满意吗？"

说到这里，景无双顿了一下，继续说："你能不能别每次唐暮白有事都扯上我？你有疑问，为什么不直接问他，跑来质问我有什么意思？"

夏子薇冷笑一声，一脸义愤填膺地道："景无双，别以为你一句'一点儿都不知情'就可以搪塞我。你这个吃里爬外的东西，你好歹吃了我们夏家十几年的大米。论公平竞争，轮到谁也轮不到你，如果不是你使了手段，唐暮白凭什么把项目给你而不给夏氏？夏氏才是传统的地产公司，经营地产比宸宇少说也早了几十年。宸宇集团是S市的龙头没错，唯独在地产这一块，夏氏敢说能跟它分庭抗礼，如果不是你从中作梗，暮白怎么可能不选夏氏？"

景无双一次又一次地从夏子薇身上见识到了何为强盗逻辑，出问题从来不在自己身上找原因，只会找别人的碴儿。也不对，夏子薇只会找她的碴儿。

景无双冷笑道："夏子薇，我真的很佩服你的思维，从小到大，错的永远是别人，对的永远是你自己。我从来没有单独见过唐暮白，说过什么项目上的事情，如今是他死皮赖脸地亲自上门求的合作，被我一口否决了。

"夏子薇，我不止一次说过，你眼里最宝贝的东西到了我这里连草都不是，你怎么就听不明白呢？还有，我吃了十几年饭的夏家有我母亲的一半，我母亲也姓夏，我本来就有在夏家吃饭的权利。"

景无双说完，深深地吸了一口气，才平复心间的千愁万绪。住在夏家这些年，她听了不少这种话，可每一次依然会难过。

夏子薇每每说她寄人篱下的时候都没有考虑过她的感受，不记得自己有一个叫"姑姑"的亲人是她的母亲。

她并不是捡来的，也是外公的亲外孙女儿、舅舅的亲外甥女、夏子薇的亲表妹，可为什么夏子薇总是一次又一次地如此伤害她呢？

"'堇色牧歌'的事情我自会向唐暮白求证，我倒要看看你是怎么个不稀罕法。"

说到这里，夏子薇停顿了一下才又道："至于你，总算露出狐狸尾巴了。你敢说自己不是觊觎夏氏？你不就是想说夏氏有你的一半吗？景无双，有我在一天，你就休想抢夺夏氏的一分一毫，那是我们夏家的。"

景无双抚额，发现自己这个表姐简直不可理喻："夏子薇，我跟你之间存在语言障碍，你要怎么想都随你，我不奉陪了。"

说着景无双便拿过自己的包要起身走人。

谁知道夏子薇也起身，一手扯住了她，语带讥讽地道："话还没说清楚就想走？在夏园装习惯了？这里没别人，你还装什么装，认了就是，我还能录音告诉外公不成？"

景无双深吸一口气，尽量压制自己的脾气："放手！"

夏子薇非但不放手，还挑衅地看了景无双一眼。

景无双简直忍无可忍，另一只手拉住她的手腕稍稍用力，夏子薇便痛得尖叫起来。

景无双冷冷地扫了她一眼，松开她道："夏子薇，从小到大我从未主动招惹过你，你一而再，再而三地无中生有、无理取闹，到底是什么意思？你是脑子不清楚还是有被害妄想症？我再说一次，别再招惹我！"

夏子薇甩了甩自己发痛的手腕，冷笑一声，拿过一旁的开水就往景无双身上泼过去。

景无双没想到她会突然发难，说时迟那时快，眼看热水就要泼到景无双身上，她的手腕倏地被一道外力扯了一下，下一秒她就被拉到了一个温暖的怀抱里。

熟悉的冷香伴随着淡淡的烟草气息传来，那是一种令人安心的味道。

“笨蛋，怎么不知道躲开？”来人关切的语气中带着淡淡的责备之意，隐约还有些着急。

这大概是穆靳宸半生之中为数不多的着急时刻，慢一秒，他的心跳就要停止了，景无双差一点儿在他的眼皮子底下受伤。

穆靳宸刚到门口就听到景无双与人争执的声音，他从未见过景无双如此泼辣的一面。

眼看气氛不对，他才大步走了过来。幸亏他一直盯着这边的动静，不然还真来不及救下景无双。

景无双深深地吸了一口气。穆靳宸把她拉开的同时还用后背挡在她的前面，把她整个人护在怀里，她是一点儿事都没有，可是他……

景无双的眼眶微微热了热，她急忙拉着他转身，对着他的后背看了又看：“穆先生，你怎么样？有没有被烫到？”

那可是滚烫的开水，方才还在酒精炉上烧着，就这样被夏子薇泼了过来，这个女人也太狠了。

穆靳宸拉过她，拍拍她的手背道：“不碍事，外套轻微防水，渗透不到里面去。”

景无双这才松了一口气。

穆靳宸的目光转向夏子薇，瞬间变冷。这个女人实在恶毒。

他皱着眉头问景无双：“这是什么人？你怎么和这样的人做朋友？祁东，把监控录像调出来发给张警司，让他看着处理。”

丢下这么一句，穆靳宸便拉过景无双的手，向门外走去。

景无双任由他拉着走，并未反抗。

然而穆靳宸的步子太大，她跟不上他的步伐，落在他的身后。

她看着他被夏子薇泼了的后背，水珠子一颗一颗地掉落在地板上，更像是掉落在她的心上。

她倏地展颜一笑，快步跟了上去，挽住他的手臂，忽然没那么生气了：“穆先生，刚才那人是我的表姐，看在外公的份儿上，算了吧。”

穆靳宸蹙了蹙眉头，脚步也停了下来，沉声问：“你的表姐？你怎么会有这样的表姐？”

景无双看着他那一脸嫌弃的表情，忍不住扑哧一笑。表姐是她可以挑选的吗？如果可以，她也不想要这样的表姐啊。

女孩儿眉眼弯弯、眉梢带笑的样子落入穆靳宸的眼里，他感觉简直如沐春风，脸上的神色缓了缓，上扬起嘴角：“有这样的表姐你居然还笑得出来。”

景无双无奈地耸了耸肩膀：“她从小到大就是这个样子，蛮横骄纵，不过以前都是在言语上攻击我，不敢对我动手的。”

景无双顿了顿，似是自嘲，嘴角勾起一抹淡淡的笑意：“我从小跟着外公练功夫，她大概知道自己打不过我。”

当然，如果夏子薇敢先动手，景无双倒是找到了借口揍她一顿，可惜夏子薇从来不给她真正动手的机会。

这是夏子薇最过分的一次，不过也够狠。

景无双抚上自己的脸颊，倘若她避不开，照那个角度，这张脸怕是要毁了。

景无双那双波澜不惊的水眸里霎时间风起云涌，眼睛一眨不眨地看着穆靳宸宛如深潭的眼眸，最后只低声说了一句：“谢谢你，穆先生。”

谢谢你如此维护我，谢谢你从未从我这里得到过肯定的回应却奋不顾身地帮我挡住了危险。

穆靳宸收回目光，低低叹息了一声，抿了抿唇，伸手揉了揉她的发，柔声问她：“你从小练功夫就是为了防止这位表姐动手？”

景无双的目光闪了闪，清澈如常，却闪过太多的情绪：“也不全是，我不否认有一部分原因是防她，但主要还是因为我小时候长得弱小一些，七岁到外公家的时候比人家五岁的小姑娘还显得瘦小一些，外公就让我跟着他练功夫。主要还是强身健体，后来是我自己喜欢，就一直练着。”

穆靳宸眼中闪过一抹意味不明的幽光，想起那个快高出景无双一个头的女人，有些心疼女孩儿，连带着精致冷漠的五官都染上些许阴郁，嘴上却不饶人：“你娇小玲珑的样子，看起来确实比较好欺负。”

景无双撇了撇嘴，澄澈的水眸瞥了他一眼，回道：“我才不好欺负，她也就看着气势强盛一些，真要打起架来，三个夏子薇都不是我的对手。我恼起来气势也不弱，你是没看见刚刚那个服务员看我的眼神，肯定是我压她一头，服务员以为我是一个恶毒表妹，才那样看我。”

穆靳宸莞尔，有些无语地看着挽着他手臂的女孩儿。明明她才是被欺负的那一个，却一副星眸闪闪发亮不服输的模样，好像她占了人家的大便宜似的，模样还真是可人。

“是不是夏叔疼你，她嫉妒了？”说到这里，穆靳宸又顿了一下，认真审视景无双一番，又道，“你看着比她可人多了，确实有被人嫉妒的资本。”

景无双听明白他说了什么以后，脸唰的一下红了。

穆靳宸似乎想到了什么，瞥了景无双一眼，问道：“夏子薇是不是暮白的那个未婚妻？”

穆靳宸对女人的名字不怎么上心，可前不久才从喝醉酒的唐暮白口中听过这个名字，料想这女人就是他那个未婚妻。

如果这是真的，那么景无双当年……

怪不得她那么难过，怪不得喝酒喝到胃出血，这种双重背叛的痛，她一个弱女子承受起来确实太难了。

他又想到日照金山前面女孩儿那抹发自内心的笑容，如今想起来却令人心惊。所谓一念天堂，一念地狱，万一她一个想不开……

穆靳宸摇了摇头，幸好，幸好。

景无双听到这个问题，目光一凝，泛起一抹不达眼底的笑：“很讽刺吧？”

“不会。”穆靳宸若有所思地看她一眼，轻启薄唇道，“我要谢谢她，若不是她，今天就没我什么事了。”

景无双呆滞了一下，想明白了他的意思以后，脸上刚刚退去的红晕又泛了上来。

她白了他一眼，没好气地说："穆先生倒是讲得一口好情话。"

穆靳宸做出恍然大悟状，看着景无双反问："原来这就是情话？我没讲过，业务不熟练，讲得不好，还请无双多多包涵。"

景无双哭笑不得，这人怎么能这样？

两个人又走了一小段路，景无双才说："穆先生，让祁东放过我表姐吧，若是惊动了外公总是不好的。"

穆靳宸垂眸，盯着景无双的脸颊看了好一会儿才缓缓地说："你倒是要跟君翔那个未婚妻好好学一学。"

景无双听罢，又扑哧一笑。也怪她长了一张好欺负的脸，性子也没有苏苒那般快意恩仇。苏苒挂在嘴边的话就是：她从来不记仇，有仇当场就报了，还记来做什么？万一记着记着记不住了，岂不是便宜了对方？

"穆先生，你还真的看错了，我是个小女子，还是个天蝎座的小女子，一饭之德必偿，睚眦之仇必报。"

穆靳宸瞥了她一眼，她的情商要比君翔的那个未婚妻高许多，也懂得隐忍，这两个人的性格可谓天壤之别。

穆靳宸问："你还没有吃饭吧？"

景无双抬眸，摇了摇头。

"回二十八楼吃吧，吴妈做了好些饺子放在冰箱里。"

"早餐不是才吃过？"

"吴妈说多吃些面食对你的胃要好些。"

自从景无双的胃病三番两次地发作以后，吴妈与穆靳宸在她的饮食方面就一直很注意。

景无双抬手看了一下表，都快一点了，于是摇了摇头说："别回去了吧，下午还有个会呢，我们在附近吃点儿吧。"

"晚一点儿没事。"

另一边的祁东让人把夏子薇带到局里后接到了少爷的指示，只要好好敲打敲打就行，不允许她跟外界联系，更不能惊扰夏家的人。

于是夏子薇在黑暗的房间里待了几个小时。

她不哭不闹也不吵，整个人陷入了呆滞状态，一直在沉思。

她怎么也想不明白，景无双怎么会跟那样的人物扯上关系。刚刚的惊鸿一瞥，她以为自己看到了天神下凡，那一张风华绝代的脸、那一身不怒自威的气场，气度和风华与唐暮白是完全不同的两个类型。但似乎，这个男人更加厉害。

这样的人与景无双到底是什么关系呢？

难道景无双真的对唐暮白死心了？

可是唐暮白……

“夏子薇，出来！”

随着这一声叫喊，房间的大门被打开。在黑暗中待了几个小时，眼睛一下子适应不了强光，夏子薇下意识地护住了眼睛。

“长得人模人样，没想到这么恶毒，用开水泼人的脸，万一真的泼到了，你就不是被关几个小时的问题了，亏得人家大度撤诉。”开门的警察絮絮叨叨地说了一通，才推着夏子薇出去。

到了大门口，夏子薇恶狠狠地盯着警察，让见过无数坏人的警察心底泛起了一些寒意。果然是恶毒之人，这眼神要是能杀人，他估计得死好几回。

“我再怎么样也轮不到你这个小喽啰说三道四，你最好看紧自己碰过我的那只爪子，总有一天，我会把它剁下来喂狗！”

夏子薇丢下这么一句话才迈出公安局的大门，没走几步，回过头冲着那栋高楼大厦冷笑了一声：“景无双，我不会就这么算了的。”

那警察心底的寒意直冲脑门，这个像是来自地狱的女人实在是太可怕了。

夏子薇在回夏园的路上，发觉那口气怎么都咽不下去，无论如何都必须扳回一城，否则她寝食难安。

夏子薇回到夏园门口，盯着那两个苍劲有力的大字，嘴角勾起了一抹讽刺的笑。

爷爷大概已经忘记这个家的名字叫夏园了，否则怎么会一直都如此宠爱那个姓景的外孙女？

她深吸一口气，抬了抬下巴，半眯着眼睛，把头发弄下来抓乱，再把原本整洁的衣服扯乱，还用力扯掉了几颗扣子，然后倏地抬手狠狠地往自己脸上打了几巴掌。

夏子薇原本白净的脸瞬间肿了起来，连嘴角都有些裂开，泛着血丝，可见她所用力度之大，半点儿没有手下留情。

这个女人，对自己够狠。

做完这一系列动作，她伸出舌头舔了一下已经裂开的嘴角，阴狠的美眸中闪过一丝嗜血、残忍的神色。这一次若不能彻底把景无双踢出夏园，她就不叫夏子薇。

踏进夏园大门后，她马上换了一种情绪，牙齿狠狠地把下嘴唇咬出血来，痛得眼眶瞬间蓄满晶莹的泪，然后装出一副无辜痛苦的模样，揪紧衣领，强忍着泪光跌跌撞撞地进入大厅。

而此时，夏荆山与夏锦荣正在下棋，刘芸在厨房督促着用人做晚餐，正好从厨房出来，差点儿撞上刚刚进来的夏子薇。

“啊！”刘芸看见女儿的惨状，吓得六神无主，尖叫了一声，“薇薇，你这是怎么回事？”

夏子薇咬紧下唇，微微颤抖着肩膀，一副要哭不哭的模样，仿佛痛苦得说不出话来。

夏荆山与夏锦荣闻言也走了过来。

夏锦荣看见一身狼狈的女儿，差点儿站都站不稳。

“薇薇，你这是怎么了？到底发生了什么事？”

夏荆山紧锁眉头，一脸铁青地站在一旁，等着她的回答。

刘芸回过神来，揽着夏子薇的肩头道：“都别站着，薇薇到那边坐着说话。”

夏子薇好像这才从惊吓中回过神来，倏地放声大哭。

刘芸不明就里，见状跟着大哭起来。

一时间，整个夏园弥漫着惊天动地的哭声。

夏锦荣早就已经六神无主。

夏荆山稳了稳心神，沉声说道：“先别忙着哭，薇薇先说说到底怎么回事？到底是哪个人活腻了把你弄成这副模样？”

夏荆山老当益壮，声如洪钟，虽说平日里偏心景无双不假，可他也是极其护短的，夏子薇也是他疼着长大的。

夏子薇见全家人都围着她，哭得更是厉害，哽咽着说：“你们都别问了，是我……自己不小心……”

话虽如此，可她的眼泪还是掉得厉害，这一听就是假话。

刘芸在一旁陪着哭：“胡说，你一个姑娘家，还是在自己的公司上班呢，好端端的怎么会弄成这个样子呢？快说，到底谁欺负你了？快说呀！”

夏子薇听到刘芸这样说，更是声泪俱下，无辜又隐忍的眼神看得夏锦荣的心都碎了：“薇薇，告诉爸爸，还有哪里不妥？刘芸你倒是叫医生过来啊。”

刘芸这才回过神来，抹着眼泪，准备打电话叫医生。

夏子薇却一把按住刘芸，泪眼婆娑地摇了摇头，轻轻一闭眼，眼泪就哗啦啦地流了下来：“妈，我差点儿被人……被人……呜呜呜……总之不能让外人知道，更不能……更不能让暮白知道……”

刘芸一听，身子不受控制地晃了晃，随即捂住嘴巴：“我的心肝宝贝啊，怎么会这样啊？这光天化日的……你还有哪里不妥？赶紧告诉妈妈。”

夏荆山听罢也缓缓地闭上眼睛，多年军旅生涯铸就的一身不怒自威的气场放到了极致，手上的拐杖用力往地上一敲：“到底怎么回事？”

夏子薇被他这么一吓，似是受了惊，瞬间忘记哭泣，只是抽噎着，一副楚楚可怜的样子。

夏锦荣与刘芸心痛得不行，自家女儿从小就是个要强的人，若不是遭了大罪，怎么会这样？

“爷爷，我不是故意……不是故意泼双双的，可她……呜呜呜——”夏子薇声音断断续续，话没说完，又哭了起来。

“双双？这事跟无双有关？”刘芸耳尖地听到了景无双的名字。

夏子薇不停地吸着鼻子，慢慢平复情绪，又说道：“我中午去找双双吃饭，她说话惹恼了我，我随手拿起水想要泼她，不知怎的，一个男人跑过来帮她出头，就、就把我关进了拘留所，然后……然后……呜呜呜——”

“好一个吃里爬外的白眼狼，居然联合外人来欺负自己的表姐，夏家这些年算是白养她了！”刘芸一听这件事跟景无双有关，当下便盛怒不已。

夏锦荣是个没主见的人，一听跟外甥女有关，一时间不知道该怎么反应才好。

倒是夏荆山听说此事跟景无双有关的时候，盯着夏子薇脸上的掌印瞧了许久，那些掌印的角度……

他毕竟从军多年，这点儿观察力还是有的，内心微微叹息了一声，挥了挥手道：“上去整理一下吧。”

“爸，薇薇都这样了，你不觉得有必要把无双叫回来质问一番吗？我倒是想知道她与薇薇到底有什么深仇大恨，要把人往死里整。薇薇不就是泼她点儿水吗？她至于这样吗？再说，薇薇遭了多大的罪啊，这万一……”刘芸说着，已经不敢往下想。夏子薇这个状态刘芸也不好问太多，但是万一女儿遭了大罪，这可如何是好啊？

夏荆山调整了一下呼吸，厉声道：“薇薇什么事也没有，这件事谁也不许往外说，也不必再追究，听见没有？去安置吧。”

刘芸一听夏荆山这口气，居然想着就这样息事宁人，哪里肯？

“爸，这些年你偏心无双，我可曾说过半句？你不疼薇薇，我不怪你，那是薇薇嘴巴不甜，心直口快不讨喜，可你也不至于袒护无双到这个份儿上。同样是孙女，你怎么能如此偏心啊？这件事不弄个明白，讨个公道，我刘芸第一个不依，我的乖女儿哟。”

刘芸这些年总体来说算是个好儿媳，对夏荆山更是敬重有加，可如今为了女儿也算是豁出去了，连夏荆山都敢顶撞了。

“刘芸，你怎么能这样跟爸爸说话？”夏锦荣向来怕这个父亲。他从小没有妈妈，父亲父兼母职把他带大，在父亲的一身威压下，他形成了如今这个懦弱的性格。

“夏锦荣，你要缩在龟壳里我不管。爸，我一向敬重您老人家，但今天若是您处事不公，谁也别想阻止我为女儿讨回公道！”刘芸一副誓不罢休的模样。

“够了，薇薇这个模样不好好去收拾收拾，有什么好看的？双双明天回来我自然会问个明白，你着什么急？两个孙女都是在我眼皮底下长大的，她们什么秉性我难道不清楚？薇薇，凡事适可而止！”

夏荆山丢下这么一席话，怒气冲冲地往自己的房间走去。

夏子薇收到爷爷那一记警告的眼神，一声不吭地窝在刘芸的怀里，内心七上八下的。她的这些伎俩蒙过父母不成问题，只是对这个精明的爷爷，她还真不敢确定自己能骗过去。

“我的乖女儿，不怕不怕，爷爷不疼你、爸爸不疼你，妈妈疼你。我们什么都吃，就是不吃亏，绝对没有打落牙齿和血吞的道理。我倒要看看明天谁还敢护着那个白眼狼。”

说着，刘芸又狠狠地瞪了夏锦荣一眼。

夏锦荣回视着她道：“你瞪我做什么？又不是我把薇薇害成这样的。”

“我不管，明天如果你不帮薇薇，你就是帮凶。”

“你简直不可理喻，薇薇也是我的女儿，我哪儿有不心疼她的道理？”

“我哪里知道你疼外甥女还是疼女儿？我可怜的女儿啊，自从那个白眼狼到了咱们家，你就没人疼了，只有妈妈疼你了。”刘芸说着，抚上夏子薇的脸颊，又放声痛哭起来。

夏子薇也跟着哭。景无双来这个家以前，她确实是家中所有人的宝贝，可自从景无双来了以后，分走了爸爸的部分爱，夺走了爷爷全部的爱，无论自己如何出色，爷爷眼里也只有那个时常躲在角落、一声不吭的小不点儿。

夏荆山上楼后，很想给景无双打个电话，想想还是忍住了。

都说人的心是偏的，他的心确实是偏向乖巧的景无双一些，但他对夏子薇也是疼爱的。

为免加深两个人的矛盾，最后他还是没有事先打电话问景无双。其实也不必问，两个孩子的性情，他哪里有不清楚的？只是十个手指也有长短之分，何况是人呢？

他始终相信两个孩子的本质还是好的，夏子薇养成了今天的性格也不是一朝一夕的事情，有的时候他只能委屈景无双。

再说回景无双这边，她与穆靳宸用过午饭后便分道扬镳，她回公司开会，穆靳宸好像还有其他事情要处理。

“穆先生，我的表姐那里……”

祁东听到景无双的话，上前一步，接话道：“景小姐放心，只是让人把她关到小黑屋里几个小时，时间一到就会完好无缺地将人放出来。”

景无双蹙着眉头，似乎有些不认同。

“反正我也没什么事，别关了吧，到时候她闹起来还是外公为难。”

“这……”祁东不动声色地扫了一眼穆靳宸的方向。

没有接收到任何指示，祁东便说：“景小姐，任何人犯了错都应该受到惩罚，过分包容等于纵容，并不可取，小惩大诫才是正道。”

听着祁东这一番话，景无双愣了一下，细想之下，这番话也不无道理。

“照你说的办吧，但是下班以前最好把人放了吧。”

夏荆山是景无双的软肋，如非必要，她并不想这些烦心事惊扰到他老人家。

景无双走了之后，穆靳宸吩咐祁东："去准备些礼物吧，明天去拜会夏叔。"

想了想，他又摆了摆手，俊美的脸庞上神色隐约有些纠结："罢了，还是把家里那套兰花图案的紫砂茶具带上吧，再到酒窖取两瓶陈酿。"

他像是在自言自语，又像是在吩咐祁东。

如此纠结的少爷，祁东还是第一次见，好一阵无语。是因为准女婿第一次登门到未来少夫人家，所以少爷心情忐忑吗？

这样的少爷，还真是接地气。

周末一早，春风和煦，天公作美，繁花似锦，绿树成荫的S市东部主干道上，一辆炫酷的法拉利超跑呼啸而过，直奔金碧花园的停车场。

许久没有见景无双的苏苒早早来到了景无双的公寓门外，准备给景无双一个惊喜，然而无论她怎么按门铃，里面就是没有人回应。

打景无双的手机又关机，苏苒郁闷极了，想着景无双是不可能出差的，会不会回夏园了？

于是苏苒又改道去了夏园。

而此时正在双城国际二十九楼呼呼大睡的景无双毫不知情。

直到八点多她才悠悠转醒，睁着眸子怔怔地看着超高的天花板许久，依然有些不真实的感觉。

入住二十九楼以后，她真的过着猪一样的生活，每天早餐、晚饭有吴妈准备，房子也有用人定时过来收拾。

用吴妈的话说，她现在的主要任务就是养身体，把胃养好才是她眼下最重要的事情。

吴妈总是说"小姐太瘦了，胖一点儿才显得有福气"。吴妈的手艺着实好，而景无双又贪嘴，总是忍不住吃了许多。

景无双伸手揉了揉这段时间腰上多出来的肉，再揉了揉圆润的下巴，撇了撇嘴，感觉自己这段时间起码胖了五斤。

她没赖床，只伸了个懒腰便起床。

洗漱完毕，景无双便如往日的清晨一般，准时到二十八楼等着吴妈喂养。

黑狼是非常聪明的家伙，如今与景无双混熟了，也不知道是听觉灵敏还是嗅觉灵敏，每次只要景无双站定在二十八楼的大门外面，黑狼总是第一时间打开门，威风凛凛地蹲在门后面迎接景无双的到来。

而景无双每次都是轻轻地推门，生怕一个用力撞到躲在大门后面的黑狼先生。

“早安，黑狼先生。”

景无双每天早上第一个问安的不是吴妈，也不是穆靳宸，而是眼前这位威风凛凛的黑狼先生。

黑狼每天早上听完这句“早安，黑狼先生”就会傲娇地摆摆尾巴，瞥这个还算有礼貌的人类一眼，才回到自己的窝里趴着，颇有一种“本黑狼先生知道了，你跪安吧”的意味。

景无双每天看到它傲娇的神情都要无语上一阵子。

“早安，小姐来了。”吴妈每天看到景无双都笑得合不拢嘴。

自从景无双住进来以后，大多数情况下少爷早晚都在家里用餐，脸上的笑容也越来越多，人看着也有生气多了。

她不知道这两个小年轻有没有察觉到，他们的相处模式越来越像小夫妻过日子了。

“吴妈，早安。”

景无双主动到厨房帮吴妈把早点端到了餐桌上。

整理好餐桌后景无双才去书房敲门，直到里面浑厚的嗓音喊出“请进”两个字，她的小脑袋才从门外探进去，澄澈的眸子像极了两汪山间的清泉：“穆先生早安，早餐时间到了。”

穆靳宸听到敲门声便放下了手上的 iPad。他是个生活很有规律的人，一直有晨读的习惯，晨练回来再看会儿股市或者新闻，然后才会去上班。

景无双搬过来以前，他一般是吃完早餐再看这些，如今为了等景无双一起吃早餐，才把顺序调整了一下，把吃早餐放在后面。

看着那个眉眼弯弯的女孩儿，他一整天的好心情都会从这里开始。

“早安，吴妈今天做了什么早餐？”穆靳宸边朝女孩儿走过去，边问道。

景无双看着穆靳宸逆着光的绝色容颜，眼睛笑得眯了起来，等到穆靳宸走近才神秘兮兮地说：“吴妈今天心情极好，做了她最拿手的虾饺和皮蛋瘦肉粥，还有几个看着很可口的小菜。”

穆靳宸嘴角的弧度拉得更大：“自从你来了以后，她哪一天心情不好了？”

穆靳宸这话倒是实话，吴妈喜欢景无双，每天都变着法子做吃食，好让景无双的胃口好一些。他跟着胃口也好了些，这些天晨练他都比平时多跑两千米，才能把多余的能量消耗出去。

而眼前的小女人似乎比他刚认识她的时候要圆润了些，脸色也极好，脸蛋更是白里透红，粉黛未施已光彩照人。

通过这段日子的接触，穆靳宸对景无双有了更深刻的了解，生活中的景无双有着说不出的可爱特质，性子也让人如沐春风般舒坦至极。

他越发觉得这个女孩儿与他极为合拍。

景无双得意地笑了一下，并没有反驳，吴妈对她是极好的。

穆靳宸伸手揉了揉她的秀发，柔声道：“去用早餐吧，用过以后早些回去看你外公。”

景无双如水的眸子里这才出现一丝错愕，她似乎把这件事情给忘记了。

一直到用早餐的时候，景无双还有些心不在焉，拿勺子拌着碗里的粥，就是没有一口是放进嘴巴里的。

穆靳宸自然不会忽略她的出神，不动声色地往她面前的小碟子里放了一个小虾饺，轻声问道：“在想什么呢？”

景无双回过神来，拿起筷子夹起面前的小虾饺放进嘴里，吃下去后才缓缓开口道：“我与表姐不对盘，最近几次回去都遇见了唐暮白，闹得有些不愉快，说实话，我如今是有些怕回夏园的。”

穆靳宸自己也吃了一个虾饺，又往她的小碟子里放了一个，应道：“不怕，这次有我在。”

景无双怔了一下，随即笑道：“穆先生，你当自己是万能的？什么事有你在就都不怕了吗？”

穆靳宸瞥了小女人一眼：“穆先生不是万能的，但是护你这个小笨蛋周全还是有些办法的。”

景无双不服气地反驳道：“你才是小笨蛋呢。”

穆靳宸又淡淡地瞥了她一眼：“不是小笨蛋会让那个大块头女人欺负了去？连回家都不敢了？”

景无双听到他说夏子薇是大块头女人，忍不住笑出声来。夏子薇身高有一米七五还多，本身骨架就不小，看起来的确挺大块头的。

可景无双听到他说回家……

“穆先生，其实我挺羡慕表姐和苒苒的。我姓景，却住在夏园，虽说外公极疼我，舅舅待我也不差，可我始终没办法把那里当作自己的家。因为表姐从小就会提醒我，我不属于他们家，我只是寄居在那里罢了。”

女孩儿的声音很轻柔，尤其是有些委屈的时候，听得穆靳宸也跟着难过。她真是个让人心疼的女孩儿。

穆靳宸又往她的碟子里夹了些小菜，声音放到最柔：“只要无双愿意，穆先生的户口本随时可以加上你的名字，以后穆先生的家就是你的家、我们的家。”

景无双愣住，这一次她并没有反驳什么，而是把勺子咬在嘴巴里，做思考状。

片刻后，水眸一眨不眨地盯着穆靳宸的眸子，她认真地说道："穆先生，我会认真考虑的，会把你当作家人的第一人选。我想，我总会有想通的那一天。"

家人的第一人选吗？

沉稳如穆靳宸心底也很受触动。他知道，得到这个小女人这样一句话是多么不容易的事。

穆靳宸表面上不动声色，然而那双原本古井无波的深邃眸子里流动着的幽光出卖了他此刻的情绪，但最后一切情绪也只化作一个淡淡的"好"字。

立场明确坚定，却从不勉强，从不激进，这是他对景无双一贯的态度。他与景无双也终于达成了这样一种默契，对方是彼此家人的第一人选。

这是穆靳宸第一次正式拜会夏荆山，颇有见家长的意味，所以穆靳宸穿得有些正式。他穿着正统的黑色西装，搭配同色长风衣，修长挺拔的身姿傲然而立，如松柏般伟岸，内敛睿智的气质更如大山一般弘毅宽厚。

景无双也一改平日休假时穿的休闲装束，穿得稍微正式了一点儿，薄施粉黛，如水的星眸顾盼生姿，直接到停车场的门口等着穆靳宸。

看见穆靳宸的派克峰在她身边停下，景无双莞尔一笑，好一个江南水乡温柔婉约的大家闺秀。

穆靳宸率先下车，帮她拉开副驾驶座的车门，等景无双上了车，顺手关上车门，他才回到司机的位置上。

霸气威武的派克峰在繁华的街道上四平八稳地穿梭着，开了四十多分钟才到夏园。

穆靳宸拉上手刹，解了自己身上的安全带，转而俯身解开景无双身上的安全带。

穆靳宸从后座上把那套紫砂茶具和两瓶三十年的陈酿拿了出来，朝景无双喊了一句："走吧。"

景无双此时才生出点儿紧张的情绪。她从来没有经历过这样的事情，这大概就是第一次带男朋友回家见家长的心情，总有那么点儿忐忑以及不安。

"穆先生……"景无双欲言又止。

穆靳宸看着女孩儿有些怯意的眸子，柔声道："不紧张，有我呢，进去吧。"

景无双顿时生出一种奇怪的感觉，这到底是谁拜访谁家呀？

不过有冷静淡定的穆靳宸在身边，她紧张的情绪也没有持续太久，毕竟穆靳宸是外公认可的人，而她也真的在认真考虑他们之间的关系。

景无双眼尖地瞄到一辆大红色的法拉利，走过去看了一下车牌，顿时诧异极了。

"这不是苒苒的车吗？怎么会在这里，难道她也来了夏园？"

"进去看看便知道了。"

景无双有些想不通："如果苒苒来找我的话，怎么不提前给我打电话呢？"

带着这样的疑问，两个人走进了夏园。

大老远两个人就听见苏苒俏皮的声音："夏爷爷，双双丢了你怎么一点儿也不担心呢？"

继而便是夏荆山那爽朗的笑声："苒苒不着急，丢不了，丢不了，有人好好看着她呢。我还以为你这丫头好心来看老头子，原来是来找双双的啊，你小时候我还教过你功夫来着。"

"哎呀，夏爷爷，瞧您说的，这都哪儿跟哪儿呢，您跟双双都是一家的，我这不是来找双双和看望您老人家两不误嘛。对了，双双到底去哪里了？"

“外公，我回来了。苒苒，你找我？”

苏苒听见景无双的声音便从椅子上蹦了起来，小钢炮似的朝景无双“开炮”：“景无双！你这个死丫头，电话打不通，公寓没有人，吓死人了知道不知道！”

景无双摸了摸鼻子，有些不好意思。她搬去二十九楼住居然忘记了告诉苏苒，这段时间颇有乐不思蜀的意味。

“抱歉，抱歉，我搬得离公司近了一些，都忘记告诉你了。”

苏苒“炮轰”完景无双，看见与景无双并肩而行的穆靳宸，随即瞪大了眼睛，原本就圆溜溜的眼睛，这一瞪更圆了，有点儿滑稽的感觉。她指着穆靳宸说：“你……你搬去与‘第三号绅士’同居了？”

“苒苒！”

苏苒正要说什么，只见穆靳宸越过两个小女人，不卑不亢地走到夏荆山身边，冷静自若地说：“夏叔，近来可好？”

苏苒的眼睛瞪得更圆了，才多长时间，她只不过被君翔那个浑蛋拐到G城出了个差回来，双双跟“第三号绅士”已经发展到见家长的地步了？

虽然她知道双双好骗，可两个人也不至于发展得这么快吧？

景无双一看苏苒的神情就知道她在想什么，伸手拍了拍苏苒的手臂，轻声道：“我找个时间再跟你细说。”

夏荆山的视线一直锁定在穆靳宸身上，随后夏荆山一脸宠溺地看着自家外孙女儿，苍老的声音也带上了几分喜悦：“好、好、好，托双双的福，宸儿总算来看望夏叔了。”

“靳宸的不是，这些年我一直在国外，谢谢夏叔时常抽时间去看望爷爷。”

夏荆山摆手道：“我与老首长是过命的交情，这些不说也罢。”

穆靳宸连声称是，顺带着把手上的礼物递了过去：“之前在拍卖会我看见了几套不错的紫砂茶具，爷爷那里留了一套梅花图案的，这一套兰花图案的想必夏叔也适合用。”

其实穆百川手上那一套紫砂茶具是一个系列，共有四套，根据梅、兰、菊、竹的不同形态精雕细琢而成，每一套都是被收藏了几十年的不可多得的精品。

一次性拍下四套，花费可谓天价。

穆靳宸原本是想着一次性将四套茶具都送给爷爷的，但又想到爷爷的脾性，就先拿了其中一套给他，准备等那套磕坏了再给他替换。

这下，这些茶具倒是派上用场了。

夏荆山听到这是拍卖会得来的紫砂茶具，还与老首长家那一套是一个系列，笑得见牙不见眼。老首长家里那一套茶具他是见过的，喜欢得不得了。

“宸儿客气了，怎么能送夏叔如此贵重的东西？”

话虽如此，他却也不矫情，迫不及待、笑眯眯地接过茶具。

景无双也没想到穆靳宸出手如此大方，这种收藏了几十年的紫砂茶具一向是可遇不可求的，少说也得好几十万元一套。

她以询问的眼神看向穆靳宸。

男人径自拉过她的手，眼眸含笑，神色那样喜悦，景无双微微定了定心神。

“哼，景无双你这个吃里爬外的白眼狼，把我的薇薇害成这样居然还有脸回来！”刘芸怒不可遏的声音从楼梯的转角处传来，她看也不看大厅里还有客人，一点儿情面都不给景无双留。

跟在刘芸身后的是神色有些颓然的夏子薇，她脸上的掌印已经消得差不多了，只有唇瓣上的咬伤还未愈合，隐约还有些狼狈的样子。

穆靳宸不悦地蹙起了眉头，拉着景无双的大手也不由自主地紧了紧。

同时不悦的还有夏荆山与苏苒。

苏苒一贯维护景无双，很想替景无双骂回去，可想到拥有最高发言权的夏爷爷还在，生生地忍了回去。

果然，夏荆山刚刚还满是喜悦的脸上瞬间乌云密布，他重重地拍了一下扶手："也不看看都有谁在，如此大呼小叫，成何体统！"

刘芸被夏荆山这一声怒吼镇住片刻，看清楚了来人。

看到苏苒的时候刘芸不屑地撇了撇嘴，这丫头跟景无双是一丘之貉，估计没少欺负她家薇薇。

视线转向穆靳宸的时候她倒是怔了一下。刘芸到底不是没见过世面的家庭主妇，这个男人气场相当强，一看就知道不是泛泛之辈，绝非池中物，气势上可能比唐暮白还要出色几分。

只是当刘芸看到他跟景无双相握的手，目光又变得不友善起来。

她将目光转向夏荆山，声音带着几分冷意："爸，不是我想大呼小叫，我是薇薇的亲妈，女儿遭了罪，别人不心疼，我这当妈的心疼。今天无论如何我都要当着您的面给薇薇讨回一个公道，还望您能体谅一个母亲的心情。"继而她又把目光转到穆靳宸身上："想必这就是那位与无双一起欺负薇薇的无双的朋友了。"

刘芸加重了"无双的朋友"几个字，与这样的男人交锋，薇薇哪儿有不吃亏的道理？

穆靳宸一贯淡定冷静，见这名妇女一来就如此气势汹汹地针对景无双，古井无波的眼中涌起了几分愠怒之色，也猜到了这女人的身份。

有这样的舅妈与表姐，不难想象夏荆山不在家的时候景无双在这座夏园里过的是什么样的日子。

女孩儿隐忍的性格，大概就是这样练出来的。

当下，穆靳宸更怒了，但仍保持着一贯的淡定表情，冷冷地回视了刘芸一眼，开口道："这位想必就是无双的舅妈，我是无双的朋友不错，可何来我们欺负人一说？"

对这样的长辈，他是尊重不起来的，哪怕他知道今天他应该谦逊。

刘芸冷笑一声，也不跟他对峙，把视线转移到景无双身上："怎么，你欺负表姐不够，还把人带到家里来欺负舅妈不成？"

刘芸说话的时候眼睛恶狠狠地盯着景无双。

夏荆山怒发冲冠，沉声道："够了！你眼里还有没有我这个做父亲的？我还没死，这个家还轮不到你做主！"

这是刘芸入门以来第二次看到夏荆山如此生气，第一次是听到景无双的母亲说要离婚的时候。

她被夏荆山的这个架势吓了一跳，眼眶红了起来。

然而舐犊情深，为人女、为人妻她可以诸多忍让，但是作为一个母亲，她是寸步也不能让的。

她强忍着眼泪，直直地迎上夏荆山的目光道："爸，我知道您为人刚正不阿，但是您一向偏爱景无双，今天我希望您能公平一次。"

刘芸说着，把她身后的夏子薇拉到跟前，继续说道："为夏家唯一的孙女儿讨回一个公道！"

夏子薇说她差点儿被人占了便宜，是她拼死反抗，最后才挨了几巴掌了事。

只是泼了景无双一杯水这样的小事，她娇生惯养的女儿就要遭这样的罪，这就跟挖了刘芸心头的一块肉一般难受。

夏荆山一扬手，沉声道："我夏荆山这一生有两个孙女儿！在这里的都不是外人，苒丫头也是我看着长大的，宸儿与双双更是当事人，昨天发生了什么事情，一五一十地在这里说清楚吧，我决不偏向任何一方。"

"爸，你们这是在做什么？"拿着鱼竿回来的夏锦荣和唐暮白进门就看到这"三堂会审"的阵仗。

夏锦荣喜欢钓鱼，今天唐暮白一进门就被夏锦荣拉去钓鱼，夏子薇也是才见到唐暮白。

"暮白。"夏子薇轻唤了一声。唐暮白一出现，夏子薇便一副要哭不哭、楚楚可怜的模样。

唐暮白扫了她一眼，看到她憔悴的面容及唇瓣上那些伤，眉头皱得可以夹死苍蝇了。

转眼，他又看到边上的景无双和穆靳宸，顿时整个人都怔在那里。

这到底是怎么回事?

夏荆山摇了摇头，本来是家丑不可外扬，这下好了，该知道、不该知道的人都到场了。

“都坐下吧，什么都别问了，双双先说说到底是怎么回事吧。”

“爸，您还说不会偏袒任何一方？薇薇才是受害者，您让主使者先陈述，这说得过去吗？”

景无双的手一直被穆靳宸握着，她顺着他牵着她的左手坐在他旁边，神色一如既往地淡然，仿佛这样的戏码已经上演了太多次，再也无法牵动她一丝一毫的情绪。

苏苒则一脸怒容地坐在景无双的左边，死死地盯着刘芸。景无双见状，轻轻拍了拍她的手背，朝她摇了摇头。

苏苒转头怒瞪了景无双一眼。她苏苒没有这样任人搓圆揉扁的“包子闺密”。

穆靳宸看着如此波澜不惊的景无双，心头闪过一丝怜惜。他们到来至今，连茶水都来不及喝上一杯，单凭夏子薇的片面之词，就被这样“三堂会审”。

穆靳宸咬了咬后槽牙，压抑着心头翻滚的情绪。这里夏叔说了算，自己一开始就强出头反而会适得其反。

唐暮白看着对面不动声色却像织了一张密不透风的网、默契不已的三人，心里很不是滋味。如果可以，他希望守在景无双身边的人是他，而非穆靳宸。

“刘芸，你是怎么跟爸说话的？”夏锦荣虽然是个“妻奴”，但对父亲十分敬重，看到刘芸这样的态度，他是十分不悦的。

“是爸亲口说他今天站在理字这边，今天我们就有理说理。”

夏荆山摆手道：“薇薇说吧，这到底是怎么回事？”

夏子薇自从回国以来，从景无双身上学得最多的便是隐忍。她认为自己之所以一直在景无双身上讨不到好，就是因为不会像景无双一般装“白莲花”。男人天生喜欢保护弱者，柔弱的女人比强势的女人更容易讨得男人的怜惜。

而唐暮白除了进门时扫了她一眼，目光一直停留在景无双身上，哪怕她此刻已是楚楚可怜的模样。

夏子薇一忍再忍，收起了全身的气场，一改往昔咄咄逼人的架势，脸色惨白得有些骇人，眼眶内晶莹欲滴的泪珠像是随时要掉下来一般，楚楚可怜得如院子里那株被风雨摧残过的梅花。

景无双认识了夏子薇十几年从未见过她这副模样，此时是有些震惊的，并不难猜测夏子薇接下来要表演什么。

只见夏子薇吸了吸鼻子，惨笑了一声，将略带哭腔的声音放到最轻，让不知其本质的人心生怜悯之意。

“无双，我承认自己从小就不喜欢你，从你七岁进了我夏家的门，抢了爷爷与爸爸的爱开始，我就不喜欢你。从小什么事情我都喜欢与你争个高下，我好胜心强，为人处世不懂转弯抹角，自然不讨爷爷的欢心。但是我一直以为无论我们之间如何争，如何斗，都不会牵涉第三者，正如我从小被你欺负却从来不会向长辈告状。”

说到这里，夏子薇深深吸了一口气，闭了闭眼睛，眼泪就这样顺着眼角流了下来，那模样看得刘芸好生心痛，也跟着抽噎起来。

“但是你为什么要联合外人来对付我？我用水泼你是我的不对，可你至于让人把我关进看守所任人欺负吗？景无双，你的心肠怎么这么歹毒？姐妹之间的小吵小闹，你至于用到这样的手段吗？”

面对这样声泪俱下的指控，景无双没有反驳什么。她不知道她跟着穆靳宸离开竹韵居以后还发生了什么事，只得用询问的眼神看向穆靳宸。

穆靳宸轻轻拍了拍她的手背，示意她少安毋躁。

“景无双，你还有什么好说的？我夏家居然养了你这样的白眼狼，你知不知道薇薇差点儿被人——”

“妈！”刘芸尚未说完的话被夏子薇厉声打断，夏子薇惶恐地看了唐暮白一眼。

刘芸住了口，转而对夏荆山说：“爸，这件事应该怎么处理，您给个说法吧。”

夏荆山闭了闭眼睛，然后倏地睁开：“说完了？双双，你怎么说？”

“外公，我——”

景无双正要开口，穆靳宸拉过她的手轻拍了几下，淡淡地开口道：“夏叔，可否先让我们喝一口水？等一下由我这个目击者亲自说明情况。”

夏荆山这才想起来，他们从进门到现在连水都没喝上一口，这才吩咐人上了茶水。

穆靳宸拿出手机，编辑了一条信息发出去。

过了片刻，穆靳宸的手机振动了几下。

穆靳宸抬眸环顾了一下四周，道：“夏叔，能否用一下家庭影院？”

“宸儿自便吧。”

穆靳宸颔首，拉着景无双起身：“请各位移步过去吧。”

说完这么一句他便拉着景无双大步流星地向家庭影院的方向走去。

众人面面相觑，连夏子薇都忘记了哭泣，怔怔地看着唐暮白。

唐暮白没有理会她，跟了过去。

苏苒则走过去扶着夏荆山的手臂，小声说道：“夏爷爷，您可千万不要听别人胡说八道，素来只有别人欺负双双的，她向来不与人计较。”

夏荆山欣慰地拍了拍她的手背。这丫头也是极好的，素来维护无双。

“夏爷爷眼瞎心不瞎，这些年谢谢你关照双双。”

苏苒豪气地摆了摆手道：“夏爷爷这是哪里的话，我跟双双之间不说这个。”

所有人移步到了投影幕布前。穆靳宸与景无双站在前面，他低头轻声问景无双：“相不相信穆先生？”

景无双怔了一下，不知道穆靳宸为何要这样问，只呆呆地看着他点了点头。

穆靳宸这才环顾一下众人，缓缓地开口道：“本来这算是夏叔的家事，我不应该掺和，但这件事发生时我正好路过，目睹并参与了全程，过程如何我就不描述了，用画面说话吧。”

穆靳宸说完便打开了投影仪。

投影仪共播放了两段视频。第一段是夏子薇与景无双在竹韵居从争执到穆靳宸救场的全程，穆靳宸那冒着白烟的后背及酒精炉上的火苗都拍得一清二楚。

第二段则是夏子薇被关在一个黑暗的密室里的视频。由于视频时间太长，穆靳宸只播放了她进去、中间，以及出来时的几个片段，但是看得出夏子薇全程丝毫无损，尤其是盛气凌人地骂那个警察的情形特别清晰。

在场的所有人都静静地看着幕布，直到两段视频播完也没有人说话。

苏苒气不过，轻哼了一声：“见识到什么是恶人先告状了吧。我就说双双从来不会欺负人的，你居然还想诬蔑人，还真没见过你这样的人。”

穆靳宸冷漠的声音响起：“夏叔，您也看到了，若不是我及时出现挡住那些滚烫的开水，您如今大概只能看到一个面目全非的无双了。我不去批评夏小姐的行为如何，但这样的戏码想必已经不是第一次上演。”穆靳宸将视线转移到刘芸母女身上：“我想请问一下两位，何来无双串通朋友欺负人一说？”

唐暮白大概也知道是怎么回事了，觉得难堪得不行。

夏荆山脸上早已是铁青一片，脸色阴沉得可以滴出水来。

穆靳宸将目光转向众人：“女生之间的小打小闹本无伤大雅，但是视频里夏小姐的行为相信大家有目共睹。这已经是蓄意伤人的刑事案件，我不过是小惩大诫，让人关了夏小姐几个小时。当然，无双怕惊扰到夏叔，不赞成我这么做，我也怕无双为难，打算瞒着无双，关夏小姐几个小时，这件事就算过去了。”

穆靳宸又将目光转向夏子薇：“所以敢问夏小姐，无双哪里欺负你了？又是怎么联合我这个外人欺负你的？本来就是我看不下去，路见不平，若不是看在你是无双的表姐的份儿上，这件事我会就这么算了吗？夏小姐不妨出去问问，哪一个惹到我穆靳宸的人能够毫发无损，全身而退？

“还是说你有被害妄想症？抑或你本来就打算自残诬蔑无双？夏小姐，无论是哪一点，只要你说一句，穆某定不会让无双白白担罪名，自然会成全你的。

“夏叔，两个孙女都是您看着长大的，靳宸知道您素来疼爱无双，谢谢您把无双教得这么好。以后我会代替您照顾无双，我这个人很护短，见不得无双受丁点儿委屈，所以——”

穆靳宸目光一转，冷冷地扫了那对要哭不哭的母女一眼，沉声道：“无双过去所有的隐忍和委屈都到此为止，以后有我护着，她就是捅破了天，也有我穆靳宸担着，你们都好自为之吧。”

穆靳宸最后将目光转向夏荆山：“夏叔，靳宸逾越了。”

有一种男人生来就应该睥睨天下，俯瞰众生，他一发言，所有人本能地洗耳恭听；好像随时释放着一种威压，让人不得不臣服。

穆靳宸恰好就是这样的人。

穆靳宸说话的语速和语调与平时无异，他的话落入景无双的耳内却字字铿锵，掷地有声，她心头压抑不住的情绪排山倒海而来，最后化作两行清泪，一滴一滴地往下掉。

穆靳宸走近她，蹙着眉头，修长的手指轻轻滑过她的眼尾，心痛不已：“不哭，穆先生在呢。”

短短的几个字，令景无双再也压抑不住，她伸手捂着嘴巴，再也不敢看他的眼睛，垂着眸子掉眼泪。

穆靳宸把她的小脑袋按在自己的肩膀上，轻轻拍着她的后背便不再说话了。

“哭什么哭，别弄得好像我们夏家苛待了你一般。薇薇说错了吗？不就是你联合外人欺负她？薇薇泼点儿水怎么了？不是没泼到吗？还有那几段被剪辑过的视频能说明什么？薇薇脸上的伤，还有那个差点儿欺负薇薇的警察，这些难道都是捏造出来的吗？薇薇要什么没有？为什么她要编派一个父母都不要的野孩子？”

啪的一声，刘芸话音刚落，一个巴掌迎面而来。

她错愕地看着这个平时与她说话都不会大声的丈夫，整个人呆住了。

刘芸难以置信地看着自己的丈夫，片刻后才回过神来：“夏锦荣，你敢打我，你居然敢打我！”

“你这么大个人，哪句话该说，哪句话不该说是不是应该先过一下脑子！双双是我夏家的孩子，她的母亲叫夏慕雪，是我夏锦荣的亲妹妹！这个家有薇薇的一半就有双双的一半！”向来憨厚的夏锦荣忍不住厉声道。他听不得刘芸口口声声说自己妹妹的孩子是野孩子。

夏荆山冷眼看着这一切。他确实不好出手教训儿子的媳妇儿，但夏家的媳妇儿确实不应该说这样的话。

“爸爸，您怎么可以这样对妈妈？我是在监控拍不到的地方被虐打的，难道我还能自己打自己不成？你们凭什么一口咬定他们只是关了我几个小时而已？我失手泼水是错，他们暗中让人下这样的狠手难道就没错吗？”夏子薇还在脸不红气不喘地强词夺理。事情到了这个份儿上，她不可能退让。

唐暮白也在这里，再怎么样她也不能在这个节骨眼上被拆穿。

忍了半天的苏苒终于爆发：“夏子薇你还真是双重标准。你失手泼的是开水，热腾腾的开水，这样的水泼到人身上多让人遭罪？从小到大你都看双双不顺眼，小学时抢她的书包，中学时抢她的裙子，到了大学抢她的男人。我就不明白了，双双到底哪里碍着你了？就因为她长得比你漂亮，心地比你善良吗？”

夏子薇冷静回击：“苏苒，我也忍你好久了，你俩根本就是一丘之貉、狼狈为奸。你到底算哪根葱，有什么资格在我家里出言不逊、指手画脚？你帮着景无双欺负我的时候还少吗？”

“还真是可笑，只许你欺负双双，不许我们反击？双双是包子，任你欺负了默不作声，我可不是包子。她是我罩着的，你欺负她就是不行！”

苏苒说完还不解气，指了指唐暮白道：“这种渣男你也肯接手，我还真替双双谢谢你，否则等我回来，照样让双双蹬了他。”

事情发展到这个地步，景无双也不想再隐瞒什么，苏苒说开了也好，干脆就一次性算个总账吧。

夏荆山一脸痛心疾首地看着这一切，眼里有掩盖不住的震惊，也有难以置信，孙女之间的积怨比他以为的那样还要深。他突然觉得自己很失败，没想到长在自己眼皮底下的两个孙女会闹成这样。

同样震惊的还有夏锦荣夫妻俩。苏苒这话是什么意思？唐暮白原本是属意景无双的吗？这到底是怎么回事？

夏子薇冷笑道：“苏苒你还真是好笑，你什么都不知道，凭什么这样说话？你们高中的时候我已经与暮白谈恋爱，到底谁才是第三者？”

苏苒听完瞪圆了眼睛：“天哪，唐暮白这么渣啊，泡完表姐泡表妹？这样的男人你居然还要？”然后她又对景无双竖了个大拇指，“双双你蹬了他简直明智。”

她又看了穆靳宸一眼：“你现在的品位就高得多了。”

“你！”夏子薇气结，偷偷瞥了唐暮白一眼，他的脸色相当难看，可以用惨白来形容。

他也许没有想到这些事会在这种情况下被捅出来。

夏子薇不愿意再与苏苒多说什么，把矛头转向了自己认为战斗力最弱的景无双：“景无双，你一向如此，在爷爷和我爸妈面前装模作样，一副娇滴滴的样子。如今你把男人和闺密当枪使，自己躲在龟壳里当缩头乌龟，你的手腕与段数比我高得多，我夏子薇承认斗不过你。”

穆靳宸听到这样的指责后眉头蹙得可以夹死苍蝇，这母女俩真不是一般惹人生厌。

她们口口声声说无双是野孩子，手腕与段数高，简直无耻。

他咬了咬牙关，危险地眯起眼睛看着那两个女人。她们惹到他了。

穆靳宸不动声色地扫了一眼夏荆山的方向，蹙了蹙眉，到底忍了下来。

苏苒也正要开口说话，景无双却挣脱穆靳宸的手，挺直了腰板，整个人看起来像极了在狂风暴雨中坚韧不拔地活下来的小草。

她原本只想带着穆先生回夏家陪陪外公，心里想的是外公如此满意穆先生，看到他们一起回来，想必会特别高兴的。

可没想到，等待她的竟是如此大的一台戏，她这个角儿若是不上台唱上几句，岂不辜负了搭戏台的人的一片苦心？

“夏子薇，我从来就没想过与你争什么，为了不让外公和舅舅为难，对你我也是一再忍让。正如你说的，一直以来这只是我们两个人之间的战争，我并不想波及他人，但既然今天把话说到这里，那我们就一次性说个清楚。”

景无双的声音很平稳，也透着些许疲惫：“我也一向不喜欢你，你骄纵蛮横，以自我为中心，说话做事从不顾及别人的感受，把尖酸刻薄当成直率，我所有的隐忍与退让在你眼里都是在装‘白莲花’。我不知道你哪里来的自信，觉得全世界的人都应该围着你转，所有最好的东西都该属于你夏子薇。

“从小到大，所有我看中的东西，你夏子薇都要争上一争，小至一只鸡的左右腿，大至我有眼无珠倾慕过的男人。我无所谓，你要，我就退让，我一直跟自己说，能被你抢走的东西，可能原本就不属于我。”

景无双一字一顿，说得很缓慢：“你也不需要诬蔑我什么，你的目的不过是让我以后都不能踏进夏园半步，我以后不来就是了。

“你总说我觊觎夏家的东西，觊觎夏氏，如果我没记错，我母亲名下是有夏氏百分之四十九的股权的。我先声明一点，这些股权是母亲留给我的，那不是偷，也不是抢来的，是我名正言顺地继承过来的。

“舅妈，您也常说我不姓夏，夏家白白养了我十几年。有句话我一直想说，您也不姓夏，我姓夏的外公不说我是累赘，我姓夏的妈妈不说我是累赘，我姓夏的舅舅不说我是累赘，而您，又有什么资格说我呢？”

都说最了解你的人是你的对手，景无双与夏子薇相争多年，怎么会看不出夏子薇这么做的目的？

若不是惦记着外公，若不是怕外公难受，景无双也不愿意回来这里。

“外公、舅舅，今日无双不孝，日后如果无双想念外公与舅舅，怕是只能请你们移步到无双的住处了。”

景无双比平日多了几分气势的话语回荡在夏园的每一个角落，更像一场离别之前的演说。

是时候彻底告别夏园的一切了，她在这里本来就是一个寄居者，这里的一切原本也不属于她。

没有控诉，没有抱怨，她只是平静地叙述着事实。

景无双目光流转，如水的星眸扫过在场的每一个人，扫到穆靳宸与苏苒身上的时候，目光暖了下来。

最后，景无双指了指唐暮白：“至于他，应该是你最介意的地方。我不想批判这个人的人品如何，你说你跟他谈恋爱在先，我事先并不知情，在这一点上，你不能怪我。自从知道他和你牵扯不清之后，我已经果断抽身。”

景无双看了看穆靳宸的方向，眼波流转，眼里闪过丝丝柔意：“我现在眼光高了不少，我有穆先生了。”

女孩儿说完这么一句话，穆靳宸古井无波的眼眸里泛起了涟漪，嘴角扬起了软和的弧度。

这是景无双她自己的战场，她自己的舞台，开场或收官都应该由她自己来主导。

幸好女孩儿柔软但不懦弱，纯粹干净但并非不谙世事，聪明隐忍却又淡漠善良。

与其一直把她护在羽翼之下，他不如一直带领着她成长，这样，她才能一直跟着他的步伐越走越远，直至永远。

而他只需做她最坚强的后盾就好。

“我有穆先生了”，这大概是穆靳宸有生以来听过的最动听的话语。

他很感动。

唐暮白黯然伤神，觉得自己是这场舞台剧里最大的输家。

其实早在那一年的樱花树下，在那短短的两个月中，他就输掉了自己的整颗心。

这算不算是他的报应？

他与她的表姐暗度陈仓，让她承受双重痛苦。

她与他的兄弟两情相悦，他何尝不是承受双重痛苦？

那一巴掌并没有打醒刘芸，她冷冷一哼道：“说的比唱的还好听，我是你的长辈，怎么就没有资格说你了？说来说去，你还不是觊觎夏氏的股份？我倒不知道你竟然还肖想过你表姐的男朋友，小小年纪，心机倒是不少。我上辈子不知道欠了你什么，这辈子你从七岁开始就来我们夏家讨债。”

刘芸捂着疼痛不已的脸颊，仍然要声讨景无双。

夏子薇这样不分青红皂白，自然是因为有刘芸这样不分青红皂白的母亲。

“够了！我心仪无双是和夏子薇分手以后的事情，无双一点儿也不知情。我开始也不知道无双是夏子薇的表妹，别把罪名扣到无双身上。”一直沉默的唐暮白终于忍不住爆发了。

刘芸被一向温文儒雅的唐暮白吓得呆住了。

夏子薇一下子都忘记了反应，在这样混乱的场面里，唐暮白依然在维护景无双。除了自己的母亲，所有的人都在维护景无双。她恨，恨极了这样的状况。

“唐暮白，你也够了，明明是景无双主动勾引你，你为什么还要帮她开脱？”

夏子薇已经没有办法思考其他，整个脑海里只翻腾着一件事，那就是用尽全力往景无双身上泼脏水。

“夏子薇，别人不知道我为什么分了手还会跟你在一起，你自己还不清楚吗？这一场戏你准备自导自演到什么时候？我累了，不能再陪你演了。”唐暮白的声音疲惫得不成样子。

“暮白，你到底知不知道自己在说什么？”夏子薇的神色惶恐极了，她迅速上前拉过他的手臂。

唐暮白说过很多次累，夏子薇从未担忧过，她手中握有王牌，不怕唐暮白不屈服。

更重要的是，她相信唐暮白爱她。当年他们那样要好，她不相信他与景无双在一起的两个月的时间比得过他们在一起的几年光阴。

而这一次她分明从唐暮白的眼中看到了绝望，那是一种破罐子破摔、心如死灰的绝望。

这一步棋，她走错了吗？

她要的只不过是景无双净身出户，离开夏家。

她倒要看看没有了夏家的庇护，景无双还能有什么能耐跟她争东西。

然而，中途杀出了穆靳宸这个程咬金、苏苒那个帮凶。

这些都是夏子薇始料未及的，这样的效果也绝对不是她想要的。

唐暮白闭了闭眼睛，感到了前所未有地疲惫，与夏子薇这些年的纠葛真的耗尽了他半生的精力。

“夏子薇，我们分手吧。”这句话一出，犹如在本就起了波澜的水面上投下了一颗鱼雷，炸出了惊涛骇浪。

夏子薇眼睛猩红地紧紧盯着唐暮白，深吸了一口气，反而冷静下来，冷笑了一声："这句话我就当你没说过，这不可能，我不会同意的。"

"我知道你手里有我的把柄。"说着唐暮白并不理会夏子薇，转身对夏荆山与夏锦荣说："夏爷爷、夏叔，暮白辜负你们的期望了。其实我一直心仪无双，因为夏子薇当年拍了一些我的不雅照片和视频，威胁我与她在一起，甚至要挟我和她一起出国，我才无计可施。我心仪无双之时已经跟夏子薇分手了，无双并不是什么第三者，而我认识无双的时候也并不知道她是子薇的表妹。后来放弃无双与子薇在一起也是因为子薇的威胁，我并非真心想和子薇在一起。"

大家没料到这件事还有这样不堪的内幕，一时间都不知道该如何反应。

唐暮白继续说："我们在国外的两年多时间里，我依然无法漠视那些过往，无法做到心无芥蒂地与子薇在一起。我曾经喜欢她不假，但那仅仅是曾经。夏爷爷、夏叔，暮白厚颜无耻地恳请两位劝劝子薇，不要再拿那些东西威胁我了，我累了。"

唐暮白说完又转向夏子薇："子薇，我早已不喜欢你，也请你看在过去的情分上，放过我吧。"

唐暮白的声音透着从心底深处涌出的疲惫，他仿佛耗尽全身的力气才说完这样一席话。

今天的惊吓可谓一浪接着一浪，夏荆山的脸已经黑得跟锅底并无差别。

"暮白，怎么回事？你跟薇薇一向好好的，怎么忽然这样说？是不是她？是不是她教唆你对付薇薇？暮白，薇薇是个好女孩儿，你是不是误会了什么？"

刘芸不相信夏子薇与唐暮白之间是这么回事，更不相信自己的女儿会做这样龌龊的事情。

唐暮白鞠了一躬："伯母，对不起，这场戏我实在演不下去了，请原谅我过去对您的欺骗。"

刘芸听得后退了一步，差点儿没有站稳。

夏子薇一直死死地盯着唐暮白，似乎要在他身上盯出一个洞来。越是这种时候，她越是冷静，小不忍则乱大谋，她从景无双身上学到了不少。

"暮白，这件事我们改天再谈，我现在先与无双算账。"

苏苒哼了一声，开口道："夏子薇，你还真是让人大开眼界，为了抢男人不择手段，如今还有什么理由说跟双双算账？双双都没说要找你算账。"

"苏苒你闭嘴，唯恐天下不乱，你到底是什么居心？还是说你吃饱了撑着没事找事？"夏子薇最受不了的就是这个苏苒，和景无双是一丘之貉，一样讨厌。

"哟，恼羞成怒啦？行，我闭嘴，我倒要看看你如何跟无双算账。开始吧，我来当裁判。"

苏苒眼睛闪闪发亮地看着夏子薇，让夏子薇气不打一处来。

"你！"

"你们眼里还有没有我这个爷爷？"夏荆山苍老的声音响起，音量不大，那沧桑的气势却震慑住了每一个人。

"若你们还记得这个家是我夏荆山当家做主，就都停下来听我说两句。"

连苏苒都不敢再造次，这些吵得面红耳赤的后辈似乎都忘记了，他才是这个家里的最高话事人。

夏荆山的视线一一扫过众人："家和万事兴应该是每一个家的家训，我从来不知道这个表面上风平浪静的家暗地里如此龌龊。我不是不知道薇薇强势，不是不知道双双委屈，为了维持一个家的平衡，对双双的委屈我只能看在眼里，疼在心上，却很少出面干预。我始终相信，身上流着我夏荆山的血液的孩子，本质都是好的。"

夏荆山顿了顿，又冷眼扫了一下众人，继续道：“然而今天，你们都给了我太多惊喜。薇薇你真的以为我看不出来你脸上的掌印是自己掴上去的吗？暮白你看双双的眼神，真以为我看不出问题吗？刘芸你以为我不知道你这个舅妈从小给双双灌输了多少她不是夏家的孩子这种观念吗？双双故意考了离夏园最远的大学借口住校，毕业后自力更生在外面租房子住我难道不心疼吗？

“薇薇一直到现在吃喝用度都是家里供着，我夏家买不起一套房子、配不起一辆车给双双吗？然而我这么做了吗？双双又可曾有过半句怨言？这样的好孩子，不值得我心疼吗？我亲手打拼下来的家业就是全部给了双双，你们又有什么资格说我半句不是？”

刘芸只觉心里一阵发凉，似是有阵阴风在心底掠过。万一惹恼了夏荆山，夏家的家业真的全部由景无双继承，这可如何是好？

“你们要公道是吧，我如今就为双双讨一个公道！夏子薇说双双会装、表里不一，她若不是看在我这个外公的份儿上，不想我烦心，不管是唇舌之争还是身手，你们几个是双双的对手？把别人的一味退让当作理所当然，把别人的大度隐忍当作软弱可欺，我夏家有你们这样不知好歹的人吗？”

听着这样一番话，漠然的穆靳宸此时心中却有万千感触，似是有万马奔腾而过，眼睛一眨不眨地看着景无双的方向。他的无双其实是个幸福的女孩儿。

苏苒连眼眶都热了起来，紧紧抿着嘴唇。原来夏爷爷是理解无双的，真好。

景无双则眼神无波，平静地听着老人字字铿锵地说着这些话。有了今天老人当众说的这一番话，过去所有的隐忍和委屈，都算是过去了。她最敬重的外公懂她，这就够了。

夏子薇与刘芸心中虽然不服，但也没有作声。这个节骨眼上说什么都是火上浇油，万一激怒了老爷子，他真的把夏家所有的产业给了景无双，她们会更加得不偿失。

夏荆山沉默了许久，客厅内也许久没有人再说话。他将视线转移到了唐暮白与夏子薇身上：“你们两个既然不是两情相悦，也别勉强了。夏子薇，你爷爷一生光明磊落，你如果敢做出那些龌龊的事情来，你看我不打断你的腿，再将你的名字从族谱中去掉！”

夏子薇心中大骇，没想到爷爷会这样说：“不，爷爷，我跟暮白是两情相悦的，我爱他，他也爱我。他当年只是一时被景无双迷惑，现在不会了，我们好好的，爷爷。”

唐暮白痛苦地闭上眼睛，咬了咬牙关，再睁开眼睛的时候已是决绝的神色：“子薇，你还要自欺欺人到什么时候？我不爱你，早在我爱上景无双之前就不爱了，我们早已分手，这一点你比谁都清楚。”

夏子薇盯着他的眼睛质问道：“分手？我们何来的分手？那都是吵架说的气话，怎能当真呢？”

唐暮白冷冷地回视她道：“就算如此，从你下药算计我的那一刻起，我也无法再爱你了！”

夏子薇还在垂死挣扎：“不是的暮白，你曾经说过会爱我一辈子，对我不离不弃的。你说这样的话对得起我们死去的孩子吗？他便是我们相爱最好的见证啊。你不能离开我，这辈子都不能！”

夏子薇已经陷入癫狂状态。她一向听不得唐暮白说离开的，她为他付出的实在太多。

“爷爷，求求您，求求您，不要让暮白离开我好不好？我会乖，以后我都会很乖的，我听话，您说什么我都听，但是我不能没有暮白，爷爷……”夏子薇说着，歇斯底里地号啕大哭了起来。

可恨之人必有可怜之处，说的大概就是夏子薇这样的人。

“孩子？什么孩子？好你个唐暮白，我女儿哪点不好，你居然让她怀了孩子？孩子呢？”刘芸心痛极了，说着也哭了起来。

唐暮白没有理会刘芸的话，冰冷的目光锁定在夏子薇身上：“原来你还记得你原本应该有一个孩子？夏子薇，如果要追溯我什么时候变得不爱你，大概就是从你亲手拿掉自己的孩子开始。我没有见过比你更心狠的人，我没有对不起他，真正对不起他的人是你！

“你若想把手里的那些东西公之于世，随你吧，明天我就会回去辞掉弘基总裁的职位，就算是身败名裂，我也不想再与你这样的女人纠缠了！失陪了诸位。”

唐暮白再也看不下去、听不下去，丢下这么一段话，便率先出了客厅。

夏子薇哭着追了出去：“暮白，不是这样的，不是这样的！我没有要你身败名裂，我只想你爱我。那个孩子只是个意外，请相信我，暮白。”

夏荆山勃然大怒：“锦荣，把人追回来，关在房间里，没有我的允许，她哪儿也不许去！”

一直不知所措的夏锦荣听到父亲的话，连忙点了点头，跑出去追夏子薇，刘芸也哭着跟了出去。

霎时间，室内只剩下四个人。

夏荆山站得有些眩晕。今天实在发生了太多事情，他没有想到两个小女生之间的一点儿小摩擦最后牵扯出这么多问题。这些事对他来说实在太意外，打击也实在太大了。

景无双上前一步，扶着夏荆山坐到一旁，柔声道：“外公，对不起。”

夏荆山拍了拍她的手背道：“是外公对不起你，这些年委屈你了。”

景无双摇了摇头，却不知道该说什么。如今闹成这样，她说什么都是苍白的。

夏荆山说着又对穆靳宸招了招手。

穆靳宸毫不迟疑地走到他身边。

“宸儿，今天让你看笑话了，这些事就别烦到老首长那里去了。”

穆靳宸连声说不会。

夏荆山拉过他的手覆在景无双的手背上，用自己的手包裹着两个人的手，又说："夏叔这辈子最对不起的就是双双的母亲，这些年也没有照顾好双双。如今夏叔把双双交给你，以后你替我好好照顾她吧。我这丫头是极好的，就是怕她吃了亏也不说，委屈自己，日后有宸儿照顾，我也就放心了。"

穆靳宸握紧了景无双的手，郑重承诺道："夏叔放心，我很喜欢无双，以后会尽我所能地护她。"

夏荆山连声说好："这样我就放心了，双双日后也不必惦记着外公，外公知道你安好便好。"

夏荆山又对苏苒说："苒丫头，你这丫头别总是得理不饶人，道理在你这边都成没理了。这些年也多亏你陪着双双。"

苏苒摆手道："夏爷爷，我才不当双双那种受气包。我苏苒的人生就要肆意洒脱，快意恩仇有什么不好呢？"

"夏爷爷说不过你，以后你也替夏爷爷多照顾着双双。好了，我有些累了，你们都先回去吧。"夏荆山推了推手，示意他们出去。

景无双微微仰起小脸，硬是把快要流出的眼泪逼了回去，努力挤出笑容来："外公，您也照顾好自己，我最近接了个大项目，有些忙，可能很长一段时间不能来看您了。"

夏荆山没有再说什么，点了点头。

几个人跟夏荆山道别后便出了客厅。

景无双走到门外，忍不住回头看那个白发苍苍、年逾古稀的老人。这短短的时间里他似是又苍老了许多，景无双内心禁不住一阵酸楚。

也许舅妈说的是对的，如果没有自己的出现，这个家不会像现在这样，外公也不会到了古稀之年仍要操心这些事情。

围廊尽头那一白一红两株梅花隐约有些凋谢之意，许久不曾用过的秋千还是静静地待在那里，外公悉心栽培的茶花却开得正灿烂，待在院子角落的柠檬草绿油油的……

这里的一切，与她七岁初入夏园时并无二致。

景无双曾听母亲说，在她还小的时候这个院子也是这副模样。

外公是个念旧的人，这十多年来夏园翻新过很多次，他老人家却从未动过院子里的一草一木，许是这个院子里有他与外婆之间和他们曾经的一家四口之间太多美好的回忆。

穆靳宸轻轻拥着她到了大门口，景无双眼睛一眨不眨地看着“夏园”两个苍劲有力的大字。

那时候，夏园还不叫夏园，她八岁还是九岁的时候跟着外公练字，天真地问外公：“为什么我们家没有名字？”

夏荆山即兴挥毫写了“夏园”这两个字，乐呵呵地对小无双说：“小心肝，以后我们家就叫夏园。”

后来外公真的请来了工匠，把这两个字照着外公的笔迹刻到了大门口。

当时外公可能忽略了，她姓景，叫景无双，而不是夏无双。

见过太多太多的物是人非，景无双看着这里熟悉的一切景致，想着过去的种种，却没有太多难过的情绪。也许为了这一天，她已经准备了许久……

“真是个扫把星，每一次都把家里弄得乌烟瘴气。看清楚了，这里是夏园，以后不欢迎你来这里！”

“刘芸，你少说两句行不行，还嫌不够烦是不是？双双，有空常回来。”

话虽如此，夏锦荣经过景无双身边的时候却半步也没有停留，夫妻俩拥着夏子薇进了大门。

夏子薇狠毒的目光一直锁定着景无双。

“景无双，我夏子薇从此跟你势不两立！”

景无双将脊背挺得笔直，光明正大地回视夏子薇道：“我们之间什么时候和平共处过？”

夏子薇狠狠瞪着她，直到他们完全消失在她的视线范围内。

“双双，不难过，你还有我们。”神经大条如苏苒也察觉出点儿什么了，景无双以后怕是难以再踏入夏园一步了。

“嗯，我有你们，我不难过，真的。苒苒，你先回去，我们改天再约。”景无双向来不与苏苒客套。苏苒是她这一生唯一的知己，她们都懂彼此，很多事，一句话、一个眼神就够了。

苏苒点了点头，抱了抱她，走近法拉利，拉开车门，想了想，单手撑在车门上对穆靳宸说：“嘿，第三号绅士，以后对双双好点儿。”

穆靳宸冲她颔首道：“我会的。”

苏苒这才开着她那辆拉风的大红法拉利绝尘而去，直到车尾灯都看不见，景无双的眼泪才悄然无声地落了下来。

午后的阳光直直地照射在景无双的身上，她却感受不到一点儿暖意。

终于，她压抑不住情绪，声音几不可察地说了一句：“穆先生，我没有家了。”

女孩儿背对着生活了十几年的夏园，声音很轻、很柔，散落在春日的晌午中，让穆靳宸的心一阵阵抽痛。

他拥着女孩儿瘦削的肩膀，在她的发顶轻轻落下一吻，嗓音低沉，满是心痛地道：“以后穆先生的家就是无双的家。”

景无双回过头，泪眼婆娑地看着穆靳宸，用压抑得已经有些沙哑的声音轻轻地说：“穆先生，给我一个名正言顺的家，好不好？”

穆靳宸修长的手指滑过女孩儿微红的眼尾，压下内心翻江倒海般的情绪，最后只吐出一个字：“好！”

声音虽然很轻，却像一记重槌敲在景无双的心上，使得她原本固若金汤的心防裂开了好大一个口子……

景无双扑入穆靳宸的怀里，无声哭泣着。穆靳宸一手轻轻拍着她的后背安抚着她，一手拿出手机拨通祁东的电话。

“祁东，你可能要加一下班……”

电话另一端的祁东吓得目瞪口呆，看看手机的来电显示，难以置信地再点开里面的号码，认真确认了那一串他熟悉到骨子里的数字，是他家少爷的电话没错。

所以，少爷要结婚了吗？

所以，少爷要和景小姐结婚吗？

所以，少爷和景小姐今天就要结婚吗？

他们不是今天才见家长吗？

这是什么速度啊？

两个人见完家长就结婚了吗？

祁东就在这样的复杂心情中办理着穆靳宸交代的事情。

当祁东驱车到达民政局门口的时候，穆靳宸的车也恰好到达。

穆靳宸推门下了车，又走到副驾驶座打开门，把景无双迎了下来。

“少爷，您这是要和景小姐结婚吗？”祁东小心翼翼地问。

“不然呢？”他还能与别人结婚吗？

祁东赶紧摇头，随即觉得不对，又赶紧再次摇头，最后还是觉得不对，只好伸手抓了抓脑袋，语无伦次地道：“少爷与景小姐很般配，祁东祝少爷、少夫人百年好合，白头偕老，早生贵子，永结同心。”

穆靳宸不自觉地勾了勾嘴角，不只是祁东，所有人应该都很意外吧？

手续办得很快，穆靳宸接过新鲜出炉的结婚证，比完成任何一个大项目都更有成就感。

关于爱情或者婚姻，许多人说要排除万难，得来不易才会懂得珍惜。

穆靳宸不是，这世上没有什么东西对他来说是得来不易的，而景无双是他人生之中的不期而遇、唯一的意外。

只有他自己知道，动心对他来说有多么艰难。

他动心的对象、他的穆夫人是景无双，他以为世界上再没有比这更美好的事了。

景无双接过写着“结婚证”的红本本，仍有不真实的恍惚感。她这就结婚了？

这是不是太草率了？

结婚不是应该两个人相识、相知、相恋……一路循序渐进，一步步走向婚姻的殿堂吗？

他们才认识短短一个多月的时间，是不是跳过了太多步骤？

她茫然地抬起水眸，看着穆靳宸。

在夏园门口下定决心的时候，她内心很平静。她从来不是一个意气用事的人，经历过与唐暮白那场失败的初恋以后，在情路上更是小心翼翼，生怕走错一步，迎接她的将是下一个万劫不复。

大概每个女人的一生之中都会有那么一个男人出现，他给她勇气，让她不再瞻前顾后，只需携着他的手努力前行就好。

都说婚姻是男女之间最大的赌博，如果她与穆靳宸这样的男人携手都不能双赢，那么世界上也没有什么男人值得她去豪赌了。

她笑着打开结婚证，轻轻抚上结婚照，看着那个目无下尘的男人发自内心的浅笑，莫名有些感动。

而照片中的自己也是笑靥如花，笑容那么真实自然，她都没有发觉，他们竟然是如此般配的两个人。

她忐忑不安的心一点儿一点儿地安定下来，穆靳宸是值得她托付终身的人吧？

“在想什么呢？”穆靳宸看着身边小女人嘴角的浅笑。她微微颤动睫毛，更像是轻轻地拂在他的心上，令他的心柔软得不可思议。

这个女人，今后便是他的妻。

真好。

景无双抬眸，视线落入两汪深潭之中：“穆先生，我们就这样结婚了？感觉好不真实。”

穆靳宸凝视着她，把她手里的结婚证拿过来扬了扬，轻启薄唇道：“穆夫人，我们结婚了，这是铁一般的事实。就是有些委屈你了，鲜花、戒指稍后再补上。”

景无双眨了眨眼睛，有些讶异地看着他。她说的不是这个意思啊。

他不是不食人间烟火的穆先生吗，居然还知道要鲜花与戒指？

穆靳宸把两个红本本藏好，吩咐祁东不要多嘴，说完便拉着景无双的手离开了民政局。

祁东正准备打电话给吴妈，然后吴妈这个“穆府大喇叭”自然会通知府上其他人，现在少爷居然不让他说，这得多憋屈啊。

穆靳宸带着景无双到了宸宇国际旗下最大的购物广场。

置地广场最大的珠宝店的负责人方才接到上级通知，让他准备好那枚非卖品镇店之宝在贵宾室候着。

穆靳宸带着景无双到这里的时候，那枚代表忠贞永恒、世上独一无二的名为“情定君士坦丁堡”的钻石戒指已经静静地在贵宾室内唯一的透明玻璃桌上面候着了。

穆靳宸拿起戒指，套在了景无双左手的无名指上。

景无双的手指并不瘦削，而是有点儿圆润，白得很细腻，越往上越细，形状非常好看。

景无双怔怔地看着自己的左手，好一阵恍惚。

戒指很好看，铂金戒指圈上镶嵌着切割完美的椭圆形钻石，菱形的折射面闪着浅黄色的光芒。她稍稍转动一下手腕，在灯光的折射下，钻石会泛起红色的光，景无双不知道这钻石有多少克拉，却看得出其价值连城。

穆靳宸执起她的手左右瞧了瞧，点头道：“很好看，正合适呢，这戒指大约也是为你量身定做的。”

说罢，穆靳宸把她的手拉至唇边，虔诚地落下一吻，深邃的目光移向景无双如水的双眸：“穆夫人，求婚戒指补上了，迟些时候我们再做一对款式简单些的戒指，方便日常戴。”

“穆先生不懂浪漫，嗯，大概也没有别人那般细心，我尽量做到与其他人一样，别的女人该有的东西，你也一样不会少。如果我有什么遗漏或者做得不足的地方，还望穆夫人能见谅，若你能提点一二，穆先生会更开心。”

景无双眼眶微微发热，除了因为他灼热的目光，还因他的真诚与坦荡：“谢谢你，穆先生，这样已经很好了。”

穆靳宸怜惜地拥着她，在她的发端落下一吻：“虽然我比你年长好几岁，但是这些年都把心思放在工作上，没有与女人相处过。无双，你是穆先生三十多年来唯一想要携手共度余生的女人，这一点，你记住了。”

景无双抓紧他的衣衫，胡乱地点了点头：“穆先生，你这样已经很好了，无须再为我改变什么。”

穆靳宸拥着她，叹息道：“我也不知道为什么，对着你，总觉得自己做得不够多。好了，这些都以后再说吧，现在我们先去吃饭，然后回家。”

“嗯，我们回家。”

七岁以后的景无双从来没有一次说“回家”两个字底气这么足的。

她景无双终于有了一个名正言顺的家。

夫妻二人用过午餐，稍坐片刻，景无双才回过神来，脑海中回放着今天发生的种种，倏地想到自己还有好些东西在夏园没有取回来，不知道什么时候才有机会去取，也不知道夏子薇一怒之下会不会把自己的东西烧个精光。

景无双搬到外面的小公寓时，已经搬走了大部分东西，还有一些比较占地方的东西和大量书籍没有搬走。

景无双心里还盘算着公寓里的东西是不是也要多搬些到二十九楼去，以后她是继续住二十九楼还是……

她正不知道怎么开口，就听见穆靳宸浑厚的嗓音响起：“无双，我打算命人将二十八楼与二十九楼打通，直接做一个楼梯将两层连起来，改成复式，以后我们直接住到二十九楼去。”

穆靳宸看了一下景无双的反应，接着说道：“改动一下格局，撤走二十九楼的厨房，改成一个书房，这样我们就可以一人一间书房了。将你现在住的房间与客房打通，变成我们的主卧，客厅的位置不动，做成一个放映厅。

“大门都不改动，二十八楼只留着主卧跟客房，开放式厨房不变，只将饭厅与客厅变宽一些，以后我们开伙、吃饭、接待客人都在楼下，吴妈在楼下做饭什么的也不会影响我们。二十九楼就是我们的私人空间，这样可好？”

是啊，夫妻就该一起生活，同在一个屋檐下，同吃一锅饭，同睡一张……

同睡一张床?

景无双倏地睁大了眼睛，有些不知所措地看着穆靳宸。她好像还没有准备好和他同睡一张床，这可怎么办?

穆靳宸轻声问：“怎么？有问题吗？”

景无双摇了摇头，随即又点了点头，思索一二，却依然不知道应该如何开口。这一切似乎在情理之中，又似乎在意料之外，但一切比她想象的快了不少。

她还在纠结不要跟穆靳宸有过多接触的时候，他们已经相亲；她正在思考要不要跟他在一起的时候，他已经求婚了；她正准备认真思考他的追求时，他们已经领证结婚……

她好像总是跟不上他，跟不上他们之间的发展节奏。

最后却是她自己开口向他索要一个名正言顺的家。

穆靳宸许她一个名正言顺的家之时，她却又觉得自己似乎还没有完全领悟到该怎么与这个男人一起生活在这个家里。

男人低沉的嗓音再度响起：“可是后悔了？”

景无双迅速抬头看着男人如海般深邃的目光，猛摇着脑袋道：

“没有，这是我自己要求的，怎么可能后悔？就是……就是你说一起住到二十九楼的时候，我忽然发现自己的心理建设好像做得还不够……”

景无双低下了脑袋，越说声音越小，像个做错事的小学生。

穆靳宸看着这个用发顶对着他的小女人，精致的面容染上些许柔和神色，良久，轻笑出声：“穆先生在无双的眼里难道是一个登徒浪子吗？”

景无双迅速抬头，又拼命摇头：“当然不是，我也不是那个意思，就是……”

穆靳宸看着她窘迫的样子觉得她很可爱，但也不愿意再逗她：“好了，好了，你家穆先生身心健康，暂时没有和你分居的打算，至于其他事，我不会勉强你，除非你心甘情愿。”

穆靳宸将“心甘情愿”四个字说得很缓慢，目光深邃地看着女孩儿如水的眼眸。虽然她已经二十五岁，毕竟只有过短短两个月的初恋，在他眼里还是个很干净纯粹的女孩儿。

他本就是个绅士到有些冷漠的人，尊重任何人，自然会尊重她。

至于为什么他要这么快把她纳入囊中，而非循序渐进，这个问题他自己也回答不上来。总之就是他觉得他们相处下来很舒服，忍不住想要去怜惜、守护她。

景无双窘了窘，怎会听不出他的弦外之音？她也不是说怕那个什么，就是需要多点儿时间适应，只得轻轻说了一句：“我会尽快适应的。”

穆靳宸点头道：“那就好。”

夫妻二人离开餐厅后，到附近的商场买了些东西，回到双城国际的时候已经是傍晚时分。

夕阳正好，碎金似的余晖慵懒地洒落在大厦外墙上，金光灿灿的，让人心生暖意。

景无双站在双城国际前面，仰着头，澄澈的眸子里闪过几分暖意。不知怎么的，看着这座直入云端的大厦，她倏然间多了一种归属感，跟之前买下公寓或直接入住二十九楼的心境截然不同。

景无双收回目光，见他手上挂满了东西，自然地伸手拿过其中一个袋子。

穆靳宸浑厚的声音在景无双的头顶响起："不必了，东西不重，你去按电梯吧。"

景无双闻言点了点头，这才往大门走去。

夫妻二人站在二十八楼的门口，不消一会儿，大门自动开了条缝隙便不再动。

景无双一看这架势就知道，第一个来迎接他们回家的肯定又是那位威风凛凛的黑狼先生。

她轻轻推着门，生怕撞到喜欢开了门就蹲在门后的黑狼先生，先探了个脑袋进去，打了个招呼："嘿，黑狼先生。"

黑狼听完景无双的招呼，傲娇地摆了摆尾巴，走开了一些，景无双这才把门完全打开。

黑狼先生这次并没有马上回到自己的窝里趴着，而是走到穆靳宸的脚边蹭了蹭他，叫了两声便跟在他的身后。

"少爷和小姐回来啦？"

夫妻二人与吴妈打了招呼，穆靳宸把手里的东西放下，拍了拍黑狼的脑袋说："以后不许蹲在门后面。"

黑狼汪汪几下，似是在抗议，又似是服从，并没有在穆靳宸身边转圈，只摇了摇大尾巴就跑了，也不知道听懂没有。

穆靳宸的神色温软了些，他对景无双道："这家伙要造反，你不要对它那么客气，它尾巴都要翘到天上去了。"

这家伙每天早晚都会给景无双开门，然后蹲在门后不动，非得对景无双撒娇一番才肯罢休，也不怕景无双哪天不注意把它撞个正着。

景无双无所谓地笑了笑，走过去摸了摸黑狼的脑袋："没关系，我喜欢黑狼先生。”

黑狼朝穆靳宸“汪汪”了几声，似乎在说：主人听到没有，这个女人本来就喜欢我，不是我傲娇。

穆靳宸抚上额头，这威风凛凛的大家伙迟早会变得跟那个小女人一样可爱。

“我还以为今天少爷和小姐会在夏家用过晚餐才回来呢。”吴妈一边盛菜，一边笑眯眯地说。她亲眼见证两个小年轻的感情越来越好，心情也就越来越舒畅。

景无双听到这样的话，脸上的表情有些不自然。夏家以后她是回不去了。

穆靳宸听罢，缓缓走到她前面，执起她的手走到吴妈跟前：“吴妈，我们刚刚领证结婚了，以后穆家就是无双的家。”

哐当！

吴妈拿在手里的锅铲倏地掉到了地上，她一脸错愕地看着夫妻二人。

景无双笑着上前捡起吴妈掉在脚边的锅铲：“吴妈，你小心些。”

幸亏锅铲没有砸到吴妈的脚上。

吴妈瞪圆了眼睛，一脸难以置信，拉着景无双的手微微颤抖起来：“小、小姐，少爷是说你们结婚了？”

景无双笑着点了点头：“是的，刚刚到民政局领了证。”

吴妈这才看到景无双无名指上那有些硌手的、闪闪发亮的钻石戒指，她把景无双的手拉到胸前：“谢天谢地，小姐和少爷有情人终成眷属。好、好，真是太好了。”

说着她又放开景无双的手，在围裙上擦拭了几下自己的手，乐呵呵地准备掏手机：“我得赶紧给老太爷他们报喜去。”

穆靳宸赶紧出声阻止：“暂时不必，我明天带着无双回去再说吧。”

吴妈停下手里的动作，一拍脑袋道：“瞧我这急性子，这天大的好事，当然要你们当事人亲自去说才更令人高兴。好、好、好，真是太好了。”

吴妈乐得都有些词穷了。

穆靳宸特地从酒窖里取了一瓶上好的红酒，夫妻二人吃着清淡的小菜，配着红酒，这就是婚后的第一顿晚餐。

穆靳宸拿起红酒杯朝景无双举了举，景无双会意，拿过自己的杯子碰了碰他的杯子，率先说道：“新婚快乐，穆先生。”

穆靳宸的嘴角扬起了一道好看的弧度：“新婚快乐，穆夫人。”

说着，夫妻二人举杯将红酒一饮而尽。

“无双，等一下到二十九楼收拾一下东西吧。”

景无双有些不解地看着他。

“这里明天会安排人动工装修，我们用过晚餐后搬到汇景湾的别墅小住，等到房子装修好了再搬回来。或者，若你喜欢汇景湾，我们就在那边住下，虽然离公司远了点儿，但是环境好上许多。”

景无双问：“晚上就搬吗？”

穆靳宸答：“嗯，那边什么都有，你带些换洗的衣服就可以。”

他抬头看了景无双一眼，接着说：“无双，你要适应身边无时无刻不有穆先生的日子。”

景无双瞥了他一眼，有些不满地小声嘀咕道：“我现在过的不就是这样的日子吗？”

穆靳宸勾着嘴角往她的碗里夹了一筷子菜：“难得无双有这个觉悟，穆先生很欣慰。”

景无双娇嗔道：“吃你的饭。”

穆靳宸但笑不语，扒着碗里的饭，一如既往地淡定。

景无双倏地想起了什么，将筷子抵在唇边轻声问道：“那个君翔是不是也住在汇景湾？”

穆靳宸诧异地看了她一眼，随即神色恢复如常。凭她与苏苒的关系，她知道这事倒也不奇怪。

穆靳宸便点了点头道："汇景湾是君氏旗下的楼盘，君翔名下有好几栋房子，他住的那一栋与我们家挨着。"

景无双了然道："明天是周日，有一整天时间，为什么不明天再搬？"

穆靳宸淡定地看了对面眼睛闪闪发亮的小女人一眼，淡淡地开口道："因为穆夫人今天说让我给她一个名正言顺的家，我答应了。今天是我们新婚宴尔的第一天，难道穆夫人打算继续一个人住在二十九楼，让穆先生独守空房吗？"

景无双差点儿被噎到，他现在是什么都敢说。

她想了想又说："那黑狼先生怎么办？"

"汪汪——"黑狼及时地吠了几声。

算这个女人有良心，搬家都想到它黑狼先生。主人，你"见色忘宠"了。

穆靳宸瞥了黑狼一眼："放到二十七楼，让吴妈养着。"

"汪汪——"它抗议，它不要离开主人和那个女人。

景无双求情道："这样不好吧？让它和我们一起搬过去好不好？"

穆靳宸哪儿能不依她："你喜欢就带过去吧。"

景无双点了点头，笑得眉眼弯弯，暖黄的灯光从她的头顶泻下，那立体的五官落下清晰的剪影。

Chapter 09
夫 人

吴妈本想跟着两个人到汇景湾去照顾小两口儿，穆靳宸说不用，吴妈想着也是，未免妨碍小两口儿过二人世界，只好作罢。

两个人需要收拾的东西并不多，只有一些日常换洗的衣物，还有穆靳宸书房里的一些资料，林林总总也就装了几大箱子，几个人一人搬一箱也就差不多搬完了。

此时，黑狼“汪汪”地大叫了几声，摆着大尾巴跑了过来。

吴妈以为他们不带黑狼过去，朝它道：“哟，黑狼舍不得少爷和少夫人呀？”

谁知道黑狼跑到景无双的脚边，朝她吠了几声，最后还咬住她的衣摆不放。

“使不得，使不得，黑狼你要咬坏少夫人的衣服啦。”黑狼很少这么不听话，更不会咬人家的东西，吴妈见状都急了。

景无双则笑着放下手里的东西，弯腰摸着它的脑袋道：“不会忘了你的，走吧。”

黑狼瞥了景无双一眼，迈开长腿，率先跑出去按电梯。

“少夫人这是要把黑狼也带过去呀？”

景无双点了点头：“是的，我刚才答应过它的。”

“怪不得，衣服没咬坏吧？”吴妈连忙放下手里的东西，去看景无双的衣摆。

景无双笑着摇了摇头：“不碍事。”

其实黑狼哪里是咬，不过是意思意思含在嘴巴里。

祁东笑嘻嘻地道：“黑狼有眼色，这么快就知道这里谁最有话语权——”

祁东后知后觉地发现这话好像得罪自家少爷了，马上顿住，心虚地瞧了一眼穆靳宸，却见穆靳宸余光都不给他一点儿，一脸柔情地看着景无双。

祁东这才装模作样地扭过头来。

“出发吧。”随着穆靳宸一声令下，几个人一宠往停车场走去。

景无双不想坐到副驾驶座上，想要在后座与黑狼坐在一起。

威风凛凛的黑狼先生趴在那里，无辜地瞥了穆靳宸一眼：主人，是你女人要缠着我，我也很苦恼。

穆靳宸送了它一记警告的眼神，它才朝景无双“汪汪”几声，意思是不让她靠近。

“坐到前面来吧，那是它的地盘。”穆靳宸又瞥了黑狼一眼：算你上道。

黑狼把脑袋扭到一边，主人魅力没有它大，还威胁它，它要叛变。

“黑狼先生，我对你这么好，让点儿位置给我也不舍得啊？”

话虽如此，景无双想想也是，黑狼那么大个头，她占去了一半位置，它便不够位置趴着了，她只得坐到前面去。

黑狼又汪汪了几声：问你家腹黑的男人去吧，他威胁我。

只可惜景无双听不懂，黑狼只能腹诽了。

车子开到汇景湾南门的时候，音乐喷泉恰好启动。

景无双倏地想到了什么，忍不住笑出声来。

穆靳宸转头看着女孩儿好看的侧颜，七彩的灯光在她姣好的容颜上不停地跳跃着，令她看起来像一个暗夜精灵。

他不由自主地勾了勾薄唇："笑什么呢？"

景无双摇了摇头："只是忽然想起了一件很好玩的事情。"

她第一次来汇景湾是帮苏苒跟踪君翔。

"说出来让我也高兴一下。"穆靳宸浑厚的声音在狭小的车厢里响起，配合着车窗外的音乐声，格外性感。

"你记不记得我们第二次见面的情形？"

"在男厕那一次？"

景无双转脸看了他一眼："那是第一次吧。"

"我以为在梅里十三峰那一次已经是我们的第一次见面。"

景无双愣了一下，随即笑了笑道："那就第三次吧，本色那一次。那次我就是来这里，在那个音乐喷泉前面接到了苒苒，一路跟着君翔的车去了本色，没想到抓到你们三个大男人在一起。"

穆靳宸的嘴角又勾起了好看的弧度，他们之间不期而遇的次数实在太多。

夫妻俩到达别墅门口时，竟然看到君翔跟苏苒走了过来。

苏苒在夏园看了一场大戏，没有地方吐槽，便去折腾她家未婚夫。君翔磨了半天才把苏苒骗到别墅坐一会儿，没想到竟然遇见了景无双和穆靳宸。

苏苒蹦蹦跳跳地要去抱景无双，被君翔扯住了。

苏苒瞪他："放开。"

君翔扯着她的衣服后领："我就不放，你咬我啊？啊！小浑蛋，你还真咬啊，疼死我了。"

穆靳宸与景无双对视了一眼，这两个人还真是十年如一日地"水火不容"。

"是你让我咬的啊！君翔，我真没想到你还有这样变态的嗜好，居然叫别人咬你，太变态了。"苏苒咬了他的手臂一口后就蹿到景无双跟前，一个劲儿地吐口水嫌弃君翔。

君翔甩着手臂，瞧了瞧上面冒着血的牙印，咬牙切齿地道：“你这个小浑蛋！看我怎么收拾你！”

苏苒扭着小蛮腰，朝他吐了吐舌头，显然一点儿也不怕他。

景无双无奈地摇头。

“双双，你是要搬到这里来住吗？”苏苒看到穆靳宸竟然打开后备厢拿行李。

“是的，会在这里住一段时间。你呢？”

苏苒一听，乐了：“那我也可以住过来陪你呀。”

穆靳宸上前，一手揽过景无双略显单薄的肩膀，说道：“我与夫人非常欢迎苏小姐来我们家做客，今天刚搬过来，进屋再说吧。”

苏苒瞪圆了眼睛，自然没有错过“夫人”这个称呼。

“请问‘第三号绅士’，我家双双什么时候成你家夫人了？”

景无双本想找个时间与苏苒好好说说这件事的，却没想到在这样的情况下被穆靳宸说了出来。

她拍了拍揽在自己肩膀上的手，上前一步，双手执起苏苒的手：“苒苒，我与穆先生今天登记结婚了。”

哐当——栽倒在地上的人当然不会是苏苒，而是那位倚在门边，被咬得很惨，本就站得不太稳的君少。

随着这一声响，苏苒才回过神来，一脸震惊，瞪圆了眼睛看着景无双：“你……你说你们结婚了？”

苏苒原本就圆溜溜的大眼睛这一瞪更圆了，景无双发誓，她从来没见苏苒的眼睛这么大过，忍不住展颜一笑，语气却是幸福而平静的：“苒苒，你没听错，我结婚了，我和穆先生结婚了，快恭喜我吧。”

如果这个世界上还有谁希望她能幸福，眼前的苏苒肯定是其中之一，所以景无双迫不及待地想跟苏苒分享这一份喜悦。

也许她还不知道该怎样去经营以后的婚姻生活，但至少这一刻，她是满足与憧憬的。

苏苒伸手摸上景无双的额头："双双，你是不是发烧了？你再气也不能随随便便嫁人啊。我都订婚那么多年了还没有嫁人，你上午还好好地单身着，怎么下午就嫁人了呢？"

苏苒转了转圆圆的眼珠，想了想又道："你肯定是发烧了，我们看医生去吧。"

说着，她还真拉着景无双的手朝门外走去。

这苏苒是被吓傻了吧？景无双简直哭笑不得："苒苒，我没病，这是真的。"

"没病你好端端的结什么婚？早上被人赶出夏园，下午你就跑去民政局结婚？"苏苒一转眼珠子，把景无双拉到了身后，直勾勾地看着穆靳宸。

"第三号绅士，我只让你好好照顾无双，你直接把人照顾到自己的户口本上了？双双是从小就渴望有属于自己的家，可你这么做是不是有点儿乘人之危？"

若说这个世界上谁最了解景无双，非苏苒莫属。

她看似大大咧咧，对什么都无所谓，然而在大是大非面前，她精明得很。

她是有些生气，却是生自己的气。如果当时她把景无双带回自己家，也许景无双就不会如此仓促地结婚了。她比谁都清楚，景无双是最没安全感的人，穆靳宸在景无双那么脆弱的时候求婚，很容易就能把景无双娶走。

"苏小姐，穆某在你眼中是这样的人吗？"穆靳宸的眉间染上了些许不悦之色，然而他知道苏苒是真心为景无双好。

景无双赶紧解释道："苒苒，你误会了，是我向穆先生求的婚。我是真心想要一个属于自己的家，愿意和穆先生共同去尝试在一起生活。"

苏苒抚额，闭了闭眼，沉声道："双双，婚姻不是儿戏，你才认识他多久？”

她指了指君翔：“我与这浑蛋订婚那么多年了尚且不敢进入婚姻生活，你才认识穆靳宸多久？一个月？两个月？你这简直就是在赌博！我知道你回不去夏园了，你很想要一个家，可是至于这么草率吗？结婚是一辈子的事情，你知不知道？”

穆靳宸并没有打断苏苒的话，苏苒同时也问出了他心底的那一点儿疑问。

其实他也有一点儿不确定，不确定无双嫁给他有没有意气用事的成分。虽然不管如何，他都会对她好，然而这一刻，他也想听听无双的想法。

景无双想了想，冲着苏苒展颜一笑：“苒苒，我知道你为我好，我这么做并不是在意气用事。步入婚姻是需要勇气，你订婚那么久了还没有结婚，不是你不爱君少，更不是你没有勇气，而是你缺了那个‘燃点’。等真正到了那个时候，你就会明白我所说的话。”

景无双看了一眼穆靳宸的方向，只见他一脸温柔地看着自己，心神更是安定，松开苏苒的手，在苏苒面前晃了晃左手无名指上的戒指：“苒苒，祝福我吧。”

苏苒听景无双说话的时候一直盯着她的眼睛，知道她是认真的。

婚姻绝对不是两个在一起的人的终点，这仅仅是一个开始，有不少婚姻就是被琐事打败的，婚后夫妻二人之间的尊重、包容、理解等细节之处才是决定这场婚姻能走多远的关键。

有的夫妻白首如新，有的夫妻倾盖如故，时间的确不是衡量两个人能走多远的唯一标准。

穆靳宸轻轻扬起嘴角，他的无双从来不会让他失望，这场豪赌，他又怎么可能让她输呢？

苏苒微微叹息了一声，紧紧地抱着景无双道：“双双，祝福你，你一定要幸福。”

得到好友的祝福与支持，景无双也禁不住红了眼眶。她领证结婚，身边最亲的人是一个都不知道的，有了苏苒站在身边，她才觉得安心不少。

她的母亲若是知道她结婚了应该也很高兴吧。

“好家伙，这不是‘情定君士坦丁堡’吗？我当初找你要来给小浑蛋求婚你都不肯，原来是要留给自己用啊。”君翔也才从这个爆炸性的消息中回过神来。

没想到他们几个人当中，穆靳宸居然是第一个结婚的。君翔很多年前就有未婚妻；唐暮白万花丛中过，片叶不沾身；只有穆靳宸，他们都以为他分不清楚男人女人，没想到他后来居上，居然是他们当中第一个结婚的人。

这不是打他这个订婚很久却还没有结婚的男人的脸吗？

穆靳宸娶的还是唐暮白的前任女友，这该死的乌鸦嘴，君翔真想抽自己巴掌。

他摇了摇头，甩走那些乱七八糟的想法，走到穆靳宸身边，朝着他的肩头打了一拳：“恭喜了兄弟，你这手脚也太利索了吧，这么快就定下来了？”

穆靳宸淡定地瞥了他一眼，勾了勾薄唇道：“谢了。”

君翔将双手抱在胸前，用肩头碰了碰穆靳宸的肩头，看着那对抱在一起不肯放手的闺密，努了努嘴道：“我们兄弟俩娶了这对闺密，以后的生活可热闹了。”

穆靳宸气定神闲地耸了耸肩：“我是把人娶回家了，至于你，任重而道远。”

“有你这么诅咒兄弟的吗？光顾着自己幸福了，亏得我刚才还恭喜你来着。”

穆靳宸不理会跳脚的君翔，走到那对闺密旁边：“好了，苏小姐与无双谈完心，现在能否把无双还给穆某了？都累了一天了，你们这样站着说话难道不累吗？”

景无双感受到从自己身后传来的熟悉气息，拉过苏苒的手道：

"苒苒，坐着说话吧。"

苏苒还是恼穆靳宸"拐骗"她的闺密，故意为难他道："我进门这么久，茶都没有一杯，穆先生的待客之道实在是令人不敢恭维啊。"

穆靳宸瞥了君翔一眼：你是不是要管一管你家女人？

君翔无奈地耸肩，一脸"习惯就好"的表情。

穆靳宸的偏厅里有一整套工夫茶具，茶桌本身就是一个梨花木做成的茶船，可见此人深谙茶道。

景无双是第一次来这里，对此也是一无所知的。

几个人相继坐下，穆靳宸坐在主位上，娴熟地沏着茶，那一套行云流水的泡茶动作赏心悦目。

穆靳宸把沏好的茶水往君翔他们跟前推了推："请。"随即又推了一杯到景无双跟前，嘱咐道，"小心烫，这个杯子薄一些，温度比外面的杯子要高。"

景无双点了点头，小心地端起杯子，吹了好几下才轻轻抿了一口茶。

君翔与苏苒对视了一眼，这两个人还真是挺配的嘛，这气氛比处了二十多年的他们还要融洽。

苏苒揽过景无双的肩膀："看到你们俩感情不错，我也就放心了。坦白地说，我还真担心你是一时想不开才嫁给他的。"

穆靳宸淡定地喝了一口茶，瞥了苏苒一眼，缓缓开口道："苏小姐好像对穆某有诸多不满？"

苏苒连忙摆着小手道："没有的事，绝对没有的事，主要是我家双双太好了。你没有闺密，不理解我的心情。当你对一个朋友越是看重，看她的另一半的眼光就会越挑剔。并非你不够好，事实上，换了谁我都能挑出毛病来。"

听到这样的话，连穆靳宸都有些触动："谢谢苏小姐这些年对无双的照顾。"

"行了，我跟无双之间不说这个。你也别喊什么苏小姐了，直接喊我苏苒吧，娶了我家双双就是自己人了。”

穆靳宸颔首，勾了勾唇。苏苒这性子倒是爽快利落，也难怪她什么都不用做，就能让堂堂君少一直放在心上。

“苒苒，你看无双都嫁了，你也别矫情了，嫁给我呗。”

君翔看着眼热，人家小两口儿都成了，他家小浑蛋还是不肯松口。

这样的话苏苒显然已经听了太多次，掏了掏耳朵道：“我是那么随便的人吗？”

景无双窘了窘：“苒苒，你在说我随便吗？”

苏苒抓过景无双的手，把她那颗“鸽子蛋”对着君翔晃了晃：“双双啊，如果用比这栋别墅还贵的戒指求婚也算随便的话，那其他男人都不用娶老婆了。君少，看到没有？喏，现在求婚是这个标准。”

“靳宸啊，这就是你的不对了，我到哪里再找一枚‘情定君士坦丁堡’？我不管，这事你得负责，否则我要是打了光棍，直接让老爷子来找你。”

君翔哭丧着脸，又转向苏苒道：“苒苒，降低点儿标准行不行？这戒指真的只有一枚，我上次找他要过，他不给我我能有什么办法？”

穆靳宸吹了吹手中的茶水，语气淡淡地说道：“君翔，我从来不知道你是这般无赖的人。”

“谁让你先扰乱市场秩序？把行情提高到这个标准，其他男人活不活了？”

“准你君少用‘情定君士坦丁堡’求婚，我不能用？”

“穆少爷，你就给我找颗差不多标准的吧，拜托，拜托，小弟的终身幸福就全倚仗您了。”

苏苒瞧着君翔没骨头的样子，快看不下去了：“行了，别丢人现眼，有了这个我还只是考虑考虑而已。对了，你们准备什么时候办婚礼？我得准备当伴娘了。”

“明天回老宅与家人商量一下，再看双双的意思。”穆靳宸答道。

听到这个，景无双眼神暗了暗，她的母亲还不知道在哪里，父亲那边她也还没有通知，外公那里……

穆靳宸看到她黯然的眼神，拉过她的小手握在掌心里：“我们找个时间去拜访你的家人，两家人一起商量着办，好不好？”

“这恐怕有点儿难度，夏阿姨还不知道在哪里云游，要等她找双双才行。”苏苒知道景无双的情况。夏慕雪行踪飘忽，景无双能确定她是在北半球还是南半球就已经不错了。

穆靳宸一听，握着景无双的手紧了紧：“抱歉，我对你的了解还是少了些。不碍事，现在刚开春，筹备婚礼也需要一段时间，等到中秋或者过年办也行，我们不着急。”

穆靳宸顿了顿，看向景无双有些隐忍的神色，又淡定地道：“你爷爷与父亲还有你外公，我们都约个时间商量一下。”

景无双点了点头：“我们暂时先不对外公布吧，下周我们回爷爷那边一趟，至于外公那里，缓一缓吧。”

提起这个，景无双禁不住又黯然了，闹成这样，不知道母亲回来后会不会怪她。

“好，依你。”

苏苒的视线在夫妻二人之间来回转。

这二人之间似有一种旁人插不进去的默契，她也总算放心了不少。

“双双你放心，夏阿姨应该很快就会回来的，她对这个女婿肯定也是满意的。”

景无双闻言，轻轻摇了摇头：“我不是担心这个，就是今天在夏园闹得有些过了，我怕母亲回来难过。我虽然搬出来了，可是母亲仍然是住在夏园里的。”

苏苒摆了摆手：“这个你就更可以安心啦，这十年来，夏阿姨住在国内的时间加起来怕也不到两个月吧，更别说住夏园了，有什么好——”

苏苒瞧见景无双脸色不对忙打住了：“双双，我不是那个意思，就是、就是……”

景无双自嘲地笑了笑：“不必说了，我都明白。”

男人原本紧握着她的手覆上她的手背，轻轻拍了几下：“你不必担心，等你母亲回来，把她接过来与我们一起住便是。今天在夏园发生的事，她会理解的。”

他虽然没见过景无双的母亲，但是对方能教出景无双这样的女儿想必也是一名睿智的女士，自然会理解景无双的处境，也会如他一般心疼景无双的。

景无双点了点头，恬静的脸上闪过一丝暖意：“等见到她再说吧，我已经很久没见过她了。”

话音刚落，只觉得握在自己手上的大手又紧了紧，景无双回握了一下。

君翔看谈得也差不多了，一看表，已经过了十点，拉着苏苒的手臂站了起来：“时间差不多了，来日方长，我们就先回去了。”

苏苒瞥了一眼自己手臂上的那只爪子：“松手。”

“你看人家无双，你就不能温柔一点儿？”

“君翔，我看你真的很欠揍。你怎么不学一下人家穆靳宸？你瞧人家多有绅士风度啊，你还好意思说我？”

“好、好、好，我流氓。走啦，咱们回去吧，人家新婚宴尔，你别在这里妨碍人家洞房花烛。”

君翔不说这个还好，说到这个，苏苒的眼睛亮了起来。她甩着君翔的手，扒拉着沙发不肯走：“咦，那我不是更应该留下来闹洞房吗？”

君翔推着她出去：“闹什么闹，给我回去，你以为人家无双是你啊，脸皮三尺厚，油盐不进。”

“君翔，你这个浑蛋，推什么推，我自己会走。”苏苒一边骂着君翔，一边不忘回头朝穆靳宸说，“那个……第三号绅士，你悠着点儿啊，我家双双还是朵娇嫩的花……你懂的。”

“苏苒！你闭嘴。”

这苏苒真是越来越口无遮拦，景无双感觉脸上越来越烫，已经不敢抬头看穆靳宸了。

穆靳宸则似笑非笑地盯着恨不得把头埋在自己膝盖间的小女人，眉峰上挑了几分：“夫人，你这个朋友还真是坦荡得有些可爱。”

“你别听她的，我先去洗澡。”

景无双说完便朝浴室走去，留给穆靳宸一个婀娜纤细的背影。

穆靳宸半眯着眼睛，盯着景无双的背影，闲适地给自己倒了一杯茶，一口喝了下去。

他的夫人到底还是没有完全适应他的存在，不过没关系，对她，他有的是耐心，可以慢慢等到她适应为止。

男人环视了一下这套装修风格偏冷的别墅，起身拿了些狗粮放到黑狼的碗里，摸了摸它的脑袋：“你今天怎么这么安静？”

黑狼淡定地瞥了他一眼，照常趴在那里不动。

黑狼每次出去都闹腾得很，极少像今天这般安静，只有在家里的时候它才会如此：“这里更像一个家了是不是？”

如今房子里有了女主人，添了几分暖意，这便是一个完整的家了吧。

穆靳宸到楼上的时候，卧室内的暖灯亮着，环顾四周却不见景无双的踪影。

他不由得蹙起眉头，她分明已经上来许久了，应该早就收拾好了，他却没看见她下楼。

他走进卧室，见衣柜的门微微敞开着，便走了过去。

路过浴室，他见门关着，灯也亮着，依稀还有哗啦啦的水声，定了定心神，跟着上扬起嘴角。

她还在洗澡呢，不是躲起来了就好。

穆靳宸正这么想着，浴室的门倏地打开，景无双擦拭着头发从里面走了出来。看见穆靳宸的时候她怔了一下，可很快又恢复如常。这是他们两个人的家，她在家里看见他没什么好奇怪的，于是对着他展颜一笑道："我刚洗完，该你了。"

女孩儿的眼睛本就很明亮，沐浴过后更是明亮了几分，她嘴角和眉梢天然有些上翘，好像只需要微微弯一下嘴角，就能让人感觉到春暖花开。

而此时，女孩儿如水的眸子清澈见底，水蒸气把她的脸蛋熏得微红，整个人显得艳如桃李。

穆靳宸的心神禁不住恍了恍，景无双长得好看，出水芙蓉般的模样更是出挑。

景无双很想忽视穆靳宸灼热的目光，眼睛深邃的男人认真盯着人看的时候，会给人一种深情款款的感觉，她想忽视都很难。

穆靳宸走近景无双，抑制不住心头的悸动，轻轻地在她的额上印下一吻，低头抵住她的额头，低沉的嗓音徐徐响起："夫人，你很美。"

说着，他又俯身在她的樱唇上浅尝辄止便迅速离开，去衣柜拿了睡袍，越过景无双去了浴室。

景无双呆呆地站在原地，轻轻用手抚上自己的唇瓣，温热的触感有着她熟悉的气息，她突然浅浅地笑了起来。

这是穆先生第一次吻她，她竟然一点儿也不排斥，甚至有些窃喜。这算不算是一个好的开端?

景无双翻遍了今天带过来的所有箱子都没找到她要的东西，她记得明明带过来了的。

"找什么呢？"穆靳宸已经沐浴完毕，从浴室里走了出来。

景无双回过头，看着站在自己身后的男人——

高大挺拔的身影笔直地站在浴室前面，单手擦拭着凌乱的短发，暖黄的灯光照射在他精致迷人的立体五官上，让人感觉眼前的人宛若神祇。

他身上的睡袍半敞着，纹理清晰的蜜色肌肤上还隐约可见几滴在俏皮地跃动着的水珠，穿着睡袍的他看起来要比穿西装的时候年轻好几岁。

景无双的眸子里闪过一丝惊讶之色，很快又恢复如常："找G城海天集团合作案的资料，我明明收过来了的，却不知道放在哪里了。"

看着女孩儿娇憨之中带着懊恼的神色，穆靳宸一边擦拭着头发，一边向她走去："所有的资料都在书房呢，都这么晚了，明天再找吧。"

景无双整理着被她弄得有些凌乱的箱子："明天不是要回老宅吗？哪里还有时间？"

穆靳宸坐到床边，看着小女人忙碌的身影，一时间有种说不出的温馨感觉。

他勾了勾唇，低沉的声音传出："我记得海天集团那个工程并不是很赶，进度也算紧凑，你慌张什么呢？过来。"

景无双清澈的眸子里充满着疑问，她不解地看着他。

"过来帮我吹头发，周一上班的时候叫齐所有高层开会，给你留两个小时的时间看资料够了吗？"

穆靳宸指了指仍在滴水的短发一本正经地说道："这个就当是你贿赂穆先生的条件。"

景无双瞪圆了眼睛，难以置信地看着他。这是那个工作严谨、凡事力求完美的穆靳宸吗？他居然可以这样？

"怎么？这么划算的买卖你还要思考？"

"穆靳宸，你是不是太公私不分了？这样也可以啊？"

"公司是我的，有什么不可以的？你刚刚叫我什么？"穆靳宸不等景无双起来，径自起身朝她走过去。

“穆靳宸啊。”

“嗯，我准你以后这么叫了，开工吧。”穆靳宸说着，把景无双拉了起来，径自坐到她的位置上，又把景无双刚刚用过，插头还插在插座上的吹风筒塞到了她的手里。

景无双呆呆地接过吹风筒看了看，又看了看穆靳宸的发顶，表情纠结得不行。

穆靳宸从镜子里看着小脸都快皱成一团的小女人，嘴角的弧度更大了：“宝贝儿，穆先生等着你的五星级服务呢。”

宝贝儿？

这称呼怎么听得人那么脸红呢？

“我没帮人吹过头发啊。”

“没关系，凡事总有第一次。”

景无双只好按下吹风筒的开关，一点儿一点儿地为他吹起了头发。

男人的头发并不如他的气质那般硬，只比她的头发硬一点儿，柔软的头发拂在手心像是拂在她的心上，令她心底泛起了一丝丝涟漪。

她很细心地前前后后吹了一遍，直到穆靳宸的头发全部干了才停下来。

看着镜子里那个英俊得无以言表的男人，景无双轻轻拂了拂他额前的刘海，心底的自豪感油然而生。

“好了。”

她刚放下手里的吹风筒，就被一只强而有力的大手握住了手。穆靳宸稍稍用力，景无双猝不及防，轻唤了一声，便跌坐在他的怀里。

两个人分明用一样的洗发水、沐浴乳，可景无双身上散发出来的是更香甜一点儿的味道，穆靳宸闭上眼睛，下颌抵在景无双的发顶，轻轻地呼吸着。

“很香。”说了这么一句，他便抱起景无双朝那张超大尺码的榻榻米走去。

景无双紧张得无所适从，呆呆地看着近在咫尺的俊颜，不知如何是好。

穆靳宸轻轻把她放下，摸了摸她如墨的秀发，掀起被子帮她盖上，薄唇贴在她的额角落下一吻。

“你今天累了，早些休息。D 国那边的报表传了过来，我还要处理一下，好空出时间周一早上开会。晚安，宝贝儿！”说完，他又在她的唇上印下一吻。

他舍不得离开，又深入地与她的丁香小舌共舞了一会儿。都说温柔乡，英雄冢，穆靳宸不敢停留太久，更怕一下子太过，吓着这个小女人了。

他恋恋不舍地起身关了大灯，只留一盏昏黄的壁灯，便头也不回地朝门口走去。

景无双缓缓松开紧抓着被角的手，脸已经红得像煮熟的虾子。她大口大口地呼吸着，有种松了一口气的感觉，心底深处却隐隐有些失落。

她舔了舔嘴角，上面还残留着他清冽霸道的气息，仿佛空气里也弥漫着他身上独有的冷香。

景无双望着天花板出神。今晚就这样了吗？

过了好一阵子她才平静下来，脑海里开始不停地回放今天发生的种种，短短的一天，她却像过了半辈子那么长。

今天她兴高采烈地带着穆靳宸回夏园，没想到竟然是最后一次回去。如果今天身边没有穆靳宸，没有苒苒，她会怎么样？她应该会像过去无数次那般，若无其事地隐忍，认错，最后息事宁人吧。

如果母亲知道这件事，又会怎样？又能怎样？

母亲从来不知道她在夏家过的是什么样的日子，大概也不会知道她十八岁就搬出去住校的原因，更不会知道她那么努力地工作、赚钱是为了什么。

还有，如果母亲知道她贸然嫁给穆靳宸又会是什么样的反应呢？

母亲，你到底在哪里？

你过的又是什么样的日子？

景无双的脑子乱糟糟地不停运转着，她胡思乱想着，眼泪忍不住顺着眼角流了下来。她感觉自己连抬手的力气都没有，便没有去管，也不知道过了多久，迷迷糊糊地睡了过去。

更不知道过了多久，她感觉有人走近床边，怜惜地抹去她眼角的泪珠，轻轻拍着她的后背，一下一下地吻着她的额头、眼角……

因这样温暖的感觉，她无意识地叫了一声："妈妈……"

在这样的安抚下她渐渐放松了下来，这才呼吸平稳地进入了梦乡。

在床边坐了许久的穆靳宸几不可察地叹息了一声，蹙着眉头，眼睛一眨不眨地盯着那个其实睡得并不安稳的女孩儿，怎么也抑制不住心头的疼痛。

她在心底压抑了多少情绪，藏了多少心事才会在睡梦中都流着眼泪？她是难过今天发生的事情还是想母亲了？还是后悔今天嫁给他了？

此时的景无双定然是给不了他答案的，他起身绕到榻榻米的另一端，掀开被子，轻轻地躺了上去。

女孩儿离他有些远，他一点儿一点儿地移动到她的身后，轻轻地把她拥入怀中，在她嫣红的唇上轻轻啄了一下："好梦，我的女孩儿。一切有我在，都会好起来的。"

旭日初升，清晨的第一缕阳光绽放，已经放晴了几天的S市终于有了一种万物复苏、春暖花开的新景象，连日来的阴霾仿佛随着这一缕阳光尽数散尽。

许久没有一觉睡到自然醒的景无双徐徐睁开了眼睛，映入眼帘的陌生场景让她瞬间清醒了过来。

她迅速偏头看向床的另一边，那里空空如也，她伸手摸了摸，手心里是丝丝凉意，只有有些褶皱的枕头与被单昭示着，那个位置昨晚有人睡过。

她倏地想起今天要回老宅见家长这件事，最后那一丁点儿睡意都散了个精光。

景无双快速起身，用最快的速度梳洗完毕。

她刚打开房门就看到黑狼在过道上来回跑着撒欢，景无双扬起笑脸道："早安，黑狼先生。"

黑狼闻言有些不满地回头瞥了她一眼，转身定定地站在楼梯口。景无双走过去环顾了一下四周，没见穆靳宸的身影，摸了摸黑狼的脑袋，问它："你家主人呢？"

黑狼傲娇地嗷呜了一声：我家主人早就起床了，哪里像你这个懒女人。腹诽完毕，它摆了摆大尾巴朝楼下跑去。

景无双跟着黑狼到一楼后便闻到一股早餐的香味，似是煎蛋，又似是香肠之类的东西。

景无双朝着黑狼跑走的方向看过去，映入眼帘的是穿一身纯白运动服、围着一条碎花围裙在厨房忙碌着的穆先生。

她难以置信地揉了揉眼睛，莫非她一大早就眼花了？

"早安，夫人。"

真的是他。

"早安，穆先生。"她依然有些难以置信，走到开放式厨房前面，看着碗里冒出的热气，"穆先生，你竟然会下厨？"

手里拿着平底锅抛锅的男人弯了弯嘴角，说道："我手艺自然没有吴妈好，但填饱肚子应该没有问题。"

景无双看着眼前让人垂涎三尺的餐蛋面，说道："卖相还不错，一定很好吃吧。"

"尝一尝，在国外的时候我实在受不了西餐，隔几天就忍不住自己下厨，回国后倒是没有机会了。"

景无双嫣然一笑道："那倒是，谁敢跟吴妈抢地盘啊。"

吴妈对自己的"领土"看得很严实，谁也不许踏进去一步，连黑狼也不行。

穆靳宸把做好的另外一份早餐也端到吧台上，俩人干脆也不去餐厅了，直接坐到高脚凳上，开始了婚后的第一顿早餐。

餐蛋面，顾名思义就是午餐肉与鸡蛋配上面条，不过为了把颜色搭配得更让人有食欲，穆靳宸还搭配了一些番茄与芦笋，最上面是一片煎过的午餐肉与一个煎蛋，最后还撒了一点儿葱花，做成了一碗完美的餐蛋面。

“好看得我都不舍得吃了。”像穆靳宸这样完美的男人，做任何一件事情都力求完美，“填饱肚子罢了”大概也是他谦虚的说法。

景无双就着乳白色的汤刺溜一下吃了一口面，朝他竖起了大拇指：“好吃！穆先生你太厉害了，这么早居然还熬上了鱼汤做汤底，实在是无可挑剔。”

“小区里有家二十四小时营业的超市，随时随地能买到新鲜食材。我刚刚跑步回来顺便买了些食材，做鱼汤也不费时间。”

景无双不停地点头：“穆靳宸，你简直……”她边吃边朝他竖大拇指，真的好吃到让她无以言表。

“慢点儿吃，没人跟你抢。”穆靳宸拿过纸巾擦拭了一下那个吃相不大好看的小女人的嘴角，摘下身上的围裙，慢条斯理地夹着面条往嘴巴里送。

“穆靳宸，你做任何事情都这么淡定吗？”

男人闻言停下手里的动作，意味深长地瞥了对面的小女人一眼，摇头道：“当然不是，比如某人生病的时候，某人被人欺负的时候……所以——”他停顿了一下，又语气淡淡地说道，“我一直这么淡定的前提是你得无时无刻不照顾好自己，对自己好点儿。”

言毕，他淡定地吃着自己碗里的面。

景无双听着男人轻描淡写的话语，脑海里闪过了许多画面。她胃病发作时，他抱着她去医院时的慌乱；夏子薇欺负她时，他挺身而出时的紧张；夏园里，他倾力维护她时的愤怒……

他所有的不淡定都是因为她景无双，自己不好了，他就会不淡定。

景无双吃得更加欢快起来："我很好，穆舅舅要一直这么淡定。"

很好吗？昨天夜里她都哭成那样了。可是穆舅舅又是怎么回事呢？

男人抬头，手里的动作顿了一下，细心观察了一下小女人的神色，并没发现半点儿异样，倒也不再说什么，继续吃着碗里的面条。

景无双想到了另外一个问题，心情倏地有些忐忑不安起来："我们就这样两手空空地回穆府吗？不事先打声招呼不会吓到他们吗？"

"你哪里来的这么多问题呢？你以为这么大的消息我随便说一句，祁东和吴妈就藏得住？"

穆靳宸说着，抬头看了一下对面墙上的挂钟："爷爷这时候应该也回老宅了，他们什么都知道，就等着我们回去。至于礼物，你的出现就是给他们的最好的礼物。快吃面，都坨了。"

就在此时，别墅的门铃响了起来，穆靳宸快速把最后一口面送进嘴巴里，按住就要起身去开门的景无双，抽过一张纸巾擦拭了一下嘴巴，径自向门口走去。

"少爷，这是你要的东西。"祁东抱着两大箱东西站在门口。

"放到那边吧。"穆靳宸指了指客厅的沙发。

祁东把东西放过去，抬头看见景无双在厨房收拾餐具，黑狼蹲在一边甩着大尾巴盯着她，怔了一下，随即又回过神来。少爷现在已经不是一个人了，祁东想到这箱子里的东西，觉得少爷想得还真是周到。

"少爷，如果没别的事，我就先回去了。"

"祁助理？你这么早呀？用过早餐没有？"祁东的话音刚落，一个温婉细柔的声音传了过来。

"少夫人早，已经用过了。我给少爷送点儿东西过来，这就走。"

"你不跟我们一起回老宅吗？"景无双边擦着手边朝这边走过来，

询问的眼神却是扫向穆靳宸的。

祁东笑着回答："等一下我要替少爷出席一个重要的饭局，现在就得赶过去了。"

"去吧。"

穆靳宸说完这两个字，祁东朝俩人颔首退了出去。

"过来试试吧，这件很适合今天穿。"

景无双有些讶异，他手上拿的竟然是一件女款的春装，一件浅卡其色的连衣裙，裁剪简单，颜色和样式也极其符合她的审美。

她走过去，将裙子拿在手里比了一下，再看了一下尺码，抬起眼眸难以置信地看着眼前的男人："你居然还会置办女装？而且尺码这么准。"

"夫人身材标准，我全部按照最小的尺码置办的。这一箱是衣服，那一箱是鞋子与配饰，你看看喜欢哪件就去换上吧，我们差不多该出发了。"

说着，穆靳宸俯身抱着两箱衣物往楼上走去。

景无双拿着手里的连衣裙站在原地。

婚后的穆先生好到让人无法形容，又是为她做早餐，又是为她选购衣服，还为她做搬运工，眼看着都快成专为她服务的小厮了。

而她似乎什么也没有为他做过。

她是不是也应该投桃报李，对他好一点儿呢？

穆靳宸回过头，见身后的小女人没有跟上来，脸上闪过一丝疑惑之色："怎么了？"

景无双摇了摇头，快步走过去挽上他的手臂："没什么，就是穆舅舅好得让我有些汗颜。"

男人深深地注视着笑得眉眼弯弯的小女人，也跟着扬起薄唇："你总算发现我是个不错的男人了？只是这'穆舅舅'我不大能理解。"

景无双如水的眸子里笑意更是浓烈，她挽着他的手臂前行着道：

"我第一次见你的时候就听到你的外甥喊你舅舅啦，我跟他同辈呢，你那时候看起来优雅高冷。你不知道吧？同事们私底下讨论你时都说你是那天上的月亮，目无下尘、遥不可及的光辉形象可是很深入人心的。谁知道居家的穆先生竟然是这个样子呢？入得了厨房，出得了厅堂，一等一的贤惠啊。"

闻言，穆靳宸挑了挑眉，轻启薄唇："宝贝儿，我一向如此，外人看不穿，那是他们没那个资格看穿。只是'入得了厨房''出得了厅堂''一等一的贤惠'这些词不应该是形容你的吗？"

穆靳宸顿了顿，目光幽深地将景无双上上下下打量了一番，低沉的嗓音说出来的话语可没那么好听："虽然我只看到一个笨手笨脚、经常被人欺负的小可怜。"

"穆靳宸！"景无双打了他的手臂两下。

"你这么虐待任劳任怨帮你做苦力的穆先生真的合适吗？你再这样，连仅有的那个'婉约'的标签也得撕下来了。那样的话宝贝儿你真要一无是处了。"

话虽如此，男人的声音却是轻快愉悦的，连深邃的目光里都蕴含着笑意，脸上无半点儿往日的冷漠神色。

"穆靳宸，我不要再听见'宝贝儿'这么恶心的称呼。"

"嗯，那你要先把那个恶心的'穆舅舅'去掉。"

景无双本来有些紧张的心情，在一路与穆靳宸的斗嘴之中缓解了不少。夫妻二人上楼各自换衣服，景无双听穆靳宸的建议穿了那件浅卡其色的春装，从那箱配饰里拿了一双带点儿跟的鞋子，再取了一条暖色的丝巾搭上，整个人看起来朝气又不失大气端庄。

穆靳宸已经换好了衣服，今天穿了一件与她同色的休闲西装。景无双习惯了看他穿黑、白、灰三色的西装，现在乍一看，还有点儿眼前一亮的感觉。苏苒说得不错，人长得好，穿什么、做什么都让人觉得好看。

“衣柜里好像没有这件衣服。”景无双走过去，体贴地替他整理了一下衣领。

“祁东刚刚送来的，你没发现这是情侣款？”穆靳宸拉过她在他的领子上动作的手，走到镜子前面，把她拥在怀里，下巴抵着她的肩头，“看到没有？”

镜子里，高大挺拔的男人小心翼翼地把娇小玲珑的女人护在怀里，男人一贯漠然的精致眉目间染上了柔和的暖意；女人则一如既往地娴静婉约，两个人形成了一幅和谐美好的画卷，好一对般配的男女。

穆靳宸看得有些眼热。他一直觉得这个女人与自己极为契合，而到了真正把她拥在怀里的时候，更是觉得也许他空白了三十多年的感情史，只为等这样一个景无双。

他偏过头，深情款款地在她的发间印下一吻：“出发吧。”

周日早上九点半，大多数人还在温暖的被窝里补眠，低调奢华的派克峰已经在S市最繁华的街道上穿梭了一个多小时。

最终车子稳稳地停在S市传承了几百年的穆家老宅前面。

景无双站在这座庄严肃穆的宅子前面，一股厚重浓郁的历史气息扑面而来。宅子是典型的中国古代贵族风格，人在它面前显得那么微不足道。不难想象，几百年前，穆家是何等风光。

在老城区这样的地段拥有这样一座宅子，并不是有钱就能办到的。

放眼望去，园子内部是典型的苏式园林建筑风格，青石小道、假山、回廊、荷花池、风雨亭、阁楼……一应俱全。

而每条青石小道上每隔几步就有一株的英雄花更是大手笔。

难怪外界盛传，穆家大概是S市传承得最久的家族。

穆靳宸打开后座车门取了礼物，走到景无双身旁，就见小女人正仰着头看那几株怒放到极致的英雄花，逆着光的容颜在晨光里竟比英雄花还艳上几分。

“你这是准备学贵妃‘羞花’呢？走吧。”

“没想到你家里居然种了这么多木棉花。”景无双没理会穆靳宸的调侃。她很喜欢这种英伟的花木，岂是她所能比的？

这种树姿高大的花木并不适合家居栽种，除了传承下来没有砍掉的，整座S市怕也没几户人家把这当作观赏花木来栽种了。

“爷爷喜欢，爷爷的爷爷也喜欢，已经不知道种了多长时间。”

“我来拿一些吧。”景无双收回目光，发现自己两手空空。

“拿这两个吧，茶叶轻一点儿。”说着，穆靳宸便把左手上的两盒茶叶给景无双拿着。

“你爷爷、姐姐、外甥我都见过，家里还有什么人？难不难相处？”景无双后知后觉地发现，自己竟然睡了一路，忘记提前做功课了。

小女人懊恼的神色落入穆靳宸的眼内，他弯了弯嘴角道：“到现在才问，是不是晚了？”

“都是你，也不知道提醒我一下。有你这样的吗？等一下我要是出洋相可怎么办啊？”

景无双越想越着急。这可是她长这么大以来头一回见男方家长，人都嫁进来了，万一有什么错漏，可是一辈子的事情啊。

“好了、好了，不要紧张，你家穆先生三十好几岁才带个女人回家，谁还敢为难你不成？再说了，家里人都喜欢你，尤其是爷爷，有他在，谁还敢有意见不成？而且最重要的是穆先生喜欢你，明白了吗？”

见她都急得不成样子了，穆靳宸不敢再逗她，万一等一下把人急哭了，心疼的还是他。

“哟，少爷、少夫人回来啦，我得赶紧去通知老太爷。”

一名与吴妈差不多年纪的老妇人正好迎面走来，看见他们后只留下这么一句话，矫健的身影便消失在园子里了。

景无双喃喃地来了一句："穆先生，你家用人的身手也太敏捷了吧。"

"你不是该关注一下她对你的称呼吗？少夫人都叫上了，表示吴妈昨晚已经知会过大家了，他们心里有数，咱们进去吧。"

景无双刚挽过穆靳宸的手，还没来得及安抚自己那颗忐忑不安的心，便听到一个熟悉的洪亮嗓音传来："可是我孙媳妇儿来了？哈哈，果然是。好、好，宸儿，颇有你爷爷年轻时候的风范。数日不见，双双又变好看了，不错。"

随着穆百川的声音落下，回廊处出现了几个身影。穆之岚还是穿着一袭传统旗袍配着一件羊绒绣花披风，妆容精致，发髻梳得一丝不乱，整个人看起来和颜悦色，雍容华贵，好一个温婉的大家闺秀。

站在她边上的是景无双已许久没有见到过的穆宇浩，还是那个朝气蓬勃的阳光大男孩儿模样，只是气质内敛了些许。

稍稍落后穆百川一步的是一名与她外公差不多年纪，目光有些锐利，容貌与穆靳宸有几分相似的老者。这老者应该就是穆靳宸的父亲了。

先不说那相似的面容，听说穆振华是老来得子，这年纪也是对得上的。

"谢谢爷爷，爷爷精神也不错。"景无双紧张归紧张，表现倒也落落大方，没有半点儿小家子气。更何况，她真心喜欢这个和蔼可亲的爷爷。

"人逢喜事精神爽啊，你们看，老头子的眼光不错吧？这双双可是我先看中的，宸儿也一眼看中，两个人是郎才女貌，天造地设的一对。"穆百川捋着他那几根花白的胡子，毫不吝啬地赞美着眼前这一对小夫妻，也不知道是在夸自己还是夸他们。

"爷爷，无双自然是极好的，您这是在夸自己还是夸宸儿眼光好呀？您要把无双说得不好意思了。"穆之岚掩面笑道，轻柔的声音听得人很是舒服。

昨晚吴妈的报信把家里所有的人都吓了一大跳，那两个人怎么无声无息地说领证就领证了？事前可是一点儿预兆都没有。

如今看着眼前携手而来、默契般配、郎才女貌的小夫妻，男的英俊挺拔，女的娇小可人，谁都要叹一声好一对璧人。

穆靳宸上前一步，将自己与景无双手里的东西一并交给旁边的用人，浑厚的嗓音明显染上了几分愉悦之意，说道："姐姐跟宇浩你应该不会陌生，这是父亲。"

景无双的目光顺着穆靳宸的介绍一一掠过众人，甜甜一笑便开始打招呼："爸爸、姐姐、宇浩。你们好，我是景无双。"

后面那一句她主要是说给穆振华听的，在场的人当中怕是只有穆振华不知道景无双了。

穆振华一贯冷漠的面容也难得温和起来。这是他父亲认可的人，他哪怕再有意见也不可能当场发作，何况景无双也没什么可挑剔的。

他语气缓和地说了一句："荆山亲自调教出来的外孙女，自然是不错的。"

首次会面的众人一派其乐融融，只有穆宇浩看着景无双的时候，眼底深处闪过一丝黯然。这毕竟是他曾经动过心的女子，短短的时日里变成了自己的舅妈，说他没有一点儿触动那是不可能的。

虽然知道这是迟早要面对的问题，可他没想到这一天会来得这么快，舅舅下手果然快准狠。

"舅舅，你的速度还挺快的，我才说完要叫舅妈没几天，她就真成舅妈了。"

他的语气有些孩子气，说得景无双有些不好意思了。

"两情相悦的事与速度无关。"穆靳宸瞥了穆宇浩一眼，淡淡地丢下这么一句。

穆家没有女性长辈，穆之岚迎了上去，往景无双手里塞了一个红包："来，无双，祝你们以后的日子恩恩爱爱，红红火火。"

景无双看着手里的红包，一时间没反应过来。

“拿着，谢谢姐姐吧。”

穆靳宸嗓音低沉地提醒着，景无双才反应过来：“谢谢姐姐。”

“好了，都别站着说话，到屋里去吧。”

随着穆之岚这么一句话，众人才往屋子里走去。

穆家的人似乎对茶文化情有独钟，每一个住处都会设一个偏厅摆放茶船，老宅更是不会例外。

而老宅的茶船更是霸气，周围足以坐下十几个人，配套的椅子与茶船一样，看得出年份久远。

一行人走过去，自然而然地围着茶船坐了下来，穆靳宸拉着景无双在穆之岚身边坐下，管家沈坤为众人沏茶。

穆百川径自拿过一杯茶嗅了嗅，抿上一口，赞叹道：“好茶，好茶。”

看着小两口儿紧紧相握的手，穆百川苍老的眼内闪过一道精光。他捋了捋胡子，笑道：“双双啊，不用拘谨，家里人都很好相处，喝茶，喝茶。”

景无双笑着说“不会”，伸手接过穆靳宸递过来的茶水轻嗅了一下，再小小地抿了一口，齿颊留香，果然是好茶。坐了许久的车，她也渴了，又连着抿了几口把手上那一小杯茶全部喝完才放下了杯子。

旁边的男人不动声色，顺手拿过开水壶往她的小杯子里倒了一些开水：“铁观音不比普洱茶，对胃不好，尝过就可以了，不可贪杯。”

知道她也是爱茶之人，穆靳宸怕她一不小心就喝多了。短短的时间里，因为胃病已经送她进医院两次，他不想再发生第三次。

景无双乖乖地拿过那杯白开水，吹了几下，小口喝着。

一家人看着小两口儿的互动，一时间百感交集，有释然，有失落，有难以置信，更多的却是欣慰。这个穆家最不食人间烟火的孩子，总算像个普通男人那样，懂得经营普通男人的小幸福了。

穆之岚的眼眶都有些发热，她拉着景无双的手，柔声询问景无双喜欢吃什么，好吩咐厨房去做。她是极喜欢景无双的，便要拉着景无双到一边去，对着这么多男人也不好说体己话。

“去吧。”穆靳宸拍了拍景无双的小手，示意她过去，这里人多她会拘束。

“姐，无双有些上火，那些容易上火的糕点让她少吃些。”

穆之岚失神了好一会儿，他这是把景无双当宝贝了。

她边拥着景无双往外走边说道：“今天天气不错，我们到院子里走走？然后到别墅那边去，宸儿的房间并不在这边。”

景无双乖巧地点了点头，跟在她的身边。

“无双，宸儿从来没有对任何人这么上心过，我都有些意外。”穆之岚深知这个弟弟的性情，哪怕对着最亲的人也极少情绪外露。

景无双有些不好意思地笑笑，想起初见穆靳宸时的感觉，只有一个字——冷。这并非说他刻意高高在上，不近人情，而是那样一个人，看到他的人就会不敢靠近，那本该是游离在尘世以外的人，蓦然出现在人间，世人只敢远远欣赏。

近距离接触以后方能发现，他对自己在乎的人温暖又体贴。

“只是结婚这么大的事情，他居然也不与我、不与家里人商量一下。”穆之岚话语中不乏惆怅之意。

“姐姐，这件事是我们做得不合礼数，其实是我……”

穆之岚拉过景无双的手轻轻拍了拍：“无双不要着急，我们并没有责怪你们的意思。宸儿一贯主意大，只是我以为他至少会与我商量一二。”

景无双怎么觉得自己与穆之岚之间有那么点儿“婆媳关系”不和谐的意思呢？

穆之岚看了一眼景无双的神色，又缓缓地说道：“无双你可能不知道，宸儿从小是我带大的，性格比较寡淡，妈妈去世得早，与爸爸的沟通更是不算多。家里的情况你也看到了，可谓阳盛阴衰，四代同堂也就我一个女人，家里大大小小的琐事也都是我在张罗，宸儿与我还算亲近。”

景无双想起了穆家的情况，吴妈跟她说过，长姐如母，也难怪穆之岚会这样说。

“穆先生很尊重姐姐，这一次实在是事出突然，总之，你别怪他，都是我的错。”

穆之岚又轻轻拍了拍景无双的手背：“无双，你别误会，我告诉你这些真的没有责怪你们的意思，你这么维护他，我觉得很欣慰。”

穆之岚说着紧了紧身上的披风，抬头看了看开得灿烂的木棉花，回眸对着景无双嫣然一笑道：“无双，宸儿小时候最喜欢这木棉树。爸爸对他的管教甚是严厉，他小小年纪不爱说话，倔得很，自己认为是对的事情怎么也不肯认错，生气了就一声不吭地跑来这树下待着，所以我每次都能在这里找到他，真是个傻孩子。”

言语间，她那温柔的眼神中透着无穷的怀念，景无双相信，穆之岚对穆靳宸的爱一定不比对自己孩子的少。

“有你这样的姐姐，穆先生一定很幸福。”

闻言，穆之岚垂下眸子，敛去了深藏在眼底的那一抹落寞：“有些东西，是任何人都取代不了的。”

穆之岚的气质有一点儿忧郁，脸上的神色也是一闪而过，景无双并没有将这话放在心上。

俩人一路说着话，不一会儿就到了别墅新区。景无双眼内闪过一抹惊讶之色，有些不敢相信在这样一座古典的院子里，居然别有洞天地藏了一座装修得如此华丽的房子，从外面根本看不出违和。

房子是很典型的中国古典园林风格，就连一个简单的摆设都透着尊贵奢华，但又不会让人产生距离感，反而觉得相当舒服。

穆靳宸的房子隐约有这样的感觉，却又简约得多，没必要的物件，他几乎一样都没有摆放。

穆之岚：“父亲早年对宸儿存在一些偏见，教育方式也相对严厉，俩人的性格有些相仿，不懂表达对彼此的爱。后来父亲做了些宸儿不喜欢的事，导致宸儿去了国外好些年。这些年，就算有我在中间斡旋，他们的关系也不算融洽，宸儿反倒是跟爷爷很趣味相投。”

说着她又对景无双温婉一笑道：“幸好他一回来就遇上了你，这次是无论如何也不会再走了，真好。来吧，我带你到楼上看一下他的房间。”

说完这些话，穆之岚便拉着景无双的手往二楼走去。

穆家的四个男人在偏厅的茶船边喝茶，虽然是一家人，却也难得共聚一堂。

穆百川搬回老家后一直甚少回来，穆靳宸这些年都在国外，穆宇浩是个不沾家的，平日老宅里也就穆振华和穆之岚在。

“太姥爷，听说无双是您老人家介绍给舅舅的？”

听到穆宇浩提起这个，穆靳宸喝茶的动作顿了一下。

“没大没小，无双哪儿是你叫的？要叫舅妈。”穆百川装作不高兴地训斥着曾外孙，言语里却没有半分责备之意。

“太姥爷，您分明是乱点鸳鸯谱嘛，无双是我先看中的，您怎么不问一下我就介绍给舅舅呢？您怎么就不介绍给我呢？”

关于这件事，穆宇浩哪怕看得开也是有些耿耿于怀的。

穆靳宸听他这语气反倒松了一口气。穆宇浩只有真正放下了，才能做到这样理直气壮地质问，有不满，有不快，却没有埋怨。

“浩儿，你说无双是你先看中的？这到底是怎么回事啊？”

穆振华问了这么一句，喝茶的动作顿了顿，半眯着精明的眸子，目光在甥舅之间来回移动。

“我认识无双的时候舅舅还在国外逍遥呢，我要追求无双舅舅是知道的，可哪里知道太姥爷偏心，把无双介绍给舅舅了，舅舅就这样一声不吭地抢走了原本应该属于我的女人。”

穆宇浩重重地强调了“我的女人”几个字，穆靳宸听得忍不住皱眉。

“竟然有这样的事情？宸儿，你事先没有调查清楚吗？你现在一声不响地把人娶回来，就不考虑一下家人的感受吗？”

穆宇浩听着外公的话，一个劲儿地点头。没错，他就是故意给穆靳宸添堵。

穆靳宸的眉头皱得更厉害，他冷冷地扫了穆宇浩一眼。

穆宇浩却权当看不到穆靳宸的那一记警告眼神，火上浇油地道：“就是啊，那个女人的眼光也一般，我哪里比舅舅差了？我阳光帅气，她居然看上舅舅没看上我。外公，你乖外孙幼小的心灵真的受到了莫大的伤害，现在都有些自卑了，怎么办好呢？”

穆振华向来疼穆宇浩，会哭的孩子有糖吃，穆宇浩从小就知道抱外公的大腿。

倒是穆百川听了这话以后哈哈大笑，捋着白花花的胡子道：“浩儿的眼光也不错，所以才懂得欣赏无双。行了，你也别‘玻璃心’了，正如你说的，人家原本就看不上你。无双进公司也有两年多了，你们之间真的有缘分的话，你舅舅在海外这些年，你们连娃都生了，还有你舅舅什么事啊？就是太姥爷把她介绍给你，人家也看不中你。各人有各人的缘法，你在这里胡闹也没有用，等一下无双回来了，你可不许再胡说，这件事就这样揭过，听见没有？”

每个几代同堂的家庭大概都是这样的，长辈们总有偏心的孩子，穆振华宠孙子，穆百川也是宠孙子的。穆百川也是人精，哪里看不出穆宇浩的意图？不过这个曾外孙生性豁达，能胡闹代表这件事已经过去，倒也没有什么好担心的。

“外公，你看太姥爷多偏心啊，明明是舅舅出现了，无双才看不上我的，要是没有舅舅出现，她指不定就看上我了。我不是已经在努力了嘛。”

穆百川：“你都说你舅舅回国之前你就认识无双了，人家那会儿怎么就没看上你啊？”

穆宇浩：“太姥爷……”

穆百川：“好了，一个大老爷们儿，一点儿小事就撒娇，成何体统？不知道的人还以为你女扮男装，是个女娃娃呢，嗯，长得倒挺像女娃娃的，哈哈……”

在逗自己的曾外孙这件事上，穆百川向来是乐此不疲的，穆靳宸这样的孙子自然满足不了他的乐趣，所以他常常逗穆宇浩。

“外公……”穆宇浩开始摇穆振华的手臂。

穆靳宸不由自主地把拳头抵在唇边轻咳了一声，唇边溢出来的笑意却怎么也抵挡不住。

“行了，我孙子气宇轩昂，一表人才，不是个女娃子，此事就到这里吧。”连一贯严肃的穆振华脸上也有了笑容。

穆宇浩哪里会不知道，此事已经尘埃落定，说再多也没用了。

反正他一直是家里的开心果，尽管心里还有点儿不快，但跟舅舅的幸福比起来，都是微不足道的事，输给舅舅，他心服口服。

“宸儿，我听说弘基有意就那个‘堇色牧歌’的项目与宸宇合作？”

男人在一起聊天，哪里离得开工作呢？

穆振华转移了话题。他是宸宇的前董事长，对弘基新任总裁亲自上门寻求合作这样的消息自然不会错过。

穆靳宸敛去了嘴角的笑意，脸上也恢复了一贯漠然的神色：“父亲，我不知道您从哪里听来的消息，目前宸宇没有这样的打算。”

穆振华听罢大为不悦。告诉他这个消息的人是集团里他绝对信得过的老臣子。

“不必急着否认，浩儿你说是不是有这么一回事？”

“我上个星期都在出差，不是很清楚。”穆宇浩很乐意当开心果，可是当炮灰这种事，他向来是有多远躲多远。

“父亲，敢问一句，是与不是又当如何？还是说您不放心我掌管宸宇？”穆靳宸嘴角勾起了一抹几不可察的讥讽笑容，声音却一如既往地平缓。

“我不过问一句罢了，你至于这样吗？那个项目对提升宸宇在地产界的声望有极大好处，如果可以，还是尽量拿下来。”这个儿子不只外表冷漠，连性子也是一样的冷，宸宇既然交了给他，自己就必须全心全意地信任他，不得质疑他半点儿。

穆靳宸："宸宇在S市声望已经无人能及，锦上添花这种事聊胜于无，何必过分看重？"

穆振华："赚钱与提升名气两不误，我不认为这有什么不妥的。"

穆靳宸："在其位谋其政，既然父亲把宸宇交到我手上，我自有我的理由。"

穆百川打圆场道："好啦，儿子啊，我们老了，让小辈们折腾去吧，你还管那么多闲事做什么？当年你从你爷爷手里直接接过穆氏以后，他可曾多说过半句？我可曾多说过半句？"

"爸——"

穆百川扬了扬手，止住了他的话："宸宇交到宸儿手里我很放心，公司的事你就别过问了，要是真的闲着没事干，跟我到南郊种种菜、遛遛鸟。"

穆振华憋屈地道："您不是不让人过去打扰您的清净吗？"

穆百川气定神闲地说："总比你在这里折腾我的乖孙儿好。不是我偏心，宸儿比起你年轻的时候有过之而无不及，我都不明白你操个什么心。"

穆振华："您事事向着他，不说公事，就说结婚这件事，他有没有跟我们商量过半句？"

"娶无双是我迄今为止做得最正确的决定。你们聊吧，我去书房找几本书。"穆靳宸蓦然起身，丢下这么几句话便大步流星地向大门走去。

穆百川指着儿子："你呀你，我好不容易享受一次四代同堂的滋味，又让你给破坏了。"

穆振华抿了抿唇，却不知道该说什么。

穆家老宅的青石小道上，一个风华绝代的男子在一棵参天木棉前面负手而立，仰望着开得正好的花簇。每一朵木棉花都像是一团燃烧得正旺的烈焰，男人立体精致的五官在阳光的照耀下好看得有些不真实。

穆靳宸觉得自己与父亲之间总像隔着一层东西，每次谈话都像是如履薄冰，一旦不小心捅破了这层薄膜，就会有什么东西倾巢而出。

他下意识地摸向口袋，企图摸出一根香烟来，然而找遍了所有的口袋都没发现香烟的影子，转而勾了勾嘴角。他好像已经许久不抽烟了，大概是从那个小女人搬到二十九楼以后开始的吧。

他单手撑在木棉树干上，目光微闪，转到木棉树后，伸手抚上那些年份有些久远的痕迹，并不多，只有浅浅的几道。

“宸儿，你六岁了，今天是你上小学的第一天，来，我们量一量到哪个位置了？”

面无表情的酷帅小男孩儿一脸不愿意地站在木棉树后，任由那个温柔的女人摆弄。

“呀，有 120 厘米了，宸儿长大以后肯定是个高大挺拔的美男子。我们留个记号，但是不能划太深，那样会伤了木棉树。”

女人的声音，几十年来似乎没有什么变化，总是这样轻柔，舒服得让人如沐春风。

男孩子十岁的时候却怎么也不愿意再做这样幼稚的事情，于是这棵木棉树上只有四道浅浅的痕迹。

往事如烟，白驹过隙，转眼便是数十年过去，穆靳宸不知道别人是几岁开始记事的，他把从五六岁起发生的所有事情都记得清清楚楚，包括无意间见到的那个男人、姐姐与父亲的争吵、姐姐对着昏黄的壁灯偷偷抹眼泪的场景……很多很多事情，他都记得清清楚楚。

以他如今的能力本可以查清许多事，然而他什么也没有做，一直兢兢业业地做着最好的自己，用最世故的姿态在尔虞我诈的商场里厮杀，却冷眼看着这个浮华的尘世，游离于红尘以外。

直到景无双出现，他才有了一点儿做个简单幸福的平凡男人的想法。所以，那些事他更不愿去触碰，更不会去查。

如此想着，不知不觉间他就进了别墅，环顾一楼，不见两个女人的踪影。

从楼上依稀传来些温声细语，于是他向楼梯口走去。

“姐，你看他从小就爱板着脸呢，小时候气质就这么高冷，像个小大人似的。”

“是啊，他从小就不爱说话，表情也不多。他还小的时候我好担心他是发育不健全。”

“那你带他很辛苦吧？”

“那倒没有，他比浩儿好带多了，简直就是天使宝宝，几乎不用我操心。浩儿才闹，跟个混世魔王似的。”

穆之岚与景无双兴趣盎然地翻阅着某人小时候的照片，一时间，简约清冷的套房内泛起了浓浓的暖意。

穆靳宸在门口顿住前行的脚步。只见两个气质相仿的女人抱着一本相册挨在一起，同样娴静秀丽的脸上洋溢着暖暖的笑意，这样的暖意直抵穆靳宸的心底，继而向四肢百骸传去。这大抵就是幸福的感觉吧，男人向上扬了扬嘴角，迈开步子踏了进去。

“两位美丽大方的女士在我的房间里讨论某个人的时候，不应该关心当事人是否在吗？”

两位看照片看得正欢的美丽大方的女士不约而同地抬起头来，映入眼帘的正是她们讨论的主角。

“你怎么来了？”

小女人看见他来了，眉眼弯弯的惊喜模样显然取悦了他。

穆靳宸定定地看着她，反问道：“我自己的房间，我还不能来？”

穆之岚温柔地浅笑道：“宸儿是信不过姐姐、不放心无双，还是和无双才分开那么一会儿就舍不得了？”

穆靳宸弯唇道：“没有的事。”

“我们在看你小时候的照片呢，穆先生，你有没有发现自己长大以后没有小时候可爱了呀？”景无双歪着脑袋看看照片，又抬头看看长大后的男人，粉嫩的“小树苗”长成了魁梧的“参天大树”，生命真是一个很神奇的过程。

穆靳宸嘴角的弧度更明显：“我要是现在跟小时候一样可爱，夫人你该哭了。”

这一句“夫人”叫得景无双有些不好意思，虽然最近被他叫习惯了，可现在穆之岚还在这里，景无双有些不适应。

“好了，我到厨房看看菜准备得怎么样了。”穆之岚见状，把手里那本相册塞到了景无双的怀里，起身就要离开。

穆靳宸：“姐，没关系，容姨不是在厨房盯着吗？你在这里陪无双聊聊天吧，我去取几本书。”

穆之岚拉过他的手，轻拍了两下，柔声道：“行了，你们好好聊着，我去去就来。”

说完这么一句话她便径自往门外走去。

“难得回来一趟，你怎么不跟爷爷他们聊天了呢？”景无双没想到他会这么快过来，还以为要到午饭的时候才能见到他。

“没什么好聊的，有宇浩在呢。”

说着，他便坐到穆之岚刚刚的位置上，拿过景无双手里的相册翻阅起来。

“穆先生，你跟父亲的关系是不是不大好？”

穆靳宸闻言，翻阅的动作顿了一下：“看出来了？”

景无双挽着他的手：“那么明显的疏离怎么会看不出来呢？”

穆靳宸：“也不能说是不好，只能说从小到大的相处模式就是如此，并不是所有人都像宇浩那般百搭的。”

景无双扑哧一声笑了出来：“穆副总确实比较百搭。”

她以为这次见到穆宇浩会很尴尬，谁知道前面站了三个辈分比他高的男人，他直接成了个小孩子一样，连她都禁不住拿他当晚辈看。

不过他那种活泼开朗的性子确实比较讨长辈喜欢，倒是穆靳宸这样的，长辈都觉得沟通起来比较头痛吧。

“如果我没记错，第一次见夫人的时候，穆副总应该是在跟夫人表白吧？”穆靳宸倏地想起了那一次的情形。缘分这东西真的很奇妙，他第一次见她时，明明是外甥在向她表白，最后与她走到一起的却是他这个舅舅。

景无双狡黠一笑，侧着脑袋说：“如果我没记错，第一次见穆先生的时候，应该也是某个公主在向穆先生表白吧？我还记得穆先生用了个很强大的理由拒绝人家来着，那个娇滴滴的美人儿好生伤心哪，还说要去变性？”

那句“抱歉，我们性别不合”确实是景无双听过的最强大的拒绝理由。

闻言，穆先生挑了挑眉，手指稳稳捏住小女人的下巴左右晃了晃：“小女人还挺记仇的，穆先生以为只有夫人这样的女人才称得上娇滴滴的美人儿。”

言毕，他凑过去在她的樱唇上香了一口，不舍得离开，又反复亲了几回。

景无双闭起眼睛，生涩地回应着，鼻间是熟悉好闻的味道，令她有些沉醉其中。

这是一种无以言表的柔情蜜意，就连穆靳宸这样冷的人遇上景无双后也常常禁不住情动。

良久，小夫妻才放开彼此，不停地喘息着，平复着内心的悸动。

去而复返的穆之岚此时轻敲了一下门，问景无双对海鲜是否过敏，如果过敏，就换上两道其他的菜。

景无双脸上的红晕尚未退去，她羞怯地将头埋在穆靳宸的怀里，不敢抬起来。

穆靳宸淡定地拥着她，对穆之岚说：“姐，无双没有过敏史，很喜欢海鲜。”

穆之岚怔了一下，看到景无双羞怯的模样，心中也有几分了然。

谁没有年轻过呢？

当下她也有几分欣慰，这个性情冷淡的弟弟也总算开窍了。

穆之岚回答了一声“好”，便款款地退了出去，笑得一脸欣慰。

穆靳宸抚着景无双顺滑的软发，下巴蹭了蹭她的发顶，低沉的嗓音带着几分愉悦：“你是穆夫人，在穆先生的房间里，羞什么呢？不羞。”

景无双将小手环在他的腰间，脸埋在他的怀里，闷闷地说了一句：“坏人。”

感受到胸前肌肉上传来的震动，柔软的触感似乎轻轻地触碰到了他的心尖上，他拥紧了怀里的可人儿，只希望这样的时光过慢些，再慢些。

一家人对景无双这个新成员都是满意的，穆靳宸脸上神色柔和了许多，午饭时帮景无双又是夹菜，又是盛汤，景无双一副习以为常的模样惊呆了穆家所有人。

饭后，穆靳宸单独找了个机会，把景无双那天在夏园的情况大致说了一下，交代了一下穆百川先不要跟夏荆山那边说，等他们找个机会亲自去说。

穆百川感慨了一下，越发心疼景无双，让穆靳宸一定好好待她。

最后，穆靳宸在房间里取了些书籍，夫妻二人便挥别了家人。

上了车，景无双这才松了一口气，单手撑在车窗上，看着窗外飞逝的建筑物。倏地她从后视镜中看到了一直在大门口看着他们的车子远去，端庄从容的脸上却写满了不舍的穆之岚。不知道怎的，她想起了自己的母亲。这一次两个人见穆家家长之行算是圆满结束，那么自己的家人呢？自己家里的长辈呢？

外公那边不知道怎么样了，母亲也不知道在哪里，还有许久没有回去的景家又怎么样了？

景无双想到这些，万千愁绪涌上了心头，婚姻真的不只是两个人之间的事情呢。

开车的男人从后视镜中看着倏地皱起眉头的小女人，深邃的眸子里闪过一丝疑惑的神色，淡淡地开口问道：“怎么忽然不高兴了？”

景无双摇了摇头，秀丽的小脸上表情缓和了些：“没有不高兴，只是忽然想到了一些事情。对了，穆先生，你姐姐很疼你，我刚刚还从后视镜中看见她不舍地看着我们的车子。”

男人闻言，握方向盘的手紧了紧，脸上却一副波澜不惊的样子，语气淡淡地说了句：“家人不都这样？”

“不全是，我妈妈就不是这样，有这样的姐姐，穆先生你很幸福。”她的声音很轻，但不妨碍穆靳宸听出里面的落寞之意。

“她也是你的家人了。”余光扫了一眼小女人，男人又缓缓地说道，“天底下没有不疼爱自己子女的父母，生了你这么个女儿，你母亲一定很骄傲的。”

景无双偏头，看着男人侧脸的完美线条，展颜一笑：“穆先生，你安慰人的水平越来越高了，听你这么说，我还挺高兴的。”

穆靳宸拉着她的手放到嘴边亲了一下：“夫人高兴就好。”

Chapter 10
沉 沦

次日，穆靳宸和景无双到俱乐部的时候，黑狼早已经撒欢了无数回。

黑狼一直是个面无表情的家伙，而这次景无双竟然从它的眼睛里看到了一丝类似喜悦的情绪。她蹲下身来抱住它的脖子，摸着它的脑袋问："黑狼先生，你今天很高兴是不是？你又帅了哦。"

估计黑狼在俱乐部里洗过澡，毛也打理过，毛色越发黑亮，摸上去竟然比绸缎还滑上几分，让人爱不释手。

黑狼先生还是用那个傲娇的眼神瞥了她一眼：无知的女人，我一直很帅好吗？

穆靳宸居高临下地看着这和谐的一人一宠，柔声道："黑狼在国外的时候天天都能肆意地奔跑，回国这段时间是委屈它了。"

黑狼不知道是不是听懂了，倏地挣脱景无双的怀抱，甩着大尾巴在穆靳宸身边转圈，最后干脆趴在他的脚边，还时不时地蹭一蹭他的腿。

绿茵场面积很大，几乎是一望无际，不远处大片的格桑花开得正盛，层层叠叠的紫色鸢尾花也很迷人。

春日已经有些西斜的暖阳并不是很热烈，景无双习惯性地抬手在眼前遮了遮，眯着眼睛，翘首远望，洁白秀丽的脸庞上那一抹微笑比太阳更暖。

福至心灵，穆靳宸掏出手机“咔嚓”一声，留住了这幅珍贵的画面。

景无双微微偏头，收了收笑容，有些不解地看着他。

又是咔嚓一声，穆靳宸定格了第二幅美好的画面，满意地看着自己的得意之作。

小女人很美，尤其是第二张照片中，阳光正好，偏着头的景无双半边脸庞逆着光。她不经意地回头，那略显无辜的清澈眸子直勾勾地看着他，微微怔住，有些不解。那是景无双最吸引人的气质。

“穆先生，你竟然偷拍我？”

“我光明正大地拍的。”

“没经过我的同意就是偷拍。”

“好的摄影作品都是不经意间捕捉到的，太刻意反倒不好看了。你看我拍得好不好？”说着，穆靳宸把手机递了过去。

景无双接过，紧接着呀了一声，看着手机中美得不像自己的人，禁不住惊叹了一声。这绝对是大师级的摄影作品了吧。

“我有这么好看吗？”景无双不确定地问。

穆靳宸将她拥在怀中，嗅了嗅她芬芳的秀发，柔声道：“很好看。”

“有什么好东西啊？拿出来给大家分享一下啊。”

一个戏谑的声音破坏了此刻两个人的柔情蜜意。

这样张扬的声音，两个人一听就知道是君大少来了，他身后跟了一条纯白色的萨摩耶，还有一个他们意想不到的人——许亦城。

他也在这里？

景无双抬眸看着穆靳宸，只见他微眯着眼睛，不悦地看着君翔，显然他也不知道许亦城为什么会出现在这里。

“你看着我做什么？莫非一夜不见，发现我又帅了？嘿，无双，又见面了。”君大少摸了摸自己的脸，开启了自恋模式。

景无双朝他笑着点了点头。

另一个温文尔雅的声音很快便传了过来：“穆少，别来无恙。无双，我们又见面了。”

虽不知道自己与许亦城素未谋面，何来这“别来无恙”的说法，穆靳宸还是绅士地回了一句：“幸会。”

景无双不动声色地向旁边移动了一步，依偎在穆靳宸身侧，礼貌地冲许亦城点了点头。

许亦城有些讶异地看着眼前两个人相握的手，问了一句：“无双这是名花有主了？”他又转头不满地对君翔说，“师兄，你不厚道，无双与穆少谈恋爱这么大的事你竟然不告诉我，害我以为自己还有机会呢。”

君翔一拍额头，说道：“哟，抱歉，抱歉，差点儿忘记苒苒撮合过你跟无双的事。你赶紧打消对无双的好感，他们不是在谈恋爱，他们是——”

“君翔！”

君翔那句“他们是已经结婚的伴侣”还没说出口，就被穆靳宸沉声打断。

两个人相识多年，这点儿默契还是有的，君翔明白穆靳宸这是不想让外界知道他们已经结婚的消息，马上改了口风：“我今天本来就是约了亦城的，喏，看见那只哈士奇没有？那是他的宝贝，跟我家十五是好朋友。”

景无双听到“十五”这个名字无语了一下。苏苒家的折耳猫叫初一，君翔家的萨摩耶叫十五，这君少起名字的能力是不是太弱了？

“苒苒呢？”景无双没见到苏苒，随口问了一句。

“跟程女士做美容去了。”

景无双点了点头，没再说什么。

穆靳宸似有若无地扫了许亦城一眼，微微侧头对景无双说：“你刚才不是说想去看那边的格桑花？我们带黑狼到那边去吧。”他对着景无双说完，还绅士地朝两位男士说了句：“失陪了。”

然后他便拥着景无双迎着夕阳朝那些花儿的方向走去。

“这……”穆靳宸这就过河拆桥了吧，自己帮他送黑狼过来，他连谢谢都没说一句，君翔有些无语。

黄昏的暖阳是醉人的，许亦城看着两个人朝着夕阳走去的亲密背影。地上落下了两道长长的影子，壮实威风的大丹犬不紧不慢地跟在魁梧的男人身边，不远处的格桑花开得灿烂，这一切组成了一幅唯美的画面，让人看着就觉得幸福。

君翔碰了碰许亦城的肩膀，戏谑道：“人都走远了，还看什么呢？虽说窈窕淑女，君子好逑，但是无双你就不用想了，没戏了。走吧，咱们到那边去。”

“你之前不是说无双单身两年多了？当时也没有说穆靳宸在追求她，怎么才大半个月不见，两个人就看起来这么亲密了？”许亦城很清楚自己第一次见景无双的时候她还是单身，并且暂时没有谈恋爱的意向，这才过去多久？

“缘分这玩意儿哪里来那么多为什么呢？总之吧，天涯何处无芳草，你堂堂S市律政新人王还愁女人啊？只要你许少开口，我保证女人能从这里排到人民法院门口，环肥燕瘦，任君挑选。”

君翔拍了拍许亦城的肩膀。他以为许亦城对景无双是有好感，但是不至于有太多情愫，毕竟两个人才见过一次面，这个世界上一见钟情的概率太低，即便有，许亦城也不至于看一眼就陷进去。

感受到肩膀上突如其来的外力，许亦城才缓缓收回思绪，眼睛的余光却还是看着那对背影道：“如果我说我是真的看上她了呢？那样的女人，看上了有什么奇怪的呢？”

君翔抚了抚额头：“行了，我奉劝你一句，无双是半分也惹不得的，先别说穆靳宸你惹不起，就是我家小浑蛋也不会放过你。你知道，她要是发起脾气来，我吃不消的，在她心里，无双的排位还在我前面。”

许亦城笑了笑，嘴角的弧度带着戏谑：“堂堂君少竟然是个‘妻管严’，说出去要碎了一地女人的芳心。”

“行了，你别埋汰我，我爱苏苒，尽人皆知，这又不是什么丢脸的事。”这样的话，他不会对着苏苒说，甚至总是欺负她，但是熟悉君翔的人都知道，他非苏苒不可。苏苒也是一样，也绝对不会当着他的面说这样的话，他们的相处模式就是这么怪异。

爱情有千百种样子，他们的爱情不过是其中一种。

“师兄，其实有时候我挺羡慕你们的。”

夕阳下的许亦城笑得很温和，那温文尔雅、知书达礼的翩翩学者气质与唐暮白简直如出一辙，只是他比唐暮白还要深沉几分，尤其是戴着眼镜的时候，总像隔了一层什么东西，让人不容易看透。

“没什么好羡慕的，各人有各人的缘法，早晚的问题。”

君翔又伸手拍了拍他的肩膀道：“你再这样，我真的要以为你对无双一见钟情了。好了，我们该谈点儿爷们儿的事了。我听说程伯父聘请了你当他们公司的法律顾问？”

听到君翔的问话，许亦城才完全把视线从远处那对男女身上收回，抬手扶了扶眼镜，笑得高深莫测：“师兄的消息还挺灵通的，是有这么一回事，目前还在商洽之中。”

君翔在他面前晃了晃手指：“不老实，程家退出S市商界那么多年，一回归就要和许立程事务所合作这样爆炸性的消息我能不知道吗？我还听说旭日集团最近收购了好几家地产公司和影视公司，连珠宝公司也收购了一家，并且都是规模不小的上市公司。这样的大手笔，前面的商洽，后面的清算、合并事宜，如果不和许立程事务所这样规模的律师事务所合作，单凭旭日的法务部恐怕做不到吧。”

“师兄果然是做媒体出身的，什么事都瞒不过你。确实是这样，我们事务所打开门做生意，有生意上门绝对没有往外推的道理，在商言商，谁嫌钱多啊。”

许亦城也不隐瞒，虽然这些事目前还做得很隐蔽，但是有心人稍微一查还是能知道的，重点是，两边的人本就没有刻意隐瞒的意思。

这么大的动作，他们就是想瞒也瞒不住的。

穆靳宸回归S市后大展拳脚，程家又怎能坐视不理？在海外市场上，程家就在想方设法地对宸宇进行各种打压，只是先别说穆靳宸的手腕如何，海外市场本身就太大，岂是一个程家说玩转就能玩转的？

S市却不一样，程家在S市军政界都有一定的影响力，真的要和宸宇抗衡，鹿死谁手还真要比过才知道了。

许亦城又问："师兄是替穆少问的？"

君翔摆了摆手，一副不以为然的样子道："当然不是，你当穆靳宸是吃干饭的？连我都知道的事情他会不知道吗？不过你也知道我是做媒体出身的，天性爱八卦，随口问问罢了。"

许亦城的目光闪了闪，一向温和的声音变得有些尖锐："我知道你跟穆少是好兄弟，我们事务所打开门做生意，只管律师费多少。"

不知道是不是夕阳越来越沉的缘故，君翔觉得许亦城的声音听起来有些凉意。

君翔从头到脚端详了他很久："师弟啊，你端着这样清高的表情满嘴铜臭，可惜了你这一身气质啊。"

闻言，许亦城更是笑得温文尔雅："我一个学法律、开事务所又不打刑事官司的律师，不谈钱，莫非谈是非曲直、公道正义？"

"得了，不谈这个了。哟，我们才聊了这么几句，十五跟你家KK就相亲相爱，百年好合了？你说萨摩耶与哈士奇结合生出来的狗会是什么品种？"君翔看着不远处打得火热、难分难解的两条狗狗，饶有兴趣地问道。

苏苒来电，君翔没辙，只得挥别众人，带着十五驱车回了汇景湾。

而景无双与穆靳宸直到晚上八点才驱车离去。

谁知道半路两个人就接到一个不好的消息。夏园老管家给景无双发了一条短信，只有短短几个字，却把景无双吓得魂飞魄散：“表小姐，老爷入院，在市人民医院。”

景无双一看信息已经六神无主，慌乱之中抓过穆靳宸的手：“穆先生，快，快去人民医院，外公住院了。昨天明明还好好的，怎么忽然就这样了呢？”

穆靳宸不明就里，见景无双吓得脸都白了，稳稳地把车开到路边停了下来，大手从方向盘上移到她的手背上，紧紧地握着她的手，缓缓说道：“别着急，慢慢说，发生什么事了，外公怎么了？”

“管家说外公住院了，你停车干吗？快，快去医院啊！”景无双都有些情绪失控了，大声说道。

穆靳宸扶着她的肩膀，声音还是很淡定：“好，我们马上去医院，可是你答应我冷静一点儿，好吗？”

“外公昨天还好好的，现在就躺在医院不省人事，你让我怎么冷静？快去医院好不好，我求你了！”

“好，我们马上去。你现在深呼吸平复自己的情绪，着急没有用，乖一点儿。”穆靳宸摸摸她的脑袋，发动车子，余光却一直关注着景无双。

景无双闭上眼睛，不停地深呼吸平复自己的情绪，良久才冲着正在开车的男人低声说了一句：“抱歉。”

“无须道歉，我理解，先别吓自己，一会儿就知道情况了。”

男人柔声应着，看着身侧小女人苍白的小脸，心中无限怜惜。

四十分钟后，车子总算到达了市人民医院的停车场。

车子还未完全停稳，景无双就急忙打开车门，情急之下忘记解安全带，又被弹了回来。

穆靳宸拉了手刹，伸手解开她身上的安全带，感觉到手背上倏地落下一滴温热的液体，灼伤了他的手背，更灼伤了他的心。他轻叹了一口气，解开自己身上的安全带，侧过身去把小女人的脑袋按在自己的怀里，吻了吻她的发顶，柔声道：“你哭得穆先生的心都要碎了，有穆先生在呢，外公不会有事的，相信我。”

景无双吸了吸鼻子，在他的怀里不停点头，轻柔的声音带着浓浓的鼻音：“我是不是很笨？我真的很怕外公有事。如果我没猜错，外公应该是昨天受的刺激太大了，所以才会出事。穆先生，如果是我害了外公，你说我该怎么办？”

小女人习惯性地把所有的责任往自己身上揽，即便她外公是因为昨天的事受了刺激那也应该是夏家那对母女的责任，怎么能算到景无双头上呢？

“好了，不哭了，我们上去看看是什么情况再说。”

后座上的黑狼似乎也受到景无双情绪的感染，默不作声地跃到穆靳宸的位置上，跟在他身后下了车。

人民医院急救室的门口，夏锦荣像只热锅上的蚂蚁，急得团团转，拳头有一下没一下地打着掌心，六神无主地踱来踱去。

“你坐下来行不行，转得我脑袋发晕。”刘芸扯过他的衣袖，怒斥了一句。

夏子薇则神情呆滞地坐在一旁，眼神放空，似是受到了莫大的惊吓。

“你还好意思说啊你，我爸晚饭的时候还好端端的，怎么去了书房就忽然晕倒了呢？你和薇薇到底跟爸说了什么？”

刘芸的目光闪了闪，不过一瞬，她又挺直腰板理直气壮地道：“我还能说什么？我看你爸分明是昨天早上让景无双给气着了，现在才发作。”

“你！唉……”夏锦荣指了指她，气得说不出话来。

景无双与穆靳宸在此时赶到：“舅舅，外公怎么样了？”

一听景无双的声音，刘芸顿时爹毛，打了鸡血似的跳了起来：“好你个景无双，竟然还敢出现在这里。你外公就是被你气病在里面的，你竟然还有脸来？”

夏锦荣拦着她：“你是怎么说话的？双双根本就不在现场，爸晕倒跟她能有什么关系？”

“怎么就没有关系？她联合外人欺负到咱们家里来，你爸想了一天一夜，直到今天承受不住才气血攻心晕倒了。对，就是这么回事。我到书房的时候，爸就愁眉苦脸的，没一会儿就晕倒在地了，你就是罪魁祸首！”刘芸越说越觉得是那么回事，最后理直气壮地指着景无双说道。

景无双不想与刘芸吵架：“外公怎么病倒的，等他醒来就知道了。关键是外公现在的情况怎么样了，医生怎么说？”

“我们夏家的事跟你这个外人没有关系，你走，这里不欢迎你。对了，我都还没问你怎么会出现在这里，难不成你在夏园安插了眼线？好你个居心叵测的景无双，连这种事情你都干得出来，还有什么事是你干不出来的？走，你马上给我走！”

世界上总有许多不可理喻、自私自利的人，而刘芸明显就是其中的极品。有的时候，正常人还真的不知道怎么与极品计较。

景无双干脆不理她：“舅舅，外公的情况怎么样了？”

一脸愁容的夏锦荣还是礼貌地朝穆靳宸点了点头才回答道：“还不知道是什么情况，爸在书房里忽然就晕倒了，当时做了急救，怕是有轻微中风的情况。现在他正在里面做手术，已经进去一个多小时了，还没有出来。”

“你跟她说那么多做什么？你走，我说了这里不欢迎你，你外公醒了肯定也不想见到你，你给我走！”

刘芸说着，竟然动手推起景无双来。

穆靳宸捉住刘芸的手腕，用了些力气：“敬你是长辈，适可而止，不管无双姓景还是姓夏，都与里面躺着的人有血缘关系，你无权阻止无双待在这里。”

丢下这么几句话后，他顺手就把刘芸推到了一旁。

男人释放全身气场的时候震慑力很强，当下就把刘芸给镇住了。

而此时，夏子薇站起来，冷冷地扫了相拥着的男女一眼，开口道："穆先生，你不姓夏，也与里面躺着的爷爷没有血缘关系，那请问你在这里又是做什么？我们家的家事又跟你有什么关系呢？还是说，你是人家请来的外援？"

只要看到景无双，夏子薇就会满血复活，刚刚还一脸呆滞，现在已经恢复了战斗力爆表的状态。

景无双冷冷地回视这对她忍让了十多年的母女，脑海里闪过许多画面。她小的时候刘芸对她还是可以的，除了不定时地灌输她不是夏家人这样的信息给她，吃穿用度上倒是从来没克扣过，夏家不缺那一点儿钱。

后来不知道是不是夏子薇挑拨的次数多了，渐渐地刘芸和景无双越来越疏远，而景无双与夏子薇的矛盾也就日益深化，演变到今天这种不可挽回的地步。

其实，景无双觉得自己也有一定的责任，不是所有人都能用温柔去感化，有的人你越是退让，她就越是得寸进尺。

正如苏苒说的，景无双本来就不是包子性格，却对夏子薇诸多忍让。

这种做法，也许从一开始就是错的。

如果从一开始景无双就强硬起来，夏子薇未必会变成今天这个尖酸刻薄、不可一世的夏子薇，如此想来她还真是自作自受了，夏子薇变成今天这个样子，她真的有一部分责任。

她看向夏子薇的目光都带上了些许怜悯，十几年来养成的习惯早已经变得根深蒂固，夏子薇怕是再也改不回来了吧。

"景无双，你这样看着我是什么意思？没听见我妈的话吗？我们夏家不欢迎你！不欢迎你们！你们还死皮赖脸地留在这里做什么？"

夏子薇最受不了景无双这种看跳梁小丑似的眼神，比以前那种波澜不惊、任君欺负的眼神更讨厌百倍。

她怎么都想不明白，世界上怎么会有这样讨厌的人，而又有那么多人喜欢这样的人。景无双明明是朵"白莲花"，别人却总是看不穿景无双，还不是因为景无双会装？她夏子薇总有一天要当着众人的面把景无双的假面具撕下来。

“舅舅，无双不孝了。”

夏锦荣怔了怔，不知道景无双跟他说这句话是什么意思，但是下一秒他就明白了。

“刘芸、夏子薇，你们都给我听着，里面躺着的人是我母亲的父亲、我的亲外公，我在这里不需要你们同意，更轮不到你们指手画脚。你们喜欢表演，出门右转前行一百米，利舞台就在那里。现在你们要么安静地在一边待着，要么给我滚！别吵到我外公！”

这一席话她说得铿锵有力，声音也不再像往日那般轻柔，眼神凌厉，像换了个人似的，霎时间真的镇住了那对母女。

夏子薇简直惊呆了。景无双不是应该一直装“包子”吗？像过去无数次那样，她说什么景无双都软软地顶回来，就连在夏园那一次，哪怕她把景无双逼到了那个份儿上，景无双也是一脸平静的样子，哪里有这架势？

穆靳宸勾了勾嘴角，这个娇滴滴的小女人端起架势来还挺有板有眼的，他的无双就该这般肆意。她那般隐忍，实在让人怜惜，如今这般刚刚好，他也不介意她对着外人再泼辣一些。

夏子薇回过神，冷哼了一声。这下景无双原形毕露了吧，后面的男人也该看清楚她的真面目了吧？

夏子薇扫了一眼景无双身后的穆靳宸，只见男人看景无双的眼神不是她以为的惊讶或是厌恶，而是柔得似能滴出水来，有些宠溺甚至是欣赏。为什么会这样？

她以为景无双一直是靠装“白莲花”来欺骗穆靳宸的。

穆靳宸那样的男人怎么会识破不了景无双的真面目呢？

夏子薇头痛极了，这到底是怎么一回事？

不容夏子薇细想，手术室的灯灭了。夏荆山到底还是夏家的顶梁柱，战火暂时停了下来，几个人都围着主治医师问夏荆山的情况。

身穿白大褂的医生伸手摘掉了脸上的口罩，语气轻松地说道：“幸亏当时做了急救措施，病人送来得也算及时，手术很成功。再观察一个晚上，病人明天应该就能醒过来，到时候才能知道有没有后遗症。”

主治医师说完这么几句话便消失在众人眼前。

紧接着全身插着各种管子的夏荆山被几个护士推着去了旁边的普通病房。

听了这样的话，大家纷纷松了一口气，刘芸与夏子薇对视了一眼，夏子薇轻轻摇了一下头，刘芸收回视线。

“既然有人要尽孝道，我们就不要妨碍人家了。薇薇，我们回去，省得在这里碍眼。”

刘芸找了个借口把夏子薇拉了出去。

“双双，你舅妈她……”

“舅舅，什么都不用说了，现在最要紧的是外公的身体。”冰冻三尺非一日之寒，她也不想舅舅夹在中间为难，而她与刘芸母女的关系是怎么也不可能修复的。

说完这么一句，景无双跟着那些护士走了过去。

“舅舅放心，我会照顾好无双的，您要是累了的话就先回去，明天过来接我们的班。”

穆靳宸丢下这么一句话，跟上了景无双的步伐。

夏锦荣看着俩人的背影叹息了一声，好好的一个家怎么弄成这样了?

等等，穆靳宸刚才叫他什么来着？舅舅?

对方许是跟着无双随口叫的吧，夏锦荣左看看，右看看，却不知道去哪边才好，最后又叹息一声，还是跟上了景无双他们。

而景无双已经站在夏荆山病房外的透明玻璃窗前，红着眼睛一眨不眨地看着里面那个全身插满管子的老人。

穆靳宸走远了一点儿，掏出手机给祁东打了个电话。

再回来的时候，他看到夏锦荣也站在景无双旁边，俩人都没有说话，就这样站着。

穆靳宸叹息了一声，走过去拥着景无双的肩，将声音放到最柔：“这样会累，到那边坐着。我让祁东把旁边的房间也订了下来，等一下他会把换洗的衣物一并送过来，外公一时半会儿醒不过来，你到一边坐着，听话。”他转而又对夏锦荣说道：“舅舅也到那边坐着吧。”

夏锦荣这一次听得真切，穆靳宸叫“外公”跟“舅舅”叫得很顺口，这是认定无双了？

夏锦荣自然不会往结婚那个方向想，毕竟这两个人认识还没多久。可是穆靳宸是什么人？那是目无下尘的天之骄子，现在对无双的态度却是极好的，这是认真了吧？

夏锦荣当下也有些欣慰，点了点头，便与他们一起到旁边的椅子上坐下。

“舅舅，您还是先回去吧，晚上我们在这里守着，你明天早上过来接替我们吧。”

夏锦荣毕竟是上了年纪的人，景无双见他身上的衣服有些褶皱，精神状态也不算好，而现在外公的情况还算稳定，不需要这么多人守在这里，于是开口提议道。

夏锦荣当下也没纠结，嘱咐了景无双两句便向电梯走去。

到了停车场他看见老婆和女儿还在，似乎在争执什么，快步走了过去。

“妈，你真的看到遗嘱了？爷爷要将夏氏的股份拨百分之三十给景无双？”母女二人离开病房后，转悠了很久才找到这么一个地方说悄悄话。

夏氏股份的百分之四十九被夏荆山当作嫁妆给了景无双的母亲夏慕雪，虽然夏锦荣是夏氏的总裁，但是他憨厚老实，耳根软，剩下的百分之五十一的股份一直被夏荆山捏在手里，夏荆山也挂着夏氏董事长的头衔，因此，夏锦荣实际上是个有名无实的总裁。

而他本人对这些东西并不在乎，所以几十年来也没有提过股份转让的事情，加上他本身不是经商的料，要不是夏氏根基深厚，夏荆山从中帮衬，也许夏氏早就被他败光了。

“那还有假？老头子也太偏心了，夏慕雪手上本来就有百分之四十九的股份，再把这百分之三十给景无双，到时候整个夏氏就到景无双的手里了，我们喝西北风去啊？”

刘芸说到这里，目光闪了闪，对着自己的女儿也没有什么好隐瞒的：“所以我才骂得难听了些，抢了那份遗嘱，你爷爷……”

她小心翼翼地看了看夏子薇，夏子薇的脸色已经不能用难看来形容。

“所以爷爷才被你推倒在地上，才会是我进去时看到的那样？”

夏子薇接过刘芸的话，想起自己看到倒地不起的爷爷和惊愕得还没有收回手的母亲时的情景。从爷爷倒地的那个角度一看就知道他是被人推倒的，再看自己母亲那个神情，夏子薇以为母亲杀人了，所以才被吓得不轻。

“薇薇，你要相信妈妈，我真的不是故意推你爷爷的。我本来只想给他倒杯茶，谁知道看到了书桌上的遗嘱，这才拿过来看看。结果我还没有看完，他就抢了回去，还说我侵犯他的隐私，我只想抢过遗嘱来再看看，结果就这样了。”

夏子薇揉了揉隐隐作痛的太阳穴，疲惫地说道：“妈，爷爷年纪那么大，您不该推他的，万一出了什么事……”

“薇薇，你就是心软。这些年妈怎么对他的你也看在眼里，我对自己的父亲都没有这么好过。我出身是没有你爸好，可我好歹也是小康之家的掌上明珠，这些年却像个丫鬟似的侍候他老夏家的人，结果你爷爷只给我们一家三口留了那么点儿遗产，我能不着急、不生气吗？”

刘芸见夏子薇没有反驳她的话，继续说：“再说，你手里不是有唐暮白的把柄吗？你爷爷这次若是倒地不起，他就不能阻止你挽回唐暮白了，这未尝不是件好事，否则有你爷爷在一天，我们都得听他的。我看那份遗嘱还没有拿去公证过，我们神不知鬼不觉地把它给毁了，看他还怎么把股份留给景无双。”

夏子薇垂眸，敛去了眸子里的情绪。爷爷一向偏心景无双，但是对自己也还是疼爱的，夏子薇虽然恼他偏心，却没想过要对他怎么样。

现在听到他要把夏氏的大部分股份给景无双，再想到唐暮白……她竟然觉得刘芸的话是对的。

“刘芸！好你个歹毒的女人，我们同床共枕二十多年，我竟然不知道你是个心肠如此歹毒的女人！为了抢遗嘱，你竟然把我年迈的父亲推倒在地上？”夏锦荣双手握拳，脸上青筋暴起。他乍一听还不敢相信，忍得肝都快炸了才忍到现在。他怎么也没想到，父亲住院竟然是这么个原因。

夏锦荣的出现把母女二人吓了一大跳，她们明明挑了个很隐蔽的位置，怎么会被夏锦荣找到呢？

不知道他听去了多少，等夏荆山醒来，这些事夏锦荣迟早也是要知道的，刘芸干脆破罐子破摔道：“你嚷什么嚷？我又不是故意的，是你那个偏心的父亲现在要把夏氏都给那只白眼狼，我们怎么办？薇薇以后怎么办？你该关心的不应该是这个吗？”

刘芸这些年也就在夏荆山跟前装装贤惠，而在夏锦荣头上一直作威作福，也不怕他把自己怎么样。

“好你个毒妇！居然丝毫不知悔改，还振振有词！我夏锦荣当年当真瞎了眼，才会娶你这么个毒妇。”夏锦荣指着刘芸的鼻子骂完，又转向夏子薇道：“还有你，你妈是个鼠目寸光的无知妇人，你这些年读的书都白读了？连基本的仁义道德都不知道了吗？整天好的不学，净跟你妈学些乱七八糟的东西，你学学人家无双。”

夏锦荣不提景无双还好，提起景无双就等于打开了夏子薇心中那个名为嫉妒的开关，一下子就把夏子薇给点着了。

“爸，我妈都说了她不是故意的，这些年她怎么对您、怎么对夏家，您难道不知道吗？现在是爷爷偏心要把我们夏家所有的东西都给那个姓景的女人，您的关注点到底在哪里？还有她景无双怎么了？我要跟她学什么？她就什么都好，您的亲生女儿就什么都不好吗？”

夏锦荣：“这根本就是两码事，怎么说你妈也不应该推你爷爷，更不应该这样教育你！”

“夏锦荣，你说话有没有良心？我哪一句说得不对？是不是要等到你爸连公司和夏园都一起给了那只白眼狼，我们都被她扫地出门时你才会着急？我这么着急是为了自己吗？”听着这样的话，刘芸也是气极了。她失手推了夏荆山是她不对，可她认为更多的是夏荆山的做法不对。

“我爸不会那么做，无双也不是那样的人。真不明白你们瞎操心什么，消停会儿吧。”夏锦荣觉得自己愁得头发都白了。

刘芸：“我的眼睛没瞎，白纸黑字摆在那里，这是我瞎操心吗？”

夏锦荣：“就算真是你说的那样，但那是父亲的东西，我没有对这个家付出过多少，父亲的东西他爱给谁就给谁，那是他的自由，你们这样算什么？”

刘芸：“你说得倒是轻松。你自己是个没本事的人，薇薇不是，薇薇能把公司做好，你不帮薇薇把公司抓在手里，以后我们喝西北风去啊！”

刘芸越说越激动。她真的恨极了夏锦荣这种不争的性格，如今的夏锦荣在她眼里简直就是个窝囊废。

“简直就是不可理喻，我懒得跟你们说。总之明天父亲醒过来后，你马上给我道歉认错去。还有，以后你也不得提股份的事情，否则你以后也不必回夏园了。”

丢下这么一席话，夏锦荣气冲冲地离开了停车场。

刘芸一脸难以置信。夏锦荣生气的次数屈指可数，上一次他因为景无双打了她一巴掌，这一次居然撂下了这样的狠话。

她捂着胸口，眼泪都流了出来，指着夏锦荣背影的手指都在发抖：“薇薇，你看看你爸爸，这个没良心的东西！”

夏子薇看着吵得不可开交的父母也烦躁得很，不知道如何是好，只得安慰刘芸说：“好了，妈，爸那是气话，里面躺着的人是他的爸爸，您就别跟他计较了。到时候爷爷醒来，您还是服个软、道个歉吧。万一爷爷生起气来，真的把所有东西都给了景无双，那才真正是得不偿失。”

刘芸这才心惊起来。夏荆山明天就会醒过来，万一他一生气真的什么都不留给他们，这可如何是好啊？

夏子薇一看刘芸的神色就知道自己的话被她听进去了，又说道：“我们以后绝对不能再这样和爷爷硬碰硬地对着干了，穆靳宸也不是个好惹的人。景无双之所以得爷爷的欢心，不就是因为她会装吗？我们就是太单纯直接才不讨喜。”

刘芸点了点头，沉思了一阵，觉得夏子薇的话极在理：“薇薇，你说得对，我们要从你爷爷手上谋点儿东西真的只能智取了，不能再这样硬碰硬了。说到那个穆靳宸，你爷爷居然把那样的男人介绍给那个白眼狼了。”

夏子薇挽着她的手臂道：“所以，幸亏爷爷没什么大事，你明天向爷爷道个歉，这件事就这样揭过去了，剩下的，我们再从长计议。至于那个穆靳宸，妈，那样的男人并不好驾驭，让景无双折腾去吧。”

母女二人又合计了一阵才离开停车场。

殊不知这样一幕恰好全数落入了来送东西的祁东眼里。他虽然不知道她们是什么关系，但是他见过夏子薇，知道她是少夫人的表姐，夏老爷子又恰好住院，一串联起来他就不难猜到事情的真相了。

祁东摇了摇头，和这样的极品母女一起生活，少夫人这些年没少受罪吧？

病房外的景无双情绪还是不好。

穆靳宸握着她的小手，默不作声地陪着她静静地坐着。

景无双整个人都是恍惚的，眼睛一眨不眨地盯着那扇透明玻璃窗。也不知道过了多久，直到眼睛酸涩疼痛不已，她才努力眨了眨眼，将视线收回来。

目光落在握紧自己的手的骨节分明的大手上，她抬起头，撞上了穆靳宸关切的视线。她偏过头，将脑袋压在穆靳宸的肩膀上，声音柔得不成样子："穆先生，我的眼睛痛，脑袋也痛。"

穆靳宸暗暗叹息了一声，侧了侧身子，修长的手指抚上她的太阳穴，轻轻地按着："你一直不眨眼睛，当然痛了，听话，闭上眼睛休息一下，我看着呢。"

景无双听话地闭上眼睛，感觉覆在太阳穴上的温度更为明显，心底泛起些许暖意，幸好有他在。

她一直被夏家母女排斥，母亲又不知道在哪里，自从父母分开后，景家和夏家几乎没有什么来往，她更不敢回去惊扰爷爷和父亲，苒苒来了也只会跟夏子薇打架……

幸好，幸好有穆靳宸在。

祁东刚出电梯门就看到这样的画面，自家少爷一脸宠溺地为少夫人按摩着脑袋，少夫人闭着眼睛享受着自家少爷的服务。

这样温馨的画面，他都不好意思上去破坏。没有人比他更清楚自家少爷是什么性格，还是少夫人厉害，三两下就把少爷这座冰山给融化了，现在少爷完全是走在成为"暖男"的康庄大道上。

又过了一会儿，景无双才睁开眼睛，伸手把穆靳宸的手拉了下来："可以了，你的手也该酸了。"

话音刚落她便眼尖地看到了拐角处一脸纠结的祁东。

"祁助理？"景无双轻唤了一声。

祁东一听，如蒙大赦，一路小跑了过来："少爷、少夫人。"

打完招呼他便把手上的东西放在穆靳宸身侧："少爷，东西都在这里了。医院那边我也特别交代过了，晚上会有专人守着老爷子，有任何动静都会马上通知你们的。”

“辛苦你了，祁特助。”景无双感激地说了一句。

祁东摇了摇头，应了一句：“分内事。”

他是少爷的私人助理，随传随到那种，为少爷做任何事情都是应该的。

少爷面冷心热，很少会说这样的话；少夫人却不一样，总是和和气气的，没有任何架子，有时候反倒让祁东有些受宠若惊的感觉。

“对了，少爷，我刚刚在停车场好像看见黑狼了。”

景无双这才想起来，之前一时情急，她都把黑狼给忘记了，于是着急地问：“祁助理，你在哪里看见黑狼的？它没有被我们困在车子里吧？”

如果它被困在车子里，这下该缺氧了。

穆靳宸修长的手指抚了抚额头，医院不让带宠物进来，他也是把黑狼忘了个干净：“没有的事，它跑出去了，应该在停车场里，祁东一会儿顺便把它带回去吧。”

“那它会不会走丢或者被人抓走？”景无双忧心忡忡地说道，黑狼也是他们家的一分子，可不能有事。

穆靳宸看她那着急的样子，微微叹息一声道：“你就别什么事都操心了，黑狼很聪明，又受过专业训练，比警犬都要懂事，你不用担心。”说完他又转头对祁东说：“你快去吧。”

祁东还在犹豫着要不要把刚才听见的事情告诉他们，看了一下景无双的神色，最终什么都没有说，点了点头就朝电梯走去。他还是找个机会单独跟少爷说吧。

“祁特助，找到了黑狼记得打电话告诉我们一声。”

身后传来景无双的声音，祁东回头，又朝他们点了点头说了声“好的”便进了电梯。

两个人一夜无话。

第二天一早有人来敲门："穆先生，夏老先生已经醒过来了，医生帮他检查过，暂时没什么大碍，具体的情况还需要多观察几天，你们可以去看他了。"

穆靳宸会意地点了点头，道了声谢。

他刚关上门，转过身，就看见景无双从卫生间里走了出来。

"我刚刚听到敲门声，是不是外公有什么情况？"景无双着急地问道。

"嗯，好消息，外公已经醒过来了，医生说他没什么大碍，你快换上衣服过去看看他吧。"

景无双捂住胸口，闭上眼睛舒了一口气："那就好，那就好。"

夫妻二人出现在夏荆山的病房里时，他老人家都怔住了。这才早上六点吧，这两个人怎么这么早就过来了？

"外公。"景无双叫了这么一句，就红着眼睛，哽咽得说不出话来了。

夏荆山虽然有些虚弱，精神状态倒是不错："谁欺负我的小心肝了？"他缓缓地说完这句，又把目光转向穆靳宸，"是不是你欺负我的小心肝了啊？"

穆靳宸似乎沉思了一下才缓缓开口道："外公，我疼无双都来不及，怎么舍得欺负她呢？您感觉怎么样了？"

夏荆山是多么精明的人啊，一听这个称呼，呆滞了一下。穆靳宸是多懂礼数的人他是知道的，对方一向叫他夏叔，如今改口叫外公，这是？

"宸儿，你刚刚叫夏叔什么？"

"穆靳宸！"景无双有些着急，外公刚刚醒过来，忽然告诉他他们已经领证结婚了，万一外公情绪激动再出点儿什么事，那可怎么办才好？

穆靳宸拉过景无双的手，目光柔和地看着她，示意她不要着急。夏荆山是穆百川麾下的人，自然不会那么容易被吓到。

穆靳宸将视线转回到夏荆山的脸上，目光诚恳，一字一顿地说道：“我叫您外公。这是个好消息，靳宸迫不及待地要跟外公分享，但是请外公控制好情绪，切莫激动。”

说着，他又把景无双拉到跟前，与她十指相扣，让她手上的订婚戒指朝着夏荆山的方向：“外公，我们领证结婚了，我没有事先征得外公的同意，先斩后奏把您的小心肝娶走，还望您老人家见谅，同时，我们也希望能够得到您的祝福。”

其实夏荆山在穆靳宸铺垫的时候就已经猜到了是怎么回事。这个孙女婿是自己选的，还是老首长最得意的孙子，各方面条件都是一等一的，配得上他的乖外孙女，他对穆靳宸并没有什么不满意的。

当下夏荆山觉得很欣慰，一连说了三个“好”字，苍老的眼睛里甚至蒙上了一层水雾。

但他随即想到家里那些不让人省心的人，目光黯了黯，不过很快又掩饰了过去：“你们都是好孩子，能在一起，外公很放心也很欣慰，祝福你们，宸儿要帮外公照顾好无双。”

穆靳宸点头道：“外公放心，靳宸会的。”

景无双听罢，眼睛红得不像话，坐到夏荆山的床上，握着他的手说道：“谢谢外公，我们一定会好好的。”

景无双还要问什么，只见夏荆山叹息一声抢先开了口：“都怪外公不争气，这个时候不小心摔倒，都不能好好地跟你们说说话了。”

夫妻俩对视了一眼，景无双问：“外公，您说您是自己不小心摔倒的？”

夏荆山比景无双更加诧异，反问道：“小心肝，你这么问是什么意思呢？”

景无双低下头，有些不好意思地说：“我还以为外公是被我气得摔倒的，舅妈和表姐也都这么说，我还以为、还以为……”

“傻丫头，我一个人在书房里看书，吃得有些多，准备起身走动走动，不小心磕到了桌子，一下子摔了下去，然后……对了，我怎么会在这里？你们怎么这么早就来这里？”夏荆山似乎有些茫然，晕倒前后的记忆衔接不上。

穆靳宸闻言，深邃的眼中闪过一丝意味深长的神色。医生说幸亏及时做了急救措施，否则夏荆山可能会有生命危险。这种危急关头的急救往往要在几十秒内完成才有效，当时书房里肯定有第二个人在，夏荆山现在却说他一个人在书房里看书。景无双是关心则乱，没有注意到这些细节，在穆靳宸看来，老人家大概是想着“家和万事兴”。

景无双：“外公，我们昨晚就住在隔壁，好了，总之您没事就好。”

夏荆山轻叹了一口气：“双双啊，生老病死乃人之常情，你真的不必太过执着，这样不好。罢了，外公有些饿了，你去给外公买碗粥，宸儿就留在这里陪我说说话吧。”

景无双走后，穆靳宸拉过一旁的椅子坐下，对上了夏荆山苍老混浊但依然锐利的目光，开口道：“外公是有话想要单独对靳宸说？”

夏荆山笑得有些欣慰，眼内闪过一丝毫不掩饰的欣赏。

“宸儿，你爷爷很久以前就跟我说过，有你这么个孙子是他这一生中最值得骄傲的事。关于这一点，我没什么好反驳的，你和双双能成为夫妻，也是我最值得骄傲的事情。”

穆靳宸脸上依旧是那副云淡风轻、波澜不惊的表情，他淡淡地回了一句：“爷爷和外公过誉了。”

夏荆山想抬起手，却发现上面插了管子，只好作罢：“宸儿不必谦虚，这话也没有恭维你的意思。双双不比你，你理智、冷静、稳重，双双已经是个很理智、聪明的姑娘，可毕竟经历的事情还是少了些，也没有时下的小姑娘那些花花肠子。她的母亲常年不在她身边，所以她比同龄人早熟一些，可她毕竟还是个二十来岁的小姑娘。如果可以，我还是希望她的世界能够单纯一些，所以那些让人不甚愉快的事情，让她少知道一些并不是什么坏事。”

夏荆山的精神虽然不错，但他毕竟刚刚做完手术，说完这么一番话，已有疲惫之感。

穆靳宸起身帮他垫高了一下枕头，让他的呼吸更为顺畅：“外公慢点儿。您直说无妨，靳宸知道怎么做对无双来说才是最好的。”

夏荆山缓了口气，闭上眼睛继续说道：“宸儿，外公已经是半只脚踏进棺材的人，最希望看到的就是家宅平安，一家人和和美美。当然，这大概已经是我的一个奢望了。我的女儿聪慧，但是长年在外；我的外孙女，我也没有照顾好；我的儿子敦厚，但是娶妻不贤，教女无方……”

穆靳宸没有搭话，对于这些事，他没有资格评判什么。

“夏氏在无双的母亲还在公司的时候辉煌过一阵子，可雪儿离开公司以后夏氏一直处于没落的状态。”

提起景无双的母亲夏慕雪，夏荆山苍老的眼眸中充满了慈爱的神色。

“后来夏氏由无双的舅舅管理着，更是停滞不前，这主要是她舅舅管理不善的原因。如今夏氏百分之五十一的股份还在我手里，百分之四十九被我作为嫁妆给了无双的母亲。我知道她舅舅甚至薇薇都不是管理型人才，但是夏氏始终是百年的老牌建筑企业，我不希望它就这样毁于一旦。”

这一席话，夏荆山说得很慢很慢，似乎还在思考该怎样组织语言。

穆靳宸安静地坐在一边听着，没有插话。

“所以我立了一份遗嘱，我百年之后，将我名下百分之三十的股份转到双双的名下。这一份遗嘱恰巧被双双的舅妈看见了，我确实是被她舅妈无意中推了一把才摔倒在地上的，当然，她不是故意的。这个媳妇儿进我夏家的门已经有几十年了，人品虽然一般，可也不是歹毒之人，我并不打算追究此事，所以这件事就这么揭过去吧，双双那边你也不必再提。

“我知道双双并不稀罕夏氏，但是我也不希望夏氏就这样毁掉。

你是老首长的骄傲，双双也是我的骄傲，我这么安排是有我的私心，把夏氏交给双双，背后有你帮衬着，夏氏必然是不会有什么问题的。”

最后，夏荆山还说了一句：“其实，剩下的百分之二十一的股份足够他们一辈子衣食无忧了。”

穆靳宸抚了抚额角，原来夏荆山打的是这么个主意：“外公笃定我一定会跟无双在一起？”

夏荆山回道：“宸儿，你的眼光一向不差，如果我的外孙女都入不了你的法眼，想必也不会有其他人了。”

穆靳宸忍不住道：“可您的孙女……”

提到夏子薇，夏荆山脸上的笑意也收了收，他叹了口气：“龙生九子各有不同，趁着我还有些时间，我尽量把她教好吧。”

“外公，树欲静而风不止的道理相信您也懂，无双不可能一味退让而不反击。过去夏子薇尚未碰到她的底线，连唐暮白的事她都忍下来了，而有些事，无双能忍，我却是不能忍的。”

穆靳宸看了夏荆山一眼，继续道：“您也是无双的底线之一，这件事若是她知道了，必定不会就这么算了的。小惩大诫的道理外公您比我更清楚，有的人感化不了，只能用些手段。”

夏荆山又深深地叹了一口气：“宸儿，你说的这些外公都知道，你以后当了一家之主就会知道家和万事兴多重要，家里所有的人好才是真的好。我何尝不希望夏家所有人都像双双一般懂事呢？”

穆靳宸：“我倒是希望她能别这么懂事，这样她会更快乐一些。”

夏荆山：“是外公失责，我的小心肝就等着被宸儿宠得更任性一些，当个无法无天的小公主吧。”

穆靳宸勾唇：“我是不介意的。”

景无双买了东西回来的时候，俩人已经在闲话家常，谁也没有再提起方才的话题。

夏荆山跟穆靳宸谈话费了些神，景无双二人刚安顿好他，夏锦荣就赶到了，不过没见夏子薇母女。夫妻二人驱车回了宸宇上班。

一大清早，穆靳宸当真把吕总监召去开会了。景无双这才抓紧时间把祁东从汇景湾送过来的那份 G 城海天集团合作案的进度跟上。

祁东寻了个机会，把昨天在停车场听到的话跟穆靳宸复述了一遍。

穆靳宸："外公早上跟我说过这件事，你找人盯着那对母女吧，有什么动静，及时汇报就是。"

祁东回答了声"是"，想了想，继续说道："后来跑出来一个人，我想应该是少夫人的舅舅。这件事他不知情，训斥了那对母女一顿，还放了些狠话，倒像是个好的，可惜落了下风，那对母女也丝毫没有悔改的意思。"

穆靳宸伸手抚了抚额角，身子向后靠了靠："舅舅是个老实人，只可惜娶了这么个女人，还生了这么个女儿。"

外公想着家和万事兴，怕也只是个美好的愿望了。

"找人盯着吧，其他的以后再说。"穆靳宸摆了摆手，示意祁东出去。

祁东转身走到门口又折了回来："少爷，公寓那边已经开始动工了，黑狼暂时住在二十七楼。吴妈问你和少夫人晚上要不要回去吃过饭再把黑狼接到汇景湾，昨晚黑狼有些闹。"

黑狼也是祁东看着长大的，跟他也亲，他都没见过黑狼发那么大的脾气，安抚了很久才把它带走。昨晚黑狼闹了一晚上，拖着自己的小窝不停地想往外跑，闹得吴妈无可奈何，便带它上二十八楼转了一圈，劝说了好久才勉强让它在二十七楼住下。

这黑狼还真是个认主的家伙。

穆靳宸："黑狼实在闹，你就把它带到汇景湾去吧。"

祁东点了点头，准备退出去。

穆靳宸叫住他道："约一下 G 城的谭书记，还有海天集团的肖总，就说宸宇在 G 城的工程准备发展二期，甚至三期，那些搁置的地皮，宸宇包了。约明天中午吧。”

祁东领命退了出去。

穆靳宸交代了秘书几句，走进专属电梯直接到了八十八楼。

景无双发现穆靳宸一身俊逸地出现在她眼前，以为自己眼花了。

没错，就是俊逸，黑色真丝衬衫包裹着穆靳宸肌肉匀称的身躯，熨得笔挺的西装外套闲适地搭在他的手上，他容颜精致无比，微微上扬嘴角，轻启薄唇道："不知道穆先生有没有这个荣幸请无双小姐共进午餐？"

幸好部门大部分的同事出外勤了，在办公室的人并不多，但也注意到了这边的动静，一个个都偏着头看着这边。

景无双遮住嘴唇，压低声音道："你搞什么鬼？"

穆靳宸也学她，伸手遮住嘴，轻轻地吐出两个字："名分。"

景无双无语地抚额。

就在此时，吕总监从办公室里面走了出来，看见穆靳宸站在景无双的办公桌前，不由得怔了一下，过来打了一声招呼："穆先生来找无双有事？"

穆靳宸瞬间恢复了冷酷总裁的模样，点了点头："最近你们也辛苦了，中午去吃顿好的，回头找秘书报销。"

丢下这么一句，他拉过景无双的手，顺便拿起她桌子上的包，在众目睽睽之下走出了办公室。

职员A："总监，你看见了吗？那是穆董，穆董啊。"

职员B："穆董说请我们吃饭吗？他们先过去了吗？那我们还不跟上去？"

职员C："哎呀，你这个吃货，重点是这个吗？重点是穆董拉着无双的手走啦。"

职员A："总监，无双什么时候和董事长好上的啊？"

企划部的小姑娘们叽叽喳喳地讨论着。

"总之什么都不要问，什么都不要往外说，最主要的是，你们以后对无双好点儿，搞不好她以后就是我们的老板娘。”吕总监烦躁地抓了抓头发，心里想的却是这两年她应该没有得罪过无双吧？

景无双没好气地瞥了穆靳宸一眼：“我们这样会不会太高调了？”

穆靳宸执起她的手亲了一口：“我们连婚都结了，他们迟早会知道的。”

景无双：“那起码要给人家一些心理准备啊。”

穆靳宸：“夫人，结婚是我们两个人的事情，除了我们的家人，不需要向其他人交代，也不需要照顾每一个人的感受，明白吗？”

景无双抬起葱白的小手抚了抚额角：“不只是他们，连我自己也还没有做好心理准备。”

穆靳宸轻叹了一声，将小女人的脑袋按到自己的怀里：“不管你是景无双还是穆夫人，无双，我希望从现在开始，你能无所畏惧，勇往直前，因为你身后站着穆先生。”

景无双从他的怀里抬起头来，看着面前这个伟岸高大、尊贵雍容的男人，觉得这就是她一直看他的角度——仰视。

福至心灵，景无双倏地拉下他的脑袋，在他微凉的唇上印下一吻，随即分开：“穆先生，从今以后我会释放自己的天性，无所畏惧，勇往直前，也会尽我所能地让自己站在与你相同的高度俯瞰人生。”

景无双还想说什么，但是下一秒已经被他那微微翘起的薄唇堵住……

相对于宸宇总裁电梯里的甜蜜气氛，市人民医院的加护病房里却有人心惊胆战了。

刘芸站在门口不远处，低声喊了一声“爸”，规矩得像个小学生，不敢再迈进去一步。

夏荆山主动朝她招了招手：“锦荣媳妇儿来了，快过来，给我带了什么好吃的啊？早上我只吃了些白粥，还真有些饿了，快端过来吧。”

夏荆山这和颜悦色的话语把夏锦荣夫妇都说愣了。他不是应该兴师问罪吗？

“锦荣，你愣着干啥？快扶我起来啊。”又睡了一觉的夏荆山精神和气色都不错，声音还是很洪亮的。

夏锦荣这才回过神来，赶紧把他扶了起来：“爸，您不恼刘芸了？”

这话把夏荆山问得怔了一下，随即他反问道：“我恼她做什么？”

夏锦荣：“不是，爸，昨晚——”

“爸，您不恼我就好，我给您熬了您最爱的山药排骨汤，您快尝尝味儿。”刘芸是个人精，一看夏荆山这状况似乎把昨晚发生的事给忘了个精光，赶紧接过话，还不停地向夏锦荣使眼色。

夏锦荣看看这个，瞧瞧那个，总觉得哪里不对劲儿，却也不知道该说什么。

“爸，昨晚的事您一点儿也不记得了吗？”刘芸又小心翼翼地开口道。

“我好端端地在书房看书，一醒来就成这样了，脑袋都包了纱布，难道我不是摔了？”夏荆山说着，故意蹙起了眉头，一脸思考状。

刘芸一听这话，那口气才完全放松下来。看来老爷子是摔断片儿了，忘记了中间的过程。她怕他想起来，于是赶紧接口道：“爸，您别胡思乱想了，下次小心点儿就好，回头我把您书房和卧房的地毯都换上最厚的，这样您就不用担心了。”

夏荆山满意地点了点头：“你们俩也去吃饭吧，不必在这里守着我。”

“爸，那您慢慢吃，我们也先去吃饭，回头再过来。”夏锦荣还想说什么，被刘芸抢了话后往门口拽去。

“你拽我干什么？刘芸你放开我！”出了病房以后，夏锦荣气急败坏地甩开了刘芸的手。

“夏锦荣，你安的是什么心啊？爸明明什么都想不起来了，你还非得要戳穿，你就这么见不得我好？我又不是故意的。”

面对刘芸不知悔改的话语，夏锦荣真的觉得她没救了。两个人相处了几十年，虽然他一直知道她小家子气，有点儿小市民心理，性格泼辣一些，可总归是没有坏心眼儿的，自己是个大男人，让着她一点儿也没什么。可如今看来，他还是错了，两个人相处了几十年他还是没有看清这个人。

“刘芸，这一次幸亏我父亲没什么事，如果他有什么事我铁定饶不了你。你吃喝不愁，要什么有什么，过着上流社会富太太的生活，这些年我对你也是言听计从，我真不知道你还想要什么，你安分点儿不好吗？”

最近发生了太多事，让夏锦荣觉得有些力不从心，女儿那些糟心事尚未过去，又发生了这样一桩事情……

“夏锦荣，你这是什么意思？什么叫不知道我要什么？现在是我不安分吗？明明是那个白眼狼兴风作浪！这本来就是我们夏家的东西，我只想继承原本属于我们的东西，我哪里不对了？我偷了吗？我抢了吗？”

刘芸真是怒极了。她怎么会有这样一个胳膊肘往外拐的丈夫？

“你凭什么说我父亲的东西一定会是薇薇的？无双也是我们夏家的人！我跟你说过多少次了，她是我妹妹夏慕雪的女儿、父亲的亲外孙女！别说父亲要把东西给她，他就是把东西全部捐给慈善机构，你也没有权利说半个‘不’字！”

刘芸难以置信地盯着自己的丈夫，这样的话，她越听越心寒。她知道他并不是说说而已，对这个丈夫算是彻底失望了。

“看来我是有眼无珠嫁错人了，既然你这么说，我也没什么好说的了，以后我要做什么，你别管就是。你保证不了我们今后的生活，我和薇薇自然会给自己找保障。你如果还念一点儿夫妻情分，就别从中作梗。”

她昂着头，话语中不乏悲凉之意。原来这个和她同床共枕了快三十年的丈夫从来没有真正为她们着想过。

她原本以为自己一个普通的小家碧玉嫁入了上流社会，也算是人生赢家了，到头来竟然发现原来自己两手空空，一点儿东西都没有真正抓到手里。

“看你都在胡说八道些什么？父亲怎么可能不管我们，我又怎么可能不管你们？你别再钻牛角尖了，安分些，父亲不会薄待我们，就是我们手里的钱也够我们吃一辈子了。”

听着刘芸破罐子破摔的语气，夏锦荣真的担心她会做出什么事情来。原来他不了解她，真的一点儿都不了解。

“夏锦荣，这样还不叫薄待，怎样才叫薄待？”刘芸怒极了，她真要花的话手里那么点儿钱去几次巴黎就没有了。

“我刘芸嫁进你们夏家快三十年了，一直恪守本分，哪怕对你妹妹的女儿也从来没有苛待半分，该我得的、该薇薇得的东西一点儿不能少！什么也不必说了，估计你对着我也吃不下饭了，我去找薇薇吃饭，你自便吧。如果你还记得我是你同床共枕了快三十年的女人，记得薇薇是你的女儿，明白你往后的人生会跟谁走到底，就知道自己应该为我们争取点儿什么。”

撂下这么一席话，刘芸越过夏锦荣走向停车场。

她说的是“嫁进你们夏家快三十年”，不是嫁给他夏锦荣快三十年，到了这一刻，夏锦荣懵懵懂懂间似乎明白了一些事情。如果没有夏家，没有他的父亲，没有夏氏，刘芸应该不会嫁给他吧。

刘芸离开医院后直接去了夏氏找夏子薇。

副总裁办公室里，一身职业装扮的夏子薇气场强烈地坐着，并不显女性柔美的高大身形、棱角分明但妖娆的五官，怎么看都是一副女强人的样子。

“妈，您怎么来了？”见刘芸忽然出现在自己的办公室里，夏子薇颇为诧异。这个时间妈妈不是应该在医院陪爷爷吗？

她连忙放下手里的文件："不会是爷爷出了什么事吧？"

刘芸把手里的包扔到一边，径自坐到沙发上，轻哼了一声："出事了倒也干净了，什么事都没有。"

夏子薇松了一口气，爷爷没事就好："那您这是？"

刘芸："你那个木头老爸快要气死你妈了。薇薇，以后就是咱娘儿俩相依为命了，男人终究还是靠不住啊。"

"您跟爸怎么啦？"在夏子薇的眼里，夏锦荣这个爸爸是满分的，而作为丈夫哪怕不是满分起码也是九十分以上，对她妈妈几乎言听计从，又没什么脾气，算得上是"二十四孝好老公"。

"薇薇，我刚刚和你爸爸谈过，他的立场很坚定，你爷爷要把夏氏的股份给景无双这件事他是不会管的，还说就算你爷爷要把公司捐给慈善机构我们也管不着。真是气死我了，枉我跟了他快三十年，他还真想让我们娘儿俩喝西北风去啊？这个没良心的。"

刘芸说起这个又气得不行。她怎么就这么命苦，嫁了这么个老公呢？

夏子薇："妈，我爸就是这种耿直的性子，您又何必跟他计较呢？"

"话可不是这样说的，你爸就是个软柿子，除了对着我态度强硬，对着其他人就是软趴趴的烂好人。薇薇，这事还真得我们娘儿俩合计合计，别指望他了，夏氏本来就是你的东西，有她景无双什么事啊，她硬要来插一脚，这个不要脸的东西。"刘芸越说越来气，说话也就越来越难听。

夏子薇又说："妈，无论如何我们夏家的东西是不能给景无双的，如果您看到的那份遗嘱是真的，我们要想办法阻止这件事。爷爷那边不好下手，那么就从景无双下手，逼她主动放弃。"

刘芸沉思了片刻，接话道："可从上次她在夏园的态度来看，恐怕她没那么容易放弃，况且还有百分之四十九的股份在你姑姑手里，你姑姑肯定会把它留给景无双。我们要取得话语权，你爷爷手上的股份必须一分不少地留给你。再说了，夏慕雪母女没有为夏氏出过半分力，凭什么坐享其成？我真是想想就来气。”

夏子薇听着刘芸的话，有一下没一下地转动着手里的笔思考着，然后倏地停下来，敲了敲桌面说道：“姑姑是天才设计师，同时拥有建筑设计师与结构工程师的执业资格。当年夏氏在建筑界声名大噪全因姑姑一手设计了两座地标性建筑，一座是我们S市的利舞台，现在几乎成了市内最具代表性的建筑；另外一座就是在西班牙首都马德里的迷你歌剧院，姑姑也因此名扬海外，现在人还在西班牙，对吗？”

刘芸听到这里，脸色变了变。关于夏慕雪的辉煌历史，她怎么可能不清楚？在刘芸嫁入夏家以前就听过“S市第一名媛”夏慕雪的名头，当年不知多少公子哥儿拜倒在她的石榴裙下，那是当年风头一时无两的风云人物。

夏子薇不说刘芸都要忘记了，夏氏当年能起死回生，靠的还真是夏慕雪呢。

夏家一子一女，夏锦荣碌碌无为，夏慕雪却是天才少女，一直是夏老爷子的掌上明珠。

后来听说夏慕雪爱上一个艺术家，与老爷子闹了矛盾，负气之下嫁给了景无双的父亲，从此退出建筑界，专心做起了少奶奶，公司也就全权交给了夏锦荣打理。然后夏氏就再无起色，沉寂了都快三十年了。

刘芸坚信自己的女儿是能干的，如今轮到夏子薇接手公司，刘芸算是把全部希望都寄托在了夏子薇身上。要不是夏子薇出国两年多，说不定公司早就在她手上发扬光大了。

“薇薇，妈知道你能干，不像你那个不中用的老爸。你得赶紧做出一番成绩来，我就不信你把公司做好了，你爷爷还能把股份给那个景无双。至于你姑姑，你更不用担心，她的心不在这里，她连女儿都可以放任不管这么多年，还能回来翻天不成？她过去再辉煌、再为公司出过力，那也是三十年前的事情了，黄花菜都凉了，你别担心这事了。”

夏子薇蹙了蹙眉头：“我倒也不是担心这个。”

其实，她也想不明白姑姑那样的女人怎么会放任自己的女儿不管。夏子薇觉得自己在某种程度上是嫉妒景无双的，景无双身上有姑姑的影子，却又不是姑姑的翻版。总之，她欣赏姑姑，而景无双身上有一种她很讨厌的特质，她却又说不出来那是什么。

夏子薇继续说道：“妈，您要牢牢记住我上次跟您说过的话，无论是爷爷还是景无双，我们从今以后都不能和他们硬碰硬。景无双会装，我们要比她更会装，要智取，懂吗？”

刘芸跳脚：“智取？这要怎么智取啊？我还真没有办法对那白眼狼和颜悦色，我看到她就觉得生厌。”

夏子薇拍了拍她的手背：“问题就在这里了，这些年您见过景无双跟我们起冲突没有？她一直都是一副无所谓、很好说话的模样，表面上对所有人都和和气气的，您看她现在成功了吧？所有人都被她迷惑住了，一面倒地向着她。”

刘芸沉思了一下，一拍大腿道：“是这么回事，我们这样直爽的性子还真是吃亏。”

夏子薇：“所以啊，我们以后不能再这样了，至少在爷爷面前不能这样，懂了吧？”

刘芸：“好，妈知道。景无双会装，我们要比她更会装，我不信你爷爷还真能把所有东西都给她。”

话音一落，她又想起另外一个问题：“薇薇，你和暮白之间到底怎么样了？真的没戏了？还有，你继续用你手里那些东西当王牌也不行吗？”

提到这个，夏子薇的脸色僵了僵：“妈，我们两个的事您就别管了，我自己心里有数。”

与唐暮白之间的事闹到这个份儿上，她自己也反省了一下，他们的关系不能再恶化下去了。这段感情开始跟结束都只能她说了算，凭什么让他抽身，留她一个人痛苦？

这个世界上没有那么便宜的事情。

刘芸离去后，夏子薇望着天花板开始出神。

唐暮白，我该拿你怎么办才好？

被母女俩念叨的唐暮白此刻看着迎面走来的那对十指紧扣的男女，感觉糟透了。

唐暮白一直看着他们那一大一小两只紧扣着的手，他们似乎碰见他也没有要松开手的意思。

面对穆靳宸的坦荡，唐暮白心底是有气的。穆靳宸到底是怎么做到与兄弟喜欢的女人谈恋爱，被兄弟撞见的时候还如此理直气壮的？哪怕是前女友，那也是他至今还喜欢着的女人不是吗？

那天夏园的闹剧结束之后，他再没有见过景无双，正好也想问一问她，听完事情的前因后果后她难道一点儿想法都没有吗？

曾经那么好的两个人，那么单纯诚挚的感情，怎么说抹杀就抹杀了？

如今景无双牵着其他男人的手出现在他面前，就一点点心虚、一点点感觉都没有吗？

唐暮白对景无双说："无双，我们谈谈。"

景无双摇头："没这个必要。"

两个人要么相濡以沫，要么相忘于江湖，这种无谓的纠葛在她看来没有半点儿必要。

唐暮白的神色黯然下来，他像是受到了莫大的打击，表情可以用痛苦来形容。

他早已把那个樱花树下嫣然浅笑的白衣女孩儿融进了骨血，两个多月的感情，他用了两年多还是忘不了……

"无双，我以为你该理解我的。当时我跟夏子薇在一起你是什么感受，你现在跟穆靳宸在一起，我就是什么感受。我有不得已的苦衷，你就不能原谅我一次吗？听了那样的话，你就半点儿触动也没有吗？”

唐暮白越说越激动。在他看来，只要他还爱着景无双，他们之间的关系就不算结束，这是他想了好多天得出来的结论。

他与夏子薇重新在一起算是一次逼不得已的出轨，那么他也原谅景无双与穆靳宸这次在一起，他们之间算是扯平，只要景无双肯原谅他，他们就能重新开始。

如果景无双知道唐暮白脑袋里的想法，估计要大骂他神经病。

景无双也无意与唐暮白纠缠，更不愿意被人围观，嘴角勾起一抹讥讽的笑，说道："唐暮白，我们之间的关系早在两年多以前就结束了，我不知道你一而再，再而三地纠缠是什么意思。我再重申一次，我们之间已经完全没有可能。如果你还在大庭广众之下这样纠缠不清，我会禁止你出现在我身边三米以内。"

这一招穆靳宸对李莉莎用过，景无双觉得自己也很有必要对唐暮白用一次。

说完这么一席话，她便拉着穆靳宸的手继续往前走。

唐暮白倏地出手抓住景无双的手腕，厉声说道："无双，你这是在报复我对不对？你这就是报复！"

穆靳宸再也沉不住气了，把景无双拥在怀里："暮白，你冷静些，先松手，你弄痛无双了。"

唐暮白盛怒之下力气很大，穆靳宸不用看都知道景无双的手腕肯定红了。

唐暮白闻言非但没有松手反倒抓得更紧："如果我不松手呢？"他说话时眼睛却是看着景无双的。

景无双铁青着脸，抬起眸子倔强地对上唐暮白的视线，那眼神活像在看一个神经病。

这样的眼神刺痛了唐暮白的心，他清晰地从她的眼中看到了厌恶，一种看无赖的厌恶，他心底顿时生出一种苍凉之感。

“松手。”景无双握紧了拳头，平静地说道，声音依然很轻柔。

唐暮白不松手也不说话，就这样死死地看着她。

穆靳宸忍不住要过去拉开唐暮白，景无双抬手阻止了穆靳宸，倏地发力挣脱，另外一只手握成拳头，对准唐暮白的下巴就是一个左勾拳。

唐暮白猝不及防，被景无双打了个正着，吃痛地后退了一步，舔了舔嘴角，眼神却有些释然，好像他等景无双这一下等了很久似的。

景无双好歹跟着夏荆山练了十几年功夫，这一拳力道虽然不算大，可也让唐暮白痛得紧。

“无双，这一拳是我欠你的，前尘往事，就这样清了。”

景无双看到他那个眼神就知道他在想什么，微微勾起嘴角，哂笑道：“拳头是打无赖的，别再纠缠我，否则我见你一次打一次。”

丢下这么一句话，她扯过穆靳宸的衣袖：“穆靳宸，我们走吧。”

打负心汉用巴掌，打流氓用拳头，景无双分得很清楚。她与唐暮白早已没有关系，他不欠她什么，就是欠了她也不要他还，她压根不想跟他有交集。

穆靳宸伸手拍了拍景无双的肩头：“你先回去，我与暮白谈几句。”

有些话还是要当面说清楚的，尤其他与景无双已经结婚，他不希望唐暮白从别人口中得知这件事。

景无双也不看唐暮白一眼，转身朝着宸宇办公大楼走去。

“到附近喝一杯吧。”穆靳宸丢下这么一句话，径自向附近的广场走去。

好一会儿不见唐暮白跟上，他蹙着眉回过头，见唐暮白依然看着景无双的背影发呆。

这个角度穆靳宸正好看到唐暮白被景无双打得有些红肿的半边下巴，还有那充满渴望的眼神……

唐暮白一向注重仪容仪表，风度翩翩，可现在他的穿着——

他衣服混色乱搭，裤子已经皱得不成样子，一只裤脚还卷了起来，似乎连袜子都没有穿。这样的唐暮白，让人颇为感叹。

穆靳宸轻轻叹息了一声，走了回去，拍了拍唐暮白的肩头：“走吧。”

唐暮白这才回过头来看着穆靳宸，却还是一动不动，似乎他与穆靳宸之间已经没有什么可说的了。

“先整理一下吧。”穆靳宸看着他的衣领，唐暮白这才顺着穆靳宸的视线低头看了一下自己，随即有些懊恼，理了理领子，再把裤脚从皮鞋里抽了出来。这副模样刚才被景无双看见了，他的形象算是毁了。

“靳宸，我们之间还有什么好说的？若不是君翔从中做桥梁，你与我之间怕也不会有交集吧？”唐暮白说了句实话，他与穆靳宸之间的关系的确一直是君翔在维系，相识这么多年两个人单独约出去的次数一个巴掌都数得过来。

穆靳宸没有在人来人往的街道上被别人参观的嗜好：“还是找个地方说话吧。”

五分钟后，两个人在一家很僻静的咖啡厅里坐了下来。

“蓝山，你呢？”穆靳宸叫了一杯特浓蓝山。

“一样吧。”唐暮白连午饭都还没吃，哪里有心思喝咖啡。

穆靳宸怔了一下，说了一句：“给他一杯拿铁吧。”

唐暮白还在烦躁，自然懒得理会这些细节。

两个各有千秋的男人，一个内敛霸气，一个儒雅颓靡，哪怕什么都不做，也特别养眼。

唐暮白心里有气，脑海里还翻腾着景无双对他的种种态度，并不想开口说话。

穆靳宸对着景无双以外的人其实甚少说话，瞧唐暮白的样子是不会先开口说话的，只能开口道：“暮白，我上次跟你解释过我跟无双之间的事情，也理解你对无双的执着，我比谁都清楚要放弃这样一个女人到底有多难。前尘往事，孰是孰非我也不想去追究了，希望你能接受事实。”

唐暮白的唇角勾起了一抹冷笑：“你还真是直白。穆靳宸，有时候我真的挺佩服你的，你抢了兄弟喜欢的女人为什么还能够如此理直气壮？”

这样的话让穆靳宸皱起眉头。他们坐在玻璃窗下，一抹暖阳正好射了进来，落在对面那男子温润的五官上，只是，那不该出现在这样一张脸上的尖锐眼神破坏了唐暮白原本的气质。

温文尔雅、如陌上君子的唐暮白不该用这样的语气发出这样的质问，重点是，唐暮白比谁都清楚自己跟景无双为什么会走到这一步。

“暮白，你现在的情绪很不稳定，我们改天再谈？”

唐暮白双手撑在额头上，痛苦地闭上了眼睛：“不必了，我们之间真的没什么好谈的。我知道你不会放弃无双，我也不会叫你把无双还给我，但是，请你不要再阻止我靠近无双。我越来越发现自己非她不可，所以男未婚女未嫁，公平竞争吧。”

此时咖啡送了过来，唐暮白随手拿起咖啡喝了一口，发现味道不错，又喝了几口。

穆靳宸轻轻抿了一小口咖啡，苦涩的味道瞬间蔓延至口腔的每一个角落，回甘后，齿颊留香。

这不像唐暮白手里的拿铁，入口甘香顺滑，喝的时候很舒服，喝完以后却什么也没有记住。

两种咖啡，两种人生。

穆靳宸与景无双属于前者，先抑后扬，懂得珍惜痛苦过后的甘美；而唐暮白只记得当年与景无双之间的美好，完全忽略了他曾经带给景无双的痛苦，以及给景无双上过的最刻骨铭心的一课。

也许遭遇了爱情的人，大抵会变得不可理喻。

因此，穆靳宸没有和唐暮白计较。在穆靳宸看来，无双本就有让人为之疯狂的资本，只可惜，唐暮白和无双相遇得太早，却明白得太迟。

只是他与唐暮白的关系怕是再也回不到从前了，这么多年的情谊，到底还是有些可惜。

“暮白，从夏园出来的那个下午，我们领证结婚了。”

穆靳宸的话无疑是一个重磅炸弹，刚刚还只是有些烦躁、颓靡的唐暮白瞬间觉得自己被炸得粉身碎骨。

“你说什么？”唐暮白站了起来，双手重重一拍桌子，居高临下地看着穆靳宸，猩红的双眼里带着难以置信的狰狞。

相比唐暮白的狂怒，穆靳宸却还是那般波澜不惊。桌子上的两杯咖啡都洒出了一些，穆靳宸微微错身，将自己推得远离桌子一些，以免被那些流淌的咖啡溅到。

穆靳宸的目光比往日还要坦荡几分，他娶了无双，那是他做过的最好的事，没有什么好心虚的。

“无双说让我给她一个名正言顺的家，我给了。”

他自然不会告诉唐暮白，为了回答景无双一个“好”字，他连呼吸都需要调整半天。

唐暮白俯身，双手抓住穆靳宸的衣领，眼睛一眨不眨地盯着他的脸，咬牙切齿地道：“穆靳宸，你这是乘人之危，你这个伪君子！”

唐暮白说着就要向穆靳宸挥拳。

穆靳宸瞬间出手挡住他的拳头，顺势将他推了回去，眼里也染上了一丝凌厉之色。

“暮白，你没有理由打我，我更没有挨你拳头的理由。无双说我们是对的时间遇上对的人，我也是这么认为的。”

丢下这么一句话，穆靳宸站了起来，双手扯开唐暮白依然抓着他衣领的手，蹙着眉头，释放全身的气场，语气也加重了不少：“唐暮白，你充其量只是无双的前任男友，有什么资格打我？就凭你现在还喜欢无双？那么无双呢？她心里还有半点儿你的位置吗？无双不是那种随便、草率、拿婚姻当儿戏的人，她眼里容不得沙子，你做那些事，无论是出于什么原因，都已经是不争的事实，她怎么可能回头？

“而且就像你说的，男未婚，女未嫁，我与无双之前便是这样的状况。我们都是在孑然一身的时候爱上对方的，我会倾尽所能给她我能给的全部东西。如今我只想告诉你，她已经是我穆靳宸的合法妻子，不存在你所谓的公平竞争。你醒过来没有？”

唐暮白痛苦地闭了闭眼睛，颓然地跌坐到椅子上，半晌说不出话来。

穆靳宸从来没有见过他这个样子，心里也不好受。

他断了唐暮白最后的念想，这样的打击不可谓不大。

良久，唐暮白睁开眼睛，像溺水之人找到了一根救命稻草。他站了起来，双手成拳撑在桌子上，又居高临下地盯着穆靳宸，一字一顿地说得很慢：“我唐暮白现在就告诉你，我会不惜一切代价地抢回景无双。她嫁给你一次，我也不介意，那是我欠她的，我当她是在赌气。失陪了。”

撂下这样几句话后，唐暮白便消失在咖啡厅的门口。

穆靳宸还是不动声色，拿起眼前的咖啡优雅地抿了一口，轻轻将杯子放回小碟子里。

爱情的世界里从来容不下三个人，如果一段感情中有人很不幸地成了第三个人，自然有人欢喜有人愁。

比如此时正在酒吧里买醉的唐暮白，白天景无双对他的无情驱逐与三年前两个人的甜蜜形成了非常鲜明的对比。景无双说过，她恨不得回到三年前抽自己几巴掌，问问自己为何如此有眼无珠。

他何尝不是？他更想回到十年前，早知道在他而立之年会遇到一个景无双这样的女人，他十年前就会收心，静候景无双的到来。

如果五年前他没有遇见夏子薇，如果三年前他坚定了自己的立场，如今的情况是否会有所不同？

然而，时光又怎么可能倒流呢？

唐暮白自嘲一笑，抬起手，又是一杯高度伏特加下肚。

吧台旁边那位穿得很少的美女已经注意唐暮白很久。他是整场最帅的男人，长相上乘，身材也极好，难得的是他身上有一种说不出的味道，就像古代那种书香门第的贵公子在失意买醉，举手投足间有说不出的颓靡的儒雅，异常符合她的审美，她看得很是心动。

单身出现在酒吧的男女不外乎就是那么一回事。

她感觉差不多了，便走到了唐暮白身边。

“先生，不请我喝一杯吗？”

女人本就长得偏娇柔，加上娇媚到似能滴出水的声音，是个男人就会心动。

“滚！”神志还有些清醒的唐暮白送了她一个字。

不错，有个性。

女人觉得自己长相不差，以往出手都是一击即中，那样反而没意思，她喜欢向难度高的对象挑战。

她径自拿过唐暮白手里的杯子，靠近唇边抿了一口，可爱地吐了吐舌头：“好辣。”

唐暮白正要赶人，偏头看见女人的长相，整个人怔住了，眼里有欣喜也有难以置信，同时酒精上脑，神志不清了，喃喃道：“无双，你怎么会在这里？”

娇美的女人不管唐暮白叫什么都先应着：“嗯，是我，我是吴霜。”

她以为他叫的女人姓吴，名霜。

唐暮白一下子抱住女人，整个人埋在她的怀里：“无双，真的是你，你原谅我了是吗？无双，我错了，相信我，认识你以后，我真的只爱你一个……”

被如此符合她审美的美男子投怀送抱，女人反应过来后，反抱着他道：“嗯，我相信你。”

这个男人看起来非富即贵，现在像是失恋了，还这么深情，如果自己跟他春风一度，是不是能在他心里留一点儿位置？

就算不能，在物质上他也必定不会亏待自己吧？打定主意后女人便铆足劲儿把唐暮白扶了起来。

伏特加的后劲儿很足，此时的唐暮白已经不省人事，任由女人扶着自己。

到底是女人，力气有限，她想了想，从唐暮白的口袋里拿出钱包，再从里面抽了几百块钱放在吧台上："帅哥，麻烦你找个人帮忙扶一下我男朋友吧，谢谢了。"

她男朋友？调酒师几不可察地冷笑了一下。这个女人又不是第一次出来觅食了，还在这里装。

他倒是不会跟钱过不去，拿过钱，没说什么，招来一个服务员，把一百块塞到对方手里，朝唐暮白的方向使了个眼色。

服务员会意，接过钱，把唐暮白扶到了电梯口。

电梯门叮的一声打开，从里面走出来一个人。女人按住电梯开门键，让服务员把人扶进去，她自己尚未站稳，啪的一声，连来人是男是女都还没有看清楚就挨了一记耳光，紧接着便是一阵不大文雅的叫骂声："我的男人你也敢碰？你也不照照镜子。"

这样的事在这种鱼龙混杂的场所时不时会发生，大家也算是司空见惯。

酒吧美女抬起头，只见一个气势汹汹的女人站在电梯口，正用蔑视的眼神看着自己，一副盛气凌人的原配抓"小三"的架势。

当下这位美女也火了："哪里来的疯女人？什么你的男人？他的额头上凿字了吗？你凭什么说他是你的男人？除非他眼睛瞎了才会看上你这种泼妇！"

夏子薇这下也看清楚了女人的长相，这一看更是火大，这娇滴滴的模样真有点儿景无双的影子，连身形都有些相似。对于这种一副狐狸精模样的女人，夏子薇怎么看怎么讨厌。

夏子薇蹬着十寸的高跟鞋逼近女人，一字一顿地说道："你说谁是泼妇？有种你再给我说一遍！"

这下美女真的有些怕了。她不是不识货，眼前的女人通身名牌，尤其手里拿的包是当季的限量款，她在杂志上见过，自己一年的工资都拿不下来。

女人也识时务，捂住脸道："疯女人，我懒得跟你计较。"她说完便跑向了后门楼梯。

"愣着干什么，还不过来帮忙？"

"哦、哦。"

站在她身后的男人这才出手扶住靠墙撑着、快要倒地的唐暮白。

"你怎么不早点儿告诉我？他差一点儿就出事了。"

"夏总，你只是让我跟着唐总，向你汇报他的行踪，我发现他喝醉不就第一时间向你汇报了吗？"

"行了、行了，先把他扶到我的车上去吧。"

夏子薇顺手抽了几张人民币给一旁帮忙扶着唐暮白的服务员："辛苦你了。"

服务员帮忙把人扶到了车上。

"夏总，我们去哪里？"

听到男人的问话，夏子薇低头看着枕在自己腿上的唐暮白。

几天不见，他似乎颓废了不少，下巴的位置都长了不少胡须。她伸手摸了摸他的脸，俯身在他的唇瓣上亲了一口，熟悉的味道，陌生的触感，她许久没有这么亲近他了，心底泛起丝丝缱绻的情意。

"到最近的酒店去吧。"

男人心里犯起了嘀咕，去最近的酒店根本不用开车，酒吧附近就有不少。他又从后视镜里看了看这对好像错位了的男女。唐总今天怕是凶多吉少了吧？

半小时后，大华酒店的总统套房内，半梦半醒的唐暮白觉得有什么东西压得自己喘不过气来，那种全身燥热、力不从心的感觉似曾相识。紧跟着有两条冰凉的手臂缠了上来，铺天盖地的吻落下，他感觉很熟悉却也很排斥，想躲却怎么也躲不开，只能任由自己沉沦，再沉沦……

汇景湾的门是感应式的，黑狼没有办法自己开门，但是听到开门的声音还是嗖的一声跑到门后，迎接自己的主人。

景无双小心翼翼地打开门，果然看到它蹲在门后。她抱着黑狼的脖子蹭了蹭："对不起，黑狼先生，以后都不会丢下你了。"

黑狼一动不动地任由女主人抱着，黝黑的头颅还撒娇似的蹭了蹭她的手臂。

景无双的心更软了，她又伸手摸了摸它的脑袋，皱着眉头对正在玄关处换鞋的男人说："穆靳宸，我觉得黑狼先生都瘦了，它是不是没有好好吃饭啊？"

男人走近，俯身看着她，小女人温柔的眸子眨了几下，长长的睫毛像极了翩跹的蝶翼，轻轻拂在他的心上。他伸手揉了揉她的脑袋，又一视同仁地揉了揉黑狼的脑袋："它有没有好好吃饭我不知道，我只知道我们还没有吃饭。"

说着，他便大步流星地向厨房走去。

景无双回到玄关处换上了拖鞋，冲着黑狼说："黑狼先生，我到厨房看看有什么好吃的，给你拿点儿。"

黑狼今天不像往常那般傲娇，乖巧地摇了摇尾巴跟在景无双身后。

穆靳宸已经在厨房忙着，景无双走近，伸长了脖子看他在冰箱里拿些什么东西出来，不知不觉越来越靠近他的脸。

穆靳宸正在冰箱前捣鼓着，不知道景无双靠得这么近，一转头，景无双的唇瓣正好擦过他的鼻尖。

唇上传来微凉的触感，看着近在咫尺的俊颜，景无双先是怔了一下，随即有些心虚地退开半步，声音里带着毫不掩饰的愉悦："我来给黑狼找吃的。”

穆靳宸心头一软，伸手摸了摸自己的鼻尖，温热的触感尚未散去。他抬起如黑色琉璃般的眼眸，幽深的目光锁定了景无双有些心虚但很是甜美的笑容，弯了弯嘴角，伸手扣住她的后脑勺，在她的樱唇上重重地落下一吻。

“有黑狼的一份，你上去换身衣服，很快就能吃饭了。”

景无双眉眼弯弯，嘴角的微笑甜美得像新鲜出炉的棉花糖。穆靳宸禁不住又轻轻啄了她的唇一下：“去吧。”

景无双听话地出了厨房，却没有上楼，而是把身上的外套脱下来放到客厅的沙发上，又走了回来。

“我给你打下手吧，其实我平时也会煮面吃的，简单的菜式我还是会那么一两道的。”说着她便要拿过一旁的围裙系上。

穆靳宸摇头：“你这两天都没有睡好，还是去休息一下吧。煎牛扒还挺简单的，开饭再叫你。”

在他说话的时候，景无双已经拿过一旁的芦笋、西红柿、土豆等配菜放到了洗菜的盆里。

“我好饿，想快点儿吃饭。”她的声音柔得似能滴出水，尾音甜甜的，有点儿撒娇的味道。

穆靳宸又弯了弯嘴角，当下不再多说什么，加快了手上的动作。

黑狼先生也高兴极了。以前吴妈不让它进厨房，现在它可以随意地在厨房里来回走动，一会儿在女主人的脚边蹭蹭，一会儿两只前腿扒在流理台的边缘，看看男主人在做什么好吃的。

第一块牛扒出炉，什么佐料也没有放，穆靳宸把它放到了一个盘子里，对前爪扒在台子边上，正不停流口水的黑狼说道：“你的晚餐，放凉了再吃。”

黑狼伸出爪子试了试温度，又迅速缩了回来，尾巴摇啊摇，用渴望的小眼神看着男主人，好像在问：什么时候才凉？

所有配菜都洗切完毕，景无双笑着走到黑狼的另外一边，手里拿着一副刀叉，把碟子里的牛扒分成小块，还不停地用嘴巴吹着，没一会儿牛扒就凉了。

她把牛扒端到地上，自己也蹲了下来，摸着黑狼的脑袋："吃吧。"

黑狼也是饿极了，大大的一块牛扒迅速就被它消灭掉了。它吃完似乎还没饱，又用渴望的小眼神看着刚刚出锅的牛扒。

穆靳宸似乎知道它在想什么："今天先吃一块，到那边吃些干粮，过两天让吴妈给你做，保证吃饱。"

黑狼的饭量大，那么大一块牛扒对它来说顶多是垫垫肚子，今天他没有时间给它做那么多，再说，景无双也饿了。

黑狼闻言，似乎也知道为什么，这才摆了摆尾巴，乖乖地跑回自己的小窝里吃它的狗粮。

"黑狼先生真是太懂事了。"景无双看着一路小跑的大黑狗忍不住感慨。除了不会说话，它几乎能被当作一个人来看待。

"也不看看它的主人是谁。"

难得听到他说出如此自恋的话，景无双似笑非笑地瞥了某人一眼："如今我也是它的主人。"

穆靳宸扫了一眼小女人脸上得意的神色，嘴角弧度更明显。

景无双把那块煎得十分漂亮的牛扒端在手上，睨了一眼锅里那块似乎没那么漂亮的牛扒，指着它说道："穆先生的手艺也不怎么样嘛，这块牛扒估计黑狼先生都会嫌弃。"

丢下这么一句话，景无双便端着自己手上的牛扒走了出去，边走还边说："我吃这块，某人要吃那块黑狼先生都会嫌弃的牛扒。"

穆靳宸无奈地抚了抚自己的额角："端回来吧，那块就是你的，还没放配菜呢。"

"配菜另上吧，谢谢。"

景无双头也不回地端着那块属于自己的牛扒去了饭厅。

片刻之后，穆靳宸把那块黑狼都嫌弃的牛扒端了出去，还另外弄了个碟子装了些烤过的芦笋、小番茄。薯蓉还在烤箱里，需要等上几分钟。

小女人已经从酒窖里拿了一瓶红酒过来，得意地朝他扬了扬。

他把手里的东西放到餐桌上，伸手接过她拿出来的酒，看了看年份，勾了勾嘴角："品位不错。"

景无双轻扬秀眉，嘴角的笑意怎么也止不住："我可不是乱邀功的人，不是我品位好，而是某人的酒窖里珍品太多，随手一拿就是好东西。"

穆靳宸深邃的目光里凝聚着浓浓的笑意，眉梢眼角都充满了愉悦之色："能看出酒窖里的酒都是好东西，足以证明夫人的品位不俗，坐下来吃饭吧。"

景无双也不跟他客气，径自坐了下来。

穆靳宸开了红酒，又到厨房拿了两个杯子，倒上酒，将红酒放到酒架上。

他端起其中一杯红酒，将另外一杯推至景无双跟前，目光灼灼地盯着小女人澄澈的水眸，比杯子里的上好红酒还要醉人的嗓音响起："夫人，说句祝酒词吧。"

这是婚后他们在家里吃的第二次晚餐，第一次是在双城国际的二十八楼吃的，他们祝福彼此新婚快乐。

景无双迎上他的目光，半点儿也不扭捏，端起酒杯碰了碰他的杯子："我希望外公能早点儿好起来，所有人都好好的。"

穆靳宸嘴角的弧度更大，他似笑非笑地看着她道："你干脆祝世界和平更好。"

"这句不错，就祝世界和平吧。"说着，她还真的再次碰了碰他的酒杯，自己抿了一口，还赞了一句，"嗯，好酒。"

景无双又连着喝了几口红酒，几乎要把手里那杯酒喝完了。

"你慢点儿喝，这酒虽然度数不高，后劲儿还是很足的。"

景无双闻言，这才放下酒杯，正准备动手切牛扒，穆靳宸已经不动声色地把她面前的碟子移到自己跟前，耐心地一点儿一点儿切着。

景无双单手撑着腮帮子，看着男人优雅的动作。她嫁给穆靳宸真好，真的，什么都好，一切都好。

景无双一高兴就又喝了几杯酒，一顿饭下来，原本白皙的脸蛋已经像个红扑扑的大苹果。她有些昏昏欲睡，便窝在沙发里折腾黑狼。

黑狼先生这晚意外乖巧。

穆靳宸收拾好碗筷，顺便拿了一杯花旗参蜂蜜水过来："让你少喝你不听，等会儿该难受了，把这个喝了吧。"

景无双伸手接过杯子，看也不看就喝了一大口，结果被烫得全数吐了出来，不停用手给舌头扇风，杏眸怒瞪着眼前的始作俑者。

穆靳宸连忙坐过去，接过她手里的杯子，一贯沉稳的声音染上了一抹着急："笨蛋，喝口水都能被烫到，让我瞧一瞧。"

说着，他捏着她的下巴往嘴里面瞧了瞧，她的舌头有些发红，并无大碍。

景无双被他瞧得有些不好意思，挣脱他的大手，身体往后靠了靠，干脆把脸埋在黑狼脖子上的毛里，结果脸更热了。

穆靳宸微微眯起黑琉璃般的眸子，冲着黑狼说："到那边去玩吧。"

黑狼是个很有眼色的大家伙，闻言嗖的一声挣脱女主人的怀抱，一溜烟儿跑回自己的小窝蹲着，褐色的眼睛还一直盯着这边。

景无双朝着那个跑得飞快的黑家伙哼了一声："逃兵！"

穆靳宸依然是一副似笑非笑的表情，看得她有些目眩。

她也想像黑狼一般落跑，结果被他的视线紧紧锁着，愣是无法动弹半分。

小女人那红扑扑的小脸在暖黄的灯光下显得更加艳丽，她微微张着粉嘟嘟的小嘴，黑葡萄似的眼睛带着一点儿防备一眨不眨地盯着穆靳宸。

穆靳宸感觉到自己的心跳都漏掉了半拍，眼睛宛若旋涡一般，本就醉人的嗓音更是低沉："希望夫人不要像黑狼一样做个逃兵。"

穆靳宸的话音刚落，景无双便感觉上方的光线一暗，挡着光线的人俯下身来，紧接着某人专属的冷冽气息扑鼻而至，她的唇上传来柔软微温的触感。

景无双的后脑勺很快就被人扣住，意料之内的吻铺天盖地般落了下来。

她并不是第一次与他接吻，但每一次都是浅尝辄止。而这一次的亲吻明显符合某人的霸道性格，他在景无双唇边稍微试探了一下便开始攻城略地，大肆扫荡。

景无双缓缓地闭上迷离的双眼，环上他的脖子，任由他带领着，一起在一个她从来没有到过的世界里翱翔。

"无双，呼吸。"

穆靳宸稍稍放开眼前带着一点儿葡萄芳香、清新甜美、一直憋着气的小女人。

景无双的脸红得不成样子，她的大脑一直处于缺氧状态，加上红酒的后劲儿上来了，她只得不停地呼吸，澄澈的眸子此刻雾蒙蒙的，小手拉着穆靳宸的大手，声音软得似水："我有点儿头晕。"

穆靳宸拿过一旁放凉的参茶递到她的唇边："我都说了这个红酒后劲儿很足吧，看你下回还敢不敢拿酒当水喝。"

他虽说着责备的话语，语气却带着宠溺。

景无双听话地喝了几口参茶，却依然困顿不已，脑袋也成了一片糨糊："穆靳宸，我好困，我要睡觉了。"

她呢喃了这么几句后，就倒在一脸讶然的男人怀里。

男人伸手抚额，精致的容颜上一副哭笑不得的表情。酒量差她还喝这么多酒？

穆靳宸无奈地抱起怀里的小女人向着楼梯走去。

到了卧室，穆靳宸找了一身睡衣帮她换上，又到卫生间拧了一条热毛巾细心地把她的脸蛋和手都擦拭干净。

他做完这些工作，黑琉璃似的眸子里闪过一丝情绪，俯身亲了亲她的额头，无奈地落下了一句话：“小醉猫，欠我的洞房花烛夜打算什么时候还？”

唐暮白以前极少喝醉酒，然而回国短短几个月的时间，他已经喝醉了两次。

这次与上一次一样，他在陌生的环境里醒来，不知今夕是何年。

有所不同的是，这次他做了一个梦，一个很真实、很难以启齿的梦。

唐暮白掀起被子往下面看了看，吓得整个人都坐了起来。

这肯定不是梦，他马上转头，左右看了看，映入眼帘的那张面孔令他瞳孔一缩——

夏子薇！

她怎么会在这里？

“暮白，你醒了？”夏子薇适时睁开眼睛，含情脉脉地看着完全定住的男人，展颜一笑。

素颜的夏子薇少了平日的盛气凌人，有点儿邻家女孩儿的感觉。

唐暮白烦躁地抓了抓头发，又用力拍打着脑袋，记忆却像断片儿了一样，什么都想不起来。

最后连质问都欠奉，他直接起身去了卫生间，只有那关门的力道出卖了他此刻愤怒的心情。

夏子薇微微抬高了下巴，咬紧牙关，把眼睛里渗出的泪强行逼了回去。

她以为自己在唐暮白面前已经够卑微了，没想到还能更难堪。

她想过唐暮白醒来后可能会有的各种反应，狂怒、质问，甚至谩骂，唯独没有想到这一种，冷漠往往是最伤人的。

还有什么比被视而不见更让人难受的呢？

唐暮白打开冷水将自己从头淋到脚，然而他已经感觉不到丝毫冷意，因为再冷也冷不过他的心。

他厌极了这样的自己。年轻的时候偶尔一觉睡醒，身旁躺着一个陌生的女人，他觉得没什么，自古才子多风流，大家都是成年人，你情我愿，没有情感的牵绊，没有责任，这样的关系反倒是轻松的。

他其实早就厌倦了那样的生活，认识景无双后，他就决定与景无双做一对身心契合的情侣。他认为老天爷待他不薄，让他在情场里兜兜转转，准备收心的时候找到了属于自己的灵魂伴侣。可他偏偏又受到了夏子薇的诱惑，最后导致与景无双的感情遗憾收场……

夏子薇的确懂得如何让他快乐，但他清楚自己要的不是这些，至少三十岁以后要的不是这些。娶妻求淑女，他要的就是景无双那样干净纯洁的女人当他的妻子。夏子薇那样的女人，他从来就没有想过和她长久在一起。

可偏偏他一而再，再而三地栽在她的手里。

他看着镜子里人不像人、鬼不像鬼、满身青紫的自己，心头涌起了一丝屈辱感。

砰的一声，镜子报废，唐暮白握紧了血淋淋的拳头，却感觉不到一丝疼痛。

出来混，迟早要还的，这是在惩罚他年少风流还是在惩罚他伤害了景无双那样纯粹的女子？

“暮白，你怎么样了？你在里面做什么？”夏子薇听到卫生间里的动静，不停地拍打着大门。

“滚！”唐暮白怒吼一声，将花洒的水流调到最大。他恨极了如此狼狈的自己，也恨极了夏子薇。

拍门声还在响，唐暮白关掉花洒，也不管地上的镜子碎片，随便抽了一条浴巾包住自己，猛地打开了门：“你到底想怎么样？”

他双目猩红，头发滴着水，手与脚都在滴血。夏子薇从来没见过这样的唐暮白，顿时愣住了。

唐暮白越过她，走到床边坐下，随意抽了几张纸巾擦了擦手背，眼角的余光扫到自己的脚上也在流血，却一点儿也感觉不到疼痛。

夏子薇转身就要去找急救箱。

“站住！”唐暮白把她喝住。他如今连在同一屋檐下跟她呼吸同样的空气都觉得难受。

“你怎么会在这里？我又怎么会在这里？”他深呼吸，尽量放缓语气，不想再跟任何人置气，从而失了风度。

夏子薇转过身，美眸中闪过一抹难以置信的神色：“暮白，是你打电话让我过来的啊，你还说你很想我。那么晚了我也不好送你回家，只好把你送到这里来。你昨晚还很热情，怎么——”

“不可能！”唐暮白一口否定。尽管他不记得昨晚发生了什么，也不会忘记自己在抗拒。他一定不会是主动的那一方，对这种熟悉的气息及触碰，他全身心都在抗拒。

他站起身，拿过一旁的手机翻查了一下通话记录。凌晨十二点多时，他真的拨过她的电话，通话时长还有好几分钟，他一点儿印象都没有。

他猛地把手机往墙上一砸，抱紧了脑袋。

一部全新的手机就这样报废掉。

“暮白，别这样，我知道你心里是有我的。我知道当年用那样的手段逼你跟景无双分开是我不对，你当时的情绪还没有调整好就跟我去了国外，所以你一直放不下景无双，以为自己还爱着她。你听听自己心底的声音，其实你爱的人是我，我昨晚就知道了。”

夏子薇赤着脚，雪白的脚丫子踩在黑白相间的大理石地板上，身上只穿了一件唐暮白的白衬衫，楚楚可怜地蹲在他的脚边，脸上未施粉黛，看起来婉约又柔弱。

唐暮白闻言丝毫不为所动，唇边勾起一抹冷笑，冷眼看着她道：“我心底的声音，我很清楚，我爱谁我自己知道，不需要你来提醒。这一次你又在哪里装了摄像头，趁我不注意又拍了多少照片？你还打算威胁我什么？”

夏子薇声泪俱下地道："唐暮白，为什么你一定要这样看我？"

唐暮白将视线转到自己受伤的手上，血已经有些凝固，他握紧了拳头，看着鲜血又冒出来，却一点儿也感觉不到疼痛："我不在乎你把这些东西曝光，也给不了你要的东西。我不爱你，但也不怪你，因为我看到你就像看到在无双面前的自己。昨天我想了很多，想无双怎样才能够接受我，于是我换位思考了一下，问自己能不能接受你，答案是不能，所以我不怪你。"

唐暮白顿了一下，自嘲般惨然一笑，继续道："在这段错综复杂的三角关系里，我才是错得最多的那一个，但是我依然不忘初心，依然想要努力挽回无双，我相信你也能理解我的心情。昨晚的事，算我对不住你。薇薇，你走吧，再也不要让我见到你了。"

唐暮白说完，疲惫地闭上了双眼。这一路走来，他丢失了很多东西，承认也好，不承认也罢，他确实弄丢景无双了。

但这并不等于他要接受夏子薇，连他自己也分不清，对她究竟存着什么样的感情。他不恨她，真的，他最该恨的人是他自己。

"不，不能这样，暮白，我爱你，我真的爱你。景无双不会爱你的，她爱的是穆靳宸。我们好好过日子，以后我都不任性了。那些视频我已经删除了，我再也不会拿那些东西来要挟你了。以后我都乖乖的好不好？"夏子薇趴在唐暮白的腿上，声音越来越低，像是在乞求，又像是在呢喃。

唐暮白用没有受伤的手拉过她："薇薇，你先起来，我不值得你这样，放过我好不好？"

夏子薇抬起头，笑得一脸温柔，红肿的眸子里还有晶莹的泪光闪烁："那你放过景无双好不好？"

唐暮白无言以对。这是一个死循环，他纠缠景无双，夏子薇纠缠他。

是的，在景无双眼里，他何尝不是另一个夏子薇？

夏子薇拉过他没有受伤的手贴在自己的脸上，柔声说道："暮白，值不值得你说了不算，我说了才算。我们再尝试一次，就一次好不好？”

唐暮白看向她的眼神又多了一分怜悯之意，脑海里不停翻腾着他这样卑微地求景无双给他一次机会时，景无双那决绝的态度及看疯子般的眼神，越发不能释怀。

他抽出自己的手，态度到底冷硬不起来：“薇薇，我们之间最大的问题就是接受不了最真实的对方，又无法为对方改变，所以才一直进不去对方心里。薇薇，承认吧，你不是爱我，只是想占有我。如果一定要我放下景无双你才会放下我，给我点儿时间吧，她都已经结婚了，我会学着放下，你也一样。”

他昨天那样没有风度地对着穆靳宸撂下狠话，不过是因为接受不了短短两个月的时间，她已经嫁给穆靳宸的事实。

先别说他介不介意景无双已经结婚，景无双是绝对不可能跟穆靳宸离婚的。也是因为想明白了这一点，他才会去买醉。无论他接受与否，这已经是不争的事实，其实输给穆靳宸他没有什么好抱怨的。

夏子薇难以置信地道：“你说什么？她已经结婚了？她跟穆靳宸结婚了？”

“还能有谁？”唐暮白嘴角的笑依旧惨淡。

“不可能，她怎么就结婚了呢？我都还没有结婚，她怎么能结婚？”

面对夏子薇的反应，他自嘲地笑了笑。他猜得没错，她不是爱他，他只是她曾经赢过景无双的证据。

“暮白，我们也去结婚，马上办婚礼，赶在景无双前面好不好？”

唐暮白：“薇薇，承认吧，我只是你打击无双的工具。”

夏子薇摇了摇头，很肯定地说：“不，暮白，我爱你，再也不会有人来跟我抢你了。”

唐暮白依旧不为所动。

“我现在就证明给你看。”夏子薇边说边站起来，开始解身上衬衫的扣子。

她的确是上天的杰作，面容、肌肤、身材都无懈可击，是个妖精一般的女人。

“暮白，你看，我们彼此吸引，你不该拒绝我的。”

唐暮白也弄不清为什么会这样。他明明很讨厌夏子薇，不想再与她有任何接触，可还是想放纵自己。

或许自己骨子里就是这样无可救药的人，又或许只有这样他才能有更好的理由说服自己：唐暮白，你配不上景无双！

唐暮白就在这样的天人交战之中，再一次与夏子薇展开了一场不知道是情还是欲的沉沦……

Chapter 11
吃 醋

穆靳宸一早回公司开了个早会，与几名副总敲定了海天集团合作案的细节，等到人都散去了，穆宇浩还迟迟不走。

这个外甥最近做事倒是越发沉稳，脾气也不像先前那般浮躁，颇有脱胎换骨的意思。

“我妈今天早上问你什么时候回家吃饭，还说她想无双了。”

现在不是穆副总，他又变回那个稚气还没有完全脱掉的大男孩儿了，语气不情不愿的。

穆宇浩看到舅舅那春风得意的样子就有点儿不爽。

办公桌后面的男人闻言却蹙了蹙眉头，穆宇浩大概是改不了对无双的称呼了：“周末不是才回去过？”

“我妈说了，双城国际的房子正在装修，你现在不是一个人，晚饭不能随便对付，要带无双回去喝汤。”

穆宇浩正经地转述完穆之岚的话，半晌不见自家舅舅回答，又说：“给个准话吧，我好回去复命。”

穆靳宸睨了越来越没大没小的外甥一眼。他之前与那个家格格不入，如今娶了景无双，不再是一个人，穆之岚希望他能融入那个家。

“今天我要亲自去一趟 G 城，周末大约要去一趟景家，再说吧。”

“你自己跟我妈说，回一趟家都这么难吗？”

穆宇浩后面那句话是小声嘀咕的，但还是没逃过穆靳宸的耳朵。

“穆宇浩，你越来越没规矩了。”以前穆宇浩敬他、畏他、崇拜他，如今恨不得处处与他作对。

穆宇浩又一本正经地朝他鞠了个躬：“舅舅，我没大没小，我错了。如果没什么事，我要出去努力工作了。我对舅舅的敬仰犹如滔滔江水连绵不绝，我必须分秒必争地迎头赶上。”

说完他还拂了拂袖子，施了个很标准的宫廷礼才退出去。

穆靳宸无语地抚额。

十一点左右，穆靳宸准备出发去G城，临走前给景无双发了一条微信。

景无双与吕总监戴着安全帽，正在影视城做最后的检验，下个月月初这里就能举行落成大典。

景无双点开微信。穆靳宸：“夫人，我现在出发去G市，你注意安全，记得按时吃饭。一个人害怕的话，让吴妈或者苏苒过来陪你。”

内容很平实，甚至早上起床时他已经说过，但景无双依旧觉得很温暖。

“无双，不是总监八卦，你跟穆董是怎么开始的？”

吕慧一看景无双这幸福的表情就知道是穆董发的信息。

景无双礼貌地笑了笑，并不想回答这个问题，轻轻反问了一句：“总监为什么想知道呢？”

吕慧知道景无双不想说，无所谓地摆了摆手：“我也就是随口一问。”

景无双微笑着转移话题道：“总监，等一下如果没有什么事的话，我约了一个朋友在附近吃饭，就不跟你一起回公司了。”

吕慧点了点头：“去吧。”

景无双给穆靳宸回了条微信，内容很简单：“少喝点儿酒，早点儿回来。”

手机另一端的男人看着这短短的十个字，向上扬了扬薄唇。

景无双刚在约定的餐厅门口停稳车，苏苒那辆大红的法拉利就紧随而至，准确无误地驶入景无双那辆低调的奥迪旁边的停车位。

景无双先下了车，苏苒也跟着跳了下来，流氓地朝景无双吹了一声口哨：“这位年轻貌美的少妇，不知道区区在下有没有这个荣幸邀请你共进浪漫的午餐？”

说完她还把左手背到身后，右手伸到景无双跟前做了一个“请”的动作。

景无双笑着在她的小手上打了一巴掌：“苏美人请我吃饭，这是我的荣幸。‘年轻貌美’我接受，只是这‘少妇’是不是可以换个词？”

苏苒收回自己的手摩擦了几下，瞪了景无双一眼：“你本来就是少妇。算你识货，这餐厅的菜品可真不赖，不过你对车的品位确实不高。”

说着，她还抬脚踢了踢景无双那辆奥迪 A4 的轮胎：“我说双双，你都嫁了那么大一棵摇钱树，怎么还不把这破车换掉？”

“苒苒你给我轻点儿，这车花了我整整一年的工资和分红，为什么要换掉？”

苏苒抚着小心肝，一脸恨铁不成钢地道：“双双，你嫁给了 S 市最有钱的‘钻石王老五’，居然问我为什么？你家穆先生不嫌你开这破车丢他的脸啊？”

景无双：“苒苒，你这暴发户的语气跟嘴脸我实在有点儿不敢恭维，赶快收起来吧。”

苏苒：“什么暴发户的语气跟嘴脸？我这明明是恨铁不成钢的语气跟嘴脸。”

两个人说着话一路走到了电梯边上，正好叮的一声，电梯门开启，从里面走出两个她们都意想不到的人——夏子薇跟唐暮白。

景无双几不可察地皱了皱眉头。唐暮白身上似乎还是昨天那一身衣服，脸上的瘀青还在，身上隐约还有些酒气。

夏子薇身上也是昨天那一身衣服，连鞋子、包都没换，而这里是酒店，这两个人……

昨天唐暮白还那么信誓旦旦地说非她不可，转身却又跟夏子薇在一起。幸好她从来没有想过要回头，否则就难堪了。

“哟，今天出门忘记看皇历了，撞见了不该撞见的东西。双双，我们还是去别的地方吃吧，我看这酒店的自助餐也不怎么样。”

景无双拍了拍苏苒的手背，扫了还在电梯里面没有走出来的那对男女一眼，淡淡地开口道：“两位不打算出来吗？我们要用电梯。”

夏子薇瞥了唐暮白一眼，见他看见景无双后像是定住了一般，索性挽过他的手臂道：“我们也还没有吃午饭，都说相请不如偶遇，要不一起？”

说着，她笑靥如花地看着景无双：“我想无双也不介意吧？”

“我介意，对着你们这对——”苏苒说着停顿下来，摸了摸下巴，像是在找合适的形容词却又找不到。她这副苦恼的样子看得景无双直想笑。

“好吧，我找不到形容词，双双说我是淑女，要有口德。嗯，你们很配，祝你们相亲相爱，百年好合，我们就不妨碍你们过二人世界了。”

“无双，我……”唐暮白想要解释，却又无从说起。他还能解释什么？还需要解释什么？

最后，他闭了闭眼睛，什么也没再说。他对她不应该存在任何幻想，断了他的念想也好。

“对了，听暮白说你跟穆少结婚了？恭喜了。”

“谢谢。既然你们这么喜欢这部电梯，苒苒，我们走楼梯吧，三楼是吧？”

夏子薇红了眼，一脸受伤地看向唐暮白，谁知道唐暮白根本就没有看她，而是一直盯着景无双的背影。

夏子薇踮了踮脚，轻轻地在他的脸颊上落下一吻："不管多久，我都等你，等你忘了她。"

唐暮白盯着电梯里的镜子，发现自己的脸色十分难看。

景无双和苏苒这顿饭一吃就吃了快两个小时，景无双回到公司的时候已经是下午两点多了。

穆靳宸的电话没有打通，她便发了一条微信给他，发完微信，就忙碌起来。

六点不到，景无双已经到了医院。

不知道是巧合还是其他，景无双总觉得最近碰见许亦城的次数有些多。

"好巧，许先生。"景无双还是礼貌地上前打了招呼。

许亦城显然也有些意外，看到景无双似是很开心，笑得一脸温和："没想到会在这里碰见你。叫'许先生'见外了，无双不介意的话可以跟苏苒一样，叫我一声亦城哥。"

景无双礼貌地笑了笑，没有作答，他们没有相熟到那个程度。

许亦城问："你来这里是探病吧？"

景无双点了点头："外公身体有些不适，住在这里。"

"我跟这家医院的院长有些交情，需不需要我打点一二？"许亦城单手插在裤袋中，另一只手扶了扶眼镜，说得一脸真诚。

景无双摆了摆手说"不用"，并道了谢。

许亦城一副恍然大悟的表情，温润的嗓音让人听着如沐春风："我竟然忘记了穆少与肖院长关系不错，是我多事了。"

"不会，谢谢你的一番好意。"景无双觉得他们之间没什么好聊的。

可许亦城好像很有聊天的兴致，沉思了片刻转到了另外一个话题上："真巧，我中午正好在 G 城碰见了穆少。"

他说到这里，目光似是不经意地闪了闪：“说起来，跟在穆少身边的那个美女可是不多见的大美人儿，无双你可要把他看严实了，穆少的魅力可真不小。”

景无双嘴角的笑意未减，原来这位许先生是特意来给她添堵的。

走廊里人来人往，景无双也无意再跟他聊下去：“我家穆先生的魅力是不小，否则怎么会连我也被他吸引住了呢？如果没有别的事，我就先失陪了。”

丢下这么几句话，她也不等他回答，朝他点了点头，便越过他朝着夏荆山的病房走去。

许亦城双手环在胸前，盯着那个娇俏的背影若有所思。

不错，这人情商挺高。

他提及穆靳宸身边有其他女人，身为女朋友或多或少会有些情绪波动，然而景无双没有。她到底是不够在乎穆靳宸还是过于相信穆靳宸？

景无双到了夏荆山的病房，还没有开门便听到了苏苒那招牌式的夸张大笑声。

景无双轻轻地推开门，果然看到苏苒坐在床边夸张地做着鬼脸，夏荆山笑倒在一旁。

“苒苒，外公的情绪不能有太大的波动，你差不多就行了。”

苏苒闻言，小脸一垮，夏荆山乐不可支。

景无双摇了摇头，这个开心果。

其实夏荆山已无大碍，回家休养也是一样的，只怕回了夏园，景无双要去探望他就没有现在这样方便，毕竟闹了一场。

“双双啊，结婚这么大的事情怎么能瞒着舅妈呢？要不是子薇听暮白说起，我都不知道你这丫头要瞒我们到几时。”刘芸进门便如此说，听语气好像夏园那一场大闹不曾存在过。

夏子薇已经换了一身休闲服饰，妆容淡雅，连十根手指头上面那些黑指甲油也全数洗去了，整个人看上去年轻了好几岁。

自从夏子薇成年以后，景无双再也没有见过这样素雅的她。

景无双不知道该说什么，只能点了点头。

刘芸："那就好，我们夏家很快就要办喜事了。你们定了日子没有？我们跟亲家那边合计合计？"

景无双摆了摆手："暂时还没有确定，不会这么快的。"

刘芸："那怎么行？万一你显怀了，摆酒可就不好看了。"

刘芸这句话一出，病房里的气氛冷了下来，景无双嘴角勾起了一抹冷冷的笑："舅妈一向喜欢以己度人吗？你是个长辈，说话不该注意一下分寸吗？"

刘芸这明显是在说她奉子成婚。

刘芸抬手："哟，瞧我这张嘴，没个把门的。我见你们结婚结得这么着急，就以为是那样嘛，不是就好。双双也别怪舅妈，我这不是关心你吗？"

景无双没有接她的话，更不想继续与她们虚与委蛇："外公，我明天再过来看您。"

苏苒见状说道："夏爷爷，您吃好喝好睡好，样样好，快点儿好起来啊。"

夏荆山："好、好，我又没什么大碍，无双不必每天都来，还有锦荣他媳妇儿，双双跟宸儿的婚事你也别去掺和，让他们自己拿主意。"

刘芸见状也不好再说什么。景无双与苏苒先走了出去，刘芸收拾好碗筷与夏子薇也走了出去，一时间四人同时出现在电梯门口。

此时气氛跟刚才就差远了，谁也不说话，仿佛刚刚在病房内的和谐只是一场幻觉。

景无双不想应付她们，倒也乐见其成。

电梯下行直达停车场，刘芸母女率先出了电梯。四人还是没说话，连一向话多的苏苒也只是瞪圆了眼睛看着母女二人远去的背影。

苏苒拍景无双的手背："事出反常必有妖。伸手不打笑脸人，她们这样我们反倒不好撕破脸了。"

景无双也点了点头："确实如此，我注意点儿就是。"

苏苒推着景无双的肩："好了，不想了，吃饭去吧。"

在 G 城的穆靳宸白天与 G 城的谭书记、海天集团的总裁肖海天相谈甚欢，架不住对方的热情，只好留下吃晚饭。

不料谭书记还约上了许亦城的新东家——旭日集团的老总程朗。

程朗想要分一杯羹，谭书记也有意拉线，穆靳宸只好婉拒。

"抱歉了程总，海天跟宸宇的第二期工程就是在西郊，你若是早半个月来说，说不定还有机会。"

程朗："据我所知，那块地尚未拍卖，这地皮素来是价高者得，话可别先说死了。"

穆靳宸："难道萧市长没有告诉你，这块地不打算公开拍卖？就在中午，海天连同宸宇已经跟政府达成口头协议，那块地用来建环保住宅。至于影视城，宸宇影视城大约下个月就可以投入使用，届时欢迎诸位到场喝一杯。"

穆靳宸说着，又把杯子举到唇边抿了一口红酒："宸宇影视城作为全亚洲最大的综合影视城，囊括了古今中外所有类型的场景，华南区不会需要第二个，旭日就是想建，政府大概也不会批的。当然，如果旭日需要用到影视城里面的场景，找宸宇公关部谈一谈，说不定能谈个好折头。"

丢下这么一席话，穆靳宸举杯将剩下的酒喝完，倏地站了起来："谢谢谭书记、肖总的热情款待，我还得赶回 S 市，今天就到这里吧，诸位自便吧。"

说着，他也不管对面已经气得脸发青的程朗，拿过自己的外套径直朝着大门走去。

紧接着谭书记也借口不胜酒力，起身送穆靳宸出去。

到了门口，谭书记拍了拍穆靳宸的肩膀，一脸歉意地说道："靳宸，我跟海天的态度都很明确，以你马首是瞻。我们信得过宸宇，更信得过你，今后G城的蓝图一定是宸宇说了算。”

谭书记对这个年轻有为的青年十分看重，对方有着很精明的生意头脑，沉稳睿智，能力手腕兼有，把G城的发展蓝图交到他手里，他们没有不放心的。尤其是宸宇提出的从利润中拨款出来建孤儿、孤寡老人的福利配套设施，以及设立年轻人的创业基金，甚至今后的产业配套都是有利于G城的持续发展的，对环保很是看重，这些都深得谭书记的心。

谭书记最怕的就是把G市的命脉交到一个唯利是图的商人手里，所以，他们选择发展商的时候很是慎重。海天集团是G城政府一手扶持起来的本土企业，也是良心企业，在“取之于民，用之于民”这点上与宸宇几乎不谋而合。

而宸宇有着比海天更加开阔的眼界，加上实力雄厚、理念相同，宸宇早就是政府的不二之选。

君子爱财，取之有道。有追逐名利的决心，却不被名利所累，更不能埋没了企业良心，这才是一个企业的立足之本。

海天集团与宸宇国际就是这样的企业。

穆靳宸并没有要责怪谭书记的意思，他的本意也是好的，然而找到相同理念的合作伙伴并不是件容易的事情。

“谭书记不必多说，我也没有其他的意思。旭日并不是一个合适的合作对象，所谓道不同不相为谋，早在七年前我就不认同他们的做法，‘企业良心’四个字在‘利’字跟前对他们来说一文不值，这样过于追求利益的企业只会拖垮项目的整体形象。”

谭书记点了点头：“我明白，也知道该怎么做，日后筛选合作商的事情也全权交给你去办，我们信得过你的眼光。”

穆靳宸黑琉璃似的眸子凝视着不远处的点点灯火，这座略显宁静的小城不如S市那般繁华，却有着它独特的魅力，不应该让太多商业性的规划破坏它的美好。

“谭书记，G 城是一方净土，我们发展的同时更应该保持它的纯净。G 城比邻 S 市却如此山清水秀，不应该过多发展工业来破坏它，华夏国这样的净土已经不多了。”

谭书记顺着他的目光看去，也有同样的感慨：“是啊，我就是土生土长的 S 市人，上面好几次想要调任，可我还是舍不得这片净土。”

他又伸手拍了拍这个有理想、有抱负的青年才俊的肩膀，另一只手指着远方，掷地有声地道：“它的未来就在你的手中了，它的命运如何由你说了算。”

穆靳宸一直凝视着远方，身躯挺拔颀长，负手而立，身后五光十色的霓虹灯给他精致绝伦的五官染上了一抹梦幻般的色彩，半眯着的眸子里流光溢彩。他低声说了一句：“‘堇色牧歌’倒是很适合西郊那块地。”

他声音低得近乎呢喃，谭书记没有听清楚，问了一句：“什么？”

穆靳宸轻启薄唇，低沉的嗓音随风而去：“没什么，我该回去了，再会吧。”

谭书记：“再会，路上小心。”

穆靳宸朝着他礼貌地点了点头，挺拔的身影很快便消失在夜色之中。

谭书记望着那宽厚如山的背影慨叹了一句：“后生可畏，是个举世无匹的人物。”

司机早就在派克峰前面候着，看见穆靳宸走过来，替他开了车门：“少爷，都八点多了，我们是去酒店还是回 S 市？”

“汇景湾。”声音不容置疑，穆靳宸没说回 S 市，直接说回汇景湾。

他钻到车子里，全身心都放松了下来，伸手揉了揉隐隐作痛的太阳穴。忙碌的时候还好，一停下来他居然有些想她了，也不知道那个小女人有没有好好吃饭，现在正在做什么。

这是一种他从来没有体验过的感受，只想用最高的效率完成手头的工作，好早些回去以免她等太久。

这大概就叫作“归心似箭”吧。

穆靳宸拿过手机想给小女人打个电话，才发现手机没电了。

这个时候，她要么还在公司加班，要么已经在家折腾她的黑狼先生了吧。

想到这里，他不自觉地向上弯了弯嘴角。

“你的手机借我一下。”

司机正准备拿手机，听见那磁性的声音又传了过来：“算了，直接回去吧，速度快一些。”

景无双来到庞龙记的时候才知道苏苒到底有多不靠谱，有种掉头就走的冲动。

“饿死我了，小龙虾好了没有？”

苏苒神经大条，并没有注意景无双的心情，径自坐到君翔身边，伸手拿起他碟子里已经剥好的小龙虾就往嘴巴里送。

君翔用筷子敲了敲她的手背：“用筷子！也不看看自己手上有多少细菌。”

“痛啊，浑蛋，下手没个轻重，大菌吃小菌怎么了？这样吃才有滋味，吃小龙虾拿筷子，也只有你才这么装，你有本事用筷子剥一只小龙虾给我看看啊！”

君翔拿过一旁的消毒毛巾抓过她的小手帮她擦了擦，又揉揉她手背上被筷子敲红了的那一道痕迹，也就由着她了。

苏苒显然已经习惯了君翔的服务，半点儿不好意思的样子都没有。这对青梅竹马感情亲密得像一个人似的，发现景无双还站在一旁，苏苒才朝她道：“双双，站着干吗？你又不是不认识他们。”

许亦城已经起身，绅士地帮景无双拉开了自己旁边的椅子：“无双，我们还真是有缘分，又见面了。”

景无双只好坐了下去。

“无双，靳宸去了G城开会，交代我照顾一下黑狼。我找苏苒吃饭的时候，让她顺便把你带了过来，你不介意吧？”

她介意，十分介意。

这顿饭就在这样怪异的气氛中吃了一个小时。

“双双，难得你家穆先生出差，我们今天晚上出去玩个够，下半场我们去本色吧？”

喝了点儿白酒，兴致极高的苏苒不肯散场，怂恿大家出去玩。

“苒苒，你差不多就行了。”一整个晚上，景无双都觉得许亦城看她的眼神怪怪的，也只有苏苒跟君翔这样神经大条的人才看不出来。

苏苒干脆把椅子移到景无双旁边，使劲儿摇着景无双的手臂，连撒娇都用上了：“去嘛双双，难得出来一次，你重色轻友，最近都不找我玩了。”

景无双无奈地道：“大小姐，我明天还得上班呢，就不去了，你们去吧。”

苏苒举手：“双双，就一次嘛，大家投票决定，少数服从多数。”

君翔和许亦城自然赞成。

苏苒天性爱玩，景无双回去也是一个人，她跟君翔都在，并不觉得无双跟着他们出去玩有什么问题，也就没有多想。

景无双拗不过她，只得顺她的意。

负责接待他们的依然是张经理，看见他们，张经理那张浓妆艳抹的脸笑得连向日葵都黯然失色。

张经理直接把他们带到了1808房间。

景无双对这间房有心理阴影：“重新开一间吧，我记得2048房就不错。”

张经理领着众人去了2048号房，苏苒一步三跳地跑到点唱机前面点歌。

景无双本想要些果汁就好，被苏苒制止：“今天难得高兴，喝醉也没关系啦，我们可以直接到楼上的房间睡觉，不回去也成嘛。”

"苒苒！"

别人不知道，苏苒还不知道吗？自己都已经是结了婚的人，哪儿能夜不归宿啊？再说，也不知道穆靳宸回来了没有，想起这个，景无双神色黯然。她想他了，也想黑狼先生，好想回家。

苏苒见她这般神色，连忙扔掉手里的麦克风走过来："好了双双，如果你真的不想在这里待，我们现在就回去好不好？我以为穆靳宸不在家，你一个人在家里无聊才拉着你来玩的。如果你想回去，我们现在就走，我到汇景湾陪你。"

说风就是雨的苏苒拉着景无双就要往外走。

许亦城惊讶了一下，眼底闪过一抹几不可察的幽光。景无双跟穆靳宸已经发展到同居的地步了？

听了苏苒的话，景无双心中一暖，反手拍了拍她的手背："没关系，既然都来了，我们就玩会儿，他大概也没有这么早回来，我们差不多时间回去就行。"

"双双，你最好了。"苏苒捧起景无双的脸用力亲了一口。

一旁的君翔眼热，连忙拉过她："小浑蛋，你亲什么亲，她现在都名花有主了，你别动不动就乱亲我兄弟的女人。"

苏苒来劲了："哟，我亲女人君少都要吃醋啊，亲男人你不得杀人？来，亦城哥，让好妹妹亲一个。"

"苒苒，我最近好像没有得罪你，你就饶了我吧。"许亦城笑着道。

苏苒也就说说，被她这么一闹，气氛很快也就热络起来。

苏苒开始折腾君翔，用跑调跑到十万八千里的娃娃音深情款款地对着他唱："小妹妹我坐船头，哥哥你在岸上走……"

景无双在旁边笑得一直抱着肚子，这个"开心果"就没个消停的时候。

许亦城优雅地拿过一旁的红酒倒了几杯，拿起其中一杯递到景无双跟前。

景无双摆了摆手，拿起面前的果汁朝他举了举。许亦城倒也不勉强她，很绅士地拿回酒杯与她碰了碰杯。

“妹妹你坐船头，哥哥在岸上走，恩恩爱爱纤绳荡悠悠……”

遇上苏苒的君翔也是不靠谱的，正在跟苏苒对唱，景无双已经被这对活宝逗得笑起来见牙不见眼了。

又听他们唱了两首歌，景无双便走出去透气。她走到走廊尽头远眺着笼罩在夜色之中的万家灯火，霎时间，心头涌起些许暖意。

也许那万家灯火之中有她和穆靳宸在汇景湾的家的灯光。说不定她的穆先生此时正好回到家中，点亮室内所有的灯却不见她，然后着急地四处寻找自己晚归的妻子，是不是这样呢？

想到这里，景无双撇了撇嘴。某人已经有半天没联系她了呢，也不知道回来没有。

许亦城也拿着酒杯出来，站在不远处看着女子的侧颜。在霓虹灯的照耀下，女子时而微笑，时而皱眉，时而出神，时而苦恼……像深夜里偷偷出来玩耍的小精灵。

他晃了晃手里的红酒杯，大约每个男人都希望有这样一个小精灵守候在情关的终点吧。

许亦城悄无声息地走到她身后，开口道：“S市的夜景很美是不是？”

景无双被他的突然出现吓了一跳，转过身时碰到了他手里的杯子，许亦城躲避不及，整杯酒洒到了景无双身上。她今天正好穿了一件白衬衫，红色的酒液落在很尴尬的位置上。

许亦城盯着瞬间变红的白衬衫先是微微错愕，旋即错开目光，脸上也热起来，一贯口若悬河、淡定自若的大律师结巴了起来：“抱、抱歉。”

景无双倒是很镇定，淡淡地瞥了他一眼，只是红酒沾在身上的黏糊感觉真的不好受，加上那个位置实在尴尬，她只得单手搭在另一边的肩膀上稍稍遮住被打湿的地方：“许先生，不知道为何我最近去哪儿都能碰见你，然而你给我的感觉并不坦诚。以后请许先生跟我保持距离吧，免得引起不必要的误会。”

景无双顿了顿，看了一眼他手里的杯子：“这样的事情，我真的不想再发生。”

景无双是个性子很干脆的人，虽然语气不重，但态度很明确，说完就要抬步离开。

那一瞬间，许亦城也不知道出于什么原因，急忙出手拉过她的手腕：“无双，你误会了，我真的不是故意的。”

“什么你不是故意的？”

景无双尚未来得及反应，一个低沉的嗓音插了进来：“许先生做了什么事情让穆某的夫人误会了？”

下一秒，景无双被一只强而有力的手臂揽在了怀里，熟悉的气息钻入鼻中。那是一种令景无双很安心的气息，景无双全然忘记了许亦城这个外人的存在，伸手环上来人的腰，轻轻地说了一句：“穆靳宸，你回来了。”

不是“你来了”，而是“你回来了”。

这短短的七个字，一个肯定句，浇灭了穆靳宸所有的怒火。

她身为人妻，大半夜不在汇景湾好好待着，跟一个相过亲的男人在这样的地方拉扯，也不知道他用了多大的力气才压下心头的怒火。他知道两个人不会有什么，然而就是见不得这样的画面，只得将这个令他牵肠挂肚的小女人搂得更紧一些，低声回了一句：“嗯，我回来了。”

许亦城不是被穆靳宸的蓦然出现吓呆的，而是被他那句“穆某的夫人”惊呆的。穆靳宸说他的夫人，他们结婚了？！

穆靳宸一低头才看见景无双衣服上的红酒渍，蹙了蹙眉，当下也猜到大概发生了什么事情。他旋即脱掉自己身上的西装外套，把她包得密不透风，瞥了一眼神色呆滞的许亦城，无意多说什么，只对景无双说：“回家吧。”

景无双把头点得跟小鸡啄米似的。她早就想回家了，于是任由他拥着到包间里取回自己的外套和包。

君翔一见到穆靳宸就调侃道："哟，大兄弟，来得可真够快啊，还怕我卖了无双不成？"

穆靳宸睨了这对严重不靠谱的情侣一眼。他到家时已经快十点，却不见景无双，手机一充上电就看见了君翔的微信："你老婆在我手里，带上你的无上限黑卡速到本色赎回，逾时撕票。"末了，君翔还加了个凶神恶煞的表情图。

穆靳宸当时就禁不住抚额，用膝盖想都知道此人的智商又被他那个不靠谱的未婚妻拉低了，都三十好几的人了，还能这么幼稚。

为了不继续跟这样的人做邻居，他应该督促一下双城国际那边的施工进度，早日搬回去。

他当时打了景无双的电话却无人接听，这才火急火燎地赶过来，刚到就看见她跟许亦城拉扯的场面，现在他连跟君翔绝交的心都有了。

"下次不许这么晚还带无双出来。"

景无双已是他的妻子，跟着他们小两口儿出来就算了，非得搭上一个许亦城，他们曾经安排过许亦城和景无双相亲，如今还把她和许亦城扔在一起不管，这到底是多不靠谱的人才做得出来的事情？

苏苒瞧穆靳宸的脸色实在不大好看，赶紧把手里的麦克风扔到一边，跑到景无双身边挽过她的手臂："这才十点，怎么就晚了？你现在是要给双双设门禁？我可不依啊，万一我失恋了，还得找闺密借肩膀哭个通宵的。"

"苏苒，你这辈子没机会失恋了。"君翔恶狠狠地说道。

苏苒一听，叉着小蛮腰，挺着小胸脯："当然有，我现在马上宣布你是我前任男友。"

君翔咬牙切齿地道："你敢！"

苏苒继续挺胸道："我就敢！"

穆靳宸实在不愿意跟幼稚的小两口多待，面无表情地拥着景无双往外走去。

景无双："苒苒，我们先走了啊。"

苏苒："欸，你等等，双双，你回去不会被家暴吧？穆靳宸，是我硬拉着双双过来的，不关她的事啊。"

穆靳宸这才低头看了看怀里的小女人，见她澄澈的水眸中一点儿心虚的神色也没有，语气平静地回了句："谢谢你的提醒，我回去会好好教育教育她的。"

景无双理直气壮地回了一句："我又没做错什么。"那双明澈的眼眸勇敢地迎上他幽深的目光。

"新婚妻子夜不归宿，确实是为夫的错。"

他在回家的路上想了好几种可能，景无双可能只留了一盏暖黄的灯便去了卧室睡觉，或者坐在客厅里抱着黑狼等他回来，也可能禁不住困意，在沙发上睡着了……

他唯独没有想到现在这种情况。

景无双被他这句话噎了一下，也有些不高兴了。她等了半天好不容易等到他回来，他却这般阴阳怪气，又不是她想要跟许亦城一起吃饭，又不是她愿意来这里。要不是苏苒怕她回家也是一个人，又怎么会拉她出来呢？

当下，景无双赌气地甩开他的手道："穆靳宸，我不知道你这样阴阳怪气做什么，等你恢复正常了再来跟我说话。"

丢下这么一句，她便大步流星地向着电梯走去，身上那宽大的西装外套禁不住这样折腾，掉到了地上，她看也没看一眼。

穆靳宸看着那个负气离开的小身影，还有那掉在地上的衣服，深邃的目光更是暗了几分。半天不见，她还长脾气了。

他快步上前把衣服捡起来，又快速拉过小女人的手，高大伟岸的身躯一转，双手撑在墙上，将小女人圈在双臂中间。他释放全身的气场，黑琉璃般的眸子一眨不眨、居高临下地俯视着她，看到的却是她微红的水眸同样一眨不眨、倔强地回视他，刚刚燃起的星点儿怒火又被她的这个眼神彻底浇灭，心也软了下来。

穆靳宸无奈，放软了语气道："我并不是责怪你，只是回家后看不到你，担心了。"

景无双瞪他："你这哪里是担心？你分明就是阴阳怪气，不可理喻。"

穆靳宸深吸了一口气，却不知该如何告诉她他的心情。一直以来，他总觉得自己比她年长许多，所以很多事情总是尽自己所能地包容她。

如今他才发现他真的见不得她与其他男人有所牵扯，不管出于什么原因。可以肯定的是，许亦城目的不纯，景无双就这么单独跟许亦城待在一块儿，还被红酒洒在了那个位置，穆靳宸以为自己的情绪已经控制得很好了。

他只得低声说了一句："我吃醋了。"

景无双说过，希望他坦诚。

听到这句话，景无双微微愣住。

他说他吃醋了？

"我有一种情绪，之前没有过，这大概就是吃醋吧。你也别恼了，很晚了，我们回家。"

穆靳宸说了这么几句，脸色有些不自然了。这对他来说也是很陌生的情绪，过去的三十多年来他从未尝过。他想，这大概就是人们经常说的吃醋吧。

景无双其实不恼，心里甚至还有些开怀，嘴上却说："你有情绪，我还有情绪呢。你手机打不通，半天找不到人，好不容易回来，一回来就知道欺负人。"

小女人越说越委屈，漂亮的眸子里都升起水雾了，穆靳宸有再多情绪也烟消云散了。

他放下撑在墙上的手臂将小女人拥在怀里，低头怜惜地亲了亲她微红的眼角："没有欺负你，我哪里舍得，好了，是我不好。"

景无双撇了撇嘴："当然是你不好，你吃什么醋？又没有别人。"

听见她低低的控诉声，穆靳宸忍不住勾了勾唇，心情却明朗起来："什么没有别人？哪里没有别人？"

景无双杏目怒瞪着他："你是不是还要欺负我？"

他那么聪明，还要明知故问，这分明又是在欺负她。

穆靳宸又低头亲了亲她："好了，我都知道，我们回家。"

眼中只有彼此的小夫妻完全忽略了走廊尽头手里拿着一个空酒杯的男人。

许亦城完全没有想到私底下的穆靳宸会是这个样子的，那本该是游离在红尘以外的男人，应该像天神一般被放在神台上供奉。他自嘲一笑，自己完全没机会了吧？

夫妻俩到了停车场，景无双自觉地上了派克峰的副驾驶座，她的车明天叫人开回去就好。

"对了，我已经让祁东从双城国际开了一辆宾利尚慕过来，你以后开那辆车吧。"男人一边伸过长臂帮景无双系安全带，一边说道。

景无双的第一反应不是欣喜，而是——

"连你也鄙视我的奥迪？"她的奥迪招谁惹谁了？苏苒才鄙视完它。

穆靳宸伸手揉了揉她的秀发，说道："夫人想多了，不是鄙视，开好一点儿的车子并没有什么不好的，性能好些，更安全一些。"

景无双："那我的 A4 怎么办？"

穆靳宸："你自己看着办，不想处理就放着也没关系，车位还是有的。"

景无双调侃道："苒苒说得没错，你就是一棵摇钱树，还是 S 市最大那棵。接下来你是不是还要给我一张无上限的黑卡呢？"

穆靳宸诧异了一下，问："你怎么知道？"

说着，他当真拉开储物柜，从里面拿出一张黑色的小卡交到景无双的手里："这是我的副卡，前两天忘记给你了，密码是你的生日，你随意花。"

景无双呆呆地接过卡片。

穆靳宸发动车子，从后视镜里睨了她一眼："听苏苒瞎说什么呢？我们是夫妻，给你家用，这是天经地义的事。"

听他说这是家用，景无双歪了歪脑袋，美美地笑了，也不跟他客气，自然地把黑卡放到自己包里的暗袋里。

这干脆利落的动作取悦了穆靳宸，好像赚了这么多年的身外之物在今天终于有了一个最好的归宿，那就是给自己女人的家用。

大气稳重的派克峰在苍茫的夜色之中飞速行驶着，景无双托着腮帮子，看着车窗外五光十色的霓虹灯不知不觉地睡了过去。

到了汇景湾，男人把她抱下来道："我的睡美人，到家了。"

熟悉的气息伴随着红酒的芳香迎面而来，景无双刚要尖叫出来的声音随即被吞没在男人熟悉的气息里。

景无双伸手扶着男人的肩头，迷茫的水眸怔怔地看着放大了数倍的精致五官，眨巴了数下眼睛，瞬间迷失在男人黑色琉璃似的眼里的旋涡之中。

"宝贝儿，这回学会怎么呼吸了吗？"

耳边仍旧是男人好听得有些过分的磁性嗓音，景无双只觉脸颊微微一热，没回应他的问话。

穆靳宸的嘴角扬起了一个好看的弧度，他俯身又亲了亲她，轻轻地在她的耳边说了一句什么，景无双的脸又烧了起来。

他说："等一下洞房花烛的时候再教你。"

景无双抱紧了他的脖子，将整张脸埋在他的颈窝里。她其实不抗拒穆靳宸的公主抱，这个高大伟岸的男人总是很容易令人安心。

穆靳宸过去几次这样抱她都是在她很狼狈的时候，而这一次她很享受。

感受到怀里小女人的顺从，穆靳宸将她抱得更高了一点儿，用鼻尖轻轻蹭了一下她的脖子，见她没什么反应，又改用下巴的胡楂去蹭她。景无双咯咯大笑："痒。"

穆靳宸这才放过她，笑着去开了感应大门。

这次不是景无双开门，他真的不小心撞到了端坐在门后面的黑狼先生，幸好它反应快，一看不对，马上跑开了。

景无双心疼极了，瞪了他一眼："你撞到黑狼先生了，快放我下来。"

穆靳宸却不以为然："它皮糙肉厚，无碍。"随即他又瞥了黑狼一眼，"看它以后还敢不敢蹲在门后面。"

话虽如此，他却也将景无双放了下来。

景无双蹲下去抱着黑狼的脖子问："怎么样，没有撞痛你吧？"

黑狼先生瞥了她一眼：本黑狼先生身手敏捷，只有你这个笨女人才会被撞痛。

景无双现在发现自己跟黑狼基本上能无障碍沟通，一看它这个眼神就知道它没事，又伸手摸了摸它的脑袋："以后别蹲在门后面了，好不好？"

穆靳宸认真考虑过将黑狼送回双城国际的事。

黑狼接收到来自男主人的视线，也不贪恋女主人的温暖怀抱，一溜烟儿跑回自己的小窝趴好。

穆靳宸点了点头，算它识相，暂时还是可以容它住一段时间的。他又对它说了一句"晚上不准上楼"，才拉着景无双的手朝着楼梯走去。

黑狼先生无奈地摆了摆尾巴，男主人自从有了女主人以后对它越发不好了。

穆靳宸拉着景无双朝楼上的卧室走去，然后打开衣柜，拿了一白一粉、一大一小两件睡袍。他将粉色那件睡袍递给景无双，流光溢彩的琉璃眸子富有深意地看着她，低音炮似的嗓音在这宁静的夜里显得格外磁性："你在这里洗，我去客房洗。"

说着他便拿起自己的东西往客房的卫生间走去。

景无双拿着自己的衣物躲在卫生间的门后，想到了什么，又拿着衣物捂上发烧的脸庞，脑海中回放着从认识穆靳宸至今的点点滴滴。那么多的不期而遇，那样顺理成章，两个人走到这一步似乎也是水到渠成吧。

她定了定神，并没有刻意加快或者拖慢速度，用和平时差不多的时间洗完了澡。

她出来的时候，穆靳宸已经沐浴完毕，正坐在梳妆台前吹自己的短发。他看见景无双出来才停下手里的动作，看了故作镇定的小女人一眼，调侃了一句："我以为夫人要洗上很长一段时间。过来吧，我帮你吹头发。"

说着，他主动上前把景无双迎到他方才坐的位置上，细心地帮她梳理了一下头发。三千顺滑的发丝穿过穆靳宸的指间，每一根都牵动着他的心弦，他一点儿一点儿地帮她吹干头发，心头泛起了浅浅的涟漪。

他从来没有想过自己有朝一日会帮一个小女人吹头发，还做得这么惬意，这么心甘情愿。

良久，他才停下手里的动作，俯身在她的发顶落下一吻，通过镜子与她对视："夫人，睡觉吧。"

景无双看着镜子中脸颊通红的自己，不知是刚刚被热水熏的，还是被暖风吹的。

穆靳宸放好吹风筒，走到她身后将她揽在怀里，从侧边亲吻着她光洁的脸颊，闭上眼睛，轻轻嗅着她的发丝散发出来的幽香。

他再说话时，传入景无双耳中的声音已有些低沉沙哑："无双，准备好了没有？"

不等她回答，她的气息已全数落入他温热的薄唇之中……

仿佛已经刻入骨血的熟悉气息铺天盖地般落下，景无双轻轻地闭上眼睛，细心地感受着，青涩地回应着，跟着他的频率和节奏遨游在浩瀚美妙的新天地之中，仿若彼此都是对方世界里的唯一，用这种最古老的方式告诉对方——

You are the one and the only one for me.（你是我的唯一。）

气温节节攀升，确认景无双已经准备好与他更进一步后，一贯沉稳的男人心底浮现一丝欣喜若狂的情绪。他弯腰将她抱在怀中，加深对彼此的探索，仿佛要将这个轻易牵动他心神的小女人融入自己的骨血。她身上那淡淡的幽香不断地钻入他的鼻腔，他心底的渴望愈演愈烈，碰上这个小女人以后，他的心脏似乎恋上了这种不规律跳动的感觉。

感受到小女人的不安，穆靳宸抬头，将自己的额头抵在小女人的额头上，伸手将小女人的小手纳入自己的掌中与她十指紧扣，一点儿一点儿地驱散她心中的彷徨和不安。

男人的视线过于灼热，景无双被他看得头皮发麻，轻咬着唇，不敢对上他的视线。

“是害怕了吗，嗯？”

那轻轻上挑的尾音听得景无双心为之一颤，她诚实地眨巴了几下眼睛道：“有、有一点儿——”

最后一个音节全数落入了男人的唇齿之中，辗转了几下他又往上亲了亲小女人的水眸，面对那样的眼神，他实在有些抵挡不住了。

“不怕，我轻点儿。”

穆靳宸勾了勾嘴角，伸手摸过床头柜上的遥控器，关掉了屋子里所有的灯。

在黑暗之中，视觉被阻碍加强了其他感官的敏锐度，温度似节节攀升，周围笼罩着彼此的气息，两个人用最古老的方式诉说着对彼此的需要，所有的低吟浅唱都淹没在这一场淋漓尽致的欢爱之中……

景无双的眼泪掉得很厉害，不知道是因为疼痛还是因为穆靳宸在她耳边说的那句话。他说：“无双，你终于是我名正言顺的妻子了，我说过，今生定不负你。”

这句话说在景无双不省人事以前，之前她开口向他要了一个名正言顺的家，今晚，她是他名正言顺的妻子了。

今后，两个人自当风雨同舟，不离不弃。

景无双沉睡后，穆靳宸独自下楼。黑狼已经箭一般跑了过来，围在他身边转圈，嗅了嗅，再靠近嗅了嗅，男主人身上居然有女主人的味道，它有些不解。

穆靳宸俯身摸了摸它的脑袋：“她是我的，以后你不许再这么靠近她。”

丢下这么一句话后他才朝厨房走去，晚餐时对着那两个人他没胃口吃饭，刚才消耗了那么多体力，现在饿极了。

“你答应的话，可以再吃一块牛扒。”穆靳宸回头对着黑狼又说了一句。

黑狼似是很苦恼，装作没听懂的样子，最后闷闷不乐地跑回自己的窝里趴着。

穆靳宸睨了它一眼，低声说了一句：“小叛徒。”然后他才开始在冰箱里找做夜宵的食材。

第二天，景无双的生物钟就不大准确了。她在饥肠辘辘的状态中醒来，身体像是被什么东西碾了一遍似的，每一个器官都四分五裂。

她伸手揉了揉眼睛，再努力地睁眼，失神地望着天花板，然后傻傻地眨了好几下眼，一副还在迷糊尚未完全清醒的样子。

“宝贝儿，天花板都要被你盯出一个洞来了。”

听到这略显沙哑的磁性嗓音，景无双意识一下子回笼，昨晚那些耳鬓厮磨的画面争先恐后地涌进了脑海。

景无双拉过被子盖过头顶，干脆不理他。

穆靳宸低笑着，伸手拉下她头顶的被子：“别蒙着头，等下闷坏了。”

他顺势将小女人拥入怀中，在她的樱唇上落下一个早安吻，柔声问："还难受吗？"

景无双没作声，看着他疼惜的目光，轻轻地摇了摇头，一会儿又重重地点了点头："嗯。"

男人又俯首在她的水眸上轻轻吻了一下："下次就不会了，今天我给你请了假，不用去上班；外公那里我也派人问候过了，他很好，今天你就好好在家里休息。"

景无双这才想起今天要去上班这件事："现在几点了？"

"快中午了，你再休息一会儿，我下去准备点儿吃的，好了再叫你。"穆靳宸说着又在她的唇上啄了一下才翻身起床。

景无双抱着被子傻笑，这是专属于她的独一无二的穆先生，真好。

楼下已经把饭菜准备得差不多的穆靳宸迟迟不见小女人下来，伸手招来了黑狼，拍了拍它的脑袋："上去看看她吧。"

黑狼摆了摆尾巴，一溜烟儿往楼上跑去，那速度前所未有地快，穆靳宸看着那道闪电般的黑影，又低声说了一句："小叛徒。"

聪明的黑狼先生很快就在三楼的阳台上找到了自己的女主人。景无双搂过它道："早安啊，黑狼先生。"

笨女人，这都中午了还说早安。

景无双见黑狼不停地在她身上嗅啊嗅，有些不明所以，抬手嗅了嗅自己。她刚刚沐浴过，很香啊。

"我身上有什么味道吗？"

笨女人，当然有啦，你身上都是我家男主人的味道。

黑狼先生咬她的裤脚，把她往门口拉。

"下去是吧？好，你先松口，我知道了。"

黑狼松开了她，径自走到门口等她。

景无双到了一楼，桌上已经摆好了几个简单的小菜，卖相不算上乘，不过人肚子饿的时候，什么东西都会好吃几分，她也看得食指大动。

穆靳宸端着最后一道菜过来时就看见小女人正在用手偷菜吃，他拿着筷子轻轻敲了敲她的手背："去洗手。"

景无双赶紧把捏在手上的小排骨放进嘴巴，又赶紧拿了一个给黑狼，咂了两下嘴巴才跑去厨房洗手。

穆靳宸宠溺地看着小女人的身影摇了摇头，对黑狼说了句："回到自己的地方去。"眼神还带着警告的意味。

黑狼还想吃小排骨，可鉴于男主人的威压，只好不情不愿地回到自己的小窝里去。

穆靳宸发现小女人今天吃饭的速度很快，大概也是饿极了："留点儿肚子，我让吴妈送了汤过来。"

"什么汤？"

"补身子的。"

"咳咳……"景无双被尚未来得及咽下去的饭粒呛到了。

他起身过去帮她拍了拍后背："你慢点儿，着什么急？"他说着又去帮她倒水。

她哪里是着急，这是被气到的好吗？

他指不定怎么跟吴妈说的她要补身子，那昨晚的事情吴妈不就都知道了吗？

她接过水喝了几口才顺过气来。

"穆靳宸，这种事你怎么能跟吴妈讲呢？你还要不要脸了？"

穆靳宸坐回自己的位置上有些莫名其妙地看着她，还淡定地夹了一筷子菜："哪种事不能跟吴妈讲？"

"我都要被你气死了。"景无双放下筷子就要起身，都不想跟他同桌吃饭了。

"好啦，好啦，人小脾气可不小。我只不过跟她说你最近加班有些累，让她准备点儿汤水给你补补。难不成你以为我跟她说你昨晚体力不支晕过去的事情了吗？"

穆靳宸眉梢眼角都是得意的神色，越看小女人涨红了脸的样子越觉得赏心悦目，发现自己越来越爱逗她。

景无双就是看不惯他那个小人得志的模样。她才不上他的当，于是又坐下来，拿起筷子抢过他正要夹起来的小排骨。

穆靳宸挑了挑眉，向上扬了扬嘴角，又把筷子伸向西红柿炒鸡蛋，同样，西红柿很快也落入小女人的筷子并瞬间被夹到嘴巴里吃掉。她还用挑衅的小眼神看着他。

“怎么？准备都不让我吃了？”

“大坏蛋一肚子坏水，肯定不饿。”

穆靳宸黑琉璃般的眸子一眨不眨地看着嘴巴里还咬着西红柿的小女人。

景无双正要再说他，外面的门铃响了起来，穆靳宸拿过一旁的遥控器开了门。

吴妈闪了进来，脸上笑开了花，她手里除了保温桶，还提着一大袋东西，不理穆靳宸，直接走向景无双一个劲儿地看：“哎哟，我的少夫人，才几天不见，下巴都尖了，工作很辛苦吗？”

吴妈说着把手里的东西放到一边，又把保温桶放到餐桌上，对穆靳宸颇有微词：“少爷，你就不能少给少夫人安排点儿工作吗？你看少夫人都瘦成什么样子了？”

吴妈看穆靳宸的眼神活像是在看无下限地剥削人的劳动力的周扒皮，景无双倏地觉得身心舒畅，眼神挑衅地看着他。穆靳宸挑了挑眉毛，目光幽深地看着小女人，向上掀了掀薄唇，淡定地开口说道：“其实不是工作上的事情，而是昨晚——”

景无双一听这厮又要拿昨晚说事，赶紧接了他的话道：“昨晚被苏苒拉出去玩，就是有些累了，哪儿有你说的那么夸张，我觉得自己都胖了。”

吴妈半信半疑，摆了摆手道：“不胖，不胖，还得再养胖一点儿，那样才好怀小少爷。”

说着，她又瞥了景无双的肚子一眼，掩口笑了起来，就好像景无双的肚子里真的有了小少爷一般。

穆靳宸嘴角的弧度更大，然后饶有兴趣地看着窘迫的小女人。

“吴妈……”

吴妈掩口笑道：“好、好，吴妈不说，不过少夫人要是怀了小少爷，记得第一时间告诉我，有好多东西要准备的。”

穆靳宸将拳头抵在唇边轻轻咳了一下，眼角眉梢的笑意怎么也掩盖不住。

景无双杏目圆瞪，紧紧地盯着他，他才收敛了些。

吴妈看着小两口儿的感情越来越好，觉得小少爷的出现指日可待。

她到厨房里拿了两个碗，把汤盛了出来，往一人跟前推了一碗。

“还是吴妈的手艺好。”

正在喝汤的某人抬眸淡定地瞥了小女人一眼，那边吴妈就搭话了：“少夫人，这些都是少爷做的吧，少爷已经做得很不错了，你看哪家的公子哥儿还会下厨做饭呢？你让君少进厨房，他指不定能把厨房都给烧了。”

好吧，景无双也没有吐槽某人的意思。

“吴妈，等一下给黑狼煎几块牛扒吧。”穆靳宸想起昨天晚上答应过黑狼的事情。既然吴妈过来了，他就满足一下黑狼的口腹之欲。

“好嘞，我顺便做了晚饭再回去，东西我都买好了。”

那边的黑狼听到自己的名字耳朵都竖了起来，吴妈又走过去看了看黑狼：“它倒是没瘦。”

黑狼先生简直想翻白眼。吴妈什么眼神，它明明就瘦了，那个笨女人才没有瘦。

话虽如此，吴妈还是去了厨房准备煎牛扒给它吃。

有吴妈在，夫妻二人倒是省了不少事。

午休过后，景无双想去准备一些礼物回景家，却不知道该怎么跟穆靳宸开口。她好像已经有两个月没有回去了，不是她不孝顺，而是这些年她的父亲一直没有放下过她的妈妈，每一次见到她都要难过许久。他太爱她的妈妈，而她身上有妈妈的影子。

这一次她带着穆靳宸回去，他还是女婿的身份，她多少有些忐忑不安。

“穆靳宸，我们是明天回景家看爷爷跟爸爸吗？”

景无双端着小茶杯轻声问对面正优雅沏茶的男人。

男人放下热水壶，睨了不知怎的蹙起了秀眉的小女人一眼，淡淡地道：“嗯，不是说好了？”

“都没见你准备礼物。对了，明天回景家先不说我们已经领证的事好吗？”

景无双的秀眉蹙得更紧了，她想了很久才跟穆靳宸说出这句话。

听到她说的前面一句话穆靳宸险些笑出声，可听到后面那句，他又蹙起眉来：“礼物我早就准备好了。怎么不说结婚的事情呢？你家穆先生拿不出手吗？”

“不是，只是我们这样蓦然回去就说结婚的事情，我怕吓着他们。我们还是循序渐进，一步一步来，好让他们有个心理准备。”景无双解释道。她两个月没回去，一回去就告诉他们自己结婚了，不吓到他们才怪。

再说，她与穆靳宸算是闪婚，要解释原因却不知道从何处开始说起。

“不用担心，没有家长会不满意你家穆先生的，指不定他们还会觉得你这个小笨蛋捡到宝了。我们顺其自然好不好？你要是真的担心，等会儿就先打个电话跟他们说好，这样他们不就有心理准备了？无双，我们不该瞒着家长的，尤其我家里人、你外公家里人都知道了，要是只瞒着爷爷跟爸爸，这样对他们是不尊重。你不用担心，交给我。”

“可是……”

“不要‘可是’了，听我的话，我带你去看看我准备了什么礼物给父亲跟爷爷。”

说着他便起身拉过景无双的小手。

景无双拍了拍他的手背，坐在椅子上道：“不必了，你准备的，我放心。”

穆靳宸也在她边上坐了下来：“好，那你跟我说说爷爷和父亲的大概情况吧，我好投其所好。”

提到景家，景无双明澈的眸子里闪过一丝黯然：“穆靳宸，你知道吗？我很喜欢爷爷跟爸爸。爷爷是个很慈祥的人，爸爸很疼我。奶奶是在我六岁那年去世的，我至今还记得外公哭得伤心欲绝的样子。那一年发生了好多事情，奶奶走了，一向恩爱的爸爸跟妈妈离婚了。离婚后妈妈把我送到夏家就走了，后来的这些年，我平均每年只能见到妈妈几次。”

景无双说起这些陈年往事，眼眶依然禁不住红了红。无论过去多少年，这些都是她记忆里最刻骨铭心的痛楚，痛楚会随着时间变淡，痕迹却永远无法抹去。

穆靳宸揽过她的肩膀，把她的小脑袋按在自己的肩上，想要分担一些她内心的痛楚：“不难过了。”

景无双轻轻摇了摇头：“我并不难过，也不是走不出过去，我只是至今想不明白妈妈当年为什么要把我带回夏家，而自己去云游四海，却又不许我改姓。相比之下，我更愿意生活在景家，我喜欢爷爷，更喜欢爸爸。以前我想妈妈的时候，苒苒总会跟我说，等她在我身边的时候我就知道她有多唠叨、有多烦，其实只要知道他们安好就够了，不一定要天天生活在一起。可是穆靳宸，我是愿意被妈妈唠叨的，我小时候经常羡慕表姐，因为她有舅妈在身边唠叨她，舅妈对我是礼貌客套，可这何尝不是一种对待外人的疏离？这样的礼貌客套时刻提醒着我自己是个寄人篱下的人。

“穆靳宸，我想我妈妈了，我都已经嫁人了，她却还不知道。”

小女人的声音很轻很柔，像是在他耳边呢喃，却带着穿透力，直接从耳朵毫无阻碍地抵达心脏，带出一丝丝钝痛。

他的声音不自觉地染上了几分怜惜之意：“无双，长辈的事情我们确实不该干涉太多，只要知道他们健康安好即可。选择自己喜欢而又向往的生活方式是他们的权利，我们身为子女，只能尊重他们的选择。你妈妈把你留在夏家，肯定有她的理由，她不管做什么，肯定都是希望你好的。”

景无双点头：“苒苒也这么说，我并不是抱怨或者难过，只是说起来有些感触罢了。对了，爷爷也喜欢喝茶，以前喜欢下棋，不过他现在喜欢玩斗地主和拖拉机。爸爸……大概现在的业余爱好就是画画了，他画了好多妈妈的画像，开始的时候水平有限，如今已经画得栩栩如生了。”

穆靳宸点了点头，感觉上辈人的感情都很纯粹，爱一个人可以是一生一世的事。

男人沉思了片刻，开口道：“我知道有间画廊代理的画具不错，那就让祁东再添一套画具，另外再捎上一幅我的珍藏吧。”

景无双摇了摇头：“珍藏就不必了，爸爸不品鉴画作，只是喜欢画我妈妈而已。”

两个人聊着聊着，景无双的手机响了起来，她瞪圆了眼睛看了看显示屏，又看了看穆靳宸，讷讷地说了一句：“我妈妈的电话。”

穆靳宸伸手揉了揉她的秀发：“快接吧。”

她这才按了接听键，暗暗地吸了一口气，轻声叫道：“妈妈。”

夏慕雪是个真正婉约的女人，淡定自若，就好像任何时候都不会有太大的情绪波动：“无双，我听你外公说你搬出去住了？”

夏慕雪声如其人，淡然得宛若拨开云层飘下来的一缕清风，很轻柔却很冷淡，没有寒暄，没有多余的话，单刀直入地说正事，这是她对待女儿一贯的态度。

景无双没想到她会问这个，倒也没想过要隐瞒她，轻轻地回答道：“是的，妈妈。”

停顿了一秒，她抬眸看着身旁男人宛若神祇的侧颜，轻轻呼了一口气，又说道：“妈妈，我已经结婚了，不知道外公有没有告诉您。他叫穆靳宸，是一个很不错的人，就在我旁边。”

电话另一端的人瞬间陷入了沉默之中，半晌淡然的声音传出：“既然你外公都同意了，我也没什么好说的，有什么话等我回去再说吧。我明天九点半到云台机场，方便的话你们就一起过来接机吧。”

对于既定的事实，夏慕雪觉得没什么好说的。

景无双：“可以，那妈妈一路平安，明天见。”

夏慕雪：“明天见吧。”

夏慕雪说完这么一句话便挂上了电话。

景无双怔怔地把手机拿在手里，好一会儿才对身旁的男人说：“穆靳宸，妈妈说她明天回来，让我们去机场接她。”

男人伸手揉了揉她的秀发，温软一笑道：“嗯，我都听见了，明天一起去机场接母亲吧。这下好了，该知道我们结婚的人都知道了，正好，去机场接完母亲我们就一起去景家。”

景无双摇了摇头：“我妈妈不会去景家的，她大概会直接回夏园。看来我们明天要先去夏园，后天再回景家吧。”

“好。”

次日，景无双在某人温暖的怀抱中睁开了蒙眬的双眼。窗帘拉得很严实，她并不知道现在是几点，也不晓得外面天色如何，一整个晚上她都惦记着要去机场接她妈妈的事，睡得也不算安稳。

她揉了揉眼睛，看了看对面放大的俊颜，见穆靳宸似乎还在熟睡，她轻轻地离开他的怀抱，蹑手蹑脚地赤脚下了榻榻米。地上铺着一层厚厚的地毯，她并不觉得冰凉，然而才走几步，某人沙哑的嗓音传了过来：“穿上鞋子。”

景无双顿住了脚步，回头瞪了男人一眼。太可恶了，他居然装睡。

结果她发现他并没有起来，还是维持着刚刚的姿势，大概是没有完全清醒。她又低头看了看自己的小脚丫，干脆也不放轻脚步了，走回去穿上鞋子，才慢悠悠地走去隔壁卫生间梳洗。

男人在房门关上的那一刻几不可察地勾了勾薄唇。

景无双下楼准备好简单的早餐，转身便看见穆靳宸穿着一身休闲的西服，穿戴整齐、霸气稳重地出现在楼梯的转角处，左手扣着右手的袖扣，漫不经心地走了下来。

无论看到多少次，景无双依然觉得这个男人是上天的宠儿，他的出现总会不经意地令岁月温柔，令时光惊艳，

景无双冲他招了招手，扬起笑脸，软软地说了一句："早安，穆先生。"

穆靳宸听见小女人轻柔的声音从不远处传来，停下手里的动作，抬眸看着那个朝着他招手的人，薄唇扬起优美的弧度，回了一句："早安，穆夫人。"

景无双迎了上去，执起他的手，细心地帮他把袖子上的纽扣扣上。穆靳宸扣住她的后脑勺给了她一个早安吻，轻轻说了声："谢谢。"

景无双拉过他的大手走到餐桌前，拉开椅子把他按坐了下去，把其中一份早餐推到他跟前，闪闪发亮的眸子含笑地盯着他，柔声说道："快来尝尝我做的三明治怎么样吧。"

在小女人期待的目光中，穆靳宸拿起三明治咬了一大口，点头道："很好吃，谢谢夫人猜中了我今天想吃什么早餐。你也快坐下来吃吧，对了，把你的煎蛋也给我吧，一个不够，你少吃点儿。"

景无双不肯，想着再给他煎一个鸡蛋，他却说不必了。

于是，景无双笑眯眯地坐下来，拿过自己的三明治咬了一大口，咀嚼了几下，随即将三明治拿离唇边瞧了几眼，紧跟着皱起秀眉：

“我是不是把糖当盐巴放到煎蛋上去了？怎么这么甜？”

穆靳宸还在大口吃三明治，喝了一口牛奶才开口道：“大概是的。”

景无双有些沮丧地把三明治放回碟子里，朝着吃得一脸欢快的男人道：“那你还吃？别吃了，我们出去吃早餐吧。”

穆靳宸还是那般淡定地吃着，摇头道：“无碍，偶尔换一下口味也挺好。这是夫人给我做的第一顿饭，我觉得很好吃。”

景无双怔了一下，好像自己是第一次给他做饭呢，他做饭给自己吃的次数倒是不少。

吃过甜鸡蛋三明治后，两个人便出发去机场。

上了内环路，穆靳宸说：“跟我说说你母亲吧。”

景无双缓缓地道：“我妈妈是个很出尘脱俗的女人，对世俗的束缚、世人的眼光不太看重，凭本心做人，凭感觉做事。嫁给我的爸爸大概是她这辈子唯一的一次妥协，我的爸爸很爱她，可她……”

景无双停顿了一下，换了一个方向说：“相信你也知道利舞台，那是她年轻的时候设计的，在欧洲还有好些知名或者不知名的建筑出自她的手。这些年她一直云游四海，写生、街头卖艺，心血来潮也会设计一些作品投稿给当地政府，如果对方采纳了她的设计她会待更长的时间，工程完成后又换一座城市，这二十年来一直如此。”

说起她的妈妈，景无双情绪很复杂，有崇拜，有骄傲，也有不理解，总体来说，她还是很骄傲自己有那样一个母亲的。她的母亲特立独行，只为自己而活，世人没有几个能做到这样。

穆靳宸伸出右手，轻轻拍了拍她的手背：“你母亲是个很棒的女人，所以生了你这么棒的女儿。你是母亲的骄傲，也是我的骄傲。”

景无双摇了摇头：“我没有她豁达，至少我做不到真正放下自己的亲人不管。”

“你怪她吗？”

景无双又摇了摇头：“不怪，真的，只是偶尔会想她。”

穆靳宸勾唇道：“那就行了，你也是个豁达的人，她把你教得很好。其实你是受她影响的，你的性情必定与她的相似，别想太多了。”

“嗯，也不知道她变成什么样子了。”

“待会儿不就知道了？”

高贵典雅的宾利慕尚从内环路驶入了机场快线，一路畅通，四十多分钟后才到达云台机场的临时停车场。

车子刚刚停稳，景无双的手机就响了起来，夏慕雪说她已经出了到达大厅，问他们到了哪里。

景无双说他们刚刚到临时停车场，夏慕雪就叫他们不必上去，让景无双报了停车位，她直接下来找他们。

穆靳宸与景无双都下车候着，停车场里人来人往，不过短短几分钟的时间，不远处便出现一位气质出尘的女士，穆靳宸只消一眼就能看出那是景无双的母亲。这并不是因为她们长得像，而是她们的气质和韵味在某种程度上很相似，当然，景无双更为灵动，而夏慕雪更清冷出尘一些。

这位女士一出现在他们的视野中，景无双就笑逐颜开地迎了上去，秀丽小脸上的喜悦怎么也掩盖不住。穆靳宸紧随其后。

这位女士约莫五十岁，长发及腰，手里拉着一个红色的拉杆箱，衣着并不华丽，一身粗布麻衣被她穿出了很飘逸的感觉，身形纤瘦，气质和容貌均属上乘，不难想象她在景无双这个年纪该是何等风华。她的眉宇间有淡淡的惆怅，却在看到景无双的瞬间全数退尽，脸上闪过一抹欣喜之色，虽然不明显，但看得出她的情绪波动。

“妈妈。”景无双眉开眼笑地迎了上去。

夏慕雪定定地看了景无双几秒，展颜一笑，放开手里的行李，张开双臂抱住了女儿：“我的女儿越来越漂亮了，妈妈很想你。”

景无双听着她的话，声音有些哽咽，喃喃开口道：“妈妈，我也很想您。”

短短几秒后，夏慕雪放开了女儿，目光转到穆靳宸身上，定定地看了他几秒。她的目光并不凌厉，甚至可以说是温柔的，但是蕴含着很深的审视意味。

“母亲，您好，我是穆靳宸。”穆靳宸大方地接受她的审视，淡定自若地开口说道。

景无双说：“妈妈，他就是我嫁的人。”

目光清正，大气稳重，外形和气质绝佳，夏慕雪冲穆靳宸点了点头，又看了看自己的女儿，淡淡地说了四个字：“眼光不错。”

正如穆靳宸自己说的，家长见了他少有不满意的，夏慕雪看着他也很满意，觉得两个人倒是一对璧人，他配得起自己的女儿。末了，夏慕雪又淡淡地补充了一句：“你外公的眼光自然是不错的。”

她似是话里有话，又似是在缅怀什么，这一句话说得很轻。

穆靳宸上前一步，拿过她手里的行李箱：“母亲累了，上车再说吧。”

说完这么一句话，他便提着夏慕雪的行李往车子走去。景无双开心地挽过夏慕雪的手臂：“妈妈，您最近半年去了哪里？一点儿消息也没有，我很担心呢。”

夏慕雪目光流转，淡淡地看了自己的女儿一眼：“管好你自己，再怎么样也没有你给我的惊喜大。不过这些年我对你确实是疏忽了些，导致你结婚这么大的事都自己拿了主意。”

夏慕雪心如明镜，经历过自己的失败婚姻以后，包办婚姻这样的事情，自己的父亲肯定不会再做，最多就是牵个线。她听无双的意思，穆靳宸这个人肯定已经得到了她父亲的认可，否则昨天她跟他老人家通电话的时候他就会训斥她教女无方。她父亲既然没有训斥她，那必然是无双自己拿了主意，穆靳宸又是他老人家认可的，他才无半点儿意见，并且等着无双亲口告诉她这件事。

到底是个睿智的女人，景无双只说了一句话，夏慕雪就能够把事件基本还原了。

“妈妈，这件事我暂时不知道该怎么向您解释，这次确实是我的主意。我们现在很好，穆靳宸对我也很好，只是当时没找到您，所以才无法告诉您。”

夏慕雪语气淡然地道：“你不必解释这么多，我也没有要责备你的意思，总之，人生是你自己的，日后如何，好的、坏的，都由你自己去承担。”

婚姻如人饮水，冷暖自知，自己的感受才是最重要的。

“母亲，我很喜欢无双，所以才这么迫不及待地和她去领了证。另外，我们全家人都很喜欢无双，特别是我爷爷，所以请您放心，我能给无双幸福的。”

穆靳宸听见母女俩的谈话，适时插了一句。他看得出来夏慕雪确实没有责怪无双的意思，俩人的关系也并不是他以为的那样疏离。夏慕雪对无双还是很关心的，只不过教育方式上有些西方化，在无双的成长过程中给予了她最大的空间和自由。其实，夏慕雪是个好母亲。

夏慕雪的目光又转到了穆靳宸身上：“你叫穆靳宸？那我大概猜到你是谁了，穆首长的孙子，我父亲自然是满意的。”

她以前见过穆百川几次，穆靳宸身上多少有点儿穆百川的影子。

“母亲秀外慧中，一下子就能猜到靳宸的身份。其实我跟无双确实是两情相悦下的结合，我爷爷跟外公牵线以前，我们就已经认识并且彼此倾心，走到现在这一步，一切都是顺水推舟，所以母亲放心，我们都对这段婚姻很满意，也诚心希望得到您的认可和祝福。”

说完这么几句话，穆靳宸上前打开车门，待母女俩上了车，又关上车门，才到驾驶室去。

夏慕雪的目光又落到了景无双身上。瞧瞧人家，三言两语就把事情说得一清二楚，并且令她哑口无言，让这个丫头来解释，都不知道需要花费多少力气。这样厉害的男人，自己的女儿驾驭得了吗？

不过夏慕雪想想也罢了，自家女儿不差，夫妻之间也说不上是谁驾驭谁，贵在坦诚包容，看他们的造化了。

“既然如此，我作为母亲也诚心祝福你们。对于婚姻的经营，我自己是个失败者，不好多说什么，希望你们日后同舟共济，互相包容，白头偕老，这样我也就放心了。这些年我对无双的关心很少，靳宸，以后她就拜托你了。”

穆靳宸：“母亲言重了，靳宸自当尽自己所能地对无双好。”

景无双插不上话，短短的几分钟内，穆靳宸好像把自己的母亲也搞定了。这些话夏慕雪此前从没有跟她说过，这里面有一种母亲因为对女儿疏于照顾而发自内心的自责。

景无双莫名其妙地觉得有些心酸。

景无双以前抱怨过，而现在更多的情绪也是自责。她又何尝真正去理解过自己的母亲？

这一刻，景无双终于相信，她母亲云游四海放任自己不管，必定是有逼不得已的理由的。

“母亲，我们先去哪里？”穆靳宸从后视镜里看着这对有些神似的母女，问了一句。

夏慕雪抚了抚额头：“先到医院看你们的外公吧。”

丢下这么一句，她便合上美眸。景无双见她眉宇间有疲累之色，在后视镜里与穆靳宸对视了一眼，便不再说话了。

宾利慕尚快速驶入了机场快线，一路畅通无阻地到达了人民医院的停车场。

车子刚刚停稳，夏慕雪便悠悠转醒，睁开眸子定了定神。

景无双见她醒来，开口说道：“到了。”

夏慕雪颔首，打开车门下了车，见景无双要下来，连忙说道：“你们帮我把行李送到夏园吧，我有事要单独找你们的外公聊。”

说着她也不管车内两个人的反应，径自关上车门向着电梯间走去。

景无双隔着车窗看着夏慕雪婀娜的背影，张了张嘴巴，眼巴巴地看着她消失在转角处，到底什么也没有说。

穆靳宸看着她那渴望的小眼神，心底闪过一丝轻微的钝痛感。许多年以前的小无双是不是也经常用这样的眼神看着她母亲远走的背影？

“坐到前面来吧。”

景无双转头就看见了男人关切的眼神，朝着他暖暖一笑，打开车门坐到了副驾驶座上。

穆靳宸俯身帮她系上安全带，顺势揉了揉她顺直的黑发，什么也没有说，将车子驶离停车场。

而另一边的夏慕雪到了夏荆山的病房前，透过嵌着玻璃小门看进去。老人应该已经用过早餐，一旁的餐具还没来得及收拾，他正百无聊赖地躺在病床上，耷拉着下垂得有些厉害的眼皮，苍老的眼内无半点儿精光，干瘦的身子蜷缩在病床上，看得夏慕雪一阵心酸。

她推门进去，轻轻叫了一声：“爸。”

老人似是被这个声音吓了一跳，干瘦的身子颤抖了一下，马上抬眸看着声音传来的方向，动了动嘴唇，好一会儿才说：“雪儿回来了？”

“嗯，我回来了。”夏慕雪的美眸一眨不眨地看着自己年迈的父亲，声音有些哽咽，“对不起，爸，我以后不走了，留在您身边。”

老人似乎有些难以置信，震惊地看着她：“真的不走了？”

夏慕雪点了点头，美眸中闪过一丝释然之色：“爸，对不起，我一任性就是二十年。这些年多谢您照顾无双，您把她教得很好、很棒。”

夏荆山叹气：“父女之间不说这个，双双本来就是个好孩子，我对她也心存愧疚。如果当年把她放在景家，也许更好。”

“爸，我们今天不说这个。您的身体怎么样了？为什么会住院？”夏慕雪伸手掖了掖夏荆山的被角，转移了话题。

“这个就说来话长了……”

夏荆山一向与这个女儿很亲近，并未对她隐瞒，便将景无双跟夏子薇在夏园发生冲突开始到他住院的经过一五一十地道来。

最后，夏荆山叹息了一番："事情的经过就是如此，她们两姐妹的关系算是彻底破裂了，如今怕也是貌合神离做戏给我看罢了。她们大概到现在都以为我是选择性失忆，忘记了这件事情。这件事只有宸儿知道，如今就是你知道了。"

夏慕雪蹙了蹙眉头道："这两个孩子怎么闹成这样了？宸儿是指穆靳宸？"

夏荆山惊讶了一下，反问道："这么说你见过他了？"

夏慕雪轻轻地点了点头："刚才就是他们小夫妻去机场接了我然后把我送到这里的，我打发他们把我的行李送回夏园，穆靳宸倒是个不错的孩子。"

"是啊，老首长的孙子怎么会差呢？"

夏慕雪颔首道："那您是真的准备把夏氏交到无双手里？"

夏荆山："我本来就打算把夏氏交给你的，锦荣仁厚，却也懦弱，成不了气候。罢了，交给双双也是一样的。"

夏慕雪不同意地道："爸，我原本就打算说还是交给薇薇吧，双双不在意这个。别说她已经嫁到穆家，景家那边不许她改姓便是准备让她继承产业的，夏氏还是留给薇薇吧。"

夏慕雪的秀眉蹙得很厉害，她一向不在意这些身外之物，无双更不会在意，倒是自己的嫂子跟侄女挺在意的。她们本也是自家人，给谁还不都一样？如果把夏氏给无双，引起这些不必要的纷争，从她的角度来看是得不偿失的。

"雪儿，这事你先不用管，我再好好想想。"

不知不觉间父女二人已经把话题聊到了穆靳宸跟景无双的婚事上去。

夏荆山："你回来得正好，双双跟宸儿的婚事也该着手操办了，只是不知景家那边是怎么打算的。雪儿，这些年难为宏远了，都是爸爸的错，当年若不是我逼着你嫁给他，就不会害了你也苦了他。”

每次提起这件事，夏荆山都不能释怀。

夏慕雪却摇头说道：“爸，这件事不必再说了，错不在您，我的责任才最大。若是我不愿意，没人逼得了我，您眼光好，宏远太好，好到我无地自容。双双的婚事就由我们两家联手办吧，我也希望双双能幸福。”

夏荆山点了点头：“如此甚好。雪儿，你说你这次回来就不走了，那你跟宏远……”

夏慕雪伸手拍了拍他的手背：“爸，我暂时不想这些了，如果您真的放心不下夏氏，我回去帮您盯一段时间。如果薇薇是有能力的，还是放手将夏氏交给她吧。”

夏荆山叹气道：“雪儿，你跟锦荣、双双都是不争之人，怎么刘芸跟薇薇就……”

夏慕雪：“广厦万间，夜眠七尺；良田千顷，日仅三餐。生不带来、死不带去的东西，争那么多做什么呢？”

夏荆山：“雪儿，父亲活到这把年纪尚没有你豁达。”

夏慕雪笑了笑道：“我这些年走的地方多了，眼界也就开阔了些，爸，您身上有家族传承下来的包袱，我懂的。您放心，不管夏氏由谁接管，都不会毁了的。”

夏荆山老怀甚慰，脸上的神色也终于轻松不少。

“对了，您什么时候能出院？”

“等一下就办理出院手续，本也没什么事。”

“先别忙，等我找医生了解过情况再说吧。”

午饭还是刘芸送过来的，看见夏慕雪的时候刘芸吓了一大跳。姑嫂之间平日里话题本就不多，寒暄几句便没什么话说了。

夏慕雪找医生了解过，夏荆山的身体已无大碍，随时可以出院。

当天下午，她就帮他办理了出院手续，直接回夏园休养。

且说穆靳宸夫妻二人把行李送到夏园以后又回了趟穆家，穆之岚喜出望外，忙着张罗午饭。穆靳宸大致提了一下景无双的母亲回来的事情，提议拜会过景家以后再约个时间大家一起碰个头，好把婚礼的时间敲定下来。

穆家人自然是没什么意见的。

穆百川还住在穆府，得知夏荆山住院，便想着下午与小夫妻一同前去看望一下。

谁知午饭刚过，景无双就接到了夏慕雪的电话，说夏荆山已经出院回了夏园，让夫妻俩回夏园吃晚饭，穆百川只好作罢。

午休过后，夫妻二人便出发去夏园。

高贵典雅的宾利慕尚驶出穆府，紫金大道两旁的紫荆花开得灿烂。穆府内的木棉已经花落叶出，很快又会长出繁茂的叶子，等到冬天叶片再全数落尽，静待来年春天再肆意绽放出花朵。

“在想什么呢？”

看着小女人托着腮帮子出神地盯着窗外飞逝而过的紫荆花，穆靳宸问了一句。

宾利慕尚渐渐驶入夏园，景无双看着一路上熟悉的一草一木，在车子稳稳地停在“夏园”那两个苍劲有力的大字前时，心神恍惚。

穆靳宸从后备厢把礼物拿了出来，看见景无双望着“夏园”两个大字发呆，便知道她在想什么。

“别想了，母亲在里面等着呢。”

庭院里的梅花已全数落尽，枝头抽出星星点点的新芽，远看并不明显，却看得出夏园也是日新月异地变化着的。

两个人刚到门口就看见大家都围在茶船边上喝茶，尤其是夏子薇，一口一个“姑姑”地甜甜叫着，气氛其乐融融。

主位上的夏荆山远远就看见穆靳宸跟景无双进了门，苍老的脸上神情缓和了几分：“宸儿跟双双回来了，来、来、来，都到这边来。”

穆靳宸把手里的礼物交给老管家以后便拥着景无双的肩走了

过去。

夫妻二人与众人一一打过招呼后便坐了下来。

夏子薇素面朝天，又主动帮夫妻二人倒了茶，乖巧得像个邻家女孩儿，就好像数日前那一场纷争不曾存在过一般。

“双双，之前是我不懂事，你可不要恼我，我们可是血浓于水的亲姐妹，那些气话你可千万别放在心上。姑姑，您说是不是？”夏子薇说完，又软软地朝着夏慕雪撒娇道。

夏慕雪不动声色，闲适地抿了一口茶，淡淡地说道：“自然是的，无双小女生心性，宸儿以后要多多包容她。”

“她很好。”穆靳宸淡定自若地丢下这三个字，拿过茶壶给景无双添了一杯茶，又帮在座的人添了一圈茶才坐下来。

身为天之骄子，却尊重长辈，无半点儿架子，对这个女婿的为人处世，夏慕雪也是很满意的。

穆靳宸说：“外公、母亲，等明日我们拜访过无双的父亲和爷爷后，我爷爷与父亲想约个时间大家碰个面，商议一下我和无双的婚礼。”

“好、好、好，我们都没问题，你尽管约时间，我们配合便是。”夏荆山捋着他那所剩不多的稀疏胡子，乐呵呵地说道，末了还加了一句，“夏园已经好久没这么热闹过，也好久没有办过喜事了，你们这次的婚事也该好好筹备筹备才行啊。”

“这是自然，所以时间最好定在半年以后，这样才有足够的时间去筹备。一生一次，无双值得一场举世无双的婚礼。”

夏荆山连连称是。

总体来说，夏园这一天是十分和谐的。

周日早上，景无双与穆靳宸还是按计划回了景家，于情于理，穆靳宸都必须去拜访的。

一大清早，祁东便把一早就准备好的礼物送了过来。

景无双看着满屋的东西，禁不住伸手抚了抚额："穆靳宸，你这是把整个超市都搬过来了吗？"

礼物里有一套上好的紫砂茶具，就是穆百川和夏荆山手里那一个系列的其中一套，当初穆靳宸说一共四套，这已经是第三套，景无双很想问一问，剩下的那套他准备送给谁。

礼物还有一套白玉象棋、一幅名家的字画、好些普洱茶与茅台酒……

穆靳宸勾了勾唇："礼多人不怪，我先斩后奏地娶了他们的宝贝，多少要表现出点儿诚意来才行。"

景无双："我忽然觉得自己好像很值钱。"

"无双，相信我，你在我心里是无价的。"用力关上车门后，穆靳宸说了这么一句话。

景家在城北，与穆家老宅一南一北，车子沿着紫金大道上了内环路便一路向北驶去，十点钟左右才到景家。

穆靳宸与景无双下车的时候，双手都挂满了东西才能拿齐礼物。

"让你别带这么多礼物，非得带。"走了半天，手里提满了东西的景无双开始说他。

"好了，不知道你家宅子这么大，拿得辛苦就都给我吧。"

穆靳宸以为穆家老宅的占地面积已经够大了，没想到景家老宅更大。景家老宅是标准的苏州园林风格，所有的建筑物都是青砖黛瓦，古色古香，没有半点儿现代文明的痕迹。

他暗暗称奇，这样的老宅已经可以申请S市的物质文化遗产了。

"我倒是孤陋寡闻，竟然不知在S市的北面藏了这样一座宅子，不错，十分不错。"

能得穆靳宸这样一句称赞，那这宅子是真的十分不错了。

景无双瞥了他一眼："我爷爷跟爸爸一向低调，不喜欢外界纷扰，又不参与任何公众活动，你们自然不知道。"

单看这座庄园就知道景家的底蕴很深，但是景家人一向深居简出，在S市不显山露水，若不是有心人特别注意，是不会知道这宅子的，就是刘芸他们也不知道景家的真正底细。

而这样的高门大户的大门口连个守门的人都没有，夫妻二人足足走了十分钟才走到主屋。

庄严肃穆的大门让穆靳宸有种穿越到了古代侯门贵族中的感觉，扑面而至的历史感太厚重，哪怕站在穆家老宅前面，他也没有这种感觉。

景无双推开大门，映入眼帘的是一个正拿着毛笔在一张紫檀圆桌边即兴挥毫的鹤发童颜、穿着灰色唐装的老人，他似乎沉醉在自己的世界里，丝毫不受外界的影响，手里的动作没有半点儿停顿下来的意思。

老人旁边站着的一个管家模样的男人乐呵呵地走了过来，接过景无双手里的东西道："小姐回来啦，正好，今儿个老爷还念叨你来着。不知道这位是？"

"福伯，这位是穆靳宸，你直接叫他姑爷吧。"

穆靳宸说得对，一家人之间应该坦诚，不应该藏着掖着，而且她家穆先生也不是见不得人的。

"这……"

穆靳宸朝福伯礼貌地颔首。

福伯仔细地打量着这位仪表堂堂、确实配得上他家小姐的少爷。小姐一来就让他叫眼前的人姑爷，于礼不合吧？

"哈哈，双丫头回来啦？一回来就带个姑爷？我来瞧瞧。"

景北堂放下手里的毛笔，也乐呵呵地走了过来。

景北堂是个面目慈祥的清瘦老人，年纪与夏荆山相仿，多了几分仙风道骨的韵味，整个人平和而慈爱。

穆靳宸大方地接受着他老人家的打量。

"爷爷，您好，我是穆靳宸。"

景北堂打量了他半晌才说："好，不错，一表人才，双丫头把男朋友藏得这么紧啊。”

景无双摇头：“爷爷，不是男朋友，我们已经领了结婚证，很抱歉没有及时通知您和爸爸。”

穆靳宸刚想解释什么，谁料景北堂抢先开口道：“嗯，也行，先定下来也好，免得被外人得了去，做得好。”

饶是穆靳宸也哑然了。

景无双本来已经做好了被质问的准备，景家是有几百年传承的贵族，景北堂本人是个生活作风严谨的人，虽说景无双的父母离异以后，很多事情他看得很开，但她以为自己至少要被训斥一番，谁知道爷爷竟如此轻描淡写地揭过了此事。

穆靳宸这才想起把手里的礼物递给福伯：“谢谢爷爷，听无双说爷爷也喜欢下棋喝茶，这里是一点儿心意。”

穆靳宸半点儿也不纠结，无双的亲人能接纳他，那是最好不过的事情。

景北堂看了一眼，说道：“靳宸有心了，人过来就好，无须见外。阿福，你去把宏远叫来吧。”

福伯这才从震惊之中回过神来。前两天他还听老爷说要给小姐介绍个男朋友，小姐今天带了个姑爷回来，老爷却还能如此淡定，真是怪哉。

福伯哪里知道景北堂前几天见的人连穆靳宸的五分都不及，他当时却也觉得还不错，今天见到穆靳宸不管容貌、气质，还是气度、风华均远远在那人之上，哪里还有不满意的？

“我看这白玉象棋不错，许久没跟人下棋了，最近跟平板电脑杠上，眼睛不行，还是手里摸着东西实在啊。来，靳宸过来陪爷爷下一盘，顺便说说家里的情况吧。”

“恭敬不如从命。”穆靳宸拿过白玉象棋在一旁摆起了棋局。

景家的用人不多，除了福伯和打扫卫生的人，就只有厨房里还有两个人了。福伯一走开，客厅里就没有人伺候了，趁着这一老一少摆弄棋盘，景无双就到一边沏茶去了。

景宏远出来的时候，就看见自家父亲正聚精会神地与一名陌生男子对弈，偶尔说说话，他的宝贝女儿在一旁闲适地沏茶。

一贯冷清的景家因此染上了些许暖意。

景无双大老远就眼尖地看到自己的爸爸走过来，她欢快地迎了上去，挽过他的手臂，柔声唤道："爸爸。"

景宏远气质与景北堂神似，只是眉宇间多了些许愁绪。他见到景无双的时候愁绪全数散尽，目光慈爱地看着景无双，却又像是在透过她看另外一个人。他伸手揉了揉女儿的秀发，和蔼地说道："双双好久没回来了。"

"对不起，爸爸，最近发生了一些事情，还有，爸爸，我先斩后奏地结婚了，今天把他带回来给你们过目。"景无双瞧着穆靳宸的方向，笑得一脸幸福。

景宏远怔了一下，对这个消息有些难以消化。他顺着她的目光看着仍然在全神贯注地下棋的一老一少，拉着女儿到一边说话："双双，你老实跟爸爸说，是不是在夏家发生了什么事情？你不是这么没有分寸的人，怎么连结婚这么大的事都不事先跟家里商量清楚呢？"

虽然女儿不是在自己身边长大的，但是景宏远对自己女儿的性情很了解，必然是突然发生了什么事，她才会做出这样欠缺考虑的决定，也许她是受了什么委屈被人乘虚而入了。

景无双心里泛起了许多情绪。这些天她带着穆靳宸见过很多亲人，所有人都被他的风华折服，觉得她嫁了个好丈夫，却从来没有人问过她忽然结婚的原因，连自己的妈妈也不曾问起过。

其实如果不是那天在夏园发生的那件事情，她与穆靳宸不会那么快结婚，虽然她很肯定最后跟她结婚的人一定会是他。

只有她的爸爸猜到了背后的原因，她的爸爸很爱她，哪怕当年尊重妈妈的意愿忍痛亲手把她送到了夏家。

她还记得，他想她想得不得了的时候经常悄悄到学校去看她，有时候她远远地看到他的背影，追上去后却不见人影。

在她还小的时候，很长一段时间她都在想：爸爸，给我一个完整的家才是你们爱我的最好方式。

他明明很爱妈妈，在妈妈提出离婚时却还是成全了她。

他亲手把她送到夏家后，却又固执地不让她改姓。

后来景无双想，也许她是他和妈妈这一段婚姻存在过的唯一证据，也是日后两个人之间唯一的牵连。

景无双偏头看着自己记忆中风华无双的爸爸，他不知道从什么时候开始被岁月染白了双鬓，眸子也不似年轻时那样清明，有种慢慢步入老态的感觉。她蓦然觉得有些心酸。

她把自己的小脑袋枕在他的肩上，轻声说道："爸爸，确实发生了一些事情，让我鼓起勇气跟穆靳宸结了婚，但那些都微不足道。我不后悔做出这样的决定，甚至是庆幸的。他是这个世界上除了您以外对我最好的男人，我相信自己的眼光，更希望得到您的祝福。"

景宏远微微叹息。女儿结婚已经是不争的事实，他不过是怕女儿受了委屈却不跟家里说罢了，从小到大，她从来不说自己的委屈。

景宏远伸手拍了拍女儿的肩："双双长大了，爸爸相信你的判断，那双双说一说你跟他的故事吧，爸爸想知道。"

景无双嫣然一笑道："好啊，事情是这样的……"

她从第一次见到穆靳宸开始说起，说到后来两个人接二连三地遇见，再说到后来外公介绍相亲，最后说到两个人结婚……把两个人整个相识相知相爱相恋的过程说了一遍。

只是她跳过了中间夏园发生的事，更跳过了唐暮白与夏子薇的事情，只拣了开心的部分来说。

景无双的声音很轻柔，言语间总是流露着淡淡的幸福，那是景宏远从未见过的神色。

他没有想到女儿与女婿竟然有这样的缘分，最终只感慨了一句："我相信，他第一次见到你的时候肯定跟我当年第一次见到你妈妈时的感觉一样，我的双双跟她的妈妈一样好看。”

景无双会心地笑了笑道：“爸爸，您当年见到妈妈的第一眼就心动了吗？”

“是啊，你妈妈那样的女人，怎能不让人一见倾心呢？”他说得很轻，声音透着淡淡的怀念，好像怕一不小心惊扰了往事，忘却了年华。

“那您跟妈妈为什么要分开？”景无双喃喃问着，这是她想问好多年却一直没有问出口的问题。

这个问题一出口，景无双就感觉到景宏远的肩膀轻微地颤抖了一下，他没有回答，只低低地叹息了一声。

景无双没有追问，其实就算知道了答案于现在也没有什么意义。她继而说了一句：“爸爸，妈妈回来了，昨天早上回来的。”

这一次，景宏远的肩颤抖得更厉害了一些，他转过头看着女儿，怎么也掩盖不住眼内的欣喜之意：“你说她回来了？”

景无双诚挚地看着爸爸的眼睛，点了点头：“是的，爸爸，听外公的意思，妈妈这次回来后大概也不会再走了。虽然我不知道你们过去发生了什么事，妈妈又非得常年漂泊在外，但是爸爸，我觉得一个人漂泊在外总会疲倦的，能让她漂泊在外，让她放弃安逸的生活，甚至放任我不管的事一定是她非做不可的。我知道你们都是爱我的，我也没有真正埋怨过你们，但是我希望，如果还有机会，你们能够珍惜眼前的人，珍惜往后的时光。”

景无双低声说完这么一席话，看着自己父亲日渐沧桑的容颜，定了定心神，又说道：“所以爸爸，去找妈妈吧，我觉得她这次变了很多。以前我总觉得她离我有些远，就像天上的仙女那样不容易靠近。这次回来，她拥抱我，说想我，我好高兴。真的，爸爸，我们就当妈妈之前是天上的仙女，现在回归人间，你们还有机会再续前缘，这样可以吗？”

景宏远很是动容。他的女儿一直很懂事，有时候他会想，自己上辈子肯定是做了不少好事，今生才能得到这样一个女儿，还是他跟夏慕雪所生的女儿，这世上再没有比这更好的事情了。

景宏远轻轻抚了抚景无双的面容，然后放下手道："双双，这些年我本就没有放下过你妈妈，也在努力做好自己，就怕有一天她回来，愿意安定了，自己却跟不上她的步伐了。爸爸会找你妈妈，只是缘起缘灭皆有定数，凡事也强求不得。爸爸觉得，能与你妈妈共同生活多年，还生了你这么一个宝贝女儿，已经是爸爸最大的福分，哪怕后半生只能怀念，爸爸也觉得没什么可遗憾的。所以这些事你不必再操心。你呢，就跟他过好自己的小日子。你外公介绍的人自然是不会错的，穆家的家风也不错，穆家老爷子更是军、商两界叱咤风云的人物，口碑极好。"

景宏远将视线转移到那两个依然在聚精会神地下棋的人身上，又说道："当然，这些都是次要的，关键是他对你好，你们两个和和睦睦，相亲相爱。"

景无双顺着他的目光也看向不远处的两个人。景北堂手里捏了一枚白玉棋子，似乎有些苦恼，正在冥思苦想该怎么走下一步。

穆靳宸则一派悠闲地等着他落子，不骄不躁。许是有心灵感应，他倏地抬起头来，视线穿过大厅，准确无误地对上景无双的视线，深邃的眼眸中闪过一抹柔和之色，嘴角紧接着弯起了好看的弧度。

当看到一旁的景宏远时，穆靳宸先是怔了一下，旋即礼貌地朝着景宏远点了点头。这样的年纪和气质，不难猜测，那必定就是无双的父亲、他的岳父大人了，只是棋还没下完，骤然离场对对手不尊重，尤其这个对手还是无双的爷爷，想必岳父能理解他的。

景宏远一直在打量穆靳宸，也对他点了点头，男人之间往往一个眼神就能心照不宣了。

景宏远自然没有错过穆靳宸看自己女儿的眼神及那个微笑，穆靳宸是个难得的人物。

听见景北堂落下棋子的细微声音，穆靳宸才缓缓收回视线，又闲适地下了一子，根本不用思考。

这是他与穆百川下棋的时候养成的习惯，从学会下棋并第一次赢了穆百川以后，他就开始想着怎么输给穆百川才不至于让老人家察觉，可以说他的棋艺完全是穆百川训练出来的。

“多余的话爸爸也不说了，你好好跟他过日子吧，我的女儿这么棒，自当配这样的男人。”景宏远也收回视线，低声对景无双说了这么一句。

景无双扑哧一笑道：“爸爸，您这话到底是在夸我还是在夸他呢？”

“郎才女貌，都是好孩子。”

景无双瞪圆了眼睛，有些难以置信：“爸爸，您是不是太夸张了？只这么看他一眼，连话都没和他说过一句，您就放心把您的宝贝女儿交给他了？”

这穆先生也真是神了，还真没有家长不满意他的。

“好了，你也别埋汰你爸爸了，女生外向，你的心早就在人家那里了，现在才问我放不放心，是不是有些虚伪？爸爸可没教过你这么做人啊。”

景无双笑了笑，又撒娇地挽着他的手臂道：“爸爸就别取笑我了。”

景宏远慈爱地伸手揉了揉女儿的脑袋，与她聊了些家常。

而那边下棋的一老一少这一盘棋足足下了一个小时才以景北堂险胜一子结束，他捋着胡子在一旁笑得很是开怀。

“后生可畏、后生可畏啊，每一步都把爷爷逼得绞尽脑汁，最后又不动声色、巧妙地输我一子，让我赢得开心。畅快、畅快，我从来没有下得这么痛快过。不错，不错。”

景北堂乐得用力拍了几下穆靳宸的肩膀，高兴不已。

“爷爷棋艺精湛，是靳宸技不如您。”穆靳宸谦虚地回应着。

“你就别谦虚了，这点儿伎俩爷爷还能看不出来？这是跟家里的爷爷对弈练出来的吧？”

穆靳宸倒也不隐瞒：“爷爷英明，什么都瞒不过您的眼睛。确实如此，您的棋艺与我爷爷的不相上下，改天你们相约下一盘，棋逢对手，必然会更加畅快。”

“一定，一定。”景北堂说着又哈哈大笑起来。他已经许久没有这般开怀过了。

穆靳宸只用了一盘棋就完完全全地收服了老爷子的心。

接下来便是一家人其乐融融的午饭时间。景家只有景无双这么一个女孩儿，她是家里真正的公主，景北堂跟景宏远都视她若掌上明珠。

穆靳宸也不明白，为什么当年景无双的母亲要把她送到夏家，如果景无双一直留在景家生活，想必她的童年会幸福许多。

午饭后，景家父子都去午休了，景无双则想带着穆靳宸去后花园走走。

除了方才领着他一路走过的前院和中院，景无双领着他从客厅的后门走到了后院去。

这里更是别有洞天，亭台楼阁依水而建，一直延伸至不远处的山丘，把整座山丘纳入了园林的景致当中。那山丘则成了一道天然的屏障，挡住了外界的喧嚣和纷扰，这里才是真正的世外桃源。

景无双拉着他的手走过锦鲤池，在无双亭的石凳上小憩。穆靳宸抬眸看着“无双亭”几个行云流水的大字，飘逸柔美，一看就是出自女儿家之手。

他勾了勾薄唇，问道：“夫人不打算跟为夫解释一下这个亭子的由来吗？”

亭子肯定不是新建的，少说也有百年历史了，但是那三个大字的年代不算久远。

景无双起身抱着柱子，嫣然一笑道：“如你所见，爸爸说我出生以后很爱哭，可是只要抱着我来看看这里的荷花、锦鲤，我马上就不哭了，因此，他们把这座亭子改成了无双亭，那三个字是我妈妈题的。”

景无双站起来，张开双臂，深吸一口气，再闭上眼睛慢慢呼出：“我到现在还是很喜欢这里，每次回来都要来这里待一待才算回来过似的。”

福至心灵，穆靳宸也站了起来，从她的身后抱着她的小蛮腰，把她整个人拥在怀中，将下巴抵在她的肩上，在她的耳垂上亲了一下：“这里确实很舒服。”

穆靳宸用鼻尖蹭着她的脖子，景无双在他的臂弯里东躲西藏。

有些人得天独厚，却依然通过自己的双手去拼搏，通过自身的努力获取自己想要的东西，实现想成就的梦想。

穆靳宸与景无双都是这样的人。

午后，小夫妻俩与景家父子依依惜别。景无双答应景家父子经常回来，却不知道为何，从后视镜中看着对着他们的车子挥手的爷爷与父亲，眼泪不争气地落了下来。景家家大业大，近二十年却只有爷爷和父亲俩人相依为命，景无双越想越觉得心酸。

穆靳宸自然知道她在想什么，心痛至极，只得伸手揉了揉她的秀发：“不哭了，以后经常回来就是。”

景无双慢慢地平复着情绪，半晌才说道：“这没法从根本上解决问题，如果当年爸爸妈妈没有分开，我跟妈妈住在景园，这二十年他们就不会这般孤苦伶仃了。我每次都是高高兴兴地回来，走的时候却很心酸。”

景无双说着，眼泪又掉了下来。

穆靳宸又是一阵心痛：“爷爷跟爸爸都是豁达之人，过着隐士般的生活也没什么不好，少了许多世俗的烦忧。你再看外公，儿女承欢膝下，却有人心存异心，结果还不得一番闹腾？无双，每个人都有自己的活法，有的人选择当苦行僧，有的人选择放逐自己，有的人努力拼搏，有的人颓废度日……这些都是人生。什么样的活法，最后都是三餐一宿、夜眠七尺。你爱他们，他们也爱你，没有什么比家人健康活着、互尊互爱却又能各自心安更幸福的事了。傻丫头，你和你的家人都很幸福，知道吗？不哭了，嗯？”

穆靳宸不是一个喜欢说大道理的人，然而见不得他的小女人把自己绕进去。道理她都懂，只不过一时半会儿有些感触，但他见不得她掉眼泪。

这个世界上能让他如此心疼的，怕也只有副驾驶座上的小女人了。

Chapter 12
圆 满

今年S市的夏天似乎来得特别早，春天仿佛才过去不久，便直接过渡到了盛夏，居高不下的气温很容易让人心生烦闷。

夫妻俩搬回双城国际以后，关上门在小复式里过日子。吴妈每天乐呵呵地照顾他们的饮食起居，黑狼先生也比在汇景湾的时候活泼了不少。小夫妻俩的周末倒是挺忙碌的，穆家老宅、夏园、景园轮流着回去，小日子过得有滋有味的。

这一日已是穆靳宸去曼谷出差的第三天，适逢周末，景无双一人回了景园，正午时分，烈日当空，晒得平日里冷清的景园仿佛都要冒起烟来。

景无双走在园子的回廊上，后背似乎都被汗水浸湿，这样的天气实在是太热了。

临近正厅，隐隐约约有类似箫声的悠扬音乐从里面传出来，景无双走近，仔细地辨别了一下声音的方位，音乐似乎是从二楼她爸爸的房间里传出的。

景无双站在小道上认真地聆听着，那是爸爸与妈妈分开以后最爱吹的一首曲子——《不思量》。

哀愁的箫声声声落入炎炎的盛夏中，沁人心脾。

“缘字本是，无相无形，谓爱恨终散场。且放它，随风逐浪，但凭莫测上苍。所爱所负，所期所想，或有隐衷别样，细体悟，岁月短长，有幸回首冥想，不思量，却自难忘……”

景无双重重地叹息了一声，感同身受，定是爸爸又在想念她的妈妈了。

她推开正厅的大门，里面空无一人，连福伯都不知去了哪里，这本该是吃午饭的时间，正厅里却空无一人。

她放下手里拿着的东西，径直朝着楼梯走去。

循着箫声，她就见景宏远站在正对着无双亭的阳台边上，穿一袭白色衣裤，形单影只地吹着哀怨的曲子，暗自伤神。

父亲清瘦的身子分明是站在烈日之下，透过曲子，景无双却感觉到了他内心深处的阵阵哀伤、阵阵悲凉……

她站在门边，静静地看着父亲清瘦的背影，静静地倾听着忧伤的乐曲，并未出声打扰。

一曲完毕，景宏远拿着白玉箫的手垂在身侧，凝视着下方的无双亭，久久不能回神。

景无双记得白玉箫上那一串红色的流苏是她妈妈亲手绑上去的，二十多年过去，依然保存得很好，它在烈日之下轻轻摇曳，红得如此耀眼。

她的父亲是真正的儒雅之士，温润如玉，上知天文下知地理，琴棋书画无所不通，一支白玉箫更是能吹得断人愁肠，她从没见过比她的父亲学识更渊博的人。

在很小的时候，她就觉得自己长大了以后一定会找像父亲这样的男子做终身伴侣，却不料，最后找到的是穆靳宸那样性子清冷的人。幸而穆靳宸对别人清冷，对她却很体贴。

听着如此哀怨的曲子，她又开始想念她的穆先生了。三天，这是他们结婚以后分开得最长的时间，她终于体会到何为一日不见如隔三秋。她想他，想得五脏六腑都痛了。

她的父亲也是如此深爱她的母亲，不间断地等了她二十年，想了她二十年，这是怎样一种爱？

景无双深深地吸了一口气，缓缓迈步走到景宏远身后。景宏远听到脚步声也适时地回过头来，见是景无双，难掩眼中的欣喜，浅浅一笑，从阳台上走了进来。

“双双回来了？怎么不事先给我打个电话？”

“想给爷爷跟爸爸一个惊喜，却不料下面一个人也没有。我许久没有听到爸爸的箫声了，还是那么好听。”

景无双伸手拿过他手里的白玉箫，轻轻地抚摸着，上好的玉质，冰凉的触感，在这炎炎的盛夏里，的确让人爱不释手。

“你爷爷与福伯好像是约了人下棋去了，中午不回来吃饭。对了，你用过午饭了吗？”

景无双惊讶了一下，随即摇了摇头：“我本就是准备回来蹭饭的，没想到爷爷也肯去朋友那里走动了。”

景宏远温和一笑，拿过她手里的白玉箫认真地擦拭了一遍才将其放回旁边的锦盒里。

“可不就是你上回带他出去了一趟吗？他如今都会到附近的公园走走，认识一些新的棋友，听听外面的新鲜事，偶尔回来说一些我听不懂的新鲜网络词汇，还说我跟不上潮流呢。”

“爷爷肯出去走动自然是最好的，他成天待在景园里也不好。”

景无双是很想景北堂的退休生活多姿多彩一些的。

“这倒是，走吧，爸爸给你做好吃的。对了，宸儿怎么没跟你一起回来？”

习惯了穆靳宸跟女儿形影不离，突然间看见女儿一个人回来，景宏远还有些不适应。

景无双微微一笑，挽过父亲的手臂道：“如今爸爸也想女婿了？他去泰国出差了，大约明天才能回来。”

景宏远点了点头：“我越看你跟宸儿越是觉得你们般配，两个人性子也互补，以柔克刚，甚好。”

景无双摇了摇头：“其实不是的，之前我一直想找一个爸爸这样安静的美男子做终身伴侣，我觉得爸爸跟妈妈这样性子相似的人才是最佳伴侣。”

闻言，景宏远前行的脚步顿了顿，但是很快他又迈步向前，笑着伸手拍了拍女儿的手背：“爸爸老了，美男子是形容宸儿那样的年轻人的。我与你妈妈的性子确实是很配的，在一起那些年相濡以沫，几乎没有争吵过。双双，你跟宸儿这般便好，这样才能白头偕老。”

“爸爸，你是不是很想妈妈？”

“想啊，忙的时候也就罢了，安静下来后总会想起她。我们的性子太相似了，喜欢的事物也都一致。你可还记得以前我吹箫的时候，你妈妈总是在一边弹琴？那样琴瑟和鸣的日子，怎能不让人怀念呢？”

景宏远的语气带着深深的怀念，在景无双面前，他从来没有掩饰过自己对夏慕雪的感情。

景无双是他的女儿，却更像他的朋友，也是唯一能让他敞开心扉肆无忌惮地倾诉对夏慕雪思念的对象。

景无双有点儿着急，一本正经地说：“爸爸，妈妈这一次回来您一定要把握住机会，这些年来她都是一个人，心里肯定还有您。她性子清冷，又是不懂得表达的人，您是绅士，得主动一点儿才能留住妈妈，知道吗？”

景宏远哭笑不得，被女儿教怎么谈恋爱，再怎么也有些难为情：“好了乖女儿，爸爸感情的事，你就别操心了，爸爸自己会处理好。你呀，过好你跟宸儿的小日子就好。”

景无双想想也觉得自己似乎急躁了，有些不好意思，当下转移话题道：“我跟他很好，他家里的人对我也很好，爸爸，嫁给他真是我做过的最对的事。”

与景宏远一样，景无双也把他当成最好的朋友。

"那爸爸就放心了，好久没有下厨了，想吃什么？爸爸给你做。"

"好久没吃过爸爸做的意大利面了，做那个可以吗？"

"可以，只要是我宝贝女儿想吃的，什么都可以。"

不过短短半个小时，父女合作的海鲜意大利面就出锅了。景无双捧着看起来让人很有食欲的面条凑到鼻子跟前嗅了嗅，香气四溢，她满足地闭了闭眼睛："爸爸，您好厉害，每次都能做出同一个味道。"

景宏远摘掉身上的围裙，温和地笑了笑道："都是一样的食材，自然是一样的味道了。馋丫头，先端出去吧。"

景无双笑得一脸幸福，端着意面出了厨房，又转回去的时候，正好看见景宏远细心收拾厨房的身影。她父亲这样儒雅的人做什么都是不紧不慢的，享受每一道工序。不知怎么的，她倏地想起她家穆先生来，他和爸爸是不一样的性格，可对待厨房，似乎是一样的态度。

灵机一动，她拿出手机咔嚓一声拍下了景宏远的背影，在景宏远回过头以前一溜烟儿跑回餐桌边，又照了一张刚刚出锅的意面的照片，一起发到了穆靳宸的微信上。

而此刻的穆靳宸正在与泰国皇宫那边的人落实购物中心的细节，感觉到口袋里的手机在振动，蹙了蹙眉头，还是拿出手机来看了一下。

看到某个小女人那幅水墨画的头像显示着未读信息，他紧蹙着的眉头舒展开来，深邃的眼中闪过一抹柔和的笑意。

沉浸在收到景无双信息的喜悦中的穆靳宸滑开屏幕点开信息，映入眼帘的是两张很普通的照片，一张是景宏远身着素衣的背影的照片，另外一张是一盘冒着热气、看起来色香味俱全的意大利面的照片。

末了，还有一行文字："爸爸做的意面很好吃，我觉得穆先生有空可以跟景爸爸练习一下厨艺，这样比较容易抓住穆夫人的胃。"

想象着景无双说这话时的神态，穆靳宸嘴角的弧度拉得更大，最后只回了一个字："好。"

他再抬头时，只见所有人的目光都集中在他身上。穆靳宸不由自主地又蹙了蹙眉，用流利的英语问了一句怎么不继续？

众人这才纷纷回过神来，继续方才的议程。

这一端的景无双却看着手机郁闷了半天，她打了那么多字，他竟然就回了她一个字。

景宏远端着另外一盘意面出来的时候正好看见自家女儿对着手机屏幕发呆，会心一笑，开口道："双双可是想宸儿了？"

景无双这才回过神来，抿了抿樱唇沉思了一会儿，点了点头道："有点儿呢，可他现在大约在忙吧，竟然不理我。"

"好啦，宸儿是个有分寸的人，你也别孩子气了。"

景无双又认真地思考了一会儿，蹙着秀眉问："我现在很孩子气吗？"

景宏远失笑，说道："是爸爸失言了，你永远是爸爸的小公主，自然也是宸儿的公主，孩子气一些没关系。"

景无双有些不好意思起来，接过景宏远手里的盘子放在桌上，柔声说道："爸爸，我都这么大了，自然不是什么小公主，我如今只想做好妻子这个角色。您看，我是您跟妈妈的女儿、爷爷和外公的孙女，现在是穆靳宸的妻子，以后大约也会是一个母亲；要走好人生之中的每一步，做好人生之中的每一个角色真不是一件容易的事情呢。"

景宏远点了点头："确实如此，难得你有这样的感悟。不过你已经是爸爸的好女儿、宸儿的好妻子了，日后也定然会是个好母亲。你现在就很好，不需要刻意改变什么。"

景无双的眉梢眼角都洋溢着暖暖的笑意："他也是这么说的。"

看着一脸幸福的女儿，景宏远也越发欣慰："快吃吧，这个温度应该正合适了。"

景无双眨着亮晶晶的大眼睛看着父亲："爸爸，我们下午去找妈妈吧。"

景宏远深吸一口气，似是下了很大的决心，半晌才说："好。"

下午，夏园。

夏荆山也在做夏慕雪的思想工作：“雪儿，爸爸是真心希望你能给宏远一个机会，这些年，他的苦我们都看在眼里。你执着了这么些年，苦了自己，苦了双双，也苦了宏远。既然你回来了，就给大家一个机会吧。生命无常，放下那些无谓的执念，珍惜眼前人吧。”

事实上，夏荆山从来没有排斥过景宏远，相反，因为自己女儿的任性，夏荆山对景宏远心存愧疚。夏慕雪回来的这些日子，尤其是最近，夏荆山是看出了夏慕雪的心思的，如今不过是顺水推舟。

夏慕雪看着父亲仿佛瞬间苍老、步履蹒跚的背影，一阵阵心酸涌上心头，迅速抬手捂住了口鼻，生怕自己哭出声来。

景无双和景宏远到的时候看到的就是这幅场景，夏荆山的那些话，他们自然也听了去。

仙风道骨的儒雅男人心痛地叹息了一声，走到夏慕雪面前，掏出一方洁净的手帕递了过去。

待夏慕雪将眼泪擦干后，他又从贴身戴着的项链上取下一枚戒指：“雪儿，我待你一如初见，如果你不嫌弃，请再给我一次机会，让我照顾你的余生好不好？”

这样的话，景宏远已经不是第一次说了，但是夏慕雪还是觉得很感动。历尽千帆，再度回首，发现有一个人对自己始终如一，她再钻牛角尖那便是矫情了。

夏慕雪抿紧了唇，婆娑的眸子撞上男人坚定的目光，她轻轻地点了点头。

景宏远欣喜若狂，执起她的左手，颤抖着将那枚简单的戒指套了上去。

“这枚戒指我贴身保管了二十年，如今总算物归原主，谢谢你，雪儿。”

然后他用他一直没有取下过戒指的手执起夏慕雪的左手重重地握

了握。

皇天不负有心人，他总算守得云开见月明了。

见证父母和好如初，景无双很感动，执起夏慕雪的手，难以置信地问："妈妈，您答应爸爸的求婚了是吗？"

夏慕雪闻言闹了个大红脸。这孩子，什么求婚，这本来就是她的戒指，离婚的时候她还给景宏远了，现在不过是重新回到她手上罢了。

景宏远笑得一脸从容："双双，那本来就是你妈妈的戒指。"

夏慕雪的脸已经红得不成样子。

景无双一手抱着夏慕雪，一手抱着景宏远，喜极而泣："那真是太好了，太好了！爸爸妈妈，我等这一天足足等了二十年，这真是太好了……呜呜……"

景无双已经无法控制自己的情绪。她童年乃至成年后最大的心愿就是一家人能重新在一起。

这真是天大的喜事。

景宏远揉了揉景无双的小脑袋，也很动容："好啦，都是人家的妻子了，还像个小女孩儿一样，宸儿知道都要笑话你了。"

夏慕雪红着眼道："双双，妈妈对不起你，一直没能给你一个完整的家。"

景无双摇头："不，爸爸妈妈，我后来想通了，只要你们幸福就好。"

她的确一直渴望有一个完整的家，嫁给穆靳宸以后，他给了她一个家，这样的想法才没之前那么强烈。她现在所想的不过是希望父母都能幸福，如今见到夏慕雪重新接受景宏远，她多年来的夙愿得偿，再没有什么比这更好的事情了。

穆靳宸从泰国回来后，第一件事就是带景无双去蜜月旅行。

苏苒知道之后硬要跟着一起去，把她帮景无双做好的婚纱一起带上了，还带上了一整支专业拍摄队伍，美其名曰：“带着婚纱和闺密去旅行。”

君翔知道这件事后哪儿有不跟着的道理?

于是一行四人热热闹闹地出发去往 E 国。

E 国与所有的海岛国家一样，碧海蓝天、椰林树影、干净舒服，连空气里都弥漫着一股咸咸的海水的味道。

出了机场就能感觉到这座城市的气息，少了东南亚海岛的狂热，多了几分浪漫迷人的味道。

苏苒深深地吸了一口空气，有些不满地说道：“这跟海南有什么区别？”

说好去一个别开生面的地方，却不料是这样熟悉的感觉，她当下就有些不乐意了。

君翔推着她的肩膀道：“自然是有区别的，等一下你就不会这么说了。走吧，他们在那边等着我们。”

景无双在找接机的人，穆靳宸冲着一个皮肤黝黑、穿着花衬衫的男人招手。

景无双问：“你派了人接我们呀？之前我在网上订的酒店有接机服务，他们一会儿就到，这样岂不是重复了？”

“我们不住酒店，走吧。”

景无双诧异极了，他们不住酒店住哪里啊？

君翔插话道：“无双，这家伙没跟你说吗？他在这里有座城堡庄园，比任何一家五星级酒店还要豪华。”

穆靳宸拥着景无双往前走，睨了君翔一眼，自己本想给景无双一个惊喜的，君翔提前“剧透”算怎么回事？果然还是过二人世界好。

在他看来，在场所有的人都是“电灯泡”，而君翔就是最亮的那一个。君翔知道他太多底细，害得景无双一点儿惊喜都没有。

“这样啊，你怎么不早说呀？害我跟苒苒找了好久的酒店。”景无双闻言，禁不住瞪了身边的男人一眼。

穆靳宸揉了揉她的脑袋："本想给你一个惊喜的。我看了你订的酒店的地址，离我们的城堡不远，但是城堡里的用人并没有那么多，招待不了这么多人，所以只有我们四个人住城堡，其余的人还是住酒店。"

这下景无双才恍然大悟，当下也没什么好纠结的了，让苏苒跟摄影团队的小马他们沟通好，带着他的团队直接住在酒店里。

他们一行四人则跟着穆靳宸安排来接机的人朝着城堡而去。

接机的司机是个当地的小伙子，能说S市语言，据说城堡的管家是华人，小伙子跟了管家多年，耳濡目染学了些，倒也能用S市语言进行日常交流。苏苒不停地逗他说话，君翔则在一旁吃味。

景无双爱极了这样的气氛，往穆靳宸的怀里靠了靠，轻轻地闭上了眼睛。

她靠在穆靳宸的怀里，身边有苏苒夸张又开怀的笑声，这真是她一辈子最幸福的时光。

蓝天白云下，车子沿着一望无际的绿茵场中间笔直的公路前行。

绿茵场的尽头隐约可见蔚蓝的大海，不时有海鸥滑过天际，远远望去便是城堡所在，那圆拱顶的粉红色建筑在阳光下闪烁着耀眼到令人心驰神往的光芒。

到了公路的尽头，汽车顺着蜿蜒的道路向小山丘上行驶。那是一座被海水拍打了千年的礁石小山丘，小路两旁的礁石夹缝里长满了各种不知名的小花还有并不高大的小树苗。车子一路开到了小山丘的最高点，这里有一个蓝色的湖泊，不知道是淡水湖还是咸水湖，远远望去，湖水清澈见底，环绕着中央的粉色城堡。

车子再驶过唯一通往城堡、只能容一辆汽车通行的小桥，便到了城堡所在。

饶是见过世面的景无双与苏苒都被眼前的美景镇住了，那是一种摄魂夺魄的美，很难用语言去描述。

整个城堡像是建在水上一般，与蓝大白云完美地连成一体，冉倒映在清澈见底的湖水里，水天一色这样的词语根本难以形容这种美景的十之一二。

更别说再配合湖泊四周那些五颜六色的小花，这里简直就是一个完美的童话世界。

“双双，你觉不觉得童话里的那些城堡都逊色了？这简直就是让人不知道说什么好，原谅我词穷了，这里真是太美啦！”

穆靳宸几个月前才拿下这座城堡，宸宇海外的一个客户因为资金周转不灵，用这座城堡抵债。他其实也是第一次过来，当初看到城堡图片的时候就觉得这里是他的公主无双该住的地方。

景无双在景园就有一间公主房，她心里一直有一个公主梦，可惜六岁的时候梦被终结。现在她嫁给了他，他自然要帮她圆梦。

“穆靳宸，这里真的太美了。我小时候做梦，梦里的城堡真的跟这里一模一样呢。真是太神奇了，你竟然把它还原到现实了。”

看吧，他就知道她会喜欢的。

穆靳宸勾了勾嘴角，拥着她往里面走去：“你喜欢就好，刚买不久，写的是你的名字，这算是我送给你的结婚礼物。”

景无双嫣然一笑，挽着他的手臂道：“穆靳宸，爸爸送我一个秋千，你就送我一座摩天轮；爸爸为我造一间公主房，你就送我一座城堡。你这是要跟爸爸较劲吗？”

穆靳宸抬手揉了揉景无双的秀发：“夫人，我们争着宠你，你本就是我们的公主。”

“大浑蛋，你听听，你听听，人家穆靳宸把双双当公主般宠着，为什么你这个大浑蛋总是欺负我？果然通过一段旅行就能判断出两个人适不适合，看来我很有必要重新定位一下我们的关系了。你别跟着我，我想冷静一下。”

苏苒转过身，头也不回地朝着城堡里面走去。

穆靳宸同情地看了君大少一眼，吩咐早就候在一旁的管家：“带苏小姐到她的房间去吧。”

君翔瞪了穆靳宸一眼，用手指了指他："穆靳宸，你把全天下男人娶老婆的平均成本拔高了不止一星半点儿。你再这样下去，我君翔都要娶不起老婆了！小浑蛋，你等等我，别到处乱跑……"

穆靳宸挑了挑眉毛，这两个闪亮的"大灯泡"最好离他跟无双远远的。

景无双靠在穆靳宸的肩头，抱紧他的腰，小脸蹭了蹭他的脖子："穆先生，为什么对我这么好呢？"

穆靳宸俯首亲了亲她的发顶："傻瓜，你是穆先生的妻子，不对你好，我还能对谁好呢？"

粉红色的城堡前面，明澈见底的湖泊里，音乐喷泉倏地开启，奏响了幸福的乐章。蔚蓝的天空之下，那对相拥的年轻夫妻竟比那圆拱形的粉色屋顶更加耀眼。

几个人的晚餐是在城堡里进行的，管家吩咐厨房做了好些特色菜，都是些烤肉、烤鱼，还有偏地中海口味的菜式，以海鲜为主，还有好些刺身。这边的海产资源丰富，都是捞起来后直接上桌的，新鲜得很。

苏苒是超爱吃生鱼片的人，君翔看到她吃那么多，怕她的肠胃受不了，不停地抢她夹的东西。这两个活宝吃顿饭也能吃得硝烟四起，若不是桌子够长，大概会殃及池鱼。

长桌另外一端的夫妻之间气氛却很是温馨，因为食材新鲜，就连平时不怎么吃生鱼片的景无双都吃了不少。

她捏了捏自己的脸颊，有些苦恼地放下筷子道："穆靳宸，我吃这么多会不会一下子长胖，然后上镜就不好看了？我还是等拍完这组婚纱照再吃吧。"

穆靳宸也伸手捏了捏她的脸颊，又夹了一片生鱼片到她的碗里："多吃一点儿没关系，你现在偏瘦，多长五到十斤都看不出来。"

景无双闻言，心满意足地夹起生鱼片蘸了点儿芥末和酱油放进自己嘴里，入口即化的鱼肉的鲜美口感好吃得她眯起眼睛。

然后，她又夹起另外一片，同样蘸了芥末和酱油，用一个小碟子接着递到穆靳宸跟前："你也吃一片，真的很好吃。"

穆靳宸口味偏淡，几乎是不吃生东西的，那滑腻软绵的口感，他接受不来。但是看着小女人黑亮眸子里期待的光，他不忍拂了她的意，只好硬着头皮就着她的手将生鱼片吃了下去。

芥末的味道从舌尖开始迅速侵占喉咙和鼻腔，霸道的辛辣味呛得穆靳宸眼泪都在眼眶里打转。

景无双没想到他的反应会这么夸张，先是怔了一下，旋即哈哈大笑起来。穆靳宸那眼泪汪汪的模样看着竟然有些楚楚可怜的意思呢。

她拿过纸巾擦拭了一下他的眼角："你怎么吃点儿芥末就成小可怜了呢？不好吃吗？"

饶是穆靳宸听了这样的话，耳根都禁不住有些发烫。他拿过酸橘水喝了一口，把生鱼片的味道压了下去。

城堡里的长桌子就这点不好，明明是同桌吃饭，两对男女却像是搭台吃饭一般，几乎没什么交流，要仰着脖子才能跟桌子对面的人说话，还真不如转盘圆桌。

"苒苒，我们第一组婚纱照直接在城堡取景好不好？我们不是有一件宫廷服嘛，倒真是正好了。"

苏苒显然也发现了饭桌的长度很有问题，干脆搬着自己的椅子坐到景无双身边去，还不断地吐槽："双双，你说设计这桌子的人是不是有问题啊？两个人吃饭一东一西的，还不如不要一起吃饭呢，这是哪门子的同桌吃饭啊？"

关于这一点，景无双深有同感，她刚刚才腹诽完毕。

反正吃得差不多了，君翔见状也搬着自己的椅子坐到了苏苒旁边。

苏苒又说："确实挺不错的，这个水晶灯就很美，这样可以拉个远景，把水晶灯拍上。还有那个壁炉，虽然有点儿装，这里最低温度没下过十摄氏度，竟然建壁炉。”

景无双笑道：“这是城堡的标准配置，没有壁炉的城堡算什么城堡呢？”

苏苒：“双双你在说我没常识吗？我之所以忍受这个长桌子，还不是因为它是城堡的标准配置！”

姐妹俩对视了一眼，随即笑了起来。好吧，这里的东西都是城堡的标准配备。

“我看那个楼梯就很好，我们可以在那里拍一张……”

“那沙发好，富丽堂皇的，一看就很‘高大上’……”

…………

姐妹两个人讨论在哪里取景的时候，两位男士插不上话，对视了一眼，心有灵犀地起身，走到露台上去吹海风。

君翔自己点燃了一根烟，又递了一根给穆靳宸，穆靳宸正要点燃，不知道想起了什么，只拿在手上把玩。

君翔吞云吐雾了一会儿，挑了挑眉头：“怎么？戒了？”

穆靳宸勾了勾薄唇，若有所思地远眺着夕阳之下已经镀上了一层淡金色的海面：“戒了一段时间了。”

君翔了然地点了点头，夹着烟的手指了指了穆靳宸：“为当父亲做准备吗？”

穆靳宸嘴角的弧度加大，倒也不瞒好友：“我都三十好几了，不应该吗？倒是你，进度似乎有点儿慢。”

提起这个，君翔就烦躁，大家都说君大少惧内，可君大少那位内子似乎不是那么名正言顺。

他自嘲一笑，摇了摇头：“你不是不知道苏苒这丫头有多难搞，连程女士都叫我先上车后补票，我也在考虑是不是真的要这么做。可她自己都跟个孩子似的，我并不想在她没有心理准备的情况下逼她做不愿意做的事情。”

穆靳宸目光幽深地睨了好友一眼，有点儿同情他。

“有时候两个人因为熟悉到骨子里，会有理所当然的错觉，若想要尽早抱得美人归，还是得用点儿技巧的。”

穆靳宸若是过去说这话，君翔势必要嘲笑穆靳宸三天三夜，恋爱都没有谈过一次的人居然跟他说抱得美人归的技巧。可人家就算恋爱都没谈过，现在已经在和景无双考虑生娃的问题了，自己订婚那么多年却名分待定，君大少怎能不郁闷？

“说具体点儿，给我支支着儿呗。”

“我家无双不折腾人，我的招数并不见得适合你用。你放养了苏苒这么多年，现在突然要收回，怕是要费一番周折的。”

当初为了取得景无双的信任，穆靳宸确实用了点儿技巧。若不是让吴妈去当说客把她骗到二十九楼当邻居，让她近距离地接触自己，穆靳宸想要攻下她的心必然还要费一番周折。

当然还有种种因缘际会，总之注定要在一起的两个人是怎么也逃不掉的。

自己的女人套牢在自己怀里才是最实在的，看准了便没有什么好犹豫的，直接出手就是，因此，他给不了君翔建议。

君大少懊恼极了：“别提了，我都悔不当初了。当初她到了法定结婚年龄我就该押着她去领证的，谁知道这小浑蛋年纪越大越难搞，脾气也越来越坏，闹心。”

穆靳宸：“我以为你很享受这种状态，不着急步入婚姻生活。”

君翔摇头：“原本是不着急的，可眼看连你都后来居上了，我再不快点儿，你的儿子都要出来打酱油了。”

穆靳宸温柔地笑道：“那是我家双双省心。”

君翔算是看出来了，穆靳宸十句话里有八句是在夸景无双如何好，衬托他家小浑蛋如何闹心。

君大少把烟蒂扔到一旁的垃圾桶里，很机智地转移了话题。

两个小女人讨论完室内的取景，手挽着手从城堡里走了出来。

穆靳宸拉过景无双：“讨论好在哪些位置拍了吗？”

景无双点了点头，却有些心不在焉，因为她的目光已经完全被前方的景致吸引了。此时夕阳的最底端正好与海面相接，整个海面泛起了金色的波光，城堡前面一片片不知名的小花争艳，似乎也爱极了此时的夕阳，在海风之中摇曳着优美的身姿。

景无双心中泛起了淡淡的感动。都说夕阳无限好，只是近黄昏，人们提起夕阳时总有那么点儿淡淡的哀伤之意，但是眼前的景致给人一种生机勃勃的感觉，没有人会怀疑，明天从海面上升起的太阳一定比今日更耀眼。

她抱紧了穆靳宸的腰，这是他们第一次一起看日落，这是她平生见过的最美的日落。

“穆靳宸，这是我见过的最美的落日，谢谢你。我有点儿想哭怎么办？这里太美了。”

穆靳宸双臂撑着栏杆，将她圈在自己与栏杆之间，俯首亲了亲她的发顶，低沉的声音从景无双的身后被海风送入她的耳内：“傻丫头。”

景无双抱着他的腰的手紧了紧，与他相拥着享受这一刻的宁静。

就连旁边的苏苒也不再叽叽喳喳的，安静地任由君翔圈着她，静静地观赏着落日。她轻轻地闭上眼睛，张开双臂深呼吸着。

君翔心满意足，这丫头安静起来真的迷人。他在她的侧脸上偷偷亲了一下，苏苒怒了，抬脚就要踩他，君翔反应极快，迅速松开撑着栏杆的手，躲过她的攻击，嘴上还幼稚地说：“你踩不到我吧，小短腿。”

苏苒半眯起眼：“我小短腿？！”

苏大小姐怒了，她个头虽然不高，身体比例还是蛮好的好吗？见她追了过来，君翔迅速朝着旁边的楼梯走去，还不忘回头喊道：“小浑蛋，你看着楼梯啊，再摔下来的话指不定是脸先着地，那样的话你连唯一还算对得起观众的地方都不能看了。”

“君翔，你这个大浑蛋，找死！”

景无双与穆靳宸看着那对欢喜冤家，实在是有些无语。

晚上的时候苏苒也没来闹景无双，不知道是不是收拾君翔去了。

穆靳宸吩咐管家明天安排好车辆去接摄影团队过来及要准备多少吃食等事情后，便早早地上楼拥着景无双入睡了。

两个人一夜无话，第二天的太阳果然如景无双设想的那般明亮耀眼。城堡的主卧室内，第一缕晨光毫不吝啬地洒在相拥而眠的夫妻身上，海风徐徐地吹起了蓝色的窗纱，窗外不时还有海鸥的鸣叫声划破天际。

时差的关系，夫妻俩的生物钟都不太准确，景无双率先醒来，睁开眼睛看着城堡的屋顶，一时间不知自己身处何方。

她偏头看着男人孩童般的睡颜，不忍心吵醒他，轻轻拿开自己腰间的大手。男人不情愿地蹙了蹙眉头，景无双以为他要醒来，却不料他把她抱得更紧，丝毫没有要醒来的意思。

景无双无奈，只好又躺回去，却没有了睡意，伸手揉了揉男人有些柔软的短发，又学着他平日里亲她的样子亲了亲他的额头。

突然，一个沙哑又有些慵懒的声音响起："夫人，你再撩拨为夫，今天就不用拍什么婚纱照了。"

其实穆靳宸的睡眠很浅，在景无双第一次拨动他手臂的时候他就已经醒来，只是没有完全清醒。

景无双看着男人陡然睁开的眼睛，那双眼睛很迷人，里面还映着两个小小的自己，福至心灵，她在他的薄唇上轻轻啄了一下便快速离开，跑到床下后还不忘说了一句："早安，穆先生。"

景无双直接跑到外面的露台上，和昨天看夕阳时相反的方向，旭日已经完全跃出海平面，映照着蔚蓝的海水，时不时有海鸥飞过捕捉跃出水面透气的小鱼儿。这下真是海天共一色，又是另外一种美丽。

"穆靳宸，你快来，这边也好美啊。这座城堡真的好好，能够看日出与日落，我们今天应该早点儿起床的，这样就能拍日出的景致了。”

穆靳宸赤着脚从房间里走到阳台上，从景无双的身后抱着她，脑袋枕在她的肩上，贪婪地嗅了嗅来自她身上的馨香，宠溺地说道：“这有何难？你喜欢的话，明天让他们过来再拍一组日出的照片便是，今天先把日落的部分拍了。”

景无双点了点头，笑得眯起眼睛：“其实我们的婚纱照在这里拍就足够完美了，有日出、日落、城堡、海滩，什么都有。”

穆靳宸赞同道：“这里就由专业团队拍摄，我们到时候再拍几组便装也不错，这样就很完整了。”

景无双窝在穆靳宸的怀里腻歪了一阵子，才梳洗下楼。

以小马为首的摄影团队已经过来了，正在城堡里四处参观。景无双上前跟他们打了招呼，四处看了一下，却不见苏苒跟君翔。

景无双正想上楼去叫人，便看见苏苒挽着君翔的手下来了。

这还真是难得。

“苒苒，昨晚睡得好吗？”

苏苒见了景无双便松开君翔的手，三步两跳地朝着景无双走过去，看得君翔一阵阵眼热。

见人都齐了，小马也把室内的景致大致看了一遍，室外却还来不及看，便开口问道：“是先拍宫廷装吗？”

景无双回答：“先拍城堡里面的景吧，下午拍城堡外面，连带着夕阳一起拍。对了，明早你们可能要早些过来拍一组日出的照片，这座城堡的景致都不错。苒苒，你看这样行吗？”

苏苒没意见：“都听你的。”

两位男士自然也没什么意见。

接下来众人便开始换装。苏苒为自己准备的所有服饰几乎都与景无双的同款不同色，有的甚至同款同色，两个女孩儿却穿出了各自不同的韵味。

景无双是典雅中透着娴静温婉，苏苒则是俏皮中带着灵动活泼，两个人风格各异，却谁也不会盖过谁的风头。

两位男士亦如是，穆靳宸穿什么都像龙袍加身，有一种舍我其谁、睥睨众生的气势，穿上欧洲中世纪的服饰，更像是凯旋的王者。

君翔有着标致的丹凤眼，活脱儿就是从中世纪穿越过来的贵公子。

总之怎么看都是两对璧人。

女士们的妆容以淡雅为宜，两个人本就长得美丽动人，只要稍微点缀一下就好。

两位男士分别上前拉过自己的公主，心头泛起了丝丝涟漪。

穆靳宸挽着他款款而至的景无双，心底很是触动。半年以前，他是无论如何也想不到自己会有这样一天的，想不到能在这样美丽的城堡里，牵着自己的公主留下最美好的回忆。

君翔亦然，若不是托穆靳宸跟景无双的福，他不知何年何月才能让他的小浑蛋跟他一起拍婚纱照。

城堡里的每个角落几乎拍了个遍，四个人都是精致的人物，随便往那里一站便是完美画面，小马基本不用指导动作。

半天的时间，四个人换了两套宫廷装，各种单人照、合照新鲜出炉。

小马翻着自己的相机，对自己的作品非常满意，这简直是一次里程碑式的作品，连修图都不需要做。

景无双挑了几张比较喜欢的照片保存到自己的手机里，分别给夏慕雪与穆之岚发了过去，并询问她们的意见。

不消一会儿，美了半个世纪的两位女士纷纷回了信息，内容基本一致，就是人好看怎么拍都好看。

景无双乐得拿着手机跟穆靳宸炫耀。

穆靳宸嘴角的弧度更为明显，都说女儿是父母的贴心小棉袄，果不其然，景无双就是最好的例子。

当然，苏苒那样的女儿是例外。

一行人用过午餐以后，便开始外景的拍摄，换装完毕又是另外一种风情。

穆靳宸开始明白为什么结婚的时候，女孩儿的婚纱是白色的，头纱也是白色的了，那是属于女人的一生只有一次的时刻，神圣而不可侵犯。

有一种美叫作穿婚纱的女人。

当看见景无双因为穿露肩式婚纱而被凸显的胸前美好曲线的时候，他却蹙起了眉头，快步上前拉过她戴着白色长手套的小手："这样的白色婚纱还有另外的款式吗？"

景无双疑惑地看着他，又低头看了看自己。其实她方才在全身镜前再三检查过，并无任何不妥："不好看吗？"

"露得太多了，你上去换一件有肩带的，等一下海风大，不安全。"

景无双还没有说话，一旁的苏苒已经气鼓鼓地道："穆靳宸，你是不是太小气了？双双的肩膀跟锁骨最好看了，这套婚纱可是我特意为她量身定做的。"

她一副穆靳宸敢说一句不好看，苏大小姐马上翻脸的架势。

"并不是不好看，这边海风大，穿一件有肩带的比较稳妥。"

穆靳宸耐心地说道。

另一侧的君翔也表示同意穆靳宸的话："是的，苒苒，靳宸说得有道理，去换那件挂脖式的，那件更好看，也更稳妥。"

苏苒赏了君大少一记"算你有眼光"的眼神："那件自然是最好看的，那是我跟双双准备拍夕阳的时候穿的呢。"

"去换上吧。"穆靳宸声音轻柔，同时也有些不容置疑。在这样的事情上，景无双一般不会拂穆靳宸的意。他说得也有道理，裙摆这么长，海风又那么大，她们穿挂脖或者带肩带的婚纱要安全一些，被这么多人看着，走光的话是有些难堪。

当下她便拉着苏苒上去换装。

等她再次下来的时候，穆靳宸又被惊艳了一次。景无双本就有江南女子的婉约气质，这样的挂脖式婚纱庄重而优雅，既把她的气质拔高了一个层次，又显露出了她自身的优点，瘦削的肩头、凝脂似的藕臂、修长的脖子、纤细的腰肢显露无遗。

“很美！”穆靳宸毫不吝啬地赞美道。

苏苒也是一样。她不说话，眼珠子不乱动，安静站着的时候也是一个婉约的女子，看得君大少也是眼睛都不眨一下，苏苒极少这般静若处子。

“没见过美女吗？”苏苒叉着小蛮腰，圆溜溜的大眼睛一眨不眨地盯着君翔，表情那叫一个凶巴巴。

看吧，苏苒的婉约一定是体现在她安静的时候。

整个下午众人都集中在城堡的外围拍摄，但是城堡的占地面积很大，所到之处都是绝美的风景，一下子是不可能拍完的，因此，他们决定留一部分工作到明天上午拍完日出以后再拍，剩下的时间集中拍夕阳跟夜景。

美好的日落再一次震撼到了众人，小马同志直接抛弃了他一直很满意的模特去拍日落。若不是苏苒拉他回来，估计连夕阳这一组照片也得安排到明天傍晚才能拍了。

一望无际的碧海银沙，圣洁美好的女子拖着长长的裙摆奔向她心仪的男子，那愉悦飞扬的眉眼、动人心魄的浅笑无一不牵动对面男子的心弦。景无双每走一步就是一张美好的照片，最后她扑入穆靳宸的怀里，那幸福、开怀、自然流露的笑颜同样定格在小马的相机里。

最后，夕阳与海面相接的时候，穆靳宸执着景无双的手在她的眉心落下圣洁的一吻，然后吻上鼻尖，最后闭上眼睛吻上心爱女子粉色的樱唇。

忘情之际他几乎忘记了摄影师和灯光师的存在，只想在这样的美好时光里，在夕阳西沉之前亲吻他心爱的女子，直到地老天荒、海枯石烂……

苏苒与君翔都安静地待在一旁欣赏那对忘情的男女。这样的画面过于美好，在场的人都没有说话，只有小马手中的相机在不停地记录这美好的一切……

“好，非常好，这一组可以了。”

直到小马喊出这么一句话，两个人才回过神来，景无双的脸染上了幸福的薄红，他们竟然都忘记了还有这么多外人在场。穆靳宸弯着嘴角，将额头抵在景无双的额头上，绝色倾城的容颜在夕阳的余晖下那样夺魂摄魄。

小马禁不住再一次按下快门。

演绎或经过指导的动作再完美也没有这样自然流露的动作动人，拍完这样一组照片，小马觉得自己的人生完满了。

轮到君翔跟苏苒拍摄的时候就状况百出了，苏苒不是踩君翔的脚就是捶君翔的胸膛，最后苏苒直接爬上君翔的后背，让他背着自己疯跑。

不过这也是另外一种风格，从这样的婚纱格调也能看出爱情的千百种样子，不管以什么爱情形式呈现，双方开心就好。

一旁的景无双看得眼热了，轻柔地说：“穆靳宸，我也想你背我。”

“好！”男人二话不说便在公主的前面半蹲下身子，“上来吧。”

景无双笑逐颜开，爬上了穆靳宸宽厚的后背。

这样的画面自然也被小马收录在了相机里。

“双双，我们玩骑马赛跑吧，驾！君小马跑起来！驾！”苏苒见穆靳宸也背着景无双，便伸手往君翔的屁股上拍了几下，模仿着骑马的动作。

这是她小时候经常做的动作，她很小的时候，君翔会让她骑在他的脖子上，后来她长大一点儿他就只能背着她了。君翔每次都纵容她把他当马骑，她经常会做这样的动作。

后来她进入青春期就不待见他了，经常不理他，倒是很久没有做过这样的动作了。

只是她当着这么多外人的面这样做就不大好了。

“小浑蛋，你给我安分点儿！你往哪里拍啊？你信不信我把你扔到海里！”

苏苒自然是不信的，君翔对她向来是雷声大雨点儿小，从小到大她有恃无恐习惯了。她笑了几下，也意识到自己不对了，嘴上却不饶人：“哎呀呀，我好怕，我好怕君大少说了却不敢扔啊。”

君大少怒了，背着她跑到水里，作势要把她扔下去。

这下轮到苏苒生气了：“君翔，你这个大浑蛋竟然真的要扔本小姐！我等一下就去跟君妈妈和程女士说你欺负我，我要退婚！”

这是每一次君翔反击苏苒时，她都会说的话，然而君家和程家的两位“太后”都知道只有苏苒欺负君翔的分儿，断无君翔欺负她的时候。

君翔把她宠得无法无天，两位太后基本不会理会苏苒的告状。

小时候小苏苒告状，苏妈妈会意思意思地打君翔几下，然后小苏苒就会破涕为笑，因此，这个告状的习惯也是历史遗留下来的产物。

海边日落这一组照片也拍得差不多了，离天黑还有一段时间，穆靳宸干脆背着景无双朝着另外一边走去。

这个地方十分得天独厚，穆靳宸带着景无双到了另一边的崖壁，那整面崖壁上面竟然长满了蓝色的小花，层层叠叠地从礁石的缝隙里冒出来，可见其生命力之顽强。

“穆靳宸，这个地方真的太美了。”

景无双由衷地赞叹道。

“喜欢吗？”

“喜欢！”

景无双的心情很是雀跃，她忍不住在穆靳宸的左边脸颊上印下一吻。她忘记了现在自己的妆容有些重，唇彩印到了穆靳宸的脸颊上。

这被印上唇印的侧脸可爱极了，她默不作声地拿出手机将其拍了下来，然后才咯咯地傻笑。

“笑什么呢，亲我一口就这么开心？那多亲几下！”

男人不明所以，景无双欢愉的笑声传到他的耳朵里，听得他身心很是舒畅。

景无双钩住他的脖子，把自己拍下的东西给他看：“穆先生，这样的你特别可爱哦。”

穆靳宸看着照片上那个粉色的唇印，先是蹙了蹙眉头，但很快又舒展开眉头，嗓音性感而愉悦：“夫人多印几个也没关系，别人一看就知道这是你爱我的证据。”

景无双本想揶揄他一下的，没想到他会这么说，怔怔地说道：“穆先生，想不到你的脸皮还挺厚的。”

男人轻笑了几下，景无双觉得从他的后背传出的震动很有意思，把耳朵贴在他的后背上说道：“穆靳宸，你再笑几下，或者说说话？”

“嗯？”穆靳宸感觉到景无双趴在自己的后背上，很快便想到什么。

“无双，我爱你！”他说道。

这一下，景无双真的怔住了。穆靳宸对她说过许多许多承诺，唯独没有一次如此正式地说他爱她。

她一直以为胸膛的位置才是最贴近心脏的地方，如今才发觉，原来后背才是。因此，那一句“无双，我爱你”传出来的时候，景无双竟然觉得这声音震耳欲聋，犹如天籁。

因为他对她太好，因为他们对彼此已经熟悉到骨子里，更因为相识相知相遇都太过顺其自然，爱对方已经成为习惯，他们都忘记了正式跟对方说一句“我爱你”。

“穆靳宸，我也爱你！”

落日的最后一点儿余晖消失的时候，她抱紧了男人的脖子，在他的耳边轻声说道。

徐徐的海风轻轻地将这句话送入穆靳宸的耳内，更送进了他的心底。

其实早在夏园门外，景无双说“穆先生，给我一个名正言顺的家吧”的时候，他就已经决定背负起她的整个人生。

三个月后，穆府。

今晚的穆府喜庆祥和，每个人的脸上都洋溢着喜悦的神色。

夜深人静时，唯独穆靳宸这个明天的新郎官依然立于窗边，久久不能入睡，脑海里不停闪过景无双的脸。他记得他们初见时，她哭得梨花带雨，同一天再相见时她满身狼狈，他第一次抱她入怀。他记得她那样轻，而他像是抱着全世界一样。

然后便是影视城里的不期而遇，公司里遇见时的针锋相对，她的坚韧倔强，再到相亲时的出人意料。后来，他将她骗到双城国际二十九楼入住，再到夏园起风波、他们领证结婚、婚后相处的种种，发展到如今他们成了彼此生命里无法割舍的存在。

一切是那样不可思议，又是那样顺理成章。他们就像地球上注定要相遇的两个人，从第一次相见开始，就注定分不开了。

明天他将昭告天下，这个他心心念念的女子是他穆靳宸名正言顺的妻子，他要让全世界的人都知道，穆靳宸是这个世界上最幸福的男人。

今夜，他将如何入睡?

辗转反侧到天明，清晨的第一缕阳光姗姗来迟，穆靳宸早早醒来收拾妥当。礼服是苏苒的公司设计的，镜子里的穆靳宸穿着一身白色的西装礼服，简单贴身的剪裁将他华贵清冷的气质衬托得越发出众，礼服的边角上配合着景无双的婚纱加了些点缀，简单而大气，领结是景无双早就选定的，与西装的款式很是相配。

穆靳宸来到老宅大堂的时候，穆府的其他人比他更早到，伴郎团已经会聚一堂准备开始用早点。

君翔朝他招了招手："靳宸，就等你了，我还准备让人去叫你呢。"

伴郎们一个比一个仪表不凡。别看苏苒平时不靠谱，在时尚的领域里，她可是绝对的霸主，单从伴郎们身上这些整齐划一又有细微差别的礼服就能看出一二。

穆百川今天可谓精神爽利，满意地看着孙子，又扫过几位同样出众的伴郎，捋着花白的胡子不住地点头道："不错，不错，都是年轻有为的青年才俊啊。宸儿，用过早点就出发吧，摄影队跟花车都准备好了吧？你按照原定计划，领着花车队好好走过一圈再去会场啊。"

穆靳宸："爷爷，我晓得的。"

"您老人家放心，君氏传媒联合宸宇传媒会全程卫星直播这场婚礼，全世界的人都将知道您娶孙媳妇儿了，可喜可贺啊！"

君翔最知道怎么讨老人家欢心，穆百川闻言果然笑逐颜开，一连说了几声"好"。

穆之岚也走了过来，依然穿着一身得体的传统旗袍，不过今日换了平日里不会穿的大红色旗袍，加上精致的妆容，风韵犹存的脸上一副喜上眉梢的表情。

她动手正了正穆靳宸的领结，慈爱地看着自己的弟弟："宸儿，婚庆公司的人一早就过去做最后的布置了，我们也先过去，牧师也会有人接过去，你只管接新娘就好了。"

穆靳宸感激地点了点头，昨晚没睡几个小时，现在脸上全是温柔的神色，他的新娘在等他呢。

穆府和景园之间有些距离，一行人没有耽搁任何时间，一早便出发去景园。

今天的主婚车是一辆限量版的兰博基尼，后面是同款不同色的兰博基尼组成的车队。除了伴郎团开的车是自己买下的，其他人开的车来自省内大部分这款车的车主及兰博基尼俱乐部的鼎力支持，有的车主主动请缨当司机参加这场难得一见的婚礼。

九十九辆花车挤满了紫金大道所有的停车位，组成了一条车龙，场面十分壮观。

“靳宸，这样是不是太高调了？你干脆开直升机去接无双得了。”君翔忍不住吐槽。

穆靳宸还没有说话，伴郎团里年纪最小的穆宇浩率先开口道：“你以为他不想吗？要不是管治得厉害，也怕扰民，如今你看到的就不是九十九辆兰博基尼，而是九十九架直升机了。”

当初商议办婚礼的时候，穆靳宸不是没有考虑过这事的。

平日里穆靳宸是极其低调内敛之人，今日当真一反常态，头顶甚至还有跟踪拍摄的直升机。君翔忍不住抽了抽嘴角，幸好穆靳宸没有选择直升机，否则家里那个小浑蛋又该闹着要跟景无双一样的婚礼了，这样他可是要头痛的，虽然他家小浑蛋也值得最好的。

“出发吧。”

今天艳阳高照，清风徐徐，是个难得一见的好天气，穆靳宸弯了弯嘴角，率先上了主婚车。

景园里。景无双六点钟就被吴妈准时叫了起来，几位伴娘也是一早就过来了。

首次踏入景园的夏子薇眸子里闪过一丝艳羡之色。她是土生土长的S市人，从小又生活在上流社会，没少出席那些千金名媛的派对，可是这样宏伟庄严的园林式庄园她还是第一次在S市见到。

哪怕是市长的家，甚至号称“S市首富”的穆家庄园也是比不上景园的，尤其是后面的那座庭院，占地面积之广，她以为堪称S市之最。

夏园与景园相比当真不值一提。

她想到自己曾经一直以为景无双觊觎夏园、觊觎夏氏，如今才发现自己的目光何其短浅。

景无双的大度不是装出来的，而是与生俱来的。

一想到自己跟妈妈曾经如此小人之心地去猜忌景无双，夏子薇心里有种说不出的酸涩感觉。

“都这么早过来，辛苦了，快进来吧。”夏慕雪今日亦穿了一身红色旗袍，她与穆之岚的品位是如此相似。

“对了，化妆师团队已经过来了，用过早点以后开始化妆换装吧，你们都是一等一的大美女，今日我可真是大饱眼福了。”

苏苒笑着上前挽着夏慕雪的手臂：“夏阿姨，说到大美女，这里可没有人能比得过您，我可是从来没有见过气质像您这般高雅的美女呢。”

“苒苒的嘴巴就是甜。这里你最熟悉，帮我好好招呼她们，都不要客气，当自己家一样就可以了。”

苏苒拍了拍小胸脯：“夏阿姨您去忙吧，这里尽管交给我。”

夏慕雪点了点头，也不想冷落自己的侄女：“薇薇也是，帮姑姑招待好她们。”

“我会的姑姑。”事实上夏子薇有些羡慕苏苒跟景无双一家人的感情，任谁都看得出来，夏慕雪把苏苒当半个女儿疼。夏子薇知道自己没有妒忌的资格，可心里到底忍不住酸了酸。

伴娘团入座后，景无双才下楼。今天的她更加光彩照人，让人看到她就像看到“幸福”两个字。

“双双，看来你昨天睡得不错哦。”苏苒看见景无双便起身迎了上去。

景无双拉过她的手嫣然一笑，优雅地坐到主位上以后才点了点头说道：“还不错，倒是辛苦你们大清早起床了。”

姐妹团成员纷纷说不辛苦。

“双双，你们家庄园好大，我看到后院里还有一个好大的天然湖。那座山也是你们家的吗？”君霏霏是君翔的妹妹，睁着圆溜溜的大眼睛好奇地问景无双。

景无双摇了摇头：“并不是，山自然不是的。”

“双双，你好坏，隐藏实力，我看你们景家才是S市的首富吧？”君霏霏并没有那么多的花花肠子，想到什么就说了。

“我们家双双是低调，哪里像你，成天这名牌、那派对的，怕人家不知道你们君家有钱啊？这S市的隐形富豪不知道有多少，没见识。”

“嫂子，你怎么能这样说我呢？我伤心了！”君霏霏冲苏苒撒娇道。

苏苒夹了一个虾饺到她的碗里：“快吃吧你。”

一顿早餐吃得很快，伴娘们用过早餐便上楼开始化妆做造型，这些需要花不少时间。

大家清一色的都是美女，随便一个站出来都艳压群芳，丝毫不逊色于那些大牌明星。

众人统一换好了礼服出来，景无双在中央，伴娘们在两边一字排开，当真是令人惊艳至极。

首席化妆师琳达禁不住赞叹道：“穆夫人，这些年我亲手打造的大牌明星不少，可还真没在同一时间见到过这么多天然美女。你们的底子都很好，不需要太过修饰。”

苏苒看着梳妆镜里的景无双，挽着琳达的手臂道：“你错了，今天最美的自然是新娘子，你尽管把她化得跟天仙一样，我们不过是来做陪衬的，差不多就行了。”

琳达点了点头，笑着回答道：“那是自然的，穆夫人本也是我见过的最美的新娘子。”

琳达带来的化妆师团队有十几个人，他们很快便分配好工作，每两个人一组负责帮新娘跟伴娘化妆。

这一化妆便是一个多小时，吴妈兴高采烈地走进来，乐呵呵地说道：“姑娘们，都准备好了吗？少爷来接新娘了！”

吴妈目不转睛地看着景无双，尽染风霜的眸子里带着慈爱和赞叹的神色，就像在看自己的孩子出嫁一般。

当初她第一次看到景无双的时候就知道这是少爷的有缘人，亦见证着他们一路走到今天，内心感触良多。

“少夫人，你今天好漂亮，少爷有福气了。”吴妈说着还抬手擦了擦眼角。

景无双拉过她的手，甜甜地笑了笑道：“谢谢吴妈。”

夏慕雪也紧跟着进来，与景无双神似的风韵犹存的脸上亦布满笑意。

她扫了一圈伴娘们，满意地点了点头：“苒苒眼光极好，礼服很漂亮。”

“夏阿姨，只有礼服漂亮吗？”苏苒化了精致妆容的眸子更加灵动，这一眨眼有点儿像芭比娃娃。

“因为你们漂亮，所以才把衣服穿得漂亮。”

苏苒这才满意地点了点头。

夏慕雪在景无双身侧坐下，也许所有的母亲都觉得自己的孩子是最漂亮的，景无双在她眼里就是最漂亮的那一个。

她拉过景无双的小手说道：“双双，虽然你跟宸儿领证有一段时间了，可是我们国家的传统是办过婚礼以后才算正式出嫁。你是个好孩子，穆府的长辈都喜欢你，不需要我嘱咐太多。女人的一生会有许多身份，你先是妈妈的女儿，如今是宸儿的妻子、穆家的媳妇儿，以后是孩子的母亲……妈妈并没有以身作则担当好每一个角色，但衷心希望你能把每个角色都做好，希望你跟宸儿能一直这样无风无浪地携手到白头。”

夏慕雪的话让景无双很感动，这是一个母亲对即将出嫁的女儿最真诚、最负责的祝福。

其实夏慕雪在景无双的印象里一直是个出尘得有些冷漠的女人，尤其是她多年云游四海，更是特立独行；可这一次她回来，整个人变了许多，渐渐地也成了一位温暖柔婉的母亲。

景无双的眼眶有些温热，她不住地点头道：“妈妈，我会的。”

“好孩子。”夏慕雪的声音亦有些哽咽，连一旁的伴娘们也受到感染。

这样的画面过于温馨，摄影师全程摄录了下来。

过了一会儿，苏苒才说道：“好啦，好啦，今天是大喜的日子，双双你的新娘妆可是用了两个小时才化好的，可别花了啊。”

吴妈又用手指按了按眼角：“少夫人，该下去了。”

景无双问：“吴妈，穆靳宸他们到哪里了？”

吴妈：“刚刚祁东打电话来说还有十分钟就到，这会儿应该在景园门口了。”

“哎呀，快下去把大门关上，快去，快去！”苏苒见没有一个人动，只好拎着自己的裙摆就要往外跑。

吴妈不明所以，生怕她摔倒：“苏小姐，你慢点儿，吩咐人去锁便是了。”

“可不就是嘛，新娘可不是那么容易接的。姐妹们，跟我下来把关，目的只有一个，我们要争取拿到史上最大的开门红包！”

苏苒说着，又嘿嘿了两声：“不然就不开门！双双，你等我的口令再下来啊。”

“为难伴郎团吗？哟，这个我在行。”君霏霏听到有的玩，眼睛一亮，跟了出去。

夏慕雪摇了摇头：“薇薇，下去看着点儿，我们马上下去。”

夏子薇：“好的，姑姑。”

“好，我们S市首屈一指的伴娘天团下去以后，记得在门口摆出自己最美的姿势一字排开，先要在颜值上压倒他们。”

首屈一指的伴娘天团啊，这话也就苏苒敢说了。

君霏霏有些不确定：“嫂子，女人跟男人比什么颜值？”

苏苒摆了摆小手，睨了她一眼：“你这个拉低我们伴娘团平均颜值的丫头还好意思说！”

君霏霏一听，不依了，挺了挺小胸脯：“胡说，你才拉低平均颜值呢！无双姐，你评评理，我们谁好看？”

“行了，你们别内讧了，下去吧，别伴郎团还没到，我们自己先打起来了。”夏子薇摇了摇头，真是两个活宝。

景无双跟夏慕雪之间那点儿温馨的氛围也被她们打破了，母女二人禁不住笑了笑。

“好啦，姑娘们，来不及锁门了，少爷他们往这边过来了。”

吴妈知道S市的民间接新娘有许多好玩的习俗，只是一般有名望的家族极少这么闹。

今天苏苒在场，免不了要闹一通的，景家的长辈们觉得热闹，自然由着她。

“什么？他们竟然上来了，姐妹们快到楼梯口挡住。”

说话间，苏苒跑到景无双旁边，把她的一只鞋子脱了下来，随手扔到一个角落，吩咐道：“双双，我回来之前不可以穿回去。”

说完她又提着裙摆朝着楼梯走去，果然看见一身白色礼服的穆靳宸领着伴郎团上来了。

苏苒迅速挡在楼梯中间，另外三位伴娘会意，一字排开挡住了楼梯口。

穆靳宸扫视了四位绝色美人一番，挑了挑俊眉，有些不明所以。

四位伴娘都是难得一见的大美人，留着统一的顺直长发，化着统一的妆容，穿着同色不同款的礼服展现着不同的风情，一字排开，谁也没有盖过谁的风采，各有千秋，各自精彩。

伴郎们似乎早就分工好了，一人盯一个。

“苒苒，你在干吗？”

苏苒睨了君翔一眼，撇了撇嘴，今天他还挺帅的嘛，但是她并没有理会他，朝着穆靳宸摊了摊手：“新郎接新娘自然是要给开门红包了。”

穆靳宸蹙了蹙眉头，并不知道什么开门红包。

君翔上前一步，把穆之岚早就准备好了给他的红包递给苏苒，宠溺地看着自己的小丫头，顺势捏了捏她的小手：“喏，拿去，你差不多就行了。”

若不是场合不对，他都要亲亲他的小丫头了。苏苒平日很素净，今天化了精致的妆容，倒真是让他惊艳了一下，感觉小丫头美了几个层次。

苏苒看也不看红包的金额，直接说：“不够！我家双双倾国倾城，这么点儿红包不够有诚意。”

苏苒的拇指跟中指捏了捏，做了个数钱的动作，盛装的苏苒做着这么财迷的动作，配合她那闪亮亮的小眼神，一点儿也不俗套，反而可爱至极。

君翔再也忍不住，也顾不得那么多外人在场，拉过她的小手轻轻捏了捏：“别闹了，红包就是个意思，你要什么回头我给你补。”

君霏霏不依道：“哥，你偏心！我们也不同意！”

君翔头痛至极，穆靳宸让这俩丫头当伴娘，八成是不想接无双了。

苏苒将食指在唇边摆了摆：“那可不行，我的姐妹们也不会同意，当然，我们也不是那么庸俗之人。”

苏苒芭比娃娃似的大眼睛扫过伴郎团，她满意地点了点头道：“你们表演个节目怎么样？穆靳宸，双双今天很美哦，而且她在里面等了好一会儿了。”

穆靳宸今天心情不错，脸上也洋溢着难得一见的暖意：“苏大小姐想怎么样？”

苏苒的大眼珠骨碌碌地转动了几下：“不然你们集体唱首歌吧，这样无双也能听见。”

“我不会唱歌！”穆靳宸马上出声拒绝。

“双双今天很漂亮哦……”苏苒诱惑道。

君霏霏跟着起哄，这么多大帅哥大合唱，肯定是百年难得一遇的事情。

君翔为了兄弟两肋插刀，以眼神示意穆靳宸硬闯："靳宸，一辈子一次，不如我们拼了吧。"

"爷爷、外公，你们快来评评理，开门红包不够大，卖艺凑够是不是很合理呢？他们不肯，竟然要硬闯，你们快派人过来帮忙，可不能让他们轻易接走双双。"

苏苒见情况不对，双手叉腰，马上请求两个说话最有分量的人支援。

在楼梯底下看热闹的两位泰山北斗相视一笑，景北堂捋着胡子道："我们可不掺和，你们各凭本事，但是那是楼梯，可要注意安全。"

君霏霏就不明白了："哥，你这么卖力做什么呢？又不是你娶老婆。"

"你哥迟早得娶老婆，乖乖地让靳宸进去接无双。"君翔总算心满意足、名正言顺地把苏苒拥入怀中。

"好了宝贝儿，乖乖的，别乱动了，发型要乱了。你今天很漂亮，等我们办婚礼的时候我也希望能顺顺利利地接到你，你收了红包就好了啊。"

君翔看着自己的小丫头，柔声说道。

苏苒撇了撇嘴："我才没有闹呢。"

"穆宇浩，你想做什么？"君霏霏瞪着圆溜溜的眼睛看向朝着自己走过来的穆宇浩。

"站到一边去吧。"

"我为什么要听你的呢？"

穆宇浩睨了她一眼，懒得跟她废话，二话不说就把人拉到了一边。

君霏霏没想到他真的会拉她，众目睽睽之下，她又身穿礼服，自然不好挣扎，只好由着他将自己拉开。

防线就这样轻而易举地被破了。

穆靳宸整理了一下自己的衣襟，从容不迫地从四对俊男美女中间走过。

乍一看，更像是四对俊男美女恭迎着这位凯旋的王者去迎接自己的新娘。

房间里的夏慕雪将洁白的头纱披在景无双的头上，穆靳宸来到门口的时候，景无双正笑意盈盈地看着他。

穆靳宸的呼吸窒了窒，他透过白纱看向那张印在自己灵魂深处的面孔，心绪翻涌，就好像历尽千山万水，只为和自己心爱的女人举行一场永生难忘的相爱仪式。

这将会是他一生之中做过的最神圣的事。

盈盈的水眸与幽深的黑瞳隔着薄纱深情对望，这样的缘分从两个人第一眼看到彼此的瞬间就已经定下。

今生，你是我的妻子。

今生，你是我的丈夫。

“无双，我来了。”

简短的五个字轻敲在景无双的心上，她的心颤了颤，倏地有一种“终于等到你”的感动，她突然很想要落泪。

“宸儿，双双交给你了。”

“是，母亲。”

穆靳宸答应着，幽深的眸子里似聚集着千万星光，笼罩着盛装的新娘。他的妻子今天很美，他在她跟前单膝跪下，把她抱了起来：“无双，我来接你了。”

我来接你了，我的新娘！

景无双点了点头，眼眶温热：“我等你很久了，穆先生。”